DAS VERSCHWUNDENE
MEER

Carlos Franz

DAS VERSCHWUNDENE MEER

Roman

Aus dem Spanischen von Lutz Kliche

mitteldeutscher verlag

Dieser Übersetzung liegt die 2014 im Verlag Alfaguara erschienene Ausgabe zu Grunde. In Absprache mit dem Autor wurden in der deutschen Übersetzung einige Korrekturen und leichte Kürzungen vorgenommen. Titel der Originalausgabe: „El desierto".
Copyright © Carlos Franz 2014

Der Übersetzer dankt dem Institut für die Wissenschaften vom Menschen (Wien), das den Beginn der Arbeit im Rahmen eines „World Literature Translator Fellowship" gefördert hat.

LITPROM
LITERATUREN
DER WELT
=

Die Übersetzung aus dem Spanischen wurde mit Mitteln des Auswärtigen Amts unterstützt durch Litprom e.V. – Literaturen der Welt.

Obra editada en el marco del Programa de Apoyo a la Traducción para Editoriales Extranjeras, de la Dirección de Asuntos Culturales (DIRAC) del Ministerio de Relaciones Exteriores de Chile.
Dieses Werk wurde im Rahmen des Programms zur Übersetzungsförderung der Abteilung für kulturelle Angelegenheiten (DIRAC) am chilenischen Außenministerium herausgegeben.

1. Auflage
© 2023 der deutschen Ausgabe
by mdv Mitteldeutscher Verlag GmbH, Halle (Saale)
www.mitteldeutscherverlag.de

Alle Rechte vorbehalten
Gesamtherstellung: Mitteldeutscher Verlag, Halle (Saale)
Lektorat: Kai U. Jürgens

ISBN 978-3-96311-826-5

Printed in the EU

Für meine Mutter, Miriam Thorud, Schauspielerin

Aus der höchsten Freude tönt der Schrei des Entsetzens ...
Friedrich Nietzsche,
Die Geburt der Tragödie

1

Das Erste, was Laura wiedererkannte, als sie die riesige Wüstenebene um die Oase von Pampa Hundida erreichte, war der Horizont aus flüssiger Luft. Wie eine Fata Morgana stand die flimmernde Spiegelwand in der Ferne quer über der Autobahn: ein Wasserfall brodelnder Hitze stürzte aus dem vom Widerschein der Salzpfannen gleißenden Himmel ins Bett des Meeres, das sich eine Million Jahre zuvor von hier zurückgezogen hatte. Einen Augenblick lang glaubte Laura, hinter dieser Hitzemauer, die wie Glas vibrierte, riesige Gesichter auszumachen, die Umrisse mächtiger menschlicher Gestalten mit weit aufgerissenen Mündern, die sie um etwas anflehten, ihr etwas entgegenschrien.

Laura kniff die Augen zusammen, kämpfte gegen die Halluzinationen an, die ihr die Müdigkeit vorgaukelte. Die Reise dauerte nun schon länger als vierundzwanzig Stunden – von Berlin nach Frankfurt, von dort ein Nachtflug nach Buenos Aires, dann der Sprung nach Santiago; und von dort der Anschlussflug in die Bergbaustadt hoch im Norden, wo sie das Auto mietete, um in das glühende Herz der Wüste zu fahren. Mit einer Hand das Lenkrad haltend, rieb sie sich mit der anderen die fiebrigen Augen und hatte dabei das Gefühl, dass sie die Kontrolle über den Wagen verlor. Und einen Augenblick lang sah sie auf der Netzhaut ihrer Erinnerung das blutrote Pferd, den Vollblüter, im gestreckten Galopp über die Ebene jagen, mit den Vorderhufen einknicken und sich überschlagen.

Als sie die Augen öffnete, musste Laura heftig das Steuer herumreißen, um nicht von der Straße abzukommen. Und wie schon in jener Nacht vor zwei Jahrzehnten spürte sie plötzlich ganz deutlich, dass sie gerade den Horizont überschritten hatte, durch die Mauer aus flüssiger Luft getaucht war und sie von einer Seite zur anderen durchquert hatte, bis auf die Kehrseite des Himmels, wo ihre Vergangenheit auf sie wartete und wo wir auf sie warteten.

„Wo warst du, Mamá, als all diese schrecklichen Dinge in deiner Stadt geschahen?" Während sie die Kontrolle über das Fahrzeug zurückgewann, dachte Laura wieder an den Brief von Claudia, voller Fragen wie dieser, den sie drei Monate zuvor in Berlin erhalten hatte. Er steckte, neben ihrem Pass, den Flugtickets und ihrer Antwort, in ihrer Aktentasche; viele Seiten, an denen sie drei Monate lang geschrieben hatte, nur um sich während des Flugs nach Chile, beim Schreiben eines Postskriptums, endgültig darüber klar zu werden, dass die einzig richtige, wahrhaftige Antwort an ihre Tochter genau diese Heimreise war. Mit offenen Augen den flimmernden Horizont zu durchbrechen und sich diesen unförmigen, heulenden Silhouetten zu stellen. So, wie sie es gerade getan hatte.

Während sie sich in die Schlange der Fahrzeuge einreihte, die zur Oase hin abbog, dachte Laura an den Brief, in dem sie ihrer Tochter die Geschichte ihres Lebens erzählte, die Geschichte der Frau, die sie gewesen war, bevor Claudia zur Welt kam; die verdrängte Geschichte, vor der sie ihre Tochter beschützte und vor der sie sich selbst zwanzig Jahre lang beschützt hatte. So offen und ehrlich hatte sie ihr erzählt, dass sie damit nicht nur die schlafenden Ungeheuer ihrer Erinnerung weckte, sondern bei ihrer Ankunft in Santiago auch nicht mehr in der Lage war, ihrer Tochter den Brief zu übergeben. Denn auf dem langen Nachtflug über den Atlantik, der sie gegen die Uhrzeit Richtung Süden trug (unserer Vergangenheit entgegen), hatte sie ihre eigene Antwort noch einmal gelesen und bestätigt gefunden, was ihr beim Schreiben des Briefes immer stärker klar geworden war: dass es Fragen gibt, auf die man nur mit dem wirklichen Leben antworten kann.

Bei ihrer Landung in Santiago vier Stunden zuvor hatte Laura die Tochter umarmt, die sie zum ersten Mal seit eineinhalb Jahren sah, und war dann, statt ihr den Stapel handgeschriebener Blätter zu geben, direkt zum Schalter der nationalen Fluggesellschaften gegangen. Unter den verblüfften Blicken ihrer Tochter buchte sie den nächsten Flug in die Bergbaustadt in der Wüste des Nordens und gab ihr Gepäck sofort wieder auf.

Claudia – so groß wie ihre Mutter, doch mit rot gefärbtem, wild geschnittenem Haar – hatte ihr dabei nur verständnislos zugesehen, bis sie begriff, was vor sich ging. Dann schüttelte sie den Kopf, lächelte mit all der Enttäuschung, dem traurigen Zorn, den ihre Mutter in ihr hatte wachsen lassen, und fragte: „Wann wirst du endlich aufhören, wegzulaufen, Mamá?" Und ohne auf eine Antwort zu warten, wandte sie sich um und verließ grußlos die Flughafenhalle.

* * *

Die Fahrzeugschlange der Pilger, die zur jährlichen Wallfahrt, dem Karneval der „Diablada", nach Pampa Hundida kamen, und die sich fast einen Kilometer vor ihr erstreckte, hielt neben einer seltsamen Werbetafel: einem Teufel aus Neonlampen, dessen ausgestreckter Arm weg von der Carretera Panamericana, dem Panamerican Highway, und zur Stadt hinunter wies. Vor sich sah Laura übervolle Busse und klapprige Taxis, rostige Lastwagen mit abgefahrenen Reifen, auf deren Ladeflächen sich die

Menschen wie Vieh, wie Kriegsgefangene drängten; allerdings Kriegsgefangene mit Gesichtern voller Hoffnung, strahlend vor überschäumender Freude nach der Fahrt durch die Wüste. Aufgebracht darüber, dass der Stau sie aufhielt, jetzt, wo sie das Ziel so nah vor Augen hatten, sprangen Dutzende Pilger, ganze Bruderschaften, von den sich kaum bewegenden Lastwagen und setzten ihren Weg unter den ersten Klängen ihrer Musikkapellen im Laufschritt fort.

Zwischen den glänzenden Messinginstrumenten und dröhnenden Pauken und Trommeln sah Laura im weißen Widerschein des Himmels und dem Staub, den sie aufwirbelten, neben ihrem Auto Kostüme spanischer Konquistadoren, als Totemtiere – Jaguare und Kondore – verkleidete Indios, bemalte Schwarze, federgeschmückte Krieger aus den Wäldern auf der anderen Seite der Berge, Höflinge mit weißen Perücken, mythologische Dämonen der Andenhochebene ... Eine bunte, willkürlich zusammengewürfelte Menge, Wesen, die nicht aus anderen Regionen oder Ländern kamen, sondern aus einer früheren Zeit und Welt.

Festgehalten in der Fahrzeugschlange, inmitten der Menschenmenge, hatte Laura das Gefühl, als käme auch sie, genau wie alle diese fremden Menschen, um zu beten und zu feiern, zu bitten und zu tanzen; als käme sie, um in den Worten der Überlebenden, der Zeugen und der Täter, eine andere Stimme zu hören ... Vielleicht ihre eigene Stimme, die sie so lange unterdrückt hatte.

Auf jeden Fall kam sie nicht, um die Stimme der Gewissheiten zu hören; es rief sie nicht die Stimme der Vernunft, sondern die Stimme der Leidenschaft. Denn es wurde ihr immer klarer, dass die Reise von Berlin hierher, die parabelförmige Flugbahn der

Maschine, die sie über sechs Zeitzonen, mehr als sechzig Längengrade und siebzig Breitengrade nach Süden trug, nicht nur physisch den Abstieg zur anderen Seite der Erde bedeutete. Es war auch eine Reise auf die Kehrseite aller Gewissheiten, hin zur Ahnung einer Leidenschaft, mit der diese monotonen Pauken und Trommeln ihr übernächtigtes Grübeln einem Rhythmus unterwarfen, der unendlich viel älter war als jede Theorie. Beim Klang der Panflöten, Pauken und Rasseln begriff Laura, dass sie nicht einfach vom Himmel des Nordens zu seiner Rückseite gekommen war, wo sich die Sichel des zunehmenden Mondes umgekehrt zeigt. Sie verstand, dass sie bei dieser Reise auch die scheinbare Harmonie ihres Lehrstuhls für Philosophie gegen den vielstimmigen Trubel des Festes eingetauscht hatte, wo sie, so hatte sie es beschlossen, ihr Urteil über das Unbegreifliche fällen wollte.

※ ※ ※

Drei Monate vor ihrer Rückkehr nach Chile hatte Laura in ihrem Arbeitszimmer der Philosophischen Fakultät an der Freien Universität Berlin gedankenverloren auf die Tannen im Park vor ihrem Fenster geschaut, die der Frühling zaghaft ergrünen ließ, bevor sie schließlich ihr Schicksal herausforderte. Ohne der Angst Zeit zu lassen, sich als Klugheit zu verkleiden, griff sie zum Telefon, um den chilenischen Justizminister Don Benigno Velasco in Santiago anzurufen, ihren ehemaligen Juraprofessor. Er hatte sie damals gefördert, hatte ihre Justizkarriere begründet, indem er seinen Einfluss geltend machte, damit man sie, eine zweiundzwanzigjährige, frischgebackene Rechtsanwältin, zur Gerichtssekretärin von Pampa Hundida ernannte, einem entlegenen

Ort in der Provinz. Dort vertrat sie sofort die auf Dauer krankgeschriebene Richterin, mit solchem Erfolg, dass man sie nach nicht einmal zwei Jahren zur Richterin für Zivil- und Strafsachen ernannte, der jüngsten in der Geschichte der chilenischen Justiz. So etwas geschah tatsächlich während des „chilenischen Wegs zum Sozialismus" Anfang der 1970er Jahre, dieser bewegten, unerschrockenen Zeit, in der es schien, als sei die Zukunft schon angebrochen und die Jugend ihre legitime Eigentümerin. Bevor der Bocksgesang erklang und der Präsidentenpalast in Flammen stand und auch Lauras Jugend in Flammen aufging, bevor Präsident Allende seinem Leben ein Ende setzte, sich opferte, und sein Opfer auch Laura erfasste (und uns, die wir vor den rauchenden Trümmern unseres Scheiterns standen).

Den Entschluss, ihren ehemaligen Professor anzurufen, der gerade erst zum Minister ernannt worden war, hatte sie gefasst, nachdem sie lange nachdenklich im Tiergarten spazieren gegangen war, wobei ihr der goldene Engel hoch oben auf seiner Säule zusah. Am Abend zuvor hatte sie noch einmal den Brief ihrer Tochter gelesen, in dem Claudia ihr die Frage stellte, die Laura seither verfolgte, auch auf dieser Reise um die halbe Welt: „Wo warst du, Mamá, als all diese schrecklichen Dinge in deiner Stadt geschahen?" Und sie hatte ihrem Antwortbrief, an dem sie seit Tagen schrieb, weitere Seiten hinzugefügt.

Doch an jenem Abend war sie sich endlich über zwei Dinge klar geworden: Ihrer Tochter zu antworten, hieß auch, sie mit dem zu konfrontieren, was sie ihr immer verschwiegen hatte, gab es doch keine andere Möglichkeit, ihr das Unerklärliche zu erklären. Und sie begriff, dass sie ihr eine solche Antwort persönlich überbringen musste. Da erinnerte sie sich an etwas, hielt im Schreiben inne und überflog noch einmal den Brief ihrer Tochter. Dort stand sie, die Information, die Lauras Augen mehrmals gelesen hatten, ohne sie zu beachten: Die Richterstelle von Pampa Hundida war nicht besetzt. Der vorige Richter war ein paar Monate zuvor plötzlich verstorben und man hatte noch keinen Nachfolger ernannt. Claudia erwähnte dies wie nebenbei, um ihren Protest zu bekräftigen: Nicht einmal das Schicksal wollte in Chile für Gerechtigkeit sorgen. Doch Laura begriff plötzlich, dass diese unbesetzte Stelle, diese Lücke, dieses offene Fenster über dem Abgrund für sie geöffnet worden war, und dass sie von dort aus jemand anschaute und nach ihr rief.

Und so wartete sie am folgenden Morgen, bis die Erde sie bei der Drehung um ihre Achse mit der Uhrzeit ihres Heimatlandes in Einklang gebracht hatte, und rief im chilenischen Justizministerium an.

„Du würdest tatsächlich auf deine Stelle an einer deutschen Universität verzichten, auf das Ansehen, das du dir in Europa verdient hast? Die Autorin von *Moira* will hierher zurückkommen, um sich in jener gottverlassenen Oase lebendig begraben zu lassen, einem elenden Loch in der Wüste?", hatte sie ihr ehemaliger Professor gefragt, ungläubig und zugleich darüber erfreut, gebraucht zu werden.

* * *

Dieses Loch in der Wüste ... Die Fahrzeugschlange bewegte sich ein Stück weiter auf die Abzweigung zu und riss sie für einen Moment aus ihren Gedanken. Als sie wieder zum Halten kam, sah Laura die Pilgerstadt vor sich liegen. Unter dem Feuerregen der Mittagssonne dehnte sich vor ihr das Tal der Oase voller Wein- und Obstgärten mit der Wasserquelle, die sie möglich machte, jener fruchtbare Einschnitt in der gegerbten Haut der Wüste, der sich über mehrere Kilometer hinzog und dabei nur fünfzig Meter unter die Horizontlinie abfiel. Eine geringe Tiefe, die ausreichte, um dem Ort den Namen „Pampa Hundida", gesunkene Ebene, zu geben, denn aus der Ferne gesehen verschwand sie wie eine optische Täuschung, eine Luftspiegelung, und es blieb nichts als die endlose Ebene und die schillernden, schwindelerregenden Spiegelungen der Salzpfannen. Von der Überführung aus, auf der sich die hupenden Autos stauten und die Pilger singend an ihr vorbeidrängten, erlebte Laura wieder das überraschende, unwirkliche Gefühl, das dieser grüne Fleck in der Wüste auslöste: Da war das unregelmäßige Schachbrett der Stadt, auf dem hier und da zwischen den Baumwipfeln die Straßen erkennbar waren, der Sendemast der Radiostation, die massigen Umrisse des Hotels Nacional, die drei- oder vierstöckigen Gebäude, die den Hauptplatz, die Plaza de la Matriz, umgaben. Und mitten auf der Plaza die Basilika, ihr unregelmäßiger Glockenturm, das Kirchenschiff kleiner als in ihrer Erinnerung, doch immer noch riesig für die geringe Größe des Ortes, ihre mondweiße Kuppel, Abbild des gleißenden Wüstenhimmels.

Und in der Nähe des Ortes, nur wenige Kilometer nördlich der Stadtgrenze, doch schon auf der öden, unbewohnten Ebene, wie in einer anderen Welt, die Ruinen. Die Geisterstadt der Salpeterminen, die dann zum Gefangenenlager geworden war und später wieder verfiel; die die Stadt verdoppelte wie eine Luftspiegelung oder eine Warnung. Oder, schlimmer noch, wie ein böses Omen: ihre Stacheldrahtumzäunung, ihre sternförmig angeordneten Holzbaracken, die mit eingestürzten Dächern einsam vor sich hin rotteten, das verlassene Theatergebäude, das vorsintflutliche Skelett der Dampfmaschine mit ihrem roststarrenden Gestänge, der hohe, löchrige Schornstein, der einst als Wachturm diente, mit den Löchern, auf denen der Wind des Nachts Flöte spielte und uns, die schlaflosen Bürger von Pampa Hundida, aus dem Schlaf aufschreckte wie das Klagen eines waidwunden Tiers: tuuuut …!

* * *

Drei Monate zuvor hatte Laura nach dem Telefonat mit dem Minister noch lange mit dem Hörer am Ohr dagesessen und das beharrliche, schmerzhafte „Tuuuut!" gehört, das sie an etwas erinnerte. Als sie endlich auflegte, wandte sie sich zum Fenster, das auf den Park der Universität hinausging. Dicht dahinter begann gleich der Wald, die Bäume wurden schon wieder grün. Während in Berlin der Frühling erwachte, zog dort unten, in ihrem Heimatland, der Herbst ein. Nicht jedoch, niemals, in der Einöde der Atacama-Wüste, der trockensten Gegend des Planeten, die nur eine einzige Jahreszeit kannte: die Sonne. Auf die andere Seite der Welt zurückzukehren, zu den Antipoden, von wo sie vor zwei Jahrzehnten hierhergekommen war … Der Tag blieb frisch und klar, nur wenige Angestellte liefen über die Wege zwischen den modernen Gebäuden der Universität, unter den Augen der Rehe, die zwischen den moosbewachsenen Stämmen des nahen Waldes von Zeit zu Zeit ihre nervösen Schnauzen, ihre samtigen Geweihe sehen ließen.

Laura sah ihr zweifaches Spiegelbild im Doppelfenster ihres Büros. Sie stand auf und musterte sich, maß sich, so wie man sie einst gemessen hatte (und ihr Maß war der Verrat gewesen). Würde sie der Herausforderung jetzt gewachsen sein? Sie war nicht mehr jung, aber sie sah nicht schlecht aus mit ihren vierundvierzig Jahren. Die langen Beine, der flache Bauch, die festen

Brüste, die sie mit einer Stunde Sport und einer weiteren Stunde Yoga täglich in Form hielt. Nur eine graue Strähne, die sie in ihrem sonst schwarzen Haar, glatt und glänzend wie das einer Asiatin, ungefärbt ließ, verriet mit entwaffnender Ehrlichkeit ihr wirkliches Alter. „Für wen hältst du dich eigentlich so in Form, Laura, du hast doch nicht mal einen Freund?!", fragten sie die Freundinnen im Sportstudio, mit dieser maliziösen Bewunderung von Frauen in den Vierzigern. Dann lächelte sie geheimnisvoll und gab nur vage Informationen über ihr Vorleben preis: Sie war schon jung Mutter geworden, hatte mit vierundzwanzig ihre einzige Tochter zur Welt gebracht, Claudia. Seit langem wusste sie um die Macht einer Frau, die morgens neben niemandem erwacht, und sie wusste sie zu nutzen.

Laura setzte sich wieder an den Schreibtisch und las noch einmal den Brief ihrer Tochter mit den Fragen, den sie von der anderen Seite der Welt bekommen hatte, von der anderen Seite der Zeit, von der anderen Seite ihres Lebens. Sie schaute auf die gleichmäßige, energische Schrift der jungen Frau, merkte gerührt, wie sie manchmal verzweifelt mit der spanischen Grammatik kämpfte. Sie liebte Claudia, war stolz auf sie, auf die zähe, wachsame Art von Eltern rebellischer Kinder. Sie hatte ihrer Tochter ihre Statur und ihr Aussehen vererbt, aber zu ihrem Leidwesen und gegen all ihre Ratschläge auch ihren kompromisslosen Hang zur Gerechtigkeit, einen Hang, den sie selbst vor langer Zeit gegen den Hang zur Philosophie eingetauscht hatte ... „Zur Theorie, Mamá!", berichtige ihre Tochter sie tadelnd.

Ja, sie hatte Claudia auch ihren Charakter vererbt, ihr unbezähmbares Misstrauen gegenüber den Rechtfertigungen, die wir erfinden, um leben zu können. Claudia ertrug es nicht, dass ihre Mutter eine Philosophin war. Ihr zufolge hieß das, dass sie nur nachdachte, statt zu handeln. „Und wenn das Gedachte nicht in Handeln umgesetzt werden kann, dann war es nicht der Mühe wert, gedacht zu werden, Mamá! Dabei gibt es so viele dringende Probleme auf der Welt ..." Vielleicht war Claudia deshalb nach dem Abitur in jenes Land zurückgekehrt, das sie nicht kannte, das aber dennoch das ihre war, um dort Jura zu studieren. „Den Beruf, den du aufgegeben hast, Mamá. Doch bei mir wird das anders sein: Ich will für Gerechtigkeit sorgen, nicht nur darüber philosophieren. Und das will ich dort tun, wo es die Mühe lohnt. Nicht hier in Deutschland, wo die Menschen alles haben. Ich will für die Armen und Schutzlosen kämpfen, in einem armen, schutzlosen Land. An der Veränderung der Welt mitarbeiten!" Genau deshalb wollte sie nach Chile gehen, „in ein junges Land, wo man noch Ideale haben kann".

„Ich will keine theoretische Gerechtigkeit wie die deine, Mamá! Ich will keine Wissenschaft, sondern Leidenschaft!" Und deshalb wollte sie an der Universität von Chile studieren und nicht an der Freien Universität Berlin, wo sie alles an ihre Mutter erinnerte. Die hatte sich an der philosophischen Fakultät mit ihrem prophetisch-pessimistischen Seminar über die Tragödie einen Namen gemacht und dann vor allem mit ihrem Buch *Moira*. Jetzt war es schon mehr als ein Jahr her, dass Claudia in jenem Land lebte, das sie beharrlich „mein Land" nannte. Und sie hatte sich sehr schnell eingewöhnt, als habe sie immer schon dort gelebt, und sprach sogar Spanisch mit einem nur ganz leichten Akzent, den man kaum als den einer Ausländerin identifizieren konnte. Seit Monaten versuchte Laura auch nicht mehr, sie umzustimmen, sie zurückzuholen. Es war offensichtlich, dass sie damit gescheitert war, sie auf Abstand zu halten, die Spuren zu verwischen, sie im freiwilligen Exil der Mutter zu verwurzeln.

Claudias „Rückkehr" in das Land, in dem sie nicht einmal geboren war, stellte für Laura die endgültige Niederlage dar, den Bankrott in diesem langen, schon zwei Jahrzehnte währenden Unternehmen von Flucht und Vergessen. Auf unerwartete Weise hatte ihre Tochter einen Instinkt für den Weg zurück nach Hause entwickelt. Einen Instinkt, eine Intuition, eine unbezwingbare Neugier.

Seit Claudia in Chile lebte, telefonierten sie ein paarmal im Monat miteinander. Meistens war es Laura, die ihre Tochter anrief, denn Claudia ließ oft zwei, drei Wochen verstreichen, ohne sich zu melden. Sie warf ihrer Mutter vor, sie nicht zu verstehen, ihr Leben kontrollieren zu wollen, und dass sie sich doch immer nur stritten; dass sie nichts zu erzählen hätte, was ihre Mutter wirklich verstünde. Und sie flüchtete sich in das störrische Schweigen einer Heranwachsenden.

Bis Laura plötzlich völlig überraschend diesen Brief bekam. Den ersten in den fast anderthalb Jahren, die sie jetzt getrennt waren, den ersten, seit Claudia in jenes ihr unbekannte Land gereist war. Als Laura den Poststempel mit dem Namen „Pampa Hundida" im violetten Kreis sah, wusste sie, noch bevor sie den Umschlag öffnete, was er enthielt. Und sie wusste auch, dass die Zeit, sich zu verstecken, vorbei war. Die Waage, die einmal, vor so vielen Jahren, in der Schwebe geblieben war, begann sich unaufhaltsam der Vergangenheit zuzuneigen. Dieser Brief kam von der anderen Seite der Zeit, aus einer versunkenen Welt, aus einer Geisterstadt. Darin erklärte ihre Tochter, sie hätte beschlossen, den Vater kennenzulernen, zu dem sie nie Kontakt gehabt hatte, und sei in den Großen Norden gereist, zur Oase und Pilgerstadt Pampa Hundida.

Claudia erzählte ihr in allen Einzelheiten von der Woche, die sie in dem Haus verbracht hatte, wo ihre Eltern vor ihrer Trennung lebten, in jenem Zimmer, das ihr Zimmer hätte sein sollen, wenn sie dort und nicht im Exil zur Welt gekommen wäre. Von der langen, durchwachten Nacht, die sie mit dem Mann geredet hatte, den „Vater" zu nennen sie sich nicht anzugewöhnen vermochte: mit Mario. Von den Kisten mit Büchern und Krimskrams, die er sie hatte durchforsten lassen und in denen sie Dinge fand, die von ihrer Mutter zurückgelassen worden waren, als sie fortging.

Und dann, als brächen alle auf einmal die Dämme der Entfremdung, des Verschweigens und der Einsamkeit, die Laura zu errichten versucht hatte, stellte ihre Tochter die Fragen, die offen waren zwischen ihnen, eine nach der anderen, unbarmherzig und unbeschwert von der Vergangenheit, wie es nur jene vermögen, die eine solche Vergangenheit noch gar nicht kennen, und die in jener Frage gipfelten: „Wo warst du, Mamá, als all diese schrecklichen Dinge in deiner Stadt geschahen?"

* * *

Die Fahrzeugschlange setzte sich wieder in Bewegung. Sie hatten jetzt die Überführung hinter sich gelassen, und die Karawane mit Lauras Auto in der Mitte fuhr langsam in die fruchtbare Senke der Oase hinab. Die Wüste blieb über ihnen zurück, verschwand einfach. Man hätte meinen können, sie sei nichts anderes als ein Traum, wäre da nicht der weiße Widerschein des Sonnenlichts gewesen, das die Salzpfannen spiegelten. Die Menschenmenge wurde dichter, die Fußgänger liefen auf der engeren Straße nahe neben den Autos her. Die Pilger sprangen aus den Bussen und grüßten aufmunternd diejenigen, die zu Fuß gekommen waren und nach Schatten und Wasser lechzten, die Büßer, die zu Boden fielen, weil sie gelobt hatten, den Weg bis zur Basilika auf Knien zurückzulegen, wobei sie sich den Rücken geißelten und so ihr Gelübde vom letzten Jahr einlösten.

Am Rand der Straße sah Laura einen Karren ohne Pferd, dessen Deichsel schräg in den Himmel ragte. In seinem schmalen Schatten saßen auf einer Decke drei schwarz gekleidete alte Frauen mit Tüchern über ihren Köpfen und boten Websachen feil, während sie nebenbei große Büschel Wolle spannen und webten.

Wieder hielt die Karawane an. Während oben in der Wüste ab und zu ein leichter Wind wehte, wurde hier im Tal die Hitze unerträglich. Laura öffnete das Autofenster, doch das reichte nicht, sie musste aussteigen. Dabei wurde ihr schwindlig, sie lehnte sich gegen das Auto und spürte, wie der Schein der Sonne, vom feinen Staub getrübt, sich wie eine Hand über sie legte, sie mit Schweiß überzog. Die Wolke rötlichen Staubs drang ihr in die Nase, in die Augen, tönte die Welt in eine blutähnliche Farbe, als habe jemand die trockene Kruste einer riesigen Wunde zerrieben, bis sie zu diesem feinen, rötlichen Pulver wurde, das die Menge aufwirbelte. Ans Auto gelehnt, kämpfte Laura gegen das Schwindelgefühl, die scharfen Gerüche, die die Menge verströmte.

Auf der anderen Seite des Menschenstroms konnte sie auf der Lichtung eines Wäldchens aus Tamarugo-Bäumen das Zeltlager einer großen Bruderschaft erkennen. Ein Grüppchen dieser Pilger – wahrscheinlich Leute aus dem Süden – schnitt gerade einem lebenden Lamm, das an den Hinterläufen von einem Ast baumelte, die Kehle durch, um das Blut aufzufangen und mit Gewürzen vermischt zu trinken – das *Ñachi*, ein ritueller Opfertrank –, bevor das Tier mit dem Beil zerteilt wurde.

Laura sah das Blut fließen und sich am Boden mit dem rötlichen Staub von der gleichen Farbe mischen, der Erde, die reines, getrocknetes Blut sein konnte, Zeugnis eines uralten, ewigen Opfers. Sie verspürte den unbezähmbaren Drang, sich zu übergeben. Sie wollte so schnell wie möglich weg von dort, doch der Verkehr war völlig zum Erliegen gekommen. In diesem Augenblick schien ihr der einzige Zufluchtsort – die einzige Zuflucht vor dem Blut des Lamms, das auf die blutrote Erde fiel – der karge Schatten des Karrens ein wenig weiter oben zu sein, wo die alten Frauen spannen und webten. Laura wollte sich durch den Strom der Pilger kämpfen, doch einer der Büßer, die die Straße herunterkamen und sich dabei den nackten Rücken geißelten, versperrte ihr den Weg. Der Mann schlug sich abwechselnd rhythmisch die mehrstriemige Peitsche über die linke und rechte Schulter, ohne Schmerz zu zeigen, konzentriert, beherrscht, in einer Art freudiger Ekstase.

Überwältigt vom Drang, sich zu übergeben – gelbliche Galle floss in den rötlichen Staub wie ein weiteres Opfer –, stand Laura gegen den Wagen gelehnt und dachte, mit welch seltsamer Klarheit sie inmitten des Anfalls von Übelkeit diese drei- oder vierfache Harmonie bemerkte: das Blut des getöteten Tiers, die Blutstropfen wie Blüten oder Trauben auf dem Rankgitter des Pilgerrückens, ihre eigene Galle, all dies gemischt mit dem feinen, rötlichen Staub, der selbst wie eine Blutkruste über einer riesigen, vor Schmerz brodelnden Wunde war.

„Fühlst du dich nicht gut, Töchterchen?"

Unterstützt von einer großen, braunen Hand, die ihr sanft, doch intensiv den Solarplexus rieb, richtete Laura sich auf. Eine der schwarz gekleideten Alten stand neben ihr. Doch aus der Nähe schien die Frau, wie sie Laura da so breit mit ihren im kupferfarbenen Mondgesicht blitzenden Zähnen anlächelte, überhaupt nicht älter als sie selbst zu sein. Ungläubig und verwirrt sog Laura den Geruch von roher Wolle und Zitrone ein, den dieser große Körper verströmte – und den sie wiedererkannte. Eine weit zurückliegende, längst begrabene Erinnerung, aus dem Staub selbst erwachsen, stand plötzlich vor ihr.

„Sie haben sich ja immer noch nicht das Pferd für Ihren Karren gekauft", sagte Laura schließlich.

Und die andere lachte, wobei ihre großen Brüste hin und her schwangen.

„Ah, Sie erinnern sich ja noch, Töchterchen, dass Sie mir einmal das Geld für den Gaul schuldig geblieben waren. Nein, stellen Sie sich vor, es gibt ja kaum Arbeit für uns."

„Gibt es denn für eine Hebamme hier in der Stadt nichts mehr zu tun?"

„Heutzutage ist alles moderner, jetzt besuchen uns geprüfte Krankenschwestern, wissen Sie. Es gibt auch ein neues Krankenhaus. Aber wegen der üblichen Sachen kommen die Leute auch weiter zu mir. Unterdessen helfe ich mir wie immer mit der Wolle meiner Lamas, wie Sie sehen. Und sehen Sie nur, die Leute kaufen lieber die handgewebten Stoffe."

Es entstand eine Stille zwischen ihnen, und mit der Stille kam die Erinnerung zurück. Laura sah sich auf dem Rücken liegen, nackt, ihre Beine hingen an Seilen, und sie sprach zum Abgrund oder zum Kalenderbild der Schutzpatronin, das neben ihr im Dampf eines kochenden Wasserkessels hin und her schwang …

„Wo warst du, Mamá, als all diese furchtbaren Dinge in deiner Stadt geschahen?"

Plötzlich wusste Laura, dass sie schon den Beginn einer Antwort für ihre Tochter hatte, die tatsächlich ihrem Leben gerecht wurde; dazu wenigstens diente diese Rückkehr. Sie hatte dort unter dem löchrigen Dach gegangen, würde sie ihr sagen, und den Abgrund angeschrien. Sie hatte immer dort gehangen! Hatte nie aufgehört, dort zu hängen.

Vielleicht erkannte die Hebamme den Schatten dieser Erinnerung in Lauras Gesicht, denn plötzlich hob sie ihre braune Hand und streichelte mitleidig ihre Wange: „Danke, dass Sie sich an mich erinnert haben, Töchterchen. Wissen Sie, alle Welt vergisst immer uns Hebammen. Dabei sind alle zuallererst in unseren Händen gewesen."

Dann drehte sie sich um und ging zwischen den Pilgern hindurch zu ihrem Karren zurück, zu ihren *Comadres*, ihren Gevatterinnen. Kurz bevor sie wieder bei ihnen war, wandte sie sich noch einmal um und rief ihr von der anderen Seite des Pilgerstroms herüber: „Sie haben es nie bereut, nicht wahr, Töchterchen?"

Da fühlte Laura, wie sie ein großer Frieden erfüllte. Sie brauchte sich nicht anzustrengen, nicht einmal ihre Erinnerung zu bemühen, um zurückzurufen:

„Nein, niemals!"

2

Claudia, meine Tochter, es ist zwei Uhr morgens hier in Berlin und ich war gerade in deinem Zimmer. Ich habe mich auf dein leeres Bett gesetzt, habe die Dinge in die Hand genommen, die du auf dem Nachttisch zurückgelassen hast, habe die Fotos in ihren Rahmen betrachtet - da stehst du nackt und lachend in der Tür der Hütte am Wannsee, wo wir immer im Sommer waren: Du bist fünf oder sechs Jahre alt und ganz rot vor Kälte. Auf einem anderen Foto sitze ich ein paar Jahre später auf der Terrasse jenes Häuschens und lese. Da hattest du mich überrascht, und ich lächle nicht und weiß nicht mal, dass du mich fotografierst. Ich glaube, jetzt verstehe ich, weshalb du dieses Bild gemacht hast: Ich sitze hinter einem Buch. So hast du mich während deiner Kindheit und Jugend ja meistens gesehen und mir das auch vorgeworfen, bevor du nach Chile gingst: Ich war in deiner Nähe, doch wie in einer anderen Welt, war da, aber auch weit weg, las immer, dachte immer nach, versteckte mich hinter all den Büchern! Jetzt habe ich unter den Fotos eins gesucht, auf dem wir beide zusammen zu sehen sind, und konnte keins finden. Du und ich, wir waren ja allein, du hast mich fotografiert und ich dich, aber wir hatten niemand - ich wollte niemanden haben -, der uns zusammen fotografierte. Das ist jetzt nicht der richtige Moment, um mich zu entschuldigen, und ich weiß, dass du das auch nicht erwartest. Deshalb hast du mir ja nicht geschrieben. Du hast mir geschrieben, damit ich dir eine Frage beantworte, die alle anderen enthält, ihnen vorhergeht, wie Embryo und Fötus den Menschen enthalten, den wir lieben werden und der uns später Fragen stellt wie diese: „Wo warst du, Mamá, als all diese furchtbaren Dinge in deiner Stadt geschahen?"

„Wo warst du, Mamá ...?" Ich werde dir erzählen, wo ich war. Doch bevor ich das tue, muss ich eine Mauer einreißen oder darüber hinwegspringen, dem toten Pferd meiner Erinnerung die Sporen geben - diesem Vollblüter, den ich einmal geritten habe - und ihn zwingen, über den Abgrund auf die andere Seite zu springen ... (wo unter dem Feigenbaum, durch den die Sterne leuchteten, der bleiche junge Mann auf mich wartet, der mich nach all diesen Jahren auch jetzt noch um Schutz, um Hilfe bittet).

Ich schließe die Augen und sehe die junge Frau vor mir, die ich vor zwei Jahrzehnten war. Ich sehe sie in dem Spiegelbild dieser Frau von vierundvierzig Jahren, die an ihrem Schreibtisch vor dem großen, dunklen Fenster sitzt, das auf den Savignyplatz hinausgeht, wo du als Kind gespielt hast. Über die Torbögen gleiten wie Gespenster die Schatten der Linden, die der Frühling gerade erst grün werden lässt. Das Bild von der Frau, die ich bin, und jener, die ich war, ringen miteinander, wechseln sich ab, und schließlich siegt die Vergangenheit - immer besiegt uns die Vergangenheit: Die blutjunge Richterin von Pampa Hundida, die ich einst war, erscheint im Fenster und schaut mir in die Augen: Wo warst du all die Jahre?, fragt sie mich vorwurfsvoll, genau wie du; warum hast du mich hier zurückgelassen, auf der leuchtenden Salzebene? Weshalb hast du mich in den Händen dessen gelassen, dessen Namen nicht genannt werden darf, weil er „der, der das Licht bringt" bedeutet?

Die Soldaten kamen um die Mittagszeit eines Tages im Oktober 1973, einen Monat nach dem Putsch. Die Kolonne der Militärlastwagen wirbelte auf dem Weg zur Oase, der damals noch eine Sandpiste war, rötlichen Staub auf - jetzt schreibst du mir in deinem Brief, dass er zur modernen Straße geworden ist, im Zuge des allgemeinen Fortschritts asphaltiert wurde. Am Stadtrand teilte sich die Kolonne: Ein Teil umrundete die Oase und fuhr zur Wüste hinauf, dorthin, wo die Ruinen der alten Salpetermine liegen, während der andere Teil über die Hauptstraße in die Stadt hineinfuhr, wo er auf der Plaza vor dem Rathaus haltmachte.

Ich versuchte, zu widerstehen und - an den Mast meiner Pflicht gebunden - auf meinem Richterstuhl zu bleiben, doch es war umsonst. Eine Neugier oder eine Vorahnung, die mächtiger war als ich selbst - oder die Vorahnung der Macht selbst war -, zog mich zur Plaza hin, wo sich in der gnadenlosen Mittagssonne - nie war der Ausdruck „gnadenlos" treffender - schon um die hundert Menschen eingefunden hatten.

Zwei mit Planen bedeckte Lastwagen hatten sich an den Zufahrten zum Platz postiert. Die Soldaten waren abgesprungen und in Stellung gegangen. Als ich beim Rathaus ankam, stand ein Jeep mit einem Pferdeanhänger am Fuß der Treppe, die zur wappengeschmückten Eingangstür unter den eisernen Balkongeländern hinaufführte. Ich erinnere mich, Claudia, dass ich stehen blieb und diesen Anhänger musterte. Anfangs ohne zu verstehen, was das war, und dann immer verblüffter stand ich da und ließ es geschehen, dass der Geruch nach Pferd, nach Dung mir in die Nase drang. Noch auf die zehn Meter, die ich davon entfernt stand, konnte man die scharfe Jauche riechen. Und dann hörte ich das unsichtbare Tier stampfen und schnauben, verzweifelt mit den Hufen gegen die Wände seines Gefängnisses schlagen, während durch die vergitterten Fenster der Schaum seiner Nüstern zu erkennen war. Ich erinnere mich, dass ich Angst verspürte, dass ich keine Luft mehr bekam. Vielleicht lag es an der heißen Mittagssonne und der Menschenmenge, die mich umgab, aber ich konnte nur dumpf an dieses Tier denken, das da in dem engen Metallgehäuse eingesperrt war, an die Hitze, die darin herrschen musste, das wütende Wiehern, das plötzlich die Willkommenszeremonie unterbrach, die die neue Stadtregierung anberaumt hatte.

Und dann sah ich den befehlshabenden Offizier: groß, muskulös, ungeduldig, mit der kurzen Uniformjacke der Kavallerie, der sich von der Zeremonie abwandte und zum Anhänger des Tiers – seines Tiers – schaute und beruhigend mit der Zunge schnalzte. Gleichzeitig drohte er ihm, indem er sich mit der Reitpeitsche in seiner behandschuhten Hand aufs Bein schlug und dabei die auf dem Platz versammelten Menschen anschaute – so als beruhige er auch uns und drohe uns mit dem Schnalzen seiner Zunge und seiner Peitsche.

Ich sagte, ich sah diesen Offizier, Claudia, aber das reicht nicht. Ich sollte besser sagen, dass mich sein Anblick bestätigte. Er bestätigte in mir ein niederträchtiges Gefühl, eine Vorahnung jener Niedertracht (Niedertracht hat mit Erniedrigung zu tun), die mich beschlichen hatte, seit ich einen Monat zuvor die Nachricht vom Militärputsch erhielt. Der Anblick des Offiziers bestätigte mir diese dunkle Vorahnung, und mir wurde nach und nach klar, dass ich mich vom Tag des Putsches an begonnen hatte, schuldig zu fühlen.

Schuldig woran, Mamá?, wirst du mich fragen, Claudia. Um dir das zu erklären - angenommen, man kann das Schicksal erklären -, müsste ich dir einiges aus meinem Leben davor erzählen, meiner Kindheit und Jugend, und das will ich ein bisschen später auch tun. Für den Moment soll es ausreichen, wenn ich dir sage, das mich die Nachricht vom Militärputsch gegen Allende völlig unvorbereitet und schutzlos traf. Meine erste Reaktion war Fassungslosigkeit. Keine Wut, sondern diese Art von Entsetzen, die man angesichts bestimmter Naturkatastrophen empfindet. Der Präsidentenpalast „La Moneda", der alte Kolonialbau in Santiago, Sitz der Regierung von Chile, der seine lange Demokratie beherbergt hatte, war bombardiert und in Brand gesteckt worden. Von den Flammen bedroht, hatte sich der Präsident mit seiner eigenen Maschinenpistole selbst getötet. Das monumentale historische Werk, das unser Land von oben bis unten hätte verändern sollen, endete nach eintausend Tagen in einer Tragödie, die den griechischen Klassikern alle Ehre gemacht hätte: Der König war mit seinem Palast untergegangen, geopfert von den nicht zu bändigenden Mächten, die er selbst entfesselt hatte. Die Ruine rauchte noch tagelang. Für jeden, der es hören wollte, erklang zwischen den Trümmern der Bocksgesang (genau das bedeutet Tragödie nämlich: Bocksgesang).

Die ersten Tage, nachdem die Militärs und ihre Verbündeten die Macht übernommen hatten, verbrachte ich wie in Trance. Ich ging auf der Schattenseite der Straße zwischen unserer Wohnung und dem Gericht von Pampa Hundida hin und her und versuchte, vor meinen „Mitbürgern" die äußeren Anzeichen meiner Benommenheit, meiner Verwirrung, meines unerklärlichen Schuldgefühls verborgen zu halten. Ich fürchtete mich davor, irgendeinen Bekannten zu treffen, eine zwanglose Unterhaltung beginnen zu müssen. Schließlich und endlich war ich immer noch die Richterin von Pampa Hundida. Was geschähe wohl jetzt, so fragte ich mich, wenn irgendjemand käme und von mir verlangte, Recht zu sprechen? Was sollte ich ihm antworten? Wie ihm erklären, dass auch ich keine Antworten hatte, dass keine meiner Rechtsnormen ausreichte, um das, was da geschah, zu korrigieren, ja, nicht einmal, alles zu verstehen? Obwohl ich, technisch gesehen, einer Gewalt angehörte, die unabhängig geblieben war, der Jurisdiktion: Was bedeuteten solche technischen Kleinigkeiten schon angesichts des Schweißes der Geschichte?! Im Gegenteil, verzweifelt spürte ich immer stärker, dass ich selbst, wenn ich nicht irgendetwas unternahm, bald unweigerlich auch die neue Ordnung repräsentieren würde. Doch was sollte ich tun? Mein Amt niederlegen? Dieser Gedanke ging mir immer wieder durch den Kopf. Doch wäre dies, so widersprach ich mir selbst, der schlimmste Verrat überhaupt: Gerade jetzt musste ich auf meinem Posten bleiben, auch wenn mein Instinkt mich zum Weglaufen drängte. Eine Vorahnung, diese Magnetkraft, mit der das Schicksal uns von weitem anzieht, wenn es etwas von uns will, hielt mich zurück. Ich fühlte mich nutzlos und gleichzeitig gebraucht. Wie naiv war doch diese andere noch, die ich gewesen war, und die wenig später sterben sollte!

Und so kam ich, äußerlich unversehrt, doch innerlich zerrissen, Morgen für Morgen ins Gericht, ging durch die Schranke, setzte mich kerzengerade auf meinen Richterstuhl und befragte die kleine Statue, die ich stolz neben die Gesetzbücher auf eine Seite meines Schreibtischs gestellt hatte. Die kleine Statue der Frau mit den verbundenen Augen, die Schwert und Waage in den Händen hielt und die man mir überreicht hatte, als ich nur ein paar Jahre zuvor, die mir jetzt schon wie eine Ewigkeit vorkamen, das beste Examen meiner Generation abgelegt hatte. Die Waage wog plötzlich mich selbst, legte meine akademischen Ideale in eine Schale und die Ahnung von Schuld in die andere. Das Schwert hingegen machte mir denselben stummen Vorwurf, den ich in den Gesichtern meiner Mitbürger zu sehen glaubte: Würde ich denn nichts damit machen? Würde ich es Rost ansetzen und stumpf werden lassen? Plötzlich war mir klar: Das Gesetz war verschwunden, die legitime Macht war hinweggefegt worden, und in den Trümmern blieb nur ich übrig auf meinem hohen Stuhl, hinter meiner Gerichtsschranke, völlig allein: die einzige verfassungsmäßige Macht, die scheinbar unangetastet geblieben war. Diese Richterin, nur bewaffnet mit einer Waage und einem Spielzeugschwert: Würde sie in der Lage sein, Recht zu schaffen in den Zeiten der Willkür, die jetzt anbrachen?

Ich ahnte die Antwort auf diesen Zweifel. Die junge Frau, die ich war, wusste insgeheim, dass man kommen und sie um Gerechtigkeit bitten würde, und dass sie schuldig werden, sie verweigern würde. Ach, wenn sie sich allein dessen schuldig gemacht hätte!

* * *

Es war ein Anhänger für Pferde, silberfarben, er blendete die Augen unter der unbarmherzigen Mittagssonne. Darin stampfte und schnaubte und wieherte das wütende, wahnsinnig gewordene Tier, schlug mit den Hufen gegen die Metallwände seiner stickigen Zelle, versuchte auszubrechen. Und sein Herr beruhigte das Tier und drohte ihm. Das ist entscheidend: Er beruhigte es und drohte ihm gleichzeitig.

Aus einem Grund, den ich nicht vollständig benennen kann, der aber mit dieser erniedrigenden Vorahnung von Schuld zu tun hat, konnte ich, während ich den Offizier mit seiner Peitsche in der Hand sah, nicht vermeiden, an meine Kindheit zu denken. Von dem Augenblick an, Claudia, und während der langen Zeremonie und den absurden Reden, die dann folgten, war ich nicht mehr dabei. Ich war sehr weit weg, ritt im Regen am Ufer eines Sees entlang, ohne Sattel, so wie ich es als Kind immer getan hatte. So als ob das Tier, das um sich trat, um aus jenem fahrenden Gefängnis zu entkommen, meine eigene Erinnerung war oder vielleicht etwas anderes, dieses abscheuliche Schuldgefühl, das mit Macht aus mir herausdrängte.

3

Mario schien die beiden letzten Jahrzehnte genau an diesem Platz verbracht zu haben: mit einem Aperitif an der Bar des „Círculo Español", die Ellenbogen aufgestützt, so wartete er auf sie. Laura sah ihn schon, als sie hereinkam, im langen, schräg gestellten Spiegel über dem Wald aus Flaschen hinter der Bar. Und sie verglich ihn mit ihrer Erinnerung, prüfte, wie sehr er ihre Vorahnungen erfüllt hatte: seine hartnäckige Neigung zur Nachlässigkeit, seine Trägheit, die dicken, weichen, ein wenig weiblichen Lippen, die inzwischen das männliche Kinn dominierten und die Erwartung erfüllten, die ihr einst geholfen hatte, vor ihm zu fliehen: ein magerer Mann über fünfzig mit schlecht gefärbten Schläfen und einem Tweed-Jackett, das ihm um die Schultern schlotterte – dieses Tweed-Jackett mitten in der Wüste! –, so saß er da und spielte Würfel, unter den aufmerksamen Blicken von Rafael, dem Barkeeper. Der Lebemann, der aussah wie ein gealterter Bacchus und mit dem Geschick des Spielers den Knobelbecher schüttelte, den er dann lustlos fallen ließ, mit jener geübten Drehung des Handgelenks, die seine jahrzehntelange Bekanntschaft mit dem Pech verriet.

Plötzlich hob er den Blick und schaute sie im fleckigen Spiegel hinter der Bar ein paar Sekunden lang an, blinzelte und fuhr sich mit der Zunge über die dicken Lippen, und es war nicht klar, ob er sie erkannte oder ob diese Erscheinung hinter den Flaschen ihn erschreckte; ob er sich an die Verabredung erinnerte, die er ihr ein paar Stunden zuvor aufgezwungen hatte, oder ob er nichts mehr davon wusste – und das, was er da im Spiegel sah, wäre das furchterregende Gespenst der jungen Ehefrau, die ihn zwanzig Jahre zuvor verlassen hatte.

Mario hatte am Gericht auf Laura gewartet, als sie kurz nach Mittag in Pampa Hundida angekommen war. Mit einem Fuß an die Mauer gestützt, auf einem Zahnstocher kauend, so stand er auf der Schattenseite der Straße: die Verkörperung jenes Provinzreporters ohne Nachrichten, der er war. Und bevor sie entscheiden konnte, ob sie ihn nicht lieber übersehen wollte, hatte Mario ihr die Autotür geöffnet, seine Arme ausgebreitet und ein fröhliches Gesicht aufgesetzt, als hätten sie sich erst kürzlich gesehen. „Laura, die Jahre gehen spurlos an dir vorüber!", hatte er ausgerufen, wie der Kavalier in einem schlechten Film.

Laura dachte, dass man sie ihm sehr wohl ansah, die Jahre, und zwar ganz genau. Noch bevor sie seine langen, gelben Zähne bemerkte, noch bevor sie sich mitten auf der Straße umarmen ließ und diesen Geruch von Feuchtigkeit roch, den die Kleider alleinstehender Männer ausdünsten, noch bevor ihr das schmuddelige Seidentuch um seinen Hals auffiel, das sie ihm einundzwanzig Jahre zuvor zum ersten Hochzeitstag geschenkt hatte und das er sicher ihr zu Ehren umgebunden hatte, tat Laura seine Stimme leid. Diese Stimme, die einmal männlich und melodiös geklungen hatte, die Stimme des Radiosprechers, der natürliche Bariton, in den sie sich als junge Frau verliebt hatte, klang jetzt brüchig, aufgeraut durch billigen Tabak und nächtliche Stunden vor dem Mikrophon, mit zerschlissenen Stimmbändern, manche von ihnen wahrscheinlich gerissen wie die Saiten eines alten Klaviers.

Während er ihr Gepäck in das obere Stockwerk des Gerichtsgebäudes trug, wo sie die Wohnung für die alleinstehenden Richter beziehen sollte, erzählte ihr Mario, dass Claudia ihn von

Santiago aus angerufen und ihm von der unerwarteten Entscheidung ihrer Mutter erzählt hatte, unverzüglich in den Norden zu fliegen. Da hatte er seine Arbeit im Sender unterbrochen, um vor dem Gericht Stellung zu beziehen und dort ein paar Stunden auf sie zu warten, weil er der Erste sein wollte, der sie willkommen hieß und zum Abendessen einlud. „Damit mir ja niemand zuvorkommt", sagte er. Und dabei lächelte er schief, wie jemand, dem ein Zahn fehlt oder der nicht die Wahrheit sagt.

Nach vielen Entschuldigungen hatte es Laura erreicht, dass er sie vor diesem „Willkommensessen" ein paar Stunden schlafen ließ, „im Círculo Español, Laurita, dem besten Restaurant der Stadt". Und obwohl sich ihr nach dem Übelkeitsanfall kurz vor der Ankunft beim Gedanken an Essen der Magen umdrehte, hatte sie eingewilligt, weniger, weil sie ihn sehen wollte, als um endlich diese kaputte Stimme loszuwerden, die ihr eine solche Wiedersehensfreude vorheuchelte.

Und jetzt saßen sie im Speisesaal des Círculo, wohin Mario noch seinen grünen Aperitif mitgenommen hatte. Laura musterte die Einrichtung im maurischen Stil, die Tapeten mit Marmordekor, den plätschernden Brunnen in der Mitte des Raums die Zimmerpalmen. Wie es in der Erinnerung oft geschieht, waren die Dinge während ihrer Abwesenheit kleiner geworden, oder sie selbst war in der Entfernung gewachsen. Der Saal hatte sich gut gefüllt mit den Wohlhabenderen unter den Pilgern, die das Tanzen auf der Plaza unterbrachen, um etwas zu essen. Manche trugen ihre Kostüme und hatten ihre Teufelsmasken wie große, abgeschlagene Köpfe an die Haken neben den Tischen gehängt. Mario saß ihr nervös gegenüber und redete mit seinem Pfefferminzatem sprunghaft über alles Mögliche, füllte jede Sekunde des Schweigens, bemühte sich, den geringsten Anlass zu vermeiden, zwischen ihnen die Vergangenheit wieder erstehen zu lassen. Damit das nicht geschah, überschüttete er sie mit billigen Komplimenten: „Du siehst ja frischer aus als die Blumen hier", und mit Klatsch und Tratsch aus der Stadt: „Erinnerst du dich an Lucinda? Die ist ihrem Mann durchgebrannt, mit ..." Oder er brüstete sich mit seinen Erfolgen: Der Radiosender, bei dem er nicht nur Starreporter und erster Sprecher, sondern auch Direktor war, stand glänzend da. Natürlich würde er Laura in seine beliebte Samstagssendung einladen. Er wusste auch schon, wie er sie ankündigen wollte: „Die Gerechtigkeit ist zurück in Pampa Hundida ..."

Er deutete den Titel mit einer übertriebenen Geste seiner großen, weichen Hände an. Laura stellte ihn sich vor, wie er mit seiner brüchigen Stimme vor dem Mikrophon saß, gegen die Müdigkeit ankämpfte, die Leere, den Brummschädel. Scherzhaft sagte sie: „Du hast mich also eingeladen, um das Interview vorzubereiten. Hast du etwa Angst, ich könnte etwas erwähnen, was nicht erwähnt werden sollte?"

Mario steckte die Hand in seine Jackentasche, klimperte mit ein paar Münzen und schaute dabei nervös über seine Schulter. Laura erinnerte sich an diese ausweichende Geste, diesen scheuen, ängstlichen Blick: Immer, wenn er sich in die Enge getrieben fühlte, suchte er nach einem Vorwand, um das Unvermeidliche hinauszuschieben.

Dabei war er nicht immer so gewesen. Plötzlich sah Laura den Dreißigjährigen vor sich, den sie zwei Jahrzehnte zuvor geheiratet hatte, in einer so weit entfernten Jugend, als läge diese unter einer dicken Gesteinsschicht wie das Fossil einer erloschenen Liebe. Bevor sie hierher in diese Pilgerstadt zogen, war Mario ein vielversprechender Journalist gewesen, der davon träumte, Schriftsteller zu werden. Er hatte Talent und Willen, vor allem den Willen, Talent zu haben; den Willen, sein Talent auf dem Papier denselben Reiz ausüben zu lassen wie seinen Bariton, mit dem er seine Zuhörerschaft begeistern konnte. Was ihm fehlte, waren Fleiß, Zähigkeit und viele Stunden des Schreibens; und viele tausend zerrissene Seiten. Er musste all diese Geschichten verbrennen und ganz neue beginnen, neu mit sich selbst beginnen. Er musste wenigstens einmal sterben, das sollte fast jeder Schriftsteller tun, bevor er zu schreiben begann; so sagte er selbst es immer. Ihm fehlte damals noch fast alles. Doch weder Laura noch ihn erschreckte dieses Wort: Wenn man noch jung ist, dann ist „alles" das Mindeste, was man vom Leben erwartet.

Nein, Mario Fernández war nicht immer dieser jämmerliche, alternde Lebemann gewesen, der sich auf die fleischigen Lippen biss und dem eigentlichen Grund seiner Einladung beharrlich auswich.

„Okay, Mario, jetzt haben wir schon eine Stunde lang über alles Mögliche geredet, vielleicht ist es Zeit, dass du mir sagst, worüber wir nicht reden sollen."

Mario warf wieder einen Blick über seine Schulter und sagte unvermittelt: „Sie kommt ganz nach dir."

„Ich bin ihre Mutter."

„Sie hat mich daran erinnert, wie du warst, wenn wir stritten. Du wolltest ja immer, dass wir Dinge beim Namen nannten, die besser keinen haben sollten …"

„Einverstanden, Mario", gab Laura nach, ließ sich von seiner Nervosität erweichen und ging auf sein Ablenkungsmanöver ein. „Lass uns also über unsere Tochter reden. Über ihren Besuch bei dir."

Claudia hatte sich vier Monate zuvor bei ihm angemeldet, nur ein paar Tage vor ihrem Besuch und ohne ihm eine Alternative zu lassen. Sie wollte ihn kennenlernen und dafür ein langes Wochenende an der Universität nutzen; Claudia hoffte, Mario könne sie beherbergen und etwas Zeit für sie aufbringen. Schließlich war dies das erste Mal in ihrem ganzen Leben, dass sie ihren Vater um etwas bat. Er hatte sich Hilfe geholt, um das Gästezimmer wieder herzurichten, hatte sich ein Hausmädchen zum Putzen schicken lassen und Bettwäsche geliehen. Dann empfing er seine Tochter, bereit, ihr die Stadt und die Wüste zu zeigen, sie der kleinstädtischen Gesellschaft vorzustellen, den Damen, die ganz versessen darauf waren, die sagenumwobene, im Ausland lebende Tochter kennenzulernen. All das interessierte sie jedoch nicht. Gleich nach ihrer Ankunft begann das Mädchen, ihn nächtelangen Verhören zu unterziehen; es hätte nur noch gefehlt, dass sie ihm eine Lampe ins Gesicht hielt. Sie hatte sich nicht bei trivialen Geschichten aufgehalten, sondern war gleich zum Kern ihrer Zweifel gekommen.

„Genauso, wie es ihre Mutter immer gemacht hat", fügte Mario hinzu, mit einer Art von Zärtlichkeit, die vom mangelnden Gebrauch, von der Sentimentalität, vom süßen Likör weich geworden war.

Weshalb hatten ihre Eltern sich damals getrennt? Warum war Mario sie nie besuchen gekommen? Weshalb hatte er sie nie eingeladen, ihn zu besuchen? Wo war er in der Nacht gewesen, als sie einen Traum gehabt hatte und nach jemand rief, den sie nicht kannte? Oder an dem Nachmittag, als sie zur Frau wurde?

„Und schließlich fragte sie mich ..."

Mario zögerte und schaute noch einmal über seine Schulter, doch diesmal nicht, als schaue er sich nach Hilfe um, sondern als wolle er sich vergewissern, dass ihn niemand hörte. Laura kam ihm zuvor:

„Sie fragte dich, wo du warst, als all diese schrecklichen Dinge in dieser Stadt geschahen, stimmt's?"

„Ja, sie fragte mich, wo ich war und wo du warst. Und wo die ganze verdammte Stadt war!"

Claudia hatte ihn einer regelrechten Inquisition unterworfen, auf die er nicht vorbereitet war. Er verstand, dass man solche Fragen stellen konnte. Er verstand, dass sie eine politisierte junge Frau war, Jurastudentin, im Exil geboren und in Berlin aufgewachsen, einer Stadt, wo die Vergangenheit und die Geschichte offen zutage lagen, wo sie den Fall der Mauer erlebt hatte, die unter dem Gewicht des Versagens von Generationen zusammengebrochen war. Er erkannte, dass sie bei dieser Reise zu den Wurzeln ihrer Herkunft glaubte, sie käme in ein Land, wo gerade andere Mauern gefallen waren und eine unbekannte Landschaft freigelegt hatten, so unbekannt wie diese Wüste und die Schuld der Generation ihrer Eltern. Er ahnte, dass es hier wie in Berlin nicht die Alten, sondern die Jungen sein würden, die fordern würden, sich an die Vergangenheit zu erinnern, und zwar genau von denen, die sie lieber vergessen wollten. All dies konnte er nachvollziehen, doch was Mario nicht vorhergesehen hatte, war sein Gefühl, dass seine eigenen Antworten unecht klangen, dass er allzu lange, zögerliche, ausweichende Antworten gab, verdächtig schon durch ihre Kompliziertheit.

„Und du wusstest nicht, wie du ihr antworten solltest", half ihm Laura.

„Nein, ich wusste nicht, wie, ohne zu erwähnen ..."

„Das, was du zu hören nicht geboren warst."

„Ich weiß gar nicht, weshalb sich eine junge Frau, die im Ausland geboren und aufgewachsen ist, für all dies interessiert ... Wie kann sie denn überhaupt verstehen, was es bedeutete, unter der Zensur als Journalist zu arbeiten? Was es bedeutete, zu wissen, worüber man nicht berichten konnte?"

„Und worüber du immer noch nicht berichten kannst."

Mario dachte einen Augenblick darüber nach, nahm einen Schluck seines Aperitifs, wartete, bis der Likör sein bitteres Lächeln süßer werden und ihn zu seinem Zynismus zurückkehren ließ.

„Eins musst du zugeben, Laura", entgegnete er dann leicht verärgert. „Diesmal waren meine Ausflüchte doch zu etwas nütze. Wenn ich Claudia nicht die Antwort verweigert hätte, dann wäre sie mit ihren Fragen nicht durch die halbe Stadt gezogen. Und wenn die Leute ihr nicht so ausweichend geantwortet hätten, dann wäre sie nicht beim Anwalt Martínez Roth gelandet. Ohne ihn hätte sie nicht von den Anschuldigungen gegen den Major Cáceres erfahren, und dass du damals die Richterin hier gewesen bist. Und dann hätte Claudia dir nicht geschrieben und dich all das gefragt, was sie dich vermutlich gefragt hat, genauso wie mich. Und ohne diesen Brief wärst du vielleicht gar nicht hier ..." Mario machte eine Pause, bevor er schloss: „Also haben meine Ausflüchte dich hergebracht, Laura, das musst du zugeben."

Ja, auch wenn ihm der Zynismus schlechter stand als die Bitterkeit, musste Laura zustimmen. Mario lag ziemlich richtig, oder der Likör sorgte dafür, dass er richtig riet: Ohne diese Kette von Ereignissen – das Wort „Kette" war das angemessenste – hätte Claudia nicht ihrer Mutter diesen Brief mit dem violetten Poststempel aus Pampa Hundida geschrieben, den Laura drei Monate zuvor erhalten hatte.

In dem Brief erzählte ihr Claudia auch von den Strafverfahren gegen den Oberst a. D. Cáceres, den der junge Anwalt Martínez

Roth angestrengt hatte – „es scheint fast so, als wären die Einzigen, die in diesem Land bereit sind, sich der Vergangenheit zu stellen, diejenigen, die sie nicht erlebt haben" – und bei denen ein gewisser Fuenzalida, der korrupte Richter, den Laura jetzt ersetzen sollte, Cáceres sofort und von allen Anklagepunkten freigesprochen hatte. In dem Brief legte sie ihr auch dar – und mit welch juristischem Talent! –, was diesen gescheiterten Verfahren vorausgegangen war, welche Daten der junge Anwalt vergeblich zusammengetragen hatte. Worauf sie unvermeidlich bei den Fragen landete, die die beiden in der ganzen Stadt gestellt hatten und die anscheinend niemand beantworten wollte. Fragen, die sie nun ihrerseits, gezielt und persönlich, ihrer Mutter stellte: „Warum hast du mir nie erzählt, dass du einen Schlächter wie diesen Cáceres kanntest? Weißt du, dass er jetzt genau dort lebt, wo er seine Verbrechen begangen hat, sich so über die Justiz lustig macht? Warum hast du mir fast nichts über diese Pilgerstadt erzählt, die direkt neben einem Gefangenenlager blühte und gedieh? Weshalb musste ich erst hierherkommen, um zu erfahren, dass du die Richterin von Pampa Hundida warst, als hier einige der schlimmsten Verbrechen der Diktatur begangen wurden?"

Derweil entschuldigte sich Mario, verzieh sich selbst und empörte sich sogar: „Ich muss mich für gar nichts rechtfertigen, ich habe getan, was ich konnte ..."

Plötzlich spürte Laura einen seltsamen Anfall von Wut, fühlte, wie das Gefühl von ihr Besitz ergreifen wollte; wie etwas, das nicht zu ihr gehörte und sie ein wenig ekelte. Es war, als habe der Kadaver der Liebe zwischen ihnen gezuckt, nicht, weil er lebte, sondern weil die Gase der Fäulnis ihr Werk verrichteten. Sie korrigierte ihn: „Du hast mehr getan, als du konntest. Vergiss deinen Lausbubenstreich nicht."

Mario steckte den Schlag gut weg, er wurde nicht einmal rot. Aber vielleicht konnte diese Ohrfeige, die Zuckung einer Leiche, in seinem aufgedunsenen Trinkergesicht keine Spuren hinterlassen.

„Das hast du mir nie verziehen, nicht wahr? Genau da habe ich dich verloren."

„Nein, Mario, erst ein bisschen später."

Jetzt reagierte der Mann. Er beugte sich über den Tisch, versuchte sich zu rechtfertigen, log wie in jener Nacht vor zwanzig Jahren.

„Laurita", flüsterte er, „das war doch nur ein schlechter Scherz von Saufkumpanen. Die haben mir den Schlüpfer in die Tasche gesteckt. Es war ..."

Und vielleicht hätte er noch einmal das Wort gebraucht, mit dem er sich in jener Nacht zu rechtfertigen versuchte: Jener schwarze Schlüpfer aus Kunstseide mit Flecken, die von Lippenstift stammen mochten (oder nicht), war nur eine *Calaverada*, ein Lausbubenstreich von Freunden gewesen. Aber Laura erlaubte es ihm nicht: „Schschsch, bitte", bat sie ihn und hob den Zeigefinger an die Lippen. „Hast du nicht selbst gesagt, es gibt Dinge, die man nicht beim Namen nennen soll?"

Sie schwiegen. Eine Handvoll Leute kam herein, und mit ihnen drang durch die Schwingtür das Dröhnen der Trommeln, die Gesänge der Büßer, die schrille Musik der Kapellen von der Plaza und dämpfte für einen Moment die Geräusche des Bestecks und der Gläser, das Gelächter im Lokal. Die vergangene und verdrängte Zeit schlüpfte ebenfalls herein und zwischen ihnen hindurch wie ein Fremder, den man auf der Straße trifft und von dem man nicht weiß, wo man ihn schon einmal gesehen hat. Vielleicht flüsterte sie im Vorbeigehen Mario etwas zu, denn er murmelte ein paar unverständliche Worte. Plötzlich hatte Laura eine Ahnung, wie ihm seine Stimme abhandengekommen war: weil er sie zu oft gesenkt hatte, weil er so viel flüsterte.

„Was hast du gesagt? Ich habe es nicht verstanden."

„Ich sagte, als du mich verlassen hast, dachte ich, ich müsste sterben, Laura ...", wiederholte Mario und löste das Seidentuch um seinen Hals, das ihm die Luft nahm. Doch gleich darauf korrigierte er sich: „Ein Teil von mir wollte sterben. Und der andere Teil bewahrte den Schmerz, um sich nicht so allein zu fühlen ..."

„Das sind hübsche Worte, Mario. Die hast du ja immer gemacht. Du solltest sie aufschreiben. Erinnerst du dich, dass du immer gesagt hast, ein Schriftsteller muss mindestens einmal sterben, damit er etwas hat, worüber er schreiben kann?"

Er antwortete nicht. Vielleicht hatte er seinen Wahlspruch vergessen. Auf jeden Fall verstand Laura in diesem Augenblick, wie endgültig, vollständig ihre Trennung war, dass sie nicht einmal mehr eine gemeinsame Vergangenheit besaßen. Sie waren ein einsamer Mann und eine einsame Frau im mittleren Alter, die jetzt ihre Jugend ein für alle Mal begruben. Denn die Laura jener Jahre war auch gestorben. Aus anderen Gründen und auf andere Weise. Aber sie hatte aufgehört zu existieren. Ihre Einsamkeit war die Leiche, die Reliquie, die brennende Kerze in der Grabnische jener Verstorbenen.

Mario schnipste mit den Fingern und bestellte einen Digestif. Man brachte ihm ein Glas, in dem der gleiche grünliche Likör schwappte wie vor dem Essen. Offenbar kannte man hier seinen Geschmack. Als er trank, veränderte sich sein Gesichtsausdruck, und er kehrte zu seiner Fröhlichkeit eines Radiomoderators zurück. Diese Fähigkeit hatte er immer gehabt: Die schlechte

Laune verschwand schnell mit einem Gläschen. Er versuchte zu lächeln: „Du kannst mir nichts vormachen. Diesen Streich hast du mir damals verziehen. Das war nicht der Grund, weshalb du weggegangen bist."

„Vielleicht bin ich weggegangen, um mich nicht daran zu gewöhnen, dir dauernd zu verzeihen."

Ja, vielleicht hätte sie sich tatsächlich daran gewöhnt und irgendwann vielleicht sogar eine ganze Sammlung von Schlüpfern mit Lippenstiftflecken hingenommen. Und wenn sie diesen Streich hinnahm, hätte sie sich vielleicht auch an die anderen Streiche gewöhnen können, die *Calaveradas*, die auf den Militärputsch folgten, die Ankunft von Cáceres und die Errichtung des Lagers. An den Angstgeruch des Journalisten, der noch schlimmer war als der Duft billigen Parfums, den seine Kleider verströmten, das dröhnende Schweigen des verstummten Radiosprechers, an die „Faszination", die sie in jener Nacht bei Mario spürte, als er ihr erzählte, Cáceres spräche vom Tod „mit der Intimität eines Verliebten" und sich dabei mit Dingen brüstete, die „zu hören er nicht geboren war". Ja, vielleicht hatte sie wirklich Angst, sich an seine Faszination und heimliche Angst zu gewöhnen, die wie ein Spiegel ihrer Angst war. Schon möglich, dass sie sich davor fürchtete, sich an all diese Dinge zu gewöhnen. Obwohl es ganz sicher nicht allein all dies gewesen war, weshalb sie wegging. Und das wussten sie beide auch.

Eine Frage hatte Mario sich noch aufgehoben, von den vielen, die Claudia ihm gestellt hatte und die unbeantwortet geblieben waren: „Musstest du gehen, ohne mir zu sagen, dass du schwanger warst?"

Sie hielt seinem Blick stand: „Da war ja nichts mehr zwischen uns, und du wusstest es."

„Nein", widersprach Mario, doch er klang mutlos, als sei er sich bewusst, dass man dem Schicksal nicht widersprechen kann. „Mir war erst klar, dass da nichts mehr war, als ich durch Zufall erfuhr, dass du in Deutschland Claudia zur Welt gebracht hattest."

Zum ersten Mal hörte Laura einen Anflug von Groll in Marios Stimme. Und sie fand das angenehmer als den heiseren Zynismus des alternden Lebemanns. Der Groll konnte der Beginn einer Geschichte sein, ein rostiger Draht, auf den die verstreuten Glasperlen seines Lebens aufgezogen werden konnten. Sie wollte schon fragen, ob Mario in all diesen Jahren endlich den Roman begonnen hatte, von dem er immer träumte. Doch fühlte sie sich nicht in der Lage, ihm auch noch diese Wunde zuzufügen, und so faltete sie ihre Serviette zusammen und schaute auf die Uhr als Zeichen, dass sie gehen musste.

Mario protestierte: „Geh noch nicht. Es gibt doch noch so viel zu erzählen."

„Zu erzählen oder zu verschweigen, Mario?"

Laura griff nach ihrer Handtasche, doch Mario schaffte es, sein Glas abzustellen, sich über den Tisch zu beugen und sie am Handgelenk zurückzuhalten: „Der Mann ist zurückgekehrt, weißt du das?"

Zögernd nahm Laura wieder Platz und nickte. „Ich dachte schon, du würdest das Thema den ganzen Abend vermeiden."

„Aber nun siehst du ja, ich habe es angesprochen. Er kampiert schon fast fünf Jahre in den Ruinen des Lagers. Er selbst ist auch eine Ruine ..." Und indem er den Moment ausnutzte, als fürchte er, sich sonst nie mehr zu trauen, fügte Mario hinzu: „Du bist wegen ihm zurückgekommen, stimmt's?"

Laura sah ihn an und fragte sich, ob sie die Sorge, die überholte Zuneigung, die späte Eifersucht verdiente, die wie das Rasseln eines alten Uhrwerks in der brüchigen Stimme ihres Ex-Ehemanns mitschwangen. Sie fragte sich, ob der Journalist diesmal die richtige Frage gestellt hatte und sie tatsächlich wegen der „Faszination" dieses ruinierten Mannes zurückgekehrt war.

„Sagen wir, ich bin gekommen, um einen Pakt zu beenden, Mario."

Er seufzte tief, widersprach mit einer weichen Geste seiner kräftigen Hand und sagte entschieden:

„Diesmal werde ich dich nicht allein lassen, Laura. Diesmal greife ich ein."

Laura war kurz davor, seine Hand zu nehmen und zu drücken, wie man es mit jemandem macht, der seinen Teil einer Vereinbarung erfüllt oder ihn zumindest nicht vergessen hat. Noch einmal hatte er dasselbe Wort benutzt wie an dem Abend vor zwanzig Jahren, als er ihr schwor, dass er das nächste Mal „eingreifen" würde. Und er schien sogar gewillt, dieses Versprechen einzulösen: „Ich werde es tun, Laura. Du musst es gar nicht machen. Auch wenn du mir vielleicht nicht glaubst: Das, wozu du hergekommen bist, das werde ich tun ..."

„Na, dann beeil dich mal, denn ich will ihn noch heute Abend besuchen, jetzt gleich."

Mario starrte sie erschrocken an. Laura sah, wie die grüne Iris in seinen blutunterlaufenen Augen zitterte, als sei ein Tropfen seines Likörs in eine blutige Träne gefallen. Dann machte er mit einer seiner weichen Gesten einen Rückzieher, gab seiner Furcht nach: „Heute Abend kann ich nicht, wegen des Festes. Ich mache das Musikprogramm im Radio, bis in die frühen Morgenstunden. Heute Abend geht es wirklich nicht."

„Heute Abend kannst du also nicht eingreifen ...", wiederholte Laura.

Dabei fühlte sie, dass ihre eben aufwallende Wut nachließ und an ihre Stelle ein längst nicht mehr passendes Mitleid trat, das beinahe schon an Sympathie grenzte.

„Macht nichts, Mario. Ist vielleicht besser so. Erinnerst du dich an einen Satz, den du immer zitiert hast, über Tragödien, die sich wiederholen?"

Mario rezitierte mechanisch mit seiner heiseren Stimme: „Wenn Tragödien sich wiederholen, tun sie das als Farce. Ich habe nie erfahren, von wem der Satz stammt."

„Ich schon, und das ist nicht der genaue Text. Aber das spielt jetzt keine Rolle."

Laura stand auf, um zu gehen. Diesmal hielt Mario sie nicht zurück.

„Was willst du tun, Laura? Das hat doch keinen Sinn mehr. Geh nicht zu dem Mann. Der weiß nichts mehr von irgendeinem Pakt, er weiß ja nicht einmal mehr so genau, wer er selbst ist. Und niemand hat Claudia irgendetwas erzählt. Niemand wird ihr etwas erzählen. Ich auch nicht."

„Weshalb hast du dann Angst davor, dass ich hinfahre?"

Mario sah sie von unten her an. Sein Adamsapfel tanzte auf und nieder, als er trocken schluckte. Es schien, als suche er nach den richtigen Worten und fände sie nicht. Denn es war nicht „Liebe" oder „Faszination", und zweifellos auch nicht das Wort „Streich" ... Doch bevor er sie finden konnte, oder weil sie fürchtete, er könne sie finden, verließ Laura den Speisesaal.

4

Claudia, hier in Berlin schreitet die Nacht voran und ich flüchte mich in diesen Brief. Ich fürchte mich davor, ins Bett und zu meiner Schlaflosigkeit zurückzukehren, und ich muss dir dafür danken, dass ich im Schreiben an dich Zuflucht finden kann. Dir schreiben, um zu erinnern. Wenn man lange vor der Erinnerung flieht, dann ist es erst mal eine Erleichterung, sich ihr hinzugeben. Am besten wissen das die Priester und die Psychoanalytiker - diese weltlichen Beichtväter: Es gibt kein wirkliches Vergessen, das nicht mit dem Erinnern beginnt. Früher oder später hindern uns auch die eigenen Kinder daran, zu vergessen, zwingen uns zum Erinnern mit ihren beängstigenden Fragen über eine Vergangenheit, die sie nicht erlebt haben: „Wo warst du, Mamá …?"

Und vielleicht ist das auch gut so. So unzufrieden und rebellisch, wie sie sind - mit ihrem Bedürfnis nach Antworten, mit ihrer Art, die grundlegenden Fragen neu zu formulieren, die wir für beantwortet halten -, tun uns unsere Kinder den Gefallen, uns noch einmal zum Zweifel und zum Nonkonformismus zu erziehen. Warum? Warum geht die Sonne auf? Warum geht der Tag zu Ende? Es gibt kein Alter, das so philosophisch ist wie die Kindheit, wenn alles ein „Warum?" ist. Doch während wir Eltern in diesem frühen Alter unserer Kinder noch das erfinden können, was wir nicht wissen oder zu beantworten vermögen, bleiben wir ihnen in ihrer Jugend die Antworten schuldig.

Erinnerst du dich noch daran, wie du kurz nach dem Fall der Mauer beschlossen hast, mit deinen Klassenkameraden nach Oranienburg zum Konzentrationslager Sachsenhausen zu fahren? Dort war, ganz in der Nähe der stolzen deutschen Hauptstadt, fast in Sichtweise ihrer Universitäten, ihrer Theater und neoklassischen Bauwerke, in einem Vorort ihrer humanistischen Ideale sozusagen, das Modell der Schreckenslager geschaffen worden, das die Nazis dann in ganz Europa verbreiteten. Du kamst sprachlos und gleichzeitig voller „Warum?-Fragen" zurück. Zu der Zeit konnte ich schon keine Antworten mehr für dich erfinden. Ich konnte nur die Stelle in Primo Levis Erinnerungen an Auschwitz zitieren, wo er einen Eiszapfen nehmen will, um seinen brennenden Durst zu löschen, und ein Wächter ihn daran hindert. „Warum?", fragt Primo Levi, und der Wächter - auf seine Weise ein Naturphilosoph des Schreckens - antwortet: „Hier gibt es kein Warum!"

Dort, wo die „Warum?-Fragen" aufhören, endet schließlich auch die Kindheit. Der Anfang vom Ende meiner Kindheit, die sich auf mein Jurastudium ausdehnte und mich zur jungen Richterin werden ließ, voller Zweifel, doch auch voller optimistischer Antworten, war der Militärputsch. Meine Gesetzestreue, mein Traum, mit ungerechten Gesetzen Gerechtigkeit zu schaffen, so ähnlich wie der Präsident, der sich das Leben nahm, wurde abgelöst von Angst und Schuldgefühl. Ich fürchtete mich davor, dass jemand kommen und mich nach dem „Warum" fragen, vom Gesetz eine Antwort verlangen würde. Und dass er jetzt in meinem

Gesicht die Maske meiner Verzweiflung sehen könnte: Die Augenbinde der Justitia rutschte nieder, um mir den Mund zu verschließen. Die Norm war nicht länger eine Sichtweise der Welt unter mehreren, sie war jetzt die einzig gültige. Der totalitäre Staat ist nicht derjenige, in dem es keine Gesetze gibt, sondern der, wo es nichts als Gesetze gibt und kein „Warum". Und ich war die Richterin in dieser neuen Welt.

(Du fragst dich vielleicht wieder, Claudia, weshalb ich dir dies alles erst jetzt erkläre, weshalb ich dir nicht nach und nach die Augen geöffnet habe, wie das Eltern mit ihren Kindern machen, damit die grelle Sonne der Wirklichkeit dir nicht die Iris deiner Illusionen verbrannte. Ich konnte es einfach nicht, ich bin nicht so stark, ich bin überhaupt nicht stark. Vielleicht erscheine ich stark in meiner Rolle als diese andere, die ich erfunden habe, um in ihrer Rüstung aus Doktrinen und Philosophie zu leben. Wenn ich dir all dies früher zu erklären begonnen hätte, dann wäre es kaum möglich gewesen, aufzuhören; ich hätte dir unausweichlich alles erklären müssen. Aber wie erklärt man einem kleinen Mädchen das Böse, wenn wir das Böse in uns selbst haben lebendig werden lassen? Wie bringt man ihm bei, das Gesicht der Angst zu erkennen, wenn wir selbst diese Angst gewesen sind; wie lässt man sie in den verbotenen Raum treten, wo eine Frau liegt, an ihren Beinen aufgehängt, wenn diese Frau man selbst ist?)

Ich beendete an diesem Oktobermorgen gerade die Anhörungen im Gericht, als ich die Nachricht von der Ankunft des Militärs erhielt. Ich unterbrach die Verhandlung über einen Viehdiebstahl und lief verstört mit den Prozessbeteiligten zur Plaza. Zwei Armeelastwagen hatten sich an den Zufahrten zum Platz postiert. Der Jeep des Kommandanten hielt vor dem Rathaus, unter dem wappenverzierten Portal und den verschnörkelten eisernen Balkongeländern. Der Jeep zog diesen silberfarbenen Pferdeanhänger, der in der Mittagssonne funkelte.

Wie ich dir schon erzählt habe, stampfte und schnaubte etwas in dem Anhänger. Ich sage: „etwas", Claudia, weil ich in jenem Moment nicht sicher sein konnte, dass jenes rasende, wahnsinnig gewordene Tier, das da verzweifelt um sich trat und wieherte, wirklich ein Pferd war. Und auch, weil es schwerfiel zu glauben, dass man dem wahrscheinlich edlen Tier, vielleicht einem Vollblut, kein Wasser gegeben und sein Gefängnis gesäubert hatte, während der Konvoi auf dem langen, heißen Weg zu uns durch die Wüste unterwegs war. Ich konnte kaum verstehen, dass sich sein Besitzer, der Offizier, der aus dem Jeep sprang - groß, kantig, ungeduldig -, statt das Pferd zu befreien oder ihm Wasser zu geben, mit jenem herrischen Schnalzen der Zunge begnügte, dem Schlag seiner Reitpeitsche gegen seinen Stiefelschaft und dann gegen die Metallwand des Anhängers. Der Major beruhigte sein Pferd (wenn diese wahnsinnig gewordene Bestie tatsächlich ein Pferd war) mit dem Schnalzen seiner Zunge, während er ihm gleichzeitig - und dies ist entscheidend, Claudia - mit dem Schlag seiner Reitpeitsche drohte. Warum befahl er nicht, dass man es befreite und ihm zu fressen gab und seine fahrende Zelle reinigte, deren

Gestank die Menge erreichte, die von den Soldaten auf Abstand gehalten wurde? Warum gab er diesem Tier nicht zu trinken? („Hier gibt es kein Warum!")

Der Kommandant stieg die Rathaustreppe empor, wo ein anderer Offizier niedrigeren Rangs den versammelten Bürgern die Redner vorstellte. Einige aus unserer Mitte klatschten ab und zu, andere, die Mehrheit, verhielten sich abwartend, warteten auf ein Signal, welche Rolle sie zu spielen hatten. Während ich mich unter die Zuschauer mischte, schien es mir, als wäre ich in einem Traum oder in einem Karneval, so als fände das alljährliche Pilgerfest noch einmal statt, nur dass wir diesmal nicht wussten, wen wir feierten. Ich erkannte niemanden. Diese teilnahmslosen Gesichter voller Unschuld, diese Masken! Wem gehörten sie? Wo waren meine streitbaren Mitbürger beider politischer Lager, in die wir uns aufgeteilt hatten? Waren sie verstummt, hatten sie plötzlich zu existieren aufgehört? Der Offizier niedrigen Rangs schrie - jetzt konnte ich tatsächlich etwas davon verstehen -, dass die neue Regierung der Streitkräfte die Einheit des Landes wiederherstellen würde. Und die Menschenmenge applaudierte, manche lebhaft, andere mit gesenktem Kopf, wobei sie wie erstaunt auf ihre Hände schauten, als seien dies nicht ihre Hände, als ob etwas, das sie nicht kontrollierten, eine Angst oder das Gespenst einer Angst, sie an ihrer statt bewegte (unechte Hände wie Hände von Puppen, von Figuren, die anfingen, uns nicht mehr zu gehorchen, unsere verräterischen Dokumente zu zerreißen, unsere jetzt verbotenen Bücher zu verbrennen, eine anonyme

Denunzierung zu schreiben ...) Jetzt waren wir nicht mehr in zwei Lager getrennt, jetzt waren wir nur noch eine amorphe, gefügige, unter der Sonne der Macht geschmolzene Masse: die Menge, der Chor von früher, vor unseren Zwistigkeiten, der gebannt dem Marsch der Geschichte durch unsere Straßen zuschaute. Die Wirklichkeit wurde einfacher, der gordische Knoten, der die beiden feindlichen Hälften unserer Gesellschaft gefesselt hatte, war vom Schwert durchschlagen worden, von der Angst vor dem Schwert, die uns jetzt vereinte.

Mario erschien plötzlich neben mir, hatte sich einen Weg durch die Menge gebahnt. Er legte mir einen Arm um die Schultern und zog mich an sich, als wollte er mich vor etwas beschützen. Dabei war er es, der am ganzen Leibe zitterte, und aus seinem treuen Akai-Tonbandgerät hing ein ordentlicher Bandsalat. Mit gespielter Gleichgültigkeit lächelnd erklärte er mir: „Ich wollte die Reden für den Sender aufnehmen, aber sie haben meinen Presseausweis nicht akzeptiert ..." Ein Soldat hatte ihm das Gerät einfach weggenommen, das Band herausgerissen und dabei auch noch den Deckel zerbrochen.

Ich erinnere mich, Claudia, dass er und ich, das Paar, das wir damals noch waren, uns anschauten, inmitten des Gemurmels und gelegentlichen Klatschens der Menge. Wir schauten uns in die Augen und wandten dann den Blick ab, als schämten wir uns für das, was wir im Gesicht des anderen sahen: vielleicht ein paar Masken, die sich zu bilden begannen?

In diesem Augenblick ließ ein Hufttritt, heftiger als die vorigen, den Anhänger auf seinen Rädern schwanken.

Der Kommandant schien wütend zu werden, die Geduld zu verlieren. Er ließ die Zeremonie Zeremonie sein, kam die Treppe herab und trat an das Gitterfensterchen in der Anhängertür. Einen Moment lang dachte ich, er würde sie öffnen und endlich dieses verzweifelte Tier befreien. Doch er beschränkte sich darauf, wieder ein Schnalzen ins Innere zu schicken und einmal kräftig mit der Reitpeitsche gegen das Gitterfenster zu schlagen. Sofort darauf trat er zurück und bahnte sich einen Weg durch die Menge der Zivilisten, die schier zerfließen wollten vor Dank darüber, „dass die Bewegung der Streitkräfte das Vaterland gerettet hatte". Er überquerte die Plaza in Richtung Basilika, schien die Zeremonie zu vergessen, die zu seinen Ehren abgehalten wurde, und auch das Tier im Anhänger, das stampfte und schnaubte und wieherte, vielleicht aus Verzweiflung, als sein Herr sich zur Kirche hin entfernte.

„Und du, was hast du getan?", fragte ich Mario und meinte sein kaputtes Tonbandgerät, während ich mich bemühte, den Blick von dem Mann zu wenden, der in den Schatten der Basilika eintauchte und uns und sein eingesperrtes Tier zurückließ. „Was konnte ich denn schon tun? Der Soldat hatte ja ein Gewehr", antwortete er. Und ich erwiderte, Claudia, ob du es glaubst oder nicht: „Du musst das anzeigen. Das ist eine Verletzung deiner verfassungsmäßigen Rechte, der Pressefreiheit ..."

Die Verfassung, die Pressefreiheit! Ich sagte das einfach so, automatisch, ohne nachzudenken. Wenn ich heute, zwanzig Jahre später, in der Berliner Nacht daran denke und es dir schreibe, drängt sich wie von selbst das Lachen auf meine Lippen und mischt sich mit den anderen Erinnerungen voller Scham. Das Lachen treibt mir die Tränen in die Augen und ich muss innehalten, die Buchstaben beginnen auf den Seiten dieses Briefs vor meinen Augen zu tanzen. Ja, so unbedarft, so naiv war ich damals noch! Meine juristischen Reflexe sprangen beim kleinsten Reiz an wie bei einem pawlowschen Hund: Man tischte mir einen Teller mit den Exkrementen der Geschichte auf, und ich sonderte umgehend ein juristisches Rezept ab. Was gerade geschah, war ein Irrtum, eine vorübergehende Störung der Ordnung des Rechts, doch bald würden die Dinge wieder an ihrem Platz sein. Und ich wollte dazu beitragen, dass dies geschähe …

In dem Moment, Claudia, konnte ich die Situation nicht mehr ertragen. Vielleicht klingt es absurd, doch plötzlich entlud sich die ganze Spannung der Zeit seit dem Staatsstreich, als ich anfing, mich im Voraus schuldig zu fühlen, in dem unbezähmbaren Wunsch, etwas zu tun. Und das Einzige, was mir einfiel, war es, dem Major in die Kirche zu folgen und ihn zur Rede zu stellen. „Ich werde mit dem Kommandanten reden …", sagte ich zu Mario, indem ich mich aus seiner nutzlosen Umarmung befreite. „Das bringt doch nichts, man wird dir ja doch nicht zuhören", versuchte er, mich davon abzuhalten. Aber ich hörte nicht auf ihn und überquerte den Platz, stieg die Treppenstufen zur Basilika empor und mischte mich unter die Uniformierten und Zivilisten, die davor auf den Kommandanten warteten. Als er mich sah, reagierte Boris Mamani, der von der Diktatur frisch ernannte Bürgermeister, mit einer verblüffenden Flinkheit, die an seinem tatsächlichen Gewicht zweifeln ließ; er nahm mich beim Arm und zog mich in die Mitte des Kreises: „Ich möchte Ihnen unsere Richterin vorstellen, Laura Larco. Sie ist mit dem Herrn Journalisten hier verheiratet", sagte er zur Gruppe der Soldaten und zog auch Mario heran, der mir gefolgt war. Und mit dieser für ihn typischen Stimme, der Stimme einer „Dame", die so fein war, dass man nie wusste, wo die Freundlichkeit aufhörte und die Ironie begann, fügte er hinzu: „Laura ist der Stolz unserer Provinz, die jüngste Richterin des ganzen Landes."

Vielleicht hätte er mit diesen schleimigen Komplimenten weitergemacht, doch ich unterbrach ihn: „Ich möchte mit dem Kommandanten sprechen, ich habe eine Beschwerde." Im Kreis der Umstehenden entstand ein Schweigen, man hörte nervöses Räuspern, schließlich sagte ein Offizier, leicht peinlich berührt, als gestehe er ein geringfügiges, doch beschämendes Laster: „Der Major Cáceres betet gerade." Cáceres betete gerade. Der Major Mariano Cáceres Latorre - es war das erste Mal, dass ich seinen Namen hörte - kam mit seinem wahnsinnig gewordenen Tier im Anhänger in unsere Stadt, und das Erste, was er tat, war, in die Kirche zu gehen, um zu beten. Und der Offizier fügte hinzu: „Er darf nicht gestört werden." Etwas bäumte sich auf in mir, wie das Pferd, das seinem Herrn folgen wollte. Ich bahnte mir einen Weg, stieß die kleine Tür im Kirchenportal auf und ging hinein. Niemand wagte es, mich aufzuhalten.

* * *

In meiner Erinnerung liegt die Kirche im Halbdunkel. Sie muss von den großen Rosetten aus farbigem Glas erleuchtet gewesen sein, doch ich war vom Sonnenlicht auf der Plaza geblendet und sehe sie im Zwielicht vor mir. In diesem Zwielicht schreite ich durch das Kirchenschiff bis zum Querschiff, und da höre ich zu meiner Rechten ein Geräusch, ein Knirschen in der Kapelle der Wunder. Ich betrete die Kapelle, stoße gegen Kirchenbänke, erwarte, den Rücken des Uniformierten zu erkennen, der da kniet und betet, ein Knie auf den Boden gestützt, vielleicht den Segen für seine Waffen erbittend wie ein mittelalterlicher Ritter. Doch keine Spur davon. Zumindest anfangs scheint niemand dort zu sein – niemand, nur die Votivbilder, die Krücken und Gehstöcke, die gläsernen Gefäße mit Gallensteinen und die Prothesen, die von der Gewölbedecke herabhängen, die sichtbare Anwesenheit so vieler Hoffnungen auf Wunder. Dann erkenne ich das Geräusch, das Knarren der Treppenstufen an einer Seite des Altars. Jemand kommt da herabgestiegen, ganz langsam, als komme er direkt vom Himmel herab, und das Erste, was ich sehe, noch vor dem Mann, noch vor dem Soldaten in Uniform, sind die Augen, die aus dem Schatten dringen – aber vielleicht beschreibe ich das nicht richtig, Claudia, sie drangen nicht aus der Dunkelheit, sondern schienen sie eher zu durchstechen. Der Major hatte sich die Sonnenbrille abgenommen, die er draußen getragen hatte, und jetzt musterten mich ein Paar grauer Augen wie die eines Huskys, ein Paar trauriger oder leidender Augen, als täte es ihnen weh, mich zu sehen - oder als täte es ihnen weh, in mir etwas zu sehen, was sie noch nicht gesehen hatten, doch noch sehen würden.

Der Mann steigt also die Treppe herab und kommt aus der Dunkelheit heraus auf mich zu, ohne Eile. Er ist großgewachsen, sehnig, sein Schläfenhaar ist kurz geschoren, seine Wangen sind eingefallen, ausgezehrt, man kann darunter die Kiefermuskeln arbeiten sehen (als würde er sich ständig das Herz zerbeißen; doch das werde ich erst später, viel später sehen). Man könnte ihn schön nennen, wenn ein in menschliche Haut verpackter Schmerz schön sein kann. Und er hält etwas in der Hand, doch in jenem Dämmerlicht und unter der hypnotischen Wirkung seines starren Blicks, der alles andere ausschließt, kann ich es nicht erkennen, bis er den Gegenstand in die Höhe hält und ich sehe, dass es die Heiligenstatue ist, dass er sie von ihrem Altar herabgeholt hat. Dann sagt er: „Die Patrona, die Schutzpatronin, endlich lerne ich sie kennen …"

Ich antworte und versuche, nicht zu vergessen, weshalb ich überhaupt in die Kirche gekommen bin: „Herr Major, ich komme mit einer Beschwerde, wegen eines Übergriffs, einer Verletzung der Pressefreiheit …" Aber er schaut nur auf die Statue und sagt: „Sie kam mit den ersten Konquistadoren durch die Wüste hierher, am Sattelknauf eines meiner Vorfahren, vor vierhundert Jahren." Und ich beharre, immer noch, ohne zu verstehen, verstehen zu wollen: „Einer ihrer Soldaten hat einen Reporter angegriffen." Worauf er antwortet, zärtlich, als spräche er von einer Tochter, die er im Arm hält: „Sie hat sich mit Blut besudelt, hat das Sterben gesehen, hat uns zum Töten ermutigt, in wer weiß wie vielen Schlachten." Immer noch auf dem Gesetz bestehend, aber schon etwas leiser sage ich: „Es hat einen Übergriff gegeben ..." Da schaut mich der Major wieder an, mit jenen grauen Augen eines am Nordpol verirrten Huskys, hebt die Statue in die Höhe, hält sie neben mein Gesicht und sagt: „Hat man Ihnen schon einmal gesagt, dass Sie ihr ähneln?" Ich frage verblüfft: „Wem denn?" Und mit einer gewissen rätselhaften, unerwarteten Melancholie, die kaum den schmalen, zusammengepressten Lippen entweicht, murmelt der Kommandant: „Sie, Richterin, Sie und die Schutzpatronin ähneln sich: beide so jung, beide so schön."

Einen Moment lang bin ich verwirrt, begreife, dass er weiß, wer ich bin, dass diese Augen mich schon vorher gesehen haben (vielleicht auf einem Archivbild), dass er sich vorgestellt hat, was er nicht sehen konnte, als er meine Personalakte las, in irgendeinem Büro einer weit entfernten Kaserne, wo er seine Befehle erhielt und die Mission vorbereitete, die ihn jetzt hierher führt. Und verunsichert durch die Verblüffung unterläuft mir mein erster Fehler. Oder vielleicht lässt sie mich ihn begehen, die Schutzpatronin, mit dem Geruch nach alten Kerzen und altem Wachs, der ihrem staubigen Kleid anhaftet, nach ihrem Haar, dem Haar einer Toten. Wie auch immer, ich spiele das Spiel mit, richte meinen Blick auf die Statue, die er da im Arm hält und die ich noch nie von so nahe gesehen habe, sondern nur aus der Ferne im zuckenden Schein der Fackeln bei den zwei Pilgerfesten, die ich in der Stadt miterlebt habe. Ich schaue sie an und betrachte die halb geschlossenen, grünen Augen, die mich anblicken, als seien sie lebendig, die gläsernen Tränen, die über die Wangen aus Porzellan rinnen; ich sehe das Lächeln, das mit dem Weinen kontrastiert, dieses Lächeln, das eine Reihe spitzer Mäusezähne freilegt. Und plötzlich erscheint mir dieses Lächeln überhaupt nicht unstimmig, sondern eher wie das Mysterium einer Ekstase, eines Schmerzes, der so groß ist, dass er sich nicht von der Lust unterscheidet, einer vernichtenden, tödlichen Lust, eines Schmerzes wie die Wonne einer anderen Welt. Die grauen Augen des Kommandanten wandern von der Statue zu mir, und er wiederholt mit jener Melancholie, die das befleckt, was sie bemitleidet: „Sie ähneln sich, Laura: beide so jung und schön, mit einer so großen Verantwortung. Und so bereit, dafür zu leiden."

Da erst verstehe ich den Vergleich, den er anstellt, und werde wütend, lasse meinem Zorn die Zügel schießen (nie war dieser Ausdruck treffender, Claudia), und der Monat, der seit dem Putsch vergangen ist, während ich gewartet und mich geängstigt habe, steigert meine Wut noch mehr. Sie entlädt sich schließlich in dem unerwarteten Schrei, den ich ihm entgegenschleudere, und ich befehle ihm: „Lassen Sie das arme Tier frei, das Sie da eingesperrt haben!"

Und dann stehe ich mit offenem Mund da, selbst überrascht von dem, was mein Mund gerade geschrien hat, verstehe erst jetzt, dass es in Wirklichkeit dies ist, was ich zu fordern gekommen bin: dass er das Tier freilässt, das er in dem silbernen, glühend heißen Anhänger hergebracht hat, das Tier, das stampft und schnaubt und herauswill, so, wie es in meinem Innern stampft und schnaubt und herauswill.

Doch der Major verliert nicht die Ruhe, lächelt nur ganz leicht, die traurigen, grauen Augen leuchten kaum auf, als er mit leiser, kalter Stimme sagt (im dunklen Gewölbe der Basilika klingt diese Stimme, als spreche Gottvater selbst zu mir): „Was glaubst du, wen du hier anschreist? Wo glaubst du eigentlich, dass du bist? Auf deinem Gut, Patroncita?"

Patroncita hat er mich genannt, kleine Herrin. So, wie mich die Tagelöhner auf den Feldern meines Vaters nannten. Mir wird klar, dass ich jetzt gerade, als ich ihn anschrie, diesen autoritären Ton benutzt habe. Und das Wort „Patroncita" fällt zwischen uns auf die Fliesen des Basilikabodens und bleibt dort stecken wie ein Pflugschar, das gegen einen Felsbrocken stößt, mit dem Geräusch von Stein und schmutzigem Metall: Patroncita. Sät dort ein Korn, schwängert die Erde mit einem Samen, aus dem ein unsichtbarer, lebendiger Trieb sprießt, wie eine dieser fleischfressenden Pflanzen, die sich nicht bewegen, sondern nur auf das warten, was sie verschlingen wollen. Und ich bin es, die das Wort „Patroncita" verschlingen wird.

5

Die Scheinwerfer von Lauras Auto schwenkten über den Doppelzaun aus verrostetem Stacheldraht, die umzäunten Ruinen, die der Lichtkegel der Nacht entriss, den Pick-up mit dem Wohnwagen, der auf der anderen Seite des großen Appellplatzes des ehemaligen Gefangenenlagers geparkt stand. Laura hielt vor den windschiefen Torflügeln, schaltete die Scheinwerfer ab, stieg aus. Das Licht der Sterne, das in der Wüste wie das Licht bei einer Mondfinsternis wirkt, tauchte die verwaisten Fassaden im Umkreis, die klaffenden Mäuler eingestürzter Dächer, die Fensterhöhlen, hinter denen jetzt die bleiche Nacht wohnte, in seinen kalten Schein. Laura wandte sich um und maß mit dem Blick, was sie hinter sich gelassen, was sie durchquert hatte, um hierher zu gelangen.

Ungefähr tausend Meter von der Umzäunung entfernt, zwischen den Stämmen des Wäldchens aus Tamaruga-Bäumen, das die Senke der Pilgerstadt säumte, weit weg vom Lager, als fürchteten sie es, gleichzeitig jedoch unwiderstehlich angezogen von seiner dunklen Aura, flackerten im Halbkreis wie ein zerbrochener Ring – der Ring eines erloschenen Sterns – die Feuer vor den Zelten der Pilger mit ihren gemeinsamen Kochstellen, den Transistorradios, den Wäscheleinen, wo die verschwitzten Kostüme zum Trocknen im Wind flatterten. Zwanzig Jahre zuvor war Laura ebenfalls des Nachts gekommen und hatte darauf gewartet, dass die Wachen ihr das Tor öffneten und eine Patrouille sie über den dunklen Hof zum Haus des Majors begleitete, wo der Mann sie in der hell erleuchteten Tür erwartete, deren Licht ihn wie ein Flammenschein umgab.

Jetzt parkte an dem Platz, wo jenes Gebäude gestanden hatte, unter dem Schornstein der alten Salpetermine – seiner in den Himmel ragenden Lanze, seiner klagenden, vorsintflutlichen Flöte, vom Wüstenwind geblasen – nur der Pick-up mit Anhänger. Eine Petroleumlampe hing an der grün-weiß gestreiften Markise über der Tür des Wohnwagens und schwankte hin und her wie eine winzige Sonne am Galgen.

Laura stieß das Tor mit den vom Salpeter zerfressenen Gitterstäben auf und überquerte den Hof in Richtung auf den Wohnwagen, angezogen vom Lichtstrahl, der von der Markise des Wohnwagens ausging, von dieser Lampe, die wie in Lichtblitzen die in ihrer Erinnerung vergrabene Umgebung aufleuchten ließ: die Kommandantur des Gefangenenlagers, wo sie einst vorstellig geworden war, um eine „Ortsbesichtigung" vorzunehmen, das Büro mit der Tafel, auf der einige Zahlen nicht zusammenpassten, und der junge Leutnant, der sie angefleht hatte: „Können Sie nicht bitte ein andermal wiederkommen, Frau Richterin?" Und ganz hinten, am entlegensten Ort des Lagers, wo jetzt der Wohnwagen parkte, der freie Platz, wo das Haus von Cáceres gestanden hatte, das Heim, das sich der Major aus den Bohlen der alten, eingefallenen Villa des englischen Minendirektors bauen ließ. Dieses angebliche Heim hatte, weit entfernt von den Baracken der Gefangenen, neben den Ruinen existiert, den Hütten ohne Dächer, inmitten der verwaisten Quartiere, die seine Absurdität bewiesen und seine Zerstörung prophezeiten. Jetzt hatte sich die Vorhersage erfüllt: Es schien, als sei ein Wind der Apokalypse durch das Lager gefegt. Nicht einmal die Kasematten der Gefangenen – die ihr vom Tor aus intakt zu sein schienen – hatten überlebt: nur drei oder vier verwaiste Fassaden, ein paar vergitterte Fenster, die lange Rosttränen weinten; eine Tür, die der Wind auf- und zuschlug; ein bis zur Unlesbarkeit verrostetes Blechschild, das an einem Pfahl schwankte; verwaiste Lagerstraßen, in denen der Wind altes Papier aufwirbelte und es von Tür zu Tür trug wie ein Bote, dem niemand öffnete.

Endlich stand Laura vor dem Wohnwagen. Aus der Nähe stellte sich die Markise als Rest einer Armeeplane heraus, und die weißen Streifen waren nur Fetzen davon, die im Nachtwind flatterten. Der Wohnwagen ließ dort, wo der Rost die Karosserie zerfressen hatte, das Fahrwerk sehen, seine Reifen waren platt und standen bis zu den Achsen im Sand, als wolle sein Eigentümer ihn nie mehr von hier fortbewegen. Laura näherte sich schnell der Wohnwagentür und versuchte, dem Klopfen ihres Herzens zuvorzukommen, dem Drang, es sich anders zu überlegen. Als sie schon wieder umkehren wollte, versperrte ihr ein bewaffneter Mann den Weg, der von der Seite her ins Licht der Petroleumlampe getreten war.

Laura musterte ihn im flackernden Licht der Lampe: die schwarzen Schnürstiefel aus rissigem Leder, die verwaschene Armeehose, die seltsame Hirtenjoppe mit dem nach außen gewendeten Schaf- oder Ziegenfell, das Ganze gekrönt von einer Uniformmütze, deren herunterhängende Ohrenschützer das Gesicht verdeckten und ihrem Besitzer das Aussehen eines herrenlosen Hundes verliehen. Laura zweifelte: Vielleicht war dies alles nichts weiter als ein gigantischer Irrtum, eine lächerliche Verwechslung, die sie dazu gebracht hatte, um die halbe Welt zu fliegen, um einer eingebildeten Bedrohung den Weg zu verstellen. Eine Namensübereinstimmung, die hier im Licht der Lampe vor dem Wohnwagen in sich zusammenfiel, in dieser Geisterstadt, in die sie hatte reisen müssen, nur um sich davon zu überzeugen, dass ihre Alpträume nichts weiter waren als eben dies: Alpträume. Um sich dankbar darüber klar zu werden, dass dieser gebeugte, gebrochene Mann, das Gesicht halb von seiner Uniformmütze verborgen, in der zittrigen Hand einen silberfarbenen Revolver, nicht der Offizier ihrer Erinnerung sein konnte.

Sie war tatsächlich kurz davor, sich zu entschuldigen und kehrtzumachen, als der Mann sie seinerseits erkannte: „Ich wusste, dass du wiederkommen würdest", sagte er, doch es klang wie das hohle Geräusch des toten Schornsteins, in den der Wind blies; und damit ihr keine Zweifel blieben, fügte er hinzu: „Patroncita."

Patroncita ... Laura wurde bewusst, dass von allem, was sie vergessen wollte und nicht hatte vergessen können, dies das war, woran sie von Cáceres am wenigsten erinnert werden wollte: die Art und Weise, wie er sie zwanzig Jahre zuvor in den Momenten ihrer „Intimität" genannt hatte. Und vielleicht, um zumindest so diese obszöne, hartnäckige Erinnerung zu bestrafen, zwang sich Laura jetzt dazu, auf die rechte Hand zu schauen, die der Mann vor seinem Bauch hielt, die Stümpfe der Finger, von denen nur noch die ersten Glieder übrig waren.

Cáceres folgte ihrem Blick und bedeckte voller Scham die versehrte Hand mit der anderen, gesunden, die den Revolver hielt. Als er dann sprach, schien es, als rede er über eine früh verstorbene Schwester, an die man sich kaum erinnert, die jedoch unser Leben mit Trauer erfüllt: „Nein, die konnte man nicht retten, Laura. Ich habe nie wieder reiten können."

Laura trat einen Schritt vor, wollte das Gesicht genauer erkennen, ein für alle Mal den Zweifel loswerden, der sie heute Abend hierher gebracht hatte. Doch Cáceres hielt sie mit der gesunden Hand und dem Revolver auf Abstand und trat jäh zur Seite, aus dem Lichtkegel unter der zerfetzten Plane heraus, ins barmherzigere Licht der Sterne. Dann wies er unsicher in den

Nachthimmel, stotterte, um über irgendetwas anderes als sein Entsetzen zu reden – der Revolver zitterte in seiner Hand, als er ihn in den Himmel richtete.

„Das letzte Mal, als wir uns sahen … da war es auch Nacht, und ich habe dir die Namen von ein paar Sternen genannt. Weißt du noch, Laura?"

Unwillkürlich erkannte sie die Spuren einer alten Faszination: „Du hast mir einen roten Stern gezeigt."

„Betelgeuse, du weißt es noch!", rief Cáceres erfreut und wollte schon wieder näher kommen, hielt dann aber doch am Rand des Lichtkegels inne. „Jetzt ist er nicht zu sehen, weil Winter ist. Ich kann dir aber einen anderen zeigen: Antares, im Sternbild Skorpion, der Anti-Aries, der Feind des Mars. Der Feind von uns, den Kriegern … Da ist aber auch die Venus, die bald untergeht. Ich lade dich ein, sie gemeinsam mit mir anzuschauen, ich könnte eine Decke holen …"

„Nein, danke", antwortete sie kalt.

„Ja, natürlich", sagte er, sich des Unmöglichen bewusst werdend, rieb sich die verletzte Hand und senkte den Kopf. „Hast du ihren anderen Namen herausgefunden, Laura?"

„Ich weiß ihn inzwischen."

„Das war unvermeidlich", seufzte Cáceres. „Und du hast nicht verzeihen können."

„Ich habe es gar nicht versucht."

Cáceres zog sich die Uniformmütze und die Ohrenschützer fest, richtete sich auf und erlangte für einen Augenblick einen Anflug seines früheren Aussehens zurück, halb Asket, halb Athlet. Dann trat er wieder ganz in das barmherzige Halbdunkel zurück und betrachtete von dort aus die Stadt. Am Grund der Senke, hinter der Zeltstadt der Pilger, zwischen den Tamaruga-

Bäumen, blinkten die Lichter von Pampa Hundida im Takt der heißen Windböen, die von der Wüste her wehten und mit jeder Böe den Lärm des Festes herübertrugen.

Laura verspürte den Drang zu fliehen. Doch bevor sie sich in Bewegung setzen konnte, vernahm sie aus dem Inneren des Wohnwagens leise Musik, dann die Stimme eines Sprechers. Vielleicht war das Mario im Sender, der das Nachtprogramm begann, seinen „musikalischen Ausritt" ins Morgengrauen. Er war nicht mitgekommen, um „einzugreifen". Niemand konnte für Laura tun, was sie zu tun gekommen war. Und aus der Dunkelheit heraus redete Cáceres jetzt von etwas anderem, von der endlosen Zeit, die er auf sie gewartet hatte:

„Ich habe dich gesucht, habe auf dich gewartet", murmelte er fast unhörbar. „Seit zwanzig Jahren suche ich dich, habe gehofft, dass du mich nicht vergessen hast und zurückkehrst, um unseren Pakt zu ehren ..." Er hatte Laura gesucht, hatte auf sie gewartet, bis man ihn in den Ruhestand versetzte und er diesen Wohnwagen gekauft hatte – dabei klopfte er mit dem Revolverknauf auf die rostige Karosserie –, um seine Reise zu beginnen. Eine Reise, die ihn durch das ganze Land führte, an alle Stationen seiner Laufbahn, von der südlichsten Garnison auf Feuerland immer weiter nach Norden, in seinem Pick-up der den Wohnwagen hinter sich herzog, von Autobahnen auf Landstraßen und von diesen auf Feldwege. Und er kampierte an den Plätzen aller Schlachten, mit denen jene riesigen Weiten entdeckt, erobert, befriedet, zivilisiert worden waren; viele dieser Schlachten hatten seine Vorfahren geschlagen. Dabei ließ er sich von der Landkarte leiten und von seinem eigenen Stammbaum, dem einer Soldatenfamilie, dessen Wurzeln bis in die Kolonialzeit zurückreichten und dessen Zweige sich über alle Feldzüge und Kriege der Nation erstreckten. Ein einsamer Mann, der seinen Wohnwagen über eine Schotterpiste zog, die in einem zugefrorenen Sumpf endete; der aus dem Führerhaus sprang und niederkniete, um die Erde zu berühren; der auf den windgepeitschten Hochebenen Patagoniens nach den Überresten eines Scharmützels zwischen einer Abteilung Kavallerie und einem marodierenden Trupp Pehuenche-Indianer suchte, eines längst vergessenen Scharmützels, bei dem sein Urgroßonkel das Kommando geführt hatte. Und wenn er den Ort fand, wo das Blut vergossen worden war, fehlte ihm dort irgendetwas, trieb ihn immer weiter.

Und auf diese Weise, von Schlacht zu Schlacht, von Vorfahr zu Vorfahr, von Garnison zu Garnison, hatte er sich durch die ganze Geschichte seiner Soldatenfamilie und seiner eigenen militärischen Laufbahn gearbeitet, ohne je mit dem zufrieden zu sein, was er fand – manchmal einen zersplitterten Knochen, manchmal ein Denkmal: eine riesige steinerne Hand, die einen Säbel schwang, auf einer kahlen Hochebene in den Anden. Manchmal nur das Echo seiner eigenen Stimme in den Schluchten. Weiter und weiter nach Norden reiste er, ohne sich mit dem immer deutlicheren Verdacht zufriedenzugeben, dass es nur deshalb keinen Ruhm in seinem Leben gegeben hatte, weil die Epoche des Ruhms schon längst vorbei war, und ihm nur das glanzlose Schicksal vererbt hatte, Wächter zu sein, Gefängniswärter, der Kerkermeister dieses längst vergangenen Ruhms. Ihm nur den wütenden Wunsch hinterlassen hatte, in einer Schlacht zu sterben, zu der sich ihm niemand stellte.

Und so hatte er, getrieben von seinem Starrsinn, von jenem wütenden Verdacht, der ihm immer auf den Fersen war, seine Erkundungsreise über ein Jahr lang fortgeführt, immer weiter nach Norden, bis er wieder nach Pampa Hundida gelangte und die Ruinen des Lagers sah, das er in der alten Salpetermine errichtet hatte und wo der wichtigste Posten seines Soldatenlebens gewesen war. Und er begriff, dass er dort, dass er hier …

„… dass ich hier meine Ehre verloren habe".

„Du lügst", erwiderte sie. „Du hast sie schon viel früher verloren."

„Genau hier!", brüllte er, richtete den Revolver auf sie und stampfte mit dem Fuß auf. „Hier habe ich vor fünf Jahren meinen Wohnwagen hingestellt, um auf dich zu warten, damit du meine Ehre wieder herstellst. Denn da wusste ich schon, dass ich auf dich wartete. Und dass du kommen würdest, um unseren Pakt einzuhalten."

Laura hätte diesen Beschwörungen der Vergangenheit lieber nicht zugehört. Sie wollte zurückweichen vom Rand dieses Strudels aus Einsamkeit, Überdruss und verbittertem Stolz, den der andere in das Wort „Pakt" legte. Doch sie konnte sich dem Sog der Stimme nicht entziehen, die ihr von jener Reise, der wahnhaften Jagd nach einem verflossenen, für immer unerreichbaren Ruhm erzählte.

„Ich war mir sicher, dass du schließlich kommen würdest, um unseren Pakt zu erfüllen, den wir unter den Augen unserer Schutzpatronin besiegelt haben, als wir uns feierten, erinnerst du dich, Laura?"

„Ich habe nichts vergessen. Aber ich bin jetzt eine andere und die Schutzpatronin gibt es nicht mehr", unterbrach ihn Laura.

Doch er hörte sie nicht, zog weiter durch seine innere Wüste, wo seine Erinnerung galoppierte – der Mann, der nie wieder hatte reiten können:

„Die Feiglinge wissen nicht, dass ich das Recht auf meiner Seite habe. Dass ich das Recht gewesen bin … Ich habe sie immer nur nach dem Urteil des Kriegsgerichts exekutiert, habe Befehle ausgeführt. Das weißt du genau, Laura, du musst es wissen. Ich habe ja darauf geachtet, dass du dabei warst. Oder etwa nicht?"

Laura konnte das nicht leugnen. Sie hatte nicht nur der Verhandlung des Kriegsgerichts beigewohnt, sondern auch die Stimmen der drei Parzen gehört, die vom Horizont her kamen und ihre Sensen durch die Luft sausen ließen: fe, fe, fe ...

„Und wenn ich danach die Schutzpatronin zerstört habe, dann aus Gründen der Staatsraison. Meines Staates ...", fügte er leise hinzu, dachte einen Moment nach, verlor den Faden, verfault wie die Plane vor seinem Wohnwagen, mit dem er die Fetzen seiner Obsession zusammenschnürte. „Oder haben die Feiglinge etwa vergessen, dass ich hier, in dieser Wüste, die Verkörperung des Staates, der Zivilisation gewesen bin?"

Hatten die Feiglinge denn vergessen, dass sich dort und in jener stählernen Zeit die Nation regeneriert hatte, in der sie jetzt lebten? Und glaubten sie etwa, dass es ausreichte, den Körper zu regenerieren? Was wäre gewonnen gewesen, wenn nur der verkommene Leib der Nation verbrannt worden wäre, den Militärs wie er gerettet hatten? Was hätte man damit gewonnen, ihn zu züchtigen und mit dem Feuer zu reinigen, wenn man nicht auch die alte verkommene Seele reinigte, verbrannte? Das war der uralt-alchemistische Prozess der Nationen, die Verwandlung des Geistes durch die Opferung seiner Symbole. Er hatte das gelesen – „Ich habe auch gelesen, Laura" –, während er auf seiner langen Reise unterwegs war. Dort, wo er haltmachte, auf den einsamen Wiesen Patagoniens, wo er seinen Wohnwagen parkte, las er; während draußen der Wind aus der Magellanstraße blies, studierte und lernte er das, was er nicht wusste, als er zwanzig Jahre zuvor die Heiligenstatue verbrannte. Er lernte, was die Quelle jenes Rechts war, das er damals nur erahnt und vorweggenommen hatte: „Ich habe die Statue der Jungfrau verbrannt, um sie ihrem Altar als Schutzpatronin des Krieges zurückzugeben, dem Feuer nämlich, Laura!"

Denn dies war sein angestammtes Recht, seit sein Vorfahr, der Konquistador, diese Heiligenfigur auf seinem Sattel hierher gebracht hatte, neben seinem Schwertknauf. Ein Recht, das seither wie ein Blutstropfen, der die Klinge hinabrinnt, von Militär zu Militär, von Schwert zu Schwert auf ihn gefallen war und seine Stirn gesalbt hatte. Das Recht, sie zu verbrennen! Der höchste Ausdruck des Rechts der Schirmherrschaft über den Kult ihrer Verehrung, sein ultimatives Privileg war es, sie zu zerstören, zu vernichten, durch das Feuer zu reinigen, damit aus der Asche nicht nur eine neue Nation erstehe, sondern eine neue Seele der Nation. Denn so seien die neuen Nationen entstanden, seit die Welt und der Krieg existierten, seit Amerika geformt wurde: indem die alten Götzen verbrannt und aus ihrer blutigen Asche neue Götter geformt wurden.

Cáceres hielt inne in seinem wahnhaften Gang, sein Blick streifte auf der Suche nach seinem imaginären Publikum über den verwaisten Appellhof, den die Sterne mitleidsvoll in silbriges Licht tauchten. Und dabei entdeckte er wieder Laura, kehrte zur erleuchteten, zerfetzten Markise zurück. Und dann fragte er sie (verhielt sich wieder wie damals, räusperte sich wie ein schüchterner Verehrer, der gerade seine Liebe gestehen will, schaute sie an, als käme sie aus dem Land seiner Träume, wo er hatte glücklich sein wollen, das er jedoch nie erreicht hatte): „Glaubst du mir, Laura?"

Laura schüttelte den Kopf, doch ohne Nachdruck, ohne sich die Mühe zu machen, zu betonen, was offensichtlich war: „Du hast sie zerstört, weil du mich nicht zerstören konntest. Und deshalb hast du auch versucht, dich selbst zu zerstören. Oder irre ich mich etwa?"

Wutentbrannt stürzte Cáceres auf sie zu, vergaß für einen Augenblick seine Angst vor dem Licht der Petroleumlampe. Als sie ihm wieder einfiel, krümmte er sich wie in einem Magenkrampf oder verbeugte sich vor ihr und stieß ein meckerndes Lachen aus, das keinen Widerspruch darstellte, sondern die Unhaltbarkeit seiner fadenscheinigen Begründungen anerkannte: Sie konnten ihn so wenig vor der Wahrheit schützen wie die zerfetzte Plane vor der unbarmherzigen Wüstensonne.

„Nein, du irrst dich nicht, Patroncita. Weißt du, wie das war? Weißt du, wie es schmerzte? Es schmerzte wie eine Geburt."

Dann zögerte er verwirrt, wusste nicht oder traute sich nicht zu sagen, was so sehr geschmerzt hatte. Laura hörte ihn unzusammenhängende Dinge murmeln: etwas über seine verbrannte Hand, mit der er nie wieder reiten konnte, und etwas über ein Flammenmeer und einen Haufen rauchender Ruinen ... Und dann flüsterte er: „Ich habe überlebt, Laura, habe für dich überlebt. Der, der das Licht bringt, hat mich verschont, damit du mich richten kannst."

Das flüsterte er aus dem barmherzigen Schattenlicht der Sterne heraus, so leise und so weit von ihr entfernt, dass sie es nicht gut verstehen konnte und meinte, er hätte vielleicht sogar gesagt: „... damit du mich hinrichten kannst."

„Erinnerst du dich, Laura, dass ich dich in jener Nacht, als wir uns das letzte Mal sahen, zu bleiben bat? Nicht wegen dessen, was ich getan hatte, sondern wegen dessen, was ich tun würde, wenn du mich verließest?"

Laura dachte an das, was sie ein paar Tage zuvor, noch in

Berlin, erinnert und aufgeschrieben hatte: Diese Stimme eines schüchternen Liebhabers oder eines schmächtigen kleinen Jungen war das Einzige, was er nicht hatte unter Kontrolle bringen können, als er sie zwanzig Jahre zuvor bat: „Bleib hier, Laura, bleib bei mir, meine Patroncita, bleib, nicht wegen dessen, was ich getan habe, sondern damit ich nicht das tue, was ich tun werde, wenn du mich verlässt." Und dazu war sie jetzt hergekommen: um festzustellen, ob er wirklich er war, und ob er getan hatte, was zu tun er gedroht hatte, wenn sie es ihn tun ließe: „Lass mich nicht tun, was ich tun werde!"

„Ich habe nichts vergessen", sagte Laura noch einmal.

„Das freut mich, Laura, denn ich war schlimmer als der Himmel ..."

„Ich weiß, was du willst. Aber du wirst es nicht schaffen!"

„Ich habe meinen Ruhm erreicht ... Sogar das Salz und der Staub der Wüste preisen meinen Ruhm."

„Schweig!"

„Die Salzschicht dieser Wüste ist eine Grabplatte, Patroncita. Ganz Chile ist eine Grabplatte."

„Du wirst es nicht schaffen!", schrie Laura und hielt sich die Ohren zu. Dann stand sie einen Moment wie erstarrt da, entsetzt über ihren eigenen Schrei, hörte das Echo auf ihren Trommelfellen. Cáceres hatte sich wieder dem Lichtkegel genähert, richtete sich wutentbrannt auf und steckte einen Finger seiner gesunden Hand in den Stehkragen der Uniformjacke, die er unter der Hirtenjoppe trug, als wolle er daraus den Mann hervorholen, der er gewesen war. Während er beinahe das Gesicht sehen ließ, das die Uniformmütze verbarg, forderte er sie heraus:

„Doch, ich werde es schaffen, denn du weißt, dass ich es nicht gewesen bin!"

„Halt den Mund!", schrie sie noch einmal.

„Deine Skrupel sind es gewesen."

Skrupel ... Laura fiel plötzlich ein anderer Teil der Lektion über die Sterne ein, die Major Cáceres ihr in jener letzten Nacht zwei Jahrzehnte zuvor erteilt hatte: Die Minuten der Bewegungen der Sterne am Firmament werden in „Skrupeln" gemessen. „Auch der Himmel hat seine Skrupel, Laura. Der ganzen Schöpfung gegenüber hat er sie. Nur nicht uns gegenüber."

Und während sie sich an jene „himmlischen Skrupel" erinnerte, deren Cáceres sie jetzt bezichtigte, näherte er sich ihr, trat in den schwankenden Lichtschein der Petroleumlampe. Dort nahm er sich mit der versehrten Hand die Uniformmütze ab, presste sie gegen die Brust und ließ sein Gesicht beleuchten. Ließ sich lächelnd beleuchten – wenn eine klaffende Wunde lächeln kann – und lud sie ein, ihn wiederzuerkennen (zu erkennen, wie radikal er seinen Worten hatte Taten folgen lassen): die Stücke weißlicher Haut, die in die rötliche Kopfhaut eingepflanzt waren, die scharfe Linie quer über die Stirn ohne Augenbrauen, von der das sorgfältig rekonstruierte Gesicht herabhing; und tief in ihren Höhlen die grauen Augen, die dem widersprachen, was der Rest des Gesichts ausdrückte. Diese fast transparenten Augen, nutzlos in ihrer unbegreiflichen Schönheit, gnadenlose Wolfsaugen. Auch wenn der Rest des Gesichts eine Ruine war, hatten diese Augen, durch den reinen, unbezähmbaren Willen fortzubestehen, irgendwie überlebt: den brutalen Schlag, den Laura gegen sie geführt hatte, die Verwüstungen des Feuers, die Jahre in den Kliniken und den langen Marsch durch die Wüste seiner Besessenheit. Diese Augen hatten vielleicht nur überlebt, weil sie ihr noch deutlicher das sagen konnten, was der lippenlose Mund jetzt aussprach: „Wenn ich mich irre, Laura, wenn deine Skrupel dich nicht so schuldig gemacht haben wie mich, weshalb bist du dann geflohen?"

Obwohl Laura es wusste, musste sie sich noch einmal fragen: Weshalb war sie geflohen? War sie etwa nicht aus den Gründen geflohen, die sie zur Genüge kannte, sondern vielleicht, wie ihr dieses menschliche Wrack unterstellte, weil sie Skrupel hatte? War sie geflohen, weil sie den „Ruhm" ahnte, den dieser Mann erreichen würde, von dem der Staub getrockneten Bluts in der Wüste und der Kalk der Knochen in den Salzpfannen Zeugnis ablegten?

Cáceres trat noch einen Schritt vor, als nähere er sich dem Rand einer Bühne oder eines Abgrunds und wolle verzückt den Widerspruch betrachten, den er aufgedeckt hatte. Mit seiner nur halb rekonstruierten Nase schien er dem Rauch seiner in Flammen aufgegangenen Vernunft nachzuschnüffeln. Und plötzlich fiel er vor Laura im rötlichen Staub auf die Knie und hielt ihr den Revolver hin. Sie versuchte, ihn abzuwehren, ihm auszuweichen, doch irgendwie schaffte er es, ihr die Waffe in die Hand zu drücken. Dann bedeutete er ihr, auf seinen gebeugten Hals zu zielen, als bitte er um ihren Segen oder um den Gnadenschuss – um ihre Gnade.

„Patroncita, lass mich sterben", forderte er.

Laura setzte die Waffe auf Cáceres Hals, schloss die Augen und versuchte sich einen Moment lang vorzustellen, wie ein solcher Knall hier in der Wüste klänge (als versänke die Wüste in sich selbst und zöge den Wohnwagen, den Hof, das Tal der Oase auf den Grund eines schwarzen Orgasmus ohne Liebe hinab, wo sie einmal schon gewesen waren: sie über ihm, die Waffe in der Hand, bereit, ihm damit die Brust zu spalten ...) Gleichzeitig spürte sie den Kontakt mit der auf dem Kopf eingepflanzten

Haut; der gespendeten Haut, vielleicht von einem Toten, straff und verletzlich. Wider Willen fasziniert, erlaubte es sich Laura, diesen Kontakt der Haut des anderen mit ihrer Handkante zu spüren. Und fragte sich, warum sie das tat, warum sie ihn berührte, wo sie doch wusste und nicht bestreiten konnte, dass sie es wusste, dass die ganze Zeit, während der sie ihre Handkante nicht zurückzog, dieser Kontakt mehr als eine Berührung war: Er war ein Streicheln, eine Taufe, ja, eine Segnung. Eine Segnung wie die einer Mutter, die einen kriminellen Sohn empfängt, ihn segnet und ihn annimmt, denn es liegt in der Natur ihrer Liebe, dies zu tun, auch wenn sie genau weiß, dass er wieder Böses tun wird. Und mehr noch, sie weiß, dass es die ewige Pflicht ihrer Liebe ist, ihn dem Opfer preiszugeben, zum Opfer zu ermutigen, sogar dem Opfer zu unterwerfen, sodass sie das nächste Mal, wenn ihre Finger ihn berühren, tote Haut berührt, endgültig tot, wirklich tot.

Laura schaffte es gerade noch, ihre Hand wegzuziehen, zurückzutreten, der Versuchung zu widerstehen, ihm die Gnade zu geben, um die er bat. Stattdessen sagte sie nur: „Jetzt noch nicht."

Cáceres kehrte aus seiner Trance zurück, erhob sich langsam, setzte sich die Mütze wieder auf, nahm den Revolver an sich. Dann trat er zögernd, schwankend wieder aus dem Lichtkreis heraus, stolperte zwischen den Trümmern seiner zerstörten Hoffnung. Schaute zum Lager der Büßer hinüber, als könne jetzt nur von da seine Buße kommen.

„Jetzt noch nicht", wiederholte er aus dem barmherzigen Schatten, in den er zurückgekehrt war. „Ja, natürlich, ich hatte es vergessen: Du bist Richterin. Bevor du mich hinrichtest, musst du mich richten, nicht wahr, meine Patroncita?"

6

Ich habe den Kampf gegen die Schlaflosigkeit aufgegeben, Claudia, und beschlossen, mir einen Tee zu machen. Bin über den langen Flur unserer Wohnung gegangen bis zur Küche am anderen Ende, hörte die alten Dielen knarren und setzte vorsichtig die Füße auf, um den Schlaf der Nachbarn unter uns nicht zu stören - diese Reflexe deutschen Stadtlebens, die ich mir in zwei Jahrzehnten angewöhnt habe und die du instinktiv verabscheutest: „Du bist wirklich zur Deutschen geworden, Mamá, deutscher als ich, die ich mein ganzes Leben hier verbracht habe", schaltest du mich. Die Schlaflosigkeit hat mich immer an das Alter denken lassen; diese Schlaflosigkeiten voller Erinnerungen alter Menschen. Vielleicht dachte ich deshalb an mein zukünftiges Alter, während ich unter der hohen, trüben Küchenlampe Wasser heiß machte. Wenn man die vierzig hinter sich hat, beginnt man, an das Alter als Möglichkeit zu denken: Schließlich und endlich, sagen wir uns, werden wir ja vielleicht wirklich einmal alt. Und vielleicht werde ich wirklich eines Tages eine schlaflose, fröstelnde alte Frau sein, die im Morgenrock aufsteht, um sich einen Tee zu machen, aus dem Fenster in den Innenhof hinausschaut, wo sich der Schatten der hohen, kahlen Kastanie bewegt, und sich in diesem Schatten wiedererkennt, uralt und voller Erinnerungen. Erinnerungen, die auf überraschende Weise klarer sind und gleichzeitig etwas von ihrer

Kraft verloren haben. Das passiert mir heute schon, mit vierundvierzig. Das mag eine paradoxe Eigenschaft der Reife sein: Die Erinnerungen, die uns ängstigen oder traurig machen könnten, verlieren die Kraft, uns zu vernichten. Wenn man über die vierzig hinaus ist, hat einen das Leben mehr als einmal umgebracht. Und was den Tod angeht, fangen wir langsam an zu begreifen, dass er, wenn er uns erreicht, schon ein alter Bekannter sein wird.

Vor zwanzig Jahren hingegen, als ich vierundzwanzig war, Claudia, schien das Alter unmöglich. Und dennoch habe ich nie größere Angst vor dem Tod gehabt. In den Wochen nach der Ankunft von Major Cáceres erfuhren wir alle in Pampa Hundida nach und nach, was der wichtigste Grund für sein Kommen war: die Errichtung eines Lagers für politische Gefangene in den Ruinen des Salpetermine, die seit einem halben Jahrhundert stilllag. Ein Gefängnis sollte diese Geisterstadt in der Nähe der Oase wieder zum Leben erwecken, ihre Baracken ohne Dächer, ihr halb eingefallenes Theater, ihre von der Wüste zurückeroberten Straßen.

Ob wir es wollten oder nicht – vor allem, ohne es zu wollen – erfuhren wir doch, was da geschah. Eines Tages kam jemand und berichtete von Lastwagen voller Gefangener, die mit gefesselten Händen zwischen den Kasematten der Geisterstadt zu Boden sprangen. Am Tag darauf sah jemand, wie ein Landvermesser der Armee mit bläulichem Kalk zwei parallele Linien auf die gelbliche, zerklüftete Oberfläche der Pampa zog, ein doppeltes Trapez, einen Diamanten, der einen zweiten

Diamanten einschloss, wie ein kabbalistisches Muster, das in die rissige Haut dieses uralten Lebewesens - der Wüste - tätowiert wurde. Noch einen Tag später erzählte jemand, er habe gesehen, wie die Gefangenen selbst den Stacheldraht auf diesen Linien zogen, unter den Gewehrmündungen ihrer Bewacher. Und wir hörten Gerüchte, dass beide, Häftlinge und Wächter, zusammen in diesem Gefängnis eingeschlossen bleiben würden. Ich schreibe das Wort „Gerüchte", und wahrscheinlich wunderst du dich darüber, Claudia: Wie war es möglich, dass wir nicht genau wussten, was dort geschah, direkt vor unserer Stadt? Hätten wir nicht einfach hingehen und nachschauen können? Wo warst du da, Mamá - so magst du mich vielleicht fragen -, dass du dich nicht mit eigenen Augen überzeugt hast? Es hätte gereicht, hinzugehen, aber ich tat es nicht. Nichts ist weiter von uns entfernt als das, was wir auf die andere Seite unserer Angst verdrängen.

Unterdessen erwachte die Geisterstadt neben der Pilgerstadt nach und nach zu neuem Leben. Wir merkten das am nächtlichem Lastwagenverkehr, den Planierraupen der Pioniere, die eine direkte Stichstraße zur Panamericana bauten, an der Stadt vorbei, und deren Auspuffwolken wir in die klare Luft aufsteigen sahen, über den immergrünen Baumwipfeln unserer Oase. Und dennoch war es, als fände dieser Wiederaufbau der Ruinen in einer anderen Welt statt, als entstünde das Lager auf einem anderen Planeten oder besser gesagt: hinter einem Spiegel, der uns, wenn wir hineinschauten, nur das Bild unserer Pilgerstadt und die scheuen

Gesichter der Passanten zurückwarf, bemüht, nicht gesehen zu werden und sich gegenseitig möglichst wenig anzuschauen.

Vorhin habe ich dir gesagt, Claudia, dass mir „jemand" diese Gerüchte hinterbrachte. Doch ich bin ungerecht: Für Mario waren es keine Gerüchte, sondern Nachrichten; Nachrichten, die er nicht veröffentlichen konnte, oder besser gesagt: durfte. Und die ihm sichtbar immer mehr im Hals stecken blieben, den an sich eloquenten Mann zum Schweigen brachten, den Journalisten, der so voller Neugier und Ideen war, dass ihm die Artikel und Reportagen nicht reichten, der davon träumte, Schriftsteller zu werden, Bücher zu schreiben. Während der letzten beiden Jahre hatte Mario ein umfassendes Pressearchiv geführt, Material für ein Buch über die nun gescheiterte „demokratische Revolution" - dasselbe Archiv, vermute ich, das er jetzt, wie du mir erzählst, wieder ausgegraben und dir angeboten hat, als indirekte Antwort auf deine Fragen. Nach dem Putsch sammelte er noch einige Zeitungsausschnitte. Dann aber hörte er auf damit: Für sein Journalistenauge war gerade das, was die Zeitungen verschwiegen, die wirkliche Nachricht, und die konnte er nicht ausschneiden. So hörte er nach und nach auf, sein Archiv zu führen; und als habe er sich mit dem Schweigen der Presse angesteckt, schwieg er selbst auch. Seine tiefe, verführerische Stimme, die ihm immer eine Geschichte auf die Zunge legte, wurde leiser und leiser, bis sie beinahe nicht mehr zu hören, zu verstehen war; und ich zu versuchen aufhörte, diesen

Verfall aufzuhalten, ihn aus dem Loch herauszuholen, in das er immer tiefer fiel. Von da an stand ich vom Tisch auf, ohne fertig zu essen, und ging allein ins Bett, dieses immer breitere Bett, in dem wir uns nun nicht mehr fanden.

Denn seit der Ankunft von Major Cáceres in der Stadt lief es zwischen uns immer schlechter. Als erhebe sich auch zwischen unseren Körpern ein Zaun, der uns voneinander trennte, uns zu Fremden machte, die in ihrer eigenen Einsamkeit eingesperrt waren: ich in der meinen, eine Richterin, die Angst hatte, schuldig zu werden; er in der seinen, ein Journalist, der keine Nachrichten mehr verbreiten konnte. Ich lag wach in dem viel zu großen Bett und gab vor, zu schlafen, wenn Mario auf Zehenspitzen vom Esszimmer aus hereinschaute. Er tat dann so, als glaube er meinen vorgetäuschten Schlaf, schlich über die Veranda und den Korridor zur Toreinfahrt hinaus, zog vorsichtig den Riegel zurück und schlüpfte kurz vor der Sperrstunde auf die Straße hinaus.

Sehr spät kam er dann zurück, die Schuhe in der Hand, nach Schnaps riechend und ein leises Liedchen summend, das sich unerbittlich seinen Weg in meinen vorgetäuschten Schlaf bahnte, klebrig und übelriechend wie seine Hände, die einen halbherzigen Versuch unternahmen, mich zu streicheln, bevor er einschlief und laut zu schnarchen begann. Ich lag wach und kämpfte mit meinen Gefühlen, hin- und hergerissen in meiner Vorstellung von Reife, wie sie manche jungen Frauen haben: mich nicht dazu herabzulassen, eine Erklärung zu verlangen, und meiner Empörung, meiner kaum zu unterdrückenden Eifersucht. Vielleicht sagt es dir etwas über das wirkliche Alter des großen Mädchens, das ich damals noch war, über meine Naivität, wenn ich dir sage, dass die Eifersucht die Oberhand behielt. Und auf die absurdeste, lächerlichste Weise.

Vielleicht wirst du lachen, Claudia, wenn du liest, was ich tat. Ich glaube, du hast mein Schamgefühl geerbt, ich weiß, dass du Szenen hasst. Manchmal denke ich, dass es allein deshalb richtig war, nicht noch einmal zu heiraten, nur um die Ehestreitigkeiten zu vermeiden.

Es mag einen oder anderthalb Monate nach der Ankunft des Majors und dem Beginn der Bauarbeiten im Lager gewesen sein, dem Lager, von dem wir nichts wissen wollten. Da wartete ich eines Abends, bis Mario auf Zehenspitzen aus dem Haus schlich, zog mich in aller Eile an und ging ihm nach. Ungefähr zehn Blocks lief ich hinter ihm her, immer weiter weg vom Zentrum. Bei deinem Besuch wirst du bemerkt haben, dass in Pampa Hundida nichts weit voneinander entfernt liegt, und doch wurde mir plötzlich klar, dass ich auf ungepflasterten Straßen unterwegs war, mit hohen Gehsteigen, die ich nie zuvor betreten hatte; ein Vorort mit fensterlosen Fassaden aus Lehmziegeln, von denen der Putz abblätterte, ein Außenbezirk der Stadt, der mir seltsamerweise seit meiner Ankunft zwei Jahre zuvor entgangen war. Plötzlich bog Mario in eine Seitenstraße ein. Ich folgte ihm und gelangte auf eine andere, unbekannte Gasse. Da sah ich, wie sich einen halben

Block vor mir eine Tür hinter ihm schloss, erleuchtet von einem grünen Neonschild, das flackerte, als wolle es jeden Moment erlöschen: eine dornige Blume und ein unlesbares Wort, in dem einige Buchstaben fehlten. Etwas flackerte auch schwach in meiner Erinnerung: das augenzwinkernde Gelächter von Männern, das ich im Círculo Español gehört hatte oder in der Bar des Hotel Nacional. Ich weiß nicht mehr, wie lange ich da auf der anderen Straßenseite im Schutz eines Hauseingangs stand und die gedämpften Klänge einer schnulzigen Musik hörte, die aus dem Haus drangen. Ich war Mario gefolgt, ohne zu wissen, was ich tun würde, wenn ich ihn erreichte. Und jetzt stand ich da und fragte mich, ob ich den Mut hätte, mich ihm entgegenzustellen, wenn er herauskäme, schalt mich wegen dieser lächerlichen Situation, befahl mir selbst, wegzugehen, und war doch gleichzeitig unfähig dazu, wie von einem Magneten gebannt von einer Angst, die schlimmer war als die Neugier, einem Entsetzen, das allzu sehr einer Vorahnung glich. So verging vielleicht eine Stunde, vielleicht auch mehr. Schließlich öffnete sich die Tür und eine Frau trat auf die Straße, barfuß, eine Hand vor den Mund gehalten; so beugte sie sich über den hohen Bordsteinrand, schon außerhalb des grünen, flackernden Lichtscheins. Ich hörte, wie sie würgte, sich übergab. Dann tauchte sie langsam wieder im Lichtschein auf, lehnte sich an den Türrahmen und zündete sich eine Zigarette an. Der Rauch kringelte sich über ihrem Kopf, färbte sich grün in der stillen Nachtluft (wie ein Gewirr von Lianen oder Schlangen, Claudia). Es überraschte mich kaum, als sie ein paarmal eine Geste in meine Richtung machte, mich herbeirief. Ich überquerte die Straße und blieb vor ihr stehen, versuchte, mein heftiges Herzklopfen unter Kontrolle zu bringen. Die Frau war mir äußerlich in jeder Hinsicht überlegen: Sie war mindestens zehn Jahre älter und größer als ich, füllig, mit breiten Hüften und üppigem Busen, der den eng geschnürten, grell mit tropischen Blumen bedruckten Morgenrock aus Seide spannte. Offensichtlich trug sie nichts darunter, und von ihrem Körper ging ein intensiver Mandelduft aus, ein ungeheuer trauriger Geruch, der mir in jenem Augenblick wie die Essenz der Erfahrung selbst vorkam. Die Frau musterte mich, führte eine zittrige Hand an die Lippen und nahm einen tiefen Zug aus ihrer Zigarette, der Zug erleuchtete ihre tief liegenden, umschatteten Augen, unter denen die Wimperntusche auf die hoch stehenden Wangenknochen gelaufen war. Schließlich sagte sie, befahl sie mir fast: „Nehmen Sie ihn mit."

Ohne auf eine Antwort zu warten, vollkommen sicher, dass ich ihr folgen würde, wandte sie sich um, ging vor mir her in das Haus und über einen dunklen Gang, öffnete die erste Tür auf der rechten Seite und trat zur Seite, um mich in den Raum schauen zu lassen.

Mario schlief lang ausgestreckt auf einem großen Bett mit einem Kopfteil aus Messing, er trug Jacke, Hemd und Krawatte, jedoch keine Hose. Er wirkte so natürlich und zufrieden an diesem Ort wie die gewagten Drucke an den Wänden und der chinesische Wandschirm, der halb ein Bidet verdeckte. Seine Linke hielt eine

Flasche Pisco umklammert. Am Fuß des Bettes saß in einen Filzsessel gesunken, den Kopf mit dem geöffneten Mund nach hinten gebeugt, als habe er sich das Genick gebrochen oder wolle aus einem Brunnen trinken, dessen Wasserstrahl von oben herabfiel, Major Cáceres und redete vor sich hin oder betete, sang vielleicht mit unverständlicher Stimme. Ich muss mich, von der Szene gebannt, zu weit nach vorn gebeugt haben, oder es war genau das gewesen, worauf er gewartet hatte, denn plötzlich wandte er den Kopf, und seine grauen Augen, die Augen eines Huskys, abwesend und traurig, richteten sich auf mich, fixierten mich. So starrten wir uns an, wie lange, weiß ich nicht mehr - ich wollte, konnte nicht zurückweichen, wusste auch nicht, wie -, bis er einen Finger an die Lippen legte, ganz sanft, als küsse er ihn und befehle mir gleichzeitig, zu schweigen. Zu schweigen, ihn oder den Schlaf, die Träume meines Mannes nicht zu unterbrechen, den er mit anderen Träumen füllte, mit seinem Gebrabbel, seiner Leier, seinem unverständlichen Gebet. Zu schweigen und nicht die Stille der Nacht, der Stadt zu stören, den Schlaf jener Zeit.

※ ※ ※

Ich erinnere mich noch genau an Marios betroffenes Gesicht, Claudia, als er eilig nach Hause kam, schwankend ins Zimmer trat und mich in der Dunkelheit auf dem Bett sitzend fand. Ich glaube, der Schreck vertrieb ihm mit einem Schlag seinen Rausch. Bevor ich ihn überhaupt etwas fragen konnte, begann er schon, sich zu entschuldigen, und während er ins Bad floh, erklärte er mir, er träfe sich mit dem Major, um Material zu sammeln, arbeite an einer Recherche. Die einzige Art und Weise, herauszufinden, was geschah, wäre es jetzt, in die neuen Machtzirkel einzudringen, den Mann hinter der Waffe kennenzulernen … Seine schwere Zunge wiederholte „den Mann". Ich müsse das verstehen, er habe mir nichts davon erzählen wollen, um mich nicht zu beunruhigen, doch sei er auf einer „Mission": investigativer Journalismus, Reportage vor Ort, er sammle immer noch Material für sein Buch, jetzt sei es wichtiger denn je, es zu schreiben. Wenn das erfordere, dass er mit solchen Männern trinken ginge, müsse ich das verstehen, so sagte er, während er sich im Bad das verquollene Gesicht wusch.

Im Grunde, Claudia, glaube ich, dass Mario ein guter Schriftsteller geworden wäre: Auch wenn er getrunken hatte, verlor er nicht den Faden seiner Geschichte, und man merkte, dass er die Szene mehrmals geprobt, im Kopf verschiedene Argumentationen ausprobiert hatte, bis er die hatte, die am besten zu seiner Posse passte.

Ich kam vom Bett herunter und folgte ihm, getrieben von einer kalten Neugier. Beobachtete ihn von der Badezimmertür aus, wie er sich über das Waschbecken beugte, sich mit seinen großen Händen (mit den weichen Gesten) das Gesicht wusch. Er war nackt, hatte sich alle Kleider ausgezogen, als wolle er sich ihrer so schnell wie möglich entledigen, als seien sie auf irgendeine unbeschreibliche Weise verseucht. Ich stand da, beobachtete ihn, wie er sich das Gesicht schrubbte, mich anzuschauen vermied, und sah plötzlich den großgewachsenen, aufrechten Mann vor mir, in den ich mich einst verliebt hatte, wie er sich nach und nach unmerklich veränderte; wie die sonore Stimme heiser wurde, die weichen, beunruhigend weiblichen Lippen den Sieg über das männliche Kinn errangen und das Gesicht prägten. Ich ahnte den alternden Lebemann, die Hoffnung, die sich in Zynismus verwandelte, all das, was mir jetzt wie eine Tragödie erschien und das eine unerbittliche Zukunft als Farce interpretieren würde. Mir wurde klar, dass wir, wenn wir so weitermachten, eines Tages theatralisch, melodramatisch wirken könnten, eine lächerliche Parodie unserer selbst. Und vielleicht war es genau in diesem Moment, Claudia, dass ich begann, Mario zu verlassen, als ich spürte, ich könnte mich schämen, den Menschen anzuschauen, den ich einst liebte.

Ich senkte den Kopf, versuchte die Vorahnung zu verscheuchen, und in diesem Moment fiel mein Blick auf ein Kleidungsstück, das zwischen denen lag, die Mario abgestreift und auf den Boden geworfen hatte. Ich bückte mich, hob es auf: Es war ein schwarzer Damenschlüpfer aus Kunstseide. Ich sah ihn mir genau an, um sicher zu gehen: Es waren ein paar rote Farbflecken daran, die von Lippenstift stammen konnten oder nicht. Jetzt schaute Mario mich tatsächlich im Spiegel an, erschrocken, dann stotterte er: „Ein Scherz der Freunde, die müssen mir den in die Tasche gesteckt haben, Laurita." Und angesichts meines Schweigens fügte er jenes außer Mode gekommene Worte hinzu: „Das war eine Calaverada, Laura, ein Lausbubenstreich."

Ein Lausbubenstreich ... Ich wiederholte das Wort leise, sah vor meinem geistigen Auge eine Laus, stellte sie mir in diesem gewöhnlichen Damenschlüpfer vor, den ich in der Hand hielt und plötzlich auf den Boden schmeißen musste, als könnten mir die Flecken, die von Lippenstift stammen mochten - oder nicht -, die Finger verbrennen. Ich lehnte mich gegen den Türrahmen, wandte den Kopf ab. Das Einzige, was ich wollte, war, dass er nicht sah, wie mein Kinn zitterte - bis heute weiß ich nicht, ob aus Empörung oder aus Schmerz.

Mario senkte langsam den Kopf, vermied es, sich selbst im Spiegel anzusehen. Dann setzte er sich, so nackt, wie er war, auf den Klodeckel und verbarg das Gesicht in dem Handtuch, mit dem er sich abgetrocknet hatte.

Ich weiß nicht mehr, wie lange wir so wortlos verharrten. Doch als ich mich umdrehen wollte, um ins Schlafzimmer zurückzugehen, fragte er: „Hörst du sie Beifall klatschen?" Zuerst dachte ich, sein Rausch wäre wieder da; nicht er spräche jetzt, sondern die dunkle Nacht, die aus seinem Mund drang wie Galle. Doch dann sagte er: „Der Mann spricht über den Tod, Laura; er spricht über den Tod, als sei der Tod wie eine Geliebte, mit der er geschlafen hat. Er spricht darüber begeistert, sinnlich, ich kann es nicht anders sagen. Doch das ist nicht das Unbeschreibliche."

Das Unbeschreibliche war, dass sie ihm Beifall

klatschten. Da waren die Frauen, denen vor Müdigkeit fast die Augen zufielen, da war Rosita, da waren die Betrunkenen an den Tischen im Hof des Bordells, die fast einschliefen; alle hörten sie dem Mann zu, der vor sich hin redete, der immer lauter sprach, der lauter sprach als alle anderen, lauter als die Musik, lauter als der Wunsch, an etwas anderes zu denken. Und so, mit dieser vom Schweigen umgebenen Stimme, sprach „der Mann" vom Tod mit der Intimität eines Verliebten, rühmte sich, schreckliche Dinge zu lieben, die Mario mir nicht erzählen konnte. Und schließlich schwieg er.

„Und niemand sagt etwas, Laura, ich sage nichts, niemand sagt etwas, und dieses Schweigen ist, als klatsche eine Menschenmenge Beifall. Verstehst du mich, Laura?", fragte mich Mario. Und ich glaubte ihn plötzlich zu verstehen, Claudia: Er redete nicht von der Menschenmenge, die ein paar Wochen zuvor den Major empfangen hatte und beklatscht und hochleben ließ. Auch nicht von der stillschweigenden Zustimmung derjenigen, die bis vor wenigen Tagen noch Parteigänger der gestürzten Regierung gewesen waren und dann in ihren Hinterhöfen Bücher und Propagandaschriften verbrannten, in Feuern, deren weiße Rauchsäulen in der phosphorhellen Wüstennacht aufstiegen. Und auch nicht von den geknebelten Mündern derjenigen, die einen Verwandten oder Nachbarn versteckt hatten, der dann hastig in die Berge, über die Grenze gegangen war, und die mit angstverzerrtem Lächeln im Gesicht schwiegen. Nein, er sprach von einem anderen Schweigen. Von einem Schweigen, das wie der ansteckende, gemeinsame, ausgelassene Beifall, das vorprogrammierte Lachen der schlechten Comedysendungen im Fernsehen klang, dieses Lachen und Klatschen von niemandem. „Ich möchte es verstehen, Laura, damit ich darüber schreiben kann", sagte Mario. „Deshalb habe ich mich im Grunde diesem Mann genähert, glaube ich ..." Doch dabei hatte er etwas Unerwartetes entdeckt. Dieser Mann, den ich da vor mir hatte, nackt, betrunken, mit verquollenem Gesicht, gefangen in seinem eigenen Netz, hatte entdeckt, dass, wenn er sich dem Schweigen genügend näherte, wie es ein guter Journalist und Schriftsteller tun muss, wenn er ihm so nahe kam, dass er selbst in Gefahr geriet, dass dann „dieses Schweigen mir Dinge sagt, die zu hören ich nicht geboren bin."

Wenn sich seine Zuhörerschaft im Hof unter irgendeinem Vorwand eilig in die Zimmer zerstreute, lächelte der Major und befahl Rosita, die Party in ihrem Schlafzimmer fortzusetzen, ihnen dort „eine kleine Privatvorstellung" zu geben, nur für Mario und ihn. Und während sie das tat, während sie tanzte und sich auszog und sich streichelte - und vielleicht noch andere Dinge geschahen, über die man besser schwieg -, redete der Major immer weiter. Erzählte ihnen immer mehr „Intimitäten", die sich Mario nicht zu wiederholen traute, immer inspirierter, immer eifriger, immer übertriebener.

„Aber das Schlimmste ist, dass man nicht sicher sein kann, dass er übertreibt, Laura", sagte Mario plötzlich mit schweren Augen.

Ich glaube, es war genau an diesem Punkt, Claudia, dass ich etwas anderes zu erkennen begann.

Ich ahnte etwas, das uns niemand in unserer Erziehung gelehrt hatte. Das Wort „Tod" vielleicht, das der Major mit jener „Intimität" eines Verliebten gebrauchte, dieser Vertrautheit, die einem kleinmütigen Träumer wie Mario obszön vorkommen mochte (oder sinnlich, dionysisch, morbid, doch war es besser, sich danach nicht einmal zu fragen), dieses Wort Tod, auf das ihm dort, am Rand der Wüste, in dieser kargen Landschaft, das Schweigen auf natürliche Weise, uralte Weise antwortete.

Dieses Schweigen der Pilgerstadt dem Tod gegenüber klang nicht nur wie Beifall, sondern auch wie noch etwas, das ich zu begreifen begann, als ich bereit war, durch die feinen Risse dieser Nacht zu schauen. Dieses Schweigen klang auch wie das Innehalten in einem Gebet, die Erwartung eines Opfers, das stumme Zeichen von Respekt gegenüber einem uralten Ritual, das in den Fundamenten dieser Pilgerstadt selbst ruhte und nie ganz gewichen war, sich nur „zurückgezogen" hatte: auf die Höhen der Kordilleren, auf die vom eisigen Wind gepeitschten Gipfel, auf denen andere Götter mit mumifizierten Augenlidern unter verlassenen Altären ihren Jahrhundertschlaf hielten. Die Götter von früher, zurückgekehrt in den Schoß der Urgöttin (Ischtar, Kybele, die Pachamama), die sie alle gezeugt und verschlungen hatte. In diesem jahrhundertealten Schweigen tanzte eine uralte Gottheit, als Teufel verkleidet, um das Bild einer neuen Göttin ihren ewigen Tanz, gab vor, gerade erst gekommen zu sein, während sie niemals gegangen war. Die maskierte Gottheit zollte der Schutzpatronin den Tribut ihrer Gewalt; und die Patronin nahm sie als die ihre an.

So stand ich dort mit kalten Füßen im Bad unseres Hauses, schaute nicht mehr voll Mitleid, sondern mit Entsetzen auf den Mann, den ich bis dahin geliebt hatte, und begann zu ahnen, Claudia, was ich erst später, nach meiner eigenen „Intimität" mit dem anderen (der mich in den intimen Momenten „Patroncita" nennen sollte), ganz begreifen würde. Das, was die Geste des Majors, in seinen Filzsessel im Bordell gestreckt, mir ankündigte, als er seinen Zeigefinger küsste und mir zu schweigen befahl. Dieses Schweigen meines Landes, das nach Beifall klang, war nicht der Willkommensgruß für eine neue Macht, sondern die Begrüßung einer alten Gottheit, die zurückkehrte.

7

Ohne ihren Blick vom Schreibtisch zu heben, wusste sie, dass er dort vor ihr stand, im gedämpften, staubgeschwängerten Licht des Gerichtssaals, ihr schweigend beim Lesen zuschaute und sich nicht traute, sie zu unterbrechen, oder darauf wartete, dass seine Anwesenheit sie zu einer Pause zwang. Der Gerichtsdiener hatte ihn eingelassen, sicher, weil er ihn kannte (wie wir uns alle hier in dieser Stadt kennen). Laura spürte ihn vor sich, den frisch examinierten, stattlichen Anwalt mit dem zornigen Ehrgeiz der Jugend in seiner ganzen Erscheinung. Ohne hinzuschauen ahnte sie das arrogante Lächeln, die Akne am Hals, den Schriftsatz, den er schon mit typischer Geste an die Brust drückte, die borniere Eitelkeit, das mangelnde Selbstvertrauen, das er sich von seinem Berufsstand lieh, seinem Titel, seinen juristischen Phrasen.

An jenem Nachmittag nach ihrer Ankunft in der Stadt und dem Zusammentreffen mit Mario hatte Laura versucht, in der Dienstwohnung über dem Gericht eine Siesta zu halten. Doch sie konnte nicht die Augen schließen, ohne dass vor ihr die drei Mütter auftauchten, die im Vorraum auf Gerechtigkeit gewartet hatten, als sie das letzte Mal hier gewesen war. Als sie dies merkte, beschloss Laura, in ihr Büro hinunterzugehen. Mario hatte dem Gerichtsdiener schon von der plötzlichen Ankunft seiner neuen Chefin berichtet, und jetzt kam Julián Fuentes, untersetzt, nervös, in seiner braunen Kunstlederjacke eilfertig herbei, dankte dafür, dass sie ihn brauchte, und lehnte ihr Angebot ab, wegen des Feiertags nach Hause zu gehen. Fast, um ihm etwas zu tun zu geben, bat ihn Laura um das Register offener Verfahren, notierte eine Reihe Fälle und bat ihn, ihr die entsprechenden Akten zu bringen.

Inzwischen hatte sie ein paar Stunden mit deren Durchsicht verbracht und stellte fest, dass sie nicht so sehr aus der Übung war, wie sie gedacht hatte. Immer noch konnte sie ein Schriftstück diagonal lesen, die Floskeln überspringen, die blumige Prosa, die weit hergeholten Argumente, und instinktiv entdecken, wo eine Begründung falsch war. Dieses Geschick hatte sie schon immer gehabt, seit den ersten Jahren an der Juristischen Fakultät, wo Professor Velasco, jetzt der Justizminister Don Benigno Velasco, auf sie aufmerksam geworden war. Sie besaß diesen seltenen sechsten Sinn für die Gerechtigkeit; die Fähigkeit, Wahrheit oder Lüge, die Gültigkeit eines Standpunkts oder dessen Haltlosigkeit zu erkennen, ohne sich von der hochtrabenden, hohlen Sprache des Gerichtssaals täuschen zu lassen. „Ein unschätzbarer Instinkt, Laurita, ein Geschenk der Natur, ich beneide dich darum", hatte ihr Professor gesagt. „Wie viele von uns, die wir dazu verurteilt sind, mühsam Recht zu sprechen, die wir dazu gezwungen sind, den Regeln des Gesetzes Prämisse für Prämisse, Schlussfolgerung für Schlussfolgerung zu folgen, uns wie Blinde in einem Labyrinth an den Wänden unserer Ratlosigkeit entlang zu tasten, wie viele von uns hätten nicht gern deine salomonische Begabung!" Aber ihre Begabung war, wie alle Begabungen, auch ihre Last, ihre Verdammnis, ein Teil des Schicksals, vor dem sie nach Berlin geflohen war, um sich der Philosophie zu widmen.

Endlich hob Laura den Blick vom Schreibtisch, legte den Bleistift aus der Hand und schaute direkt den jungen Mann an, der auf der anderen Seite der Schranke wartete. Er hielt einen dicken Aktenordner gegen die Brust gepresst, auf die unverwechselbare Art der Winkeladvokaten.

„Wie sind Sie hereingekommen?", wollte sie wissen.

„Fuentes hat mir die Tür angelehnt gelassen, als er gegangen ist. So sind wir das gewohnt."

„Und ich bin es gewohnt, keine Anhörung ohne Termin zu machen. Außerdem ..."

„Außerdem sind Sie gerade angekommen, ich weiß. Aber ich muss unbedingt sofort mit Ihnen reden."

„Kommen Sie in vier Tagen wieder, am Montag, nach dem Fest."

„Wenn Sie erfahren, was ich hier habe, werden Sie verstehen. Ich bin ..."

„Tomás Martínez Roth, vermutlich", seufzte Laura.

Einen Augenblick lang schien der junge Mann seine frühreife, mühsam erworbene Selbstsicherheit zu verlieren, die so gar nicht zu seiner Akne passte.

„Kennen Sie mich?"

„Meine Tochter hat mir von einem vielversprechenden Anwalt aus der Provinz geschrieben."

„Ich habe mich mit einem jungen, kämpferischen Anwalt angefreundet", hatte Claudia ihr in dem Brief erzählt, „er ist der Einzige, der in dieser Stadt nicht schläft, er hat vier Klagen gegen Cáceres eingereicht. Sie wurden alle verloren, aber er gibt nicht auf."

Offensichtlich hatte er Claudia beeindruckt: die Leidenschaft, die Haltung, die grünen Augen, in denen sich jetzt, da man ihn erkannt hatte, Eitelkeit und Idealismus trafen, ohne sich zu stören.

„Ihre Tochter hat mich angerufen und mich informiert, dass Sie Ihre Reise hierher vorverlegt hätten und schon heute ankämen. Ich bringe Ihnen ein Verfahren."

„Verfahren habe ich mehr als genug." Laura wies auf den Schreibtisch voller Akten unbearbeiteter Fälle.

„Das ist nicht irgendein Verfahren, das wird der Prozess des Jahrzehnts oder des Jahrhunderts in dieser Stadt."

„Sie haben eine ziemlich spektakuläre Vorstellung von Gerechtigkeit."

„Jede Gerechtigkeit ist spektakulär, wo sie noch nie geschaffen worden ist."

Laura sah ihn sich genauer an, ihr gefiel seine Schlagfertigkeit, sie deutete eine Geste der Zustimmung an ... Er war ein guter Polemiker und hatte nur den jugendlichen Fehler, gerade erst seine Talente entdeckt und sich in diese verliebt zu haben. „Tomás glaubt, dass es möglich ist, Gerechtigkeit in diesem Land zu erreichen, dass wir Jungen das schaffen können, wozu unsere Eltern sich nicht trauten", hatte Claudia ihr geschrieben. Und man konnte das Feuer dieser riskanten Wette auf sich selbst erkennen, das sich in den nervösen Gesten verriet, mit denen er seine Überzeugungen unterstrich. Laura lehnte sich im Richterstuhl zurück.

„Ich weiß nicht, weshalb, aber ich ahne, dass Sie keine Ruhe geben werden, bis Sie mir nicht Ihren Fall präsentiert haben."

„Das ahnen Sie zurecht. Ich kann nicht bis Montag warten. Bis Montag hat man Sie vielleicht schon vor mir gewarnt."

„Sind Sie denn gefährlich?"

„Für die Heuchler, für die Vergesslichen dieser Stadt, für die unbestraften Verbrecher, ja."

Laura atmete tief ein, erkannte die typische Gerichtsluft, den in der Nase kribbelnden Geruch von Kohlepapier und trockener Tinte. Dann kapitulierte sie vor der Ungeduld des jungen Mannes und fügte sich in ihr Schicksal: „Also gut, Herr Anwalt, machen wir's kurz. Claudia hat mir geschrieben, Sie hätten eine unanfechtbare Klage gegen den Major Cáceres ..."

„Oberst. Mit diesem Grad hat man ihn vor fünf Jahren in den Ruhestand versetzt."

„Ist er noch in der Stadt?", testete sie ihn.

„Er ist nach wie vor im ehemaligen Gefangenenlager, wohin er schamlos zurückgekehrt ist. Und das wissen Sie auch."

Laura lächelte, nahm den Seitenhieb hin und konterte, indem sie auf den Stapel Akten deutete: „Ich weiß auch, dass Sie schon vier Klagen gegen ihn angestrengt haben."

„In der Tat, diese hier ist die fünfte", antwortete Martínez Roth. „In den vergangenen vier wurde er freigesprochen. Ihr Vorgänger, der korrupte Richter Fuenzalida, hat nicht einmal das Verfahren eröffnet. Ihm zufolge waren meine Klagen durch das Amnestiegesetz abgedeckt, und so hat er sie zurückgewiesen."

Er gebrauchte das Verb *zurückweisen*, als hätte er *zurückscheißen* gesagt; mit einer Abscheu, die ihm die zornige Gewissheit seiner eigenen Makellosigkeit gab. Laura musterte den jungen Anwalt: die kräftige, ein wenig gebogene Nase, die breite Stirn, den schwarzen Haarschopf, die leidenschaftlich blitzenden grünen Augen. Und plötzlich nahm in Lauras Erinnerung ein Gespenst Gestalt an, wie die Drohung der Zukunft, die den jungen Mann erwartete.

„Sie sind der Sohn von Martínez, dem Notar."

„Ja, das war mein Vater", antwortete Tomás Martínez Roth verwirrt. „Aber ich weiß nicht, was das hier für eine Rolle spielt."

Laura sah den Notar Haroldo Martínez Smith vor sich, einen der zehn „Gerechten", die sie an jenem Abend vor zwanzig Jahren als Repräsentanten der Stadt besucht hatten und Laura um ihre Vermittlung baten, sie auflehnten, sie zu beschutzen, sie drängten, den Kommandanten aufzusuchen. Denn „wir sind ja auch der Meinung, dass diese Operationen richtig sind, Laurita", hatte der Notar damals gesagt, „aber niemand amputiert kranke Glieder auf offener Straße, ohne Narkose und ein Glied nach dem anderen".

Laura erinnerte sich jetzt ganz genau an ihn, mit seinem Küchenlatein, seinen dreiteiligen Anzügen und seinen Millionen. Und sie konnte sich sehr gut vorstellen, wie der Notar, ein tadelloser Vater, den Sohn im Bewusstsein seiner Rechtschaffenheit erzog, wie er ihm sagte: Eines Tages wird all dies dir gehören, mein guter Ruf und mein reines Gewissen und sogar noch die Tinte, mit der ich jede Wahrheit beurkunde, die man mir zum Unterschreiben vorlegt ...

Unweigerlich hatte der Sohn dagegen rebelliert und den Beruf des Vaters nur studiert, um damit seinen Zeitgenossen in ihrer satten Zufriedenheit das Leben schwer zu machen. Jetzt hob er den Zeigefinger, wohl, um sie über die Unterschiede zu seinem Erzeuger aufzuklären. Doch sie verhinderte es, indem sie zum Fall zurückkehrte: „Ich habe mir gerade einmal die Klagen durchgesehen, die Sie angestrengt haben." Laura blätterte in einer der Akten. „Die Position von Cáceres scheint unangreifbar. Die Erschießungen, die er befohlen hat und derer Sie ihn beschuldigen, wurden tatsächlich vom Kriegsgericht verhängt. Er hat sich darauf beschränkt, den Feuerbefehl zu geben. Und er ist sich seiner Sache so sicher, dass er sogar angeboten hat, auf die Amnestie zu verzichten, um seinen Prozess zu bekommen und freigesprochen zu werden. Was lässt Sie also vermuten, dass Sie jetzt robustere Argumente haben?"

Als Antwort zog der Anwalt ein Schriftstück aus seinem Aktenordner und reichte es ihr über die Schranke. Laura schaute auf das Dokument, nahm es jedoch nicht entgegen, sondern lehnte sich in ihrem Sessel zurück und ließ den Anwalt mit ausgestrecktem Arm verharren, als halte er ihr eine geladene Waffe oder einen unanständigen Fetisch hin. Sie ahnte schon die Hoffnungen, den Idealismus, die Denkfehler. Einen halben Block von hier entfernt begann jetzt auf der Plaza das Fest, und der Lärm von Trommeln, Flöten und Rasseln, von Gesängen und Tänzen drang herein. Laura ging zu den Fenstern hinüber und schloss sie. Dann wandte sie sich, geblendet blinzelnd, zu Martínez Roth um: „Also gut. Ich gebe Ihnen fünf Minuten für eine mündliche Zusammenfassung, Herr Anwalt."

„Sie wollen, dass ich jetzt gleich hier mein Plädoyer halte?"

„Vielleicht hilft es Ihnen ja, die Schwachstellen zu finden." Laura schaute auf die Uhr. „Die Zeit läuft."

Der junge Anwalt musterte Laura, unschlüssig, ob sie ihn ernst nahm, wenigstens so ernst, wie er sich selbst. Dann legte er vorsichtig den Ordner mit seiner Klage auf die Schranke, ordnete die Blätter, räusperte sich und hob die Hände an die Aufschläge seines Jacketts, an dem das Abzeichen der Anwaltskammer blinkte. Laura musste ein Lächeln unterdrücken, als sie die typische Juristengeste erkannte, die würdevolle Pose. Und der junge Anwalt begann mit seinem Plädoyer.

Verschanzt hinter ihrer Skepsis, hörte Laura ihm zu, vom ersten Satz an mehr und mehr überzeugt: Dies waren die Tatsachen. Dieser junge Bursche, der damals noch ein Kind gewesen war, hatte es irgendwie geschafft, die einzelnen Teile des Schweigens der Elterngeneration zusammenzutragen, auch wenn er das Puzzle noch nicht zusammensetzen konnte. Da war der Militärputsch, die Ankunft des Majors Cáceres in der verlassenen Salpetermine, die Lastwagen voller Gefangener, die sich sofort daran machten, ihr eigenes Gefängnis einzuzäunen … Die Landung der Hubschrauberstaffel einen Monat später, die uniformierten

Richter des Kriegsgerichts, die heraussprangen, im Schnellverfahren aburteilten und sofort wieder inmitten von Staubwolken und Entsetzen verschwanden, nachdem sie Cáceres den Befehl hinterlassen hatten, die Verurteilten zu exekutieren. Und der Major, der diesen auf seine Art ausführte, sadistisch oder barmherzig oder beides: Er ließ sie einen nach dem anderen an aufeinanderfolgenden Tagen erschießen, als wolle er seine Macht verlängern, so erzählten es einige, oder um die Chance zu wahren, dass Gegenbefehle kämen, wie andere sagten. Jedenfalls hatte er sie Tag für Tag im Morgengrauen hinrichten lassen ...

Plötzlich hatte Laura das Gefühl, als fielen alle Längen- und Breitengrade, die sie in den vergangenen vierundzwanzig Stunden überquert hatte, auf sie nieder wie ein bleiernes Netz. Doch trotz ihrer Müdigkeit musste sie ihrer Tochter zustimmen: Der junge Mann war vielversprechend. Mehr noch, er hatte es geschafft, der Vergangenheit die Maske vom Gesicht zu reißen und ungefähr ihre Züge zu erkennen. Natürlich machte er dabei Fehler, einige Merkmale passten nicht oder nur halb, andere widersprachen dem Phantombild, das man ihm gezeichnet hatte; und um sie dieser Zeichnung anzupassen, hatte er die Dimensionen verfälscht, eine Nase verkürzt oder ein Paar Augenlider zu dick gezeichnet. Aber verhielt sich die Geschichte denn nicht genauso? Stimmte es etwa nicht, dass es keine *wahre* Geschichte gibt, weil sie nur eine mögliche Version der Wahrheit ist? Laura stimmte zu: Der junge Mann war nahe dran, die einzelnen Tatsachen stimmten, doch sein Gesamtbild ergab eine weitere Maske und nicht das Gesicht der Vergangenheit, das sie gekannt hatte. Warum?

Vielleicht lag es daran, dass der Wahrheitshunger des jungen Mannes diese Vergangenheit deformierte. Der Wille, das Unerklärliche zu erklären, das Unbegreifliche zu begreifen, die Normalität zu verstehen, die das Perverse umgab. Es war nicht so, dass das Perverse normal geworden wäre, das wäre falsche Erinnerung oder schlechte Literatur. Das Komplizierte bestand darin, zu erklären, wie die Leben der Menschen ihren normalen Verlauf nehmen konnten, während das Ungeheuerliche geschah. Ähnlich wie in Berlin, wo die Menschen noch während der letzten Kriegstage heirateten, Geburtstag feierten und in die Oper gingen, während die Bomben des Jüngsten Gerichts fielen. Laura erinnerte sich an die Worte von Theodor W. Adorno, dass nach Auschwitz keine Poesie mehr möglich sei. Doch Adorno vergaß: Wenn *in* Auschwitz tatsächlich Poesie möglich war – wie einige Überlebende bezeugten –, dann war sie das später umso mehr. Vielleicht erschien ihr deshalb die Klage des Anwalts so unverständlich, der sie kaum noch folgen konnte – ihr fielen fast die Augen zu, die erregte Stimme drang von weit her an ihr Ohr. Denn im Grunde war die einzige fundamentale Klage von einer poetischen Natur, die diesen jungen Menschen nicht genügen konnte: die Anklage gegen die Normalität von Leben, die nicht hätten normal sein dürfen.

Der Anwalt hob die Stimme, forderte ihre Aufmerksamkeit: „Das Folgende geschah ebenfalls im Morgengrauen, ungefähr zwei Monate später, ganz genau habe ich das nicht feststellen können. Auf jeden Fall kann die Tatsache nicht bestritten werden, dass eines Morgens, zwei Monate nach der letzten Erschießung, der Oberst im Ruhestand Mariano Cáceres Latorre, damals noch im Dienstgrad eines Majors und Kommandant des Gefangenenlagers bei Pampa Hundida, vorsätzlich die Statue der Schutzpatronin der Wallfahrtskirche verbrannt hat."

Tomás Martinez Roth hielt inne, hob wieder die Hände an die Rockaufschläge und ließ seine Worte einen Moment nachklingen. Er plädierte mit Leidenschaft und machte diese gut einstudierten Pausen, die seinen Worten bei den Richtern Wirkung verschaffen sollten. Angezogen von der Spannung des jungen Anwalts, der die Wirkung seines Schweigens abwartete, ließ Laura sich in die Gegenwart zurückholen: „Ich verstehe das nicht, Herr Anwalt. Sie haben mir hier längst bekannte Tatsachen präsentiert, von denen Sie einige schon in Ihren früheren Klagen gegen den Beschuldigten angeführt haben. Jetzt fügen Sie die Verbrennung dieser Heiligenstatue hinzu. Ich sehe den Zusammenhang nicht. Kommen Sie zur Sache, formulieren Sie Ihren Antrag an das Gericht."

Martínez Roth schaute einen Moment ratlos drein, nickte, blätterte nervös in seinen Papieren, fand, was er suchte und setzte wieder jenes Gesicht eines glühenden Idealisten auf, das ihn seine Erregung für einen Moment hatte vergessen lassen. Dann las er vor: „Auf Grundlage der vorgelegten Tatsachen erhebe ich Klage gegen den Oberst im Ruhestand Mariano Cáceres Latorre wegen der Zerstörung eines Gegenstands religiöser Verehrung, namentlich der Statue der Schutzpatronin von Pampa Hundida. Und ich weite die Anklage auf jene aus, die in dieser Stadt verantwortlich sind für das Vergehen andauernder religiöser Schändung, die in der Basilika stattfindet, wo eine Fälschung der Statue angebetet wird."

Nachdem er geendet hatte, reichte er das Dokument noch einmal über die Gerichtsschranke. Diesmal nahm Laura es entgegen, las es ungläubig. Tatsächlich: „Schändung", stand da geschrieben. Dann lehnte sie sich wieder im Richtersessel zurück und hätte beinahe dem Irrsinn dieser absurden Klage applaudiert. Nur mühsam gelang es ihr, ruhig zu bleiben: „Was ist nochmal die Strafe für solche religiösen Vergehen, Herr Anwalt? Eine

Geldstrafe? Eine leichte Gefängnisstrafe? Und was ist die Verjährungsfrist?"

Tomás wurde rot, protestierte: „Das ist doch nicht der Punkt! Der Punkt ist, mit der Lüge aufzuräumen, dem Vergessen."

„Ihr Punkt", korrigierte ihn Laura und stützte sich mit den Ellenbogen auf den Schreibtisch, „Ihr Punkt ist, denke ich, die Stadt juristisch unter Druck zu setzen."

Martínez Roth schaute sie verdutzt an. Die Vorstellung schien ihm schwerzufallen, dass jemand aus der älteren Generation seine Absicht erraten hatte: „Brillant, Frau Richterin. Ich würde es aber nicht unter Druck setzen nennen. Sagen wir, es ist das Ende des Fadens."

Das Ende des Fadens ... Wenn bekannt würde, dass ein Offizier eine der am meisten verehrten Heiligenfiguren des Landes verbrannt hatte, eine ganze Stadt dieses Verbrechen deckte und damit bis zum heutigen Tag eine andauernde Schändung beging; wenn bekannt würde, dass man eine Reliquie verehrte und feierte, die eine Fälschung war, dass man zwanzig Jahre lang einen Götzen angebetet hatte, Hunderte Millionen an Almosen und Spenden für eine Kopie kassiert hatte, dass man mit dem Glauben Tausender Pilger spielte; wenn all dies endlich herauskäme – so versicherte ihr der Anwalt –, dann gäbe es einen nationalen Skandal. Darüber würde sogar im Fernsehen berichtet, sie würde schon sehen. Und dann könnte sich nichts und niemand mehr verstecken, nie mehr. Dann würde herauskommen, was unter den Masken lachender, erfolgreicher, frommer Teufel verborgen war. Dann müsste alles offen gelegt werden: „Und sie werden auch sagen müssen, wo die Leichen der Verschwundenen sind. Claudia ist überzeugt, dass diese Klage unanfechtbar ist, genau wie ich."

Ihre Tochter war überzeugt ... Laura wusste nicht, ob sie lachen oder Mitleid haben sollte mit dem Anwalt, mit ihrer Tochter, mit der verrückten Zeit der Komödien und dünnen Masken, in der sie lebten. Da wollten sie die Vergangenheit der Älteren wegen der Morde, der Toten, der Verschwundenen vor Gericht stellen und alles, was sie im fünften Anlauf zustande brachten, war eine Klage wegen eines religiösen Vergehens, das man nur vergessen hatte, aus dem Gesetzbuch zu streichen. Oder war das vielleicht gar nicht so verrückt? War diese Klage etwa nicht eine Möglichkeit, die Normalität zu richten, die das Perverse umgeben und gedeckt hatte?

Laura seufzte und sagte kopfschüttelnd: „Claudia hat mir geschrieben, Sie hätten einen unwiderlegbaren Beweis."

Der Anwalt suchte hastig in seinen Taschen, zog einen Umschlag heraus und reichte ihn ihr.

„Gut, dass Sie mich daran erinnern, Frau Richterin."

Laura wog den Umschlag in der Hand, zögerte ein paar Sekunden, dann öffnete sie ihn. Doch schon bevor sie das tat, wusste sie, was ihr in die Hand fallen würde: jener Klumpen aus geschmolzenem Metall, der in schillernden Farbtönen glänzte. Ihr wurde bewusst, dass sie seine seltsame eisige Wärme nie wirklich vergessen hatte, als bewahre er in sich noch die Hitze des Feuers; und auch nicht seine Form, die sich in ihre Hand zu schmiegen schien; nicht diese winzigen blauen und rötlichen Augen, die sie aus den Poren des Metalls heraus musterten, und auch nicht das Zittern, das sein Schimmern auf ihrer Netzhaut hinterließ. Der Glanz einer Schönheit aus einer anderen Welt, wie der eines Meteoriten. Oder wie Venus, der Morgenstern, wie „der, der das Licht bringt", der ihr jetzt wieder begegnete.

Obwohl es unnötig war, erklärte ihr der Anwalt: „Ich habe

in der Hauptstadt ein Gutachten eingeholt. Es handelt sich um Silber von hoher Reinheit, wahrscheinlich bolivianisch, aus dem 16. Jahrhundert. Der Juwelier hat mir gesagt, der größte Rubin darauf sei einzigartig, er stammt aus Indien, aus Goa. Er sagte, er kenne nur einen vergleichbaren in ganz Amerika: den auf der Krone der Jungfrau von Pampa Hundida. Iván hat das Beweisstück Claudia übergeben, anscheinend hat er sie mit Ihnen verwechselt."

Laura nickte: Iván. Der Anwalt hatte seine Hausaufgaben gut gemacht. Iván, der Dorftrottel, war Claudia bei ihrem Besuch in der Oase drei Monate zuvor ständig nachgelaufen. „Er beobachtet mich, er verfolgt mich, Mamá", hatte sie geschrieben. Der schwachsinnige, verwachsene Riese versperrte Claudia eines Tages plötzlich den Weg, stammelte die Worte „Schöne Frau" und warf ihr den Metallklumpen vor die Füße. Und bevor Claudia ihn fragen konnte, was das sollte, was er wollte, weshalb er ihr das gab, warum er sie schöne Frau nannte, lief er davon …

Von sehr weit her, von jenseits der Gerichtsschranke und ihrer Müdigkeit, schloss der Anwalt: „Als Beweisstücke zu dieser Klage überlasse ich Ihnen das Gutachten des Juweliers und die geschmolzene Krone der echten Statue, die verbrannt wurde."

Die Ellenbogen auf den Schreibtisch gestützt, wog Laura dieses „Beweisstück" in der Hand und versuchte es mit dem letzten Mittel: der Ironie, einer Säure, die noch die härtesten Metalle, die unschuldigste Begeisterung zersetzen kann: „Einen schönen Fall haben Sie da, Herr Anwalt. Eine Klage wegen eines geringfügigen, längst verjährten Vergehens, das niemand in dieser Stadt je zugeben wird. Und Ihre einzigen Beweisstücke sind eine halb geschmolzene Spielzeugkrone und ein schwachsinniger Zeuge."

„Welch besseren Zeugen als einen Narren könnte es denn geben? In dieser Gesellschaft, in der wir leben, kommt doch nur ein Idiot auf die Idee, die Wahrheit zu sagen", protestierte der Anwalt. Doch er tat dies schon ohne Nachdruck und Begeisterung, als begänne das Virus des Misstrauens gegenüber den Älteren seine eigenen Überzeugungen zu infizieren.

„Ich vermute, es war Claudia, die Sie davon überzeugt hat, dass dies ein perfekter Strafantrag sein könnte."

Der Anwalt nickte, noch ein Stück verwirrter: „Ja, die Idee stammt von Claudia. Sie hat mir einiges aus der deutschen Rechtsphilosophie übersetzt. Anscheinend gibt es dort Doktrinen ..."

Laura war jetzt tatsächlich kurz davor, aufzustehen und ihn hinauszuwerfen, auf die glühend heiße Straße, ins grelle Sonnenlicht, wo es wie bei ihm keine Zwischentöne gab, wo die Dinge und die Theorien klar und logisch und ohne Widersprüche waren, wie jung zu sein und deshalb zwangsläufig auf der Seite des Guten zu stehen. Laura sah jetzt den Plan ihrer Tochter in diesem Licht, und plötzlich schien es ihr, als begänne die Rückkehr ihre ersten Früchte zu tragen, als begänne sie, Claudia ein bisschen besser zu verstehen. Die Wüste *war* so extrem wie die Jugend: Beide gestatteten keine Grauzonen und keine Zwischentöne. Vielleicht war die Wüste deshalb immer der Ort der nackten, absoluten Wahrheiten gewesen. Der absoluten Wahrheiten, die zu absoluten Absurditäten führten, zu dieser „Schändung". Was sollte sie jetzt tun mit diesem Hunger des Anwalts nach Gewissheit, dem ihrer Tochter, dem jener zornigen jungen Leute? Was sollte sie mit dem Recht auf ihren Zorn tun, das sie unbezweifelbar für sich reklamieren konnten? Die Klage annehmen und als Beweis diesen glänzenden Klumpen geschmolzenen Metalls in Empfang nehmen? Und was, wenn am Ende des Verfahrens eine widersprüchliche Wahrheit stand? Was, wenn ihr Urteil nur dazu diente, die Ankläger jene trügerische Hoffnung auf eine absolute Wahrheit verlieren zu lassen, die diese Zeit ihnen verwehrte?

Laura begriff, dass sie schnell handeln musste, so, wie sie es in ihren ersten Jahren als Richterin gelernt hatte. Sie steckte den Klumpen, den diffusen Stern, zu dem die Krone geschmolzen war, in den Umschlag zurück und klebte ihn zu. Dann befestigte sie ihn mit einer Büroklammer am umfangreichen Dokument der Klage.

Tomás Martínez Roth sah ihr freudig erregt zu: „Dann wollen Sie also die Klage annehmen? Und Cáceres vor Gericht stellen? Die Stadt zur Aussage vorladen? Eine Untersuchung der Statue anordnen?"

„Ich werde es prüfen", war Lauras knappe Antwort.

Der Anwalt schaute sie verdutzt an. „Prüfen? Frau Richterin, die Zeit des Zögerns ist vorbei! Jetzt, wo Sie die Tatsachen kennen, können Sie guten Gewissens sofort das Urteil sprechen, ohne die zehn Tage Frist in Anspruch zu nehmen, die Ihnen das Gesetz zugesteht. Ich habe die Befürchtung, Cáceres könnte zu fliehen versuchen. Er weiß ja inzwischen, dass Sie zurück sind, und im Durcheinander des Festes ..."

„Keine Sorge, ich werde schneller mein Urteil fällen, als Sie denken."

„Wann denn?", insistierte er, so dickköpfig wie ein Kind.

Laura zeigte zum Fenster hinaus, zur vom unbarmherzigen Licht verbrannten Straße, auf der gerade eine Bruderschaft vorbeikam, die unschuldigen Teufelsmasken unter den Armen, nachdem sie auf dem Platz vor der Basilika bis zur Erschöpfung getanzt hatten. Dann lächelte sie und sagte mehr resigniert als melancholisch: „Sagen wir, ich werde mein Urteil fällen, bevor es jene Teufel tun."

8

Schon bevor jener Major in seinem Geländewagen kam, mit dem Anhänger, in dem ein vor Durst wahnsinniges Pferd schnaubte und stampfte, Claudia, hatte ich gespürt, dass in mir etwas bockte und stampfte, aus mir herauswollte. Etwas, das mich ihm in die dunkle Basilika folgen ließ, wo er mich zum ersten Mal „Patroncita" nannte. Etwas, das nach der Nacht ein paar Wochen später weiter wuchs, als Mario mit jenem schwarzen Schlüpfer mit den roten Flecken nach Hause kam und mir von den Dingen erzählte, die der Major ihm sagte (und die zu hören er nicht geboren war).

Was war das, was da in meinem Inneren stampfte und schnaubte? Woher kam das, was ich, aus Mangel an einem besseren Namen, erst einmal „erbärmliches Schuldgefühl" genannt habe? Warum erfasste mich, als der Major mit seinem Anhänger kam, dieser Anfall von Panik, sodass ich in meiner Erinnerung Zuflucht suchen musste, wo ich mit meinem Vater im Regen an einem Seeufer entlangritt?

Als ich diesen Brief begann, sagte ich dir, dass ich, um einen Teil deiner Frage zu beantworten, sehr weit in meine Erinnerung zurückkreisen muss, in meine Kindheit. Jetzt schlage ich vor, dass wir diese Reise gemeinsam unternehmen, Claudia. Begleite mich und lerne meinen Vater kennen, deinen Großvater, den Gutsbesitzer aus dem Süden, groß gewachsen und ernst, dessen melancholisches Gesicht nur zu leuchten begann, wenn ich in den Sommerferien aus dem Internat der deutschen Nonnen, dem Colegio Mariano de Osorno, nach Hause kam und er mich lächelnd mit ausgebreiteten Armen in Empfang nahm, ein Knie auf den Boden gestützt. Mein Vater, den ich so sehr verehrte, der mir jedoch nie die Wahrheit über meine abwesende Mutter sagte, mir nie erzählte, wer sie gewesen war, mir nie den Grund nannte, warum es bei uns verboten war, über sie zu reden, warum es keine Fotos von ihr gab, keine Spuren von ihr in unserem Leben … Diese Wahrheit musste ich selbst entdecken, mit vierzehn. Indem ich nachfragte, so, wie du jetzt nach der Wahrheit zu fragen beginnst, die ich vor dir verborgen habe.

Es war während einem dieser Sommer, die ich auf unserem kleinen Gut in den Bergen bei Valdivia verbrachte. Da entdeckte ich auf einem heißen Zwischenboden voller alter Möbel, wo in einer Ecke ein Wespennest summte, einen Koffer, der den verblassten Namen meiner Mutter trug. Ich sehe ihn noch vor mir, es war ein schwerer, brauner Stoffkoffer; als ich ihn öffnete, quollen vergilbte Papiere daraus hervor. Ich sehe Dramentexte, Theaterplakate, signierte Porträtfotos. In den Texten sind Passagen unterstrichen, offensichtlich die Rollen meiner Mutter: „Johanna, Geschöpf Gottes, Tochter Frankreichs …", lautet eine Zeile. Auf einem der Fotos trägt die blutjunge Schauspielerin ihr Haar im Pagenschnitt und ist mit einem Kottonhemd bekleidet, in den Händen hält sie ein Ritterschwert. Ihre Hände fassen es unterhalb des Knaufs, an der Klinge, wie ein Kreuz. Das Foto zeigt nur den Oberkörper, es ist von unten aufgenommen, und ihr Gesicht reckt sich dem Licht entgegen, das vom Himmel niederfällt und ihr schmales Gesicht erhellt, die spitze Nase, die Augen, feucht glänzend in Erwartung der Schlacht oder vielleicht des Martyriums. Plötzlich wurde mir klar, dass diese Schauspielerin meine Mutter war, dass meine Mutter Schauspielerin gewesen war. Bis zum heutigen Tag kann ich mir diese Frau, die ich nie kennengelernt habe, nur vorstellen, wie sie sich darauf vorbereitet, auf die Bühne zu gehen, hinter dem Vorhang steht und darauf wartet, dass die Lichter im Zuschauerraum erlöschen und die Scheinwerfer die Bühne beleuchten: einen Burgturm vor einem düsteren Himmel. Und sie, die wunderschöne, idealistische junge Frau, die sie war, schließt die Hände um das Schwert, bevor der Vorhang aufgeht und sie vor das Publikum tritt, und empfiehlt sich Gott, so wie Johanna vor der Schlacht oder dem Martyrium.

Den ganzen Morgen und an den folgenden Tagen saß ich da und durchwühlte die Papiere, las die Werke, lernte die Mutter, die ich nicht hatte, durch ihre Theaterrollen kennen, diese Komödien und Tragödien, in denen ihre jugendliche Hand die Wörter unterstrichen hatte, die ich jetzt leise aussprach ... Am dritten oder vierten Tag entdeckte mich mein Vater. Ich war so in die Lektüre dieser Werke versunken, dass ich ihn erst kommen hörte, als er über mir stand und mir die Papiere aus den Händen riss, die Fotografien und Plakate zerfetzte, mich dann weinend in die Arme schloss – tränenlos, sich auf die Lippen beißend –, und mich gleichzeitig anflehte, ihn nicht zu verlassen ... Ihn nicht zu verlassen, das verstand ich, wie ihn einst meine Mutter verlassen hatte.

Ich musste mir dann die Geschichte selbst zusammenreimen, indem ich ein paar entfernte Verwandte in Santiago befragte, und die alte Amme, die mich großgezogen hatte. Meine Mutter war eine erfolgreiche Schauspielerin gewesen, die beste ihrer Generation, wunderschön bis zu dem gefährlichen Extrem der Engelhaftigkeit - und Engel sind stets in Gefahr, zu stürzen. Nach einer Premiere - ich glaube, es war ein Drama von Ibsen, vielleicht „Ein Puppenhaus" - stellte man ihr meinen Vater vor. Ein groß gewachsener, schlanker Mann, zwanzig Jahre älter als sie, melancholisch, mit einer seltsam bitteren Süße in den blauen Augen. Er kam in alle Vorstellungen des Stücks, schickte ihr Blumen in die Garderobe, wartete am Ausgang auf sie. Bis er es schließlich schaffte, sie dazu zu überreden, gemeinsam auf sein Gut am Ufer des Panguipulli-Sees zu reisen, im regnerischen Süden, den Ausläufern der Anden. Wenn er sie bis dahin noch nicht erobert hatte, dann entwickelte sich dort auf dem Gut etwas in ihr, wo er ihr seine Pferde zeigte, sie das Reiten lehrte, mit ihr bei Tagesanbruch am nebelverhangenen See ausritt. Ich weiß nicht, was es war, aber wenn ich an meinen Vater denke und ihr Foto in der Rolle der Johanna von Orléans vor mir sehe, habe ich eine Ahnung: eine Liebe, der man sein eigenes Leben opfert, das wuchs in ihr heran. Die Liebe einer Schauspielerin, die sich in der Rolle einer Ehefrau sieht, die ihr Leben der Liebe hingibt. Kann es tatsächlich eine stärkere Sehnsucht geben? Ich stelle mir die beiden vor, wie sie zwischen dem unberührten Wald und dem kristallklaren Wasser dahinreiten, und ich stelle mir ihre Liebe zur Melancholie dieses schweigsamen, melancholischen Mannes vor, zur Idee, sich zu opfern (dieses Wort, Claudia, ist entscheidend), sich zu opfern, damit dieser Mann, der nicht glücklich sein konnte, glücklich würde. Verstehst du meinen Verdacht, Claudia? Meine Mutter opferte sich wie eine ihrer Rollen, wie Johanna von Orléans, damit aus dem Flammen ihres Körpers die Freiheit einer gemarterten Seele entstehen könnte. So stellte ich sie mir vor.

Es konnte nicht lange dauern, und es dauerte auch nicht lange. Ein Jahr nach der Hochzeit kam ich zur Welt. Zwei Jahre danach wollte sie unbedingt nach Santiago reisen, um das Stück einer französischen Theatertruppe zu sehen, die in Chile gastierte. Dort verliert sich ihre Spur. Wie es scheint, lernte sie einen Schauspieler kennen oder einen Regisseur. Ich ziehe es vor, mir einen Theaterdirektor vorzustellen, der ihr anbot, ihre Karriere auf internationalen Bühnen neu zu starten. Wie auch immer, sie kehrte nie zurück. Und sie hat mich auch nie zu sich holen wollen, hat uns beide am Ufer jenes Sees im Süden Chiles zurückgelassen. Den trauernden Reiter, der, von seiner Hundemeute begleitet, vor Tagesanbruch aufbrach, um die überschwemmten Felder zu inspizieren und das Sägewerk zu überwachen. Und das kleine Mädchen, das in den Armen einer Amme heranwuchs und das, kaum dass es alt genug war, ins Internat der deutschen Nonnen in Osorno geschickt wurde, von wo es jeden Sommer zurückkehrte, um von seinem Vater in die Arme geschlossen zu werden. Ich war die Einzige, die sein düsteres, resigniertes Antlitz zum Leuchten brachte.

In jenen Sommern lehrte mich mein Vater reiten, und ich konnte es schließlich besser als er. Ich besaß eine Fuchsstute, die ich „Campanilla", *Glöckchen*, nannte; auf der begleitete ich meinen Vater von Tagesanbruch an über die Felder, ritt mit ihm in die Berge, um die Arbeit am Sägewerk zu überwachen oder den Viehtrieb zu leiten. Wundere dich nicht, Claudia, wenn ich dir sage, dass mir bis zu diesem Tag als Vierzehnjährige, an dem ich entdeckte, dass ich eine Mutter gehabt hatte, nie eine fehlte. Bis dahin war ich ohne sie glücklich. Seither hat mir immer etwas gefehlt - und wird mir immer etwas fehlen.

Denn seit jenem Sommer bin ich nie mehr glücklich gewesen. Ich erfuhr, dass ich eine Mutter besaß, nur um zu erkennen, dass ich sie hasste, weil sie uns verlassen hatte. Und paradoxerweise wurde mir klar, dass ich, wenn ich an ihrer Stelle gewesen wäre, meinen Vater wohl ebenfalls verlassen hätte. Ich verlor meinen Vater im selben Sommer, als ich entdeckte, dass ich meine Mutter verloren hatte, und dass ich sie hasste.

Zwei Jahre später, ich war in meinem letzten Jahr auf dem Internat, starb mein Vater. Er war losgezogen, um ein paar Pferdediebe zu verfolgen. Mit einem Trupp seiner Knechte ritt er in die Berge und verfolgte die Diebe so hartnäckig, dass sie die gestohlenen

Tiere zurückließen. Die Knechte sagten meinem Vater, er solle den Dieben nicht weiter folgen, es wäre ja nicht mehr nötig. Doch dieser einsame, melancholische Mann, der nie etwas Unrechtes getan hatte, konnte nicht zulassen, dass ein Diebstahl ungesühnt blieb. Er verfolgte sie allein, fast bis zur argentinischen Grenze, und dort töteten sie ihn.

Alle staunten über meine Gefassheit bei der Beerdigung, meine Selbstbeherrschung angesichts dieses Schicksals, das mich zur Waise machte. Sie wussten nicht, dass ich schon Jahre zuvor beschlossen hatte, dies zu sein - eine Waise.

Das Gut wurde dann verkauft - weit unter seinem Wert, es begannen die Unruhen der Agrarreform -, und mit dem Geld bezahlte ich mein Jurastudium und meinen Lebensunterhalt in Santiago, bis ich mein Examen machte, das beste meiner Generation. Meine erste Stelle war die einer Gerichtssekretärin in Pampa Hundida. Zwei Jahre später ernannte man mich - wegen meiner Verdienste, möchte ich glauben, doch wahrscheinlich eher durch einen dieser verrückten Beschlüsse, die in jener leidenschaftlichen Zeit die Vernunft ersetzten - zur ordentlichen Richterin, der jüngsten überhaupt in der Geschichte unseres Landes.

Bis zum Militärputsch war ich fest überzeugt, es sei das Geschenk meiner Zeit, dass ich mit der Neutralität des Richteramts meinen Beitrag leisten konnte: Gerechtigkeit zu schaffen - die wirkliche, natürliche Gerechtigkeit, die ein guter Richter noch in den ungerechtesten Gesetzen zu finden vermochte, sollte mein

Beitrag zu einer besseren Welt sein. Und ich glaubte - naives Mädchen, das ich war! -, genau zu wissen, wie ich diese natürliche Gerechtigkeit schaffen konnte. Es kam darauf an, zwischen den Zeilen zu lesen und in den versteckten Winkeln der Gesetze, noch in den verstaubtesten und unerbittlichsten, die darin verborgene Güte zu finden. Ich werfe mir meinen grotesken Purismus vor: Von meinem Posten als Richterin aus versuchte ich das zu schaffen, was die sozialistische Regierung von Allende ihrer Aussage nach von dem ihren aus herstellen wollte: Gerechtigkeit mit ungerechten Gesetzen.

Für den Moment kann ich es dir nicht besser erklären - lass mich meine Kräfte sammeln. Glaube mir nur, wenn ich dir sage, dass es der Hass auf diese Mutter war, die uns verließ, und die Verachtung für die Melancholie meines Vaters, die jenes Verlassen auslöste, was mich entscheiden ließ, etwas zu studieren, das so weit wie möglich von jener Schule der Leidenschaften entfernt war, die das Theater bedeutet. Und das am weitesten Entfernte, das mir einfiel, war die Rechtswissenschaft. Meine Mutter hatte, als sie mich verließ, die elementarsten Gesetze gebrochen; und ich wollte mich immer darum bemühen, nicht so zu sein wie sie, nicht zuzulassen, dass meine Leidenschaft meine Vernunft beherrsche ... Ich würde mich darum bemühen, gerecht zu sein. Mein Vater hatte seinerseits mit seiner leidenschaftlichen Traurigkeit und seinem Gerechtigkeitswahn die Götter herausgefordert und war dabei umgekommen. Ich wollte ausgeglichen sein, gelassen.

115

Mein Gott, wie naiv, wie ungerecht war ich mit meinem Versuch, gerecht zu sein, wie weltfremd! Warum habe ich damals nicht bemerkt, dass dieser Wunsch nach Ausgeglichenheit und Ordnung für mein Leben einen Widerspruch und eine Prophezeiung enthielt, Claudia? Denn das Ausgeglichenste und Beständigste, das, was sich nicht verändert und bleibt und endgültig ist, das ist der Tod. Wie konnte ich nicht bemerken, dass in meinem Wunsch nach Ordnung eine Sehnsucht nach dem Tod lag, dieser absoluten Ordnung?

Doch ich merkte es nicht. Zumindest nicht, bis dieser unreife Wunsch nach Perfektion, eine Gerechtigkeit zu schaffen, die mich in gleichem Abstand von der Theaterleidenschaft meiner Mutter und der tödlichen Melancholie meines Vaters hielt, mit dem Militärputsch in tausend Stücke zerbrach. Diese Gewalt zerstörte die Welt des Gleichgewichts, die ich mir erfunden hatte; und stattdessen bemächtigten sich die Leidenschaft, der theatralische, tragische Geist meiner Mutter und die wortkarge Gewalt meines Vaters unseres Landes.

In deinem Brief fragst du mich jetzt empört, Claudia: Wo warst du, Mamá? Nun, diese Geschichte ist Teil der Antwort. Vielleicht nimmst du mir übel, dass ich sie dir erst jetzt erzähle, dass ich es nicht früher getan habe. Ich habe nicht viele Ausreden. Ich kann dir nur sagen, dass ich dir jetzt diese Geschichte meiner Kindheit erzähle, weil ich fühle, dass dieses Schweigen in meiner Biografie das erste Glied einer Kette ist, die unweigerlich zu der Frau führt, die an ihren Beinen von einem löchrigen Dach herabhing, während neben ihr ein Kessel kochte, in dessen Dampf das Bild der Schutzpatronin flatterte.

All dies, Claudia, habe ich nach und nach über mich selbst herausgefunden. Man könnte vielleicht sagen, dass ich es seit dem Tag des Militärputsches herauszufinden begann, als ich ahnte, dass mich von diesem Moment an etwas Unaussprechliches, Niederträchtiges anklagen würde.

Doch als hätte ich, indem ich meine Mutter, die Schauspielerin, ablehnte, den Chor der Tragödie meiner Zeit herausgefordert, begann sich diese Anklage, mit der mich meine Zeit auf die Bühne rief, vor allem von da an zu verstärken, als die Kolonne der Militärlastwagen in Pampa Hundida ankam, der Jeep des Kommandanten mit seinem Pferdeanhänger auf der Plaza hielt und ich das im Anhänger eingeschlossene Tier hörte - oder besser gesagt: erahnte -; das Pferd, das stampfte und schnaubte und wieherte und sich - wie meine Erinnerung oder *etwas anderes* in mir - danach sehnte, hinauszugelangen.

9

„Pssst, Frau Richterin!"

Der Kopf von Pater Penna lugte aus der Tür der Sakristei hinter der Basilika. Der Priester blinzelte, geblendet von der Sonne, überrascht vom Anblick der Pilger und Kranken, die schon unter dem Vordach des Gebäudes kampierten – die hartnäckige Belagerung war nicht zu vermeiden –, vom Dröhnen der Trommeln und Pauken, vom Anblick des Kindes, das unter den Fenstern des Pfarrhauses pinkelte. Und in diesem ganzen Durcheinander rief der Priester ausgerechnet sie herbei.

An diesem Morgen war Laura mit einer dunklen Vorahnung erwacht, einer inneren Unruhe, als könne man etwas Wichtiges nicht erinnern, das man geträumt hat, und fühle sich deshalb, als ginge der Traum weiter. Die Erinnerung an das, was vielleicht noch nicht geschehen war, das sich jedoch seit ihrer Ankunft ankündigte: Als ihr im Gericht der Anwalt Martínez Roth seine absurde Klage präsentierte; bei ihrem Abendessen mit Mario; bei dem nächtlichen Zusammentreffen mit dem Gespenst von Cáceres, als er ihr seinen Revolver gereicht und sie um den Gnadenschuss gebeten hatte ... All dies bedeutete eine ebenso starke Vorahnung wie eine Erinnerung.

Laura verließ ihre Wohnung über dem Gericht durch die Hintertür und machte sich auf einen Streifzug durch die Stadt. Sie lief die Ramos-Straße hinunter bis zur Julio-Villa-Straße, bog links ab und wanderte durch unbekannte Viertel bis in die Außenbezirke, bis an den Rand der Oase, von wo aus sie in der Ferne den Pick-up mit dem Wohnwagen zwischen den Ruinen stehen sehen konnte. Und dann, als die Sonne schon hoch am Himmel stand, machte sie sich auf die Suche nach einer Erinnerung: Sie verlor sich im Labyrinth der improvisierten Marktstände, die die Avenida Santos säumten. Die Pilger gingen in der Mitte der Straße und kauften bei den lokalen Händlern und denen, die von auswärts gekommen waren, ihre Tagesverpflegung ein. Sie alle machten Geschäfte mit den Pilgern, die schon am Tag zuvor angekommen waren, und bereiteten sich auf den Ansturm derjenigen vor, die an diesem Freitag eintreffen würden, bis sie alle am Samstag eine wogende Menge wären.

In den zwei Stunden, die sie in der Stadt herumspaziert war, hatte sich die Plaza mit dem regen Treiben, dem Durcheinander des Festes gefüllt. Heute wurden die Festlichkeiten offiziell eröffnet und die Straßen um die Basilika waren für den Verkehr gesperrt. Die Bruderschaften tanzten, drehten sich zum beständigen Klang ihrer Kapellen. Die als Teufel kostümierten Tänzer taten zwei Schritte nach vorn und einen zurück, drehten sich plötzlich, wirbelten im Glanz ihrer Phantasiekostüme: leuchtende Steine, Messingschmuck und Spiegel, die im Morgenlicht blitzten.

Pater Penna zischte ihr noch einmal von der Hintertür der Basilika zu: „Pssst, Frau Richterin!" Dann schaute er sich nach beiden Seiten um, winkte sie herbei und öffnete ihr die Tür gerade so weit, dass Laura hindurchschlüpfen konnte. Eilig schloss er die Tür, schob den Riegel vor und stand schließlich mit hängenden Armen vor ihr. „Seit gestern will ich Sie schon willkommen heißen. Aber die Vorbereitungen für das Fest haben mich nicht gelassen ...", entschuldigte er sich.

Dann wusste er nicht weiter. Laura stellte fest, dass er noch genauso war wie früher. Ein hochgewachsener, unsicherer Mann mit fahler Haut und einer weißen Strähne oben auf der Glatze, die ihn noch mehr wie eine Altarkerze aussehen ließ; absolut resistent gegen die Jahrzehnte in der Wüste und mit einem langsamen, melodiösen Spanisch, als übersetze er ein altes lateinisches Gebetbuch. Sogar das kragenlose Hemd und die schwarze Hose, glänzend vom vielen Bügeln, hätten dieselben sein können.

Der Priester führte sie in die Sakristei, und Laura verstand, was der Grund war für so viel Vorsicht: Auf einem großen Klostertisch zählten zwei schwarz gekleidete Frauen Münzen und Geldscheine. Sie schichteten die Münzen in gleich große Haufen und glätteten die Scheine mit einem Dampfbügeleisen.

„Die Dienerinnen der Jungfrau. Sie helfen mir mit dem Geld aus den Opferstöcken", erklärte ihr Penna.

Laura erkannte die Schwestern Subiabre, die ewigen „Dienerinnen der Jungfrau": zwei fromme, zum Verwechseln ähnlich aussehende Witwen. Die Ältere oder Jüngere – nie hatte sie die beiden auseinanderhalten können – grüßte sie mit einem knappen Kopfnicken, ohne im Bügeln der Geldscheine innezuhalten; die andere war sogar dazu zu schüchtern oder zu stolz. Laura erinnerte sich an das letzte Mal, dass sie die beiden gesehen hatte: Die beiden alten Frauen fegten frühmorgens den Gehsteig vor ihrem Haus, und ihre Besen verharrten in der Luft, als sie die barfüßige Frau, eine ihrer Brüste unbedeckt, mitten auf der Straße vorbeilaufen sahen.

Jetzt konnte Laura einen Anflug von Ironie nicht unterdrücken. Mit einer Geste zum Tisch hin sagte sie: „Na, da sehe ich ja, wie Ihr neuer Glockenturm zustande gekommen ist, Herr Pfarrer. Und der frische Anstrich für die Kirche."

Ein wenig verlegen zeigte der Priester nach oben, gab die Verantwortung ab für den nostalgischen Barockanstrich der Kolonialzeit, mit dem er die Kirche verschönert hatte. Er überspielte seinen Stolz mit einer Bescheidenheit, die an Hochmut grenzte:

„Ich habe auch fünf neue Kirchen und Kapellen in den Bergdörfern eingeweiht."

„Eine große missionarische Leistung."

„Eher eine große Transportleistung." Der Hochmut wich schnell der Melancholie. „Den größten Teil dieser Jahre habe ich beim Warten auf den Bus verbracht. Ich feiere eine Messe, nehme die Beichte ab und mache mich aus dem Staub, sechs Stunden bis zum nächsten Dorf."

Laura stellte sich den Mann in Schwarz vor, wie er da mit seinem kleinen Kreuz am Revers und dem Köfferchen voller Heiligenbildchen und Hostien an einem windigen Kreuzweg stand, in der Wüste seines Glaubens.

„Wie auch immer, Sie haben geerntet. Es gibt mehr Geld als je zuvor, und das Fest beginnt ja gerade erst."

Der Priester warf einen verstohlenen Blick auf den großen, abgewetzten Tisch, wo die Witwen das Geld zählten. Dann schaute er auf die hohen, geschnitzten Schränke und zu den Bleiglasfenstern. Dort ließ er ihn ruhen, als stelle er sich vor, was das Bleiglas ihn nicht sehen ließ: die Plaza, die wirbelnden Tänzer, die Bruderschaften der Pilger, die sich zu vor der noch verschlossenen Tür der Kirche in der Morgensonne drehten.

Dann wandte sich Penna ihr zu, mit geröteten Augen und ein wenig erschrocken, als fürchte er, sie habe ihn bei seinen Phantasien ertappt. Er schien aus jener Seligkeit zurückzukehren, seinem geordneten Kosmos, schien das Meer der Gläubigen hinzunehmen, das jetzt schon die Plaza und die Stadt überschwemmte, in alle Winkel der Oase strömte; das Pilgervolk, das nach seinem Zug durch die Wuste durstig und voller Hoffnung auf den Straßen und Gassen, den freien Plätzen rund um die Stadt sein Lager aufschlug, wobei alle, die am meisten verzweifelt, leidend und krank waren, unter den Vordächern der Basilika selbst ausharrten. Die Menge belagerte das Gotteshaus, aß dort und verrichtete direkt dort ihre Notdurft, wie der Knabe, den Laura an die Kirchenwand hatte pinkeln sehen. Doch sie alle beteten auch, baten um Wunder, legten ihre Almosen und Spenden in die Opferstöcke, für das Stückchen Hoffnung, das sie mit ihren Opfergaben kaufen wollten. Währenddessen war der Priester allein, kniete in seiner Zelle, zog den Büßergürtel fester, der sich unter seinem Hosenbein um den Oberschenkel abzeichnete, und betete zu Gott, er möge sich nicht vor ihm hinter diesem Chaos verstecken.

Er seufzte, bat im Voraus um Verzeihung: „Nichts von alledem ist mein Verdienst, sondern das Verdienst der Jungfrau. Ihrer Wunder. Ich bin übrigens gerade dabei, sie herzurichten." Er zog an seinen ausgeleierten Hosenträgern. „Für das Hochamt morgen. Kommen Sie ..."

Er führte sie in sein kleines Büro neben der Sakristei. Auf dem Schreibtisch des Priesters stand die Statue der Schutzpatronin, ungefähr dreißig Zentimeter hoch. Laura stellte fest, dass nichts an ihr anders wirkte als früher: weder der triste Schopf aus Menschenhaar, die vom Rauch der Altarkerzen geschwärzte Blässe des Gipsgesichts noch die von zu viel Licht oder zu viel Hoffnung geblendeten Puppenäuglein. Sie sah traurig, aber unversehrt aus, gemartert und unverletzt zugleich, inthronisiert in ihrem Schmerz; ihre kleine Spielzeughand lag auf ihrem gebrochenen Herzen, und die winzigen Tränen aus Glas auf den Wangen kontrastierten mit ihrem lächelnden Mund, in dem eine Reihe gieriger Mäusezähnchen blitzten.

„Wir haben immer gewusst, die Jungfrau und ich, dass Sie zurückkehren würden", sagte der Priester und schaute die Schutzpatronin an, als erwarte er von ihr eine Bestätigung.

„Da wussten Sie beide mehr als ich."

„Und jetzt sind Sie auch genau zum Pilgerfest zurückgekehrt. Ich habe für diesen Moment gebetet, den der Vergebung."

„Manchmal kommt man nicht zurück, um zu vergeben ..."

„Ich weiß, ich weiß", wiederholte der Priester in seinem wie aus einem Gebetbuch übersetzten Spanisch. „Aber Sie, Sie sind dazu gekommen, nicht wahr?"

Er wies auf das Bleiglasfenster, hinter dem die Menge wogte, als müsse Laura den Menschen dort vergeben. Eine der bleigefassten Scheiben im Fenster fehlte, und von dort fiel ein Rhombus ungefilterten, gleißenden Lichts herein und erleuchtete den kleinen, offenen Schrank, in dem die Kleider der Jungfrau hingen: Unterröcke aus Leinen, Brokatkleider, bestickte Tücher, Stolen, alle winzig, für eine Puppe. Penna warf einen Blick durch das Loch im Fenster, fand bestätigt, was er sicher erwartet hatte: dass immer mehr Pilger ankamen, dass von Gott keine Hilfe zu erwarten war. Dann wandte er sich wieder dem zu, was er gerade tat, bevor er sie sah und zu sich hereinrief. Er nahm ein Kästchen mit Schminke in die Hand und trug diese mit einem kleinen Pinsel auf die Wangen der Heiligenfigur, zog die Brauen nach, konturierte die Augen. Er machte noch hier und da ein paar Tupfer, dann trat er zurück und betrachtete das Ergebnis seiner Arbeit.

„Wie finden Sie es?", fragte er schließlich erwartungsvoll.

„Die Wimperntusche läuft herunter", antwortete sie erbarmungslos.

Erschrocken schaute der Priester wieder die Statue an. Eine Träne schwarzer Tusche rollte über die Wange der Jungfrau.

„Ich weiß nicht, wie man das macht", stöhnte er verzweifelt. „Die Leute werden das sehen."

Nur der Grund seiner Verzweiflung war jetzt ein anderer. Eigentlich stöhnte er Jahr für Jahr aus dem gleichen Grund: dass er allein war, der einzige Hirte für diese riesige, verirrte Herde, die ihren Glauben in die eigenen Hände nehmen wollte, ohne die Kirche, oder die selbst zu einer Kirche auf Pilgerfahrt werden wollte, ohne Führer oder Mittler durch die Wüste irren wollte auf der Suche nach einem Bund ohne Sakramente, von Angesicht zu Angesicht: das Volk vor dem brennenden Dornbusch, das Büßervolk, das selbst zum brennenden Dornbusch wird.

„Bitten Sie doch die Dienerinnen der Jungfrau um Hilfe", schlug Laura vor.

„Das geht nicht. Sie haben doch längst vergessen, dass dies eine Kopie ist."

„Sie aber nicht."

„Ich habe dazu kein Recht."

Laura fragte sich, ob er sie herein gebeten hatte, um ihn zu bemitleiden. Und so etwas wie der Wunsch nach Vergeltung ließ sie sagen: „Lassen Sie mich Ihnen helfen."

„Würden Sie das tun?"

„Ich kann es versuchen."

Laura säuberte mit Watte die Wangen der Statue, entfernte das Übermaß an Puder, legte einen leichten Schatten auf die Wangenknochen, zog mit einem weichen Stift die Augenbrauen nach und kämmte das menschliche Haar, das Totenhaar. Unbewusst folgte sie der gleichen Routine, die sie täglich bei sich selbst anwandte und die sie, erfolglos, ihrer Tochter beizubringen versucht hatte; Claudia schminkte sich nie. Dann verglich sie das Ergebnis mit dem Bild, das der Priester in Händen hielt. Aus einiger Entfernung und mit zusammengekniffenen Augen würde niemand den Schwindel bemerken. Der einzige sichtbare Unterschied war, dass die billigen Glasaugen der Kopie nicht dem Betrachter folgten, der sie anschaute, wie es in ihrer Erinnerung die wirkliche Statue tat. Dennoch war der Priester entzückt: Mit liebevoller Vorsicht nahm er die Statue und musterte sie von allen Seiten.

„Fast, als wäre sie wieder da", rief er voller Freude aus, fügte dann aber hinzu, indem er Laura anschaute: „Bis auf die Krone, natürlich. Diese armselige Blechkrone, die wir ihr statt der wirklichen von damals aufgesetzt haben. Daran erkennt man, dass es eine Kopie ist."

„Kopie?", fragte Laura. „ich dachte, alle Figuren der Jungfrau wären nur Kopien eines göttlichen Originals."

„Ja, aber in ihrem Fall ist es für uns, die wir wissen, dass sie nur die Kopie einer Kopie ist, noch … wunderbarer, oder schrecklicher. In all diesen Jahren, ohne die echte zu sein … Verstehen Sie nicht?"

„Nein."

„In all diesen Jahren hat sie weiterhin Wunder vollbracht! Ob sie nun verschwunden war oder nicht, hat sie das getan, meine Tochter."

Der Priester war ganz außer sich, seine Doktrin und sein Glaube widersprachen sich und trafen sich gleichzeitig in diesem Kampf. Brauchte man überhaupt eine echte Staue, wenn eine Kopie in der Lage war, Wunder zu vollbringen? War es möglich, dass sich eine Kopie, wenn sie inthronisiert wurde, in das verwandelte, was sie kopierte? Und schließlich: Musste Gott selbst wirklich sein, wenn seine Heiligenstatuen es nicht zu sein brauchten?

„Diese Klage wegen Heiligenschändung, die man Ihnen präsentiert hat, macht keinen Sinn", fuhr er fort. „Auch als sie verschwunden war, hat die Jungfrau weiter Wunder für uns vollbracht."

Laura schaute ihm in die Augen und fragte betont langsam: „Und hat sie auch das Wunder vollbracht, Ihnen zu erklären, wo die Gefangenen schließlich landeten, die Sie zur Grenze gebracht haben?"

Das Gesicht des Priesters verzog sich voller Schmerz, als habe sich der Büßergürtel um seinen Schenkel zusammengezogen. Er wandte den Blick ab, schaute durch die fehlende Scheibe im Bleiglasfenster, fragte sich vielleicht, ob er dort hindurch fliehen konnte, bevor man ihn weinen sähe. Dann bekreuzigte er sich hastig oder trocknete sich den Schweiß von der hohen Stirn.

„Lassen Sie uns nicht hier darüber sprechen", murmelte er und bat: „Folgen Sie mir bitte, Frau Richterin."

Penna schloss energisch den Puppenschrank, nahm die Statue in seine Arme und trug sie mit großen Schritten durch die Sakristei, wo die Schwestern Subiabre immer noch das Geld zählten, und in die Kirche hinüber.

Laura folgte ihm, auch wenn sie ein Ekelgefühl überwinden musste. Sie sah, wie er durch das Querschiff ging, das Knie beugte, um sich vor dem Altar zu bekreuzigen, und dabei die durchgelaufene Sohle seines Bergarbeiterstiefels sehen ließ; sie sah wie er die Statue, die er in den Armen hielt, anschaute, Hoffnung schöpfte und ihr ein paarmal sagte, als spräche er zu der anderen: „Viel besser, viel besser. Fast ist sie wieder dieselbe."

Laura fand sich jetzt unter dem Dach der Kapelle der Wunder wieder, von dem Hunderte Weihgeschenke hingen: Holzbeine, Korsette, und Prothesen wie Folterinstrumente, Gehstöcke und Krücken, gespenstische Röntgenbilder und Skelette von Rollstühlen. Die Wände waren tapeziert mit Schildern aus Messing und Acryl, aus Marmor und Kupferblech, Danksagungen für geheilte Leiden, Zeugnisse erfüllter Bitten, schrecklicher chronischer und doch kurierter Krankheiten.

Ein staubgeschwängerter Sonnenstrahl fiel durch ein hohes Dachfenster, stach, einer Lanze gleich, in den Boden der Kapelle wie ein weiterer Schmerz unter den Zeugnissen so vieler Wunder.

Jetzt näherte sich der Priester dem Altar der Jungfrau, stieg die zwei steilen Holztreppen bis zur leeren Altarnische empor. Dann zögerte er, warf der Richterin einen verstohlenen Blick zu, schaute dann zum Gewölbe hoch, von dem die Weihegeschenke herunterhingen. Vielleicht zitterte er jedes Mal so voller Scham, überwältigt vom schlechten Gewissen, bevor er die retuschierte Kopie der verschwundenen Jungfrau auf ihren Thron stellte. Dann entschloss er sich, hob sie auf das Podest, rückte ihr Skapulier zurecht, die Krone aus falschem Silber, das Kleidchen, so, wie es ein Vater bei seiner kleinen Tochter tun würde. Nachdem er sich bekreuzigt hatte, kam er mit schweren Schritten herab.

„Sind Sie immer noch böse auf Gott?", fragte er.

Laura zeigte zum Altar der Jungfrau hinauf und erwiderte mit einer lang unterdrückten, doch lebendigen Wut, die nicht einmal sie selbst geahnt hatte: „Passen Sie auf die Schminke auf. Sonst verläuft sie am Ende noch einmal."

„Sie hatte damals keine Schuld. Und Er auch nicht. Er kann nie Schuld haben."

„Beruhigen Sie ihn dann also. Sagen Sie es ihm, wenn Sie ihn sehen."

„Man muss Gott nicht sehen …"

„… wenn man weiß, dass es ihn gibt. Ich erinnere mich an Ihre Weisheiten, Pater. Aber Sie haben mir noch nicht geantwortet: Was ist damals wirklich mit den Gefangenen geschehen?"

„Ah, Sie wollen also die Wahrheit wissen", nickte der Priester, setzte sich auf eine Kirchenbank und verbarg das zerfurchte Gesicht in den Händen. Er schien beten zu wollen, wiederholte jedoch nur: „… die Wahrheit, die Wahrheit …"

Auf seinen Lippen klang das Wort wie ein Messer, wie ein Pendel, wie das Zischen einer Sichel. Dann schaute er sie mit einer Spur Hoffnung an, wies auf einen der Beichtstühle im Hauptschiff der Kirche: „Wissen Sie, dass ich niemanden habe, der mir die Beichte abnimmt? Das ist das Problem, wenn man ein Provinzpfarrer ist wie ich. Vielleicht könnten Sie ja …"

„Ich?", fragte Laura perplex. „Ich verstehe nicht …"

„Als er noch lebte, hat Ihr Nachfolger … Nun ja, es war wie ein Spiel. Fuenzalida nahm mir die Beichte ab. Auf strikt säkularer Grundlage, versteht sich. Ein Richter kann auch die Beichte abnehmen. Das war eine gute Vereinbarung. Ich nahm sie ihm ab und er sie mir."

„Und dann haben Sie sich gegenseitig die Absolution gegeben, vermute ich."

„Es war eine lange Zeit, in der wir niemand sonst hatten. Könnten Sie nicht …?"

„Das Gleiche tun? Tut mir leid, solche Fähigkeiten habe ich nicht."

„Schade, schade. Denken Sie nur daran, was dies für eine Last für mich ist. Die Dinge, die ich niemandem erzählen kann."

„Erzählen Sie sie ihr", erwiderte Laura und zeigte auf die falsche Jungfrau auf ihrem Thron.

„Ich habe sie ihr erzählt", flüsterte der Priester, um dann lauter zu sagen, während er sie abwechselnd ansah, als quälten sie ihn beide gemeinsam: „Sie haben ja keine Ahnung, was ich ihr nachts kniend gebeichtet habe, wenn die Basilika im Dunkeln liegt, das Blut, Laura, das ich für sie vergossen habe. Aber nie ist es genug für diese Tyrannin ...!"

Der Priester biss sich auf die Faust, entsetzt über seine eigene Lästerung oder entsetzt über die „Tyrannin" selbst, die unbewegt zuschaute, wie er nachts kam und sich mit nacktem Rücken vor ihren Altar kniete, wenn er die Geißel hob und das Blut spritzte.

Der Priester betete jetzt, ein Knie auf dem Boden, die Hände zusammengelegt, bat die Jungfrau um Verzeihung: „Stabat Mater", glaubte Laura zu verstehen. Und als er wieder aufstand, sagte er zu Laura: „Sie wissen ja gar nicht, welche Macht sie hat, Laura."

„Wenn sie so mächtig ist, dann verstehe ich nicht, was sie zuließ. Und wenn ich verstehe, was sie zuließ, dann muss ich annehmen, dass sie nicht so mächtig ist", antwortete sie.

Der Priester dachte über das Argument nach, betrachtete es im Sonnenlicht, das voller Staub von den hohen Rosetten ins Kirchenschiff und in leuchtenden Flecken auf die Bodenfliesen fiel, bis ihm die Augen tränten.

„Man muss der Vergangenheit vergeben, die man nicht richten kann."

Da war in einem Satz seine ganze Doktrin: Die wirkliche Vergebung ist die, die zu geben uns Schmerzen bereitet. Eine Doktrin, die Laura in ihren Grübeleien der vergangenen zwanzig Jahre schon oft beantwortet hatte: „Und wenn uns die Vergangenheit nicht vergibt?"

Pater Penna stand auf und zog nervös an den Trägern seiner abgewetzten Hose. Noch einmal warf er dem Altar der Jungfrau einen verstohlenen Blick zu und zog Laura von ihr fort, von den winzigen Ohren aus Gips, während er leise zu ihr sprach: „Der freie Wille", sagte er. „Wir Menschen sind frei zu sündigen ..."

Das war die theologische Erklärung. Laura erinnerte sich genau daran, sie hatte diese Deutung bei den deutschen Nonnen im Internat gelernt und mehrere Male auch vom Priester gehört, in den zwei Jahren, als sie noch zur Beichte ging und mit ihm über die Grenzen ihrer unterschiedlichen Gerechtigkeit diskutierte. Und jetzt erinnerte Penna sie daran: Gott gibt seinen Geschöpfen die Freiheit, sich zu retten oder zu verlieren. Die Gnade der Freiheit hat den Preis, dass das Böse in der Welt ist. Und dann gibt es noch die unbegreifliche, erschreckende Möglichkeit, dass sich Gottes Herz als so groß erweist, dass er sogar das Böse lieben und ihm erlauben kann, zu existieren; dass auch das Böse ein Kind Gottes ist ... Pater Penna versuchte Laura zu überzeugen, so, wie er es schon vor zwei Jahrzehnten getan hatte, doch ohne echte Hoffnung auf Erfolg. Er zitierte jetzt nicht mehr die Wichtigsten seiner Heiligen. Sein missionarischer Eifer hatte nachgelassen, vielleicht im gleichen Maße, wie seine Gemeinde zu Wohlstand gelangte. Fast gegen ihren Willen und diejenige zitierend, die sie nicht mehr war, fragte Laura: „Sind wir auch frei, Unschuldige zu opfern?"

Mit einer Geste der Hilflosigkeit breitete der Priester die Arme aus, näherte sich ihr noch mehr. „Das ist das Mysterium ... Ich weiß es nicht", flüsterte er ihr ins Ohr. In seinem säuerlichen Atem flackerte der Glaube wie die Flamme einer Kerze im Wind. Weshalb schützte die Schutzpatronin nicht die Schwachen? Weshalb stoppte sie damals nicht oder erleuchtete sie nicht oder blendete sie nicht dieses fliegende Kriegsgericht? Hatte sie Angst, genau wie alle anderen, wie er, genau wie Laura mit ihrer Gerichtsbarkeit? Und später, als sie schon eine Kopie war, das Abbild eines verschwundenen Abbildes, weshalb gab sie da der Stadt Wohlstand und den Gefangenen des Lagers nebenan Folter? Weshalb tat sie Wunder für die Pilger und nicht das Wunder, den Zweifel im Herzen ihres Priesters zu löschen? War sie für einige wahrhaftig und für andere falsch? War es nötig, wegzuschauen, zu vergessen, sich tausend kleiner Lügen zu bedienen, um eine große Wahrheit zu retten? All das wusste er nicht.

Laura unterbrach diese Litanei, hob ihre Stimme: „Jetzt antworten Sie mir schon: Wussten Sie, was mit den Gefangenen geschah?"

Und der Priester führte wieder die Faust an den Mund, als fürchte er, sich noch einmal lästern zu hören: „Ich weiß es nicht, Laura. Ich weiß nicht, was ich wusste."

In diesem Moment dröhnten drei laute, fordernde Schläge an der Kirchentür, übertönten das Flüstern des Priesters. Penna fuhr zusammen und schaute beinahe verzweifelt zum Hochaltar, als erwarte er, dass von dort jemand herunterkäme und die Kirchentür öffnete.

„Die Büßer, hören Sie sie?", flüsterte er noch leiser, geduckt und erwartungsvoll, bat Laura zu schweigen, so als fürchte ein Teil von ihm, dass sie kämen, um ihn zu geißeln, weil ein anderer dies inbrünstig wünschte.

Seine linke Hand wies zitternd nach draußen, zum Ritual hin, der geheimnisvollen Frömmigkeit des Volks, die sich auf der Plaza vollzog, in der Welt außerhalb seiner Zweifel. Laura horchte auf: Das Klopfen an der Tür hatte aufgehört, doch das hartnäckige, unheilvolle, primitive Schlagen der Trommeln wogte weiter um die Basilika, so als bereite man draußen eine mittelalterliche Exekution vor, eine Hexenverbrennung, bei der das Fleisch leiden sollte, um gereinigt zu werden. Zwanzig Jahre zuvor hatte Laura versucht, dieses Mysterium zu akzeptieren, ohne es zu verurteilen; es einfach ihrem zweifelnden, kritischen Glauben anzupassen.

Aber es war ihr nicht gelungen. Und jetzt ahnte sie einen Moment lang den Abgrund des Priesters, sah ihn vor sich, belagert im Haus seiner schwankenden theologischen Argumente, seiner stummen Heiligenbilder und seiner Zweifel. Unterdessen stürmten draußen die Büßer, die sich von einer Tanzgruppe gelöst hatten, lärmend und von niemandem angeführt, nur ihrem uralten Glauben gehorchend, die Stufen zur Basilika hinauf und schlugen gegen die Türen, wo sie von den Messdienern zurückgedrängt und mit Besen vertrieben wurden, weil sie angeblich ihre Schuld noch nicht genügend mit dem Tanz und den rituellen Selbstgeißelungen gesühnt hatten. Laura stellte sich vor, wie Penna diese Schläge jede Viertelstunde hörte, den ganzen Tag lang, sie ahnte das Entsetzen des Priesters, seine Angst, von dieser *Diablada*, diesem Teufelstanz, belagert zu werden, der gleichzeitig die Erinnerung einer Offenbarung und die Feier eines Geheimnisses war. Hier drinnen hatten sie die unechte Puppe mit den Kleidern der Jungfrau verkleidet, so wie sich dort draußen die Männer, einem Impuls folgend, der älter war als ihre Erinnerung, als Teufel verkleideten. „Ich weiß nicht, was ich wusste", hatte ihr der Priester gestanden.

Endlich hörte das Klopfen auf. Der Priester schöpfte erleichtert Atem und zog wieder an seinen Hosenträgern, so als wolle er nach und nach das gebeugte Skelett seines Glaubens aufrichten.

„Ich bin sicher, sie wollte wirklich ein Wunder vollbringen. Aber wir haben sie im Stich gelassen, haben versagt … Ja, auch ich habe mich einschüchtern lassen. Ich, der ich jenen ersten Gefangenen zu Ihnen brachte, anstatt ihn selbst zu beschützen und zu verstecken."

Er hatte es nicht vergessen, schließlich und endlich hatte er es nicht vergessen. Dieses andere Klopfen, das damals durch seine leere Kirche hallte.

„Sie haben auch geschwiegen, Laura, als sie fortgegangen sind", fügte er hinzu. „Vergessen Sie das nicht."

Sie ging zur Tür der Sakristei. Der Priester folgte ihr, versuchte, sie zurückzuhalten: „Laura, diese längst überholte Klage ... Und als Zeugen Iván vorzuladen, einen einfältigen, geistig Behinderten ohne Erinnerung, das ist eine Provokation."

Laura blieb stehen. „Sagen Sie mir, was los ist", verlangte sie.

„Gestern Nacht hat Iván eine Prügelei angefangen, er wurde zusammengeschlagen und festgenommen. Die Gewalt kehrt zu uns zurück, gemeinsam mit Ihnen."

Laura schaute den Priester an, begriff allmählich. „Wo ist er?"

„Auf dem Polizeirevier."

Laura öffnete die Tür der Sakristei und trat auf die Straße. Sie war schon draußen, im Gedränge des Festes, im unbarmherzigen Sonnenlicht, als hinter ihr die süßliche Stimme mit dem ausländischen Akzent erklang und einen letzten Versuch unternahm: „Laura, die Rache ist des Herrn!"

10

„Ich erahnte das im Anhänger eingeschlossene Tier, das Pferd, das stampfte und schnaubte und wieherte, sich - wie meine Erinnerung oder *etwas anderes* in mir - danach sehnte, hinauszugelangen."

Ich lese die Zeilen noch einmal, die ich dir gerade geschrieben habe, Claudia, und in der Stille der Berliner Nacht ist es beinahe unmöglich, sich diese andere Stille vorzustellen, die der Wüste, eine so tiefe Stille wie der gähnende Abgrund eines Hirns, das nachdenkt und fürchtet, das grübelt und zweifelt, und in der ich dieses etwas hörte, das tief drinnen in mir kämpfte, um aus mir herauszugelangen und dabei stampfte und schnaubte.

Es ist fast unmöglich, dir die Stille dieser Zeit zu beschreiben. Und dennoch muss ich es versuchen. Diesen Brief schreibe ich genau genommen nicht auf Papier, sondern auf dem tauben Trommelfell meiner Erinnerung. Darauf trommle ich mit der Spitze meines Bleistifts, und am Grunde dieser Höhle erhebt sich ein Kreischen, das ich kaum höre - oder wahrhaben will -; ein Kreischen, als nisteten dort hungrige Vögelchen, blinde Vogelküken, die vor Hunger schreien, die sich, wenn ich sie nicht füttere, gegenseitig auffressen, und schließlich wird das stärkste losfliegen und in meinem Kopf umherflattern, und dann wird sein Kreischen immer lauter, wird zum dröhnenden Geräusch eines Hubschraubers, der sich vom Horizont her nähert, der die Luft guillotiniert, der über meinen Kopf hinwegfliegt ...

„Wo warst du, Mamá, wo war die Richterin, als einige der schlimmsten Verbrechen der Diktatur in deinem Gerichtsbezirk begangen wurden?", hast du mich in dem Brief gefragt. Also gut, Claudia, zwei oder drei Tage nach jener Nacht, in der ich Mario zum Bordell folgte und ihn dort schlafend vorfand, als Cáceres mir zu schweigen befahl, indem er seinen Zeigefinger küsste, beschloss ich, zum Lager zu fahren. Verweigerte ich mich seinem Befehl? Oder nahm ich seine Herausforderung an, wie ich in jenem Augenblick glaubte? Wie auch immer, ich sagte die Verhandlungen im Gericht für den Morgen ab, nahm meinen Aktenkoffer und ging zum Taxistand an der Plaza – wir hatten ja kein Auto, Chile war nicht dieses Land voller moderner Fahrzeuge, das es heute ist. Dort bat ich einen der Taxifahrer, mich zum Lager zu bringen. Er sah mich an, als hätte ich ihn gebeten, mich weit weg oder an einen mythischen Ort zu fahren. Er setzte mich in einiger Entfernung von der Umzäunung ab, am ungepflasterten Zufahrtsweg, der bei den Wachhäuschen endete. Ich ging also zu Fuß zu dem Soldaten, der mir mit seiner Maschinenpistole den Weg verstellte, nannte ihm meinen Namen und meinen Titel und überreichte ihm das Dokument, das von mir selbst ein paar Stunden zuvor auf der Schreibmaschine des Gerichts getippt worden war, als ich die spontane Entscheidung getroffen hatte, *etwas* zu tun. Etwas wie dies: den Major herauszufordern, um meiner Angst zu entkommen. „Ortsbesichtigung", las laut und mühsam der Unteroffizier, der dem Wachsoldaten zu Hilfe kam, schaute mich von oben bis unten an und dann auf die kahle Landschaft hinter mir, als suche er dort dieses Gericht, das ich nannte, oder versuche, das Geheimnis dieser jungen Frau zu lüften, die sich mit dem pompösen Titel einer „Zivil- und Strafrichterin" vorstellte und forderte, man solle ihr die Tore des Gefangenenlagers öffnen, eines Militärgeländes der höchsten Sicherheitsstufe. Ich hatte mir ein graues Kostüm und hochhackige Schuhe angezogen, das Haar zu einem Knoten gebunden und hörte nicht einen Augenblick lang damit auf, mir verschwommen bewusst zu sein, wie absurd ich wirkte, so jung und so entschlossen, den Rechtsstaat zu repräsentieren. Vielleicht hatte ich gehofft, Claudia, dass dort alles zu Ende wäre, dass man mich nicht hineinließe und ich zu meiner Arbeit und zu meinem guten Gewissen zurückkehren, mir sagen könnte, dass ich es wenigstens versucht hatte. Ich könnte wieder zum Gericht und nach Hause zurückgehen, Mario beim Arm nehmen, ihn aus seiner Depression holen, zusammen mit ihm die Koffer packen und ein für alle Mal die Stadt verlassen, meinen Gerichtsbezirk, vielleicht das Land. All dies ging mir in den Minuten durch den Kopf, als ich dort unter dem Vordach des Wächterhäuschens wartete: die Vorstellung von einem Scheitern, das mich von der Pflicht befreite, die Hoffnung darauf, meine Bedeutungslosigkeit bestätigt zu finden. Kannst du das Ausmaß meiner Feigheit ahnen, Claudia, ohne mich zu verdammen?

Doch zu meinem Erstaunen murmelte der Unteroffizier etwas Unverständliches: „Anscheinend hat man Sie später erwartet", vielleicht war es das, was er leicht verwirrt sagte. Oder vielleicht verstand ich ihn auch nicht richtig, denn in diesem Moment wurde das Tor geöffnet, und begleitet von dem Soldaten durchquerte ich die erste Umzäunung, durchquerte unter den Mündungen der Maschinengewehre auf den Wachtürmen das Niemandsland, dann die zweite Umzäunung, den riesigen, trapezförmigen Appellhof, von dem aus die Baracken abgingen, alle geschlossen, als ob es in Wirklichkeit keine Gefangenen dort gäbe, als ob alle diese Soldaten, die eilig hin- und herliefen, das Nichts bewachten oder die Gespenster jener Geisterstadt, die hier vorher gewesen war. Der Unteroffizier brachte mich zum Büro eines Leutnants, sehr jung noch (jünger noch als ich), der wohl gerade erst die Militärakademie hinter sich hatte. Dieser fragte mich noch einmal nach dem Grund meines Besuchs, runzelte die Stirn, während er mir zuhörte, schüttelte den Kopf. Dann beugte er sich über den Schreibtisch und sagte mit leiser Stimme, als flehe er mich an: „Können Sie nicht ein andermal wiederkommen? Wir sind für heute in höchste Alarmbereitschaft versetzt worden." Ich glaube, ich war kurz davor, laut loszulachen, „ein andermal wiederkommen". Der junge Offizier sah mich unsicher an, dann verschwand er im Nebenraum. Ich hob den Blick, die freiliegenden Dachziegel waren kürzlich repariert worden, an den Wänden klebten noch die kitschigen Tapeten mit Blumenmuster, Relikte der englischen Verwaltung der Salpetermine. Es hing eine Schiefertafel dort, wie in einem Klassenraum, darauf standen Zahlen, einfache Rechnungen, die mir nicht aufzugehen schienen. Ich weiß nicht, warum diese Berechnungen, die der Leutnant angestellt hatte, mich an die Befehlskette denken ließen, die er Stufe für Stufe erklimmen musste, und komischerweise beruhigte mich dies ein bisschen: Es war eine Form der Legalität, eine erkennbare Ordnung. Jene Militärs und ich gehörten zur selben bürokratischen Logik, die das Chaos der Welt ordnet.

Das ist entscheidend, Claudia, beschämend entscheidend: Es gibt keine Ordnung ohne Befehle, keine Disziplin ohne Gewalt, keine Norm ohne Zwang. Diese Militärs und ich waren Blutsverwandte in der Familie des Gesetzes und der Staatsgewalt. Das spürte ich und ertappte mich dabei, wie ich es spürte; und meine Erleichterung ekelte mich.

Der Leutnant erschien wieder und begleitete mich wortlos über den Appellplatz zum höchsten Gebäude, dem alten Theater der Minenstadt, zu Füßen des riesigen, leicht geneigten Schornsteins - die Ziegel verwittert, fleischfarben -, gekrönt von einem Ausguck, von dem aus man den gesamten Lagerkomplex überschauen konnte. Er geleitete mich ins Innere des Theaters und führte mich zum Bühnenrand, wo zwei Offiziere in voller Uniform, die Mützen auf den Köpfen, über das Schreiben gebeugt standen, das ich am Tor abgegeben hatte. „Sie kommen, um der Verhandlung beizuwohnen?", fragte einer der beiden mit gerunzelter Stirn und ohne

Begrüßung. „Gehören Sie zum Gericht?", wollte der andere wissen, während er das von mir unterschriebene und gestempelte Schriftstück in seiner Hand hin- und herdrehte. Ich antwortete: „Es heißt, hier gibt es Gefangene. Der Verfassung der Republik nach kann niemand gefangen gesetzt werden, wenn es nicht von einem ordentlichen Gericht angeordnet wird. Ich bin die ordentliche Richterin in diesem Bezirk …" Einen Augenblick lang sahen wir drei uns gegenseitig an, wie ein Trio Komödianten in diesem Theater. Es fehlte nur, dass wir für unsere Farce Beifall oder Buhrufe bekamen.

Doch keiner von uns konnte mehr reagieren, denn da öffnete sich plötzlich die Tür, die Offiziere nahmen Haltung an, und der Major Cáceres kam energisch auf uns zugeschritten. „Major", das war der Rang, den er damals hatte. *Major*, das bedeutet „größer", und ich kann dir kaum vermitteln, welchen Sinn er diesem Wort gab, wie er es ausfüllte: Er war nicht nur ein bisschen größer und ein bisschen älter als die anderen, sondern er wirkte auch „größer" als er selbst. Cáceres schien mit Gewalt gewachsen zu sein, so als recke und strecke sich sein Skelett unter Schmerzen, um sich aus einer Erinnerung zu befreien, die ihm zu eng war und die ihn einzwängte; ähnlich der Uniformjacke, in deren Kragen er ab und zu manisch den Finger schob, als wolle er etwas, vielleicht sich selbst, daraus hervorziehen.

Der Major riss dem Offizier mein Schreiben aus der Hand, warf einen Blick darauf und sagte, indem er mich beim Arm fasste, um mich von der Gruppe seiner Untergebenen fortzuführen: „Du kommst am Tag des Gerichts, Laura." Ich verstand nicht, verstand noch nicht, und antwortete: „Ich bin gekommen, um von Amts wegen eine Ortsbesichtigung durchzuführen und die juristische Situation der Gefangenen zu prüfen. Die Verfassung …" Er befahl mir mit einer Handbewegung zu schweigen, schaute auf die Uhr und dann mich an, mit der Melancholie von jemandem, der die Unausweichlichkeit eines bösen Omens feststellt: „Ich wusste, dass du kommen würdest, Richterin. Seit ich deine Akte gelesen habe, wusste ich, dass du irgendwann kommen würdest. Ich wollte dir das schon bei unserem ersten Treffen vor ein paar Tagen sagen, als du mir nachspioniertest … Du wolltest mir nicht zuhören. Doch du kommst genau im richtigen Moment. Du willst besichtigen, Patroncita? Du kannst noch etwas Besseres tun: Du wirst bezeugen, dass hier nichts illegal ist. Das es hier nichts anderes gibt als das Gesetz. Du sollst unsere Gesetzeshüterin sein."

11

Laura durchquerte den Vorgarten des Polizeireviers, während die im Zenit stehende Mittagssonne die Dinge schmelzen zu lassen schien: die Reihe der kleinen Pfefferbäume mit ihren weißgekalkten Stämmen, die gekalkten Steine, die ordentlich die Wege begrenzten, den Fahnenmast, an dem eine geflickte Fahne wehte. Die Hupe eines klapprigen Busses voller Pilger ließ sie herumfahren, und als sie sich zum Weitergehen wandte, sah sie den Wachmann vor sich, der aus seinem Wächterhäuschen getreten war und sie anhalten wollte. Doch Laura brauchte nur ihren Schritt zu beschleunigen, damit sich Mendocita, der alte *Carabinero*, der sie noch aus ihrer ersten Zeit in Pampa Hundida kannte, daran erinnerte, dass sie sich von ihm nicht würde aufhalten lassen, entsprechend Haltung annahm und sie vorbeiließ.

Laura betrat das Revier, ging durch die leere Wachstube und den bis auf Schulterhöhe grün gestrichenen Gang entlang, den eine nackte Neonröhre erhellte. Vom Hof aus hörte sie ein dumpfes, heftiges Geräusch, das sich durch die Betonwände übertrug, so als zertrümmerte im Zellenhof jemand Steine mit einem Vorschlaghammer. Durch die Tür mit der Aufschrift „Schlafraum Dienstpersonal" zu ihrer Linken drang Stimmengewirr. Laura überlegte einen Moment, ob sie weiter zum Innenhof gehen oder die Tür aufstoßen sollte. Schließlich trat sie ein, ohne zu klopfen.

Ein dicker Polizist mit struppigem Haarschopf lag keuchend in der unteren Etage eines Stockbetts und fächelte sich mit seiner Mütze Luft zu; der Kragen seiner Uniformjacke war fast vollständig abgerissen. Auf dem Bett gegenüber saß, vor Schmerzen stöhnend, ein zweiter Polizist, während ihm ein dritter sorgfältig das Handgelenk verband. Und zwischen den Stockbetten stand, die Hände mit einer Mischung aus Ungläubigkeit und Ungeduld in die Hüften gestemmt, ein junger Leutnant und schaute abwechselnd die Verletzten seiner Truppe an. Sein Ärger verwandelte sich augenblicklich in Scham, als er die Richterin im Türrahmen stehen sah. Laura streckte ihm die Hand entgegen:

„Leutnant Acuña, wie ich vermute. Ich bin Laura Larco, die neue Richterin. Ich bin gestern angekommen."

„Zu Ihren Diensten, Frau Richterin!", antwortete der Leutnant und salutierte. Die behaarte, braune Hand an der Schläfe kontrastierte stark mit der bis auf das Blau der Haarwurzeln rasierten Wange. Auf seiner Uniformjacke prangte ein Orden. Laura stellte sich vor, wie er vom Präsidenten der Republik ausgezeichnet wurde, für seinen Mut bei der Rettung einer Familie oder etwas Ähnlichem. Dies war sein erster Kommandoposten, wahrscheinlich als Belohnung für seine Tat.

„Frau Richterin", begann Acuña, auf der Suche nach etwas, was er ihr melden könnte: „Wachtmeister Machuca ist verletzt."

„Da ist er wohl nicht der Einzige." Sie wies auf die geschwollene Lippe des Leutnants.

„Der Indio Iván hat versucht, ihn zu erwürgen", fuhr Acuña fort, ohne darauf einzugehen. „Er wurde bei einem Grabraub überrascht."

„Haben Sie ihn überrascht?"

Der Leutnant antwortete automatisch, wie ein Pawlowscher Hund, so als hätte sie einen Schalter gedrückt und damit den tief verwurzelten Gehorsam des Polizisten zum Reagieren gebracht.

„Nein, Frau Richterin, ich kam ein paar Minuten, nachdem er verhaftet wurde. Der Indio, also Iván, hat auf dem Friedhof ein Grab ausgeraubt und sich gegen seine Verhaftung gewehrt."

„Hat er sich nicht vielleicht dagegen gewehrt, verprügelt zu werden?"

Acuña schaute sie perplex an und errötete. Dann wandte er sich an den Wachtmeister, der im unteren Bett des Stockbetts lag: „Machuca!"

Der Wachtmeister sprang mit einem Satz auf, eher durch seinen Wanst als durch die Blutergüsse an seinem Hals behindert, und nahm Haltung an.

„Wir erhielten eine Anzeige, Herr Leutnant."

„Sie haben mir gesagt, Sie hätten ihn überrascht."

„Als er kämpfte. Er kämpfte mit drei Parkwächtern. Und er war dabei zu gewinnen ..."

„Ihre sportlichen Ansichten interessieren uns nicht", fiel Laura ein. „Ist er verprügelt worden?"

„Die Parkwächter, Herr Leutnant, mussten sich mit Knüppeln verteidigen. Dieser verrückte Indio ist sehr kräftig ... Wir ..." – Machuca zögerte, schaute auf seine beiden Kollegen – „... wir haben ihnen ein bisschen geholfen, mit den Schlagstöcken."

„Wer hat ihn angezeigt?"

„Don Boris, Herr Leutnant", antwortete der Wachtmeister, sichtbar überrascht, dass er das Offensichtliche erklären musste.

Laura lächelte: Don Boris, Boris Mamani. Der Kazike der Region, der Curaca, der Oberhauptmann der Diablada, der Magnat von Pampa Hundida, der ehemalige Bürgermeister. In ihrem Brief hatte ihr Claudia erzählt, dass Mamani erst kürzlich sein Amt als Bürgermeister aufgegeben und sich nicht zur Wiederwahl gestellt hatte. Sie erinnerte sich an den Mestizen, seine sanfte, tiefe Stimme, eine männliche Stimme in weiblicher Verkleidung, die sich nie heben musste, die nicht einmal das Bürgermeisteramt brauchte, um stärker als jede andere Autorität zu klingen und zu befehlen, einen Schwachsinnigen zu verprügeln. Acuñas Kiefermuskeln arbeiteten sichtbar unter der rasierten, bläulichen Haut, mahlten die Wörter, die er da gerade gehört hatte. Ein weiterer dumpfer Schlag lief vom Zellenhof her durch die Betonwände und ließ die schmutzigen Fensterscheiben des Schlafraums vibrieren. Schließlich wandte sich der Leutnant zu Laura um und sagte zerknirscht: „Tut mir leid, Frau Richterin."

„Wir haben keine Diktatur mehr, Leutnant. Jetzt muss jede polizeiliche Aktion von den gesetzlich dafür bestimmten Behörden angeordnet werden."

„Ich werde disziplinarische Maßnahmen ergreifen. Und ich stehe Ihnen zur Verfügung, wenn Sie diese gegen mich einleiten möchten."

Laura seufzte: der junge Polizeiheld. Eine solche Rüge, und auch noch von einer Richterin, konnte ihm diesen tadellosen, kurzen Lebenslauf ruinieren.

„Iván hat gegen Sie schon Maßnahmen ergriffen, Leutnant. Lassen Sie sich die Lippe behandeln. Und schließen Sie mir die Zelle auf."

„Das könnte gefährlich werden, Frau Richterin. Iván ist völlig außer sich. Wir haben ihn zu viert kaum in die Zelle bekommen."

„Haben Sie versucht, ihn zu überzeugen?"

Der Leutnant schaute sie verständnislos an.

„Iván hält es nicht aus, eingesperrt zu sein, Acuña", fuhr Laura fort. „Sie sind neu hier, Sie kennen ihn nicht. Ihre Leute jedoch schon. Das war ein Einschüchterungsversuch. Und eine Botschaft."

„Was meinen Sie damit, Frau Richterin?"

„Iván ist als Zeuge in einer Klage aufgeführt, die bei mir eingereicht wurde."

„Das wusste ich nicht."

„Da sind Sie wohl inzwischen der Einzige in dieser Stadt."

Laura trat in den Zellenhof hinaus, zwischen dessen gekalkten Mauern das Sonnenlicht flimmerte. Gefolgt von Acuña näherte sie sich dem Ursprung jener dumpfen Schläge, die durch das Gebäude dröhnten, und lugte durch das Guckloch in der Zellentür.

Iván, an Händen und Füßen gefesselt, rammte wieder und wieder seinen Kopf gegen die hintere Zellenwand unter dem vergitterten Fensterloch, das auf die Straße hinausging. Am Gitter davor hingen ein paar Jungen und feuerten ihn an. Iváns großer, kantiger Schädel hatte den Putz von der Wand platzen lassen, und jetzt färbte sich der Zement schon blutig. Und die Fußfesseln an seinen Knöcheln hatten sich tief ins Fleisch geschnitten.

„Schließen Sie auf."

„Er ist gefährlich", wiederholte Acuña, gehorchte ihr aber. Er versuchte noch, mit seinem Körper die Richterin zu schützen, doch Laura schob ihn zur Seite und betrat die Zelle.

Iván wandte sich um und schaute sie an, geblendet vom Blut, das ihm über die Augenlider rann, und dem grellen Licht, das von außen hereindrang. Einen Moment lang schien es, als wolle er durch sie hindurch zur offenen Tür stürzen, zur Freiheit. Doch dann legte er den Kopf zur Seite, musterte sie mit einem Auge, dann mit dem anderen, schien etwas in seinem Schädel zu sortieren. Schließlich lehnte er den Rücken an die Wand, rutschte zu Boden und bedeckte seine Augen mit den gefesselten Händen, beobachtete sie jedoch weiter durch seine Finger, verschämt, schelmisch, beinahe kokett.

Laura setzte sich auf die Holzpritsche.

„Wollen Sie ihn freilassen?", fragte der Leutnant, immer noch aus sicherer Entfernung.

„Er bleibt hier, bei offener Tür und unter Ihrem Schutz. Sie sind mir verantwortlich für seine Sicherheit. Wenn er gehen will, dann möchte ich, dass Sie persönlich ihn davon überzeugen, es sein zu lassen."

„Ihn überzeugen ...", wiederholte der Leutnant noch einmal dieses Wort, das in seinem Polizistenvokabular nicht vorkam.

„Jetzt gehen Sie sofort los und holen Doktor Ordóñez", befahl Laura. Bevor Acuña sich eilig entfernen konnte, um den Befehl auszuführen, fügte sie hinzu: „Und lassen Sie mir die Schlüssel für die Fußfesseln hier."

Laura schaute sich um, sah die Pritsche aus rohem Holz, den Waschtrog mit dem tropfenden Wasserhahn, den Plastikeimer in der Ecke. Sie kniete sich vor Iván hin.

„Das wird jetzt wehtun", warnte sie ihn.

Er wandte den Kopf zur Seite, verbarg die Augen noch mehr hinter den gefesselten Händen, lächelte aber mit seinem ganzen, zahnlosen Mund. Laura öffnete das Vorhängeschloss, entfernte die Eisen, die sich ins Fleisch gegraben hatten. Sie sah die großen, nackten Füße voller Staub, ockerfarben vom Blut, die Hornhaut an den Fußsohlen, die zu Krallen gekrümmten Fußnägel, gelblich wie Eselshufe. Dann band sie ihr Halstuch ab, befeuchtete es unter dem Wasserhahn und reinigte damit die Wunden. Mit sanfter Gewalt nahm sie ihm die Hände vom Gesicht und legte ihm die kalte Kompresse auf die Stirn, dort, wo die geschundene Haut in Fetzen herunterhing. Dabei fragte sie ihn: „Weißt du, wer ich bin?"

Er wandte ihr langsam den Blick zu, schaute sie scheu und kokett zugleich an, legte seine gefesselten Hände in die ihren und nickte heftig.

„Wer denn?", fragte Laura.

„Die schöne Frau ...", murmelte jemand ganz leise, vielleicht der Knabe, der er einst gewesen war und der jetzt durch den zahnlosen Mund dieses fast zwei Meter großen Hünen flüsterte. Der Knabe, der jahrzehntelang ohne jede Hoffnung auf sie gewartet hatte.

„Die schöne Frau ..." Laura senkte den Blick und drückte die schwielige Pranke. Ihre geöffnete Hand passte leicht zweimal in die seine, diese riesige Hand von der Größe eines Neugeborenen, die in ihrem Schoß lag.

* * *

Laura erinnerte sich an den kleinen, verwilderten Jungen, auf den sie damals bei ihren ersten Erkundungsgängen gestoßen war, draußen vor der Stadt, in den Ruinen einer alten indigenen Siedlung, die jetzt als armselige Behausung und Viehpferch diente. Dort fand sie ihn mit einem Seil an einen Johannisbrotbaum gebunden, damit er nicht davonlief. Stumm, zurückgeblieben, dreizehn oder vierzehn Jahre alt, so saß der Junge unter dem Baum und teilte die Nahrung mit den Hühnern und den Schafen.

Laura ließ ihn herausholen und versuchte, so viel über seine Herkunft herauszufinden, wie sie konnte. Seine Eltern waren kurz nach seiner Geburt gestorben, und ein entfernter Verwandter zahlte den Campesinos, die dort lebten, ein Unterhaltsgeld. Laura musste ihnen Strafe androhen, damit sie den Knaben widerwillig ihrer Obhut überließen. Zuerst dachte sie, dass sie nicht auf das Unterhaltsgeld verzichten wollten, doch dann fand Laura heraus, dass das Privileg dieser „Betreuung" und der Unterhalt von ein- und derselben Person angeordnet worden waren: von Boris Mamani, dem Kaziken, dem Oberhaupt der Gemeinschaft, einem Onkel dritten oder vierten Grades des Kindes – doch schließlich waren in dieser abgelegenen Gegend alle Stammesverwandte. Der Schluss fiel leicht, dass Iván, wäre er nicht schwachsinnig geboren oder so aufgezogen worden, der Erbe uralter Rechte gewesen wäre, die unter den Gemeinschaften der Indigenen und Mestizen viel mächtiger waren als jedes Gesetz. Rechte, die möglicherweise die Rechte des Kaziken Mamani in Frage gestellt hätte. Und sogar die ihren als Richterin an diesem Ort.

Vielleicht beschloss Laura deshalb, den Fall in ihre eigenen Hände zu nehmen und sich persönlich für den Jungen einzusetzen. Irgendetwas sagte ihr, dass die Diagnose „taubstumm" und „unheilbar schwachsinnig", mit der ihn die Ärzte und Sozialarbeiter einhellig abstempelten, nicht alles sein konnte. Und so kleidete sie ihn ein, schnitt ihm das Haar, fütterte ihn, wich dabei seinen scharfen Zähnen aus und zeigte ihm, wie man einen Löffel statt seiner Hände benutzt, bis er begann, zuzunehmen und menschlich auszusehen. Täglich verbrachte sie ein paar Stunden mit ihm im Garten (weil der Knabe es im Haus nicht aushielt), sprach zu ihm, hielt Monologe, wärmte ihm die Worte an wie sein Essen, bot sie ihm dar, ohne ihn zu zwingen. Träumte davon, sie könne ihm einfach durch ihr Beispiel das Reden beibringen, vielleicht sogar das Lesen.

Bis der Knabe eines Nachmittags, an dem ihm Laura als Teil ihrer intuitiven Pädagogik Fotos zeigte, bei einem Bild von ihr mit Mario innehielt, es aufhob, es ungläubig lächelnd mit der Frau verglich, die er vor sich hatte: „Schöne Frau", sagte er deutlich im melodiösen Tonfall der Aymaras von der Hochebene.

Laura wurde sofort klar, dass sie sich während dieser zwei Monate des Unterrichts geirrt, den falschen Schlüssel für die gesuchte Tür benutzt hatte. Mit einem Schlag spürte sie, dass das beharrliche Schweigen des Kindes nicht einfach Stummheit oder Dummheit oder Zurückgebliebenheit war. Vielmehr handelte es sich um eine andere Art zu sehen und zu hören. Eine Art langsamer, skeptischer Aufmerksamkeit, die instinktiv den Worten misstraute und stattdessen las. Der Junge las in den Gesichtern der Menschen. Es reichte ihm, sie ohne Scham anzuschauen, den starren Blick des Zurückgebliebenen auf sie zu richten, der vielleicht bis auf den einfachen Grund der Dinge reicht, um in ihnen die Wahrheit unter der Maske der wohlerzogenen Kompliziertheit zu erkennen. Laura vermutete, dass Iván sie während der Wochen ihres Unterrichts auf diese Weise studiert hatte, so genau oder noch genauer als sie ihn. Und dass diese beiden einfachen Wörter sein feierliches Urteil verkündeten: „Schöne Frau."

Laura begriff auch, dass ihr Vorhaben, das entrechtete Kind wieder in seine uralten Rechte einzusetzen, utopisch war. Eine Utopie, die der Zurückgebliebene weder verstehen noch wünschen konnte, weil sie nur Leid für ihn bedeutete. Ab da verzichtete sie darauf, ihm etwas beizubringen. Und langsam musste sie erkennen, dass sie die Rollen tauschten, dass Iván sie – ohne es zu wollen – Dinge erkennen ließ, die sie nicht von sich wusste: ihr unangebrachtes, ungebetenes, übertriebenes Bedürfnis, jemand zu beschützen und dabei die scheue Treue zu behalten, mit der ihr der zurückgebliebene Knabe ihre Sorge entlohnte.

Fast zwei Jahre lang ging ihr Iván jeden Morgen von ihrem Haus zum Gericht hinterher, wartete den ganzen Tag an der Tür und folgte ihr dann auch auf dem Heimweg. Er nahm das Essen an, das man ihm reichte, aß aber unter freiem Himmel, im Garten des Hauses. Und er schlief auf der Stufe zur Straße, zusammengerollt wie ein Hund, der die Schwelle des Hauses bewacht. Man konnte ihn nicht dazu bewegen, in einem normalen Bett zu schlafen oder in einem Klassenraum zu sitzen. Er lebte vom Betteln und von kleinen Botengängen, niemand konnte ihn bei sich aufnehmen. Und niemand traute es sich dann noch, es zu versuchen, als sein anormales Wachstum sichtbar wurde und Doktor Ordóñez bei ihm Akromegalie, Riesenwuchs, diagnostizierte. Der Arzt sagte voraus, dass Iván unaufhaltsam weiterwachsen und sich zu einem Riesen mit dem Hirn eines Kindes entwickeln würde. Oder besser gesagt, dass er für immer ein ständig wachsendes Kind bliebe. Ein Kind, das niemals groß würde, so hünenhaft es auch aussähe.

* * *

Als hätte die Erinnerung plötzlich Gestalt angenommen, unterbrach von der Zellentür eine vorsichtige Stimme ihre Gedanken: „Laura, kann ich reinkommen?"

Doktor Ordóñez, rundlich und untersetzt, mit seiner Arzttasche und seinem altmodischen weißen Anzug samt Weste, zögerte, sich Iván zu sehr zu nähern.

„Tritt ein, Félix. Er hat sich inzwischen beruhigt."

„Da musstest du zurückkommen … Ich meine, damit Iván auf jemanden hört. Scheint ja fast ein Wunder."

„Das Wunder ist, dass er noch lebt."

Der Arzt setzte sich neben sie auf die Holzpritsche. Laura erkannte die immer gleichen weißen Krankenhausschuhe wieder, die schüchterne Art, sie willkommen zu heißen. „Iván hat dich sehr vermisst. Tatsächlich haben wir dich alle hier sehr vermisst. Aber er hat dich gesucht. Vor allem anfangs …"

Er erzählte ihr, dass Iván noch Wochen nach ihrem Weggang an ihrer Haustür auf sie gewartet hatte, mit starrem, vorwurfsvollem Blick durch die Straßen geirrt war, an der Tür der Basilika gestanden und eine Messe unterbrochen, in seiner kehligen Sprache nach Laura gerufen hatte, auf der Suche nach ihr in die Wüste lief, bis die Sonne unterging und nur seine riesige Silhouette noch zu erkennen war.

„Ich habe ihn dir anvertraut. Bevor ich fortging, habe ich dich gebeten, dich um ihn wie um einen Sohn zu kümmern."

„Einen Sohn", brummte der Arzt, als schockiere ihn die Vorstellung. „Aber ich habe doch schon sieben Kinder ..."

„Noch eins mehr als damals."

„... und außerdem kümmert er sich sehr gut um sich selbst, jedenfalls bis jetzt ..."

Der Arzt senkte die Stimme so sehr, dass man seine letzten Worte kaum verstehen konnte. Laura erinnerte sich an seine Angewohnheit, heikle Sätze unvollständig zu lassen. In der unbehaglichen Stille, die folgte, konnte sie hören, wie der Arzt die Sohlen seiner weißen Schühchen aneinanderschlug. Schließlich räusperte er sich und gab die Ausweichmanöver auf: „Die ganze Stadt spricht über die Prügelei."

Laura musste lächeln. Die Stadt und ihre Art, der Wahrheit aus dem Weg zu gehen, sie zu verdrehen, zu verbergen.

„Das war keine Prügelei, Félix. Iván ist verprügelt worden."

Ordóñez fuhr leicht zusammen, als ducke er sich vor etwas, vielleicht einem imaginären Knüppel. Oder er beugte sich nieder, um aus sicherer Entfernung Iván zu mustern. Laura sah auf seine gelbe Glatze, den schütteren Kranz weißlichen Haars, mit dem er sie zu bedecken versuchte.

„Wir sollten ihn ins Hospital bringen", sagte der Arzt.

„Es ist besser, wenn er dableibt. Zumindest bis klar ist, wer ihm das angetan hat. Versorge ihn also gleich hier."

Der Arzt kniete sich mühsam hin, berührte mit dem Finger die Wunden auf der Stirn, die Hautfetzen, die vom Schädel herabhingen.

„Ich habe nichts für eine Anästhesie dabei."

„Das wirst du nicht brauchen."

Laura drückte Iváns breite, schwielige Hand, die immer noch wie ein Neugeborenes in ihrem Schoß lag. Ordóñez holte seine Instrumente hervor, reinigte die Wunden mit Alkohol, führte einen Faden in seine Nadel ein, brachte vier oder fünf Stiche an, die er zwischen den Wurzeln der langen, verfilzten Haare verbarg. Laura stellte fest, dass er seine ruhige Hand nicht verloren hatte.

„Ich beglückwünsche dich, Félix."

„Weshalb?", rief der Arzt überrascht aus. Dann erinnerte er sich plötzlich, lächelte eher verlegen als eitel und fuhr mit seiner Arbeit fort. „Ah, das Bürgermeisteramt ... Die Leute haben mich dazu gedrängt ... Ich habe nur für die Übergangszeit angenommen ..."

„Du bist der Mann des Ausgleichs."

Er nickte unsicher, zwischen ungewohntem Stolz und einer befremdlichen Beklemmung. Dann wandte er sich zur Tür, vergewisserte sich, dass die Zelle leer war, räusperte sich mehrmals und stammelte, ohne sie anzuschauen, während er die letzte Naht setzte: „Diese Gewalt muss beendet werden ... Bevor wir wieder ..."

„Kennst du die Angreifer? Würdest du sie anzeigen, damit sie festgenommen werden können?"

„Das Beste wäre, zu verhandeln."

Laura lächelte: verhandeln. Es war dasselbe Wort, das der Arzt zwanzig Jahre zuvor, nach dem Militärputsch, bei seinen leise geführten Diskussionen gebraucht hatte. Man durfte der nackten Gewalt keinen Widerstand entgegensetzen, vielmehr war es nötiger denn je, zu verhandeln, Kompromisse zu suchen, auszugleichen. Die Friedfertigen mussten die Aggressiven dazu zwingen, auf ihr Terrain zu kommen. Eine andere Lösung gab es nicht. Und er fuhr fort: „Es wäre besser, wenn du diese Klage ablehnst ... Du wirst es ja schließlich doch tun, sie hat ja keine Grundlage, nicht wahr?"

„Ich wusste nicht, dass du jetzt Jura studierst."

„Die Stadt ist geschockt."

„Verschreibe ihr ein Beruhigungsmittel."

Die geschickte Hand zog den Faden an Ivans Stirn fest und durchschnitt ihn. Dann beugte sich Ordóñez über die Arzttasche, reinigte seine Instrumente und verstaute sie wieder. Schließlich erhob er sich, stand zögernd zwischen ihr und der offenen Tür und sagte:

„Laura, nicht alles, was legal ist, ist auch gerecht."

„Ich glaube, genau das habe ich dir auch gesagt, das vorletzte Mal, als wir uns sahen, erinnerst du dich? Damals ging es um gewisse Gnadenschüsse."

Der Arzt wandte sich um, wedelte mit der Hand, verscheuchte diese unangenehmen Worte wie Fliegen. Dann sagte er mit kaum hörbarer Stimme: „Man hat mich gebeten, eine Dringlichkeitssitzung des Gemeinderates einzuberufen. Jetzt sofort."

„Und du, Herr Bürgermeister, möchtest wohl dafür meinen Rat."

„Das ... Ich meine ... Würdest du mir helfen ...?"

Laura schaute auf die riesige Hand, die sie in der ihren hielt, den zerschundenen, frisch genähten Schädel, der auf ihren Beinen ruhte, und sagte sich, dass sie ein seltsames Bild abgeben mussten: Der Schwachsinnige im Schoß der Richterin auf der harten Pritsche einer Gefängniszelle.

„Félix, sag ihnen einfach, dass ich wieder hier bin."

Doktor Ordóñez senkte den Kopf, überlegte einen Moment, ging zur Tür, setzte sich das Hütchen auf seine Glatze und verließ die Zelle. Draußen verschluckte ihn die unbarmherzige Sonne mitsamt seinem Hut in einem einzigen Lichtblitz.

12

Ich habe dieses Blatt meines Briefes an dich ein paarmal zerrissen, Claudia. Ich hebe den Blick und lasse ihn über meine Bibliothek, meine Bücher schweifen. Obwohl ich weiß, dass es zwecklos ist, dass ich in keinem davon die Formel finden werde, die es mir erlaubt, mich vor meiner Erinnerung zu verstecken, jetzt, wo du sie mit deinen Fragen in Bewegung gesetzt hast. Ich habe das Gefühl, als gleite ich eine schiefe Ebene hinunter, eine schneebedeckte Fläche, auf der es nichts gibt, an dem ich mich festhalten kann, und ich rutsche, rutsche von dieser Wohnung in Berlin, vom Gipfel dieser zwanzig Jahre des Vergessens, einem gähnenden Abgrund entgegen, wo ich mich immer noch im Theater des Gefangenenlagers befinde, am Tag, als ich den Mut aufbrachte, dort eine überraschende Ortsbesichtigung durchzuführen, und Major Cáceres auf seine Uhr schaute, mich von seinen Untergebenen wegzog und sagte: „Du kommst genau im richtigen Moment. Du willst besichtigen, Patroncita? Du kannst noch etwas Besseres tun: Du wirst bezeugen, dass hier nichts illegal ist. Dass es hier nichts anderes gibt als das Gesetz. Du sollst unsere Gesetzeshüterin sein."

Ich versuchte zu widersprechen, doch ein weit entferntes Geräusch ließ mich verstummen, ein Echo, ein dumpfes Grollen, das wuchs, immer stärker wurde: „Fe, fe, fe." Die Offiziere schauten auf ihre Uhren, dann gingen sie auf den Appellplatz hinaus, ohne noch auf mich zu achten. Ich folgte ihnen, wusste nicht, was ich sonst machen sollte. Was sollte ich bezeugen? Vom weißen Himmel, diesem bleichen Spiegel der von der Sonne entzündeten Salzwüste, lösten sich drei kleine, dunkle Wolken und näherten sich schnell, Blitze schleudernd, Funken sprühend. Drei Gewitterwolken – so sah ich sie, so sehe ich sie immer noch vor mir, Claudia – am absolut wolkenlosen Wüstenhimmel. Drei glänzende Schatten, die plötzlich aussahen wie drei heftig zankende Parzen, die um den ersten Platz stritten, über sich ihre Scheren oder Sensen schwangen. Und einen Augenblick später waren die Hubschrauber über uns, flogen über uns hinweg, drehten eine niedrige Runde über dem Lager. Die riesigen gepanzerten Hornissen, deren Rotoren die Luft zerfetzten, beäugten uns einen Moment, schaukelten leicht hin und her, ihre kreisenden Propeller brüllten: „Fe, fe, fe". Dann landeten sie auf dem Appellhof, wobei sie uns eine Staubwolke in die Augen wirbelten, die uns dazu zwang, instinktiv die Köpfe zu senken, uns wie zur Begrüßung zu verneigen. (Eine Verneigung vor der Gottheit, die zurückkehrte.)

Was dann kam, Claudia, erinnere ich wie inmitten dieser Wolke aus beißendem Staub und blitzenden Quarzkristallen. Die Rotorenflügel, die sich langsam weiterdrehten, die großen Schiebetüren der Puma-Hubschrauber, die sich öffneten und Offiziere, Generäle ausspien, alle im Kampfanzug und gefolgt von ihren Leibwächtern und Adjutanten mit Aktentaschen, so marschierten sie dem Begrüßungskomitee unter Führung von Cáceres entgegen. Dann die lauten Kommandos, das Händeschütteln, der schnauzbärtige General, der mich ganz hinten in diesem Durcheinander entdeckte und die Stirn runzelte. Er beugte sich zu Cáceres, der ihm etwas ins Ohr flüsterte, woraufhin der General mich eindringlich musterte und nickte. Dann begab sich die gesamte Besuchergruppe ins Theater und nahm die Plätze ein, die ihnen von Offizieren des Lagers zugewiesen wurden. Der junge Leutnant, der zu mir gesagt hatte: „Können Sie nicht ein andermal wiederkommen?", fasste mich beim Ellenbogen und setzte mich auf einen Platz in der letzten Reihe, unter der Logentribüne, und blieb als Bewacher neben mir stehen.

Alles geschieht jetzt rasend schnell, die Richterin, die eine überraschende Ortsbesichtigung vornehmen wollte, sitzt plötzlich da und wohnt verblüfft einer unverständlichen Zeremonie bei. Ich schaue auf die Offiziere, die sich hinter einen Tisch auf der Bühne gesetzt haben, die Adjutanten, die hinter ihnen stehen und ihnen Akten reichen; sie zitieren Gesetze, führen Paragraphen an, nennen Verfahrensgrundsätze. Sie strahlen eine ungeheure Würde aus und wirken gleichzeitig lächerlich, pathetisch, wie eine Karikatur. In der ersten Sitzreihe sind die Rücken von mehreren Männern aufgetaucht, Zivilisten, Gefangene, doch in diesem Moment scheinen sie Teil eines Publikums wider Willen zu sein, die mit Gewalt herbeigeholten Claqueure, um dieser unerklärlichen Aufführung zu applaudieren

Und erst da, nach einer Viertelstunde, Claudia, ich schwöre es dir, merke ich, dass ich der Verhandlung eines Kriegsgerichts beiwohne, der Urteilsverkündung eines Eilverfahrens, dessen Einzelheiten in jenen Akten versammelt sind, die von Hand zu Hand gehen. Und da verstehe ich auch, was Cáceres mir sagen wollte: „Du sollst die Hüterin unseres Gesetzes sein." Das ist es, was ich bezeugen soll: dass bis ins Kleinste die Gesetze beachtet werden, die Verfahrensregeln, dass der Ablauf eines ordentlichen Gerichtsverfahrens gewahrt wird …

Und es ist genau dies, was mich noch mehr verwirrt und verstummen lässt. Diese Männer in Uniform machen mir meinen Beruf streitig. Sie maßen sich mein Amt an! Zitieren Gesetze, Artikel, Paragraphen, so wie ich es täglich tue. Plötzlich wird die Farce für mich plausibel, ich begreife, was sie sagen, finde in meinem Gedächtnis das Verfahren, das sie anwenden. Ich verstehe alles: Dies ist die Sprache des Gesetzes. Es ist meine eigene Sprache, die für diese Eilverfahren verwendet wird. Und ich begreife, dass ich verloren bin, Claudia. Diese Sprache zu verstehen, sie mit ihnen zu teilen, ist schon eine fatale Art der Kumpanei, der Komplizenschaft. Es wäre tausend Mal besser, nichts zu verstehen, denn indem ich es tue, weiß ich, dass das Übel bereits geschehen ist.

Ich habe die Artikel, Regeln, Erlasse und Dekrete gehört, die das Urteil rechtfertigen. Und ich weiß, um mich einzumischen und zu widersprechen, um zu reden und mir Gehör zu verschaffen, müsste ich jetzt die Gesetze hinterfragen, die zitiert worden sind, ihre Nichtanwendbarkeit oder Ungültigkeit belegen, meine eigene Zuständigkeit ins Feld führen. Und indem ich dies tue, würde ich sie anerkennen, diese Richter, das Gericht anerkennen, das sie hier vorgaukeln, mich der Autorität dieses Gerichts unterwerfen.

Während ich da auf meinem Platz in der letzten Reihe des Theaters sitze, bewacht von dem jungen Leutnant, und vor mir diese Verhandlung weitergeht, weiß ich, dass ich mich verheddern werde, wenn ich jetzt Argumente zu finden versuche. Und dennoch suche ich verzweifelt nach der juristischen Formel, die diese Prozesse unterbrechen könnte, spiele sie im Kopf durch, verwerfe sie, berufe mich auf die Verfassung, diskutiere mit mir selbst die Zuständigkeit eines Kriegsgerichts gegenüber Zivilisten, bereite ein Plädoyer vor, versuche, mein Amt zu rechtfertigen, die Autorität, die es mir erlaubt, hier einzuschreiten, diesen unerbittlichen Prozess zu unterbrechen ...

Ich weiß nicht, wie viel Zeit vergeht, es kann nicht mehr als eine Stunde gewesen sein. Doch als ich endlich glaube, die Argumente gefunden zu haben, um einschreiten zu können, als ich mich von meinem Sitz erhebe, den Blick von Cáceres am Rand der Bühne herausfordere, fällt der Hammer. Fällt von irgendwoher, mit einem dumpfen Schlag, wie eine Guillotine. Im Nu werden die Todesurteile gefällt. Zwölf Todesurteile. Die Verurteilten brechen in Geschrei aus, springen auf, protestieren lautstark, stoßen Flüche aus. Der Hammer fällt noch einmal, fällt mehrmals, man befiehlt, den Saal zu räumen. Die Verurteilten werden mit Kolben hinausbefördert oder hinausgetragen, einige von ihnen rufen in den Zuschauerraum hinein, strecken ihre gefesselten Hände in die Höhe, bitten flehentlich um Hilfe.

Da tue ich etwas, Claudia, etwas, über das ich überhaupt nicht nachdenke, für das nur mein Instinkt verantwortlich ist, und das mich genau deshalb bis auf die Knochen bloßstellt: Ich setze mich hin. Es ist nur eine leichte Beugung meiner Knie, als ich das Gewicht meines Körpers nach hinten verlagere, mich fallen lasse. Ich könnte sagen, dass ich mich setzte, weil ich mich wie betäubt fühlte, doch hieße das, sie aufwerten zu wollen, diese so einfache Handlung. Und die dennoch mehr zählt als meine ganze Ausbildung, alle meine juristischen Studien und hehren Prinzipien. Sich hinsetzen, wenn es darum geht, stehen zu bleiben. Mehr braucht es nicht, um den moralischen Stoff zu fühlen, aus dem wir gemacht sind.

Dort sitze ich auf meinem Platz, spüre den sanften, doch unausweichlichen Druck der Hand des Leutnants auf meiner Schulter, während die Hammerschläge in der Konzertmuschel des Theaters nachhallen, und verstehe endlich, dass meine fieberhafte Suche nach einer juristischen Begründung einzuschreiten, vorbei ist, geendet hat mit dieser einzigen offenkundigen Wahrheit, so unumkehrbar wie jene Urteile, die mich gerade auf den Solar Plexus getroffen und mir den Atem genommen haben: Die Gründe, die ich nicht rechtzeitig gefunden habe, sind, waren nichts als Angst, Claudia, eine unwürdige, armselige, erbärmliche Angst. Eine Angst, die kein Mitleid verdient. Eine Angst, die sich wie eine Ratte im Mauseloch meiner Vernunft verkriechen wollte, im Versteck meiner juristischen Argumente.

Viel mehr kann ich Dir nicht erzählen, Claudia. Ich glaube, ich blieb dort sitzen - sitze immer noch dort -, versunken in meinem Sessel, benommen vom Sieg meiner Angst. Ich glaube, ich versuchte noch, irgendwie zu protestieren, stand auf und lief aus dem Theater, versuchte, mir einen Weg zwischen den uniformierten Rücken zu bahnen. Ein Paar Hände packten mich, hielten mich fest. Cáceres, vielleicht, der mir ins Ohr sagte: „Siehst du, hier gibt es nichts Illegales, Patroncita." Mein verspäteter Protest, wenn ich ihn denn geäußert habe, wurde vom Lärm der Hubschrauber übertönt, die startklar gemacht wurden. Meine Gesten, wenn ich sie denn gemacht habe, verloren sich im Staub, den die Sensen aufwirbelten. Dann erhoben sich die Maschinen in die Luft und flogen keilförmig davon, verschwanden in Richtung ihrer Vorhölle im zornweißen Wüstenhimmel. Man hörte nur noch: „Fe, fe, fe".

Und dann stand ich auch schon draußen vor dem Gittertor.

13

Kurz vor drei Uhr nachmittags am Freitag, dem ersten Tag des Festes, betrat Laura das Rathaus. Zuvor hatte man sie gesehen, wie sie das Polizeirevier verließ, an der Ecke der Feuerwache vorbeikam, zur Plaza gelangte und diese im Gewühl der Menschen überquerte, inmitten der immer zahlreicheren Bruderschaften, die sich unter der gleißenden Sonne zum Klang ihrer Musikkapellen im Tanz drehten. Man sah sie einen Bogen um das staubige Denkmal des Bergbaupioniers, das eiserne Standbild von Don Liborio Núñez, machen, rostig geworden im sauren Schatten der Pfefferbäume, bis sie den Rand des Platzes gegenüber dem Rathaus erreicht hatte. Dort hielt sie inne, um Luft zu holen oder diejenigen herauszufordern, die sie beobachteten. Dann überquerte sie die Straße und stieg leichtfüßig die von Löwen flankierte Treppe unter den Balkonen hinauf, schlank und aufrecht, im Bewusstsein, dass das Gerücht ihr vorausging, und gleichgültig gegenüber denen, die ihrer glänzenden, schwarzen Mähne nachschauten, die mit ihrer einzelnen grauen Strähne in der heißen Nachmittagsluft wehte.

Im oberen Stockwerk, in der Ecke, die als Wartezimmer diente, traf sie auf Anita, die unverwüstliche Ratssekretärin. Als sie Laura kommen sah, kam Anita schnell hinter ihrem Schreibtisch hervor.

„Frau Richterin, welch Überraschung, was führt Sie zu uns? Ich habe schon gehört, dass Sie zurück sind." Anita war höflich und effizient wie immer. „Der Stadtrat tagt gerade … hinter verschlossenen Türen."

„Das sehe ich", antwortete Laura seelenruhig, griff nach der schweren bronzenen Klinke, zog die Tür auf und ging hinein.

Anita unternahm einen letzten Versuch, sie aufzuhalten, machte hilflose Handbewegungen zum Sitzungstisch hin, zu den verblüfften Stadträten, deren überraschte Gesichter sich in der großen, glänzenden Mahagoniplatte spiegelten, um die sie sich versammelt hatten. Am Kopfende präsidierte Doktor Ordóñez, sein Hütchen hatte er an die Rückenlehne seines Sessels gehängt. Als er sie sah, zuckte er leicht zusammen und hob die Hand an seine Glatze, tastete nach dem Haarkranz, um Zeit zu gewinnen oder sich vor einem unsichtbaren Damoklesschwert zu schützen. Schließlich stammelte er: „Laura, dies ist eine Sitzung ..."

„Hinter verschlossenen Türen, ich hab's schon gehört. Aber ich bringe dir den Ratschlag, um den du mich vorhin auf dem Polizeirevier gebeten hast."

Ordóñez schaute verstohlen in die Runde, schluckte. Laura folgte seinem Blick. Einige der Anwesenden waren bei der Abordnung der zehn „Gerechten" gewesen, die Laura eines Abends vor zwanzig Jahren aufgesucht hatten, um sie zu bitten, etwas zu tun – das Unmögliche vielleicht –, um die Stadt zu beschützen. Oder wenn sie an jenem Abend nicht dabei waren, dann waren sie ein paar Wochen später auf der Straße gewesen, als eine barfüßige, verwirrte Frau, eine Brust entblößt, in die Stadt kam und brüllte, niemand solle sie anfassen. Laura erkannte die alten Ratsherren: Prudencio Aguilar, Präsident der Handelskammer, so konservativ wie sein Name; der Apotheker Pío Barrales, ein asturianischer Flüchtling aus dem spanischen Bürgerkrieg, dessen Kinder ins Exil nach Schweden gegangen waren; Belloni, der Bestattungsunternehmer, passiv und schweigsam wie seine Särge. Diese alten Stadträte, angesehene lokale Vertreter ihrer Parteien, linker wie rechter, die nahezu zwei Jahrzehnte politischen Winterschlafs überlebt hatten. Sie waren dick geworden, träge, ergraut. Aber schon wieder genauso wie früher im Bewusstsein ihrer wiedererlangten Bedeutung. Und in der eitlen Art, ihr Überleben hier zur Schau zu stellen, vor den anderen, jungen Stadträte, diesen Kindern der neuen Zeit, blass und durchschaubar, mit ihren zu früh aufgesetzten Technokratenbrillen.

Laura hatte einmal um den ganzen Tisch geschaut und hielt jetzt bei Boris Mamani inne. Siebzehn Jahre lang war er Bürgermeister von Pampa Hundida gewesen. Dick, die Hände maniküert, ohne ein graues Haar im pomadeglänzenden, helmartigen schwarzen Haar, nickte ihr Mamani von seinem Sessel aus freundlich zu. Doch strahlte dieser Gruß nicht die Überraschung der anderen aus, sondern beinahe Genugtuung, als habe er sie schon angekündigt und ihre Ankunft bestätige jetzt nur seine legendäre Weitsicht. Dann flüsterte er Doktor Ordóñez neben ihm zu – oder vielleicht war es gar kein Flüstern, sondern seine wohlbekannte tiefe Damenstimme, die er nicht anheben musste, um sich Gehör zu verschaffen: „Gut, dass du sie eingeladen hast, Félix."

„Aber ich ...", wollte der Arzt schon widersprechen, doch etwas ließ ihn innehalten, vielleicht ein Kitzeln der Spitze des Damoklesschwerts auf seinem Schädel. Dann stand er von seinem Platz auf und kam auf sie zu: „Ja, sicher, du bist herzlich willkommen. So ist es am besten."

Er nahm sie beim Arm und zog sie zu einem der freien Plätze auf der anderen Seite des Tisches. Laura blieb einen Moment stehen und wartete, bis zwei der jungen Stadträte mit den bleichen Wangen aufsprangen und ihr den Sessel zurückzogen. Erst dann setzte sie sich, ließ den Anwesenden Zeit, sie zu fürchten, ließ es zu, dass die Stille, durchbrochen vom Rhythmus der Pauken und Trommeln, vom Stimmengewirr auf der Plaza, die langen Sekunden anzeigte, die sie schweigend dasaßen. Ihr Blick schweifte durch den großen Sitzungssaal. Die vorige Regierung von Mamani hatte ihn von Grund auf renoviert, im Sinne der Tradition: Je provinzieller die Macht, umso größer ihr Wunsch, sich abzuheben. Sogar die englischen Möbel, Erbe des goldenen Zeitalters des Nitrats, duckten sich eingeschüchtert von der luxuriösen neuen Wandtäfelung, dem opulenten Kronleuchter, der Kaminattrappe aus Marmor mit Karyatiden und der Reihe von Doppelfenstern mit schweren Seidenvorhängen, die den Lärm des Festes dämpften, das Geschrei des Pilgervolkes unter den Balkonen.

In der Mitte des glänzenden Mahagonitisches prangte unter einer schützenden Acrylglocke das Modell eines Städtebauprojekts. Laura las das Schild daran – „das größte religiöse Bauwerk des Kontinents" – und stützte sich auf die Ellenbogen, um es sich genau anzuschauen. Unter der Glocke sah sie die Miniatur eines exzentrischen Traums, eine neue Stadt in der Wüste, im Norden der jetzigen, erbaut auf den Ruinen der alten Salpetermine, des ehemaligen Gefangenenlagers: Hotels für die Pilger, ein Supermarkt, eine riesige, postmoderne Basilika und daneben eine spielzeuggroße Parabolantenne, um direkt mit dem Universum zu kommunizieren. Und überall sah man kleine Fußgänger aus Pappmaché umherlaufen.

Als sie aufschaute, traf ihr Blick auf die großen Kuhaugen von Mamani, die sie von der anderen Seite des Tisches her zufrieden, Anerkennung heischend, musterten, ihr bestätigten, dass diese Verdienste und diese Projekte tatsächlich die seinen waren: In den beinahe zwei Jahrzehnten als Bürgermeister hatte er nicht nur die Mittel gehabt, dieses in die Jahre gekommene Rathaus von Grund auf zu renovieren, sondern auch die Ausdauer, seinen Bürgern ein neues Ziel zu setzen.

Laura erinnerte sich an Mamani, wie er zu Beginn seiner beinahe endlosen Amtszeit vorsichtig auf einen dieser brüchigen, wackeligen Balkone hinaustrat, an die Hochrufe der ehrenwerten Bürger der Stadt, die seine Ernennung durch die Diktatur feierten. Die Genugtuung in seinen dunklen Augen war nicht zu übersehen: Er war durch Ordóñez vom Kopfende des Tisches verdrängt worden, regierte nicht mehr und überlebte dennoch in seinem siegreichen Feind, in den Träumen vom Wohlstand, die er ihm eingeimpft hatte, als hätte er ihn damit geschwängert.

Eine neue Bruderschaft kam auf die Plaza, und ein stärkerer Trommelwirbel als die vorigen drang in den Sitzungssaal. Doktor Ordóñez schrak zusammen, schluckte trocken, hob an zu sprechen: „Laura, wir haben gerade besprochen ... die schwierige Situation ... die mögliche Gefahr ..."

Laura erinnerte sich daran, wie sehr er es hasste, als Erster zu sprechen. Und wenn er es tat, dann endeten alle seine Sätze im Nichts, in der Erwartung, dass andere ihm die Richtung der Mehrheit weisen würden, wo es eine Einigung geben konnte.

Mamani kam ihm zu Hilfe: „Vielleicht, Herr Bürgermeister, erweist uns die Frau Richterin ja die Ehre und gibt uns diesen Ratschlag, den sie mitgebracht hat."

Laura schaute sich einen Moment lang im Spiegel der glänzenden Tischplatte an und nahm dann den Arzt ins Visier: „Mein Ratschlag, Félix, ist, dass du dich an das Blut erinnerst, das zu dir gesprochen hat."

Der Arzt schaute sie verblüfft an, seine Zunge leckte über eine Schnurrbartspitze, als koste er den Gedanken, ohne ihn wiederzuerkennen. Und dann, als er ihn wiedererkannte, versuchte er ihn auszuspeien wie eine eklige Speise.

„Um Gottes willen, Laura", stammelte er. „Du meinst doch nicht ..."

„Ich meine die Prügel von heute Morgen, die dein Vorgänger angeordnet hat."

Der Arzt blickte fragend in die Runde, auf die Reihe der alten Stadträte mit ihrer unergründlichen, in der langen politischen Pause antrainierten Geduld; auf die neuen pragmatischen Abgeordneten, die sich verblüfft ansahen. Schließlich blieb sein Blick bei Mamani hängen.

Dieser nickte in Lauras Richtung und lächelte anerkennend; seine Augen verengten sich zu Schlitzen wegen seiner Pausbacken oder seiner Freude, seine Lieblingsgegnerin wiedergefunden zu haben.

„Ich kam gerade am Friedhof vorbei, als die Wächter Iván beim Ausrauben eines Grabes erwischten. Da musste ich natürlich die Polizei rufen ..." Dabei trommelte er mit seinen manikürten Fingern auf die Tischplatte.

Laura erwiderte: „Sie haben die Polizisten hingeschickt, um den Wächtern zu helfen, als sie es nicht allein schafften, Iván zu verprügeln. Und haben sich damit über die Befehlsgewalt des Bürgermeisters und des Leutnants Acuña hinweggesetzt."

„Die Polizisten sind eingeschritten, um einen Kriminellen festzunehmen, der in flagranti bei einem Diebstahl überrascht wurde", entgegnete Mamani seelenruhig.

„Sie haben einen geistig Behinderten überfallen, der nicht einmal weiß, was Diebstahl ist."

Ordóñez folgte dem Streitgespräch von seinem Platz aus, schaute von einer Seite zur anderen, wobei er sich an den Armlehnen seines Sessels festhielt, als fürchte er, das bockige Möbelstück könne ihn jeden Moment im hohen Bogen von der Macht entfernen.

„Wir sind jetzt in der Demokratie ... in der Transition ... wir haben ein Abkommen, um die Regierbarkeit zu erhalten ...", stotterte er und fügte dann hinzu: „Und was sollen wir jetzt damit machen?"

Mamani hob die Hand von der Tischplatte, die Handfläche nach oben gewandt, als wolle er etwas Offensichtliches zeigen, das niemand außer ihm sah. „Feiern", antwortete er nur.

Alle Blicke richteten sich auf ihn, auch die der alten Stadträte, die an seine Ausflüchte gewöhnt waren, seine gerissenen Tricks.

„Wie meinen Sie das, Boris?", lispelte der Apotheker Barrales stirnrunzelnd.

„Ich meine, wir sollten feiern. Egal, was heute Morgen passiert ist, einen Gewinn hat der Vorfall bereits gebracht: Es ist klar geworden, dass unser Problem nicht nur ein juristisches, sondern ein politisches ist."

Ordóñez nickte, schüttelte dann den Kopf und hielt inne, schaute seinen Vorredner an, in Erwartung, dass der ihn aus seiner Verblüffung befreie. Mamani fuhr lächelnd fort: „Wenn dies nicht so wäre, dann verstünde man nicht, dass unsere neue Richterin eine polizeiliche Angelegenheit in diesen Rat eingebracht hat, der seinem Wesen nach ein politischer ist. Nicht wahr, Frau Richterin?"

Laura wurde sich bewusst, dass sie ihn unfreiwillig bewunderte. Er besaß die Fähigkeit guter Händler; er zählte zusammen, statt abzuziehen, sogar wenn er verlor. Bei der letzten Wahl hatte er auf eine Kandidatur verzichtet und Ordóñez im Glauben gelassen, er habe gewonnen. Doch von der linken Seite des Tisches aus, als einfacher Stadtrat, regierte Mamani weiter. Worauf es ankam, das gab er ihr jetzt zwischen den Zeilen zu verstehen: Er hatte es geschafft, die eben angekommene Richterin aus ihrem Gericht zu holen, sie hierher ins Rathaus zu bringen und an diesen Tisch zu setzen. Erst jetzt begriff Laura, dass der Angriff auf Iván keine Drohung gewesen war, nicht einmal eine Botschaft, sondern vielmehr eine „Einladung", an dieser Ratssitzung hinter verschlossenen Türen teilzunehmen. Ein Ruf, die Logik der Politik zu übernehmen, die Staatsräson, durch Vernunft oder mit Gewalt. Und Mamani bestätigte das auch gleich: „Vielen Dank, dass Sie gekommen sind, Frau Richterin. Wir möchten Ihnen gern unsere Meinung bezüglich einer gewissen Klage weitergeben ..."

Doch Doktor Ordóñez, der sich plötzlich erinnerte, dass er den Vorsitz innehatte, unterbrach ihn: „Ja, genau, eine völlig gegenstandslose Klage, die uns aber großen Schaden zufügen könnte, weil sie die Echtheit unserer Reliquie in Zweifel zieht."

Laura richtete sich gerade auf: „Wenn Sie die Klage wegen religiöser Schändung meinen, die vor mit erhoben worden ist, so muss ich Ihnen mitteilen, dass ich schwebende Fälle nicht öffentlich diskutiere. Das könnte zum Eindruck der Befangenheit führen."

Mamani nutzte den leichten Vorteil sofort aus und entgegnete: „Befangen sind Sie doch schon, Frau Richterin. Seit gestern, als Sie zurückgekehrt sind."

Gleich darauf schob er seinen Sessel zurück, stand auf und kam um den Tisch zu ihr herüber. Er stützte sich auf die Rückenlehne ihres Sessels, streckte den Arm aus und legte seine schwere Hand auf die Tischplatte. Laura erinnerte sich, dass er gern den Vorteil seiner Körperfülle gegenüber seinen Gesprächspartnern nutzte, indem er ihnen sehr nahe kam und von oben herab zu ihnen sprach, sodass man zu ihm aufschauen musste. Und dann langsam höflich zurückwich, um sich auf die Armlehne des benachbarten Sessels zu setzen und so zu tun, als begebe er sich auf Augenhöhe: „Sie sind hier im Rathaus, Laura, dem Haus des Volkes. Hören Sie auf die Stimme der Stadt, in die Sie zurückgekehrt sind."

„Und was sagt die Stimme der Stadt, Ihrer Meinung nach?"

„Das hört man ganz deutlich", lächelte Mamani mit seinem makellosen Gebiss. „Friede, Fortschritt, Wohlstand ..."

„Und Freiheit!", rief Pío Barrales, der sozialistische Abgeordnete, Sohn asturianischer Flüchtlinge und Vater politisch Exilierter. „Sie vergessen immer die Freiheit, die wir zurückerobert haben, Mamani!"

„Die Freiheit, natürlich", nickte der ehemalige Bürgermeister und löschte dieses Feuer. „Unser Apotheker hat recht, Frau Richterin: Friede, Fortschritt, Wohlstand. Und die Freiheit, all dies zu genießen. Ja, das ist es, was das Volk will. Doch auch noch etwas anderes. Etwas, das die Vollendung allen Wohlstands und die Ausübung der Freiheit selbst darstellt; etwas, ohne das die harte Arbeit, um sie zu erlangen, keinen Sinn macht. Wissen Sie, was das ist?"

„Nein. Aber Sie wissen es zweifellos."

Mamani fasste sie sanft, aber fest am Ellenbogen:

„Begleiten Sie mich, Frau Richterin, wenn Sie so nett sein wollen. Nur einen Augenblick."

Laura schaute auf die Hand, die sie am Arm festhielt, so lange, bis Mamani losließ. Dann erhob sie sich, ermuntert von einer Neugier, die sie schon bereute, und ließ sich von ihm zu einem der großen Doppelfenster führen. Mit dem Fingernagel klopfte er gegen die Scheibe: „Das ist es, was das Volk will", sagte er.

Laura sah nach unten, auf den großen Platz, wo die Bruderschaften immer zahlreicher eintrafen, sich im Tanz drehten mit den Spiegelchen ihrer Kostüme, dem Glanz der Musikinstrumente, den dröhnenden Becken, die die blendende Sonne zersplitterten. Dann schaute sie die verblüfften Stadträte an, die sich gegenseitig Blicke zuwarfen; Ordóñez, der sich in seinem Sessel umgewandt hatte und hinter der Rückenlehne hervorlugte; Mamani, der wartend vor ihr stand, sich seiner Rede sicher war.

„Tanzen?", fragte sie ungeduldig.

„Genau, Laura! Wie intelligent Sie doch sind. Tanzen. Tanzen will das Volk bis zu Ekstase und zur Trance, tanzen bis zum Umfallen. Um seinen Dank auszudrücken ..."

„Und seine Hoffnung!", unterbrach ihn Pío Barrales wieder empört. „Die Leute tanzen nicht nur aus Aberglauben, sondern auch, um Hoffnung zu haben, dass sich alles ändert!"

Mamanis Augen verengten sich wieder, die dicken Ochsenwimpern zitterten ein wenig. Das war das einzige Zeichen von Wut, das sein sanfter Wille nicht unter Kontrolle hatte. Und ohne den Apotheker anzuschauen, murmelte er: „Genau das wollte ich gerade sagen, Herr Kollege: Hoffnung." Worauf er, an Laura gewandt, fortfuhr: „Um so viel Kraft zum Tanzen zu bekommen, muss man Hoffnung haben, den Traum von einer strahlenden Zukunft. Man tanzt immer mit einem Traum. Und jeder Traum ist das Versprechen eines Wunders. Mit welchem Recht wollen Sie uns das Symbol dieses Traums nehmen, dieses Versprechen, diesen Tanz? Mit welchem Recht wollen Sie uns die Lust zu tanzen nehmen?"

Nicht einmal, wenn er mit Nachdruck sprach, musste Mamani seine Stimme heben. Im Gegenteil, er senkte sie sogar noch. Die Stimme einer heiseren Dame, die mit hypnotischer Sanftheit sprach. Die die Stadträte dazu zwang, ihr Tuscheln zu unterbrechen und sich über den Tisch zu beugen, um ihn besser zu verstehen. Und jetzt wies er auf den Rat, ohne die Mitglieder anzuschauen.

„An diesem Tisch sitzen Leute aus dem gesamten politischen Spektrum. Außer den Extremisten, natürlich. Und wir alle stimmen zumindest in einem überein: Wir haben uns erneuert, Laura. *Er-neu-ert.* Wir haben gelernt, dass der, der nicht zur Musik seiner Zeit tanzt, nicht am Fest teilnehmen kann. Wir haben zu vergessen gelernt, um tanzen zu können."

Wieder unterbrach ihn Barrales, der Apotheker, mit zorngerötetem Gesicht: „Nicht ‚zu vergessen', Mamani! Ich habe Ihnen hundert Mal gesagt, dass das nicht in Frage kommt! Unsere Opfer werden wir niemals vergessen!"

„Sie haben völlig recht, Barrales", gab Mamani auch jetzt dem Angriff nach, bog sich, um nicht zu brechen, und richtete sich gleich wieder auf, unbeschadet und noch stärker. „Die Opfer haben völlig recht. Das ist das Einzige, was sie haben. Deshalb können sie auch nicht schuldig sein."

„Was soll das heißen?", stammelte Barrales verwirrt, sein weißer, schlecht rasierter Bart stach aus dem roten Gesicht hervor.

„Ja, wovon redest du, Boris?", warf Doktor Ordóñez ein, tat so, als habe er die Kontrolle über die Versammlung, die er doch längst verloren hatte.

„Ich will sagen, dass wir alle mit dieser kollektiven Klage wegen eines angeblichen Vergehens der Unterlassung auf die Anklagebank gerieten. Und sogar die Opfer könnten schließlich schuldig gesprochen werden."

Barrales lehnte sich in seinem Sessel zurück, öffnete den Mund und hob den Zeigefinger, als wolle er etwas sagen. Doch dann drückte er nur heftig seine Retortennase, als wolle er dort die Antwort herauspressen, die er nicht finden konnte.

Laura mochte ihn beinahe bedauern, wie er da in Mamanis Zangengriff geraten war. Er, Pío Barrales, schuldig? Das war doch tatsächlich unvorstellbar: Wozu hatten die zwei Niederlagen gedient, zwischen denen sich sein Leben abgespielt hatte, wenn nicht dazu, sicher zu sein, dass er nie schuldig gewesen war und es auch nie sein würde? Und dennoch glänzte Mamanis Logik, makellos und hart wie sein gegelter Kopf: Wenn alle schuldig waren, dann wären es sogar die Opfer. Sogar Barrales, wie er da rot vor ohnmächtiger Wut in seinen Sessel gebannt erkannte, dass er kampflos, sang- und klanglos, einmal mehr besiegt worden war.

„Wir haben nichts dagegen, dass Sie Cáceres vor Gericht stellen und verurteilen, wenn es Gründe dafür gibt", fuhr Mamani fort und senkte dabei so sehr die Stimme, dass sich Laura fragte, ob dies nicht schon eine private Unterhaltung war, die vom Tisch aus nicht gehört werden sollte. „Eigentlich hätte er ja schon längst verurteilt werden müssen. Unter anderem, um ihn aus dem Lager zu vertreiben, das er mit Beschlag belegt hat, als gehöre es ihm. Damit er den Weg freimacht für den Fortschritt."

Mamani deutete auf die Acrylglocke, unter der das Projekt des größten religiösen Bauwerks des Kontinents auf seine Verwirklichung wartete, während er hinzufügte: „Aber auch aus anderen – wie soll ich es sagen? – viel älteren Gründen. Nehmen Sie zum Beispiel dieses Fest, Frau Richterin", sagte er, wies durch das Doppelfenster auf den Platz hinunter und erklärte ihr: Sie solle zum Beispiel dieses Fest nehmen, bei dem man, abseits der offiziellen Liturgie, heimlich noch an eine uralte Legende glaubte: dass der Teufel persönlich daran teilnähme. Unter all den verkleideten Teufeln gab es einen echten, einen Pilgerteufel, der Buße tat: der, der mit der größten Kraft tanzte, ohne innezuhalten, der sich am eifrigsten geißelte, der Reumütigste. Der Teufel kam jedes Jahr einmal, um der Schutzpatronin alles Böse der Welt darzubringen, denn sogar für den Teufel war so viel Böses nicht zu ertragen. Und die langjährigen Pilger, die ältesten Büßer, die Oberteufel suchten den echten Teufel während des ganzes Festes, um ihm zu helfen, sein Opfer darzubringen. Denn nur, wenn sie den echten Teufel fänden und opferten, konnten die anderen sicher sein, dass sie unschuldig waren.

„Ich weiß, dass Sie den Sinn dieser alten Fabel verstehen, Frau Richterin", flüsterte Mamani. „Ich weiß, dass Sie um die Kraft des Opfers wissen."

Verurteilen Sie Cáceres, schien ihr Mamani mit seiner leisen Stimme zu sagen, damit wir anderen, Schuldige oder Unschuldige, in Frieden tanzen können. Verurteilen Sie diesen heruntergekommenen, unzeitgemäßen Irren, der nur dazu da ist, die Erinnerung an ein paar Ruinen wachzuhalten (Ruinen, die wir alle lieber nicht mehr sehen wollen, ersetzt haben möchten durch das Bauwerk unserer strahlenden Zukunft). Er selbst – Mamani – wolle ihr plausiblere Gründe suchen als diese Schändung, wenn es nötig wäre. Mit ein wenig Hilfe seinerseits und aller anderen aus dem Rat könnte sie Cáceres leicht hinter Gitter bringen.

All dies und noch mehr schien ihr, eindringlich und sanft, Mamani zu sagen. Und dann hob er seine Damenstimme nur um ein paar Dezibel, damit ihn jetzt alle hören konnten: „Wenn dieser Irre erst da ist, wo er hingehört, im Gefängnis, dann werden hier Wohlstand und Freiheit für alle herrschen. Dann wird die Vernunft herrschen. Und Sie, Frau Richterin, werden damit glänzen, eine historische Figur geworden zu sein."

Plötzlich rückte Mamani noch näher an sie heran, bis er mit seiner Leibesfülle den Blick vom Tisch her völlig verstellte und den Abgeordneten verbarg, was ihr seine fleischigen Lippen ins Ohr flüsterten: „Ich habe unsere Schuld nicht vergessen, Laura. Das, was wir Ihnen schulden. Nehmen Sie unseren Vorschlag an, damit wir Ihnen unsere Schuld zurückzahlen können."

Was sie ihr schuldeten ... Laura erinnerte sich daran, wie Mamani sie zwei Jahrzehnte zuvor unter denselben Balkonen des Rathauses neben der rostigen Statue des Bergbaupioniers abgepasst hatte, um ihr zu sagen, dass sie alle auf ewig „in ihrer Schuld" stünden. Und der Pakt, den er ihr jetzt vorschlug – denn das war es: ein Pakt, eine neue Abmachung, ein neues Bündnis – ging auf diese alte Schuld zurück, die der Kazike im Namen seiner Gemeinschaft, seines Stamms, seiner uralten Tradition anerkannt hatte.

Mamani schien ehrlich bewegt, besorgt zu sein wegen dieser alten, unbeglichenen Schuld. Und er vergewisserte sich, dass sie dies alles für genau eine Sekunde in seinen dunklen Augen sah, bevor sich diese wieder voller Zufriedenheit verengten und er zur Seite trat, Raum ließ, damit Laura der erwartungsvollen Runde gegenübertreten konnte, den jungen, verblüfften Technokraten, die begannen, die Hände zu heben und ums Wort zu bitten. Doktor Ordóñez wedelte vom Kopfende her mit den Armen wie ein Polizist, der den Verkehr regeln möchte. Schließlich schlug er auf den Tisch, worin er offensichtlich nicht geübt war, denn es blieb ein schwacher, tolpatschiger Schlag, der ihm selbst am meisten weh tat. Dann stand er auf und kam auf sie zu: „Laura, um Gottes willen, schlag dieses Verfahren nieder", flehte er und wies auf die Runde, die ihm zu entgleiten drohte, den Tisch, an dem die Abgeordneten durcheinanderredeten. „Mach Cáceres wegen irgendeinem anderen Verbrechen den Prozess. Verbrechen gibt es genug. Wir würden alle dabei mithelfen, glaube ich. Da besteht Konsens, scheint mir ..."

Der Konsens, die Seele des Übergangs zur Demokratie. Laura verspürte einen Anflug von Zorn und schleuderte ihm entgegen: „Erinnerst du dich an meinen Rat, Félix?"

Der Arzt senkte den Kopf, schaute auf seine Schuhspitzen wie ein gescholtenes Kind, dachte vielleicht an das, woran ihn das Blut erinnert hatte.

Laura fühlte, wie viel Zeit vergangen war, denn ihre Wut wurde gleich wieder vom Mitleid verdrängt: den Arzt dort zurückzulassen, mitten im Sitzungssaal, dazu verurteilt, die Abgeordneten auf eine gemeinsame Linie zu bringen, bei seiner Abscheu vor Streit. Vielleicht war das genug. Und so ging sie zur Tür, legte die Hand auf die Klinke und sagte, bevor sie den Raum verließ, an Mamani gewandt: „Iván steht unter meinem Schutz. Kommen Sie ja nicht auf die Idee, sich ihm auch nur zu nähern."

14

Gestern Nacht bin ich auf dem Schreibtisch eingeschlafen, Claudia, und erst wieder aufgewacht, als das Morgenlicht schräg auf mich fiel. Die Morgenröte des Berliner Frühlings streichelte meine Stirn mit ihren Fingern. Es ist lange her, dass mir dies passiert ist, seit ich im Studium war, als ich über meinen Büchern einnickte und träumte, dass ich schon wusste, was ich noch gar nicht gelernt hatte. Heute habe ich im Morgengrauen die Schreibtischlampe ausgeknipst und bin ins Bad gegangen, ohne auf das zu schauen, was ich dir geschrieben hatte. Habe ausgiebig geduscht, mich abgeschrubbt, auf das seifige Wasser geschaut, das in den Abfluss lief und sich in die entgegengesetzte Richtung drehte wie auf unserer südlichen Halbkugel.

Es war zu früh, um in die Universität zu gehen. Seit ich nicht mehr unterrichten muss, nur noch forsche, frage ich mich immer, warum ich überhaupt hingehe. Ich überquere die Kantstraße, frühstückte im Café Bleibtreu, neben der kleinen Gasse, die zur S-Bahn führt. Und anschließend überraschte es mich beinahe überhaupt nicht, als ich, anstatt die Bahn nach Westen zu nehmen, in die andere Richtung fuhr. Ich stieg im Tiergarten aus und lief ziellos durch den Park, geleitet nur vom goldenen Engel hoch oben auf seiner Säule, bis es zwei Uhr nachmittags war und die Welt sich auf ihrer Stundenspindel genügend gedreht hatte, um mich mit Chile in Einklang zu bringen. Da fuhr ich zur Universität, rief den Justizminister an, Don Benigno Velasco, meinen alten Professor, der jetzt auch der deine ist, und bat ihn, mich wieder als Richterin von Pampa Hundida einzusetzen. Denn ich weiß inzwischen, dass ich dir diesen Brief, wenn ich ihn je zu Ende schreibe, nur persönlich geben kann. Mehr noch: Die einzige Art, ihn dir zu geben, die einzige Weise, ihn nicht zu verleugnen oder zu widerrufen, wird es sein, mich gemeinsam mit dir der Vergangenheit zu stellen, die ich dir so lange verwehrt habe und die du jetzt von mir einforderst.

Mich zum Beispiel der Frau zu stellen, die dagegen ankämpfte, den Kopf unter das Kissen zu stecken. Ich sehe sie vor mir, wie sie pünktlich vor Tagesanbruch erwachte, als hätte ein Wecker geläutet - doch da hatte kein Wecker geläutet, im Gegenteil, die junge Frau hatte ihn zum Schweigen gebracht, hatte alle Uhren verbannt. Aber seit dem Tag, als sie im Theater des Lagers das Kriegsgericht miterleben musste, erwachte sie jeden Morgen vor Tagesanbruch und wartete, die Augen geöffnet in der langsam heller werdenden Dunkelheit, auf das ferne Echo der Erschießungen.

In meinem Leben hat es keine längeren Minuten gegeben, Claudia, als jene Tage mit ihrem schlaflosen Morgengrauen, wenn ich auf den ersten Sonnenstrahl wartete und auf dieses weit entfernte Donnern, so weit entfernt, dass ich mir einzureden versuchte, ich hätte es nur geträumt. Ich lag da mit offenen Augen und kämpfte gegen den Drang an, den Kopf unter das

Kissen zu stecken. Und gleichzeitig betete ich, Claudia, deutete dieses weit entfernte, unwirkliche Donnern in ein Unwetter aus den Bergen um, die Vorboten eines dieser Gewitter, die nie bis in die Ebene der Atacama-Wüste herunterkommen, eine dieser akustischen Halluzinationen, die entstehen, wenn man das eigene Schweigen hört. Um sie noch besser verdrängen zu können, sagte ich mir, dass diese Salven auch von allen anderen in der Stadt gehört werden müssten, wie von mir. Und das war nicht möglich. Es war möglich, sich die Exekutionen im Lagerhof vorzustellen, die Salve des Erschießungskommandos, den an den Pfahl gefesselten Körper, der hin- und herzuckt, den mit der Kapuze bedeckten Kopf, der zur Seite fällt, den roten Krater auf der Brust, der größer und größer wird; es war möglich, sich all dies auf dem Hintergrund des Echos aus der Ferne vorzustellen. Aber es war unvorstellbar, dass eine ganze Stadt um diese Zeit wie ich in ihren Betten lag, mit offenen Augen, oder gerade die Kinder weckte oder zur Arbeit ging und diese Salven hörte, dieses Brüllen hinter dem Horizont der Oase, und wie ich lieber dachte, es handele sich um das Gespenst eines Gewitterdonners im wolkenlosen Tagesanbruch der Wüste.

Nein, das war das Undenkbare, das Unvorstellbare, das Unmögliche. Doch das Unvorstellbare war schließlich das, was es uns erlaubte, weiterzuleben, Claudia. Denn auch wenn ich zu wissen glaubte, was ich gehört hatte: Wenn niemand anders den Tag über mit mir darüber sprach, wenn mich die Gesichter meiner

Mitbürger auf dem Weg zum Gericht – der Bäcker Oliva, der Notar Martínez, der Leichenbestatter Belloni – anlächelten und nichts von pünktlichen Salven im Morgengrauen erwähnten, dann war es möglich, immerhin möglich zu denken, dass ich nie etwas gehört hatte, dass ich es geträumt hatte, Claudia.

* * *

Vier Tage, vier Morgengrauen danach, vier pünktliche, weit entfernte Salven später lud mich Doktor Ordóñez zum Mittagessen ein. Doktor Félix Ordóñez, Marios und mein bester Freund, der Hausarzt von Pampa Hundida. Ich hatte ihm Iván zur Untersuchung gebracht, Ordóñez sollte das krankhafte Wachstum kontrollieren, das er zwei Jahre zuvor bei ihm diagnostiziert hatte. Eigentlich war das gar nicht nötig: Der Tumor in der Hypophyse war bestätigt, und die Östrogene, die der Arzt verschrieben hatte, milderten, so weit es ging, das außergewöhnliche Wachstum. Doch an jenem Morgen hielt ich es nicht länger im Gericht aus, und ich glaube, ich erfand diesen Vorwand nur, um meinen Richterstuhl zu verlassen. Als Félix mit der Untersuchung fertig war, brachte er den Jungen auf die Straße hinaus und lud mich zum Mittagessen ein. „Gehen wir in den Círculo Español, wie immer?", fragte ich. „Lass uns hier bei mir bleiben", antwortete er. „Ich verstehe", antwortete ich, „du willst vertraulich mit mir reden."

Nach dem Mittagessen bat der Arzt seine Frau Lucrecia, uns den Kaffee in sein Sprechzimmer zu bringen.

Ich fürchtete mich vor dem, was auf mich zukam, denn dies war der Ort seiner „ernsten" Unterhaltungen. Félix hatte ihn zu seinem Zufluchtsort gemacht. Hier kamen weder seine Kinder noch seine Frau oft herein. Ein Stoffvorhang trennte die Patientenliege von dem Bereich, den der Arzt für seinen Schreibtisch reserviert hatte. Das hintere Fenster ging auf ein Feld hinaus, das Stück für Stück verkauft worden war, in dessen Mitte jedoch ein über hundert Jahre alter Baum überlebt hatte, der dem Nachmittag Schatten spendete. In einem Regal an der Seitenwand standen Bücher und Fotos seiner Kinder und von ihm selbst, wie er beim Besuch eines Präsidenten im Círculo Español zu Mitgliedern seiner Partei sprach. Ein anderes Foto zeigte diesen Präsidenten, wie er dem Arzt die Hand gibt, darunter die obligate Unterschrift. Und zwischen medizinischen Lehrbüchern seine Rezepte zur Verbesserung der Gesellschaft: die Bücher von Jacques Maritain (Félix hatte weinen müssen, als er von dessen Tod ein paar Monate zuvor erfuhr).

Félix ging zum Fenster, schloss es, zog die Vorhänge zu, verriegelte die Tür. Dann setzte er sich und rührte mit chirurgischer Präzision in seinem Kaffee. Plötzlich fasste er sich mit der Hand an den Kopf, steckte die Finger ins blonde, schütter werdende Haar und stützte sich auf einen Ellenbogen. Das glatte, dickliche Kinn zitterte, als er sagte: „Ich habe sie gesehen, eine nach der anderen ... Ich meine die Exekutionen, Laura." Und ich, Gott verzeihe mir, ich freute mich beinahe, ich weiß nicht, warum, und erlaubte mir eine ironische Antwort: „Bist du aus wissenschaftlichem Interesse dabei?" Worauf er empört protestierte: „Laura! Ich stelle die Totenscheine aus. Ich muss zur Leiche gehen, den Puls fühlen und sie mit dem Stethoskop abhören. Weißt du, was es heißt, das Stethoskop an einen Hals zu legen – denn an dem, was von der Brust übrig ist, geht das nicht – und ein Gurgeln zu hören, das Gurgeln des Bluts in einer zerschossenen Kehle? Das ist, das ist …"

Der Arzt machte eine Pause, seufzte und suchte mit düsterem Blick die Tasse, hob sie an und trank mühevoll einen Schluck von dem bitteren, schwarzen Kaffee. Wenn es noch Lebenszeichen gab, musste er das dem kommandierenden Leutnant melden, damit dem Gefangenen der Gnadenschuss gegeben wurde. Vier Tage machte er das jetzt schon. Und immer musste der Gnadenschuss gegeben werden. Es war nicht so, als befehle er es; das war ihm klar, wie er mir sagte. Aber es hing von ihm ab, von seiner Diagnose. Es war, als verschreibe er sie, als verordne er diese Kugel. Natürlich war dies ein humanitärer Akt. Doch normalerweise kämpfen Ärzte bis zum Schluss um ein Leben … Er sprach, ohne mich anzuschauen, blickte verstohlen auf seine Bücher mit politischer Philosophie im Regal. Seine Hand hielt nutzlos die Tasse in der Luft, zwischen seinen kurzen, geschickten Chirurgenfingern. Die Finger, mit denen er das Stethoskop auf jene Hälse hielt, in denen man hörte, wie das Blut gurgelte oder sprach.

Mit Mühe fasste er sich wieder: „Den Tod durch Erschießen feststellen, entscheiden, ob ein Verurteilter den Gnadenschuss bekommen muss, das ist nichts für mich." Mit Abscheu nahm er an diesen Exekutionen teil, sie ekelten ihn an, und so hatte er es auch dem Kommandanten gesagt. Aber er war dabei, weil es seine Pflicht war, Teil seines hippokratischen Eids. Daran hatte ihn Major Cáceres höchstpersönlich „erinnert". An dem Abend, als der Major ihm Bescheid geben ließ, er solle sich für die erste Exekution bei Tagesanbruch bereithalten, hatte Ordóñez versucht, sich zu entschuldigen, hatte protestiert und gesagt, dafür gebe es doch Militärärzte. Worauf Cáceres geantwortet hatte, es wäre im Moment keiner im Lager, nur ein paar Krankenpfleger. Überhaupt sei es ja seine Pflicht, „meine hippokratische Pflicht, sagte er". Und dass die Militärs alles, was sie täten, für uns täten, um uns zu retten. Außerdem bäte er ihn auch nicht darum, verdammt nochmal, er befehle es ihm! Ordóñez' Kinn begann wieder zu zittern. Dann schien er sich an die Kaffeetasse in seiner Hand zu erinnern, schaute sie an, als frage er sich, ob er zu trinken fähig wäre. Und ich konnte nicht vermeiden, an jene Kehlen zu denken, Claudia, an das gurgelnde Blut, an die Worte, die darin ertranken und die der Arzt vielleicht gehört hatte. Und an die Gnade, die er verordnen musste.

Er hatte sich geweigert. Und schließlich doch akzeptiert, weil es ja wirklich seine hippokratische Pflicht war. Deshalb hatte er ein reines Gewissen. Er wusste, dass er nichts Böses tat. Die Exekutionen fanden öffentlich und ganz geregelt statt. Ob ich wusste, dass sogar Pater Penna von Cáceres herbeizitiert worden war, um den Verurteilten, die das wünschten, die Beichte abzunehmen? Auch der Pfarrer hatte abzulehnen versucht, das hatte er dem Arzt gesagt, als sie kurz vor Tagesanbruch in der Kälte unter einem Vordach standen und zusahen, wie die Soldaten die Stoffbahnen auf dem Boden auslegten, die die Schritte des Erschießungskommandos dämpfen sollten. Der Pfarrer hatte auch versucht, sich zu weigern, doch der Kommandant hatte ihm dieselben Gründe wiederholt, die er Félix genannt hatte, und klarer noch: Er wolle keine Feldgeistlichen holen, wenn er gleich nebenan in der Stadt einen Priester zur Verfügung hätte. Und selbst wenn er einen Feldgeistlichen hätte, würde er trotzdem Penna zu erscheinen befehlen, denn so würde klar sein, dass es dort nichts zu verbergen gab, dass alles ganz offen geschähe. Dass die Erschießungen im Angesicht der Stadt abgehalten würden, für die die Militärs ihr Leben riskiert hätten, offen gegenüber den Ärzten und den Priestern (und den Richtern, hätte er auch noch sagen können). Und deshalb ließe er sie auch einen nach dem anderen hinrichten, an aufeinanderfolgenden Tagen, beim ersten Sonnenstrahl, beim ersten Zwinkern dieser roten Pupille über den Anden, im Angesicht der Sonne: „Damit sogar Gott uns zusehen kann!", so hatte Cáceres es dem Pfarrer gesagt.

Und insofern, fügte Félix hinzu und sah mich zum ersten Mal an, seit wir uns in sein Sprechzimmer zurückgezogen hatten: „Insofern denke ich, gehe ich davon aus, dass diese Exekutionen …"

„Du willst wissen, ob sie legal sind oder gerecht?",

fragte ich ihn zurück. Der Arzt sah mich überrascht an. „Legal, selbstverständlich, legal", stammelte er. Und ich antwortete: „Natürlich gibt es ein Gesetz dafür, es gibt immer ein Gesetz." Worauf er erleichtert seufzte: „Sie sind legal, das ist ein Trost …"

Die Gerechtigkeit, die müssten wir der Geschichte überlassen. Jedenfalls tat es gut zu wissen, dass es wenigstens ein Gesetz gab. Er wusste, dass er nicht allein dastand, dass ihm das geschah, was sicher auch mir passiert war, als ich jenem Kriegsgericht beigewohnt hatte, was dem Pater Penna passierte, der ihnen die Beichte abnehmen musste: Wir Gemäßigten, wir Friedlichen, wir Sanftmütigen mussten unsere Arbeit weitermachen, uns bemühen, in unserem Privatleben gerecht zu sein. Wir Sanftmütigen - als er das Wort wiederholte, Claudia, hätte ich aufstehen, ihn ohrfeigen und laut losschreien mögen -, wir Sanftmütigen wie er und ich durften nichts tun, was noch mehr Gewalt provozieren könnte. Durften uns nicht auf dieses Feld ziehen lassen und versuchen, uns einer unwiderstehlichen Gewalt entgegenzustellen, mit dem Ziel einer unerreichbaren Gerechtigkeit. „Was du sagst, erleichtert mich sehr. Schließlich und endlich bin ich nicht allein in …"

Ich beendete den Satz für ihn: Schließlich und endlich war er nicht allein in dieser Einsamkeit. Viele andere, der Pfarrer und ich selbst, die Richterin, die halbe oder ganze Stadt, wir alle wussten, was da jeden Morgen in unserer Nähe geschah. Es war fast so, als legten wir alle das Stethoskop an jene Kehlen und hörten die Worte, die im Blut ertranken. Nein, er war nicht allein in dieser Einsamkeit.

„Außer, Laura", sagte Félix plötzlich und beugte sich wieder über den Schreibtisch, senkte die Stimme und schaute sich verstohlen um, als wolle er vermeiden, dass ihn sonst noch jemand hörte, vielleicht das Skelett auf dem Schaubild an der Wand: „Ich bin nicht allein, außer wenn ich die Notwendigkeit des Gnadenschusses feststelle." Er war nicht allein, außer in dem Moment, wenn er den Gnadenschuss „verordnen" musste. Und das war es eigentlich, worüber er mit mir hatte reden wollen, nur darüber, weiter wollte er sich nicht verbreiten, auch deshalb nicht, damit Lucrecia, seine Frau, und viel weniger noch die Kinder uns hören könnten und mitbekämen, wohin er im Morgengrauen ging, und wozu. Tatsächlich zog er es vor, das zu tun, was alle in der Stadt taten: Obwohl er Bescheid wusste, wollte er lieber nicht darüber sprechen, mit niemandem über die Sache reden. Eigentlich nicht einmal mit mir. Er hatte mich nur zum Mittagessen eingeladen, weil er mich um diese fachliche, vertrauliche Auskunft bitten, mir diese juristische Frage stellen wollte: „Diese letzte Kugel ins Genick, Laura, auch wenn ich sie verordne ..."

Und ich konnte, kann es immer noch, diesen Satz für ihn vollenden: Diese letzte Kugel ins Genick, auch wenn er sie verordnete, es war doch nicht so, als ob er sie selbst abschösse, „nicht wahr, Laura?"

15

„Ich wette, Sie erkennen nichts wieder."

Die Stimme von Tomás Martínez Roth im Fahrerhaus des Geländewagens holte sie aus ihren dumpfen Gedanken, die noch getränkt waren von der drückenden Hitze im Ratssaal und der archaischen Überlieferung, die von Mamani und seinen Argumenten ausgegangen waren, von der Legende, die er ihr über den echten, verkleideten Teufel unter den unschuldigen Teufeln erzählt hatte: „Ich weiß, dass Sie den Sinn dieser alten Fabel verstehen, Frau Richterin. Ich weiß, dass Sie ihre Kraft verstehen."

„Ich wette, Sie erkennen nichts wieder", sagte der Anwalt noch einmal. Sie verließen die Stadt auf einer neuen Straße, die durch das lange, enge Tal von Pampa Hundida führte, ein asphaltierter Weg, den Plantagen exotischer Früchte säumten, Weingärten, die schamlos ihre prallen Trauben zwischen den Blättern und glänzenden Drähten zur Schau stellten. Es stimmte, sie erkannte nichts wieder, und einen Moment lang konnte man den Eindruck haben, als sei die Wüste nur ein schlechter Traum gewesen und der Sieg der Oase das glückliche Erwachen daraus.

„Hier wird zwei oder sogar drei Mal im Jahr Wein geerntet. Mit computergesteuerter Bewässerung, ohne einen Tropfen Regen. Die Trauben werden außerhalb der Saison zu Höchstpreisen in die USA verkauft."

Laura blickte auf die strahlende, fruchtbare Landschaft, die keine andere Jahreszeit kannte außer die der unablässig scheinenden Sonne. Durch die getönten Scheiben des Geländewagens, im milden Licht des Nachmittags bot der lange, schmale

Streifen der Oase das zufriedene Bild gegebener und erfüllter Versprechen. Wäldchen von Mangobäumen, deren Duft beinahe mit Händen zu greifen war, Papayastauden voller gelber, obszöner Triebe, Weinspaliere … Es fehlte nur noch Pan mit seiner Flöte in diesem Hirtenidyll; und es war leicht zu vergessen, dass diese Utopie nur dreihundert Meter entfernt auf beiden Seiten von der Wüste belagert wurde.

„Sie sagten, Sie wollten mich zu einer Ortsbesichtigung mitnehmen", protestierte Laura, bemüht, sich von diesem Zauber loszureißen. „In die Wüste."

„Das hier ist Teil der Ortsbesichtigung, Frau Richterin. Sie sehen hier das ganz praktische Gesicht unseres Wunders."

„Ein Wunder muss es wohl sein, wenn hier etwas produziert wird. Ich sehe ja niemanden arbeiten."

Tomás schaltete einen Gang herunter und wandte ihr einen Moment lang anerkennend den Blick zu:

„Sie beobachten gut, Frau Richterin. Das ist das Drama der neuen Provinz. Felder wie diese bestehen nur noch aus Technologie und brauchen nur ab und zu noch ein paar gemietete Arbeitskräfte."

„Und deshalb auch das Projekt mit dem größten religiösen Bauwerk des Kontinents."

„Ganz genau. Das ist der nächste Traum. So hat Mamani es der Stadt verkauft: Zu Beginn des 20. Jahrhunderts war es der Bergbau, der Salpeter; am Ende des Jahrhunderts dann der intensive Obstanbau. Doch das Gold des 21. Jahrhunderts werden die Dienstleistungen sein. Und was ist die einzige Dienstleistung, die diese Wüste bieten kann und mit der sie unersetzlich ist und immer sein wird?"

„Lassen Sie mich raten … der religiöse Tourismus."

„Mehr noch", korrigierte sie Martínez Roth. „Der Geist. Diese Wüste wird der große Lieferant spiritueller Dienstleistungen für einen materialistischen Kontinent sein."

* * *

Zwei Stunden später bog der Anwalt vom Weg ab und fuhr querfeldein, während die Sonne hinter die flüssige Wand des Horizonts zu sinken begann.

Sie hatten das fruchtbare Tal von Pampa Hundida an seinem östlichen Ende verlassen, und sofort verschwanden Oase und Stadt mitsamt ihrem Wohlstand in dieser Senke. Weiter ging es durch die Wüstenlandschaft Richtung Osten, den ersten Ausläufern der Berge entgegen, die rötlich im Sonnenuntergang glühten und wo die drei Kuppeln der Sternwarte La Meseta glänzten. Das schräg stehende Licht der untergehenden Sonne warf den Schatten des Geländewagens vor sie, als wolle er vor ihnen fliehen.

Plötzlich, ohne Vorwarnung, bog Martínez Roth nach rechts von der Sandpiste ab, überquerte eine der lockeren, weichen Salzpfannen, dass man die Quarzkristalle unter den Reifen knirschen hörte, fuhr dreimal im Kreis und musste schließlich zugeben, dass er die Orientierung verloren hatte. Er hielt an und zog eine Landkarte aus dem Handschuhfach. Laura warf verstohlen einen Blick darauf: die lange Gerade der Landstraße, und zu ihren Seiten die großen, weißen Flächen der Wüste, die Regionen der Utopie. Der Anwalt drehte die Karte, versuchte sie mit dem Rund des schnell verschwindenden Horizontes in Einklang zu bringen, um sich zu orientieren.

„Sie haben keinen Kompass dabei und keine Ahnung, wo das ist, was wir suchen. stimmt's?", stellte Laura fest.

„Es ist hier irgendwo. Ich bin sicher, dass sie hier sind."

Von einem Moment zum anderen war die Sonne verschwunden und mit ihrem letzten Strahl stürzte der Tag in die Dunkelheit. Laura ließ das Fenster auf ihrer Seite herunter, um den Himmel besser sehen zu können: Als dessen strahlende Maske gefallen war, erschien der erste Stern, riesig wie eine gelbe Laterne am Torbogen des Firmaments. Der Stern, der kein Stern war, die Venus.

Der Anwalt hatte den Motor abgestellt, und eine echolose Stille breitete sich um den Wagen aus, während die Dunkelheit auf sie zufloss und sie überschwemmte. Weit entfernt von der Stadt, von jedem menschlichen Licht, und bevor der Mond aufging, hing die Nacht voller Sterne über der Wüste: Das Universum zerfiel in tausend Stücke und sprenkelte die Pampa. Laura spürte, wie sich ihr Auge wieder dem Himmel anpasste, dem Firmament dieser Hemisphäre, unter dem sie herangewachsen war. Sie wurde sich bewusst, dass sie sich in zwanzig Jahren auf der Nordhalbkugel immer an diesen anderen, fremden Sternen gestört hatte, die nicht an ihrem Platz waren. Und nur dieser Himmel, den ihr Cáceres in einer Nacht wie dieser erklärt hatte, war in ihre Erinnerung eingebrannt.

Plötzlich erkannte Laura – obwohl es eher so schien, als *fühle* sie es –, wo sie sich befand. Sie war dorthin zurückgekehrt, wo sie einmal sechsunddreißig Stunden lang verschollen gewesen war. Sie erkannte den Strand, das Ufer des Meeres, das sich eine Million Jahre zuvor zurückgezogen hatte, das Bett des verschwundenen Salzsees.

„Schalten Sie die Scheinwerfer ein!", befahl Laura dem Anwalt.

Martínez Roth schaute sie verdutzt an, gehorchte jedoch, und die starken Lichter des Geländewagens erhellten die Wüstenlandschaft vor ihnen. Weit hinten am rechten Rand des Lichtkegels tauchte eine Reihe Steinhaufen auf, wie eine versteinerte Karawane oder eine verirrte Patrouille. Tomás, stolz, als hätte er selbst sie gefunden, lud sie ein, auszusteigen.

Sie verließen den Wagen und gingen auf die Reihe der ungefähr einen halben Meter hohen Steinhaufen zu. Zuerst hielt Laura sie für Überreste jener sinnlosen Buchstaben, des unverständlichen Alphabets, das der Major Cáceres seine Gefangenen in die Wüste hatte zeichnen lassen, um sie zu unterhalten oder in Absurdität zu unterrichten. Doch dafür waren sie zu weit vom Lager entfernt. Die Schatten dieser kleinen Hügel wurden im Scheinwerferlicht immer länger und lagen in der Dunkelheit wie die fünf Finger einer riesigen menschlichen Hand, die aus der Erde zu dringen versucht. Laura trat näher. Die aufeinandergeschichteten Steinplatten, dem brutalen Temperaturwechsel der Wüstennacht ausgesetzt, ächzten und knackten.

„Hier ist es", sagte Tomás. „Claudia und ich haben diese Steine aufgeschichtet. Meiner Hypothese zufolge liegen hier in der Wüste, in einem Radius von höchstens zehn Kilometern, die Überreste von Dutzenden, vielleicht Hunderten Verschwundenen verstreut. Es gibt Anlass zu der Vermutung, dass Cáceres sich auf die Methode spezialisiert hatte, die Leichen mit Dynamit zu sprengen, wie im Bergbau."

Laura erinnerte sich an die junge Frau, nur etwas älter als ihre Tochter, die vielleicht genau hier mit dem Rücken zum schwindenden Licht eines Sonnenuntergangs auf dem Staub gestanden hatte, der zum Staub zurückgekehrt war, zum Salz, das zum Salz zurückgekehrt war. Hierin bestand der „Ruhm", von dem Cáceres am Abend zuvor gesprochen hatte. Laura musste zugeben, dass sie, als sie ihn zum Schweigen brachte, die Wahrheit seines

Wahns nicht hatte erkennen können oder wollen, das Ausmaß seines Irrsinns, die astronomische Dimension dieses „Ruhms".

Der junge Anwalt trat zu ihr: „Viele in der Stadt wissen, was hier passiert ist. Sie schweigen wie ein Grab, aber wenn wir sie mit unserer Klage wegen religiöser Schändung unter Druck setzen, werden sie reden. Und dann kriegen wir nicht nur Cáceres und das Kriegsgericht, das Cáceres die Erschießungen befohlen hat, sondern auch den, von dem das Kriegsgericht geschickt wurde, den obersten Befehlshaber, den Allerhöchsten."

„Sie wollen hoch hinaus, Herr Anwalt."

„Bis zum Himmel", nickte Martínez Roth, erregt und engelsgleich, strahlend vor Ehrgeiz und dem gnadenlosen, weit entfernten Widerschein dieses obersten Befehlshabers, dessen Sturz so weit weg war und dennoch in Reichweite zu sein schien wie die Sterne. „Wer dieses Verbrechen aufdeckt, das Schweigen beendet, wird dadurch berühmt. Wir können die Rückkehr zur Demokratie abschließen und das Land kann nach vorn schauen."

Laura erschauerte, hob den Blick und erinnerte sich an jene unerbittliche Lektion in Astronomie, die Cáceres ihr zwanzig Jahre zuvor hier in der Salzwüste gegeben hatte: als er ihr Betelgeuse im Sternbild des Orion zeigte, der die Strahlkraft von sechzigtausend Sonnen besaß und dennoch ein sterbender Stern war. In irgendeiner Nacht, einer Nacht, die schon vor Hunderten von Jahren gewesen sein konnte, würde dieser sterbende Stern explodieren. Und der einzige Skrupel, den der Himmel ihnen (uns allen) gegenüber zeigte, bestand darin, dass das Licht seines Todes die Erde noch nicht erreicht hatte.

Endlich, zwanzig Jahre später, verstand Laura, was sie nicht einmal wusste, als sie sich zwang, es in ihrem Brief an Claudia aufzuschreiben. Sie begriff, dass der Himmel wie die Wüste war, in der ein Grab versteckt lag: Wenn man nicht wusste, welche Sterne lebten und welche noch leuchteten, obwohl sie schon erloschen waren, ließ das am ganzen Himmel zweifeln; solange man nicht wusste, wo der Staub und das Salz dieser verschwundenen Körper waren, wäre die ganze Wüste, vielleicht das ganze Land jene Grabplatte, derer sich Cáceres brüstete.

Wenn aber ein Schuldiger bestraft werden könnte, dann würde dem Anwalt zufolge das Land um sie her zu seinem Zustand der Gnade zurückkehren, zu seiner Straflosigkeit, zur weißen Unschuld der Sonne. Und der Zustand der Schwebe, der Übergang zur Demokratie, das Jahrhundert wären beendet.

Laura versuchte, wieder die Oberhand zu gewinnen, den Anwalt auf Abstand zu bringen. Ohne ihn anzuschauen, sagte sie: „Dann haben Sie mich also nur hierher gebracht, um mir von Ihren Vermutungen zu erzählen."

Doch sie hätte schon wissen müssen, dass Tomás Martínez Roth nicht so leicht zu entmutigen war. Sie spürte, wie er sich ihr noch mehr näherte, fühlte, wie sein Körper fast ihren Rücken berührte, hatte seinen warmen, feuchten Atem im Ohr, als er sagte: „Nein, Laura, ich habe Sie hergebracht, weil ich den Verdacht habe, dass dies die Antwort auf die Frage ist, die Claudia Ihnen in ihrem Brief gestellt hat. An diesem Platz sind Sie vor zwanzig Jahren gewesen, als Sie sechsunddreißig Stunden lang verschwunden waren. Oder irre ich mich etwa?"

Die sechsunddreißig Stunden, die sie verschwunden war. Er wusste also auch dies. Und deshalb konnte diese im Sternenlicht leuchtende Salzebene die Antwort auf die Frage ihrer Tochter sein, von der Claudia ihm offensichtlich erzählt hatte: „Wo warst du, Mamá, als all diese schrecklichen Dinge passierten?"

So standen sie einige Augenblicke, während er ihr noch näher rückte, bis seine Brust ihren Rücken berührte. Schon lange hatte sie eine solche Nähe nicht mehr zugelassen. Schließlich entschloss er sich und legte seine Arme um die ihren, die über der Brust gekreuzt waren.

„Vertrauen Sie mir, Laura. Ich weiß, weshalb Sie zurückgekehrt sind."

„Sie denken, das wüssten Sie?"

„Sie sind gekommen, um ihre Schuld zu begleichen. Ich werde Ihnen dabei helfen."

Ohne sich aus der Umarmung zu lösen, wandte Laura sich um, bis sie ihn vor sich hatte. Im Widerschein der Lichter des Geländewagens strahlte der lockige Kopf des jungen, idealistischen Anwalts verklärt durch ein Selbstvertrauen, das an Heiligkeit grenzte; und die Akne an seinem Hals verschwand im gnädigen Dunkel der Nacht. Laura sah, wie er seinen Mund leicht öffnete, den Kopf senkte und ihre Lippen suchte. Doch bevor er sie fand, sagte sie: „Wissen Sie, wonach Ihr Atem riecht, Herr Anwalt?"

Seine Lippen hielten dicht vor den ihren inne. Verwirrt räusperte er sich und stammelte: „Was meinen Sie?"

„Er riecht nach Egoismus."

Und tatsächlich: Aus seinem Mund drang ein säuerlicher, doch nicht unangenehmer, beinahe rührender Geruch, eine Mischung aus Ehrgeiz und Zärtlichkeit; so viel Verlangen danach, jemand zu sein, so groß die Hoffnung, so übertrieben das Selbstbewusstsein.

„Ich verstehe nicht", räusperte er sich wieder und ließ sie los, sein arrogantes Lächeln erstarb.

„Wollen Sie etwa versuchen, die Richterin zu verführen, Herr Anwalt?"

Martínez Roth riss die Augen auf und schüttelte heftig den Kopf. Doch Laura wollte ihn nicht so leicht davonkommen lassen: „Würden Sie wirklich versuchen, mit der Mutter Ihrer Angebeteten zu schlafen, um Ihre Ziele zu erreichen?"

„Claudia ist nicht meine Angebetete. Sie urteilen vorschnell."

Laura lächelte, trat einen Schritt zurück. Ohne Groll, mütterlich fast, nahm sie den Anwalt beim Arm und führte ihn zum Auto, fühlte das angenehme Knirschen des Quarzes unter ihren Füßen. Es fühlte sich an, als ginge sie über die Asche des Lichts.

„Ich nehme nur vorweg, was Sie noch nicht von sich selbst wissen, Herr Anwalt, was Ihre Generation in diesem Land noch nicht weiß: wie groß Ihr Ehrgeiz ist."

* * *

Gegen Mitternacht waren sie in der Stadt zurück. Die Rückfahrt verlief fast wortlos. Martínez Roth fuhr, beharrlich schweigend, in hohem Tempo. Sein Gesicht, beleuchtet von den gespenstischen Lampen des Armaturenbretts, spiegelte sich in der Windschutzscheibe. Vom gekrümmten Glas deformiert, sah der junge Mann dick aus; fast so dick wie sein Vater, der Notar, dachte Laura. Wie eine Vorschau auf den Tag, wenn er sich angepasst haben würde, wenn ihn dieser jugendliche Ehrgeiz dem gleichgemacht hätte, was er einmal verabscheut hatte.

„Sie brauchen nicht so schnell zu fahren, Herr Anwalt. Wir sind ja nicht auf der Flucht."

Das Stadtzentrum war wegen des Festes für den Verkehr gesperrt. Sie mussten den Wagen mehrere Querstraßen vom Gericht entfernt stehen lassen, und der Anwalt bestand darauf, sie zu begleiten. Sie liefen durch die Menge, die jetzt, am späten

Abend, spärlicher geworden war; durch die Gruppen von Pilgern, die zu ihren Zelten auf der Ebene außerhalb der Stadt zurückkehrten oder sich einen Platz zum Schlafen suchten. Auf der Plaza ging der Lärm der Trommeln weiter, würde die ganze Nacht weitergehen, weniger laut, doch unaufhörlich. Als sie sich der Basilika näherten, mussten sie vorsichtig über die Büßer hinwegsteigen, die mitten auf der Straße schliefen und so ihren Platz verteidigten, um am Morgen sofort in die Kirche zu gelangen und sich vor der Schutzpatronin niederzuwerfen. Die Lagerfeuer und Karbidlampen färbten die schlafenden Gesichter wächsern, ohne ihre Masken schienen sie leblos.

Sie erreichten die Tür, die zu Lauras Wohnung über dem Gericht führte, und Laura wollte schon öffnen, als etwas sie innehalten ließ. Vorsichtig zog sie den Schlüssel aus dem Schloss, horchte: die Trommeln auf der Plaza, ein Schrei in der Ferne, ein Böller weiter draußen; und unterhalb dieses akustischen Horizonts noch etwas anderes … Laura ging zur Straßenecke, spähte in die Ramos-Straße. Eine Gruppe von Pilgern kampierte auf der gegenüberliegenden Straßenseite und wärmte sich an einem Lagerfeuer; unter dem Vordach des Gerichts lagen ein paar schlafende Pilger. Ein paar Meter hinter ihnen lehnte ein Mann an der Tür des Gerichts und rauchte. Die Glut seiner Zigarette leuchtete bei jedem Zug im Türrahmen auf.

Hinter ihr räusperte sich der Anwalt: „Frau Richterin, das vorhin, das war nicht meine Absicht", stotterte er. „Meine Absichten Ihnen gegenüber … Ihrer Tochter gegenüber sind …"

„Das ist jetzt nicht der Moment für Gewissensbisse", unterbrach ihn Laura. „Schauen Sie auch mal, aber vorsichtig." Die Glut der Zigarette leuchtete wieder auf.

Der Anwalt gehorchte und versuchte zu scherzen: „Sehen Sie jetzt schon Gespenster?"

„Gespenster stellen keine Aufpasser an die Türen. Und benutzen auch keine Taschenlampen."

Laura zeigte auf das nächstliegende Fenster. Hinter einem Vorhangspalt flackerte ein schwacher Lichtschein.

Der Anwalt schaute sie erschrocken an: „Einbrecher? In unserer Stadt? Aber was kann man denn in einem Gericht schon stehlen?", wunderte er sich.

„Einen Fall, mein Junge. Den Ihren zum Beispiel."

Martínez Roth schaute sie an und hob den Zeigefinger. Vielleicht wollte er sich über den Ausdruck „mein Junge" beschweren, doch er kam nicht mehr dazu, denn in diesem Moment öffnete sich die Gerichtstür knapp und zwei Männer schlüpften heraus. Der Kleine, der gewartet hatte, nahm die Papiere, die sie ihm gaben, klemmte sie sich unter den Arm und ging hastig mit den beiden Einbrechern davon. Endlich begriff der Anwalt. „Die Akte mit der geschmolzenen Krone", rief er erschrocken und zögerte einen Moment, unentschlossen, was er tun sollte. Doch dann rannte er schließlich los und schrie dabei aus vollem Halse: „Polizei!" Als Laura die nächste Straßenecke erreichte, waren die drei Männer und ihr Verfolger schon außer Sichtweite. Zwischen den Zeltplanen und Lagerfeuern ließen sich nur noch die verstörten, verschlafenen Gesichter einiger Pilger erkennen.

Laura schätzte, dass die Einbrecher einen ziemlichen Vorsprung gegenüber Martínez Roth hatten. Und gleichzeitig zweifelte sie keinen Moment, dass der eifrige junge Mann zu seinem Unglück nicht aufgeben würde, bis er sie erreicht hatte.

16

An jenem Nachmittag kehrte ich nicht ins Gericht zurück, Claudia. Von Félix' Praxis ging ich direkt nach Hause. Ich war nicht fähig, mich den Akten zu stellen, der Justitia-Figur auf einer Ecke meines Schreibtisches mit ihrer Waage und ihrem Spielzeugschwert. Alles schien mir jetzt so offensichtlich, Claudia: Ich hatte Justitia gespielt, wie man mit Puppen spielt, während das Kriegsgericht die wirkliche Justiz seiner Sensen brachte, die lauter sprach als hundert Gesetzestexte, tausend Statuten, eine Million meiner kleinen Urteile. Man hatte mir gezeigt, dass das Recht nichts war ohne die Macht, es durchzusetzen. Da hatte ich also einen weiteren Beweis der Naivität meiner Ausbildung: Das Recht brauchte zwar die Macht, aber die brauchte ihrerseits das Recht keineswegs. Der Arzt hatte mir gerade bestätigt, was meine Ohren seit vier Tagen bei jedem neuen Tagesanbruch zu leugnen versuchten: Im direkten Bereich meiner Zuständigkeit als Richterin wurde ich bei jedem ersten Sonnenstrahl für irrelevant, nutzlos, überflüssig erklärt. Nicht nur der Arzt legte sein Stethoskop an jene Kehlen, in denen das Blut die Worte ertränkte, nicht nur der Pfarrer spendete seinen Segen, auch ich saß in jedem Morgengrauen dort, wo ich es nicht geschafft hatte, stehen zu bleiben, dem Exekutionspfahl gegenüber, saß der Stadt gegenüber – die nichts hörte, die nicht darüber sprach, die nichts wusste –, saß der Sonne selbst gegenüber - „damit Gott selbst uns sehen kann!", hatte Cáceres gesagt. Dem weißglühenden Antlitz der Sonne, vor der ich jetzt hastig, keuchend floh.

Den Rest des Tages über blieb ich im Bett, bis die zornige Sonne verschwand. Und auch dann blieb ich liegen, aß nicht zu Abend, merkte nicht, wie Mario die Lichter löschte und sich auf dem Sofa im Arbeitszimmer schlafen legte - seit ich ihn erwischt hatte, war er nicht noch einmal mit Cáceres losgezogen, zu seiner „investigativen Reportage", aber wir schliefen auch nicht mehr im selben Bett. Ich dachte nicht einmal daran, Iván sein Abendessen auf dem Blechteller vor die Tür zu stellen. Und deshalb glaubte ich, als ich irgendwann nachts hinten im Garten gedämpfte Stimmen vernahm, es sei der Junge, den ich adoptiert hatte und der sich jetzt wie ein verstoßenes, hungriges Tier beschwerte. Dann hörte ich, wie jemand leise meinen Namen rief: „Laauraa!" So bekleidet, wie ich mich am Nachmittag hingelegt hatte, trat ich auf die überdachte Veranda hinaus. Es war eine mondlose Nacht, aber du wirst schon bemerkt haben, dass in der Wüste die Sterne ausreichen, um genügend sehen zu können. Zwischen den Obstbäumen und Zierpflanzen, die verkümmerten, seit ich vor Wochen mit dem Gießen aufgehört hatte, erkannte ich ein paar dunkle Schatten. Eine große, traurige Silhouette, die die Dunkelheit noch schwärzer machte, rief mich wie ein Stück der Nacht selbst. Ich stieg die Stufen hinab und lief zum Gemüsegarten. Die Soutane von Pater Penna wurde etwas heller, als er geduckt zwischen den Zweigen eines Feigenbaums hervortrat, den die Sterne silbern leuchten ließen. „Laura", flüsterte er in seinem weichen Spanisch, „um der Barmherzigkeit Willen." Und dabei deutete er auf einen zweiten Schatten neben sich, eine bleiche Silhouette zwischen den Zweigen. Einen Moment lang hatte ich den Eindruck, als sähe ich einen Gehenkten, einen Leichnam, der vom dicksten Ast des Feigenbaums herunterhing. „Diesem Burschen", fuhr der Pfarrer fort, „müssen wir Unterschlupf geben." Und dann löste sich der Körper von meiner Vorahnung, kam zögerlich auf mich zu, trat ins spärliche Licht, scheu, als misstraue er selbst noch den Sternen. (Ich erinnere mich an den tagealten Bart, das lockige Haar, die Schuhe ohne Schnürsenkel, die weiße, weibliche Fußrücken sehen ließen. Später erfuhr ich, dass er Enrico Antonio Santini hieß, achtzehn Jahre alt war und diese Wut auf die Welt hatte, die die Welt sich teuer bezahlen lässt. Er hatte sich in einer akademischen Widerstandsgruppe engagiert und war als Einziger so naiv oder mutig gewesen, am Tag des Putsches zum vereinbarten Treffpunkt zu laufen, nur um herauszufinden, dass es dort keine Genossen gab und auch keine Waffen und keinen Krieg, nur seinen idiotischen unreifen Idealismus. Und die Militärs, die ihn in jener Mausefalle schon erwarteten …)

Pater Penna hatte seine Hände wie bittend zusammengelegt und sagte: „Dieser Bursche ist in die Basilika gekommen und hat mich um Asyl gebeten. Ich kann das aber nicht machen, Laura, es geht einfach nicht. Sobald der Tag anbricht, werden sie ihn suchen. Und da kann man sich nicht verstecken …" Er klang verzweifelt und überzeugend, fast so, als hätte er selbst oft vergeblich versucht, sich in der Kirche zu verstecken - vor jemandem, der ihn immer fand und fragte: Wo ist dein Bruder?

Der junge Bursche mischte sich ein. Seine Stimme zitterte, und in der Dunkelheit ließ sich nicht sagen, was größer war, seine Angst oder seine Arroganz: „Dieser feige Pfaffe hat nicht den Mut, mich zu verstecken, aber auch nicht, mich einfach wegzuschicken!" Fast hätte er dabei geschrien, und Penna wedelte erschrocken mit den Armen, versuchte ihn zu beruhigen. Dann rechtfertigte er sich halblaut: „Ich habe ihm gesagt, dass das nicht mein Haus ist, sondern das Haus Gottes, das Haus der Jungfrau …"

„Und Sie, was werden Sie jetzt machen?", wandte sich der Geflohene an mich. „Ich habe nicht die ganze Nacht Zeit."

Was würde ich jetzt machen? Dies war die Frage, die ich mir seit zwei Monaten stellte und der ich immer wieder ausgewichen war; die ich mit meiner „Ortsbesichtigung" im Lager zu beantworten versucht hatte, nur um festzustellen, dass ich nicht den Mut besaß, stehenzubleiben. Diese Frage, die zu der anderen führte, die du mir zwanzig Jahre später in deinem Brief gestellt hast: „Und du, wo warst du, Mamá, als all diese schrecklichen Dinge in deiner Stadt geschahen?"

„Ich dachte", mischte sich Penna wieder ein, „dass vielleicht Sie, Laura, die Sie eine Autorität darstellen, das Recht hier verkörpern, ihn beschützen können, Mittel und Wege finden, die nicht illegal sind …"

Ich sah von einem zu anderen und schwieg. Eine Macht, der ich immer mehr nachzugeben begann, verschloss mir den Mund. Du könntest vermuten, Claudia, dass dies dieselbe Angst war, die ich im Theater des Lagers verspürt hatte, als ich mich nicht entschließen konnte, in die Gerichtsverhandlung einzugreifen. Aber es war schon mehr. Meine Angst hatte sich gewandelt. Während ich zögernd dastand, wurde mir klar, dass meine Angst mich in diesen wenigen Tagen mit dem fernen Donnern der Salven ausgeforscht, erkannt und dressiert hatte. Meine Angst lähmte und beschützte mich gleichzeitig wie ein Wachhund. Sie bewachte mich und bewahrte mich gleichzeitig, solange ich mich ruhig verhielt, solange ich nicht versuchte, vor ihrer wütenden Liebe zu fliehen, vor allem Übel.

Der Pfarrer streckte mir seine bittenden Hände entgegen: „Es ist nur noch wenig Zeit, Laura", flehte er. „Um der Barmherzigkeit Willen, sagen Sie doch etwas. Bevor es hell wird, muss ich dort sein." Und mir wurde klar, was alles in diesem „dort" lag: seine Tasche, der des Arztes so ähnlich, mit der Stola und dem Fläschchen für die letzte Ölung. Das Sakrament, bevor die Kapuze übergezogen wurde, der kalte Schuppen, der Pfahl mit seinem Hocker davor, die Wand aus flüssiger Luft am Horizont, die im ersten Sonnenlicht erzitterte (die Gewehrsalve), die Gebete – die Worte, die in der Kehle erstickten, das Blut, das zu sprechen versuchte.

Der Geflohene wartete nicht länger auf meine Antwort, schickte sich an, wieder zwischen den Zweigen des Feigenbaums zu verschwinden, die silbrig im Sternenlicht glänzten. Penna hielt ihn am Arm zurück. „Sie wird mich verraten, diese Frau wird mich verraten!", jammerte der Bursche und versuchte sich loszureißen. Und ich brauchte ihn nicht mehr zu fragen, weshalb er das dachte. Denn in diesem Augenblick erkannte ich ihn, Claudia. Im Durcheinander am Schluss des Kriegsgerichts, fünf Tage zuvor, als der Hammer fiel und die zwölf Todesurteile gefällt wurden, war er einer der Männer gewesen, die geschrien hatten; der Gefangene, der auf einen Sitz gestiegen war und sich daran geklammert hatte, damit man ihn nicht fortschleppte, der verzweifelt nach hinten schaute, in den Zuschauerraum hinein, als wolle er beim Publikum dieses Urteil anfechten, das die goldbetressten Komödianten gefällt hatten, die auf der Bühne ein Gericht aufführten. Aber da war nur ich gewesen, die sich in diesem Moment, vor seinem Blick fliehend, hinsetzte, statt zu sprechen oder wenigstens stehenzubleiben.

Pater Penna trat einen Schritt auf mich zu. „Meine Tochter", mahnte er, forderte er, mich zu entscheiden.

Ich erinnere mich, dass ich tief einatmete und zu den kalten Sternen der Wüste hinaufschaute, obwohl ich nur zu gut wusste, Claudia, dass ich von ihnen keine Hilfe erwarten konnte. Dann räusperte ich mich, versuchte zu sprechen; die Angst zu meinen Füßen knurrte, zeigte mir die Zähne. Doch ich widerstand ihr und sagte zu dem Geflohenen: „Du bleibst hier, bis ich weiß, wo ich dich verstecken kann. Ich werde schon etwas finden …"

Und in diesem Moment hörten wir von der Veranda her die Stimme von Mario: „Ich weiß, wo", sagte er.

17

„Sie ist noch nicht da."

Mario stand vor ihr im schiefen Türrahmen des Hauses in der Rosales-Straße, zu früh am Morgen für seine Gewohnheiten, und lächelte, so gut er konnte. Sein Haar war noch feucht vom Duschen und unter seinem Ohrläppchen klebte ein Fleck blutiger Rasierschaum. Aufdringlich wie der Duft eines penetranten Rasierwassers umgab ihn die Erwartung, elegant zu wirken: Er trug denselben blauen Blazer und die schmale, gelb gestreifte Krawatte, die er bei ihrer Hochzeit vor dreiundzwanzig Jahren getragen hatte. Laura schüttelte den Kopf, als sie ihn so sah und konnte kaum glauben, dass sie wirklich wieder auf der Schwelle des Hauses stand, aus dem sie vor zwei Jahrzehnten geflohen war, und auf den Mann traf, der sie so in Empfang nahm wie der, der er gerne gewesen wäre. Und der sogar die männliche, beschützende Geste versuchte, seiner Ex-Frau einen Arm um die Schultern zu legen und sie hereinzubitten, eine so antiquierte Gebärde, dass Laura sich fragte, ob er sie in derselben Truhe gefunden hatte wie den ausgebeulten Blazer und die altmodische Krawatte. Aber sie hielt sich zurück; wenigstens hatte Claudias bevorstehende Ankunft dazu geführt, dass er das ewige Tweed-Jackett ablegte.

„Du bist zu früh dran, Laurita. Du hast wohl vergessen, dass der Bus aus der Hauptstadt immer pünktlich kommt, also mindestens eine Stunde verspätet", scherzte er und wollte sie zur Begrüßung umarmen.

Es gelang Laura, sich seiner Umarmung zu entziehen, doch der Geruch jener Liköre, die der Journalist bevorzugte, erreichte sie dennoch. Laura erinnerte sich, wie er sie beim Abendessen zwei Tage zuvor inständig gebeten hatte, nicht zu „dem Mann" zu gehen, gefolgt von dem Angebot, „einzugreifen", und dann doch einen Rückzieher machte, weil er „wegen des Festes" im Sender sein musste. Und sie konnte ihn sich vorstellen, wie er an den beiden vergangenen Abenden nach Hause gekommen war und zur Flasche mit dem Pfefferminzlikör gegriffen hatte, um die Verzweiflung darüber zu ertränken, auch diesmal nicht eingegriffen zu haben.

„Scheint ja lange gedauert zu haben, der musikalische Ausritt gestern Nacht", gönnte sie sich eine kleine Revanche.

Marios weiche Lippen zitterten ein wenig. Doch er brachte nicht heraus, was er vielleicht hatte sagen wollen. Stattdessen machte er nur eine seiner ausweichenden Gesten und versuchte, das Thema zu wechseln, kaum dass er die Tür hinter ihnen geschlossen hatte. Während sie den Gang zum Esszimmer entlang gingen, schützte er eine neue Sorge vor: „Laurita, ich habe die Neuigkeiten gehört."

„Eigentlich bist es doch du, der sie verbreitet."

„Und was willst du jetzt tun?"

„Ich werde die Justiz anrufen."

„Laura, das ist kein Spaß: In deinem Gericht hat es einen Einbruch gegeben und der Rechtsanwalt Martínez ist verschwunden. Die Stadt ist in heller Aufregung …"

Wenn er nervös war, fiel Mario in seinen Radiojargon, wie Ausländer in ihre Muttersprache. Aber er hatte recht. Dies war der dritte Tag nach ihrer Rückkehr, und sie konnte sich diese kleine Genugtuung nicht verkneifen: Ihre Ankunft hatte Pampa Hundida „in helle Aufregung" versetzt. Seit dem frühen Morgen war sie damit beschäftigt gewesen, die Schäden im Gericht zu dokumentieren, die Anzeige des Einbruchs zu schreiben und Leutnant Acuña zu beauftragen, Tomás Martínez Roth suchen zu lassen. Unterdessen setzte Fuentes, der Gerichtsdiener, die Schubladen in den geplünderten Schreibtisch ein, stellte die umgestürzten Regale wieder auf und fegte die Räume. „Sie werden uns deswegen doch nicht verlassen, nicht wahr, Frau Richterin? Das waren keine Leute aus der Stadt. Hier wird das Gesetz geachtet", hatte er ihr dabei gesagt. Und gerührt sah sie zu, wie er die kleine Waage vom Boden aufhob, die zerbrochen war, als die Statue der Justitia vom Schreibtisch fiel, und versuchte, die Nadel anzukleben; seine Augen schielten beim Versuch, sie auszubalancieren.

Laura betrat das Esszimmer und packte den Kuchen aus, den sie für Claudias Besuch in der Konditorei Roma gekauft hatte. Die Inhaberin erkannte sie wieder und wusste sogar noch ihr Lieblingsgebäck. Wenn das so weiterging und sie nicht aufpasste, sagte sich Laura, dann würde sie schließlich noch den Wahlspruch akzeptieren, an den man sie bei jedem Wiedersehen erinnerte: „Chile kann man mal verlassen, aber ganz fortgehen kann man nie." Plötzlich berührte ihre Hand diejenige Marios, der von einem der Kuchenstücke naschen wollte. Und wie früher, klopfte sie ihm aus reinem Instinkt auf die Finger. Als sie merkte, was sie da tat, war es schon zu spät. Der flüchtige Kontakt ließ sie zusammenfahren wie ein elektrischer Schlag. Sie erkannte, dass auch sie eine Überlebende war, verhaftet in den Gewohnheiten einer längst vergangenen Beziehung, wundgerieben genau dort, wo sie dachte, ihrer Vergangenheit entkommen zu sein.

Mario leckte sich den Finger ab, mit dem er den Kuchen berührt hatte, tat so, als hätte Laura ihm wehgetan, und maulte wie ein getadeltes Kind: „Du bist immer noch genauso streng mit meinen kleinen Schwächen …"

Sie ging gar nicht darauf ein: „Hast du die Tischtücher besorgt, saubere Tassen, den Tee, um den ich dich gebeten habe?"
„Alles da, Laura."
„Und was ist mit dem Bett?"
Mario trat zur Seite, und Laura ging über die Veranda zu dem Zimmer, wo Claudia übernachten sollte. Die junge Frau hatte am Tag zuvor Mario angerufen, um ihren Besuch anzukündigen, und nicht einmal die Möglichkeit in Betracht gezogen, bei ihrer Mutter in der Wohnung über dem Gericht zu übernachten. Daraufhin hatte Laura eine neue Matratze, frische Bettwäsche und eine modernere, hellere Nachttischlampe in das Haus an der Rosales-Straße schicken lassen. Und jetzt hängte sie noch einen modernen Druck auf, um das düstere Ölbild von einem Schiffsuntergang zu ersetzen, das schon die Wand zierte, als sie das Haus zweiundzwanzig Jahre zuvor gekauft hatten.

„Sieht schon viel besser aus. Die Hand einer Mutter", beglückwünschte sie Mario und warf sich der Länge nach aufs Bett.

Laura schaute ihn an und versuchte zu ergründen, ob das ironisch gemeint war: Dies hätte das Zimmer ihrer Kinder sein sollen, wenn sie welche bekämen, so hatten sie es einst geplant. Hatten sogar das Spiel junger Ehepaare gespielt: Wo sollte die Wiege stehen, die Wickelkommode, die Holzkiste mit dem Spielzeug.

„Warum ist sie eigentlich nicht hier geboren und aufgewachsen? Wirst du mir das irgendwann einmal erklären?", fragte Mario plötzlich und verschränkte die Arme hinter dem Kopf.

Laura verspürte so etwas wie Staunen, eine mitleidige Bewunderung, beinahe schon so etwas wie Sympathie: Der gute Journalist war also doch noch nicht ganz tot, einige Reflexe waren ihm geblieben, er witterte noch den Moment, wenn sein Gegenüber die Deckung senken ließ, um die überraschende Frage zu stellen. Tatsächlich, warum eigentlich? Laura überlegte ein paar Sekunden und war sich plötzlich nicht mehr so sicher. War es all die Mühe wert gewesen, so weit fortzugehen, um am Ende doch wieder hierher zurückzukommen? Statt einer Antwort wandte sie sich um und ging zur Tür.

„Lass uns nachschauen, wie das Haus sonst aussieht. Du hast ja sicher dafür gesorgt, dass es aufgeräumt ist."

Erschrocken sprang Mario vom Bett und folgte ihr den Gang hinunter, entschuldigte sich schon im Voraus: „Laura, du weißt doch, dass ich kein so guter Hausmann bin."

Laura trat ins Badezimmer: Auf den Bodenfliesen stand das Wasser, die Duscharmatur tropfte, der Duschvorhang war zerrissen und von Flecken grünlichen Schimmels gesprenkelt, ausgedrückte Zahnpasta- und Rasiercremetuben verdoppelten sich wie seltsame Skulpturen im gesprungenen Spiegel.

Als sie auf die Badewanne mit den Löwenfüßen schaute, schien es Laura, als sähe sie darin wie in einem Traum die schlafende Frau im kalten, schmutzigen Wasser liegen. Sie musste die Augen schließen, um das Bild zu vertreiben und ihre Fassung wiederzuerlangen, bevor sie zu Mario sagen konnte: „Hol jemand, der die Dusche repariert. Ich schicke später die Putzfrau vom Gericht herüber, damit sie hier mal richtig sauber macht."

Und bevor Mario sie daran hindern konnte, öffnete sie die Tür zum Schlafzimmer, sah die zusammengeknüllten, schokoladenbraunen Laken, deren genauen Farbton man besser nicht so genau zu bestimmen versuchte, die Nachttischlampe mit der nackten Birne, die von einem Stapel Bücher gestützt und von Gläsern und Flaschen belagert wurde. Über das ungemachte Bett ragte ein fahrbarer Krankentisch, niedergedrückt vom Gewicht einer Reiseschreibmaschine. Träumte der verhinderte Schriftsteller etwa davon, plötzlich von einer Inspiration geweckt zu werden? An den Wänden hing kein einziges Bild, und dennoch wirkte dies alles wie ein Stillleben. Laura sah sich selbst in diesem Zimmer liegen, während ihres langen Schlafes, ihrem Schockzustand von vierundvierzig Tagen, „ein Schock wie von einem Bombardement", hatte ihr später Doktor Ordóñez erklärt und sie angeschaut, ohne zu fragen, was dieses „Bombardement" gewesen sein könnte.

Jetzt hörte Laura von weither Marios Stimme, der wie üblich jeder Verantwortung aus dem Wege ging. „Du bist einfach zu früh gekommen", klagte er. „Ich hatte ja gar keine Zeit mehr, aufzuräumen."

Dann begann er hastig, die Kleidungsstücke vom Boden aufzusammeln, vielleicht auch die Überreste eines neuen „Streichs" seiner Freunde, die er hektisch in die Tasche seines ausgebeulten Blazers stopfte.

Ein Klopfen an der Haustür ließ sie aufschrecken wie ein paar Verschwörer, die ein gemütliches Heim für ihre Tochter vortäuschen wollen und dabei ertappt werden. Gemeinsam stürzten sie zur Tür, um zu öffnen. „Herzlich willkommen", riefen sie unfreiwillig und ein bisschen lächerlich im Chor.

Hochgewachsen, mit bleichem Gesicht und schrill orange gefärbtem Haar, so schaute Claudia sie, im Sonnenlicht blinzelnd, aus sicherem Abstand trotzig an. Wie schon bei ihrem Wiedersehen drei Tage zuvor auf dem Flughafen von Santiago verspürte Laura auch jetzt einen gewissen mütterlichen Stolz, als sie feststellte, dass sie sich trotz der provozierenden Frisur ihrer Tochter immer noch glichen. Obwohl die junge Frau mit ihren zerrissenen Jeans, dem Männerhemd und dem riesigen Rucksack auf dem Rücken alles tat, um jegliche Ähnlichkeit zu verbergen.

„Schön, euch zu sehen", sagte Claudia schließlich und fügte dann ironisch hinzu: „Euch zusammen zu sehen."

Ironie hatte ihr schon von klein auf gut gestanden. Und in diesem Fall, sagte sich Laura, hatte Claudia auch allen Grund dazu. Sie und Mario mussten ein seltsames Bild abgeben: Der Vater und die Mutter, die zwanzig Jahre lang nichts miteinander zu tun gehabt hatten – die sie nie zusammen sehen konnte – und die jetzt darin wetteiferten, ihr die Tür jenes Hauses zu öffnen, das nie ihr Zuhause gewesen war.

„Wir waren ein bisschen in Sorge", versuchte Mario, das Eis zu brechen. „Die Straßen hierher sind sicher voller Pilger ..."

Laura schaute ihn ein wenig erstaunt an: Vielleicht nahm er ja wirklich diese Rolle eines späten Vaters an und dachte voller Angst an die Verkehrslawine, die die Straßen nach Pampa Hundida verstopfte, die klapprigen, fahnengeschmückten Busse mit den abgefahrenen Reifen und geborstenen Windschutzscheiben. Doch Claudia gab ihm keine Chance, verdrehte die Augen und klopfte ein paarmal ungeduldig mit der Stiefelspitze auf den Gehsteig. Dann zeigte sie auf eine Gruppe von fünf jungen Leuten mit Rucksäcken und Wanderstiefeln, die hinter ihr auf der Straße standen.

„Ich habe ein paar Freunde mitgebracht", stellte Claudia sie vor. „Können sie hierbleiben? Oder sollen wir uns eine Unterkunft suchen?"

„Sollen wir ..." Laura musste über diese stahlharte Art lächeln, die sie selbst geschmiedet hatte. Entweder blieben sie alle oder keiner, die Botschaft war klar.

„Aber natürlich doch, ihr seid alle herzlich willkommen, Kinder. Ihr müsste ja todmüde sein, und dann diese Sonne!", rief Mario und trat auf den Gehsteig hinaus, um mit dem Gepäck zu helfen.

Claudia kam mit ihren Freunden herein. Hinter ihnen machte Mario Laura heimlich ein Zeichen, als wolle er sagen: Überlass sie ruhig mir.

Die jungen Leute deponierten ihre Rucksäcke auf der Veranda und stellten eine Reihe Papprollen an die Wand, so vorsichtig, als seien es Waffen, Raketenwerfer.

„Was habt ihr da denn mitgebracht?", wollte Laura wissen.

Claudia warf den anderen einen Blick zu – die Anführerin, die ihre Meute zum Schweigen bringt. Dann antwortete sie: „Das ist Material für ein Fest."

„Aber hier in der Stadt läuft doch schon eins", wunderte sich Mario.

Claudia stellte ihre eigene Papprolle neben die anderen und klärte Mario wie nebenbei auf: „Wir werden unser eigenes Fest organisieren. Eins, das diese Stadt nie vergessen wird."

Im jetzt eintretenden Schweigen hatten und Laura und Mario Gelegenheit, die Gruppe zu betrachten. Außer Claudia bestand sie aus zwei jungen Frauen und drei jungen Männern. Laura stellte mit einem gewissen resignierten Neid fest, was sie schon früher an dieser Generation bemerkt hatte: dass sie sich nicht dem Geschlecht nach oder in Pärchen unterteilten, sondern sich wie ein Team verhielten, oder besser gesagt wie ein Rudel androgyner Tiere, die die Welt mit skeptischer Neugier beschnüffelten, sarkastisch, hungrig. Und tatsächlich war Claudia fraglos ihre Anführerin. Der Größte von ihnen, ein schlaksiger, junger Mann, der vor Schüchternheit ein bisschen die Schultern einzog, schlug vor: „Wir könnten im Garten kampieren. Wenn ich die Zweige ein wenig beschneide, ist Platz genug für das Zelt."

„Zelt?", fragte Mario entsetzt. „Ihr könnt doch im Wohnzimmer schlafen, da ist genug Platz. Es wird hier sehr kalt in der

Nacht ... Außerdem hat dir deine Mutter das Zimmer hergerichtet", fügte er noch hinzu und wies durch das Fenster hinein. „Gefällt es dir?"

Claudia warf einen Blick in das Zimmer und auf die neue Einrichtung. Derweil setzte Mario zu einer seiner üblichen Entschuldigungen an: „Das Bad ist nicht ganz aufgeräumt, tut mir leid. Aber du kennst das ja schon vom letzten Mal."

„Laura hatte wohl keine Zeit, um das auch noch zu schaffen", grinste Claudia durch ihre orangenen Strähnen.

Laura stutzte kurz, als die Tochter ihren Vornamen gebrauchte, statt sie „Mamá" zu nennen. Konnte sie in Zukunft nur noch diese Distanz des Erwachsenenalters von ihr erwarten, das sich mit der unechten Vertraulichkeit eines Vornamens zwischen sie schob?

Claudia wandte sich an ihre Gruppe: „Ihr zwei passt locker in das Bett da", sagte sie zu den beiden anderen jungen Frauen. „Und die drei Jungs können im Wohnzimmer schlafen. Ich übernachte im Arbeitszimmer."

Mario versuchte zu widersprechen: „Claudia, ich hab dir doch schon das letzte Mal gesagt, dass es da vor Mäusen wimmelt."

„Ungeziefer gibt's ja noch mehr in dieser Stadt."

Mario hob resigniert die Arme und schaute hilfesuchend Laura an. Doch Laura verspürte die unbestimmte Genugtuung einer späten, minimalen Revanche: Diese junge Frau ihren Willen gegenüber der Welt durchsetzen zu sehen, rechtfertigte fast schon die vielen Jahre, die sie ihre Tochter hatte allein erziehen müssen. Und trotzdem entschloss sie sich, Mario zu helfen: Sie führte ihre Hand mit einer Geste zum Mund, die ihn daran erinnern sollte, dass im Esszimmer ein Imbiss bereitstand. Ihr Exmann begriff: „Kinder, ich habe eine gute Nachricht für euch", sagte der Radiomoderator mit dem größten Enthusiasmus, dessen seine heisere Stimme fähig war, und rieb sich die Hände. „Da wartet etwas zu essen auf euch!"

Dann zog er los, und beim Wort „essen" folgten ihm die jungen Raubtiere ohne langes Zögern.

18

Ich hebe den Blick vom Schreibtisch, Claudia, und stelle fest, dass es fast schon dunkel geworden ist. Ohne dass ich es gemerkt habe, hat sich der Tag von den Fenstern meines Arbeitszimmers in der Universität zurückgezogen, und die Nacht ist aus den umliegenden Wäldern getreten. Und ich sitze im Halbdunkel und kann kaum die letzten Wörter lesen, die ich geschrieben habe. Die meisten meiner Kolleginnen und Kollegen sind schon gegangen. Von irgendwoher höre ich das Trommeln von Fingerknöcheln auf Tischen, die das Ende einer Vorlesung anzeigen; dann den Hausmeister, der sich auf dem Gang nähert und Lampen ausschaltet, Schlösser prüft. Ich kenne jedes Geräusch dieses Gebäudes: das leise Rumoren der Heizung, das Quietschen eiliger Schritte auf dem Linoleum, das vertraute Geräusch der Neonröhren beim Einschalten. Es ist seltsam und bedenklich, Claudia, wie sehr wir unseren Arbeitsplatz liebgewinnen können. Es gibt kein deutlicheres Zeichen für die Einsamkeit.

Am Tag nach dem nächtlichen Besuch von Pater Penna, als er mir den Geflohenen brachte, ging ich früh ins Gericht. Obwohl ich die ganze Nacht nicht geschlafen hatte, fühlte ich mich aufgeputscht von jener Energie, die aus der Erschöpfung entsteht. In diesem Morgengrauen hatte es keine Gewehrsalve gegeben. Es war still geblieben, der erste Sonnenstrahl traf auf die flüssige Wand am Horizont, und dann begann sich der Tag über den Wüstenhimmel zu denen, friedlich und still wie früher.

Doch die Stille hielt nicht lange. Kurz nachdem ich im Gericht angekommen war, heulte in der Ferne eine Sirene, wie eine Klage, die die ausgedörrte Erde, der mumifizierte Leichnam der Wüste, selbst ausstieß. Der Morgen füllte sich mit Lärm, mit Jeeps voller Soldaten, die vor den Fenstern des Gerichts vorbeiflitzten, mit dem Dröhnen eines Hubschraubers, der die Stadt überflog, schräg in der Luft stand, um sie besser überblicken zu können, dann in die Wüste davonflog, eine Weile aus dem Blickfeld verschwand und bald darauf zurückkehrte, wieder und wieder, immer aus einer anderen Himmelsrichtung, wie der Stift eines irren Mathematikers, der auf das weiße Blatt der Wüste eine komplizierte Zeichnung kritzelte, in deren Zentrum - egal, wohin er den Vektor zog - immer wir lagen, die Pilgerstadt, die Oase, ich selbst.

Kurz nach Mittag hielt vor dem Gericht ein Mannschaftswagen, von dem ein Trupp Soldaten absprang. Ohne von meinem Schreibtisch aufzustehen, sah ich, wie sie auf der Straße Aufstellung nahmen, die Gewehre schulterten. Der Gerichtsdiener kam mit einer Nachricht, es fiel ihm schwer, die richtigen Worte zu finden: Ein Offizier bäte um Audienz; die Wörter „bitten" und „Audienz" ließen mich beinahe laut loslachen. Ich ließ ihm ausrichten, er solle warten. Du glaubst vielleicht, Claudia, dass ich in der Nacht zuvor endlich meinen Mut wiedergefunden hatte, doch das war es nicht: Ich musste einfach ganz dringend aufs Klo. Als ich in den Gerichtssaal zurückkehrte und wieder hinter meinem Schreibtisch auf dem Podest Platz nahm, stand der junge Leutnant, der mich im Lager in Empfang genommen und während der Verhandlung des Kriegsgerichts bewacht hatte, schon vor der Gerichtsschranke, im Kampfanzug. Er räusperte sich und wollte zu sprechen beginnen, doch ich kam ihm zuvor, berührte mit dem Zeigefinger meinen Kopf. Ich sah, wie er rot wurde, sich zum leeren Saal hin umdrehte, aus Angst, jemand aus seiner Mannschaft könne sehen, wie er gehorchte; dann nahm er seinen Helm ab und klemmte ihn unter den Arm. „Frau Richterin, ich muss hier durchsuchen ... Auf Befehl des Kommandanten dieses Bezirks im Belagerungszustand, Major Cáceres. Wir durchsuchen die gesamte Stadt, Haus für Haus, nach einem geflohenen Sträfling." Darauf ich: „Dies ist ein Gericht. Es stellt eine Straftat dar, bewaffnet hier einzudringen, ich könnte Sie allein deshalb schon festnehmen lassen." Der Leutnant lächelte ohne eine Spur von Humor. „Frau Richterin, wir befinden uns im inneren Kriegszustand", erklärte er mir beinahe flehentlich. Wahrscheinlich war er erst ein paar Monate zuvor von der Militärakademie gekommen: Ich stellte mir seine Mutter vor, wie sie ihm die goldenen Schulterstücke eines Leutnants an die Uniform nähte, neben der Kommode seines Kinderzimmers mit der Sammlung Zinnsoldaten; und jetzt befand er sich in diesem „inneren Krieg". „Und wenn ich nein sage?", fragte ich. Der Leutnant schluckte wieder trocken, drehte sich noch einmal um und warf einen angstvollen Blick zu den Fenstern, hinter denen wie aufgereihte graue Pilze die Helme seiner Soldaten zu sehen waren. Dann beugte er sich über die Schranke und sagte leise, flehte: „Frau Richterin, ich verspreche Ihnen, dass wir nichts durcheinanderbringen, nur schnell eine kleine Durchsuchung ..." Und fast fügte er noch hinzu: Was macht das schon?

Als sie fertig waren, schickte der Leutnant seine Soldaten hinaus und kam zufrieden lächelnd an die Gerichtsschranke, froh, dass sie nichts gefunden hatten. Plötzlich fiel ihm etwas ein, sein Gesicht verdüsterte sich wieder, er holte tief Luft, suchte nach Worten. Dann beugte er sich über die Schranke und sagte leise: „Es herrscht Ausgangssperre. Bis sie aufgehoben ist, können Sie hier nicht weg. Vielleicht kommen Sie besser mit mir, ich bringe Sie nach Hause." Und indem er den Kopf senkte, auf seinen Helm schaute, fügte er hinzu: „Ihr Haus muss ich auch durchsuchen, es liegt in meinem Sektor ..." Ich kramte in meiner Handtasche und gab ihm mein Schlüsselbund. „Bringen Sie meinen Gerichtsdiener nach Hause. Ich bleibe hier. Und ich halte Sie verantwortlich, Herr Leutnant." Er griff nach den Schlüsseln, nahm Haltung an, und bevor er so schnell er konnte hinausging, versicherte er mir: „Machen Sie sich keine Sorgen, wir schauen uns nur kurz um, so wie hier, und dann bringe ich Ihnen gleich die Schlüssel zurück."

Den ganzen Nachmittag über arbeitete ich im Gericht, hielt trotz der Ausgangssperre die Türen weit geöffnet. Vielleicht wollte ich etwas beweisen, Claudia; vielleicht dachte ich, dass ich, wenn die Stadt umstellt war und Haus für Haus, Gebäude für Gebäude durchsucht wurde, dieses minimale Zeichen setzen musste: das Gericht geöffnet und funktionierend zu halten, die Richterin für alle sichtbar auf ihrem Posten zu zeigen, wie sie auch jetzt dafür sorgte, dass es möglich ist – und menschlich, Claudia, vor allem menschlich –, das Böse vom Guten zu trennen. Ich war immer noch dabei, dies zu demonstrieren, als es dunkel wurde. Ich hatte gerade die Schreibtischlampe eingeschaltet, da tauchten an der Tür die wohlbekannten, zögerlichen, beinahe scheuen Silhouetten auf. Eine Hand klopfte vorsichtig an das Glas der offen stehenden Zwischentür, ein großer, gegelter Kopf erschien, bat um Einlass. Und bevor noch irgendjemand etwas sagte, wusste ich, dass die Stunde gekommen war, auf die ich seit langem gewartet hatte.

„Kommen Sie nur rein, Mamani", sagte ich.

Boris Mamani, der neue Bürgermeister, schob sich in den Raum und wies mit einer Hand hinter sich auf das Dutzend Personen, die ihm folgten: „Ich bin nicht allein da, Laura. Ist das in Ordnung?" Ich nickte, lud sie ein, Platz zu nehmen, sah, wie sie von den anderen Schreibtischen die Stühle herübertrugen und sie vor der Gerichtsschranke aufstellten, auf die geistesabwesende Art, wie man sich bei einer Totenwache um einen Sarg setzt: außer Mamani, Doktor Ordóñez, Pater Penna, eine der beiden Subiabre-Schwestern, der Bäcker Oliva, der Notar Martínez und noch vier weitere, an die ich mich nicht mehr genau erinnere; Stadträte,

Honoratioren von Pampa Hundida, alteingesessene Bürger. Die Witwe Subiabre seufzte und zog ein Taschentuch aus dem Ärmel.

Ich lehnte mich in meinem Richterstuhl zurück, schaute meine Besucher der Reihe nach an. Ich erinnere mich, dass ich fast wie zu mir selbst bemerkte: „Wo steht nochmal in der Bibel die Geschichte, wo ein Engel anbietet, eine Stadt zu retten, wenn jemand in der Lage ist, zehn Gerechte darin zu finden?" Mamani schaute mich verwirrt an - obwohl es niemals leicht ist, Mamani zu verwirren - und wandte sich dann hilfesuchend zu Pater Penna um. Der hatte sich in die zweite Reihe gesetzt, hielt die Ellenbogen auf die Knie gestützt und die Hände vors Gesicht gelegt. Trotzdem war er noch so groß, dass er hervorstach, sich nicht verstecken konnte, und seine Grabesstimme drang zwischen seinen Fingern hindurch: „Genesis, 19. Aber die Stadt wurde nicht gerettet."

Die Witwe Subiabre seufzte noch einmal, begleitet von einem leichten Schluckauf. Und Mamani lächelte mir zu und sagte sanft: „Wir aber können gerettet werden, Laura. Sie können uns retten …" Er klang überzeugt; doch ich wusste inzwischen, dass genau darin der Wille zu überzeugen besteht. Ich erinnere mich, dass ich dachte, er würde vielleicht ein guter Bürgermeister sein, auch wenn er nicht demokratisch gewählt worden war. Vielleicht stimmte es, dass es ihm im Blut lag, weil er von den indigenen Kaziken der Gegend abstammte, die in der Oase regiert hatten, lange bevor es überhaupt einen Staat gab.

Während er ohne Eile vor meinem Podest auf- und abging, gab mir Mamani eine Zusammenfassung der Situation: Die Militärs hatten akribisch die ganze Stadt durchkämmt, Stadtviertel für Stadtviertel, den ganzen Tag über. Hatten Türen eingeschlagen, und Wände aufgestemmt, auf der Suche nach dem Gefangenen, der letzte Nacht aus dem Lager entkommen war. Ich wusste ja sicher schon, dass dieser Geflohene einer der vom Kriegsgericht zum Tode Verurteilten war, der an diesem Morgen hätte exekutiert werden sollen. Ob mir klar wäre, fragte mich Mamani, dass dies ein zusätzliches Problem sei? „Wegen der Flucht des Gefangenen, der heute Morgen hätte exekutiert werden sollen, kann der Comandante Cáceres nicht mit den Erschießungen fortfahren. Das würde nämlich bedeuten, die Ordnung zu durchbrechen, er müsste seine Befehle ändern, etwas, was nicht in Frage kommt." Bildete ich mir das nur ein, oder lag jetzt tatsächlich so etwas wie Spott in seiner Damenstimme? „Es handelt sich um eine Angelegenheit militärischer Logik, Laura, die anscheinend von ziviler Intelligenz nicht nachvollzogen werden kann. Wie auch immer, Laura ..."

Wie auch immer, berichtete Mamani weiter, war Major Cáceres davon überzeugt, dass der geflohene Sträfling in der Stadt Zuflucht gesucht hatte, wo denn auch sonst? Man hatte Anlass zu vermuten, dass er bis in die Nähe der Basilika gekommen war, doch dort verlor sich seine Spur – Mamani sah zu Pater Penna hinüber, der hinter seinen großen Händen betete oder sich versteckte.

Deshalb hatte der Major, fuhr der Bürgermeister fort, ein paar Stunden zuvor, als ihm klar wurde, dass er trotz der verbissenen Suche den Geflohenen nicht finden würde, ihn, Mamani, und die Mitglieder des Stadtrats, die der so kurzfristig zusammentrommeln konnte, zu einer Besprechung in die Kirche zitiert, in die Kapelle der Wunder, unter dem Altar der Jungfrau. Und dort hatte Cáceres ihnen ein Ultimatum gestellt: Es war unmöglich, dass sich in einer so kleinen Stadt ein Geflüchteter versteckte, ohne dass irgendjemand davon erführe. Er kannte diese kleinen Orte, war in einigen stationiert gewesen, sie sollten ihn nicht für dumm verkaufen, ihm war klar, dass sie es wussten oder zumindest wussten, wer es wusste. Sogar sie - und Cáceres, so sagte Mamani, hatte auf die Heiligenfigur in ihrer Altarnische gezeigt -, sogar sie wisse sicher, wer es wisse. „Sagt es mir jetzt endlich jemand?", hatte der Major sie angebrüllt. Doch ein allgemeines Schweigen, das Knistern der Altarkerzen oder das Flüstern des Pfarrers, der in einer Bank betete, war das Einzige, was ihm antwortete. „Also gut", hatte Cáceres gesagt, „wenn ihr es nicht anders wollt ..." Und gleich darauf war er auf den Altar der Kapelle gestiegen, hatte die Schutzpatronin aus ihrer Nische geholt und gegen die Brust gedrückt wie ein kleines Mädchen oder wie eine Puppe. Und sie als Geisel genommen. Doch „Geisel" war nicht das Wort, das Mamani mir gegenüber gebrauchte, Claudia, ich wünschte, ich könnte mich genau erinnern; vielleicht sagte er, er nähme sie als Pfand, oder er benutzte einen anderen,

221

so sanften Ausdruck, dass man hätte meinen können, der Major habe um die Hand der Schutzpatronin angehalten. Was Mamani jedoch tatsächlich wortwörtlich wiedergab, waren die Worte, mit denen Cáceres sie unter Druck gesetzt hatte, ihn als Bürgermeister, die Ratsmitglieder, die ganze Stadt: „Ihr habt mir meine Ehre genommen, als ihr mir den Gefangenen entzogen habt. Dann nehme ich mir eben etwas, ohne das ihr gar nicht existieren könnt."

Und er hatte ihnen vierundzwanzig Stunden Zeit gegeben, um ihm den Geflohenen auszuhändigen, wenn nicht, würde er die Heiligenstatue vernichten. „Laura, dies ist eine Pilgerstadt, ich muss Ihnen nicht erklären …", sagte Mamani. Nein, er musste mir nicht erklären: die Heiligenverehrung, die Bruderschaften, das jährliche Pilgerfest, die Hunderttausende von Pilgern und Besuchern, die zig Millionen Pesos in Almosen und Spenden. Wie Cáceres gesagt hatte: Ohne die Schutzpatronin existierte die Stadt nicht. „Natürlich", mischte sich Oliva, der Bäcker, ein, natürlich glaubten sie ihm nicht ganz, das war sicher nur eine Drohung; die ganze Stadt war Zeuge gewesen, dass der Major die Jungfrau verehrte. Als er kam, war er ja als erstes in die Basilika gegangen, um sich vor ihr niederzuwerfen, viele sagten, sie hätten ihn Selbstgespräche führen sehen, wahrscheinlich betete er … Es war also sicher nur eine Drohung; wenn es aber keine war …

Plötzlich fühlte ich mich sterbensmüde, Claudia, müde und hellwach, als hätten die vierundzwanzig Stunden ohne Schlaf dazu gedient, mich ein für alle Mal aus jener Benommenheit zu reißen, die mich die letzten Wochen über gefangen gehalten hatte. „Sie haben sich gewiss schon bei seinen Vorgesetzten beschwert ...", erwiderte ich.

Mamani antwortete mit seinem unergründlich uralten Mestizenlächeln, dem des Curaca: „Wir haben uns schon beschwert, Laura. Aber man schenkt uns keine Beachtung. Wir haben darum gebeten - das sage ich Ihnen vertraulich -, dass man diese Erschießungen suspendiert. Oder dass sie wenigstens diskret durchgeführt werden, an einem entlegenen Ort und alle auf einmal, nicht eine nach der anderen und so nah bei uns ..." Der Notar Martínez sprang von seinem Stuhl auf und kam nach vorn - ich war froh, dass mich die Schranke ein wenig vor seiner Alkoholfahne schützte: „Verstehen Sie uns nicht falsch, Laurita, wir stimmen darin überein, dass diese Exekutionen sein müssen", erklärte er mir zögernd und wandte sich zu den anderen um, bat um Zustimmung, vielleicht um die von Doktor Ordóñez, für die chirurgische Metapher, die er dann gebrauchte: „Aber niemand amputiert kranke Glieder auf offener Straße, ohne Betäubung und eins nach dem anderen."

Mamani hob die Brauen und sorgte sanft, aber nachdrücklich dafür, dass der Notar sich wieder setzte. Dann wandte er sich wieder mir zu und breitete leicht die Arme aus, zum Zeichen, dass er geendet hatte.

„Sie wollen also, dass ich mich einschalte", schlussfolgerte ich. Mamani antwortete: „Nicht Sie, Laura: die Justiz. Was da passiert, ist doch illegal."

Darauf ich: „So illegal wie Ihre Ernennung, Boris?"
Doch er war keiner von denen, die sich leicht überraschen lassen. Er sah mich fast bedauernd an, als tue es ihm leid, dass ich ihm in die Falle ging: „Ganz genau, Laura. Sie sind ja jetzt die einzige absolut legitime Autorität hier, die einzige noch existierende verfassungsmäßige Gewalt. Wenn die Regierung in Santiago Sie nicht angerührt hat, kann der Major das auch nicht. Sie sind die Einzige, die zu ihm gehen und diese Ungerechtigkeit in Ordnung bringen kann. Gehen Sie, Laura, und gewähren Sie uns Ihren Schutz."

Durchs Fenster sah ich das letzte bisschen Abendrot auf die einbrechende Nacht tropfen; und dann schaute ich sie mir an, diese ungleiche Abordnung, diese „zehn Gerechten", die der Bürgermeister mitgebracht hatte, um mir zu zeigen, dass es die ganze Stadt war, die mich um Schutz bat. Ich musterte Doktor Ordóñez, meinen Freund, der so tat, als schaue er nach etwas auf seinem Revers, vielleicht dem imaginären Stethoskop, das er an die Kehlen legte, in denen das Blut die Wörter ertränkte; ich sah die Hände von Pater Penna, zum Gebet verschränkt wie in der Nacht zuvor in meinem Garten; schaute Mamani an, der auf meine Entscheidung wartete und, während ich zögerte, zur Seite trat wie ein professioneller Schauspieler, der die Bühne einer Komödiantin für den letzten Auftritt überlässt. Auf die Witwe Subiabre, die in diesem Moment in Schluchzen ausbrach. Und dann flehte sie, forderte sie: „Alle sehen doch, wie Sie der Kommandant anschaut! Sie selbst doch auch. Streiten Sie es nicht ab ... Gehen Sie zu ihm, auf Sie wird er hören!" Und an der Hand, die das Kruzifix um ihren Hals umfasst hielt, an ihren Augen und Lippen konnte ich ganz klar den Rest ihrer Rede ablesen: Wenn eine Frau so angeschaut wird, dann deshalb, weil sie sich so anschauen lässt.

Ich sollte mich also anschauen lassen, damit man ihnen ihre Heiligenfigur zurückgäbe. Ich sollte mich von der Macht anschauen lassen, vom Obersten Kommandanten des Bezirks im Belagerungszustand - oder im inneren Kriegszustand -, damit die Stadt ihre Schutzpatronin zurückbekäme. Plötzlich durchschaute ich Cáceres und kam nicht umhin, ihn zu bewundern: seinen Instinkt für die Grausamkeit, seine furchtbare Intuition für die menschliche Schwäche. Die Statue war nicht die Ikone, diese Puppe mit dem Porzellangesicht und Haar einer Toten; sie war ein Spiegel und ein Abbild, das Symbol der Barmherzigkeit der Stadtgesellschaft, ihrer natürlichen Güte, ihrer Unschuld. Als er sie mitnahm, hatte er das Symbol dieser Unschuld geraubt, und solange er es nicht zurückgab, konnte sich niemand in der Stadt darin spiegeln und Vergebung erlangen.

Es war Nacht geworden, Claudia, doch die kleine Lampe auf meinem Schreibtisch reichte aus, um die Dunkelheit zu ergründen, die mich erwartete. Ich sollte mich von Cáceres anschauen lassen, damit sich die Bewohner der Stadt wieder im Spiegel der Statue sehen konnten.

19

Mario hatte die hungrigen, jungen Leute, mit denen Claudia gekommen war, ins Esszimmer gelockt, und Laura blieb mit ihrer Tochter allein auf der Veranda.

Claudia stieß die Tür des alten Arbeitszimmers auf, trat ein und warf ihren Rucksack auf das zerschlissene Sofa, aus dessen rissiger Polsterung eine kleine Wolke rötlichen Staubs aufstieg. Von der blendenden Sonne getrieben, ging auch Laura hinein, in die stauberfüllte Luft des Halbdunkels, wo sie auf ihre widerspenstige Tochter traf, die sie nicht anschaute und sie zum ersten Mal „Laura" statt „Mamá" genannt hatte.

In diesem Raum lagen die Zukunftspläne begraben, die Mario und sie geträumt hatten. Der Raum hätte das Arbeitszimmer für sie beide sein sollen: An diesem Schreibtisch wollte Laura ihre Urteile und juristischen Texte aufsetzen, während Mario an dem Tisch nebenan seine Reportagen und den Roman schrieb, „den er schon vollständig im Kopf hatte". Urteile und Bücher, die die Rechtschreibung und die Literatur des Landes verändern sollten. Nachdem sie weggegangen war, hatte Mario das Arbeitszimmer in eine Abstellkammer verwandelt, wo alles landete, was seine Frau zurückgelassen hatte: die Kleider, die nicht in die hastig gepackten Koffer passten, die Fotos, die Erinnerungsstücke aus der Kindheit und die Kisten, die sie nie abholen ließ. „Anfangs konnte ich die Sachen, die du dagelassen hast, nicht wegwerfen. Und dann habe ich sie wohl einfach vergessen", hatte Mario bei ihrem Abendessen zwei Tage zuvor gesagt. Und Laura konnte sich vorstellen, wie er das Arbeitszimmer abschloss, den Raum ihrer Träume, ihre Vergangenheit, und zwanzig Jahre lang seinen

Inhalt vergaß; darauf hoffte, dass seine Antriebslosigkeit, die Ablenkungen des Alltags und der Staub die Begräbnisarbeit für ihn erledigen würden.

Jetzt stellte Laura fest, welch unglaubliche Anzahl von Dingen ein getrennt lebender Mann in das Hinterzimmer seines Lebens räumen konnte, ohne sich zu trauen, sie wegzuwerfen. Eine Blumenvase, die er nie mochte; die Filmplakate, die ihre erste gemeinsame Wohnung geschmückt hatten, als Armut und Glück Hand in Hand zu gehen schienen; der große Spiegel, der eines Tages ohne ersichtlichen Grund von oben bis unten einen Sprung bekam und den sie nie ersetzten. Und jetzt sagte Claudia aus diesem staubigen Spiegel heraus zu ihr: „Du willst mit mir reden."

„Wie kommst du darauf?", fragte Laura.

„Immer, wenn du mit dir reden willst, folgst du mir in mein Zimmer und stellst dich zwischen mich und die Tür."

„Wir haben viel zu bereden."

„Wie wär's, wenn du damit anfingst, indem du mir den Brief beantwortest, den ich dir vor drei Monaten geschrieben habe?"

Der Brief mit den Fragen. Der Brief, den Claudia wahrscheinlich in diesem Zimmer geschrieben hatte, an Lauras altem Schreibtisch. Laura dachte an Marios ausweichenden Bericht zwei Tage zuvor bei ihrem Abendessen: wie sich das Mädchen drei Tage lang in dieser Mausefalle eingeschlossen, gelesen und geraucht, die Bücher durchgesehen und in den alten Sachen der Familie gekramt hatte, nachdachte. Und nach drei Tagen mit diesem Brief herausgekommen war, der in Laura diese lange Reise zurück in ihre Vergangenheit ausgelöst hatte.

„Dazu bin ich ja gekommen, um dir persönlich deinen Brief zu beantworten."

„Dann mach es doch endlich."

„Ich habe schon vor langer Zeit gelernt, dass es Fragen gibt, die man nicht mit Worten oder nur per Brief allein beantworten kann."

Fragen, für die weder Wort noch Schrift ausreichen. Fragen, die verlangen, dass man an den Ort der Erinnerung zurückgeht, in die Vergangenheit, mit dem Finger auf das weist, was kein Wort auszudrücken vermag. Dazu war sie gekommen.

Ein Schweigen breitete sich zwischen ihnen aus, wie der Staub, der im durch die Tür fallenden Licht schwebte. Ohne darauf zu achten, ging Laura zu dem Regal, das die gesamte Wand neben ihrem alten Schreibtisch einnahm; dies war ihre alte Bibliothek, die sie nie abgeholt hatte. Laura legte ihre Handtasche auf den Schreibtisch und entdeckte dabei den abgewetzten blauen Umschlag ihres alten Exemplars von „Die Geburt der Tragödie im Geiste der Musik". Sie hatte es für eins ihrer ersten Seminare an der Juristischen Fakultät gelesen, vor einem Vierteljahrhundert. Laura nahm es in die Hand, blätterte darin, blieb an einer Passage hängen, die von ihr selber mit grüner Tinte unterstrichen worden war. Der Geruch des Papiers brachte ihr unvermittelt ein ganzes Stück ihrer Vergangenheit zurück, unberührt, unbeschädigt in seiner Reinheit, haltbarer als die verblasste Tinte.

Laura las, was sie fast ein Vierteljahrhundert zuvor unterstrichen hatte: „Jener scheußliche Hexentrank aus Wollust und Grausamkeit ... die wundersame Mischung und Doppelheit in den Affekten der dionysischen Schwärmer erinnert an ihn – wie Heilmittel an tödliche Gifte erinnern –, jene Erscheinung, dass Schmerzen Lust erwecken, dass der Jubel der Brust qualvolle Töne entreißt. Aus der höchsten Freude tönt der Schrei des Entsetzens oder der sehnende Klagelaut über einen unersetzlichen Verlust."

Laura schloss das Buch und legte es auf den Schreibtisch zurück. Um den Schwindel loszuwerden, den der Text bei ihr auslöste, fragte sie ihre Tochter: „Hast du das Buch gelesen?"

„Ich habe es zufällig hier gefunden, ich hatte es mir aber schon selbst gekauft", antwortete Claudia, ohne sich umzuwenden, und fuhr fort, ihren Rucksack auszupacken und ihren Schlafsack auf dem ramponierten Sofa auszubreiten. Sie wollte ihrer Mutter nicht zugestehen, irgendeinen Einfluss auf sie gehabt zu haben. „Wir mussten es für das Seminar über Gerechtigkeit und Tragödie lesen, das Velasco gibt."

Don Benigno Velásco hielt also immer noch dieses Seminar ab. Es war typisch für die unerschöpfliche Energie ihres alten Lehrers, dass er seine eigenen Lehren befolgte: Die Politik ist nichts anderes als eine erweiterte Form der Pädagogik, pflegte er ihnen zu sagen, während er sich seine deformierten, schmerzenden Hüften rieb. Nach der Zwangspause der Diktatur war er zu seinen beiden Leidenschaften zurückgekehrt. Als man ihn zum Justizminister ernannte, hatte er nur unter der Bedingung angenommen, dass er weiter seine Vorlesungen halten konnte. Velasco krönte seine berufliche Laufbahn mit dem Gipfel der Macht, doch ohne sein Lieblingsseminar aufzugeben, eine ganz besondere Einführung, mit der er jede neue Generation „prägte"; so konnte er gleich zu Beginn die schlichten Gemüter, die nur lernten, das Gesetz anzuwenden, von den wenigen trennen, die das Privileg haben würden, es zu erschaffen.

„*Gerechtigkeit und Tragödie*. Ich habe das Seminar damals auch belegt. Vor fünfundzwanzig Jahren."

„Noch eins deiner Geheimnisse. Wenn du mir das irgendwann mal erzählt hättest ..."

„... dann hättest du es möglicherweise gar nicht belegt. Nur um dich von mir zu unterscheiden."

„Möglicherweise", stimmte Claudia zu und wandte sich zu ihr um. „Worauf willst du hinaus, Laura?"

Plötzlich wusste Laura, worauf sie hinauswollte, wohin sie gelangen musste: an den Punkt, wo die beiden auseinandergedriftet waren, zu dem Moment, als ihre Tochter aufgehört hatte, sie „Mamá" zu nennen. Doch dazu war es nötig, noch weiter zu gehen, wie eine Geburtshelferin in Claudia die Liebe neu entstehen zu lassen, die verkümmert war, geschrumpft war, bis sie in diesen Embryo aus Groll und Enttäuschung passte.

„Teilt Velasco seine Studenten immer noch in apollinische und dionysische ein?", fragte sie.

„Ja."

„Und zu welcher Gruppe hast du dich gesetzt?"

„Zur dionysischen, wie fast alle. Ich vermute, du aber nicht."

Laura nickte lächelnd, musste zugeben, dass sie ihre Unterschiede nur zu gut kannten: Sie hatte sich schon von Beginn des Seminars an zur winzigen apollinischen Gruppe gesetzt. Und jetzt stellte sie sich vor, wie der emeritierte Professor seinen Vortrag wieder aufnahm und jedes Jahr jeder neuen Generation aus dem Kopf seine klassische Alternative vorstellte. Er erklärte ihnen in groben Zügen, wofür Dionysos und Apollon standen und forderte sie dann auf, eine Option zu wählen und sich auf zwei unterschiedliche Seiten des Hörsaals zu setzen – die Mehrheit setzte sich jedes Mal auf die dionysische Seite, zur Gruppe der Enthusiasten, die gern feierte. Und so begann Velasco das Seminar. Im ersten Semester verteidigte er das Reich von Dionysos: die Rechte der Tragödie, das unheilbare Chaos der Welt, das absurde Fest des Universums, das Justitia nur mit ihrem Schwert in Schach zu halten versuchen konnte. Er lehrte, dass das Recht nicht erwarten durfte, Dionysos zu ändern, sondern ihm höchstens Grenzen zu setzen vermochte. Im zweiten Semester zeigte er den uralten Fehler dieses Heidentums und verteidigte die Rechte von Apollon: die Schönheit des Verständlichen, die natürliche Ordnung des Universums, von der das Rechtswesen ein Abbild war, die Vermittlung, die in den Händen der Juristen lag, den Hohepriestern der Harmonie. In den ersten Monaten zeichnete er das Universum als ursprüngliches Chaos; in den folgenden forderte er dazu auf, die dahinterstehende Ordnung zu begreifen. Die Welt als Abgrund oder als Tempel, die Rechtsprechung als Zwang oder als Verständnis. Justitia, die mit ihrem Schwert den gordischen Knoten des Absurden durchschlug, ohne ihn jemals zu lösen; oder die auf ihrer Waage vorgegebene Wahrheit abwog.

„Und vermutlich hat er euch dann dazu aufgefordert, das Gegenteil von dem zu verteidigen, was ihr anfangs gewählt hattet, oder irre ich mich?"

„Nein, du irrst dich nicht", gab Claudia zu, zog an ihrer Zigarette und senkte den Kopf, versteckte vielleicht hinter ihren orangenen Strähnen eine gewisse düstere Ahnung, wohin ihre Mutter sie gerade führte.

In einem bestimmten Moment, erinnerte sich Laura, verlangte Velasco, dass die Studenten mit derselben Begeisterung, derselben kalten Leidenschaft, dionysisch und apollinisch gleichzeitig, beide Hypothesen vertraten. Sie sollten, egal, auf welcher Seite sie saßen, die Arbeit des Sophisten tun: vortragen, was sie für richtig hielten, und gleich darauf das genaue Gegenteil vertreten, mit derselben logischen Geschicklichkeit und entwaffnenden Subtilität, mit der ihr Professor die Konzepte auf den Kopf stellte, Wahrheiten verdrehte, eine These formulierte und dann zeigte, dass sie in Wirklichkeit die Kehrseite ein- und desselben Gedankens war.

„Und stellt er am Ende des Seminars immer noch die gleiche Frage?"

Claudia wusste nun schon, worauf ihre Mutter hinauswollte, und nickte. Wenn das Semester fast zu Ende war, fragte der kleine, hinkende Mann das Plenum mit einem sphinxhaften Lächeln: „Also, dann will ich euch jetzt das Wort geben, meine Lieben, ich möchte, dass mir jemand in diesem Raum, mit allem, was ich euch in diesem Jahr beigebracht habe, folgendes Rätsel löst: Wer war vor einem Jahr Dionysos und wer ist jetzt Apollon?"

Worauf sich alle untereinander anschauen und verblüfft schweigen. Bis Professor Velasco in lautes Gelächter ausbrach, dieses Gelächter, das das einzig Stabile an diesem verwachsenen Körper war, und mit seiner porzellanweißen Hand auf sie zeigte: „Ihr, meine Lieben, ihr seid jetzt Apollon; mit seiner Schönheit, solange sie anhält. Als ihr dieses Seminar begonnen habt, wart ihr Dionysos, egal, wo ihr euch hinsetztet. Ihr wart instinktiv wie die Tiere, eine dionysische Gruppe, ein tragisches, schnüffelndes Rudel auf der Suche nach Festen, nur geleitet von eurer Begeisterung. Und jetzt seid ihr Apollon. Weil ihr nachgedacht habt – ohne es zu merken, seid ihr in die Falle des Denkens getappt. Das Rudel hat sich aufgelöst und jetzt seid ihr unwiederbringlich zu Individuen geworden. Von jetzt an müsst ihr eure Fackeln wegwerfen und euch nur noch vom hellen Licht eurer Vernunft leiten lassen. Jetzt hat Dionysos für euch aufgehört zu existieren. Willkommen in der Erwachsenenwelt. Genau hier beginnt das Alter, meine lieben Apollos." Und so verabschiedete er sich, inmitten von Verblüffung und Beifalls seiner Studenten.

„Ja, Velasco stellt immer noch diese Frage, und das Seminar läuft sicher noch genauso ab, wie du es erinnerst. Aber es gibt doch etwas Neues", sagte Claudia, stieß den Rauch ihrer Zigarette aus und setzte sich aufs Sofa, wobei sie mit der Glut dem Rosshaar im aufgerissenen Polster gefährlich nahe kam. „Jetzt sagt er, die Erfahrung habe ihm gezeigt, dass Apollon mit Dionysos verhandeln muss, dass wir nur eine ‚Gerechtigkeit des Möglichen' anstreben können. Vielleicht sogar noch weniger, denn das Mögliche kann schon zu viel sein. Er sagt, die Sehnsucht nach sozialer Gerechtigkeit habe zum sozialen Terror geführt. Und dass wir deshalb, wenn wir den Terror unter Kontrolle halten wollen, weniger Gerechtigkeit fordern müssen. Er sagt, unsere Generation kann diesen Gedanken gar nicht in Frage stellen, wir können nicht einmal wählen zwischen Dionysos und Apollon, weil wir einfach die Erben eines Paktes zwischen ihnen sind und uns nichts anderes übrigbleibt, als ihn zu befolgen."

Claudia zupfte eine Handvoll Rosshaar aus der zerschlissenen Sofalehne, als risse sie sich selbst diese Idee einer „möglichen Gerechtigkeit", eines „ererbten Pakts" aus.

„Meinst du nicht, dass wir jetzt lange genug um den heißen Brei herumgeredet haben, Laura? Und ich sehe immer noch nicht, wohin deine sokratische Methode, mich zu erziehen, führen soll."

„Zu einer Antwort, die nicht die Frage zerstört und die Person, die sie stellt, wie es in Velascos Seminar geschieht."

Mit diesen Worten öffnete Laura ihre Handtasche, zog den dicken, braunen Umschlag mit ihrer Antwort heraus und zeigte ihn ihrer Tochter. Claudia schaute darauf, ohne ein Wort zu sagen.

„Gib mir noch einen Tag", bat Laura. „Wenn ich bis morgen früh keine bessere Art und Weise finde, dir zu antworten, kannst du diesen Brief lesen."

„Du bleibst wie immer geheimnisvoll, Laura", antwortete Claudia unwillig. Dann fügte sie mit aller Ironie, der sie fähig war, hinzu: „Kannst du mir nicht wenigstens ein bisschen was verraten, mir vielleicht einen kleinen Tipp geben?"

Laura schaute sie an und spürte die Liebe, die sie mit ihrer Tochter verband, an einem bestimmten Punkt ihres Körpers, dort, wo sie Claudia in sich getragen hatte. Sie wusste, dass ihre Tochter keinen Tipp wollte, sondern eine Gewissheit. Was konnte sie ihr sagen? Dass wir keine Kinder unserer Gewissheiten, sondern unserer Widersprüche sind? Sie verspürte den Wunsch, ihr jetzt gleich, ein für alle Mal zu antworten, sich mit ihr in den Abgrund zu stürzen und zu versuchen, ihn gemeinsam zu überwinden. Aber die Zeit war noch nicht reif dafür. Wenn sie ihr jetzt sofort ihre Fragen beantwortete, dann liefen sie beide Gefahr, dass der Abgrund, den diese Fragen öffneten, für immer zwischen ihnen bliebe. Und so konnte sie nur sagen: „Nimm meinen Vorschlag an. Wenn ich dir bis morgen nicht auf andere Weise geantwortet habe, kannst du diesen Brief lesen."

„Warum gibst du mir nicht jetzt diese Antwort?", beharrte Claudia.

„Weil ich hoffe, dich überzeugen zu können, sie nicht zu lesen. Und weil es dringende Dinge zu erledigen gibt."

Die junge Frau schüttelte den Kopf, als bedaure sie einen Moment lang alles, was sie über ihre Mutter wusste.

„Laura, für dich gibt es immer dringendere Dinge als das Wichtige."

„Dein Freund, der Anwalt Martínez, ist verschwunden..."

Claudia hob den Kopf, sah sie endlich einen Moment lang nicht so rebellisch, so ungeduldig an.

„Wie? Wann?", stammelte sie.

Doch bevor Laura ihr antworten konnte, erschien eine uniformierte Silhouette im Türrahmen. Als hätte er ihm Gang gewartet und erst seinen Mut sammeln müssen, um sie zu unterbrechen, bat Leutnant Acuña, eintreten zu dürfen, wobei er seine Mütze abnahm. Als er Claudia sah, war er sichtlich verwirrt, wollte beinahe schon Haltung annehmen.

„Man hat mir gesagt, dass ich Sie hier finden würde, Frau Richterin. Aber wenn ich störe …"

„Meine Tochter, Leutnant" stellte Laura vor. „Ich denke, Sie haben sie schon kennengelernt."

„Ich habe sie ein paarmal von weitem gesehen, aber …"

Er brauchte den Satz nicht zu beenden. Die Schüchternheit, die gerötete Stirn, die Verlegenheit des Polizisten sagten alles. Laura beschloss, ihm zur Hilfe zu kommen: „Sie wollten mir also berichten …"

„Ja. Das heißt nein, leider, Frau Richterin. Keine Spur von Rechtsanwalt Martínez."

Claudia stand auf: „Was ist passiert? Erklärt mir doch bitte!"

„Gestern Nacht ist ins Gericht eingebrochen worden. Martínez ist den Einbrechern nachgelaufen und seither verschwunden", stotterte Acuña.

„Aber warum denn? Was hat man denn gestohlen?", stammelte Claudia und schaute sie verwirrt an.

Laura machte sich nicht die Mühe, dies zu erklären. Sie wusste, wie schnell ihre Tochter im Denken war. Und tatsächlich, bevor ihre Mutter etwas sagen konnte, antwortete Claudia sich selbst.

„Die Klageschrift, mit dem Beweisstück für die Schändung, nicht wahr?"

Laura nickte und versuchte, nicht allzu sehr ihre Skepsis zu zeigen, was diese „Schandung" betraf.

Der Leutnant gab seinen Bericht jetzt der jungen Frau, schaute sie dabei direkt an und vermied sorgfältig, den Blick auf ihren Ausschnitt zu richten: „Wir haben den Anwalt bei sich zu Hause gesucht, in seinem Büro, an den Orten, wo er sich gewöhnlich aufhält. Niemand hat ihn gesehen. Wir haben wirklich alles durchkämmt, Señorita, auch wenn bei so vielen Besuchern in der Stadt unsere Polizeikräfte kaum ausreichen, Sie verstehen ..."

Claudia warf ihren Zigarettenstummel auf den Boden, trat ihn energisch aus und ging ebenso energisch auf die Veranda hinaus. Von dort rief sie nach ihrer Gruppe. Nach kurzer Besprechung wandte sich Claudia an den Leutnant: „Wir unterstützen Sie, wenn Sie nicht genug Leute haben. Haben Sie ein Foto vom Anwalt?"

„Aber hier kennt ihn doch jeder, Señorita!"

„Nennen Sie mich nicht Señorita. Und die Pilger kennen ihn jedenfalls nicht."

Claudia kramte in ihren Rucksacktaschen und kam mit einem Foto zurück, auf dem sie mit dem Anwalt auf der Plaza zu sehen war. Es war bei ihrem Besuch drei Monate vorher aufgenommen worden, und die beiden strahlten sichtlich hoffnungsvoll.

„Wir machen hiervon einfach ein paar Fotokopien und zeigen sie den Leuten", entschied sie. Dann wandte sie sich an ihre Mutter: „Also gut, Laura. Ich nehme den Vorschlag an. Aber denk bloß nicht, dass ich bis Mitternacht nichts unternehmen werde."

Ein paar Minuten später hatte sie mit ihrer Gruppe das Haus verlassen. Mario und Laura sahen ihnen von der Tür aus nach, wie sie sich in der Menge der Pilger verloren. Ein Stück hinter ihnen ging, treu und ergeben wie ein unfreiwilliger Schwiegersohn, der Leutnant.

„Was hatte das denn zu bedeuten?", fragte Mario verwirrt und löste den Knoten seiner Krawatte.

„Das?", sagte Laura seufzend. „Das bedeutet es, eine Tochter zu haben, Mario."

20

Major Cáceres erwartete mich an der Tür seines Hauses, im hintersten und dunkelsten Winkel des Lagers. Ich sehe ihn vor mir, Claudia, von meinem Arbeitszimmer in Berlin aus. Ich sehe den Mann, der im Gegenlicht in der Tür steht, vor der mich der Jeep abgesetzt hat, der mich vom Gericht hierher gebracht hat. Und ich weiß, wenn ich ganze Zeitalter, Äonen lebte, sähe ich ihn immer noch dort im Gegenlicht in der Tür seines Hauses in den Ruinen der Minenstadt stehen, als umgäbe ihn ein Flammenschein.

„Willkommen in meinem Heim", sagte er und trat zur Seite, um mich einzulassen, doch stattdessen wandte ich mich instinktiv nach dem Jeep um, der den Appellhof zum Tor hin überquerte, den Schilderhäuschen der Wachen, den so weit entfernten, unwirklichen Lichtern von Pampa Hundida zwischen den Bäumen. Ich erinnere mich, Claudia, dass ich einen Moment lang die schwindelerregende Versuchung verspürte, hinter dem Jeep herzulaufen, den Fahrer zu bitten, mich wieder in die Stadt zu bringen, weil ich es mir anders überlegt hätte, der Anruf, mit dem ich mich im Lager angemeldet und darum gebeten hatte, empfangen zu werden, sei ein Irrtum gewesen. Ich hatte ihn im Beisein von Mamani und seinen „zehn Gerechten" getätigt, nachdem ich ihnen mitteilte, dass ich ihrem Ersuchen stattgeben und ihre Heiligenfigur zurückholen wolle. Doch es war schon zu spät, die Rücklichter des Jeeps verloren sich in der Dunkelheit und der Nachtwind heulte in den Löchern des Wachturms – des hohen Schornsteins, den Cáceres zum Ausguck gemacht hatte; er ächzte und jaulte wie eine riesige Flöte.

Also betrat ich das Haus des Majors, gehorchte dem ausgestreckten Arm, der mich hereinwinkte, bemerkte im Vorbeigehen die Huskyaugen, die mir folgten, den Lavendelduft des Rasierwassers, seinen nervösen Tick: den Finger, der sich zwischen Adamsapfel und Uniformkragen schob, auf der Suche nach Erleichterung, nach Raum, um den anderen Mann herauszulassen, den nicht er, sondern seine Disziplin unter Kontrolle hielt.

Auf spröde, spartanische Art waren die Räume komfortabel, ja, sogar luxuriös, wenn man vergaß, dass dies eine Ruinenstadt war, dass hinter diesen renovierten und frisch gestrichenen Zimmern eine Reihe verlassener Baracken ohne Dächer lagen, die verwaisten Mauern und leeren Flächen einer Geisterstadt. Ich sah einen Perserteppich auf den gehobelten Dielen, Fotos an den Ziegelwänden (ein Reiter, der über ein Hindernis sprang; Cáceres, der einen Pokal hielt und so glücklich aussah, dass man sich fragte, ob er selbst das war); ein Feldbett im Halbdunkel hinten im Raum; einen Ofen mit einem Feuer darin; einen Couchtisch zwischen zwei Sesseln, auf dem kitschige militärische Andenken standen: eine Plakette mit einem Pferderelief, ein versilberter *Corvo*, der Ehrendolch der chilenischen Offiziere, mit gravierter Klinge, zur Erinnerung an irgendeinen lange zurückliegenden Kommandokurs. Auf dem geräumigen Schreibtisch eine

Opalglaslampe, in deren Lichtkegel eine große, mit vielen Strichen versehene Karte von Pampa Hundida ausgebreitet lag, wie beim Generalstab eines kleinen Krieges. Auf einer Ecke der Karte stand die Statue der Schutzpatronin und schaute mich verweint und lächelnd an, versunken in ihrem Widerspruch: Über ihre rosa Wangen liefen die gläsernen Tränen und kontrastierten mit den halb geöffneten, sinnlichen, verzückten Lippen, die die spitzen Mäusezähnchen aus Porzellan sehen ließen.

Cáceres schloss hinter mir die Tür, während ich spürte, wie sich die Hitze, die sich am Tag in den Wellblechplatten angestaut hatte, vom Dach ohne Zwischendecke auf uns niedersenkte, uns einhüllte wie ein schmutziger Gedanke. Dann ging er zum Schreibtisch, schaute mich von dort aus weiter an, holte tief Luft und ließ erkennen, wo ihm die Uniform zu eng saß: am Hals, an den Schultern, auf der von Orden beschwerten Brust. Es schien, als ob ihn meine Ankunft einschüchterte oder eine Melancholie, eine Sehnsucht verstärkte, als käme ich aus einem Land, wo er einmal glücklich gewesen war; besser gesagt, wo er hätte glücklich sein können, in das er jedoch nie gelangt war ... Schließlich sagte er: „Wir hatten dich schon erwartet, Richterin."

Der Plural überraschte mich nicht, Claudia. Er kam mir ganz natürlich vor, passte zu einem Warten, das nicht nur sein eigenes Leben lang gedauert hatte, sondern andere, vorige, eine ganze Ahnenreihe umfasste, die des kaum erleuchteten Ölgemäldes hinter dem

Schreibtisch: das Porträt eines Militärs alter Zeit in Galauniform, mit Umhang und weißen Handschuhen in der Faust. Cáceres ließ sich von mir damit vergleichen, dann erklärte er mir mit einer Art gekränkter Bewunderung: „Mein Urgroßvater, der Oberstleutnant Latorre."

Und tatsächlich schauten durch vier Generationen hindurch dieselben hellen, traurigen Huskyaugen über ihren Nachfahren hinweg in die Ferne, über die Schlachtfelder hinaus, über jeden Sieg hinaus, über die Nacht hinaus, in der sein Urenkel mir erklärte: „Wir Latorres und Cáceres sind seit der Zeit der Unabhängigkeit in der Kavallerie der Republik geritten. Und davor in den Kolonialarmeen. Wir haben in allen Kriegen gekämpft und sind in allen gefallen, könnte man sagen."

Plötzlich, Claudia, glaubte ich etwas von dieser seltsamen Abwesenheit von Cáceres zu verstehen, diese Leere, die ihn charakterisierte, als wäre er nur der Begleiter seiner selbst. Er lebte mit der Trauer, dass seine Zeit ihn verachtet hatte. Vor mir sah ich den Kavalleriemajor in seinen Vierzigern, den Erben dieser Dynastie von Militärs, der Pferdeplaketten bekommen hatte statt Orden für Heldentaten, für den nur noch Kriegsspiele übrig gewesen waren, Manöver gegen imaginäre Feinde. Ich sah den strengen, mittelmäßigen Offizier, schon zu alt für seinen Rang, der schließlich nur einen schmutzigen Krieg abbekommen hatte und in diesem die erniedrigende Aufgabe eines Kerkermeisters, eines Gefängniswärters, dem ein Gefangener entlaufen war.

„Was würde wohl Ihr Urgroßvater sagen, der Oberstleutnant, wenn er erführe, dass sein Porträt jetzt in einem Gefängnis hängt?", fragte ich.

Der Major zuckte zusammen, senkte den Kopf, schaute auf den Plan der Stadt, in der er den Geflohenen nicht finden konnte. Er stand vor mir wie das erste Mal in der Basilika: groß, sehnig, mit kurz geschorenen Haaren und eingefallenen Wangen, unter denen die Kiefer mahlten (als zerbisse er sich das Herz, Claudia, man kann es nicht besser beschreiben).

In diesem Augenblick klingelte das Telefon, ein grüner Armeeapparat. Cáceres schaute auf die Uhr. Ich tat automatisch das Gleiche. Es war genau Mitternacht. Sechs Stunden noch bis zum Tagesanbruch. Bis die Sonne über den blauen Kamm der Berge steigen würde. Bis ihre Strahlen die Gipfel der anderen Bergkette parallel zur Küste erreichen, sich dann nach und nach auf die Wüste senken und die Salzebene des verschwundenen Meers entzünden würden. Der Major nahm den Hörer ab und bellte: „Cáceres". Die Stimme vom anderen Ende war nur bruchstückhaft zu hören, der Jargon der Kriegsspiele: „Perimeter ... Positionen eingenommen ... negativ, Herr Major." Cáceres beugte sich über die Karte auf seinem Schreibtisch, den in Sektoren eingeteilten Stadtplan. Die meisten waren schon mit Rotstift durchgestrichen. Dann legte er grußlos auf, griff zu dem Stift und strich mit Hilfe eines langen Holzlineals sorgfältig die noch verbliebenen nichtmarkierten Sektoren durch.

Schließlich setzte er sich in seinen Sessel und

überlegte einen Moment lang; dabei presste er die Finger um das Lineal, bis die Knöchel weiß hervortraten. Dann sagte er zu mir oder vielleicht zur Schutzpatronin auf seinem Schreibtisch: „Ihr glaubt wohl, ihr könnt ihn vor mir verstecken." Ich verstand noch nicht ganz oder wollte nicht verstehen und fragte: „Von wem reden Sie?" Darauf er: „Von euch, den Zivilisten."

(Später, Claudia, hörte ich ihn noch öfter so mitleidig, verächtlich von den Zivilisten reden: den Zivilisierten, die keine Gewalt anwenden wollen und das Militär rufen, damit es tut, was sie sich nicht zu tun trauen. Ich selbst, die Richterin, war die Schlimmste dieser Zivilisten, weil ich Urteile fällte, aber nicht ihrem Vollzug beiwohnte, nicht in die Zelle ging, nicht den Henker begleitete. Deshalb hatte er mich am Kriegsgericht teilnehmen lassen, damit ich von meinem Podest herabkäme und mich einer Rechtsprechung stellte, die nicht das Schwert anrief, sondern die das Schwert war. Wenn es möglich gewesen wäre, so sagte er, dann hätte er die ganze Stadt gezwungen, dabei zu sein. Und mehr noch: Er hätte sie gezwungen, selbst auf die Verurteilten zu schießen, sie mit ihren eigenen Händen zu exekutieren.)

„Zivilisten", sagte er noch einmal und schaute die Schutzpatronin an. „Ihr und eure Gesetze, euer gutes Gewissen, euer Friede ..." Er wandte sich wieder mir zu. „Und eure Schönheit. Weißt du, was ich dir sage, Richterin? Ihr solltet diesen Krieg segnen. Denn dieser Krieg wird euch zu echten Männern und Frauen machen. Ihr werdet lernen, was es heißt, zu befehlen und zu gehorchen; die Disziplin, die es braucht, um allein durch die Dunkelheit zu galoppieren."

Cáceres senkte den Kopf, schaute wieder auf den markierten Stadtplan, schloss die Faust, als wolle er auf den Plan schlagen. Doch dann hielt er sich zurück und ließ sie langsam sinken, fuhr mit zwei Fingern über den Plan, zeichnete das Labyrinth der Straßen nach. „Weißt du, wie die Stimme des Divisionsgenerals geklungen hat, der mich heute Nachmittag anrief?", fragte er in den Raum hinein, vielleicht weder an mich noch an die Jungfrau gewandt. „Sie klang wie Donnerhall über einem Abgrund."

Dann endlich wandte er sich wieder mir zu: „Man hat dich geschickt, um die Jungfrau zu holen, Laura." Als ich darauf nur mit einem: „Ja", antwortete, fuhr er fort: „Aber du bist wegen des Geflohenen gekommen, nicht wahr?" Ich nickte nur leicht. „Sagst du mir, wo ich ihn finde?", fragte er. Darauf ich: „Nein. Ich bin gekommen, um Ihnen genau das Gegenteil zu sagen: dass Sie aufhören sollen, ihn zu suchen, die Stadt unter Druck zu setzen; dass ich dem Gefangenen Berufung gegen sein Urteil zugestanden und ihn unter meinen Schutz gestellt habe, an einem Ort, wo Sie ihn nicht finden können. Melden Sie also Ihren Vorgesetzten, dass ich offiziell die Zuständigkeit zwischen Ihrer Gerichtsbarkeit und der meinen klären lassen werde. Und dabei bis zum Obersten Gerichtshof gehe, wenn es sein muss …"

Cáceres hob den Arm, als wolle er mich zum Schweigen bringen. Aber er befahl mir nicht zu schweigen,

Claudia. Vielmehr schien es, als erschrecke oder verletze es ihn sogar, mich so reden zu hören. Mit so etwas wie unterdrückter Wut schaute er zum vergitterten Fenster hin, sein Adamsapfel hob und senkte sich ruckartig, als er trocken schluckte, und die graue Iris seiner Augen wurde ein wenig feucht, glänzte einen Moment lang. Ich verspürte schon den kindlichen Stolz eines Sieges, während ich hörte, wie seine Stimme bebte, als er meine Worte wiederholte: „Der Oberste Gerichtshof." Und aus seinem Mund ließ mich das Wort an andere Dinge denken: einen Hofstaat, eine Prozession von Bittstellern, mit Weinlaub geschmückt, der Hofstaat von Bacchus mit den entfesselten, tanzenden Priestern seines Kultes.

Dann stand Cáceres auf, kam um den Schreibtisch herum, baute sich vor meinem Stuhl auf und sagte, während er mich eindringlich anschaute: „Als ich mich auf meine Versetzung hierher vorbereitete und den Geheimdienstbericht über dieses Scheißkaff las, Laura, als ich erfuhr, dass sie hier die jüngste Richterin des Landes haben, ‚die Hoffnung der chilenischen Justiz', und dein Foto sah, da wusste ich, dass du in dieser Wüste meine Prüfung und meine Versuchung sein würdest." Während er so zu mir sprach, fuhr der Major wie in Gedanken mit der Hand über die Heiligenfigur, rückte die Krone gerade, strich über ihr Totenhaar - wie ein Vater bei einem kleinen Mädchen; nie habe ich so große Traurigkeit gesehen, Claudia. „Sag mir, wo mein Gefangener ist, Richterin", drängte er mich noch einmal, worauf ich wieder mit: „Nein", antwortete. Da änderte sich seine zärtliche Geste, er griff in das lange Haar der Jungfrau und zwirbelte es ein wenig: „Du wirst es mir schon sagen." Ich ahnte, was er vorhatte und antwortete: „Wenn Sie mich anrühren, schreie ich." Worauf er, freudlos lächelnd, das Haar der Figur noch ein wenig mehr verdrehte und fast wehleidig sagte: „So viele haben hier schon geschrien."

(... wie oft habe ich hier geschrien, Claudia? Wie oft habe ich dieses Blatt meines Briefs begonnen, und meine Hand hat sich geweigert, weiterzuschreiben, und das Blatt ist weiß geblieben, leer, eine Salzwüste, wo die Sonne die Knochen meiner Erinnerung versengt? Wie oft habe ich dieses Blatt zerknüllt und zerrissen, nachdem ich es mit unlesbaren Zeichen vollgekritzelt hatte; Hieroglyphen, Gekrakel, kindliche Kritzeleien, die über den Rand des Blattes hinausglitten, bis auf den Tisch, als sei die schreibende Hand dem Gewicht ihrer Aufgabe nicht gewachsen gewesen und über den Rand des Schreibtisches gezogen worden, über den Rand dieser Welt; eine abgehackte Hand, die auf den Grund dieses verschwundenen Meers fällt, an dessen Ufer eine unwiederbringliche Unschuld wohnt? Wie oft? Doch wenn ich es nicht schreibe, wenn ich genau diese Zeilen verleugne, verstecke, wäre es unmöglich, dich wissen zu lassen, was ich über mich selbst erfuhr - was ich über das erfuhr, was sich hinter meinem eigenen Bild von mir versteckte -, und wie könntest du dann die andere verstehen, die ich wurde, nachdem ich es erfahren hatte?)

„So viele haben hier schon geschrien", sagte Cáceres noch einmal. Und dann, so schnell, dass ich die Bewegung nicht einmal sah, ohrfeigte er mich. Mit einem gezielten, sauberen, heftigen Schlag (aber vor allem so sauber). Ich stürzte mit dem Stuhl zu Boden, versuchte mich aufzurichten, doch da war er schon über mir. Die Zange seiner Finger packte mich im Nacken, drückte meine brennende Wange auf den Boden. Die andere Hand schob sich unter meinen Rock und zwischen meine Beine. Ich versuchte zu schreien (was so viele getan hatten ...), doch ich konnte nur ein ersticktes Geheul über die Kieferndielen ausstoßen (ich erinnere mich an ihren Geruch nach Bohnerwachs, nach künstlichem Holzaroma). Die Hand zerriss mit einem Ruck meinen Schlüpfer und drang weiter zwischen meine Beine vor. Ich versuchte mit aller Kraft, sie zu schließen, doch seine kräftigen Finger schoben sich immer weiter zwischen meine Schenkel und erreichten mein Geschlecht. Von Entsetzen gepackt, stellte ich mir vor, wie diese eiskalte Hand in mein Inneres eindringen würde, mich zerrisse. Doch die Finger glitten über meine Scham hinweg und griffen in mein Schamhaar, dort, wo es am dichtesten und empfindlichsten ist. Dann drehte der Mann das Handgelenk, und ich verspürte einen rasenden Schmerz, während mich die Hand an den Hüften hochhob, mich an diesem Punkt nach oben zog. Und dann ließ Cáceres meinen Kopf los.

Es war eine knappe, geschickte Operation gewesen, Claudia, und ohne Zweifel führte er sie nicht zum ersten Mal aus. Sie hatte nur wenige Sekunden gedauert, und ich merkte, dass ich völlig bewegungsunfähig war. Mit dem Kopf nach unten, den Händen und Füßen am Boden und den in die Luft erhobenen Hüften bildete mein Körper einen Bogen, dessen höchster und verletzlichster Punkt mein nacktes Gesäß war, das der Mann mühelos hielt; sogar mit meiner Unterstützung, weil ich versuchte, den Schmerz zu vermeiden, indem ich mich am selben Punkt in die Höhe reckte, wo er mich an meinem Schamhaar hielt und ich mich seinem Griff anpasste. (Und diese unfreiwillige Mithilfe war demütigender als der Schmerz, war es doch schon eine Form der Intimität.) Ich sehe mich jetzt noch so in dieser lächerlichen Haltung, völlig unbeweglich, fixiert durch die Hand meines Peinigers, fixiert von meiner eigenen Angst, fast schon bewusstlos.

Dann sprach Cáceres zu mir. Die Stimme kam von oben, von so hoch oben und weit weg, dass sie vom Himmel herabzukommen schien. Als spräche Gottvater selbst zu mir. Und als meine er Ihn, hörte ich Cáceres fragen: „Wo ist er?" Als spräche auch ich von Gott, versuchte ich zu lügen, antwortete: „Ich weiß es nicht."

Aus den Augenwinkeln sah ich, wie er den rechten, freien Arm hob, mit dem er mich nicht hielt. Dann ein Pfeifen, ein scharfes Klatschen, als das mit der Kante eines kalten, geraden Instruments geschlagen wurde. Dann ein paar Sekunden lang nichts. Ich könnte schwören, dass ich nichts spürte. Ich schaffte es sogar, mich nüchtern zu fragen, in welchem Moment, mit welch sicherem Geschick Cáceres das Lineal mit der Stahlkante ergriffen hatte. Ohne zu wissen, warum, dachte ich an die Tapeten im Kasinosaal des Círculo Español. Ich sah einen Stalaktiten in einer unbekannten Höhle, aus dem gelbliches, schwefliges Wasser tropfte. Ich dachte an eine lang zurückliegende Erinnerung, an ein kleines Mädchen, an mich selbst, wie ich mit unsicheren Schritten auf meine Mutter zulief, die mich mit offenen Armen in Empfang nahm; mir fiel ein, dass es diese Erinnerung nicht gab, weil meine Mutter mich verlassen hatte … Ich sah vor meinen Augen den Tanz maskierter, fanatischer Teufel. Mir schien, ich sähe im vergitterten Fenster den Kopf des wütenden Pferdes, das Cáceres mitgebracht hatte und auf dem er durch die dunkle Wüste galoppierte. Vom Schreibtisch aus betrachtete mich die Figur der Jungfrau mit ihren verweinten Augen aus Glas, die nicht zu dem verzückten Mäuselächeln passten. Ich fragte mich, wessen Abbild sie war.

Und da erst erreichte mich der Schmerz.

Ein kaltes, krampfartiges Zucken durchlief meine Muskeln und spannte sie bis in die Finger- und Zehenspitzen an. Ein Zittern, das ihm vorausging wie der Blitz dem Donner, lief über meine Haut, ließ sie erschauern. Dann ein doppelt so starker Rückstrom aus meinen Gliedern zu den Hüften, meinem Gesäß, meinem Geschlecht. Und dort konzentrierte er sich, verdichtete sich und hinterließ einen einzigen Tropfen Feuer, ohne irgendein anderes Gefühl. Einen absolut reinen Tropfen von etwas, das ich nie zuvor erlebt hatte und für das mir danach das Wort Schmerz nie mehr genug war.

Wie oft schlug er mich? Zehn Mal, ein Dutzend Mal, hundert Mal? Sogar die lächelnde Zeugin, die alles vom

Schreibtisch aus beobachtete, konnte wohl nicht mehr mitzählen. Die absolute Stille wurde nur vom Pfeifen des Lineals unterbrochen, das niedersauste, dem Zischen der Schläge, und von meinem Heulen (meinem Brüllen, meinem Schreien; doch so viele hatten dort schon geschrien ...). Die Hiebe fielen vom Himmel in einem genauen, konstanten Rhythmus. Und zwischen ihnen erwartete sie das verzweifelte Beben meines Körpers, das reflexhafte Zucken meiner Muskeln, die schon eine Sekunde, bevor das Holz mit der Stahlkante sie traf, zu zittern begannen.

Was ich weiß, Claudia, ist, dass mein Körper irgendwann glaubte, dies würde immer so weiter gehen, würde niemals mehr aufhören, die Zeit niemals ein anderes Maß haben als das meines Zuckens unter den Schlägen. Da begriff ich, dass ich alles tun würde, damit es aufhörte, dass ich jeden Preis dafür zahlen würde, um nicht in dieser Zeit gefangen zu bleiben. Und da schrie ich, gestand, wiederholte mehrmals, wo der Geflohene war.

Cáceres hielt inne, setzte mich sanft auf den Boden und zog seine feuchte Hand beinahe behutsam zwischen meinen Schenkeln zurück. Wie im Nebel spürte ich, wie er sich niederbeugte, neben mir kniete, fühlte, wie seine Finger, fast ohne mich zu berühren, über mein Haar strichen, man könnte fast sagen, schüchtern (so als berühre er das Haar einer Toten), den rauen Bart, der meine geschundene Haut streifte, die Wange, die sich auf mein brennendes, bebendes Gesäß legte, die Lippen, die es küssten, den Kopf, der darauf ruhte, als wolle er so einschlafen. Ich konnte mir sein zufriedenes, kindliches Lächeln vorstellen, während er, fast als träume er, murmelte: „Wie klug du bist. Bei Rosita. Wer würde ihn auch unter meinem Bett dort suchen?"

Ich fühlte, wie ich langsam in meinen Körper zurückkehrte, hob kraftlos die Hand an meine Wangen. Ich fand sie nass von Tränen - und trotzdem könnte ich heute noch schwören, dass ich nicht geweint hatte. Mühsam wandte ich mich um. Cáceres' Kopf lag jetzt in meinem Blickfeld, er ruhte auf meinem rechten Oberschenkel. Wie ein Liebespaar an einem Strand, am Ufer des Meeres, so lagen wir da auf dem Boden (eines Meeres, das vor einer Million Jahre verschwunden war). Ich sah die Schwellung zwischen seinen Beinen. Die hellen Huskyaugen, feucht geworden, als hätte auch er geweint, folgten meinem Blick zu der Stelle, wo sein Geschlecht angeschwollen war. Mit einer Art ergebener Überraschung schaute er darauf, wie auf einen Besucher, den man schon nicht mehr erwartet hat oder eigentlich nicht einmal besonders schätzt, den man jedoch empfangen muss. Er nahm meine Hand und führte sie an die Stelle. „Hol ihn raus", sagte er. (Er bat mich nicht und befahl es mir auch nicht, doch war ich nicht fähig, überrascht zu sein; da war zwischen uns - schon - eine unausweichliche Intimität, wir wirkten wie ein altes Ehepaar.)

„Ich zeige Sie an", keuchte ich. Darauf er resigniert: „Vor wem denn?" Ich suchte nach einer Antwort, ich glaube, ich stammelte irgendetwas Absurdes (kam jedoch nicht weit, sagte nicht: „vor Gott"). Cáceres drückte meine Hand auf sein Geschlecht, sagte noch einmal: „Hol ihn raus." Und mir wurde klar, dass es ihm nicht nötig schien, seine Worte mit einer Drohung zu unterstreichen, dass wir uns schon - so schnell - zu gut dafür kannten, dass wir beide wussten, dass ich nicht einmal den Gedanken an das Lineal mit der Stahlkante aushalten würde, dass diese Schläge, die nicht einmal zu vergleichen waren mit anderen, wirklichen Formen der Folter, von denen ich wusste, ausgereicht hatten, um mich zum Reden zu bringen. Und dass es jetzt nicht einmal mehr nötig war, es zu erwähnen, weil wir beide es wussten - so groß war unsere Intimität inzwischen. Als mir dies klar wurde, begann ich zu wimmern, begann jetzt wirklich zu weinen. „Warum denn? Warum wollen Sie mir das antun, ich habe doch schon gestanden?", jammerte ich unter Tränen. Worauf er seufzte und mit einer Art uralter Geduld antwortete, wie ein Tierbändiger: „Warum denn nicht, meine Patroncita" (so nannte er mich, so groß war unsere Intimität). „Warum denn nicht, meine Patroncita? Du hast ja schon einen Mann dem Tod ausgeliefert. Was macht es noch, wenn du dich jetzt auch mir hingibst?"

21

Laura stoppte den Wagen in der Kurve der Schotterpiste, hundert Meter vor dem Lagerzaun. Ein spärlicher Trupp Polizisten war bemüht, die Menge der Schaulustigen unter Kontrolle zu halten; Pilger und Bürger der Stadt in ihren Kostümen, die sich vor den Absperrgittern drängten. Doch die Menschen schlüpften zwischen ihnen hindurch wie der Sandsturm, der vor nichts haltmachte. Als Leutnant Acuña Laura sah, kam er aufgeregt und zerknirscht auf sie zu: „Frau Richterin", stotterte er, als sie das Fenster herunterließ, „eine Demonstration ... Ihre Tochter ..."

„Erklären Sie mir das, wenn Sie mich durchgelassen haben, Leutnant."

Acuña nickte zustimmend, nahm Haltung an und befahl seinen Untergebenen lautstark, das Gitter für die Richterin zu öffnen. Laura fuhr vorsichtig zwischen den Schaulustigen hindurch und parkte den Wagen im Niemandsland zwischen der Menge und dem Doppelzaun des Lagers. Hundert Meter weiter endete die Piste vor dem Gittertor, über dem ein Schild hin- und herschwankte, vom Rost und dem Wüstenwind unlesbar gemacht. Eine Böe vertrieb für einen Moment die Staubwolken, und Laura konnte die Spruchbänder erkennen, wie Kriegsfahnen waren sie an den Stacheldrahtrollen über dem Tor befestigt. „GERECHTIGKEIT JETZT", stand auf einem davon; „DIE JUSTIZ, NATIONALE SCHANDE", auf einem anderen; „NEIN ZUR STRAFLOSIGKEIT", auf einem dritten. Direkt darunter hatten sich Claudia und ihre Freunde an das Tor gekettet, schwenkten Schilder und riefen Parolen, die auf die Entfernung nicht zu verstehen waren.

Laura seufzte: Das war also das „unvergessliche Fest", für das sie ihre Papprollen dabeihatten. Unterdessen stand Leutnant Acuña wieder neben ihr: „Sie sind vor ungefähr einer Stunde gekommen und haben sich gleich ans Tor gekettet, Frau Richterin. Meine Leute haben kein Werkzeug, um Ketten zu durchtrennen, deshalb hat der Herr Bürgermeister die Gemeindearbeiter verständigt. Ich habe versucht, mit der Señorita zu sprechen. Das tut mir alles sehr leid!"

Laura fragte sich, ob Leutnant Acuña wohl genau wusste, was ihm da leidtat: etwa die vielen Gitter, die das Heranwachsen für manche Menschen bedeutete? Jedes Mal, wenn ihre Tochter eines davon erreichte, kettete sie sich daran, um ihren Protest auszudrücken. Dieses Gitter war nur das wirklichste und aktuellste.

Laura ging auf das Lagertor zu. In der beginnenden Dämmerung durch den Sandsturm vernebelt, unterschied sich der Lagerkomplex nicht nur vom akkuraten Areal von vor zwei Jahrzehnten, sondern auch von der Mondlandschaft, die sie zwei Nächte zuvor gesehen hatte. Als sie näher kam, konnte Laura hinter den Köpfen der Demonstranten, hinter den rostigen Gitterstäben und dem Schleier rötlichen Staubs die hagere, gebeugte Gestalt von Oberst Cáceres sehen, der sich hinter die Trümmer des Wächterhäuschens duckte und seinen Kopf unter der Mütze mit den Ohrenschützern verbarg.

Schwitzend kam ihr Doktor Ordóñez entgegen, wischte sich die Stirn mit dem Ärmel seines Arztkittels. Dort, wo der Staub auf dem Schweiß klebte, waren Flecken entstanden und ließen die Eile erkennen, mit der er seine Praxis verlassen hatte.

„Laura, um Himmels Willen, sprich mit deiner Tochter!", flehte er.

„Das versuche ich schon seit neunzehn Jahren", entgegnete sie trocken.

Doch das stimmte nicht. Und sogar Doktor Ordóñez schien das zu wissen, denn er hielt sie am Arm fest und fuhr fort: „Das hier ist ernst. Sie versuchen, das Fest zu stören."

„Und da willst du sie wohl mit einer Dampfwalze platt machen lassen."

Laura wies auf die Baumaschinen, die mit laufenden Motoren am Wegesrand warteten. Drei alte Fahrzeuge: ein Bulldozer, ein klappriger LKW und eine verbeulte Dampfwalze, die irgendwo ausgemustert und für die Provinz gespendet worden waren. Die gelbe Farbe überdeckte nur knapp die alten Aufschriften an den Türen.

„Der Bauhofleiter übertreibt ein bisschen. Seine Leute sollen nur die Ketten durchtrennen. Und dann nimmst du Claudia mit und redest mit ihr, okay?"

Laura sah den Bauhofleiter, Florencio Varas, der, dunkelhäutig und dicht behaart, am Gittertor stand und drei Gemeindearbeiter in ihren roten Overalls kommandierte. Sie hielten große Bolzenschneider in den Händen und schickten sich an, damit die Ketten zu durchtrennen. Inmitten der Staubwolken wirkten sie wie riesige, rote Krebse. Varas schien mit dem Oberst zu streiten, ihn lauthals durch den Zaun vor etwas zu warnen, doch auf die Entfernung waren im böigen Wind und vermischt mit den Parolen der Demonstranten nur einzelne Wörter zu verstehen: „Gerechtigkeit, Frieden, Strafe, Unschuld ..." Man konnte nicht hören, wer was behauptete, und gegen wen. Dann hob Varas seine Hand, doch er kam nicht mehr dazu, den Befehl zum Durchtrennen der Ketten zu geben.

Ein dumpfer Knall übertönte die Parolen, das Motorengeräusch und das weit entfernte Trommeln auf der Plaza. Doktor Ordóñez duckte sich instinktiv, klammerte sich an Lauras Arm und schaute sie durch seine verschmierte Brille an, die auf der verschwitzten Nase fast bis auf sein Schnauzbärtchen herabgerutscht war.

„Ein Schuss! Das war ein Schuss, Laura!", rief er entgeistert.

Als einzige Antwort wies Laura in Richtung des Lagertors. Hinter dem Gitter, an das sich die Demonstranten gekettet hatten, hinter dem Stacheldrahtzaun mit seinen rostigen Totenkopfschildern, hielt der Oberst mit seiner gesunden Hand einen rauchenden Revolver in die Höhe, der Rauch wurde schnell vom Wind davongetragen. Unterdessen rannten die drei Arbeiter mit Varas an der Spitze im Zickzack über das freie Feld davon, wie fliehende Hasen vor dem Jäger.

„Das ist ein großes Kaliber, ein Achtunddreißiger, würde ich sagen." Von irgendwoher war Mamani aufgetaucht, langsam, gelassen, mit seiner Damenstimme, die sich nicht einmal im Sturm hob: „Ein alter Dienstrevolver, funktioniert aber offensichtlich noch. Und der Oberst scheint entschlossen, ihn zu benutzen. Die Sache wird kompliziert für dich, Félix."

„Einvernehmen. Ich habe immer gesagt, dass wir Einvernehmen herstellen müssen", jammerte der Arzt und fuhr sich wieder mit dem Kittelärmel über die verschwitzte Stirn.

Varas, der Bauhofleiter, kam geduckt zu ihnen herübergelaufen. Keuchend richtete er sich auf, die Mundwinkel vom Staub verklebt: „Der Scheißkerl hat geschossen. In die Luft zwar, aber er hat geschossen."

„Worüber haben Sie mit ihnen geredet, was haben sie gesagt?", wollte Ordóñez wissen.

„Diese jungen Leute, Ihre Tochter, Frau Richterin" – Varas schaute Laura an – „sagen, dass sie sich erst losmachen werden, wenn der Anwalt Martínez wieder auftaucht. Und der Oberst meint, die jungen Leute stünden unter seinem Schutz. Er hat sie sogar um Erlaubnis gebeten, sich mit ihnen anzuketten."

„Wenn Tragödien sich wiederholen, tun sie das als Farce." Laura fiel wieder Marios Lieblingssatz ein. Es gelang ihr nur mit Mühe, ein Lachen zu unterdrücken. Das alles war einfach zu wunderbar absurd, zu beispielhaft grotesk. Die angeketteten Unschuldigen forderten Gerechtigkeit und der Angeklagte bat um Erlaubnis, sich mit ihnen anzuketten. Und über allen schien eine spöttische Sonne durch den wirbelnden Sandsturm auf die verrückte Szene.

An Mamani gewandt, als bitte er ihn, ihm die Worte zu erklären, fügte Varas hinzu: „Und wissen Sie, was dieser Verrückte noch gesagt hat? Dass er endlich gerichtet werden will. Dass er nicht von da drinnen weggeht, bis er gerichtet ist. So hat er es ausgedrückt."

„Was sollen wir denn jetzt machen?", jammerte Ordóñez und zerknüllte sein Hütchen. Er hatte seinen Wahlkampf für das Bürgermeisteramt mit einem einfachen Slogan geführt: „Friedlich leben in Pampa Hundida." Und kaum war er im Amt, da fielen schon Schüsse in seinem Kleinstadtfrieden.

„Vielleicht sollte man verhandeln", schlug Mamani vor und schaute dabei auf seine gepflegten Fingernägel.

„Verhandeln, natürlich!", wiederholte Ordóñez. Das war ein Wort, das er verstand. „Aber wer traut sich, da hinzugehen?"

„Wir haben hier ja die beste Botschafterin", erwiderte Mamani treuherzig. „Mutter und Recht in einer Person."

Laura wusste im Voraus, wie sinnlos das sein würde. Beinahe mechanisch widersprach sie: „Ich würde sicher nicht so gut verhandeln wie Sie, Mamani."

„Es spielt ja keine Rolle, wie Sie es ihnen sagen, Frau Richterin. Das Wichtigste ist doch, dass die Ideale Ihrer Tochter nicht mit denen von diesem Verrückten in Verbindung gebracht werden, oder nicht?"

Mamani fand immer den toten Winkel im Spiegel, wo nur wir uns erkennen und glauben, niemand anders sähe uns. Und er beherrschte auch die Art und Weise, ein nobles Wort zu beschmutzen: „Ideale". Er fuhr fort: „Es geht auch um die Gefahr für Leib und Leben, Laura. Diese Maschinen sind ja nicht umsonst da. Ich vermute, unser ehrenwerter Herr Bürgermeister hat sie herschaffen lassen, um den Stadtratsbeschluss auszuführen, die Ruinen des Lagers komplett abzureißen."

Ordóñez spitzte die Ohren und beugte sich zu dieser leisen Stimme hin, bei der man aufpassen musste, die Untertöne nicht zu verpassen.

„Mein lieber Félix", fuhr Mamani fort, „welch wunderbare Idee, die Maschinen mitzubringen, um gleich mit den Bauarbeiten für das größte religiöse Bauwerk des Kontinents zu beginnen! Nebenbei hat dann dieses idealistische junge Mädchen nichts mehr, woran sie sich anketten kann. Und was unseren armen, verwirrten Oberst angeht, so wird ihn der Abriss davon überzeugen, dass es besser ist, seinen langen Besuch bei uns zu beenden und ein für alle Mal von hier zu verschwinden. Wirklich glänzend, mein lieber Félix", wiederholte er noch einmal.

Ordóñez, offen für die Zukunft und voller Angst vor der Vergangenheit, akzeptierte das Alibi, nickte zu den Worten seines Vorgängers und wandte sich bittend an Laura, die Augen vor Rührung oder durch den Sandsturm halb geschlossen: „Laura, dies ist eine friedliche Stadt gewesen, voller Träume vom Wohlstand. Du musst jetzt unser Fest retten."

Laura schaute von einem zum anderen, dem Bürgermeister und seinem Vorgänger; Gegenwart und Vergangenheit vereint im Wunsch, das Fest für die Zukunft zu retten, so warteten sie beide auf ihre Entscheidung.

„Dieser Ort ist Bestandteil eines gerichtlichen Verfahrens", entschied sie schließlich. „Hier wird gar nichts abgerissen. Und ich, ich sage den jungen Leuten, was ich für richtig halte, Mamani."

Dann ging sie auf das Gittertor zu. Die sechs jungen Frauen und Männer hatten sich mit dicken, neuen Stahlketten an das Tor gefesselt, ein sehr professioneller, offensichtlich gut vorbereiteter Protest. Laura konnte nicht anders, als stolz auf ihre Tochter zu sein. Claudia stand, mit zwei Vorhängeschlössern gefesselt, in der Mitte der Gruppe und wirkte wie der angekettete Prometheus. Als sie Laura kommen sah, begann sie wieder die Parole zu rufen. „DIE JUS-TIZ, NA-TIO-NA-LE SCHAN-DE!", schrie Claudia ihr durch die Wirbel rötlichen Staubs direkt ins Gesicht. Laura erinnerte sich an die politischen Aktionen ihrer eigenen Jugend, den Teil ihres Lebens, den die Diktatur jäh beendet hatte. Und einen Moment lang sah sie das leidenschaftliche Mädchen vor sich, das sie gewesen war, das die Welt nicht in Frieden ließ mit seinem Protest. „DIE JUS-TIZ, NA-TIO-NA-LE SCHAN-DE!" Laura war durchaus einverstanden, sie schämte sich ja genauso und hätte sich vielleicht sogar dem Protest angeschlossen, wenn dies nicht so unpassend gewesen wäre.

„Ich dachte, wir hätten abgemacht, dass du bis Mitternacht warten würdest", sagte sie.

Doch Claudia unterbrach ihr Rufen nicht, als reiche das, um ihre Mutter daran zu erinnern, dass sie ihr nichts versprochen hatte. Laura trat noch näher heran und sagte, flüsterte ihr fast ins Ohr: „Bist du etwa verliebt?"

Jetzt blieb ihrer Tochter der Mund offen stehen, die Parole erstarb in der Luft: „NA-TIO-NA-LE SCHAN ... Was sagst du da?", fragte sie verblüfft.

„Ich frage dich, ob du in Tomás Martínez Roth verliebt bist."

„Diese Aktion hatten wir schon längst geplant", antwortete Claudia ausweichend. Aber sie war nicht gut im Vermeiden von Streit, weshalb sie sofort darauf in die Offensive ging: „Und außerdem, was weißt du schon von Liebe? Du hast doch noch nie jemanden geliebt, soweit ich weiß."

Das war ein guter Gegenangriff, der Schlag saß. Laura hätte antworten können: „Dich habe ich immer geliebt." Doch sie sagte sich, dass ihre Aufgabe trotz ihres Schmerzes auch jetzt noch dieselbe wie früher war: das Gleichgewicht zu behalten, damit ihre Tochter nicht mit ihr stürzte. Damit das Mädchen seine eigenen Fehler machen und vorwärts gehen konnte.

„Gerechtigkeit fordert man auf jeden Fall immer aus Liebe, Laura." Wieder nannte Claudia sie beim Vornamen. „Weil wir jemanden lieben, lieben wir die Welt. Und wollen, dass sie besser wird."

„Glaubst du wirklich, dass sie besser wird, wenn sechs Studenten in einer Kleinstadt am Ende der Welt demonstrieren?"

„Ja, sicher", gab Claudia siegesgewiss zurück. „Und weißt du auch, warum? Weil Pampa Hundida an diesem Wochenende keine Kleinstadt am Ende der Welt ist. Das Pilgerfest ist unsere Geheimwaffe."

Das Pilgerfest war also ihre „Geheimwaffe", so wie es die „religiöse Schändung" für den Anwalt gewesen war. Der Glaube an das Wunder leuchtete in Claudias Augen, als sei sie selbst auch eine Pilgerin: Das Fest der Diablada bot die Möglichkeit für eine heroische Tat, die ihre Jugend vor der allgemeinen Mittelmäßigkeit retten konnte. Laura wusste nicht, ob sie Claudias Naivität feiern oder fürchten sollte. Ob sie um die Tochter fürchten sollte wegen dessen, was dieses Fest ihrer Naivität antun konnte, das hundert Mal älter war als sie und dessen Macht jede Heldentat in eine Parodie zu verwandeln vermochte. Und um die Parodie komplett zu machen, tauchte jetzt Oberst Cáceres, vom Wind zerzaust, den Dienstrevolver in der Hand, wieder hinter den Demonstranten auf. Die Mütze mit den Ohrenschützern verdunkelte sein Gesicht, als er durchs Gitter schrie: „So richtet mich doch endlich!"

Die jungen Leute versuchten, sich umzudrehen, um ihn auszubuhen, ihn von sich wegzustoßen, doch die Ketten ließen das nicht zu. Bis sie sich in Stellung gebracht hatten, war der Oberst schon außer Reichweite, hatte sich wieder in einer Staubwolke aufgelöst.

Laura nutzte den Moment, um Claudia laut schreiend durch den Sturm zu fragen: „Du glaubst also, dass ihr die Pilger mobilisieren könnt?"

„Es reicht mir, wenn wir sie hierher zum Lager holen und ihnen die Wahrheit über das erzählen, was hier geschieht. Dass dieser Verrückte da drinnen am Ort seiner Verbrechen haust. Und dass es in der Stadt eine Verschwörung gibt, ihn straflos zu lassen. Dass man sogar den klageführenden Anwalt hat verschwinden lassen."

Laura spürte, wie ihre Augen feucht wurden. Wo sollte sie anfangen, ihrer Tochter die Illusionen zu nehmen? Sie ahnte, wonach sich die jungen Leute sehnten, ihr Bedürfnis nach großen Taten, nach einer Heldengeschichte, die ihrem Leben einen Sinn gab. Stattdessen waren ihnen dieses Zeitalter und diese Wut zuteilgeworden. Diese triviale Zeit und die dunkle Wut der Nachkommen, der Söhne und Töchter auf diese Zeit, in der jedes Heldentum zur Lächerlichkeit verurteilt war.

Laura hatte schon früher solche Erklärungen für den Zorn ihrer Tochter gefunden. Doch gleichzeitig wusste sie, dass die Erfahrung, von einer Mutter im Exil abzustammen mit der angeborenen Sehnsucht nach Gerechtigkeit, dem Schuldgefühl, nicht ausreichte, um zu erklären, warum Claudia sich gerade an diesem Ort angekettet hatte. Da musste es noch etwas anderes geben, einen blinden Instinkt, der sie zu dem führte, das mit den Ereignissen vor ihrer Geburt verbunden war und trotzdem ihr Schicksal bestimmte; das Schicksal, dies alles herauszufinden.

Die Windböen machten eine Verständigung fast unmöglich, doch die folgenden Worte drangen klar und deutlich an Lauras Ohr: „Ich will es herausfinden. Das, was ich dich in meinem Brief gefragt habe. Weshalb du fortgegangen bist. Weshalb du nicht gekämpft hast."

Laura bewunderte den Zorn ihrer Tochter mit vorsichtiger Zärtlichkeit. Die heilige Flamme der Gerechtigkeit leuchtete in den Augen des Mädchens, genauso, wie sie einst in ihren eigenen gebrannt hatte. Der instinktive Reflex, sie beschützen zu wollen, war so stark, dass er physisch schmerzte. Wie lange würde diese Flamme brennen, bevor sie erlosch und zur Asche beruflichen Ehrgeizes wurde? Wenn sie ihre Tochter ermutigte, konnte Claudia in diesem Feuer verbrennen, doch wenn sie es nicht tat, würde ihr Leben vielleicht eine einzige öde Ebene aus Asche werden.

„Ich habe keine einfachen Antworten dafür, Claudia", antwortete sie.

„Warum nicht? Die Wahrheit ist immer einfach."

„Wir sind aber nicht die Kinder unserer Wahrheiten, sondern unserer Widersprüche", entgegnete Laura und hielt erschrocken inne. Genau das war es, was sie ihrer Tochter bei ihrem Treffen ein paar Stunden zuvor im alten Arbeitszimmer hatte sagen wollen, und jetzt waren ihr die Wörter einfach über die Lippen geschlüpft. So nah war sie noch nie daran gewesen, Claudia einen Hinweis darauf zu geben, welche Gespenster der Vergangenheit sie verfolgten. Die Tochter stand vor ihr und schaute sie verblüfft an. Plötzlich war da viel mehr zwischen ihnen als die Distanz einer Generation; es war die Distanz zwischen zwei Zeitaltern, zwei Jahrhunderten.

Da tauchte der Oberst wieder hinter dem Zaun und den Demonstranten auf und rief erneut mit dumpfer Stimme: „So richtet mich doch endlich!"

Claudia versuchte, diesen gespenstischen Verbündeten zu verscheuchen, zu beschimpfen, doch die Ketten ließen es nicht zu. Und plötzlich streckte er die gesunde Hand mit den langen, schmutzigen Fingernägeln durch das Gitter und schaffte es, Claudias Wange zu streicheln. Dabei murmelte er irgendetwas, einen Gedanken oder eine Erinnerung, die kam und ging wie die Böen des Sandsturms. Claudia wand sich wütend, drehte sich weg von ihm, so gut sie konnte.

„Und dieses Mädchen hier, Laura?", fragte der Oberst, schaute durch seine halb geschlossenen Lider von einer zur anderen, legte den Kopf zur Seite und verglich ihr Profil. „Diese neue Patroncita, wer ist das?"

Oder es schien nur so, als frage er sie, denn seine letzten Worte gingen im Geheul einer Windböe unter. Laura wurde schlagartig klar, dass sie sofort und mit aller Kraft dem Oberst antworten musste, bevor Claudia sich einmischen, nachfragen konnte. Doch es gelang ihr nicht, den Mund zu öffnen, oder der Sandsturm ließ sie nicht hören, was sie selbst schrie.

Da senkte sich vom Himmel, bis zum letzten Moment von den Staubwolken verhüllt, ein Hubschrauber nieder, auf der Tür das Hoheitszeichen der Regierung, und landete auf der freien Fläche zwischen den Baumaschinen und den Demonstranten. Die Tür klappte auf und verwandelte sich in eine Gangway. Ein Mann in einem braunen Anzug, offensichtlich ein Regierungsbeamter, stieg aus, gefolgt von einem zweiten, älteren mit kurzen, krummen Beinen, der gleichwohl sehr behände zu Boden kletterte. Am Fuß der Gangway zögerten beide einen Moment, schauten zu Doktor Ordóñez und seinen Stadträten hinüber, die sich zur Begrüßung näherten, dann zu Laura und den Demonstranten. Gleich darauf trennten sie sich: Der Mann im braunen Anzug ging auf die Honoratioren zu, während der andere sich Laura näherte, gebeugt vom Alter oder wegen der sich noch drehenden Rotorblätter. Als er aus der Staubwolke heraustrat, die sie aufwirbelten, richtete er sich nach und nach auf, und wurde lächelnd zu dem, der er immer gewesen war.

„Deus ex machina", begrüßte ihn Laura trocken.

„Deine Mutter war meine beste Studentin, und die gebildetste dazu", antwortete Minister Benigno Velasco und gab Laura freudestrahlend die Hand, sprach dabei aber in Claudias Richtung. Dann nahm er Laura beim Arm, führte sie ein wenig zur Seite und sagte: „Ich habe mitbekommen, dass du gerade ein paar Probleme hast, da dachte ich, ich komme mal her und schaue, ob ich dir helfen kann."

Laura spürte den sanften und zugleich festen Druck dieser alten Hand wie die eines Töpfers oder Diamantenschleifers, die sie ein wenig nach unten zog, sie zwang, sich niederzubeugen, damit er ihr ins Ohr flüstern konnte: „Was hältst du davon, wenn wir uns nachher noch sehen? Ich muss mich jetzt erst mal mit den

Honoratioren treffen, die sind stocksauer. Seit gestern haben sie mich ungefähr zehnmal angerufen. Doch dann würde ich gern mit dir reden …"

Bevor Laura antworten konnte, ließ der Minister Laura stehen und ging auf die Gruppe um Doktor Ordóñez, Mamani und den Bauhofleiter zu. Dabei wandte er sich noch einmal um und rief den Demonstranten zu: „Und ihr, macht ihr ruhig so weiter, Jungs und Mädels! Protestiert! Sagt eure Meinung! Dafür haben wir ja die Demokratie!"

Hundert Meter hinter der Absperrung stand die Menschenmenge und klatschte intuitiv dieser Parodie Beifall, ohne zu wissen, wem und wofür genau.

22

Es war nicht ich, Claudia, die am Ende dieser Nacht Cáceres' Haus und das Lager verließ (als ich einen Geflohenen retten wollte und stattdessen mich als Gefangene wiederfand). Es war nicht ich, die von dem Moment an meinen Körper als Verkleidung und mein Gesicht als Maske benutzte. Ich musste zu einer anderen werden, um so wirken zu können, als sei ich noch dieselbe. Zwanzig Jahre später sehe ich von meinem Arbeitszimmer in der Freien Universität, vor dessen Fenstern die Dunkelheit des umliegenden Waldes aufzieht, diese „Andere". Ich sehe sie, wie sie kurz vor Tagesanbruch das Haus des Majors verlässt, den Jeep besteigt, der auf dem Hof wartet, unter den Augen des Schattens, der auf der erleuchteten Schwelle steht, sodass es aussieht, als umgebe ihn ein Flammenkranz. Ich sehe sie, wie sie in die von der Ausgangssperre leergefegte Stadt zurückkehrt, wie sie vor dem Bordell anhalten lässt, an die Tür klopft, Rosita in ihrem großgeblümten Morgenrock gegenübersteht. Die Andere schaut Rosita nicht in die Augen, nimmt nur ihren Mandelduft wahr und erschauert, als Rosita sie an ihre großen Brüste drückt. Ich sehe sie, wie sie den entlaufenen Gefangenen findet, ihm befiehlt, ihr zu folgen, ihn beruhigt, als er entsetzt und verwirrt die Soldaten sieht; wie sie ihn mit dem Jeep zur Basilika bringt, wo Pater Penna schon mit laufendem Motor in seinem Pick-up wartet (er ist aus dem Lager angerufen und instruiert worden). Wie diese Andere dem Pfarrer den Gefangenen übergibt und die beiden sofort davonfahren, in der Nacht der Oase verschwinden, über der sich das Auge der aufgehenden Sonne zu öffnen beginnt.

Ich bin es auch nicht, die kurz vor Mittag im Gericht auf ihrem Richterstuhl sitzt, abwesend in der Akte irgendeines Falles blättert, während sie dem Pfarrer zuhört, der ihr leise und mit übertriebener Genugtuung erzählt, dass er seinen Auftrag erledigt und seinen „Schützling" an die Grenze gebracht habe; dass niemand ihn aufhielt, genauso, wie es ihr „Freund" versprochen hatte, sagt der Pfarrer, ohne das Wort „Freund" ironisch oder zweideutig auszusprechen. Sie wurden an allen Straßensperren durchgelassen, niemand hatte sie verfolgt, bis der Pfarrer seinen „Schützling" am Rand eines tiefen, einsamen Tals absetzte, durch das die unsichtbare Grenzlinie zum Nachbarland verlief. Und Penna erzählte mir - das heißt, er erzählte es der Anderen -, dass er dort in eisiger Höhe gewartet hatte, bis der Gefangene - Entschuldigung, „sein Schützling" - die Grenzlinie überquert hatte und, immer kleiner werdend, im Nachbarland verschwand; „bis er nur noch eine kleine Staubwolke war, die sich auf eine andere, größere Staubwolke zubewegte, die ihm entgegenkam", berichtete der Pfarrer, vielleicht eine Herde wilder Lamas, „doch so weit entfernt, Frau Richterin, dass man sie nicht erkennen konnte".

Es war auch nicht ich, Claudia, es war jene Andere, die zwei Tage später im Wohnzimmer unseres Hauses in der Rosales-Straße Doktor Ordóñez mit der Krempe seines Hütchens spielen sah und ihn von weither hörte, wie er sich bei ihr bedankte, weil er nicht mehr gerufen worden war, um weitere Totenscheine auszustellen. „Ich habe sogar im Lager angerufen, Laurita, bei einem Bekannten – wenn man höflich ist, kann man sogar unter diesen Umständen noch Freunde gewinnen –, einem jungen Leutnant, sehr sympathisch, und den habe ich gefragt, ganz diskret, ich hielt die Spannung nicht mehr aus." Und der Leutnant hatte ihm versprochen, sich zu erkundigen, und ihn dann zurückgerufen und gesagt, dass es keine weiteren Exekutionen geben würde, mehr noch, dass es keine weiteren Verurteilten gäbe und tatsächlich nie welche gegeben habe, er solle das alles einfach vergessen! „Welche Erleichterung! Wie hast du das nur geschafft, Laurita?", fragte mich der Arzt; vielmehr nicht mich, sondern die Andere, die sich auf die Lippen biss und nur darauf wartete, dass Félix das Wort „sanftmütig" ausspräche, um sich auf ihn zu stürzen, ihn zu ohrfeigen und hinauszuwerfen.

Es war auch diese Andere, nicht ich, die, als sie an diesem Abend nach Hause kam, direkt in ihr Zimmer ging und Mario nur vorher knapp informierte: „Vergiss den Gefangenen, du hast ihn nie gesehen, du hast ihn nie zu Rosita gebracht"; ihm dann die Zimmertür vor der Nase zuschlug und abschloss, trotz seines Blicks eines gekränkten Haustiers, trotz seiner Bitten, doch etwas zu essen, worauf sie nur antwortete: „Bring den Teller Iván an die Haustür."

Dieselbe „Andere", Claudia, die an den folgenden

Tagen auf Umwegen von ihrem Haus zum Gericht ging, die verstohlenen Blicke jener „zehn Gerechten" mied, die sie im Gericht aufgesucht hatten und sie jetzt auf die andere Straßenseite wechseln sahen, wenn sie ihnen unterwegs begegnete. Doch nicht einmal diese Andere konnte Mamani ausweichen (niemand konnte ihm ausweichen), als der ihr auf der Plaza den Weg versperrte, im Schatten der rostigen Statue des Bergbaupioniers, und ihr sagte: „Ich werde, wir werden Ihnen das nicht vergessen, Frau Richterin: das Ende der Exekutionen, den Frieden, der jetzt wieder zu Tagesanbruch bei uns herrscht, die Schutzpatronin, die gerettet ist, auch wenn sie noch nicht wieder auf ihrem Altar steht, sondern unter dem Schutz des Schwertes." Und die Schlitze seiner Augen verengten sich mit einem Zwinkern, als er sagte, sie hätten beschlossen, die Entführung der Jungfrau so zu nennen. Cáceres hatte ihnen gesagt, er würde die Statue behalten, um sicher zu gehen, dass niemand einem weiteren Gefangenen Unterschlupf gewähre; wenn sie zu ihr beten, ihr Opfer darbringen oder sie um Wunder bitten wollten, dann sollten sie ins Lager kommen; das wäre für den Moment ihr neuer Wallfahrtsort, ihr Altar. Und Mamanis in der Sonne glänzender, gegelter Kopf nickte bekräftigend, als er eine uralte Weisheit verkündete: Es überleben diejenigen, die eine unwiderstehliche Gewalt Schicksal nennen.

„Solange sie sich in Sicherheit befindet, ist die Schutzpatronin überall", erklärte er und wies mit seinem dicken Zeigefinger auf den rötlichen Staub der

Plaza, die blutrote Erde unter seinen Füßen. Und man hätte meinen können, Claudia, dass er begriff, dass ich nicht dort war, im Schatten des rostigen Bergbaupioniers auf dieser Plaza, als er hinzufügte, damit die Andere mir die Botschaft überbrächte: „All dies dank Laura Larco, unserer Richterin, dank ihres Opfers." Und er fuhr dort, indem er mir seine schwere Hand auf die Schulter legte (ich erzitterte bei der Berührung, doch die Andere erlaubte sich nicht, irgendein Lebenszeichen von sich zu geben): „Irgendwann einmal werden Sie mich, werden Sie uns daran erinnern, dass wir in der Schuld der Richterin stehen."

Und schließlich, Claudia, war es auch diese Andere, die drei Tage, nachdem sie aus dem Lager gekomken war, genau dorthin zurückkehrte, zum Haus im entferntesten Winkel des Komplexes, auf Stöckelschuhen balancierend wie für ein Fest, zitternd - und nicht nur vor Kälte - in ihrem tief ausgeschnittenen Kleid, so gekleidet, wie sie instruiert worden war, an die Tür klopfte und, als geöffnet wurde, zu dem Schatten sagte, der herauskam, dass sie es war.

„Da bin ich", sagte ich. Und wiederholte, wie mir befohlen worden war, dass ich es war und dass ich „für mehr" käme.

* * *

„Warum wollen Sie mir das antun, ich habe doch schon gestanden?", hatte ich drei Nächte zuvor aufbegehrt, als wir auf den Dielen lagen, die nach Bohnerwachs rochen (mir wird jetzt noch schlecht, Claudia), wie ein Paar an einem Strand. „Warum denn?", hatte ich noch einmal geschluchzt. Und er hatte geseufzt, meine Hand auf sein Geschlecht gedrückt und mit einer gewissen melancholischen Geduld geantwortet: „Warum denn nicht, meine Patroncita? (So hatte er mich genannt, so groß war inzwischen unsere Intimität.) Du hast ja schon einen Mann dem Tod ausgeliefert. Was macht es jetzt noch, wenn du dich selbst jetzt mir hingibst?"

Vielleicht machte ich eine unbewusste Bewegung weg von ihm, denn da erinnerte mich Cáceres mit einem Blick an das Holzlineal mit der Stahlfahrtkante, das zwischen uns lag, mit dem er mich gemessen hatte und mich ein neues Gesetz gelehrt hatte, eine neue Norm, denn dieser Stab war wie eine Gesetzestafel, die verlorene Tafel oder der brennende Dornbusch selbst. Ohne dass er das Lineal in die Hand zu nehmen brauchte, heulte ich los und wimmerte dann leise: „Bitte, nicht schlagen …" Darauf er, in einem mitleidigen Ton, als handle er nur zu meinem Besten: „Nur so viel wie nötig." Verzweifelt flehte ich noch einmal: „Warum denn?" Und er erwiderte: „Damit du mir dankbar bist, wenn ich aufhöre."

Und dann schlug er mich wieder: einmal, zweimal, zehnmal. Bis zu einem genauen Moment (denn ich begann zu verstehen, dass es eine geheime Präzision gab, unerbittlich, intuitiv und gleichzeitig zeremoniell), jenem Moment, an dem wir beide wussten, dass er mich nicht mehr zu züchtigen brauchte, dass er mir keinen Befehl mehr geben musste, denn ich war schon zu seinem Befehl geworden. Sein Wille und der Verlust des meinen hatten sich so perfekt verbunden, dass wir gemeinsam etwas Lebendiges geschaffen hatten (als ob wir - Gott, der nicht dort war, möge mir verzeihen -, als ob wir ein Kind gezeugt hätten). Und dieses zarte, lebendige Etwas, das zitterte und weinte und zwischen uns entstand, war, wie er es vorausgesagt hatte, meine abscheuliche „Dankbarkeit" dafür, dass der Schmerz aufgehört hatte. Die Dankbarkeit und animalische Hoffnung, dass seine Großmut andauern würde (so wie das elendste Dasein sich danach sehnt, zu überleben).

Und so zog ich mich, ohne dass es einen ausdrücklichen Befehl gebraucht hätte, denn ich war ja schon der Befehl, der Maßstab, der Messstab, vollständig aus, zitternd und wimmernd. Als ich mir den Rock über den Kopf zog, konnte ich nicht anders, als fasziniert die Striemen zu betrachten, die von meinem Gesäß über die Hüften und Oberschenkel führten und sich schnell violett färbten, an den Enden blutig erblühten, wo die Spitze des Lineals ins Fleisch eingedrungen war. Er sah, wie ich mich anschaute, und einen Moment lang schien es, als käme er aus seiner Einsamkeit heraus und schaue mich zärtlich an.

Das einzige Zeichen der Verständigung zwischen uns war sein Maß nehmender Blick und meine Unterwerfung. Doch Unterwerfung ist zu wenig, ich habe es dir schon geschrieben: Es war eine unverständliche, primitive, abscheuliche Dankbarkeit. Der Wunsch, ihm dankbar zu sein, nichts zu tun, was ihn aus seiner Betrachtung holen könnte, sondern im Gegenteil alles zu tun, was mir möglich war, um ihm meine Dankbarkeit zu zeigen für die einfache Tatsache, dass er mich nicht noch mehr leiden ließ, obwohl er es konnte.

Und so geschah es, dass ich mich, ohne die Notwendigkeit irgendeines Befehls, fast ohne Erstaunen auszog und meine Wunden und blutunterlaufenen Striemen betrachtete. Und dann sah ich, wie er seine Uniformjacke ablegte, mit einem Seufzer tief ausatmete - es war, als stiege er aus einer Rüstung -, und sich wie besänftigend die unbehaarte Brust tätschelte, auf der der Schweiß glänzte. Ich sah diesen seltsamen Körper, diese Mischung aus Asket und Athlet, ein mageres, ausgemergeltes, fast feminines Skelett, auf das eine fremde, gefürchtete, verhasste Macht die Muskeln gepflanzt hatte. Und in dieser Intimität, die das Schweigen und die Dankbarkeit zwischen uns schufen, ließ mich ein ekelhaftes Mitleid an den Körper des dünnen, schwächlichen Knaben denken, der zu etwas anderem geboren worden war, eingeschüchtert und unterworfen und missbraucht von dem Willen, der diese Brustmuskeln gestählt hatte, diese mageren Schultern gehoben hatte, die eingefallene Brust breiter gemacht hatte. Den Strapazen, zu denen ihn jemand gezwungen hatte, um auf der Höhe seiner Herkunft zu sein. Dann führte Cáceres seine Hand an die Schwellung seiner Erektion, so, wie er es getan hatte, bevor er mich das zweite Mal schlug, und ich begriff noch einmal, dass das Lineal mich perfekt vermessen hatte, denn diesmal brauchte er nicht zu insistieren, damit ich den Gürtel aufzog, die Knöpfe öffnete und „ihn herausholte" Und als ich „ihn herausgeholt" hatte, genügte ein einziger Blick von Cáceres, um mich vor ihn hinknien zu lassen, sodass meine Augen auf gleicher Höhe waren mit seinem erigierten Glied, das fest auf den dunklen, erschauernden Hoden saß, so nah vor mir und doch so weit entfernt, wie die Kuppel eines Turms, der hinter der Wand aus flüssiger Wüstenluft bebte (oder hinter einem Schleier von Tränen). Der Turm einer verbotenen Stadt oder der Wachturm eines Häftlingslagers oder der Mast eines Totenschiffs. In diesem Moment erreichte mich sein Geruch; ich verspürte einen Brechreiz und krümmte mich noch mehr, und als ich es tat, verneigte sich jemand in mir, Claudia.

Dann berührte mich Cáceres mit dem Finger und ich begriff, dass ich mich auf den Rücken legen und die Beine spreizen sollte. Mit einer Art Verwunderung merkte ich, dass ich keinerlei Scham empfand, dass auch hierbei die Folter zwischen uns Unbekannten eine Nähe geschaffen hatte, die die Intimität der Liebe vortäuschte. Dass es nicht nötig war zu reden, weil das Schweigen intimer ist als die Sprache, das Schweigen macht uns zu Komplizen. Und schweigend legte sich Cáceres auf mich, vorsichtig, beinahe fürsorglich, stützte sich ab, um mir nicht zu schwer zu werden, legte die Spitze seines Geschlechts auf das meine, noch ohne Druck auszuüben. Erst dann sprach er, wie zu sich selbst; ich konnte ihn kaum verstehen, als er sagte, während er die Augen schloss: „Jetzt lasse ich mich los." Und dann drang er in mich ein.

In irgendeinem Moment öffnete ich die Augen und fand mich auf ihm sitzend. Einen Augenblick lang verspürte ich die verwirrende Neugier herauszufinden, wer hier wem Gewalt antat. Ich glaubte, ich ritte nachts in gestrecktem Galopp durch die Dunkelheit, ohne Sterne, die mich leiteten, und mir schien, ich hörte das Vollblut in seinem Stall wiehern. Neben uns stand der Couchtisch mit den kitschigen Souvenirs, darunter der Dolch mit der silbernen, gravierten Klinge. Ohne nachzudenken, griff ich danach, hob die Waffe. Mit dem Rücken auf dem Boden schaute Cáceres mich an und hörte auf, sich zu bewegen. Ich hielt die Waffe mit beiden Händen über der Brust erhoben, auf der eine Disziplin, die eher der Verachtung glich, die schlaffen Muskeln gestählt hatte. Und in diesem Moment hätte man meinen können, es wäre ein misshandeltes Kind, das mich wie in Trance anschaute, als ob es nicht mich sähe, sondern eine uralte, sehnsuchtsvoll erwartete Erscheinung, mit der es fast nicht mehr gerechnet hatte. So, als wäre ich vielleicht die Hohepriesterin eines uralten Kultes, in dem die Opferriten es erlaubten, das Herz herauszureißen, das Herz, das er sich zerbiss. Oder als wäre ich die Figur der Schutzpatronin selbst, jene Figur, die uns vom Schreibtisch aus beobachtete, die Hände das Skapulier haltend, fast in derselben Geste, wie ich das Messer hielt. Beide schauten wir sie an, die dort weinte und zugleich lächelte. Und plötzlich schien es mir, als wolle auch der Major weinen, obwohl er lächelte. Dann flüsterte er: „Tu es doch, Patroncita. Tu es jetzt."

Ich zögerte einige Sekunden, Claudia, meine Finger umklammerten die Waffe, die ich in der Faust hielt, mein Leib umklammerte die Waffe, die in mich eindrang.

Doch diese Sekunden reichten aus, dass Cáceres aus seiner Trance zurückkehrte und sagte: „Und wer von uns beiden wäre dann der Henker?"

Und dann entriss er mir den Dolch, warf mich herum und drang tief in mich ein. Ich unternahm einen letzten Versuch, ihn mit meinen Beinen zurückzustoßen, doch mein Körper hatte den Kampf längst verloren. Stattdessen merkte ich plötzlich, dass ich ihn umarmte, mich an seinen Schultern, seinem Hals festhielt. Denn in diesem Augenblick begann der nach Bohnerwachs riechende Boden, das Haus des Majors, der mit Stacheldraht umzäunte Hof, das Tal der Oase, die ganze Wüste in sich selbst zu versinken, in einem schwarzen, bodenlosen Orgasmus unterzugehen, einem herzlosen Orgasmus, so, als stürze die Sonne in einem so heftigen Feuersturm in dieses seit einer Million Jahre verschwundene Meer, dass die Tafeln aller Gesetze darin verbrannten - außer dieser Tafel, an die ich mich klammerte: den Körper meines Henkers. Der Körper meines Henkers war, so absurd es schien, die rettende Planke im Untergang der Wüste, in dieser Leere, die um uns her versank und verschwand. Mein Henker war mein einziger Schutz gegen seine eigene Gewalt, der einzige Begleiter in dieser absoluten Einsamkeit. Und ohne es richtig zu begreifen, wurde mir klar, dass dieser schwarze Orgasmus die ursprüngliche Form der Dankbarkeit war, die er mir vorausgesagt hatte: Mitten im Tod war ich am Leben, weil ich mich an den Tod selbst klammerte. Inmitten ihrer Tränen lächelte die Schutzpatronin. Und dann spürte ich, wie er sich in mein Inneres ergoss.

23

Vom Erdgeschoss bis zum Dach hell erleuchtet, nahm das Hotel Nacional eine ganze Seite der Plaza ein und strahlte vor dem kupferfarbenen Himmel des Sonnenuntergangs wie ein Schrank voller teurer, altmodischer Kleider. Es schien zu den ruhmreichen Zeiten zurückgekehrt zu sein, als das stolze Haus der obligatorische Halt für die Bergleute war, wenn sie aus der Wüste kamen und an den Karten- und Roulettetischen, schweigsam und hartnäckig, gegen das Pech im Spiel kämpften, ganze Vermögen an Silber, Kupfer oder Salpeter verloren. Dann gingen sie in die Basilika auf der anderen Seite der Plaza, um ihre Gelübde einzulösen, bevor sie mit leeren Taschen und blutunterlaufenen Augen, voller Wut zu ihren Gruben und Salpeterlagern zurückkehrten. Mit ihren Lichtern, dem Festtagsschmuck und den offenen Balkonen sah die ganze Stadt aus wie dieses Hotel: wie aufpolierte Nostalgie, wie die Erinnerung an alte, glanzvollere Zeiten.

Laura schaute auf die Uhr. Es war kurz nach sieben und schon dunkel geworden. Über den Dachspitzen des Hotels stach ein letzter Sonnenstrahl durch die Hülle des staubgesättigten Himmels, ungehindert vom Sandsturm, der plötzlich aufgehört hatte, so als habe jemand die Turbinen des Tages abgeschaltet. Fast zwei Stunden waren seit der Ankunft des Ministers vergangen. Um die Zeit bis zu ihrer Verabredung zu nutzen, hatte Laura Iván auf der Polizeistation besucht und sich dann, um nachdenken zu können, zu Fuß durch die Stadt und das Fest treiben lassen, war – mitgerissen vom Strudel der Menschenmassen – einer tanzenden Bruderschaft mit ihrer Kapelle, ihren Standarten und der

Pfeife ihres Marschalls gefolgt, dann einer Gruppe verschwitzter Tänzer, die erschöpft durch eine Seitenstraße zurückströmten. Bis sie wieder auf der Hauptstraße des Festes stand, der Avenida Santos, die sie zur Plaza und zum Hotel zurückführte.

„Er ist in der Präsidentensuite, Frau Richterin", erklärte ihr der alte Portier mit den wässrigen Augen, der sie noch von früher kannte. „Die halten wir immer frei, für den Fall, dass jemand aus der Regierung zum Fest kommt. Seit Jahren hat uns aber niemand mehr beehrt ..."

Der Portier neigte respektvoll den Kopf und die weiße Stirn. Wie das Mobiliar schien auch er vor hundert Jahren aus Frankreich importiert worden zu sein. Und er hatte dasselbe Schicksal erlitten wie die alten, beschädigten Kronleuchter, die von Motten zerfressenen Gobelins und das gesprungene Porzellan: Er war in die Jahre gekommen und es gab keinen Ersatz mehr auf dieser Welt für Wesen wie ihn.

In der Bar neben der Rezeption stillten ein paar Mitglieder der wichtigsten Bruderschaften in ihren glänzenden Kostümen, die Teufelsmasken auf die lange Mahagonitheke gelegt, ihren Durst mit Säften, die der Barkeeper wegen des Alkoholverbots diskret unter dem Tresen mit einem Schuss Schnaps versah.

Über die teppichbedeckte Eichentreppe stieg Laura in den zweiten Stock empor. Die Doppeltür zur „Präsidentensuite" stand halb offen. Drinnen stand der Beamte, der den Minister begleitete – wohl sein Sekretär – über ein Telefon gebeugt und schrie in den Hörer: „Wir haben noch nichts bekommen, gar nichts ... Niemand macht bis sieben Uhr abends Siesta, wecken Sie ihn auf, sagen Sie ihm, der Minister will ihn sprechen!" Er schrak zusammen, als er sie dort stehen sah, und beeilte sich, das Telefonat zu beenden.

„Frau Richterin, der Minister erwartet Sie schon, ich gebe ihm gleich Bescheid", sagte er und verschwand im Zimmer nebenan. Gleich darauf erschien Don Benigno Velasco in seinem handgestrickten Pullover und strich sich das graue Haar glatt, während er auf sie zukam. Er fasste sie an beiden Händen, seine kleinen Augen wie die eines weisen Gnoms musterten sie von Kopf bis Fuß, freundlich und gebieterisch, gut gelaunt wie immer.

„Laurita, danke, dass du gekommen bist!", begrüßte er sie und führte sie ins Nebenzimmer.

„Wie war denn Ihr Treffen mit dem Stadtrat?", fragte Laura ohne Umschweife.

„Lang und langweilig", antwortete der Minister. „Es tut mir leid, dass ich dich nicht dazu einladen konnte, aber sie haben mich gebeten, es vertraulich abzuhalten, und betont, dass dies auch dich beträfe. Dafür, dass du erst ein paar Tage hier bist, hast du dir schon ziemlich viele Feinde gemacht."

„Ich bin ja nicht gekommen, um mir Freunde zu machen."

Der Minister lachte, ganz offensichtlich belustigt.

„Natürlich, natürlich, du bist immer noch die Laura von früher. Du hast dich nicht verändert."

Dabei war er es, der resistent gegen die Zeit zu sein schien, die langen erzwungenen Pausen, das langsame Reifen in der Skepsis, im Realismus der Politik, den ihm die Diktatur aufgezwungen hatte. Laura schien es, als habe er immer schon so ausgesehen, seit sie ihr Jurastudium begonnen hatte. Damals war er ihr erster Lehrer gewesen und später ihr Prüfer im Staatsexamen. Laura sah sich selbst, wie sie, eine magere, junge Frau im weißen Kleid, in der feierlichen Umgebung des Hörsaals vor dem Prüfungsausschuss saß, den der kleine Mann leitete. Jemand hatte ihm ein

Kissen auf den Stuhl gelegt, und er konnte besser über den Tisch schauen, doch seine Füße baumelten in der Luft.

Als sie im Justizapparat zu arbeiten begann, traf sie ihn wieder, in seinem düsteren Büro im Gericht, wo der Gerichtsdiener auf einem Basthocker schlief und die langen, violetten Vorhänge immer zugezogen waren, um den Straßenlärm zu dämpfen. Da war er Richter am Berufungsgericht, so fest an seinem Platz wie die Karyatiden am Eingang des Justizpalastes, die eine mit dem Schwert, die andere mit der Waage, beide mit verbundenen Augen. Er war einer der wenigen Richter gewesen, die während der Diktatur aus Gewissensgründen zurücktraten. Und als Belohnung dafür hatte man ihn jetzt zum Justizminister der neuen, demokratischen Regierung ernannt.

„Da sind Sie also endlich mal zu diesem Fest gekommen, Herr Minister."

„Der Stadtrat hat mich darum gebeten, fast haben sie mich gezwungen, herzukommen; wegen dir", antwortete er und hievte sich auf einen Ledersessel.

„Habe ich etwas Besonderes getan, dass das verdient hätte?"

„Diese Laurita, immer auf der Suche nach Gerechtigkeit, nicht wahr?"

„Früher habe ich geglaubt, wir alle in der Justiz täten das."

„Du bist anscheinend noch genauso idealistisch wie früher. So warst du schon in meiner Vorlesung: die beste Studentin, und immer die mit der schwierigsten Frage."

„Und ich habe immer noch keine Antworten gefunden."

Don Benigno lächelte melancholisch, schaute sie an und schwieg. Laura hatte das Gefühl, als werde sie geprüft wie bei jenem Examen vor so vielen Jahren.

„Ich habe dein Gericht ein bisschen unordentlich vorgefunden", sagte der Minister schließlich ironisch.

Er war also in ihrer Abwesenheit zum Tatort des Einbruchs gegangen. Kein Zweifel, er war immer noch der Alte, bewegte sich schneller, als irgendjemand von einem Buckligen erwarten würde, kam denen zuvor, die ihre Zeit damit vertaten, ihn zu bemitleiden.

„Das ist keine Unordnung. In dieser Stadt herrscht nur eine andere Art von Ordnung", gab Laura ebenso ironisch zurück.

Der Minister beugte sich ein wenig vor und schaute sie prüfend an, entzückt und traurig zugleich, wie jemand, der etwas Schönes betrachtet, eine Sternschnuppe oder einen Regenbogen, aber weiß, dass sie nicht von langer Dauer sein werden.

„Laurita, könnte es sein, dass wir einen Fehler gemacht haben, als wir beschlossen, dich in deine Vergangenheit zurückzuversetzen?"

„Sie haben sich nur an die Spielregeln gehalten. Diejenige, die das beschlossen hat, war ich."

Der Minister machte Anstalten, aufzustehen, streckte eine Hand aus und bat sie um Hilfe. Laura musste lächeln, als sie die alte Taktik wiedererkannte: Nach Belieben konnte Don Benigno sich so geschickt bewegen wie irgendjemand anderes. Oder er konnte die Privilegien eines Behinderten in Anspruch nehmen, eines halb gelähmten alten Mannes, den man stützen und betreuen musste. Laura bot ihm ihren Arm, und gemeinsam traten sie auf den Balkon hinaus.

Unten auf der Plaza wogte und sang die Menge (wir tanzten und sangen), die Zuschauer standen im Kreis um die Bruderschaften, die ihre Figuren tanzten, fast ohne sich von der Stelle zu bewegen. Quer über den Platz stand die lange Schlange der Büßer und wartete darauf, in die Basilika und vor den Altar der Jungfrau treten zu dürfen. Im Stehen oder in Rollstühlen sitzend, auf Krücken gestützt oder sich am Boden vorwärtsschleppend, so zeigten sie mit einer Mischung aus Natürlichkeit und Stolz ihre Lähmungen und amputierten Gliedmaßen, ihre Schwären und Verletzungen und hofften auf Rettung. Unterdessen boten ihnen die fliegenden Händler, quasi als Vorgeschmack, Flaschen mit Weihwasser in Form der Jungfrau an, dreidimensionale Bilder des Nazareners, blutende Herzen aus Plastik, die an die Stelle des eigenen verwundeten Herzens geheftet werden mussten. Und auf beiden Seiten dieses Stroms der Leidenden (auf beiden Seiten des Stroms unseres Leidens) tanzten die Bruderschaften im Rhythmus der Kapellen.

Velasco wies mit einer ausholenden, besitzergreifenden Geste, in der alte Vertraulichkeit und noch ein Stück Enthusiasmus steckten, über den Platz und sagte: „Siehst du, Laura? Da sind sie. Nach so vielen Jahren, in denen ich in meinen Vorlesungen von ihnen als Abstraktion, als Mythologie gesprochen habe, finde ich sie jetzt hier. Die Anhänger von Dionysos, diejenigen, die die Nacht der Welt kennen."

Laura schaute auf die tanzenden Teufel hinunter und dachte an die Legende von dem echten Teufel, der sich unter die Menge mischt, die ihr Mamani am vorigen Tag im Rathaus erzählt hatte. Und an die Panik von Pater Penna, als an das Tor der Basilika getrommelt wurde. „Hören Sie das?", hatte er angstvoll gefragt und auf etwas hingedeutet, das viel älter war als der alte Brauch und der Ritus, etwas, das hinter den Trommeln und Tuben und Querflöten mitschwang, hinter den Gebeten, vielleicht im Zischen der Geißeln.

„Sie hätten dies schon viel früher sehen können, wenn Sie auf den Balkon im Ministerium getreten wären", entgegnete Laura und unterdrückte nur mit Mühe ihre Ungeduld.

„Da hatte ich aber keine Zeit. Ich habe ja nicht mal Zeit gehabt, dich nach deinem Buch zu fragen, als du mich aus Berlin angerufen hast."

Plötzlich wurde Laura klar, wie sehr er sie erwartet, sich nach ihr gesehnt, wie klar er diese Heimkehr vorhergesehen hatte, lange bevor sie selbst wusste, dass sie zurückkehren würde. Und der Minister bestätigte ihr dies mit freudiger Begeisterung: „Ja, ich habe dein Buch gelesen, Laura! Ich habe dein Buch gelesen! Auch wenn ich jahrelang auf die vollständige Übersetzung warten musste. Ich habe deinen intellektuellen Mut bewundert, deine Kreativität, deine immer kühneren Hypothesen."

In seiner Stimme lag Bewunderung, aber auch ein wenig Groll, als werfe Velasco ihr vor, wie schwer es einem Behinderten wie ihm gefallen war, ihr bei ihrer intellektuellen Gipfelstürmerei zu folgen, auf ihrer Suche nach einer Wahrheit, die weniger verlogen war als die der anderen. Beeindruckt, absolut beeindruckt hatte er während der Jahre der Diktatur, seiner erzwungenen politischen Auszeit, in seiner verwaisten Kanzlei gesessen, ihre Aufsätze eigenhändig Zeile für Zeile mit Hilfe eines Wörterbuches übersetzt und sogar einen davon publiziert.

„Den Aufsatz über mein Lieblingsthema, Laura, die Gerechtigkeit und die Tragödie, erinnerst du dich?"

Und dann erschien ihr Buch *Moira*. „Damit hast du mich wirklich übertroffen." Voller Ungeduld hatte er auf die Übersetzung warten müssen, um festzustellen, dass sie in all ihren Exiljahren und einer anderen Sprache das Embryo seiner Idee so sehr weiterentwickeln konnte. So weit, dass nur sie und er zu erkennen vermochten, dass er es gewesen war, der das erste Saatkorn dieser Erkenntnisse in sie gelegt hatte.

„Ich war ja so stolz, Laura. Und auch ein bisschen neidisch, das gebe ich ja zu, aber nicht auf deinen Erfolg."

Und zur Bekräftigung wedelte er mit seiner Puppenhand vor ihrem Gesicht. Sie solle nicht auf die Idee kommen, dass er solchen Neid empfinden könnte, nein. Er war neidisch auf das, was er nicht vollständig verstand.

„Erzähl mir deshalb mehr von Moira", bat er sie. Er wollte mehr wissen von ihrer Entdeckung: der Mutter aller Götter, dem weiblichen Geist, der über den Wassern schwebte, lange bevor irgendein Gott diese schuf, die dunkle, schreckliche Schicksalsgöttin, die noch über Apollon und Dionysos stand, über dem beharrlichen Streben nach Ausgleich und der Sehnsucht nach dem Abgrund. Moira.

Wie hatte er Laura bewundert, wie hatte er sie – fast hätte er es noch einmal gesagt – beneidet, doch es war ein anderes Wort, das auf seine Lippen drängte und das er unterdrückte: begehrt, vielleicht war es begehrt. Doch er bedeckte seinen Mund mit der Puppenhand und es war nicht zu verstehen, was er sagte.

Und so hatte er, als er Lauras Anruf erhielt, nicht einen Augenblick gezögert, hatte Himmel und Erde in Bewegung gesetzt, um sie in ihr Heimatland zurückzuholen. Er konnte sein Glück kaum fassen. Denn in Berlin, der Stadt des Mauerfalls, der Mauer der apollinischen Gerechtigkeit, deren Fall sie vorhergesagt hatte, hätte man sie sicher mit noch mehr Ehren überhäuft.

„Du warst dort eine Kassandra, Laura. Ich konnte nicht verstehen, weshalb du zurückkehren wolltest ..."

Er hatte es nicht verstanden und trotzdem so flink, wie es seine Art war, die Gelegenheit nicht verstreichen lassen und sie unverzüglich zur Richterin von Pampa Hundida ernennen lassen. Hatte sie wie eine verlorene Tochter zurückgeholt, nur um ab und zu solche Unterhaltungen führen zu können. Und ihr dabei seinerseits in aller Bescheidenheit – beim Wort „Bescheidenheit" grinste er, damit sie ihm das nicht glaubte – zu erzählen, was er selbst entdeckt hatte.

„Ich habe schon davon gehört, meine Tochter hat mir erzählt, Sie lehrten jetzt die Rechte des Dionysos", nickte Laura.

„Der Apfel fällt nicht weit vom Stamm. Deine Tochter ist so kühn und intelligent wie du. Und setzt ihre Vorstellungen bis zur letzten Konsequenz durch, wie wir heute am Tor des alten Lagers gesehen haben. Es macht mich stolz, dass sie von meinen Vorlesungen gesprochen hat. Ich glaube, du wärst ganz angetan von meinem derzeitigen Seminar, Laura. Obwohl ich es allein habe konzipieren müssen, in der Einsamkeit eines dubiosen Professors am Rande der bekannten Welt ..."

Das konnte er gefahrlos sagen, denn sie hatte es sicher längst entdeckt, hatte herausgefunden, dass er nichts weiter war als ein Wiederkäuer, ein elender Plagiator, der Rechtsphilosophie in Übersetzungen las, ein dubioser Professor am Rand der bekannten Welt. Und trotzdem hatte auch er durch den verhüllenden Schleier der Maya, den Schleier der Unwissenheit hindurch, eine Ahnung von der Wahrheit errungen. Als er Lauras Buch las, meinte er sofort die einzig mögliche Interpretation zu erkennen, die er in all diesen Jahren dunkel erahnt hatte; und baute darauf sein neues Seminar auf, als man ihm nach der Rückkehr zur Demokratie seine Professur zurückgab. Die Grundlage des Seminars war die Interpretation von Lauras Buch, von *Moira*. Aber nicht dies allein; er nahm auch seine eigene Erfahrung als Grundlage. Denn nicht nur sie, Laura, hatte die Erkenntnis von *Moira* erlitten. Auch er hatte in jenen Jahren das schreckliche und widersprüchliche Privileg der Desillusionierung erfahren. Auch ihm hatte das Alter das in die Augen gerieben, was sie als „Balsam der Desillusion" bezeichnete, und ihn erblinden lassen, in ihm die klaren, aufrechten apollinischen Ideale der Jugend erlöschen lassen und ihm auf seltsame Weise andere Augen geöffnet. Gegenüber der abgrundtiefen Macht des Dionysos, der dunklen Nacht der Welt, wie Hegel sie nennt – der Minister sprach es wie „Chechel" aus und machte dabei eine kleine, respektvolle Verbeugung –, gegenüber der Nacht, die tanzt und erzittert, der schrecklichen, doch schönen Macht des Bösen blieb nichts anderes übrig, als eine Rechtsprechung des Möglichen zu üben.

„Ich habe mich geändert, Laura. Habe meine Lehre geändert und mich dabei ein bisschen auf dein Buch gestützt. Habe meine Doktrin auf den Kopf gestellt, die Sphinx geohrfeigt, damit sie in die andere Richtung schaut, auf die schreckliche Seite, die ich in meiner Jugend nicht sehen wollte."

Ja, er hatte sich verändert in diesen zwanzig Jahren; nicht nur sein Seminar, sondern auch sich selbst. Und nicht nur sich selbst, sondern auch das Recht. Das Recht hatte aufgehört, eine unantastbare Autorität zu sein, das Majestätische des Gesetzes war unbrauchbar geworden, eingestürzt wie jene Mauer absoluter Überzeugungen, die ebenfalls eingestürzt war, in Berlin. Ob gut oder schlecht, in den Familien wie in der Gesellschaft hatte das Recht aufgehört, ein Ideal zu sein, und musste mit der Welt verhandeln, Kompromisse suchen. Das scharfe Schwert des Rechts – und der Minister tat so, als halte er eines in der Hand, das er spielerisch zwischen ihnen schwenkte – war zu einem Spielzeug verkommen und seine Macht, zu richten, das Gute vom Bösen zu trennen, war obsolet geworden. Die Zeiten, nicht nur er, hatten sich geändert. Von jetzt an würde man eher im Reich der Waage leben – und der Minister tat so, als hielte er eine Waage in seiner Porzellanhand. Das Gute und das Böse kämpften nicht mehr gegeneinander, sondern setzten sich an einen Tisch und wogen ihre Interessen gegeneinander ab. Neue Zeiten, die neue Richter brauchten.

„Schiedsrichter statt Richter. Du hast das besser gesehen und früher als ich. Hast das verstanden, was ich nie verstanden hatte. Du hast die Zeilen von Nietzsche in seiner eigenen Sprache gelesen und verstanden, was er sagte: ‚Alles Vorhandene ist gerecht und ungerecht und in beidem gleich berechtigt.'"

„Sie haben mich also auf den Balkon geführt, damit ich Ihnen mein Buch erkläre."

„Ich habe dich hier herausgeführt, um dir noch jemanden zu zeigen, der Gerechtigkeit braucht: ich." Dabei zeigte er mit dem Fingerchen auf seine schiefe Brust.

Sie sollte ihm sagen, dass er sich nicht irrte, dass sich das klare Licht Apollos, das er in jungen Jahren gelehrt hatte, tatsächlich in eine kleine, flackernde Flamme verwandelt hatte. Dass das Antlitz der Gerechtigkeit nur eine weitere, der Nacht der Welt, dem dionysischen Chaos entrissene Maske war. Es ging darum, dem kochenden, dunklen Brodeln der Ungerechtigkeit eine Maske der Legalität überzustülpen. Und deshalb gab es nur die Möglichkeit, die Opfer zu entschädigen, weil die Tragödie nicht mehr rückgängig zu machen war.

„Oder etwa nicht, Laura? Was würde Moira sagen?"

Laura schaute ihn an und war überrascht über ihre Mitleidslosigkeit, beinahe Abscheu angesichts der Illusion ihres Lehrers, als sie unerbittlich den Faden ein für alle Mal durchschnitt.

„Nein", antwortete sie. „Das sagt Moira nicht. Sie schlägt keine Entschädigung vor. So steht das nicht in meinem Buch. Das haben Sie falsch verstanden, Herr Minister."

Velasco blinzelte und verlagerte vorsichtig sein Gewicht von einer beschädigten Hüfte auf die andere. Die kindliche Hoffnung erlosch in den wässrigen Augen, sie verdunkelten sich, als zögen sie sich ins Innere einer Maske zurück.

„Nun gut", seufzte er, aber dieses: „Nun gut", klang wie sein genaues Gegenteil, wie ein Schlüssel, der in einen Brunnen fällt. „Lassen wir das jetzt besser, es ist spät geworden. Reden wir also von deinen laufenden Verfahren. Zuallererst musst du mir die Akte mit der Klage wegen religiöser Schändung geben, mit dem Beweisstück, das sie enthält."

„Ist das in der Sitzung mit dem Stadtrat beschlossen worden?"

„Ich habe das beschlossen. Es ist meine Pflicht, die gewählten Vertreter anzuhören. Das Fest, der Glaube dieser Menschen hier, ist in Gefahr, die Glaubwürdigkeit der ganzen Stadt steht auf dem Spiel."

„Von ihrem Wohlstand gar nicht zu reden."

„Und vielleicht sogar der Wohlstand des ganzen Landes, Laura. Die kleinen Scharmützel hier in der Provinz könnten sich leicht zu einem nationalen Konflikt ausweiten. Deshalb bin ich hergekommen. Gestern sind sie in dein Gericht eingebrochen. Der Anwalt Martínez Roth ist zusammengeschlagen worden und musste sich verstecken, weil er mit dem Tode bedroht wird."

„Sie wissen ja mehr als ich."

„Das ist meine Pflicht. Und ich könnte noch weitermachen: Eine Gruppe aufgebrachter junger Leute ist in die Stadt gekommen, um Aufruhr zu stiften, angeführt von deiner eigenen Tochter, meiner – exzellenten – Studentin. Ein Offizier im Ruhestand hat sich mit den Arbeitern der Gemeinde angelegt. Es ist ein Schuss gefallen ..."

„Und Sie fürchten jetzt, dass man ihn bis in Ihr Ministerium hört", unterbrach ihn Laura.

„Im ganzen Land wird man ihn hören, Laura, wenn wir ihm nicht sofort einen Schalldämpfer verpassen. Also gib mir die Akte, und du kannst die ganze Angelegenheit vergessen. Wir geben sie einem anderen Richter, damit er diese absurde Klage wegen Schändung niederschlägt, die keinerlei Grundlage hat. Und du bist dieses ganze, lästige Verfahren los."

„Und Sie sind Pampa Hundida los."

„Dieses absurde Kaff mit seinem lächerlichen Namen!", rief der Minister und schlug mit einer seiner kleinen Porzellanhände auf das Balkongeländer. „Diese Idioten aus dem Stadtrat haben Angst vor dem Skandal wegen einer religiösen Schändung, und um das zu vermeiden, würden sie sogar einen öffentlichen Prozess gegen Cáceres unterstützen! Kannst du dir vorstellen, sie haben mir doch tatsächlich angeboten, Beweise darüber beizubringen, wo die verschwundenen Gefangenen verscharrt worden sind! Diese Provinzler wollen das Feuer mit Benzin löschen!"

„Die Regierung dagegen zöge es vor, dass das Feuer nie existiert hätte."

„Das habe ich nicht gesagt ..." Der Minister schaute über seine Schulter, als wolle er sich noch einmal vergewissern, dass niemand sie hören konnte.

„Am besten bitten Sie umgehend um meine Entlassung", sagte Laura.

„Ich habe noch nie darum gebeten, dass ein Richter entlassen wird. Viel weniger noch jemand, dessen Ernennung ich empfohlen habe. Das hieße ja anzuerkennen, dass wir uns geirrt haben."

„… und Sie und Ihre Kollegen dürfen sich ja nie irren."

„Genau. Mach du also weiter deine Arbeit und vergiss diese absurde Klage. Das Fest ist in vollem Gange, und es gibt eine Menge zu tun für die Rechtsprechung in dieser Stadt. Heute Nacht wird das Gefängnis voll sein, und am Montag gibt es in deinem Gericht jede Menge Schlägereien, Diebstähle, Beziehungstaten zu verhandeln. Du wirst ein paar kleinere Schuldige verurteilen, die wie immer von auswärts kommen; die große Mehrheit wird unschuldig sein, und du kannst in Ruhe schlafen gehen. Ich will nur, dass du mir diese Akte gibst und mir die ganze Sache überlässt."

„Nein", war die knappe Antwort.

„Laurita, das hier ist eine ernste Angelegenheit, ich bitte dich …", flehte der Minister und senkte dabei die Stimme. Doch sein Tonfall verriet ihn; er war es nicht gewohnt, flehen zu müssen. Plötzlich wurde Laura klar, weshalb er sie auf den Balkon hinausgeführt hatte: nicht nur, um sie nach Moira zu fragen, nicht nur, um zu erfahren, ob er sie richtig interpretiert hatte, sondern damit niemand, auch nicht sein Sekretär, seine Worte hören konnte: „Es geht nicht nur um die Opposition einer ganzen Stadt, sondern auch um die der Kirche und vor allem die der Armee."

„Mit der die demokratische Regierung gute Beziehungen unterhalten muss, das ist ihre oberste Pflicht", ergänzte Laura und hatte das Gefühl, sie zitiere jemanden.

„Der Übergang zur Demokratie würde einen direkten Konflikt mit beiden zusammen nicht überstehen. Deine Analyse ist korrekt, Laura. Wie damals, als du meine beste Studentin warst."

„Ich habe gerade gemerkt, dass ich nicht mehr so schnell bin im Lernen."

„Laura, ich bitte dich noch einmal herzlich!", flehte der Minister wieder, doch jetzt klang er nicht mehr so bittend, sondern befehlender.

„Ich kann ja nicht, selbst wenn ich wollte. Da ist ein Anwalt, der Klage führt."

Es war ihr erster Fehler in dieser Unterhaltung, und Laura bereute ihn sofort. Der Minister schaute sie einen Moment lang an, bevor er beinahe ein wenig traurig lächelte, als zwänge man ihn zu etwas, das er lieber nicht getan hätte.

„Das lässt sich regeln. Martínez Roth ist ein brillanter junger Mann, und er hat politische Ambitionen. Er könnte eine große Zukunft haben. Eine glänzende Laufbahn als Abgeordneter für die Region hier zum Beispiel ... Wir alle können eine große Zukunft haben, Laura. Für dich", und dabei kniff er die Augen zusammen, als träume er laut, „kann ich mir einen Sitz im Verfassungsgericht vorstellen ..."

„Das Verfassungsgericht interessiert mich nicht."

Velasco trat einen Schritt zurück auf dem Balkon über der singenden, tanzenden, betenden Menge, ging auf Abstand zu ihr. Laura konnte nicht anders, als den Instinkt des Ministers für das Zeremonielle zu bewundern, sein Talent für das Theatralische, das Symbolische: Die Macht ging auf Abstand zu ihr und ließ sie auf dem Balkon allein mit dem Volk. Und der Minister rieb sich die Hände, vielleicht, weil sie kalt waren, oder weil er sie in Unschuld wusch.

„Ich verstehe dich also richtig, dass du meine ausdrückliche Bitte ablehnst ..."

„Solange ich Richterin bin in dieser Stadt, ist dies mein Fall und ich löse ihn auf meine Art."

„Das ist dein gutes Recht. Unterdessen muss ich dich darauf hinweisen, dass ich den Obersten Gerichtshof gebeten habe, einen Vertreter zu schicken, der das übernimmt. Wenn du mir die Akte nicht geben willst – ihm musst du sie geben."

Laura lächelte. Ein Vertreter des Obersten Gerichtshof würde also kommen und das übernehmen, was der Justizminister nicht hatte regeln können. Auf diese Weise mussten weder er noch die Regierung die Richterin maßregeln, die sie erst vor kurzem ernannt hatten. Und er verbündete sich auch nicht sichtbar mit der Stadt und ihren Vertretern gegen die Klage. Nein, wie immer sorgte Don Benigno dafür, dass es andere waren, die Spezialisten der Gerichtsbarkeit, die ihm die Kastanien aus dem Feuer holten.

Der Minister trat in die Suite zurück. Er schien jetzt noch mehr Schlagseite zu haben auf seinen deformierten Hüften. „Contreras! Contreras!", rief er. „Ist das Fax inzwischen gekommen? Und bring mir meine Schmerztabletten, meine Beine tun mir höllisch weh."

Laura ging durch den Raum zur Tür, blieb einen Moment stehen, damit der Sekretär sie ihr öffnen konnte, leise und fast unsichtbar. Im Vorbeigehen gab er ihr einen gefalteten Zettel, als sei es die Rechnung für die Audienz. Es war eine Nachricht von Tomás Martínez Roth. Er bat sie, dringend zu ihm zu kommen, und teilte ihr auch den Ort mit, wo sie ihn finden konnte. Laura wandte sich mit dem Zettel in der Hand zu dem Minister um. Da stand der kleine, bucklige Mann mitten in der Präsidentensuite und lächelte sie melancholisch an.

„Und jetzt hast du mir doch nichts mehr von Moira erzählt, Laura", beklagte er sich.

24

„Da bin ich", sagte ich zu dem von Flammen umkränzten Schatten, der mir die Tür von Cáceres' Haus öffnete. Sagte ihm, dass ich es sei (obwohl ich es nicht war), und wiederholte, so, wie ich instruiert worden war, dass ich „für mehr" käme. Das wiederholte ich in den folgenden Wochen sechs oder sieben Mal. Und trotzdem erfüllte ich meine anderen Pflichten: Ich ging weiter ins Gericht, setzte mich hinter die Schranke und sprach Recht. Und während ich am Tag meine Pflichten erfüllte, lernte ich in jenen Nächten, dass ich bisher nie gelernt hatte, was „Pflicht" bedeutete.

Seine Anrufe kamen absolut unregelmäßig, manchmal an zwei aufeinanderfolgenden Abenden, manchmal vergingen zehn Tage, ohne dass ich ihn fragen hörte, ob ich unseren Pakt weiter ehren wolle: „Wirst du ihn heute Nacht ehren, Laura?" (Und „ehren" klang so, als sänge der Stahl.) Der Anruf kam immer unerwartet, damit ich mich nicht daran gewöhnte und ihn dennoch als unausweichlich ansah (so, wie man an den Tod denkt). Und dann zog ich mich an, wie ich instruiert worden war - man könnte sagen, Claudia, wie nach den Regeln einer Liturgie (ich will nicht sagen, wie eine Hure) - und wartete auf den Jeep, der mich abholen kam. Und stieg im hintersten Winkel des Lagers aus, vor dem Heim, das sich Cáceres zwischen jenen Ruinen ausgedacht hatte, näherte mich schwankend auf meinen

Stöckelschuhen, zitterte in meinem tief ausgeschnittenen Kleid und klopfte an die Tür.

Er gewährte mir Einlass in den großen, im Halbdunkel liegenden Raum, wo die Augen seines Vorfahren von seinem Bild aus über uns hinwegschauten, über jeglichen Sieg hinaus. Und dann entstand immer dasselbe Schweigen, die Verlegenheit, seine obszöne Schüchternheit. So standen wir beide in der Mitte des Raums, während er mich anschaute, als käme ich aus jenem Land, wo er einst geträumt hatte, glücklich zu werden, wohin er jedoch nie gelangt war. Er räusperte sich wie ein verliebter Jüngling, der seine Liebe erklären möchte, und sagte eine Weile gar nichts, bis er, beinahe unwillkürlich, auf den Schreibtisch wies, wo die Schutzpatronin mit diesem Lächeln, das ihren Tränen widersprach, das Lineal mit der Stahlkante ignorierte, das wie eine Opfergabe zu ihren Füßen lag.

Dieses anfängliche Zögern, diese Schüchternheit dauerte unterschiedlich lange, unvermeidliche Sekunden oder Minuten, und schließlich war es dann immer ich, die im Bewusstsein der Unausweichlichkeit Anstalten machte, dieses Lineal holen zu gehen. Ich tat das, Claudia, nicht nur, weil ich damit gemessen worden war und verstand, dass dies die „Pflicht" war, die ich angenommen hatte, sondern auch, um seine „Schüchternheit" zu überwinden, die schlimmer war als jede Intimität. Doch dann sagte er immer dasselbe: „Nein, so geht das nicht" (denn das entsprach nicht unserem Pakt). „Ich befehle es dir", erinnerte er mich, „und du musst dich weigern." Er erinnerte mich nicht an das, was mir geschehen würde, wenn ich ihm nicht gehorchte, sondern daran, dass ich mich, auch wenn ich ihm gehorchen wollte, weigern musste, das Lineal holen zu gehen, die Norm einzuhalten. „Sag nein, Laura, hab den Mut, trau dich, nein zu sagen", verlangte Cáceres. Und so weigerte ich mich, Claudia, verweigerte mich dem, was er mir befahl, genauso, wie er es von mir verlangte. Ich weigerte mich und er beharrte darauf und drohte mir (allein mit der Art, wie er zum Lineal auf dem Schreibtisch hinüberschaute, wie er bedauernd auf die Stahlkante blickte). Ich weigerte mich, laut schreiend, verzweifelt weiter, und dann kam er langsam in Fahrt, keuchte schon ein wenig, hielt seine Wut im Zaun, seinen Zorn, der aufzuflammen begann, wie wenn man in die Glut eines erloschenen Feuers bläst, und ging hinüber und holte es selbst. Und mit dem Lineal in der Hand, dem metallbeschlagenen Holz, seiner Gesetzestafel, befahl er mir irgendetwas anderes; vielleicht befahl er mir, die Stahlkante des Lineals, des Maßstabs abzulecken, woraufhin ich mich von neuem weigerte. Oder ich musste mich weigern, mich auszuziehen oder das Kleid zu heben und die Unterwäsche zu zeigen, die ich der Anweisung entsprechend trug. Und dann schien er noch mehr in Fahrt und ganz aus seiner obszönen Melancholie zu kommen und knöpfte sich die Uniformjacke auf, kam daraus hervor wie aus einer mittelalterlichen Rüstung, kam auf mich zu und erfüllte seinen Teil des Paktes, lehrte mich noch einmal das Lied des Stahls. Oder des Gladiators, wie er es einmal nannte, während wir im Sand dieses imaginären Strandes am Ufer des verschwundenen Meeres lagen und seine Lippen meinen Schenkel küssten: „Wenn niemand mehr auf dem Schlachtfeld übrig ist, nur noch unser Feind, und er es ist, dem wir unser Leben verdanken, Laura", sagte er. Und küsste mich auf die Blutkrusten, wo das Lineal ins Fleisch eingedrungen war.

Und an diesem Punkt, doch mit kleinen Abweichungen, die sicher stellten, dass alles Vorgesehene auch unerwartet war (wie der Tod), bot Cáceres mir wieder den Pakt an, wie nach dem ersten Mal, als er mich schlug und ich ihm gestand, wo der Geflohene war, und er mich gleich darauf vergewaltigte. Obwohl die Definition von Vergewaltigung, die das Gesetz vorsieht - „Penetration ohne Zustimmung" - hier nur eine Ironie sein kann, wo ich doch aus reiner Zustimmung bestand; einfach, weil ich dankbar war, dass der Stahlgesang innegehalten hatte und ich alles dafür getan hätte, dass er nicht wieder anfangen würde.

Dieser Pakt, den ich mit meinem Zurückkommen ehrte und an den Cáceres mich mit kleinen Abweichungen erinnerte, bestand in Folgendem: Er, so hatte er es mir bei jenem ersten Mal angeboten, würde mir nicht nur den einen Gefangenen übergeben, den ich versteckt - und verraten - hatte, sondern auch die anderen, die auf ihre Exekution warteten, wenn wir in den kommenden Wochen in unterschiedlichen Abständen dieselbe Zeremonie genauso wiederholten. Ich würde pünktlich nach seinen willkürlichen Anrufen zu ihm kommen, würde den Pakt ehren, und wenn ich es gut machte, würde ich im Gegenzug dasselbe erhalten, was er mir in jener ersten Nacht schenkte: das Leben des Gefangenen, den zu beschützen ich gekommen war. Jedes Mal, wenn ich wiederkäme, würde er mir einen Verurteilten dafür geben, dass ich mich hingäbe. Sodass ich ihm nicht nur mein Leben verdankte (das er mir ließ) und das Innehalten des Stahls, sondern auch die Illusion, Gerechtigkeit zu üben, die mich immer wieder zu ihm brachte.

Mein Teil des Paktes war es, zu kommen, um nein zu sagen. Er wollte nicht, dass ich mich ihm freiwillig hingab, er wollte, dass ich mich weigerte, bis er mich wieder schlagen musste, und auch dann, warnte er mich, würde ich nichts damit erreichen, ihm etwas vorspielen zu wollen, vorzutäuschen, dass ich litte, denn um zu garantieren, dass es so wäre, hätte er einen unfehlbaren Lügendetektor: und er führte meine Hand an sein schlaffes Glied, das auf seinem Schenkel ruhte.

Tatsächlich, so erklärte er mir, wäre es sein Ideal, diesen „magischen" Moment zu wiederholen, der sich zwischen uns ereignet hatte. Und damit meinte er nicht den Orgasmus, sondern das, was ihn vorbereitet hatte, jenen besonderen Augenblick, als ich lauter gesungen hatte als der Stahl und verraten hatte, wo der Gefangene versteckt war. Dieser Augenblick war magisch gewesen - hatte ich das etwa nicht bemerkt? -, denn in ihm waren wir gleich gewesen, wie ein paar Komplizen. In diesem Moment war das entstanden, was uns von jetzt an verbinden würde, und das wir, um es nicht Liebe zu nennen, unseren „Pakt" nennen wollten.

Außerdem, erklärte mir Cáceres, wenn ich es nüchtern betrachtete - und dabei lachte er fast, diese

Flamme aus Eis –, würde ich feststellen, dass es eine ausgeglichene Vereinbarung wäre, denn auch er würde leiden. Die Unmöglichkeit, die Vollkommenheit der ersten Nacht zu wiederholen, wäre im Grunde sein Schmerz, und das verbände uns wie … (er fand das richtige Wort nicht, oder er wusste, dass es nicht Liebe war). Und mit viel leiserer Stimme fügte er so etwas hinzu wie: Denjenigen, die nicht geliebt werden können, bleibt nur die Fiktion davon. Doch vielleicht sagte er nicht *Fiktion*, sondern *Zeremonie*, die Zeremonie des Dankes dafür, dass sie keinen Schmerz zufügen.

Mit seinem Finger fuhr er meinen Körper entlang, bis zum Oberschenkel, auf dem seine raue Wange ruhte, tauchte dort, wo das Lineal die Haut hatte platzen lassen, die Fingerspitze in einen der Blutstropfen, und sagte, bevor ich seinen Vorschlag annähme, wolle er keinen Zweifel darüber aufkommen lassen, weshalb er mir diesen „Pakt" vorschlug. Wenn ich seinen „Pakt" annähme und käme und ihm gehorche, indem ich mich weigerte, und er mich dann schlug und dabei sich loslassen und „aus sich herausgehen" – und ich es annahm –, und er mich streichelte und tröstete und mir einen Verurteilten übergab, so, wie er es tun würde, bevor diese Nacht vorüber war; wenn ich all dies genau erfüllen würde, wenn ich also den Pakt ehrte, den er mir anbot, dann könnte ich meinerseits sagen, dass ich Gerechtigkeit geschaffen hatte. „Und ist es nicht genau das, was du am meisten willst, du, die du dich für gerecht hältst, Patroncita?"

Ja, ich könnte diese Gefangenen beschützen, ihnen das Leben retten, und würde dafür verehrt werden. Was tatsächlich nur gerecht wäre, meinte Cáceres und streichelte meine vom Salz brennenden Wangen; diese Verehrung, die man mir entgegenbrächte, wäre gerecht, weil auch ich, wenn er mir seinerseits jenen verurteilten Gefangenen übergäbe, ihm gegenüber etwas Größeres als Dankbarkeit empfände, nämlich „Verehrung".

Und er wiederholte das Wort: „Verehrung" (und in den zwanzig Jahren, die seither vergangen sind, Claudia, habe ich herausgefunden, dass Verehrung, lateinisch *Veneration*, auch vom Wort „Venus" abstammt, so wie das „Venerische" und alles, was mit der Liebe zusammenhängt). Diese Verehrung wäre eine höhere Dankbarkeit als die natürliche physische Reaktion meines vom Schmerz befreiten Körpers, nämlich eine moralische Dankbarkeit, weil er, der mich vernichten konnte, nicht nur darauf verzichtete, mich noch mehr leiden zu lassen, sondern mir auch diese Gefangenen schenkte, die er zu vernichten die Macht hatte, und er mir so die Illusion gab, dass ich diese Gnade mit meinem eigenen Opfer erreicht hatte, als ich mich bei ihm für sie einsetzte. Ich wäre wie die Schutzpatronin selbst, verkündete er lebhaft, plötzlich inspiriert von den gläsernen Tränen, die dem verzückten Mäuselächeln widersprachen. Ich würde zu einem Abbild ihres Bildes werden. „Du wirst wirklich wie eine Schutzpatronin sein. Du wirst Leben retten. Wunder tun!"

Das war also der Pakt, den er mir dort in jener ersten Nacht anbot, damit wir ihn in den folgenden

Nächten ehrten. Was ich ihm antworten würde? Ich, Claudia, brauchte gar nichts zu antworten; ich öffnete den Mund, doch mein Kinn zitterte immer noch zu sehr. Und mir wurde klar, dass auf diese Weise der Stahl für mich antwortete.

* * *

So geschah es, Claudia, dass ich in den folgenden Nächten zu ihm ging, um diesen Pakt zu ehren. Und jedes Mal verließ ich vor Tagesanbruch sein Haus, stieg in den Jeep, in dem mich schon ein Gefangener erwartete, und fuhr mit ihm in die wegen der Ausgangssperre menschenleere Stadt bis zur hinteren Tür der Basilika, wo Pater Penna in seinem Pick-up schon auf uns wartete. Dann schaute ich ihnen nach, wie sie in Richtung der Berge davonfuhren. Und weil dann kein Schlaf mehr möglich oder ich nicht fähig war, mich meinen Träumen zu stellen, ging ich direkt zum Gericht, schloss in der Dunkelheit auf, ging durch die Glastüren, atmete den wohlbekannten Geruch nach alten, zerfledderten Akten, nach aussichtslosen Fällen ein und setzte mich hinter der Schranke auf mein Podest, in den Richtersessel, und blieb dort reglos sitzen, starr und steif wie ein Götze oder eine Ikone oder ein Mahnmal, Abbild des Abbilds meiner selbst; „Patroncita", die Augen in der Dunkelheit weit offen, so wartete ich, dass es Zeit wäre für meine täglichen Pflichten. Wartete darauf, dass es Tag würde, der Gerichtsdiener käme, die ersten Prozessteilnehmer erschienen, die Anwälte, die von Gesetzen nur so strotzten - sie kamen aus ihrem Mund wie der üble Geruch schlechter Verdauung. Und dann hob ich (oder mein Abbild) die Hand und fällte meine Urteile (und wünschte, es wären Axthiebe oder Blitze!).

Dabei war ich gerade, Claudia, bei meinen täglichen Pflichten, am Tag nach dem sechsten oder siebten Mal, dass ich gegangen war, jenen Pakt zu ehren, als der Gerichtsdiener kam, um mir zu melden, eine „Señora" bäte um Audienz. Und er wies auf die Frau im Vorraum; sie saß auf der harten Bank, wo die Kläger Platz nahmen, um auf Gerechtigkeit zu warten. Der Gerichtsdiener hatte ihr erklärt, dass ich niemanden ohne Termin empfinge, sie solle ihre Angelegenheit doch schriftlich vorbringen. Aber die Frau, diese „Señora", hatte geantwortet, sie könne ihre Angelegenheit nicht aufschreiben, sie wäre bereit, dort zu warten, „bis in alle Ewigkeit, wenn es sein müsste".

Also wies ich ihn an, sie vorzulassen. Ich sah, wie sie aufstand, den Saal betrat, auf mein Podest zukam: eine hochgewachsene Frau in Trauerkleidung, die ihre Handtasche an die großen Brüste presste und dicke, braune Stützstrümpfe trug, mit dem wiegenden Gang eines Schiffs, wie ihn ältere Mütter haben, mit grünen, misstrauischen Augen und einem festen, grauen Haarknoten, in den ihr ganzer Wille gepresst zu sein schien, bis in alle Ewigkeit zu warten.

Meine Einladung, Platz zu nehmen, lehnte sie ab und schaute mich stattdessen mit dem Argwohn an, den ich schon von anderen älteren Menschen gewohnt war (diese Frau, auch noch so jung, wagt es, sich „Richter" zu nennen?). Und dann begnügte sie sich doch mit mir oder kam nicht auf eine bessere Idee und begann zu sprechen, mit einer gewissen langsamen Dringlichkeit. Sie gebrauchte mit herausforderndem Nachdruck Wörter, die ihr ungewohnt waren, verhaspelte sich und begann von neuem mit einer Geschichte, die nirgendwohin zu führen schien und von der ich nichts verstand, nicht ein einziges Wort – so, als ob sie vor mir den Rosenkranz betete. Bis sie meine Ungeduld, meine Zurückhaltung bemerkte, ihre Handtasche noch mehr gegen den großen Busen presste, sich hoch in ihren staubigen Männerschuhen aufrichtete und mir entgegenschleuderte: „Señorita, hören Sie mir überhaupt zu?" Ich sollte ihr zuhören: Sie war die Mutter von Enrico Antonio Santini, politischer Gefangener, achtzehn Jahre alt – „ein Kind" oder „mein Kind", sagte sie –, ihr jüngster Sohn, dessen letzter bekannter Aufenthaltsort das benachbarte Lager gewesen sei, wo man ihn jetzt verleugnete, leugnete, ihn je als Gefangenen gehabt zu haben, sogar leugnete, dass er existiert habe ... Und plötzlich erkannte ich diesen Sohn in den Zügen der Mutter: den geflohenen Jungen, den mir der Pfarrer ein paar Wochen – Jahrhunderte – zuvor in meinen Garten gebracht hatte. Ich sah den Stoppelbart vor mir, das lockige Haar, die Schuhe ohne Schnürsenkel, die ein paar weiße, feminine Fußrücken sehen ließen, seine Empörung über die Welt. „Und niemand will mir helfen. Deshalb müssen Sie etwas tun", verlangte die Mutter schließlich, und ihre misstrauischen grünen Augen fügten hinzu: Auch wenn Sie nur eine Frau sind und so jung, müssen Sie etwas tun, wenn Sie schon so dreist sind, sich Richterin zu nennen.

Da lächelte ich, Claudia, sagen wir, dass ich lächelte, wenn ein Abbild lächeln kann - ein paar winzige Zähnchen lugten zwischen meinen trockenen Lippen hervor -, und stammelte, sie solle sich keine Sorgen machen, sie solle Geduld haben, ich verstünde sie ja, sie solle mir glauben, sie solle warten. Es fehlte nur noch, dass ich gesagt hätte, sie solle Vertrauen haben, Claudia! Oder vielleicht ging ich doch so weit und sagte ihr genau das mit meinen trockenen, aufgeplatzten Lippen. Vielleicht war ich richtig gerührt dabei (mir wird schlecht bei dem Gedanken, dass ich vielleicht richtig gerührt war, Claudia), und eine kleine Träne, die aus Glas hätte sein können, rann über meine Wange, die noch Spuren vom Salz der vergangenen Nacht trug. Und ich fügte hinzu - das weiß ich bestimmt: Ich könne ihr nicht sagen, weshalb, sie solle es für eine Eingebung von mir halten, doch ich fühle, dass ihr Sohn geflohen und vielleicht im Nachbarland sei, und sie würde bestimmt bald Nachricht von ihrem „Kleinen" erhalten.

Da schaute mich die große, in Trauer gekleidete Frau, diese große, alte Frau mit ihren grünen Augen, die der Haarknoten noch größer machte, über die Schranke hinweg an, mit einem Gesichtsausdruck, der nicht mehr misstrauisch und entschlossen war, sondern ungläubig und beinahe mitleidig, und sagte leise zu mir: „Aber in welchem Land leben Sie denn, Tochterchen? Wie soll ich denn ruhig abwarten? Wissen Sie etwa nicht, was passiert, wenn jemand so verschwindet? Wissen Sie nicht, dass sie uns, wenn sie sagen, dass sie sie nie gefangen gehalten haben oder dass sie irgendwohin geflohen sind, dass sie uns dann sagen wollen, dass es sie gar nicht mehr gibt, dass sie nie geboren wurden, dass wir sie nie aufgezogen haben, dass sie nie gelebt haben?"

Ich begriff erst gar nicht, was sie mich da fragte, Claudia. Und dann, als ich es zu begreifen begann, konnte ich nur die Justitia mit ihren verbundenen Augen anschauen, die auf einer Ecke meines Schreibtisches stand, um mir bei meinen täglichen Pflichten zu helfen, und eine Stimme begann mir langsam in der Kehle emporzusteigen, als ob sich eine Ratte anschickte, herauszukommen und ihre Zähnchen zu zeigen. Oder als ob mein eigenes Blut laut losschreien wollte.

25

Laura ging den holprigen Gehsteig an der Dinamarca-Straße entlang, musste den Löchern ausweichen, die das raue Klima und viele eilige Schritte hinterlassen hatten, bis sie schließlich vor der Tür des Bordells stand. Sie hatte den Weg hierher in die Vorstadt sofort gefunden, nur geleitet von ihrer Erinnerung. Neben der Lizenz zum Alkoholausschank prangte ein neues Schild mit der Aufschrift: „CABARET". Darauf blinkte eine lila Rose und übergoss die Frauen, die an der Tür warteten, in regelmäßigen Abständen mit ihrem Licht.

Als Laura sich näherte, machten sie Platz und ließen sie eintreten. Eine von ihnen mit einem aufgemalten Leberfleck im Mundwinkel griff nach ihrer Hand und führte sie über den dunklen Gang zu einem Zimmer.

„Frau Richterin, sind Sie allein?", fragte eine freundliche Stimme aus dem Raum, vom Grund der letzten zwanzig Jahre.

„Ja", antwortete Laura und hätte fast hinzugefügt: „Vollkommen."

„Treten Sie ein, fühlen Sie sich wie zu Hause."

Laura hörte keine Zweideutigkeit, keinen ironischen Unterton in diesen Worten. Sie trat an das Fußende des Bettes mit dem Kopfteil aus Messing, auf dem eine sehr dicke Frau saß und häkelte, gehüllt in einen dunkelroten Seidenschal. Laura schaute sich um. Nichts hatte sich verändert, seit sie zwei Jahrzehnte zuvor in diesen Raum geschaut hatte. Da waren noch dieselben, von Fliegendreck gesprenkelten Drucke an den Wänden, der chinesische Wandschirm, der das Bidet verbarg, ein Paar Nachttische. Nur die Frau von früher war nicht da, Rosita, die üppige Besitzerin der melodiösen Stimme, die sie da gerade begrüßt hatte. Doch plötzlich fand Laura sie in den Augen der Dicken, die ohne mit dem Häkeln aufzuhören gespannt darauf wartete, dass Laura sie wiedererkannte, diese tiefblauen Augen in dem riesigen Kopf mit dem Dreifachkinn. Rosita, die Bordellmutter, wie in sich selbst einbalsamiert, in den mächtigen Armen, die sich beim Häkeln auf den umfangreichen Busen stützten, in der glänzenden, matefarbenen Haut, die von ihrer Körperfülle straff gehalten wurde. Die Puffmutter, vervielfacht im konkaven Spiegel der Jahre, in denen sie vielleicht so unmäßig zugenommen hatte, um nicht älter zu erscheinen. Jetzt fehlte nur noch Mario auf dem Bett, betrunken und mit heruntergelassener Hose.

„Man hat mir gesagt, der Anwalt Martínez Roth wäre hier."

„Sie haben mir einmal vertraut", sagte Rosita, ohne darauf einzugehen. „Mit Ihrem Vertrauen haben Sie mich sehr geehrt."

Laura dachte an die Nacht unter dem silberhellen Feigenbaum, als der Pfarrer mit dem geflohenen Sträfling kam und sie ihn zu Rosita brachte. Als die Frau an der Tür des Bordells erschien, mit ihrem Mandelgeruch, der ihr damals wie die Essenz aller Erfahrung vorkam, sofort verstand, einverstanden war, ohne weitere Erklärungen. „Wenn Sie mich darum bitten, Frau Richterin", hatte sie nur gesagt. Und plötzlich wurde Laura das Paradox bewusst, das ihr dieses Wiedersehen zwischen der Hure und der Richterin in Erinnerung rief: Es war die Hure gewesen, der man vertrauen konnte; die Richterin dagegen hatte versagt, war gemessen worden, und ihr Maß war der Verrat gewesen.

„Ich bereue das keineswegs", gab Laura zurück.

„Ich genauso wenig", sagte Rosita und lachte aus vollem Halse, ein ansteckendes Lachen, das in ein Husten mündete, woraufhin sie elegant in den Nachttopf neben dem Bett spuckte.

Laura kam zur Sache: „Sagen Sie mir, wo der Anwalt steckt. Er hat mich zu sich gebeten."

„Dieser Bursche muss eine große Zukunft vor sich haben." Das waren fast die gleichen Worte wie die von Don Benigno. „Jetzt kommt die Richterin und vorhin hat ihn sogar ein richtiger Minister besucht."

„Nun sagen Sie's mir schon."

„Nicht so schnell, Frau Richterin. Ich habe lange auf Sie gewartet." Rosita machte eine tadelnde Kopfbewegung, tadelte sie, ohne die Ruhe zu verlieren. Sie besaß diese natürliche Autorität von Frauen, die viele Männer nackt gesehen haben. Dabei verlor sie nicht eine einzige Masche ihrer Handarbeit. Laura erinnerte sich an die Tradition: Jedes Jahr häkelte Rosita eine neue Decke in den Farben der Jungfrau für den Baldachin einer der Tanzgruppen. Sie verstand es, auf gutem Fuß mit Gott und den Teufeln zu stehen. Auch für die Bordellbesitzerin war das Pilgerfest die Hauptsaison. Dann ließ sie sogar aus den Nachbarländern „Mädchen" holen, und nicht einmal das reichte an diesen beiden Tagen aus: Am späten Abend standen die Teufel mit ihren bunten Kostümen regelmäßig auf der Straße Schlange.

„Sie haben mir einmal vertraut", wiederholte Rosita noch einmal. „Aber ich schulde Ihnen noch etwas. Ich konnte Ihnen nie erklären ..."

Laura fühlte sich plötzlich todmüde, spürte das Gewicht aller Zeitzonen, die sie auf ihrer Reise von Berlin nach Chile überquert hatte. Und jetzt sollte sie auch noch die verspäteten Erklärungen der alten Prostituierten anhören? Sie setzte sich in den Plüschsessel am Fuß des Bettes. Dabei dachte sie, dass sich so die Angeklagten fühlen mussten, wenn sie sich vor ihren Richtertisch setzten und auf ein Urteil warteten, mit dem das Gute vom Bösen getrennt wurde. Und warum auch nicht? Was machte sie, Laura, so viel besser als eine Puffmutter in der Provinz? Auch Rosita übte Tag für Tag eine Art Rechtsprechung, stellte das Gleichgewicht zwischen Wunsch und Wirklichkeit her. Wie sie da auf dem hohen Messingbett saß, angetan mit ihrem purpurroten Schal, hätte man meinen können, sie sei hier die Richterin, damit beauftragt, ein Gesetz anzuwenden, das viel älter war als Lauras.

„Sie brauchen mir keine Erklärungen zu geben. Das ist lange her."

„Aber ich schulde sie Ihnen."

„Wenn Sie etwas erklären müssen oder gar Vergebung wollen, gehen Sie zu Pater Penna."

„Mario war fasziniert", fuhr Rosita unbeeindruckt fort, dann fügte sie hinzu: „Und der andere Mann war tot."

„Tot?", fragte Laura verblüfft.

„Ja, tot. Deshalb musste er andere leiden lassen und selbst leiden. Um zu fühlen, was die Toten nicht fühlen können."

Laura konnte nicht anders als einverstanden sein mit der Weisheit dieser Frau, die so natürlich zu formulieren verstand, was sie in den vielen Seiten ihres Briefes an Claudia nicht auszudrücken vermochte, nämlich das, was die Toten nicht fühlen. Auf einmal spürte sie das Verlangen, sich neben die Hure auf das Bett zu legen, sie zu bitten, sie in die Arme zu nehmen, in ihrem Schoß zu wiegen, ihren Kopf zwischen ihre großen Brüste zu legen und zu weinen; zu weinen wie ein kleines Kind in den Armen dieser Frau und ihr zu gestehen – ohne viele Worte, denn die Andere kannte diese Worte längst –, was es bedeutete, neben einem Toten zu liegen. Was es bedeutete, nichts zu fühlen, so wie er nichts fühlte; seine Leere zu erreichen, am Rande seiner

Wüste, und nicht einmal mehr das zu spüren, was dort der Stahl gesungen hatte.

Auf ihrem Messingbett thronend schaute Rosita sie an. Ihre makellos blauen Augen, wie Lapislazuli, wanderten zwischen Laura und den Stricknadeln hin und her, als nehme sie an ihr Maß für ihre Handarbeit. Laura spürte deutlich die Sympathie, die ihr vom Bett entgegenströmte, als Rosita sagte: „Mario besuchte mich öfter, nachdem Sie fortgegangen waren."

„Weshalb erzählen Sie mir das?"

„Er hat Sie sehr geliebt."

„Woher wissen Sie das?"

„Weil er dabei die Augen schloss und Ihren Namen sagte, Laura."

Zum ersten Mal mieden sie die Lapislazuli-Pupillen, wurden schmaler, konzentrierten sich auf die Handarbeit, wurden vielleicht feucht. Laura fragte sich, ob die Prostituierte, bei der sich Mario erleichterte, lieber ihren eigenen Namen gehört hätte. Auch hier gab es keine Gerechtigkeit. Das Unglück, das man selbst vermeiden möchte, kann für den anderen das Glück sein, das er nicht bekommt.

Laura stand auf. „Ich muss jetzt den Anwalt sprechen."

„Ich verstehe Sie gut", sagte Rosita, ohne darauf einzugehen.

„Tatsächlich?"

„Ich verstehe, weshalb Sie zurückgekehrt sind. Es war unvermeidlich."

„An das Wort glaube ich nicht."

„Unvermeidlich. Wie die Männer, die hierherkommen, um sich den Teufel aus dem Leib zu treiben."

Sich den Teufel aus dem Leib zu treiben, war sie vielleicht auch deshalb gekommen? Laura erschauerte, bedeckte ihre nackten Schultern mit den Händen. Ohne Zweifel hatte ihre lange Erfahrung Rosita gelehrt, das geheime Verlangen, die Obsessionen, die verbotenen Träume zu erkennen, die ihre Besucher immer wieder zu ihr zurückkommen ließen. Und Laura musste sich eingestehen, dass auch sie seit Jahren auf dieses Wiedersehen gewartet hatte.

„Ich habe mich nie bei Ihnen bedankt", sagte sie.

Auf Rositas Dreifachkinn erschien der Anflug eines Lächelns. „Für das Geheimnis der Natur, das ich Ihnen verraten habe?", kam sie Laura zuvor. „Das war doch nichts Besonderes. Ein alter Hurentrick, um brutale Männer ruhig zu stellen. Keinen Widerstand leisten. Und sogar noch um mehr bitten ... Wie ich sehe, hat es bei dem Major funktioniert."

„Ja, das hat es. Ich stehe ja hier vor Ihnen."

„Ja, Sie sind hier, und Sie leben." Rosita lachte jetzt mit ehrlicher Freude.

Dann ließ sie eine der Nadeln los und streckte die Hand aus. Laura nahm sie: Sie war groß und warm und trotz Rositas Korpulenz fest und vertrauenswürdig. Und Laura spürte, dass sich in diesem Händedruck ein uralter Pakt zwischen Frauen erneuerte.

※ ※ ※

Laura überquerte den Innenhof mit den rosa Fliesen, wo die Kunden unter bunten Glühbirnen an wackligen Tischchen saßen, tranken und darauf warteten, dass sie an der Reihe waren. Ein Betrunkener machte Anstalten, sie zu begleiten, doch die Frau mit dem Leberfleck im Mundwinkel, die sie wieder führte, sorgte dafür, dass er es sich schnell anders überlegte. Tomás Martínez Roth lag auf einer Pritsche in einer der engen Kabinen, barfuß und mit schmutzigen Füßen. Neben ihm saß eine dralle junge Frau, fast noch ein Kind, und hielt ihm eine Kompresse auf das Bein. Als sie die Kompresse wegnahm, konnte Laura sehen, dass der Knöchel stark geschwollen und violett angelaufen war wie eine Aubergine; quer darüber befand sich eine tiefe Wunde mit einer frischen Blutkruste. Offensichtlich hatte der Fuß am meisten abbekommen, die blauen Flecken im Gesicht zeugten nur von leichten Schlägen. Anscheinend hatte man lediglich versucht, ihn einzuschüchtern, doch dann war der Anwalt auf der Flucht in ein Loch getreten und hatte sich den Fuß verletzt. Laura verspürte ein bisschen Schadenfreude: Der Anwalt hatte sich endlich mal einen Fehltritt geleistet ...

Laura machte dem Mädchen ein Zeichen, das es verschwinden sollte. Die junge Frau warf die Kompresse auf die Pritsche, zog ein beleidigtes Gesicht und ging durch den Vorhang hinaus.

Tomás Martínez Roth hatte sich, so schnell er konnte, aufgesetzt und war bemüht, etwas Würde zurückzugewinnen.

„Frau Richterin, verzeihen Sie, dass ich Sie hierher gebeten habe. Dies war der einzige Ort, wo ich mich verstecken konnte. Und ich traue mich noch nicht, herauszukommen."

„Schon in Ordnung, Herr Anwalt. Es freut mich, dass man Sie so gut pflegt", grinste Laura sarkastisch.

„Es ist nicht so, wie es aussieht, Frau Richterin", entgegnete der junge Mann leicht empört und strich sich das unordentliche Haar glatt, eine Geste, mit der er vielleicht den Vorhang vergessen machen wollte, durch den das Mädchen verschwunden war, das Latrinenloch im Boden, die schmale Pritsche mit der schmuddeligen Decke darauf. Und die schmutzigen Kritzeleien an den Wänden, die von Pfeilen durchbohrten Herzen, die Strichlisten, mit denen die Mädchen über ihr Geschäft Buch führten. Die Seitenwände reichten nicht bis zum Dach hinauf, und Laura mochte sich lieber nicht vorstellen, was das Stöhnen bedeutete, das von der anderen Seite herüberdrang, vermischt mit der Ranchera-Musik vom Hof.

Unterdessen fuhr der Anwalt mit gesenktem Kopf fort: „Die Einbrecher hatten ohnehin nicht die richtige Akte gefunden. Da haben sie mir eine Tracht Prügel verpasst und mich mit dem Tod bedroht, wenn ich sie ihnen heute nicht besorge. Deshalb musste ich mich verstecken. Und zu meiner Schande erleben, dass der Minister mich hier findet."

„Aber trotzdem haben Sie einen guten Eindruck auf ihn gemacht."

„Tatsächlich?", fragte der Anwalt freudig überrascht. „Habe ich das wirklich?"

„Er sagt, Sie haben eine große Zukunft vor sich."

Tomás Martínez Roth lachte völlig ungeniert, ließ sich so leicht schmeicheln wie ein Kind und drückte genauso ungeniert seine Bewunderung aus: „Dieser Mann ist wirklich ..." Er suchte das richtige Wort: „... wirklich weise."

„Und was hat Ihnen der weise Mann heute beigebracht?"

„Frau Richterin, vielleicht ..." begann Martínez Roth und das Lächeln erstarb auf seinen aufgeplatzten Lippen, als sei die Weisheit wie ein bitteres Land, das er lieber nicht kennengelernt hätte. „Vielleicht habe ich mich geirrt."

„Sie haben sich geirrt?"

„Mit der Klage, mit dem Plan, eine kollektive Schuld zu konstruieren. Der Minister hat es mich anders sehen lassen ..."

Der Minister hatte sie ihn anders sehen lassen, die Ideen, deren Richtigkeit er, Martínez Roth, für unbestreitbar gehalten hatte, und die, auf den Kopf gestellt, ihren Glanz verloren; wie feuchte Steine, die kostbar aussehen, wenn man sie am Strand findet, die aber, wenn sie trocknen, nichts mehr wert sind. Laura sah sie vor sich, die geschickten, zarten Porzellanhändchen des Ministers, die vor den staunenden Augen des jungen Anwalts unwiderlegbare Argumente formten; vor dem staunenden Schüler, der hier in der Bordellkabine ihrer Logik bis zu ihren unverfrorenen Konsequenzen folgte. Tomás Martínez Roth hob wieder den Kopf und rückte etwas näher an sie heran.

„Es war unglaublich, mit welcher Klarheit er mir das erklärte. Er gab sich gar nicht erst ab mit der dummen Idee, dass eine kollektive Schuld gleichbedeutend ist mit einer kollektiven Unschuld ..."

Nein, der Minister war ihm nicht mit dem traditionellen Argument gegen die kollektive Schuld gekommen, dass diese einen kollektiven Freispruch nach sich zog. Er hielt sich nicht auf mit diesem irreführenden Paradox für Anfänger. Der Minister, so unerbittlich im Dialog, aber so menschlich in seiner sokratischen Methode, hatte ihn eingeladen, gemeinsam mit ihm zu überlegen. Die wirklichen, schlimmen Konsequenzen der Hypothese einer kollektiven Schuld lagen in den Verwerfungen, die sie in der offiziellen Geschichte des Übergangs zur Demokratie hervorrufen würde, nicht in der Rechtsprechung.

„Die Konsequenzen sind in der Politik und nicht in der Rechtsprechung, Frau Richterin, verstehen Sie?"

Plötzlich, mit einer Art entnervter Überraschung, begriff Laura, dass ihr der Minister durch den Bericht, den ihr der junge Mann gab, eine Botschaft schickte, dass er sie durch Martínez Roth zu überzeugen versuchte, der mit dem Glauben des gerade Bekehrten für ihn argumentierte, damit sie „verstünde".

„Verstehen Sie, Frau Richterin, wenn wir die Existenz einer Kollektivschuld akzeptierten, dann hieße das, dass die Diktatur nicht totalitär war. Daran hatte ich noch nie gedacht, doch der Minister hat mir die Augen dafür geöffnet."

Dieser „weise Mann" hatte es ihm offenbart: Anzunehmen, dass alle am Verbrechen beteiligt gewesen waren, und sei es nur durch Unterlassung, hätte bedeutet, dass dieses Verbrechen nicht vollständig war. Denn wäre seine Schreckensherrschaft absolut gewesen, dann wären die Individuen davon befreit, einem so großen Terror Widerstand leisten oder ungehorsam sein zu müssen. Ob der junge Anwalt sich an das Prinzip der unwiderstehlichen Gewalt erinnere?, hatte der Minister gefragt. Denn wenn er sich daran erinnerte, dann musste er mit ihm schließen, dass ein Volk, das einer unwiderstehlichen Gewalt ausgesetzt ist, von der Pflicht befreit ist, ihr Widerstand zu leisten. Und deshalb – und hier hatte der Minister eine dieser logischen, akrobatischen Volten geschlagen, *a contrario sensu*, in Gegenrichtung argumentiert, rückwärts gedacht – war das Konzept kollektiver Schuld unannehmbar, denn es würde bedeuten, dass wir keine totalitäre Diktatur gehabt hätten.

„Verstehen Sie, Frau Richterin?", fragte der Anwalt noch einmal. „Erkennen Sie die Schönheit des Arguments, seine Tiefe?"

Und verstand sie auch die furchtbaren politischen und historischen Konsequenzen, die der Minister ihm aufgezeigt hatte? Wenn seine naive Klage gegen das Kollektiv Erfolg hätte, dann wären er, Tomás Martínez Roth, und sie, die Richterin, für nichts weniger verantwortlich, als historisch vor Augen geführt zu haben, dass die Diktatur nicht totalitär, nicht hart und außergewöhnlich brutal gewesen war, sondern im Gegenteil fast weicher als viele linke oder sozialistische Regime, wo die Menschen keinen Widerstand leisteten, weil dies gar nicht möglich gewesen wäre.

„Das war das große Paradox, Frau Richterin, die große Ironie, die mir der Minister vor Augen geführt hat."

Die große Ironie. Das große Paradox, das aus der Idee der Kollektivschuld resultierte, aus dem Spiel mit diesem Feuer, das der Minister, geschickt und weise, dem jungen Mann im elenden Kämmerchen des Bordells offenbarte. Er hatte ihm vor Augen geführt, dass er, wenn er in seinem jugendlichen Drang auf seiner Klage wegen Kollektivschuld bestand, auch zugestehen musste, dass gegen die Diktatur Widerstand hatte geleistet werden können, und folglich auch, dass es eine weiche Diktatur gewesen war; und von dort war es nur noch ein kleiner Schritt zu sagen, dass sie milde und vielleicht sogar gerechtfertigt gewesen war. Und dazu führte dann seine Klage: den eigentlich Schuldigen freizusprechen, aus dem Wunsch heraus, eine kollektive Schuld zu beweisen. Und war das nicht völlig inakzeptabel?

„Sehen Sie, Frau Richterin, wie weise der Minister ist?", schwärmte Martínez Roth, selbst ganz erleuchtet von der Begegnung mit dieser Weisheit (oder vielleicht von der Perspektive eines Abgeordnetenmandats, die man ihm angeboten hatte). „Er hat mich erkennen lassen, dass die Idee einer Kollektivschuld eine logische Falle darstellt, eine Lüge, die wie eine Wahrheit aussieht, eine Art Treibsand, den wir besser vermeiden sollten, wenn wir nicht wollen, dass er uns alle verschlingt."

Und mit einem gewissen Bedauern, einem insgeheimen Vorwurf, als habe damit seine Schamlosigkeit begonnen, schaute Martínez Roth auf den geschwollenen Fuß, den er in den Treibsand gesteckt und der ihn beinahe verschlungen hatte. Draußen wurde die mexikanische Musik lauter und übertönte das ungeduldige Gelächter, die anzüglichen Rufe. Mit gesenktem Kopf fasste der junge Anwalt zusammen, was der Minister ihm verdeutlicht hatte: Es gab keine kollektive Schuld. Die Diktatur war total, und es war gerechtfertigt, dass das Volk gegenüber dieser absoluten Macht keinen Widerstand geleistet hatte. Und Martínez Roth konnte nicht die Älteren wegen eines Vergehens anklagen, das sie nicht begangen hatten. Hier endete sein Enthusiasmus, seine Illusion, sein Plan, eine neue, heilende, reinigende Justiz zu begründen. Er musste seine Klage zurückziehen.

„Das heißt also, dass Sie Ihre Stadt, Ihre Vergangenheit und diese Zeit nicht mehr vor Gericht stellen wollen?"

Martínez Roth hob den Kopf und schaute sie mit seinen grünen Augen an, weder überrascht noch hoffnungsvoll. Laura fand, dass sie anders aussahen, ein bisschen weniger gesund, schon ein wenig verbittert, und er tat ihr ehrlich leid. Sie erinnerte sich daran, wie derselbe Professor, der ihn gerade desillusioniert hatte, am Schluss seines Seminars seine fatale Weisheit für die Studierenden zusammengefasst hatte: „Ihr habt jetzt gelernt, als Individuen zu denken. Herzlich willkommen! Jetzt beginnt für euch das langsame Altern!"

Der Unterkiefer des jungen Anwalts bewegte sich fast ein wenig mechanisch, wie bei der Puppe eines Bauchredners, als er antwortete:

„Gerechtigkeit ja – aber im Rahmen des Möglichen."

Laura fühlte, dass sie keine Luft bekam, und zog den schmuddeligen Vorhang ein wenig zur Seite. Draußen im Hof verhandelte die kleine Dralle in ihrem engen Popeline-Kleid mit einem Kunden. Im Vergleich mit den Männern und im Licht der bunten Glühbirnen sah sie noch jünger aus. Als sie Laura im Eingang der Kabine sah, schüttelte sie ihre Lockenmähne und kam breit lächelnd herüber:

„Wir können gern zusammen spielen", sagte sie und steckte den Kopf herein.

„Wir spielen lieber allein", wehrte Martínez Roth ab.

„Zu dritt macht es aber mehr Spaß." Die Worte wirkten wie Karies zwischen diesen weißen Zähnen, die fast noch Milchzähne waren. „Und wenn du was zum Aufmuntern möchtest, besorge ich dir auch ein bisschen Gras, Kleiner."

„Nenn mich nicht Kleiner, und geh lieber wieder", erwiderte der Anwalt schroff.

„Ja, klar, verstehe, jetzt, wo deine Mama da ist", spottete das Mädchen und ließ beim Weggehen aufreizend ihren Hintern wackeln.

„Rosita hat ihr aufgetragen, sich um mich zu kümmern", entschuldigte sich Martínez Roth. „Und sie hat das wohl falsch verstanden."

Aber in seiner Stimme schwang ein bisschen männlicher Stolz des Verführers mit, und Laura fragte sich, wie lange es wohl brauchte, bis diese rührende, jungenhafte Eitelkeit zum platten Zynismus des erwachsenen Machos werden würde. Und sie wollte sehen, wie groß der Schaden schon war: „Ich vermute, Don Benigno hat Ihnen auch die Augen geöffnet, was den zweiten Punkt Ihrer Klage betrifft, die Beweise zur Verurteilung von Cáceres."

Martínez Roth seufzte.

„Ja, das hat er. Können Sie sich das vorstellen, Frau Richterin? Mit demselben Argument hat mir der Minister gezeigt, dass ich mich auch hier geirrt habe. Wenn die Diktatur total war, dann war auch der Gehorsam des Einzelnen legitim."

Ob er das auch so klar sähe, ob er das sähe wie er, hatte ihn der Minister gefragt. Dieser Prozess gegen Cáceres war dazu verurteilt, in der Sackgasse der Gehorsamspflicht zu enden. Denn das war es ja, was der Oberst im Ruhestand zu seiner Verteidigung anführen wurde: Wenn er Gefangene hatte verschwinden lassen, dann nur deshalb, weil er als gehorsamer Offizier die Befehle seiner Vorgesetzten ausführte. Und dieser Gehorsam war genauso legitim wie der dieser ganzen Stadt.

„Im gegenteiligen Fall ...", so Martínez Roth, hatte ihm der Minister gesagt – und sagte ihr jetzt der Minister durch den Mund des Anwalts – „... im gegenteiligen Fall, das heißt, wenn Sie, Frau Richterin, entscheiden sollten, dass Cáceres sich nicht damit rechtfertigen kann, auf Befehl gehandelt zu haben, dann würde mit ihm diese ganze Stadt verurteilt. Denn wenn ein einzelner Offizier dafür verurteilt würde, weil er nicht den Befehl zum Töten oder Foltern verweigert hatte (weil er sich also nicht dem Terror zu widersetzen vermochte), dann musste die gesamte Gesellschaft verurteilt werden, und sei es nur moralisch, weil sie es auch nicht getan hatte. Und das ist ein absoluter Irrweg. Verstehen Sie, Frau Richterin?"

Martínez Roth erhob sich mühsam von der schmalen Pritsche. Auf seinem gesunden Bein humpelnd kam er auf sie zu, schaute sie an, während er nach den richtigen Worten suchte.

„Sie wollen Ihre Klage also ganz fallen lassen, Herr Anwalt?"

„Wenn Sie mir die Klageschrift bitte zurückgeben wollen, ja", antwortete er kleinlaut. „Denn Sie haben sie doch, nicht wahr? Sie haben die Klage irgendwo versteckt, zusammen mit der Krone der Jungfrau, die ich Ihnen als Beweis übergeben habe. Das hat alles keinen Wert, ich weiß das inzwischen."

Laura lächelte: Der junge Anwalt war genauso vorhersehbar wie der Ehrgeiz seiner Generation, wie der Opportunismus eines Mannes in seinen Zwanzigern, wie die große Zukunft, die auf ihn wartete. Sie wandte sich um und zog den Vorhang ganz auf.

„Ist Ihnen das alles in dem Moment klar geworden, als der Minister Ihnen einen Abgeordnetensitz angeboten hat?"

Der junge Anwalt errötete bis zum Hals, hob die Hand zu einer Geste, doch Laura wartete nicht länger.

„Passen Sie nur auf, wo Sie hintreten, Herr Abgeordneter", sagte sie nur.

Und ging hinaus.

26

Ich sehe mich vor dem Wächterhäuschen stehen, Claudia, am Eingang des Lagers, wie beim ersten Mal, als ich zu meiner „Ortsbesichtigung" gekommen war, am Tag, als das Kriegsgericht per Hubschrauber landete und die Sensen der Parzen die Luft zerschnitten. Jetzt ließen mich die Wachen jedoch sofort hinein, obwohl der Kommandant nicht da war und man nicht wusste, wann er zurück sein würde. Aber ich antwortete, ich würde auf ihn warten, bis in alle Ewigkeit, wenn es sein musste, ganz so, wie es die Mutter des Gefangenen gesagt hatte, die an jenem Morgen im Gericht auf mich wartete. Ich sah sie wieder vor mir in ihrem schwarzen Witwenkleid, ihren braunen Stützstrümpfen, die die Krampfadern nicht verbergen konnten, ihren staubbedeckten Männerschuhen. Und ich mochte mir kaum vorstellen, wie es für sie gewesen sein musste, an diesem Morgen vom Busbahnhof an der Avenida Santos zu Fuß hierher zu kommen, um nach ihrem Jüngsten zu fragen; in der prallen Sonne zu warten, so wie ich bei meiner „Ortsbesichtigung" gewartet hatte, bis man ihr schließlich sagte, dass er niemals dort gewesen sei.

Während ich über den Appellhof zu den Büros der Kommandantur hinüberging, von zwei Rekruten begleitet wie ein Ehrengast zwischen zwei Palastwachen, dachte ich an diese Frau, Claudia, und mir wurden zwei Dinge klar: einmal, dass diese Gefangenen, die auf dem Hof umherliefen und die ich nie zuvor gesehen hatte – als ich das erste Mal kam, waren sie in ihren Baracken eingeschlossen, weil die Ankunft des Kriegsgerichts bevorstand, und meine anderen „Besuche" fanden ja immer nachts statt -, diese Gefangenen, über die ich „juristisch" so besorgt gewesen war, die aber für mich bisher wie Gespenster gewesen waren, plötzlich schwiegen, als ich vorbeikam, ihre Gespräche unterbrachen, mir nur ihre stummen Gesichter zuwandten, als sei in Wirklichkeit ich das Gespenst. Anders gesagt, ich war das, was Enrico Antonio Santini am Schluss des Kriegsgerichtsverfahrens im alten Theater in mir gesehen hatte: der Beweis, dass alle Hoffnung umsonst war.

Das zweite, was mir bewusst wurde, während ich zwischen diesen stummen Gespenstern hindurchlief, war, dass mir niemand den Einlass verwehrte. Diesmal, Claudia, hatte es keiner gewagt, mir zu widersprechen, als ich sagte, ich würde warten, bis der Kommandant zurückkäme. Als hätte ich hier irgendeine Art von Autorität, stillschweigend, doch machtvoll, die niemand zu erwähnen wagte, die mich jedoch auszeichnete; als ob der Messstab, mit dem ich gemessen worden war, mir gleichzeitig ein paar unsichtbare, doch unbestreitbare Abzeichen eintätowiert hätte, Zeichen einer an mich übertragenen Autorität, die auf unerklärliche Weise eine angstvolle Ehrfurcht einflößten, nicht nur unter den Wachen, die mich einließen, sondern auch unter den Gefangenen, die bei meinem Vorbeikommen verstummten. Kannst du dir mich vorstellen, Claudia? Plötzlich wusste ich, was die Gefangenen auf dem Appellhof dunkel spürten, während mein Vorbeikommen sie verstummen ließ: dass ihre Vorahnung auf bestimmte Weise zutraf, dass ich wie diese gespenstische Gestalt mit weißer Kapuze war, die in dem Kahn steht, der zur Insel der Toten hinüberfährt, und dass von mir keinerlei Hoffnung zu erwarten war.

Möglicherweise waren es dieselben Gründe, weshalb der verlegene Leutnant, der mich beim ersten Besuch empfangen und mich gefragt hatte: „Können Sie nicht ein andermal wiederkommen, Euer Ehren?", schließlich nicht abzulehnen wusste, als ich ihm sagte, ich hätte etwas Dringendes mit seinem Vorgesetzten zu besprechen und er müsse mich sofort zu ihm bringen. Zunächst musste er meine letzten Worte wiederholen, weil er sie nicht ganz verstanden hatte: „... zu ihm bringen, Euer Ehren? Das ist ein bisschen schwierig, der Herr Major ist ausgeritten. Und manchmal reitet er sehr weit ..." Er hielt kurz inne, maß vielleicht diese Entfernung, sah zu einem imaginären oder so weit entfernten Horizont hin, den er ihn sich lieber nicht vorstellen wollte. „Und er kommt sehr spät zurück", fügte er dann hinzu. Darauf ich: „In welche Richtung reitet er?" Denn ich wusste, dass ein Mann wie der Major immer nur in eine einzige Richtung reiten würde (und dass ich das wusste, ließ mich vor mir selbst ekeln, Claudia). Worauf der Leutnant stammelte: „Richtung Westen, glaube ich." Und indem ich die unsichtbare Autorität nutzte, die ich, wie ich immer mehr merkte, offenbar besaß (und die mich ekelte), befahl ich ihm: „Bringen Sie mich hin, Leutnant."

Kurze Zeit darauf fuhren wir in gerader Richtung durch die Wüste nach Westen. Der Jeep zog eine Spur in den rötlichen Spiegel der Salzebene, diagonal zur untergehenden Sonne, ihr leuchtender Blutstropfen ergoss sich hinter die Wand aus flüssiger Luft am Horizont. Der Leutnant fuhr, ohne mich anzuschauen, sichtbar verärgert, fast verächtlich oder eifersüchtig. In einem bestimmten Moment, Claudia, den ich nicht genau bestimmen konnte und auch niemals benennen könnte, der aber, das kann ich beschwören, tatsächlich geschah, spürte ich, dass wir diese Wand aus flüssiger Luft *durchquerten*. Und als ich auf der anderen Seite war, wusste ich plötzlich genau, wo ich war, erkannte den Strand wieder, an dem ich zu ruhen meinte, als ich neben Cáceres lag, nachdem er mich vergewaltigt hatte, das Ufer des Meeres, das sich eine Million Jahre zuvor zurückgezogen hatte, das Bett jenes Salzmeers, über dem die Leere schwebte wie ein brennendes Laken. Und in der Ferne die winzige Silhouette des Reiters, der im gestreckten Galopp hin zur untergehenden Sonne ritt, etwas verfolgte, was immer weiter vor ihm floh - oder es war er selbst, der wie von Sinnen floh.

Der Leutnant stoppte den Jeep und schaute mich an, gönnte seinem Ärger eine Pause oder mir die Gelegenheit, festzustellen, dass der Kommandant „sehr weit entfernt" war; er fragte mich, ob ich dem Major wirklich so weit folgen wollte. Als er mein Zeichen sah, weiterzufahren, schüttelte er bedauernd, fast verärgert den Kopf, legte den Gang ein, gab Gas und fuhr weiter, dem Reiter hinterher.

Vielleicht hatte der junge, verlegene Leutnant recht, Claudia, das habe ich mich mehr als einmal gefragt, jetzt, wo ich begonnen habe, den Brief mit deinen Fragen auf die einzig mögliche Weise zu beantworten: indem ich mich selbst frage. Mir so viele Fragen stelle, darunter auch die, ob ich den Reiter mit seinem Pferd überhaupt erreichen wollte. Denn irgendwie wusste ich, was mich erwartete, als sie die Richtung änderten, uns den Weg abschnitten und sich das Vollblut vor dem Jeep aufbäumte, der mitten auf der Salzebene zum Halten gekommen war.

Das dunkelrote Pferd von der Farbe dicken Bluts, das ich schon vor mir sah, lange bevor ich es wirklich kennenlernte. Seit ich es stampfen und schnauben gehört hatte, am Tag, als es in dem silberfarbenen Pferdeanhänger gekommen war. Der schweißnasse Hengst, dessen glänzendes Fell den tiefroten Sonnenuntergang spiegelte, oder besser gesagt: dessen Fell der Sonnenuntergang selbst war, als ob er und sein Reiter ebenfalls die Wand aus flüssiger Luft durchquert hätten, und wir, aber vor allem der Hengst, in diesem Bad mit Blut getränkt worden wären. Ein Blut, das auf seiner feuchten Mähne schillerte, seinen schaumbedeckten Nüstern, seinen schreckgeweiteten Augen.

Der Leutnant machte Anstalten, auszusteigen, doch ich hielt ihn zurück: „Ich werde es dem Major erklären", sagte ich, sprang aus dem Jeep und spürte, wie das Salz unter meinen Schuhen knirschte – es war, als laufe ich über die Asche des Lichts. Ich ging zu dem Reiter hinüber, der das Pferd parierte, das nervös im Kreis tänzelte und bockte, blieb neben dem Sattel stehen und gab mir Mühe, nicht zu ihm hinaufzuschauen. Ich erinnere mich, dass ich mich im glänzenden Lack seines Reitstiefels spiegelte - in ihrem gekrümmten Schaft, als drücke mich ein Hurrikan nieder -, und dass ich sah, wie sich die Sporen in die feuchten Flanken des Pferdes bohrten, es antrieben, während es ohne sichtbare Bewegung der Zügel zurückgehalten wurde. Und dann wandte mir das Pferd seinen Kopf zu, das Maul voller rötlichem Schaum an den Lefzen, den Enden der Kandare, auf die es biss, und schaute mich so an, wie es mich - obwohl ich wusste, dass es nicht dort gewesen sein konnte - in der Nacht angeschaut hatte, als ich es durch das vergitterte Fenster von Cáceres' Haus gesehen hatte: mit jenen hervorquellenden, pupillenlosen Augen, die ein Feuer zu spiegeln schienen. Schließlich sagte Cáceres vom Pferd herunter: „Diese Alte, die Mutter, ist bei dir gewesen, Laura."

Jetzt hob ich doch den Kopf, nickte und fragte: „Wo sind sie?" Er richtete sich im Sattel auf, schaute zum Horizont hin - für einen Moment sah er aus wie sein Urahn, der über den Sieg hinaus schaute -, gab dem Vollblut noch einmal die Sporen, forderte es heraus, damit es ihm seinen Willen zeigte, damit er ihm den seinen aufzwingen konnte. Schließlich saß er ab, nahm das Pferd am Zügel und baute sich vor mir auf: die Brustpartie seiner Uniformjacke schweißgetränkt, seine Kiefermuskeln zitterten. Dann sagte er: „Ihr könnt von Glück sagen, dass ihr mich vor der Dunkelheit gefunden habt. Wie wärt ihr denn zurückgekommen, wenn ihr mich nicht gefunden hättet? Dieser Leutnant hat doch keine Ahnung, wie man sich an den Sternen orientiert …" Ich fragte noch einmal: „Wo sind sie, Mariano?" (Nur dreimal nannte ich ihn bei seinem Vornamen, Claudia, und bei diesem ersten Mal fiel es mir so schwer, als spräche ich durch einen Maulkorb.) Doch er zeigte als einzige Antwort auf einen Stern links oben über der untergehenden Sonne: „Venus. Wusstest du, dass die alten Griechen dachten, das wären zwei Sterne, einer, der die Nacht, und ein anderer, der den Tag brächte? Sie gaben ihr zwei verschiedene Namen: Hesperus und Phosphorus. Zwei unterschiedliche Sterne. Und dabei ist es nicht mal einer. Der Himmel täuscht uns, Laura …" Und noch einmal sagte ich: „Wo sind sie?" Doch er fuhr fort, ohne mich zu hören: „Und weißt du, wie die Römer die Venus nannten, bevor sie Venus hieß? Schlage es nach, Laura, schlage nach, was auf Latein *der, der das Licht bringt,* heißt."

Dann senkte er den Kopf und schlug sich ein paarmal leicht mit seiner Reitpeitsche gegen den Stiefelschaft. Vielleicht ahnte er, dass ich nicht aufhören würde zu fragen, denn er hob seinen behandschuhten Zeigefinger an die Lippen und befahl mir zu schweigen; oder er küsste ihn, wie in jener Nacht im Bordell von Rosita, als ich ihn bei Mario gesehen hatte. Gleich darauf nahm er mich sanft beim Arm und führte mich, das Pferd mit der anderen Hand am Zügel führend, ein Stück von dem Jeep weg, wo der Leutnant wartete.

Von weitem gesehen, Claudia, hätte jeder gemeint, wir wären ein Liebespaar, das im Sonnenuntergang einen romantischen Spaziergang unternimmt - wenn auf der roten Ebene der Apokalypse romantische Spaziergänge unternommen werden. Auch wenn die Sonne noch nicht ganz untergegangen war, wurden die Sterne am Firmament immer zahlreicher. Und um mir nicht zu antworten, oder um mir auf diese Weise zu antworten, zeigte Cáceres sie mir, ihre astronomischen Konstellationen, und auch das, was ich nie habe vergessen können. „Wusstest du, Laura, dass die Minuten am Firmament Skrupel genannt werden? Wunderbar, nicht war?", sagte er. „Ja, auch der Himmel hat seine Skrupel. Die hat er der gesamten Schöpfung gegenüber. Außer uns."

Dann zeigte er auf einen roten, hell über dem Äquator leuchtenden Stern, mitten im Firmament. „Betelgeuse", sagte er, „das ist Betelgeuse, im Sternbild Orion. Sein Name kommt aus dem Arabischen und bedeutet die Hand der Riesin. Er hat die Kraft von sechzigtausend Sonnen, und trotzdem ist er vielleicht nicht da. Du siehst ihn, aber er ist nicht da. Er ist - oder war - ein sterbender Stern, der vielleicht vor ein paar Jahrhunderten explodiert ist, aber das Licht seines Todes hat uns noch nicht erreicht."

„Sagen Sie mir, wo sie sind", ließ ich nicht locker. Doch er wich mir immer noch aus, gab mir plötzlich die Zügel seines Pferdes in die Hand, machte eine Geste mit der Reitpeitsche, die heißen konnte, ich solle darauf aufpassen, und ging mit schnellen Schritten zum Jeep. Der Hengst zerrte am Zügel, als wolle er mich auffordern, ihn zu reiten, jetzt, wo sein Herr nicht da war; vielleicht erkannte auch er eine an mich übertragene Autorität. Ich sah, wie der Leutnant aus dem Jeep sprang und Haltung annahm, wie Cáceres seinen Gruß erwiderte und ihm Anweisungen gab. Der junge Mann führte die Hand an den Mützenschirm, wandte sich um, sah mich auf eine Weise an, die von weitem Mitleid oder Verzweiflung bedeuten mochte ... und bevor ich reagieren konnte, stieg er wieder ein, wendete und fuhr mit Vollgas davon. Ich wollte hinter dem Jeep herlaufen, doch Cáceres versperrt mir den Weg. „Ich habe ihn zurückgeschickt. Wenn ihn die Nacht hier in der Wüste erwischt, kann er sich für alle Zeiten verirren. Man muss wie ein Vater sein zu diesen Burschen."

„Aber was ist mit mir!", schrie ich und trommelte gegen seine Brust, diese schmächtige Brust, die er mit eisernem Willen gestählt hatte. „Du reitest mit mir zurück, Patroncita, auf der Kruppe. Ich zeige dir den Weg, und du wirst sehen, mich können die Sterne nicht in die Irre führen. Keine Angst, bei mir bist du sicher; niemand wird dich je so beschützen wie ich."

Dann wandte Cáceres der untergehenden Sonne den Rücken zu und wies mit der Reitpeitsche über die ganze, weite Ebene, die nach Osten hin lag, wo sich die im Licht des Sonnenuntergangs leuchtenden Berge erhoben. „Dort sind sie", sagte er. Zunächst verstand ich nicht, dachte, er weise zum Nachbarland hin, und herrschte ihn an: „Lügen Sie nicht, ich habe nachgeforscht. Kein Angehöriger hat je einen Brief oder einen Anruf erhalten, die internationalen Organisationen halten sie für verschwunden." Darauf er: „Nein, nein, Laura, hier, schau genau hin, sie sind hier, hier in der Wüste." Und er wies auf die leere Ebene vor uns: „Verteilt, zu Staub gemacht, der Staub ist wieder zu Staub geworden." Ich wollte nicht verstehen, widersprach: „Aber sie sind über die Grenze gegangen, Pater Penna hat es doch gesehen." Und Cáceres antwortete mit derselben Melancholie, mit der er mir den sterbenden Stern gezeigt hatte, der vielleicht gar nicht mehr dort war: „Der Pfarrer sieht, was ihm und seiner Kirche nützt. Sie sind schon über die Grenze gegangen. Aber dann hat ein Kondor sie mir zurückgebracht. Wir haben beste Beziehungen zu den Geheimdiensten der Nachbarländer."

Ich griff mir voller Verzweiflung, fassungslos, mit beiden Händen an den Kopf. Ich fühlte nicht, wie ich das tat, Claudia, ich weiß es nur, weil mein überlanger Schatten es mir zeigte. Dann streckte der Schatten neben dem meinen seinen Arm aus, legte ihn dem meinen um die Schultern und tätschelte sanft, ohne dass ich es fühlte, den Rücken des Schattens, der ich war und tröstete ihn: „Sag mir nicht, du hättest wirklich geglaubt, dass ein Offizier wie ich das Urteil eines Kriegsgerichts missachten könnte!"

Die Einzelheiten, die er mir dann erklärte, Claudia, weiß ich nicht mehr genau. Vielleicht erzählte er mir irgendetwas von Befehlen des Divisionsgenerals, der ihn angerufen hatte, als der erste Gefangene geflohen war. Die Stadt, der Bürgermeister Mamani, hatte sich bei ihm beschwert, und der Divisionsgeneral war außer sich vor Wut. Er fragte Cáceres, wer zum Teufel ihm den Befehl gegeben habe, die Gefangenen einzeln und öffentlich, vor Zeugen, zu exekutieren, und nannte ihn einen Idioten - ihn, einen Cáceres, einen Latorre, dessen Vorfahren seit der Unabhängigkeit in der Kavallerie der Republik geritten, in allen ihren Kriegen gefallen waren! Dann hatte sich der General etwas beruhigt, und als Cáceres ihm sagte, das Kriegsrecht schreibe vor, feindliche Gefangene müssten so hingerichtet werden, sie hätten es verdient, hatte der General anscheinend geseufzt und gemurmelt, dass er jetzt verstünde, weshalb man Cáceres nicht befördert habe. Und dann hatte der General ihn informiert, dass die Taktik geändert worden sei, jetzt wäre Schluss mit den albernen Prozessen, ab jetzt sei dies wirklich ein Krieg, aber ein schmutziger Krieg! Und Cáceres erzählte mir - oder ich malte es mir später so aus, das ist egal -, er habe an seinem Schreibtisch gestanden, den Telefonhörer in der Hand, und das Bild seines Urgroßvaters angestarrt, der so weit über seinen Urenkel hinwegschaute, als ihn das Wort „schmutzig" traf wie ein Donnerhall über einem Abgrund. Da verstand er plötzlich, weshalb sein Vorfahr ihn nicht anschaute, nie den Blick auf ihn gesenkt hatte: „Als ob ich auch schmutzig wäre, Laura", flüsterte er. Und nach dem Wort „schmutzig" schrie der General wieder heiser, wenn er nicht in die Antarktis versetzt werden wolle oder in den Ruhestand, was schlimmer wäre als die Antarktis, dann fände er diesen Geflohenen besser, aber sofort! Und wenn er ihn hätte, dann solle er ihn verschwinden lassen, mit all den anderen zum Tode Verurteilten, und zwar so, dass keine Spur von ihnen übrig bliebe, und ohne dass die Stadt etwas davon mitbekäme (nichts sollte mehr ihren heiligen Frieden stören, aber das, Claudia, ich gebe es zu, habe ich mir ausgedacht). Und schließlich hatte der General gebrüllt, er solle ein perfektes Alibi für sich und die Armee finden! Eines, das kein Richter der Welt je aufdecken würde. Und das Wort „Richter", Claudia, wenn es Cáceres oder sein Schatten wirklich sagte, während wir mit dem Rücken zur untergehenden Sonne standen, damit niemand uns sähe, nicht einmal die Sonne, dieses Wort „Richter" fiel auf mich wie Donnerhall über einem Abgrund.

„Und in derselben Nacht kamst du, Laura, meine Patroncita und Richterin, meine Versuchung und meine Prüfung in der Wüste, und hast mir dieses perfekte Alibi gegeben, hast mir geholfen, meine schmutzigen Befehle auszuführen. Und dann habe ich dich gelehrt, dankbar zu sein, und du hast mir den Geflohenen ausgeliefert, und das hat uns mehr miteinander verbunden, als wenn wir Komplizen gewesen wären, es verband uns wie zwei Liebende." (Diesmal sagte er es wirklich, Claudia, Liebende). „Ich schlug dir unseren Pakt vor, und du hast ihn angenommen." Er hatte den Befehl ausgeführt, diese Gefangenen verschwinden zu lassen. Und dank meiner Hilfe und der des Pfarrers konnte er ein perfektes Alibi erfinden. So perfekt, dass es im Grunde wir, der Pfarrer und ich, gewesen waren, die sie hatten verschwinden lassen. Die dafür sorgten, dass ihre Spur sich verlor und auf diese Weise der Schmutz nicht zu sehen war. Natürlich würde er niemals zugeben, was mir sein Schatten (der schon verschwunden war, weil wir inzwischen vollständig in der Dunkelheit standen) da gerade erzählt hatte. Und ich, ich konnte es auch nicht erwähnen, denn dann müsste ich zugeben: „was zwischen uns beiden ist, Laura, das, was wir, um es nicht Liebe zu nennen, Pakt genannt haben".

Alles, was ich fragen konnte, war: „Wie?" Und er wusste sofort, was ich meinte, so gut kannten wir uns jetzt. „Mit Explosionen", antwortete er, „so wie es die Bergleute tun. Ein paar Ladungen Dynamit, gut angebracht. Das macht alles zu Staub, und den Rest erledigt das Salz und die Sonne, nicht mal der Kalk ihrer Knochen bleibt übrig. Zerbrich dir nicht den Kopf deswegen, Laura, sie waren schon lange vorher tot."

Die Explosionen. Ich glaube, ich dachte an die Explosionen, durch die ich ein paar Wochen zuvor im Morgengrauen aufgewacht war und die ich versucht hatte, nicht zu hören, indem ich mir das Kissen über den Kopf stülpte. Da schnaubte das Vollblut vor Ungeduld in der Dunkelheit, wollte sich in den Abgrund stürzen. Cáceres ließ das beruhigende Schnalzen hören, das Reiter mit ihren Pferden gebrauchen; sie sprachen zärtlich miteinander, die beiden. Ich erinnere mich, dass ich niederkauerte, die Arme um meine Knie legte. Mir war klar, dass ich nicht fähig sein würde, einen einzigen Schritt über die Salzebene zu gehen, die immer stärker zu leuchten begann, je mehr Sterne am Firmament erschienen. Der Wind hatte sich gelegt, nachdem die Sonne untergegangen war: Die Leere glich einem Vakuum, es wirkte, als habe jemand die gesamte Luft des Planeten aufgesaugt. Obwohl ich mir Mühe gab, mein Weinen zu unterdrücken, war es vielleicht zu hören, denn ich spürte vage, wie sich Cáceres mit der Reitpeitsche leicht gegen den Stiefelschaft schlug, womöglich war er verlegen, wie manche schüchterne Männer, wenn ihre Frauen erregt oder aufgewühlt sind. Nach einem Weilchen kauerte auch er sich neben mir nieder: „Na, na, es ist ja alles vorbei", versuchte er mich zu beruhigen. Gleich darauf räusperte er sich und bat mich mit der verlegenen Stimme eines schmächtigen Jungen, das Einzige, was er nicht unter Kontrolle halten konnte: „Bleib da, Laura, bleib bei mir, meine Patroncita, nicht wegen dem, was ich getan habe, sondern damit ich nicht das tue, was ich tun werde, wenn du mich verlässt."

Und, Claudia, vergiss nicht, wenn du das Folgende liest, dass niemand sich selbst kennt, wenn er nicht wenigstens einmal gestorben ist. Ich streckte, ohne ihn anzuschauen, die Hand aus und tastete nach der seinen, behandschuhten, nahm sie und führte sie an mein Gesicht, meine Wange, die vom Salz aufzuplatzen begann; die Hand des Mannes, der nur Liebe erzeugen konnte, indem er jemanden dankbar dafür machte, dass er ihm nicht noch mehr Schmerz zufügte. Dann zog ich mit aller Kraft an seiner Hand, bis wir beide umfielen, nebeneinander am Ufer des verschwundenen Meeres lagen und das Pferd sich gegen das von Sternen übersäte Firmament abzeichnete. Ich machte mich unter seiner Uniformjacke an seinem Gürtel zu schaffen und zog ihm die Hose bis zu den Stiefelschäften herunter. Und er lachte dabei unsicher wie ein schüchterner Liebhaber, wie ein schmächtiger, unreifer Jüngling, und erinnerte mich daran, dass es so nicht richtig war, dass ich mich weigern musste. „Du musst dich mir verweigern, Liebling", sagte er vielleicht freudig erregt.

Dann bestieg ich ihn, den Schatten, in dem die Augen nur ganz leicht phosphoreszierten, nahm ihm die Reitpeitsche aus der Hand und holte mit ihr seinen schlaffen, kurzen, kaum sichtbaren Penis hervor, während die hellen Augen mich und sich selbst mit freudigem Schrecken beobachteten. Und mit einer gewissen Verehrung auch, vielleicht wegen dessen, was er über mir sah: den sterbenden, roten Stern, „die Hand der Riesin", die seine Patroncita krönte, während sie die Reitpeitsche hielt, so wie sie einmal den silbernen Dolch gehalten hatte, für das Opfer, das sie damals nicht ausführen konnte (und sich stattdessen selbst hingab).

Und dann sagte ich ihm: Nie wieder. Dass ich mich nie wieder verweigern würde, nie wieder nein sagen würde, nie wieder seinem Befehl gehorchen würde, ihm nicht zu gehorchen. Dass er mich auspeitschen könnte, bis ich tot wäre; ich würde mich nicht wehren und im Gegenteil noch im letzten Moment um mehr betteln und ihm sogar noch sagen, dass ich ihn liebte, dass ich ihn anbetete. Und er stöhnte auf, als errege und erschrecke ihn gleichzeitig der Gedanke allein. „Ich sage dir noch etwas, Mariano. Ich werde dir sagen, dass ich dich anbete, und das wird dich niemals mehr ein Mann, für immer ein Versager sein lassen", sagte ich und stieß mit der Reitpeitsche seinen schlaffen Penis an, seinen Leidensdetektor, der nicht reagierte.

Da stöhnte er auf, hob den Oberkörper und stützte sich auf seine Ellenbogen, kehrte langsam aus seinem freudigen Schrecken, seiner Trance zurück und sagte: „Bleib bei mir, Laura, nicht wegen dem, was ich getan habe, sondern wegen dem, was ich tun werde. Ich werde keine Skrupel haben. Ich werde schlimmer sein als der Himmel, wenn du mich verlässt. Dann wird es in dieser Wüste so viele Tote wie Sterne geben."

Und diesmal hielt ich mich nicht mehr zurück, Claudia, setzte mich nicht hin, obwohl ich hätte stehen bleiben sollen, sondern nahm im Gegenteil all meine Kraft zusammen, die ich gelehrt worden war, die ganze Präzision der Norm, die ich gelernt hatte, und schlug ihm mit der Reitpeitsche quer über das Gesicht. Und ich spürte, wie das geflochtene Leder sich bog und zischte und knallte, aus eigenem Willen, lebendig in meiner Hand, bevor es auf etwas Weiches traf, bevor es das phosphoreszierende Licht der Augen auslöschte, jene toten Sterne.

Ich hörte Cáceres aufheulen, während ich aufsprang und zum Pferd lief, die Zügel ergriff und mich auf seinen Rücken warf. Ich konnte noch sehen, wie Cáceres mit seiner Hose kämpfte, aufzustehen versuchte, mit der Hand seine Augen bedeckte, auf der Salzebene kniete. Dann schlug ich den Hengst so hart ich konnte auf den Hals und die Ohren. Obwohl ich glaube, Claudia, dass das nicht nötig gewesen wäre, denn das ungeduldig schnaubende Pferd galoppierte sofort los und stürzte sich kopfüber in die Dunkelheit, während ich mich am Sattelknauf und der Mähne festhielt. Mich festhielt am Verlangen dieses Tiers, das viel mehr wollte, als über die leuchtende Salzebene zu galoppieren, bis es wieder schweißnass war. Das Verlangen, die Kandare zu schlucken und zu galoppieren, bis der Wille brach, der es angespornt und zurückgehalten hatte, bis sein Herz barst, bis es stürzte und sich überschlug und endlich, endlich der Vollbluthengst sein konnte.

27

Wie in einem Traum befand sie sich in einem heißen, feuchten Lagerraum, umgeben von Stapeln leerer Flaschen und Pyramiden kleiner Fässer, die den süßlich-fauligen, leicht sexuellen Geruch von Schnaps verströmten. In einer Ecke des Lagerraums blubberte ein riesiger Destillierkolben aus Kupfer, dessen Kühlschlangen sich spiralförmig bis zur Decke hinauf wendelten und von dort wieder in den Auffangbehälter hinabführten, wo sich der veredelte Traubengeist sammelte. Die Ofentür unter dem Kolben stand offen, und man konnte das weiße Feuer darin sehen. Ein gelbes Hündchen mit hängenden Ohren lief umher, suchte die Nähe der Hitze und floh dann wieder vor ihr, wie ein kleines Gespenst in der drückenden, dampfenden Feuchtigkeit des Lagerraums. Laura spürte, wie die feuchte Wärme berauschend in ihre Poren drang, als reiche es aus, der vom Destillieren geschwängerten Atmosphäre ausgesetzt zu sein, um vom frenetischen Enthusiasmus, vom Gelächter und wilden Rhythmus der Musik angesteckt zu werden, zu der draußen Zehntausende Festteilnehmer tanzten. Das gelbe Hündchen näherte sich wieder der Hitze, schnupperte zu den Flammen hin, zögerte einen Moment und verkroch sich schließlich hinter dem Destillierkolben.

Nach ein paar Sekunden tauchte von da, wo der Hund verschwunden war, Mamani auf. Der ehemalige Bürgermeister war in einen weißen Frotteebademantel gehüllt, vielleicht hatte er gerade ein heißes Bad genommen, erhitzt vom Destillierapparat selbst. Laura sah den dicken Mann rasch und alert auf sich zukommen, seine manikürten Finger, die schmalen Augen, das schwarze zu einem glänzenden Helm gegelte Haar und die in ledernen Pantoffeln steckenden Füße, die sein Trippeln noch mehr dämpften.

„Ich habe gehört, dass Sie mich sprechen wollen, Frau Richterin. Können wir uns hier unterhalten? Dies ist der einzige private Raum, den ich zur Verfügung habe." Die Damenstimme gab vor, sich zu entschuldigen, doch ohne echte Bescheidenheit. Dabei lud Mamani sie mit übertriebener Höflichkeit ein, auf einem Fässchen Platz zu nehmen.

Laura lehnte ab. „Ich bin gekommen, um Sie zu bitten, Ihre Schuld zu begleichen."

„Ich warte schon seit zwei Jahrzehnten darauf, das tun zu dürfen, Frau Richterin", erwiderte Mamani.

„Jetzt muss ich es fordern."

„Sie brauchen nicht zu fordern, was ich Ihnen schulde. Sie müssen mir nur sagen, wie ich bezahlen kann", sagte Mamani und klang beinahe unterwürfig, was er jedoch sofort selbst widerlegte: „Doch zuerst, wenn es Ihnen nichts ausmacht, müssen Sie eine Schuld bei mir begleichen, Laura."

„Was schulde ich Ihnen denn?"

Mamani wickelte sich noch enger in seinen Bademantel, als sei ihm kalt, und setzte ein melancholisches Lächeln auf (oder spielte es gut). „Mich anzuhören. Sie haben in diesen Tagen viele Menschen befragt, haben in der ganzen Stadt Zeugenaussagen eingeholt. Glauben Sie nicht, dass ich das nicht erfahren hätte. Aber mich haben Sie noch nicht angehört, ganz privat."

Diesem großen, stiernackigen Kopf entging nichts. Er hatte seine Augen und Ohren überall, und alle bestätigten ihm, dass Laura in der Stadt unterwegs gewesen war und wenig geredet, aber viel zugehört hatte; genau, wie es eine Richterin machen musste, die Zeugenaussagen sammelt, um ihr Urteil fällen zu können.

Durch die Schwingtür an der Seite des Lagerraums kam jemand herein. Zwischen den Türflügeln hindurch konnte Laura in den Abladehof von Mamanis Firma „Grandes Almacenes Atacama" schauen, wo seine gesamte Truppe von Tänzern versammelt war. Die Bruderschaft der Teufel kniete zwischen ihren Standarten aus besticktem Samt und ihren Instrumenten, den *Zampoñas*, Quer- und Panflöten, den Trommeln, Rasseln und Pauken, und betete, bevor sie zur Plaza aufbrach, um sich dort der Menge der Gläubigen anzuschließen. Die Teufel senkten ihre gewundenen Hörner zu der kleinen Nachbildung der Schutzpatronin hin, die, umgeben von Kerzen, in einer Nische stand.

Derselbe Taubstumme, der Laura nach langem Zögern eingelassen hatte, kam jetzt herein; er zog einen rollenden Kleiderständer hinter sich her, an dem Mamanis Tanzkostüm hing, das Kostüm des Oberhauptmanns des gesamten Festes, das Mamani um Mitternacht an der Spitze der großen Prozession tragen würde. Der Taubstumme stellte den Kleiderständer zwischen den Fässchen in der Mitte des Lagerraums ab, wo Mamani die einzelnen Kleidungsstücke begutachtete.

„Macht es Ihnen etwas aus, wenn ich mich in Ihrer Gegenwart ankleide, Frau Richterin? Die Stunde der Prozession rückt näher. Und weil ich so leicht fröstele, mache ich es gern hier, am wärmsten Ort dieses Lagerraums. Außerdem werden Sie nichts sehen, was Sie attraktiv finden könnten, denke ich ..."

Mamani lächelte mit einem Anflug von Koketterie, seine dunklen Augen wurden noch schmaler und es lag ein Funke sanfter, resignierter Jovialität darin. Gleich darauf zog er sich den Bademantel aus und gab ihn dem Taubstummen. Laura sah die dicken, spitzen Brüste mit den dunklen, behaarten Brustwarzen, den massigen Bauch, der in mehreren Falten herunterhing. Er verbarg fast das Geschlecht, das in einen violetten Seidenslip gezwängt war, der von tief im üppigen Fleisch der Hüften versinkenden schwarzen Trägern gehalten wurde, dort, wo die mächtigen, von blauen Venen durchzogenen Schenkel endeten. Und als er sich bückte, damit der Kammerdiener – denn Laura verstand jetzt, dass dies die Rolle des Taubstummen war – ihm das lange Hemd aus steifem, rohem Stoff überziehen konnte, erhaschte sie einen Blick auf die großen, nackten Hinterbacken, die der Slip nicht bedeckte, schneeweiß, aber dunkel in dem Tal, das von den beiden Hälften gebildet wurde.

„Worüber wollen Sie mit mir reden, Mamani?"

„Über so viele Dinge, Frau Richterin, oder vielleicht nur über eins: den Karneval, die Diablada. Vor zwanzig Jahren fragten Sie mich nach den Wurzeln unserer Bräuche, nach den Kostümen, erinnern Sie sich? Doch damals waren Sie noch sehr jung, und ich glaube, Sie hörten nur das, was Sie glauben wollten. Mir haben Sie damals nicht wirklich zugehört. Jetzt dagegen, das habe ich bemerkt, hören Sie besser zu, ich glaube, dazu sind Sie hergekommen: um uns endlich zuzuhören."

Laura erinnerte sich an das einzige Mal, dass sie sich unterhalten hatten, während einem Fest vor zwanzig Jahren. Sie fragte ihn nach dem Ursprung des herrlichen Kostüms, das er auch jetzt wieder anlegte, das Gewand des Oberhauptmanns der Diablada mit den gestickten Symbolen, den Totemtieren, der Maske und ihren Verzierungen. Doch tatsächlich erinnerte sie sich kaum noch an das, was er geantwortet hatte. Nur ein bisschen wusste sie darüber noch: dass es auf der europäischen Seite auf den mittelalterlichen Teufel zurückging, den der Mysterienspiele und Scheiterhaufen, und viel früher noch auf die Satyre, die bei den Bacchanalien Dionysos ehrten. Und hier, auf diesem Kontinent, auf der Seite der Anden, auf die geschlagenen, aber nicht besiegten Götter, den Kult der weinenden Götzen von Tiwanaku, die Raubvögel und Löwen, die sich ins Hochgebirge zurückzogen, sich hinter Masken verbargen, doch nicht verschwanden.

„Damals erzählte ich Ihnen schon, dass ich es geerbt habe", sagte Mamani und zeigte auf das Kostüm am Kleiderständer, die furchterregende Maske, die an einer Seite hing.

Er hatte ihr erzählt, dass dieses Kostüm in seiner Familie von Generation zu Generation weitergegeben wurde. Dabei mutierte es, veränderte sich, wurde reicher an Ornamenten – das Einzige, was reicher wurde inmitten all der Armut. Es blieb aber immer dasselbe Kostüm. Und jeder älteste Sohn hatte es zusammen mit dem Zepter des Kaziken dieser Oase geerbt. Tatsächlich war dieses Dämonenkostüm die ursprüngliche Kleidung der Kaziken in ihrer Eigenschaft als Schamanen, an der die Hörner einst Federn gewesen waren, die Hörner darstellten.

Jetzt erinnerte sich Laura, dass ihr Mamani damals erzählt hatte, er beanspruche für sich die Abstammung von den Curacas der Oase, den Kaziken, den Oberhäuptern dieser Wüstenregion; Rechte, die über zwanzig Generationen zurückgingen. Vor der Republik und dem Königreich, vor den Konquistadoren und den Inkas, die diese Gebiete kolonisiert und ihre Bewohner zu Vasallen gemacht hatten, vor ihnen allen waren die Mamanis schon die Kaziken in dieser Oase gewesen. Seit der Nacht der Geschichte selbst, noch vor dem Sonnenreich, der Zeit der Götzen, viel, viel eher, als der weiße Mann mit seinem einzigen Gott gekommen war, hatten sie schon hier gelebt und ihre Tänze getanzt und ähnliche Kostüme getragen wie dieses, in das er sich jetzt kleiden würde. Dieses Kostüm, fuhr der Curaca fort, das nicht nur ein Kostüm war, sondern eine Geschichte, ein lebendiges Archiv seiner Sippe, ihrer Götter, die starben und in anderen Göttern wiedergeboren wurden. Eine Geschichte, die er, Mamani, von seinen Vorfahren gehört und erforscht und vervollständigt hatte, als ihm klar wurde, dass sie in der anderen, weißen Geschichte, in der weißen Hälfte seines Mestizenblutes niemals einen Platz haben würde, als hätte sie nie existiert.

„Ein Teil von mir lehnt den anderen ab und wird seinerseits von diesem abgelehnt."

Das war der Widerspruch: Sein weißes Blut lehnte sein indigenes Blut ab und hatte sich gleichzeitig untrennbar mit ihm verbunden. Es war die heimtückischste Art der Strafe. Schon früh hatte er verstanden, dass er nichts davon hatte, von Curacas abzustammen und seine Familie zu den ältesten dieser Wüstenregion gehörte, wenn das ungeschriebene Gesetz in diesem Land, das Gesetz der Rasse, nicht auf seiner Seite stand, nie auf seiner Seite stehen würde. Zwar war er auf die Universität gegangen, doch nur, um herauszufinden, dass sie nicht für ihn waren, die Berufe, in denen er, so talentiert er auch sein mochte, immer eine oder zehn Stufen unterhalb derjenigen stehen würde, die ihm eigentlich zustand. Wusste Laura, dass er Architekt hatte werden wollen? Und obwohl er in den zwei Jahren, die er studieren konnte, die besten Noten erhielt, musste er das Studium aufgeben, weil sein Vater starb und das wenige Geld alle war, das mit dem Verkauf von ein paar Wasserrechten eingenommen worden war. Da musste er heimkommen, ohne sein Diplom, doch mit der bittersten Lehre, die er für alle Zeiten begriffen hatte. Und als er so, gescheitert, zwanzigjährig und ohne Geld, in die Wüste seiner Vorfahren zurückgekehrt war, hatte er beschlossen, lieber der Erste in der Provinz als „der Zweite in Rom" zu sein. Und dabei lachte Mamani. Er wollte nie bei irgendetwas der Zweite sein. Deshalb forderte er seine Rechte als Curaca ein, machte das Anrecht seiner Familie auf verlassene Gebiete geltend, die niemand haben wollte, auf Minen, die längst ausgebeutet waren, und brachte sie zu neuer Blüte. Er tat sich mit ausländischen Investoren zusammen, um alte, einheimische Traubensorten mit solchen für den Export zu kreuzen, und hatte von früh bis spät gearbeitet, zuerst mit seinen eigenen Händen, dann mit denen vieler anderer aus seinem Volk, Leuten wie er, denen er auf die Beine geholfen hatte, um dieses Tal in den Garten zu verwandeln, den sie jetzt vor sich sah; und er versprach ihr, dass es eines Tages ein Paradies sein würde, wenn seine Pläne für das „Größte religiöse Bauwerk des Kontinents" umgesetzt wären. Laura dachte an die Mondkuppel auf dem Tisch im Gemeinderat, die futuristische Stadt in der Wüste, die der verhinderte Architekt entworfen hatte.

„Ja, ich habe sie selbst entworfen, die neue Stadt", erriet Mamani ihre Gedanken und ließ sich vom Kammerdiener die Gamaschen über die Reithosen binden.

Dazu, um eine strahlende Zukunft zu entwerfen, war er in die Politik gegangen, hatte sich in den Gemeinderat wählen lassen, wohin noch nie jemand von den Seinen gelangt war. Indem er arbeitete, wenn die anderen schliefen, und nie irgendjemand gegenüber laut wurde, auch wenn in seinem Inneren die Ohrfeige der Erniedrigung brannte, hatte er es bis an das Kopfende des Tisches geschafft, an dem außer ihm nur weiße Ratsmitglieder saßen. Wunderte sich die Richterin denn nicht, verletzte es etwa nicht ihren angeborenen Gerechtigkeitssinn, dass er trotz all seiner Verdienste hatte warten müssen, bis eine Diktatur kam, damit man ihn zum Bürgermeister ernannte, weil die eingebildeten Weißen in den Parteien und im Rat ihm nie den Weg frei gemacht hatten, weder die linken noch die rechten?

„Dass ich auf eine Diktatur warten musste, damit die mir offiziell das zugestand, was ohnehin mein war, immer schon mein war in meinem Amt als Curaca!", rief er aus.

Er unterbrach sich, vielleicht überrascht, dass seine Damenstimme unvermittelt laut geworden war. Deshalb, sagte er ruhiger, hätte Laura zwanzig Jahre zuvor, als er zu Beginn der Diktatur zum Bürgermeister ernannt wurde, nicht wissen können, genauso wenig wie die neuen Herrscher, die ihn ernannten, dass er nur auf seinen angestammten Platz zurückkehrte.

„Auf meinen Platz, Laura, zur Macht, die niemand mir schenkte, denn diese Macht gehörte immer schon den Meinen."

Die Macht, die er zusammen mit dem Kostüm geerbt hatte, das kein Kostüm war, sondern das Symbol seines Widerstands, seiner Pflicht, zu überleben, indem er die Kräfte in sich aufnahm, die ihn zerstören wollten. Ein Symbol wie dieses Hemd zum Beispiel, dessen Schöße er in die Reithose stopfte. Das Unterhemd, das verborgen bleiben würde, jedoch genauso wichtig war wie die äußere Bekleidung. Es war sogar noch wichtiger: Dieses raue Hemd aus roher Wolle, am Hals und an den Ärmeln mit Totemfiguren gesäumt, dieses Hemd, das unsichtbar bleiben würde unter der Soutane, der Weste und dem Umhang, war die Kleidung der armen Bauern hoch oben in den Zentralanden, schon lange bevor die Spanier dorthin gelangten. Das Hemd der Knechte, verstand sie das? Unter dem ganzen äußeren Glanz des Hauptmannskostüms trug er das steife Hemd aus Lamawolle, das wehtat beim Tragen, das Büßerhemd der Sklaven. Unter dem reich geschmückten Tanzkostüm gab es eines des Leidens, des Schmerzes.

„Er tut mir weh, Laura, dieser raue Stoff. So wie mir der Schmerz meines Volkes wehtut."

Auch die spanische Schärpe, die er jetzt darüber anlegte, tat ihm weh, doch auf andere Weise. „Auf andere Weise", wiederholte er, während er sich auf seinen kleinen, plumpen Füßchen drehte und in die lange Bahn aus roter Seide wickelte, die der Taubstumme an einem Ende hielt. Diese Schärpe stammte aus Europa, hier begann eine andere Schicht von Bedeutungen, die die erste einhüllte. Er hatte sie selbst in Sevilla beim besten Schneider anfertigen lassen. Diese echte Schärpe eines Hidalgo, eines spanischen Edelmanns, passte zur Pluderhose, für das Reiten auf Pferden, die seine indianischen Vorfahren nicht kannten. Und beide zusammen bedeckten die Schöße des groben Bauernhemdes von der Hochebene mit seinen von Totemfiguren bedeckten Zierleisten.

Doch auch die Schärpe würde man nicht sehen, und die Hose nur ein bisschen, denn über diese Kleider stülpte der Kammerdiener, auf einem Fässchen stehend, Mamani noch ein weiteres Kleidungsstück: die schwarze Tunika oder Soutane, im chinesischen Schnitt, mit einer Reihe Knöpfe quer über die Brust zur linken Schulter hinauf und zwei seitlichen Schlitzen für die Beinfreiheit beim Tanzen. Diese schwarzen Soutanen, die an einen chinesischen Kuli erinnerten, hatten die Chinesen aus der Stadt Iquique erst vor einem Jahrhundert hierher gebracht, erklärte Mamani, ohne dass sie ahnten, dass sie sich mit den anderen Kleidern mischen würden, denn es hatte unter den zeremoniellen Gewändern der Schamanen hier in der Wüste immer schon eine Tunika gegeben. Und deshalb war eine Soutane willkommen, als Symbol der Priesterschaft.

Mamani setzte sich auf ein Fass und streckte dem Taubstummen seinen Fuß in einer weißen Seidensocke entgegen, damit er ihm half, die Cowboystiefel aus Schlangenleder anzuziehen, auf denen er noch imposanter wirkte, als er aufstand und der Diener ihm von hinten über die Soutane den Umhang mit Fransen legte, die mittelalterliche Handwerkerschürze, mit einer zusammengerollten, violetten Schlange darauf, der Göttin der östlichen Lagunen, die sich auf Höhe seines Geschlechts aufrichtete, das unter all den Schichten in jenem violetten Slip steckte – und nicht zufällig violett, verstand Laura jetzt, nicht zufällig –, an das die Schlange erinnerte. Dann legte ihm der Diener den Brustlatz mit dem doppelköpfigen Wasserschwein darauf an – dem Tier, das sich in sich selbst versteckt, das sich in seinem eigenen struppigen Fell verbirgt, um zu überleben, und darüber den roten Umhang mit dem Bild eines geflügelten Pumas darauf, den er am Hals zuband. Und schließlich befestigte er ihm, auf den Schultern des Umhangs, noch die riesigen, fransenbehängten Schulterstücke, die wie Flügel einen halben Meter vom Hals abstanden und auf die, in größerer Ausführung, die gleichen Bordüren mit Fabelwesen gestickt waren wie auf dem Hemd aus roher Wolle unter all den Kleidern.

„Verstehen Sie jetzt, Laura?"

Ob sie jetzt die Harmonie verstand, die geheime Poesie, die seine Kleider verkörperten. Jedes von ihnen verleugnete und erinnerte, bedeckte etwas von dem darunter liegenden und legte es offen, wie seine eigene Haut, wie der Tanz und die Musik, die sie von dort draußen hörte. Diese Musik, die für fremde Ohren nur monoton klang, ein paar aneinander gereihte Töne, die sich bis zum Schwindel und zur Ekstase wiederholten, die jedoch für den Tanzenden viel mehr waren: eine Polyfonie aus unendlich vielen Tönen, aus Stimmensplittern und zerstückelten Gesängen, aus Psalmen und Akkorden, von tausend Niederlagen durcheinander gemischt, doch nicht verstummt, nicht unvollständig, sondern in eine extreme Synthese erhoben, in der die eigene, trügerische Monotonie ihnen zu überleben erlaubte.

Verstand sie jetzt, die Richterin, all das, was sie nicht hatte sehen wollen, als sie noch so jung war? Unter dem Rhythmus des Primitiven: das Kultivierte; unter der Oberfläche des Einfachen: das unendlich Komplexe, Unergründliche; unter dem Anschein des ausgelassenen Festes: das Dringendste und das Ewige, die Notwendigkeit des Überlebens selbst.

Das Überleben, wiederholte der Curaca, jetzt in den Oberhauptmann der Diablada verwandelt, steckte die Hände in die befransten, ellenbogenlangen Handschuhe aus weißem Ziegenleder und ließ sich vom Kammerdiener mit französischem Parfüm besprühen. Dann nahm er die Peitsche aus rotem Leder und den Stab des Oberhauptmanns, die beide am Kleiderständer hingen, die Peitsche des Büßers und das Zepter aus geflochtenen, dornenbesetzten Tamarugo-Ästen mit einem Pinienzapfen auf der Spitze. Der Thyrsus, der Bacchusstab. „Erkennen Sie ihn, Laura?", fragte Mamani und hob den Stab vor ihr in die Höhe. „Natürlich erkennen Sie ihn. Sie haben diese Dinge studiert, wussten aber nicht, dass wir sie hier leben, ohne sie studieren zu müssen."

Laura musste ihm Recht geben. Da thronte Mamani vor ihr auf dem Fässchen und hielt den Stab des mythologischen Gottes in der Hand, den Thyrsus des Dionysos. Und in der anderen die Büßerpeitsche. Die Zepter des Curacas, seine Macht, seine Werkzeuge. Die Symbole, die ihre eigenen Werkzeuge klein machten, lächerlich, irrelevant: die Waage und das Schwert der Miniaturfigur, die man ihr einst als Preis gegeben hatte und als Symbol dessen, was ihre Gerechtigkeit sein würde. Und Mamani bestätigte es ihr: „Sie haben hier in der Wüste kein Recht gesprochen, das nicht von mir gebilligt worden war. Im selben Sinne müssen Sie, wenn Sie die Gerechtigkeit finden wollen, für die Sie jetzt gekommen sind, einen Pakt mit mir schließen." Dann senkte Mamani seine sanfte Damenstimme noch mehr: „Und außerdem sind Sie allein, Frau Richterin. Sie wollen, dass ich die alte Schuld begleiche, weil nicht einmal der kleine Anwalt, Martínez, diese Klage will, die er bei Ihnen eingereicht hat. Und sogar Ihr alter Lehrer, der Minister, hat darum gebeten, dass man Sie suspendiert und einen Ersatzrichter schickt."

„Sie sind wirklich gut informiert."

Mamani lächelte und breitete die Arme und den Umhang aus mit einer Geste, die wie Bescheidenheit hätte wirken können, wenn sein herrliches, kostbares Gewand – dazu angetan, instinktiv Neid und Respekt hervorzurufen – dies zugelassen hätte.

„Das ist das Privileg des Curaca. Und ich habe es mir durch Leiden verdient", entgegnete er, während er sich auf seinen Stab stützte und aufstand. Sofort darauf hob er ohne Ankündigung die Lederpeitsche und gab sich damit einen Schlag auf den Rücken, auf den Umhang, so heftig und präzise, dass es wie ein Schuss klang und Laura zusammenzucken ließ.

„Ich weiß, dass Sie erlebt haben, wie das schmerzt, Laura", sagte der Curaca mit so leiser Stimme, dass er es vielleicht nicht sagte und es nur das Echo des Zischens der Peitsche war, die er da vor ihr in die Höhe hielt. „Ich weiß, wie viel Schmerz wir Ihnen schulden."

Dann hob er ein wenig die Damenstimme: „Was glauben Sie wohl, warum sich die Büßer bei unserem Fest die Haut mit Peitschen und Büßerhemden verletzen?"

Warum? Das sollte sie sich selbst beantworten. Und von dem anderen oder der feuchten, alkoholgeschwängerten Luft zum

Nachdenken angeregt, dachte Laura, dass der Peitschenhieb ein Zeichen war, dass auch die Haut eine Verkleidung ist, die Maske des Einzelnen, die man sich herunterreißen muss, wenn man Gemeinschaft sein will, herunterreißen zur Ehre und Erinnerung an viel ältere Feste, wo dies bekannt war: die Mysterienspiele des Mittelalters, das Menschenopfer, die dionysische Ekstase, die in letzter Konsequenz erforderte, sich aufzulösen, aufzuteilen und zu verteilen, um sich mit der Menge und mit dem Gott zu vereinigen, um nicht länger man selbst zu sein und zu den anderen zu werden.

Mamani versetzte sich noch einen Schlag auf den Umhang: „Verstehen Sie, Frau Richterin?"

Ob sie verstand, was er ihr nicht auf andere Weise sagen konnte, sondern nur mit diesem trockenen Knall auf seinem Rücken, dem Echo des Schmerzes der Tausenden von Büßern, die er in einigen Minuten anführen würde, so, wie auch das Kostüm des gepeitschten Teufels ein Echo war.

„Hinter dem Antlitz Ihres Gottes sind die tausend Gesichter der Unseren; hinter der Patrona sind die Mama Killa und die Pacha Mama, die grausame Mutter aller Götter. Unsere Religion – darf ich sie hier, unter uns beiden, die unsere nennen …?" Und als er „unter uns" sagte, schien es Laura, als trüge auch sie eine Maske …

Seine Religion, die uralte, die Schicht für Schicht in seinem Kostüm überdauerte, diese Religion war fähig, zu integrieren, weil sie immer integriert hatte, weil sie vielfältig und nicht einzig war, weil sie unrein war und immer sein würde, so wie er selbst, ein unreiner Mestize. Und das war ihre Stärke. Seine Vorfahren waren, weil sie viele Götter hatten, auf natürliche Weise „Integrierende", mehr als die, die nur einen einzigen Gott besaßen. Tatsächlich war es seine Religion, die des Curaca und des Schamanen, welche die Patrona in den Reigen ihrer Gottheiten aufgenommen hatte und nicht umgekehrt. „Die Erdgöttin nimmt Kinder auf, adoptiert sie", erklärte Mamani. „Der Gott Ihres Himmels schließt uns aus. Nehmen Sie sich selbst, Frau Richterin, und die, die wie Sie sind. Dann sehen Sie den Unterschied zwischen uns ..."

Sie war die Richterin; der arme Penna war Priester; der Minister, der heute Nachmittag gekommen war und sie im Rat wie Provinzler behandelt hatte, war der Politiker. Sie alle feierten ihre reinen Götter, die des Rechts und der Liebe und der Macht – und in allen drei Fällen die verkleidete Vernunft: als „Gesetz" oder als „Liebe" oder als „Demokratie". Doch Mamani und die Seinen waren die Feiernden aus einer Ära vor dem Zeitalter der Vernunft. Sie, die tanzenden Teufel, waren die eigentlichen, ursprünglichen Besitzer des Festes.

„Verstehen Sie jetzt dieses Kostüm, Laura? Verstehen Sie diese Diablada jetzt besser? Verstehen Sie meine Verpflichtung?"

Dann versetzte er sich noch einmal einen Peitschenhieb auf den Rücken, der wieder wie ein Gewehrschuss klang. Noch einmal musste Laura ihm Recht geben. Er hatte sich in ihrer Gegenwart angekleidet und war damit deutlicher, ehrlicher gewesen, als wenn er sich vor ihr ausgezogen hätte. Sie musste zugeben, dass sie die Verpflichtung des Curaca, Widerstand zu leisten, verstand, auch wenn sie diese nicht teilen konnte. Er hatte die Pflicht zu widerstehen und sich dazu mit jeder Macht zu verbünden, die ihm das erlaubte. Und so dafür zu sorgen, dass das Fest und seine Art, Gerechtigkeit zu schaffen, und die Schutzpatronin, die darüber herrschte, überlebten ...

„Verstehen Sie jetzt, weshalb ich mir dieses Kostüm vor Ihnen angelegt habe? Und warum ich diese Maske tragen muss?"

Mamani senkte seinen bulligen Schädel, damit der Kammerdiener, auf einem Fässchen balancierend, die Maske mit den gewundenen Hörnern wie eine Krone über seinen Kopf halten konnte. Die Maske, in die Boris Mamani mit einer einzigen, schwungvollen Bewegung den Kopf steckte. Aus ihrem Inneren sprach er weiter, doch mit einer anderen Stimme; in einem noch leiseren, sanfteren Ton, und doch auch kräftiger: jetzt mit der Stimme des Priesters, des Schamanen; sie hallte mit dem Echo, das ihr die Höhlung der Maske verlieh: „Die Geschichte hat uns gezwungen, uns zu maskieren, Laura, und in der Maske haben wir überlebt. Die Maske ist das Antlitz unseres Erwachens. Jetzt verstehen Sie mich besser, dies bin ich", sagte der Oberhauptmann. „Dies bin ich. Nicht der, der unter all diesen Verkleidungen steckt, sondern die Verkleidungen selbst."

Plötzlich begann Mamani in seinem Kostüm zu tanzen. Er tat einen Schritt zurück und zwei Schritte vor, drehte sich, machte das Vis-a-Vis des Tanzes, bis er direkt vor ihr stand, beinahe über ihr, riesig, die Hörner berührten fast die Balken der Decke, in seiner Hand baumelte die Peitsche des obersten Büßers, auf seinen Schultern schwang der Umhang des höchsten Satyrs, der Umhang.

Und so riesig, wie er vor Laura stand, senkte er ihr die Maske entgegen, streifte mit den langen Hörner ihr schwarzes Haar, näherte sich mit dem Maul einer mythischen Bestie ihrem Ohr und sagte mit so leiser Stimme, dass man nicht wissen konnte, ob überhaupt jemand gesprochen hatte:

„Verzeihung."

Verzeihung. Nur dieses eine geflüsterte Wort. Und Laura begriff sofort, dass dafür das ganze Ritual davor notwendig gewesen war, damit der ehemalige Bürgermeister, der Curaca und

Oberhauptmann der Diablada sie aus der Maske heraus um Verzeihung bitten konnte. Der Curaca dieser Oase, der alles Recht in dieser Wüste sprach, bat sie um Verzeihung für einen Abend von vor zwanzig Jahren, als er mit „zehn Gerechten" ins Gericht gekommen war und sie gebeten hatte, ihnen zu helfen, die Schutzpatronin zurückzuholen und auf ihren Altar zurückzubringen. Damals war sie eine Fremde gewesen, die er als Kazike hätte beschützen müssen, so, wie es die uralten Gesetze der Gastfreundschaft verlangten. Stattdessen hatte er sich hinter ihr versteckt, genau wie die ganze Stadt mitsamt ihren feigen, verängstigten Bewohnern die ganze Nacht zitternd in ihren Häusern abgewartet hatte, dass die Richterin versuchen würde, das zu tun, was er hätte tun müssen.

Einen Moment lang zögerte der Mann. Dann wandte er sich um, breitete seine Arme aus, die den Stab und die Peitsche hielten, als wolle er sich selbst sagen, dass seine Entschuldigung nie ausreichen würde, und setzte sich auf das Fässchen. Dort sitzend legte er seine Zepter zur Seite, nahm mit einem tiefen Seufzer die Maske ab und gab dem Diener ein Zeichen, dass er ihm den Schweiß trocknen solle, der ihm in Strömen über Schläfen und Wangen lief.

„Da habe ich Ihnen nun wirklich Zeugnis abgelegt, Frau Richterin", sagte er, „und Sie haben mir zugehört. Und jetzt will ich Ihnen zuhören: Sagen Sie mir, was ich Ihnen schuldig bin. Und sagen Sie mir auch, wie ich begleichen kann, was ich Ihnen schulde."

28

Gestern Abend, Claudia, habe ich mein Arbeitszimmer in der Universität zu spät verlassen, um die S-Bahn zu erreichen, wollte erst ein Taxi bestellen, doch meine Füße hatten Lust, zu laufen. Du weißt ja, dass ich es schon ein paarmal gemacht habe, zu Fuß die zwei Stunden nach Hause zu gehen. Doch gestern Abend habe ich mich zum ersten Mal dabei verlaufen. Irgendwann überquerte ich, in Gedanken versunken, ohne es zu merken, die Clay-Allee, hörte in meinem Kopf die Stimme: „Lass mich nicht tun, was ich tun werde!", und fand mich plötzlich auf einem Fußweg im Grunewald wieder, wo zwischen den Bäumen im Mondlicht ein See silbern glänzte, fast wie ein Salzsee. Auf einer Lichtung wandte sich im Gegenlicht ein Kopf mit riesigem Geweih zu mir um, ein Hirsch, mein Herz klopfte zum Zerspringen und ich lief weg, so schnell ich konnte. Ich rannte zwischen Birkenzweigen, die mir ins Gesicht peitschten, davon, Masken mit Lianenbärten, die hinter Büschen hervorlugten, bleichen Händen aus Marmor oder Wachs, die nach mir griffen, um mich zu streicheln oder am Haar zu ziehen, bis ich endlich den Waldrand erreichte und die Lichter der Stadt sah. Und ich ging langsam über den Ku'damm nach Hause, legte mich angekleidet hin und schlief traumlos wie ein Klotz, bis heute Nachmittag, da ich wieder am Schreibtisch sitze, um dir weiter zu erzählen.

***

Anderthalb Monate später erwachte ich wieder, Claudia. Obwohl ich nicht wusste, dass anderthalb Monate vergangen waren, bis Mario es mir erzählte. Ich wusste gar nichts, nur, dass ich auftauchte, von einem weit entfernten Ort zurückkehrte, mehrere Kilometer unter der Oberfläche der Wüste, aus den Höhlen des Meeres darunter, wo ich in einer dunklen Hülle geruht hatte, in einer Art Fruchtblase; oder als ob ich tot gewesen wäre. Langsam öffnete ich die Augen; es fühlte sich an, als ob meine ausgedörrten Lider dabei knisterten. Als ich es endlich geschafft hatte, sah ich mich in einem Raum, den ich wiedererkannte, obwohl ich ihn nicht genau einordnen konnte. Das warme Halbdunkel, die wenigen Sonnenstrahlen, die durch die zugezogenen Vorhänge drangen, weckten die alte Erinnerung an eine Siesta während der langen Sommerferien auf dem Land bei meinem Vater. War ich dorthin zurückgekehrt, lagen da hinter den dicken Vorhängen der Vulkan, der See? Ich war noch zu schwach, um mich zu bewegen. Nur den Kopf konnte ich drehen. In mein Blickfeld kam ein Nachttisch mit Spritzen darauf, Medikamenten, einem Krug mit einer weißen Flüssigkeit, von einem Teller bedeckt. Ich verspürte großen Durst, meine Lippen klebten aneinander, verkrustet von einer Substanz, die süßlich schmeckte wie Blut. Die Zimmertür stand halb offen. Das Sonnenlicht zeichnete ein staubiges Trapez auf den Boden. Mir schien, als zwitschere draußen ein Vogel. Und plötzlich bemerkte ich den

Knaben mit seinem unförmigen Kopf, der neben dem Bett hockte, mich aufmerksam beobachtete, den Kopf mit dem wilden Haarschopf neigte, seinen großen Unterkiefer bewegte, die Lippen spitzte über der schwarzen Höhlung seiner fehlenden Zähne. Und ich begriff, dass das Zwitschern, das ich zu hören geglaubt hatte, die Stimme dieses schwachsinnigen Jungen war, so weit entfernt, dass es klang wie das Lied eines Vogels. Ich wollte ihm sagen, dass er lauter sprechen solle, doch die klebrige Substanz in meinem Mund ließ es nicht zu. Die klobige Hand dieses Jungen, dessen Namen ich wusste, doch nicht erinnern konnte, streckte sich mir entgegen und hielt mir etwas vor die Augen, das ich nehmen sollte. Ich verstand, dass es so etwas wie ein Geschenk war, jener unförmige Klumpen, der grün und rötlich glänzte wie ein Meteorit. Oder wie der Morgenstern, dachte ich. Und dies zu denken, schien mir plötzlich so unerträglich obszön, dass ich jetzt doch den Mund öffnen und schreien konnte, mit einer mir unbekannten Wut, von der ich nicht wusste, woher sie kam, denn ich erinnerte mich an nichts. Ich fühlte nur diese grenzenlose Wut. Und ich hörte meine Schreie wie von Ferne, während der Knabe hinausstürzte.

Dann muss ich noch einmal eingeschlafen sein. Als ich die Augen wieder öffnete, hielt Doktor Ordóñez mein linkes Handgelenk und fühlte meinen Puls. Mario saß am Fußende des Bettes. „Wie fühlst du dich, Liebes?", fragte er. Und ich weiß noch genau, Claudia, dass es nicht das Wort „Liebes" war, sondern die einfache Tatsache, dass ich wusste, wer die beiden waren, dass ich sie erkannte, die mich überwältigte und mir die Tränen in die Augen trieb.

Später erklärte mir Mario, dass ich vierundvierzig Tage bewusstlos gewesen war. Oder genauer gesagt, in einem Zustand, den die Ärzte mit dem ziemlich ungenauen Begriff des Schocks bezeichnen. Ordóñez versuchte es Mario mit dem Syndrom von Bombardierungen zu erklären: Außer meiner äußerlichen Verletzungen und der Gehirnerschütterung hatte ich mich sozusagen in ein „Hinterzimmer" meines Hirns zurückgezogen, ohne Fenster und Türen, wo mich niemand erreichte und aus dem nur ich selbst beschließen konnte, wieder herauszukommen. Das war gar nicht so ungewöhnlich, versuchte Félix Mario zu beruhigen. Während des Ersten Weltkriegs hatte man das oft bei Soldaten gesehen, die viel Zeit in den Schützengräben verbrachten. Und vielleicht hatten sich die beiden angeschaut, ohne sich die auf der Hand liegenden Fragen zu stellen: In welchem Krieg war ich gewesen? In welchen Schützengräben? Wo waren die Bomben gefallen?

Mario erzählte mir, dass ich manchmal wach zu sein schien, doch niemanden erkannte; und dann wieder in einer absoluten Lethargie versank, mit so schwachen Vitalzeichen, dass der Arzt meinte, ich müsse sofort in ein Hospital gebracht werden, das hätte man schon vom ersten Tag an tun müssen. Doch dann redete ich, ohne die Augen zu öffnen, aus dem Schlaf heraus, der eher wie ein Koma schien, und weigerte mich, berührt und weggebracht zu werden. Mehr noch, Claudia, aus meinem „Hinterzimmer" heraus stieß ich solch obszöne

Verwünschungen und Beleidigungen aus, solch schreckliche Drohungen, dass sie mir Mario nie wiederholen mochte. Da trauten sie sich nicht, mich wegzubringen und ließen mich in jenem scheinbaren Schlaf, ganz in mich selbst zurückgezogen, dass nur, wie die unterirdischen Geräusche eines Erdbebens, das Knirschen meiner Zähne daraus hervordrang, so heftig, dass mein Zahnfleisch zu bluten begann.

Als der Arzt gegangen war, bat ich Mario, mir einen Spiegel zu geben. Vielleicht lachst du über meine Eitelkeit, Claudia, aber ich zitterte, als ich ihn entgegennahm. Ich fürchtete, von einer Narbe oder etwas Ähnlichem entstellt zu sein. Ich warf einen schnellen, flüchtigen Blick auf mich: Ein bekanntes Gesicht schaute mich an; jemand, die ich nicht allzu gern wiedersah, jemand, die mich vielleicht beleidigt oder hintergangen hatte, obwohl ich mich nicht genau erinnerte, wie. Mein Kopf war zur Hälfte bandagiert. „Was ist mit mir passiert?", fragte ich Mario, der immer noch verlegen am Fußende des Bettes saß. Er räusperte sich, lächelte unsicher. „Du warst sechsunddreißig Stunden lang verschollen", sagte er. „Niemand weiß, wo du warst. Oder besser gesagt …", und er senkte den Kopf, um mich nicht anzuschauen, „… nur du allein."

Sechsunddreißig Stunden, anderthalb Tage verschollen … Ich lehnte mich in die Kissen zurück, während mir Mario berichtete, wie er Alarm geschlagen hatte, als er am Morgen nach meinem letzten Besuch im Lager in mein Zimmer schaute und ich nicht da war. Er war meiner Spur bis zum letzten Ort gefolgt, wo man mich gesehen hatte. Allzu lange musste er nicht herumfragen, bis ihm der Taxifahrer, der mich am Tag zuvor zum Lagertor gebracht hatte, ihm das erzählte. Und eigentlich hätte er nur sich selbst fragen müssen, fügte er hinzu, und senkte noch einmal den Kopf.

Besser gesagt, wir beide senkten den Kopf, denn in diesem Augenblick sah ich diese Frau vor mir, die mir glich (obwohl wir uns nicht wohlgesonnen waren), wie sie am Wächterhäuschen stand und darum bat oder befahl, zum Kommandanten gebracht zu werden. Und dann sah ich sie, eskortiert von zwei Rekruten, zwischen den Gefangenen hindurchgehen, die schwiegen, als erkannten sie in ihr eine Autorität, als sei sie durch unsichtbare Ehrenzeichen geweiht, die sie vielleicht tätowiert unter ihrer Kleidung trug, eine Autorität jedoch, in die keinerlei Hoffnung gesetzt werden konnte … Doch danach erinnerte ich mich an nichts mehr, sah nur noch einen weißen Blitz, eine endlose, leere Salzwüste, in der die Frau, die ich selbst sein mochte, sechsunddreißig Stunden lang verschollen war.

Mario erzählte mir, dass man ihn im Lager nicht vorgelassen habe, die Wachen hätten ihn praktisch mit Kolbenhieben vertreiben wollen, und auf seine lautstarken Forderungen, den Kommandanten zu sprechen, sei schließlich ein sehr junger Offizier herausgekommen, ein Leutnant, und habe ihn angeschrien, dort wäre keine Richterin, und er solle nicht weiter Ärger machen, sie seien im höchsten Alarmzustand und hätten Befehl, bei der geringsten Provokation zu schießen. Und als Mario trotz dieser Drohung nicht gehen wollte, hatte ihn der Leutnant am Arm gepackt und ein Stück vom Gittertor weggeführt, dorthin, wo einige Rekruten einen großen Haufen Schutt und verkohlter Balken abluden (Schutt und Balken, in denen Iván herumstocherte und jedes Mal, wenn die Rekruten eine neue, volle Schubkarre heranbrachten, vor Erregung kreischte). Der Leutnant hatte auf den Schutthaufen gezeigt und ihm noch einmal gesagt, aber jetzt leise, fast betreten oder vielleicht gekränkt, er solle aufhören, nach dem Kommandanten zu fragen, denn der habe in der vorigen Nacht einen Unfall erlitten. Als er um Mitternacht immer noch nicht von seinem Ausritt zurückgekehrt war, sei eine Patrouille unter Kommando des Leutnants losgefahren, um ihn zu suchen. Sie fanden ihn in der Wüste, zu Fuß unterwegs auf dem Rückweg ins Lager. Eines seiner Augen war schwer verletzt und er stammelte Unzusammenhängendes. Sie vermuteten, dass er sich bei einem Sturz von seinem Pferd den Kopf gestoßen hatte. Doch bei der Ankunft im Lager weigerte sich der Major, sich behandeln zu lassen. Stattdessen schloss er sich in seinem Haus ein, in dem Stunden später das Feuer ausbrach. Es sei sogar möglich, dass es sich um ein Attentat handle, den Versuch eines Aufstands der Gefangenen, die das Haus des Majors Cáceres in Brand gesteckt hätten. Das Haus wäre bis auf die Grundmauern niedergebrannt, es sei kein Wasser zum Löschen dagewesen, niemand habe dies vorhergesehen, nur noch dieser Haufen Schutt sei übrig. Wie durch ein Wunder habe der Major überlebt, mit schweren Verbrennungen. Man habe ihn heute Morgen per Hubschrauber zur Behandlung in die Hauptstadt geflogen. Und dies sei der Grund dafür, dass sie in höchster Alarmbereitschaft wären und ihm deshalb auch nicht helfen könnten, eine verschollene Richterin zu suchen. „Verstehen Sie mich denn nicht?", schrie er. Dann fing er sich wieder und schlug ihm vor, lieber in der Wüste zu suchen, Richtung Westen, Richtung Sonnenuntergang. Dabei hatte er mit zitterndem Finger in diese Richtung gewiesen, doch ohne hinzuschauen, und war gleich darauf, ohne Mario Zeit zum Reagieren zu geben, eilig ins Lager zurückgekehrt.

Dies alles erzählte mir Mario nach und nach an aufeinanderfolgenden Tagen, so wie man einem Kranken seinen Brei verabreicht. Er steigerte die Dosis, ohne darauf zu beharren, weiterzureden, wenn ich ein Zeichen machte, dass ich nicht mehr zuhören wollte, oder einfach einschlief - oder so aussah, als schliefe ich, denn tatsächlich fuhr meine eigene innere Stimme hinter meinen geschlossenen Augen mit dem Monolog einer anderen Erzählung fort. Ich erzählte mir selbst die Bruchstücke der Erinnerung, die ich nach und nach zurückerlangte, wob an dem alten Laken meiner Erinnerung, flickte es und hielt es dann gegen das Licht, um zu sehen, ob sich darauf die Silhouette meiner Vergangenheit abzeichnete wie der Körper auf einem Schweißtuch. Und Stück für Stück kam ich darauf wieder zum Vorschein. Ohne die sechsunddreißig Stunden, die ich in jener weißen Wüste verschollen war, aus der ich mich nicht selbst zurückholen konnte.

Mario hatte versucht, die ganze Stadt zu mobilisieren, um bei der Suche nach mir zu helfen, in der Richtung, die der Leutnant gewiesen hatte, die Richtung der untergehenden Sonne. Er war zu den Carabineros gegangen und zu Mamani. Der hatte eine dringende Sitzung des Gemeinderates unterbrochen, war in den Vorraum gekommen - Mario sah durch die Tür die Ratsmitglieder mit betroffenen Gesichtern auf ihren Plätzen sitzen - und hatte mit seiner unendlichen Geduld Marios Bitte angehört, ohne ein Gefühl zu zeigen, das nicht das passende gewesen wäre: die Verblüffung und den Schmerz des Patriarchen, des Stammeskaziken, des Curaca, der sogar noch für seine Gegner verantwortlich ist. Als Mario ihm berichtete, dass ich verschwunden war, hatte Boris Mamani kopfschüttelnd seine sanfte Damenstimme noch mehr gesenkt und ihm geantwortet, dass offensichtlich Gott selbst in der vorigen Nacht aus der Pilgerstadt „verschwunden" war, sich entfernt und zugelassen hatte, dass ein anderer an seine Stelle trat. „Laura ist verschwunden, der Kommandant Cáceres bei einem Brand schwer verwundet, und ..." Mamani machte eine Pause, um sich zu vergewissern, dass sie allein im Vorraum waren „... und bei dem Brand ist auch die Schutzpatronin verschwunden ..."

Aus dem professionellen Reflex des Journalisten heraus fragte Mario: „Etwa verbrannt?" Mamani hatte genickt: „Verbrannt, in Rauch aufgegangen, mein lieber Mario. Der Rat hat gerade beschlossen, dass du einer der wenigen Personen sein sollst, die außer uns darüber informiert werden." Und dann senkte er seine

Stimme so sehr, dass Mario nicht genau verstand, ob er sagte, was er sagte: „Wir informieren dich natürlich, damit du weißt, dass du nicht darüber berichten darfst."

Gleich darauf sprach er wieder über mein Verschwinden: „Wir stehen tief in Lauras Schuld, die ganze Stadt steht in ihrer Schuld. Du weißt das ja, Mario ..." Auch wenn er es mir nicht sagte, Claudia, könnte ich dir, ohne zu zögern, Marios große, weiche Hand beschreiben, die sich abwehrend hob, er wisse nichts von irgendeiner Schuld; doch wenn es eine solche Schuld gäbe, dann wäre jetzt der Moment, sie zu begleichen und ihm bei der Suche zu helfen. Darauf hatte Mamani, bevor er wieder in seine Ratssitzung zurückging, das Gespräch mit den Worten beendet: „Ich werde sofort einen Trupp Freiwilliger losschicken, um sie suchen zu lassen, Mario. Wir stehen alle in ihrer Schuld."

Sie suchten mich den ganzen Tag lang in Richtung des Sonnenuntergangs, bis sich die Sonne hinter der Wand aus flüssiger Luft am Horizont versteckte und die Salzpfannen eine dunkelrote Farbe wie die von Blut annahmen. Alles, was sie fanden, war ein totes Pferd mit dem Zaumzeug der Kavallerie und dem Maul voller blutigem Schaum. Am Abend kehrten die Fahrzeuge zurück, an der Spitze der Jeep der Carabineros, in dem Mario saß, und die Freiwilligen versammelten sich in der Polizeistation, um die Suche für den nächsten Tag zu planen. „Denn morgen müssen wir sie finden ...", hatte Mario zufolge einer der Carabineros gesagt, und alle wussten, was er nicht ausgesprochen hatte: mehr als vierundzwanzig Stunden in der Wüste, ohne Wasser, und dazu noch eine Frau …

Der Suchtrupp fuhr noch vor Tagesanbruch wieder los, als gerade der Morgenstern über den Bergen auftauchte. Doch gegen acht Uhr morgens, oder ein bisschen später, Mario wusste es nicht genau, als sie begannen, die Planquadrate zu durchkämmen, in die sie die Wüste aufgeteilt hatten, kehrte ich in die Stadt zurück.

Oder eine Frau, die mir glich. Barfuß und mitten auf der Avenida Santos, die Stirn blutig und das Haar verklebt, mit zerrissenem Kleid, das eine Brust frei ließ, so kam ich in die Stadt, schwankend, doch auf meinen eigenen Füßen, lief den ganzen Weg bis zu meinem Haus in der Rosales-Straße, unter den Blicken der Bürger, die mir verdutzt nachsahen - oder verärgert, als sei ich jemand, über dessen Rückkehr sie sich nicht gerade freuten, jemand, die sie vielleicht gekränkt oder enttäuscht hatte, oder deren Gegenwart sie mit einer Schuld konfrontierte. Ein paar von ihnen versuchten sich mir zu nähern, um mir zu helfen, doch ich wies sie mit wütendem Gebrüll zurück, beschimpfte sie mit so „schmutzigen" Ausdrücken, dass sich später niemand traute, sie Mario gegenüber zu wiederholen, so „schmutzig" waren sie gewesen.

In irgendeinem Augenblick meiner Konvaleszenz gelang es mir, ein paar schwache Erinnerungen dieser Rückkehr in die Stadt zurückzugewinnen, Claudia. Genauer gesagt, ich habe diese Erinnerungen nicht, doch ich weiß, dass ich mir diese Frau nicht ausgedacht habe, die vor einer Tankstelle stehenbleibt: das schwarze, blutverklebte Haar, der ausdruckslose Blick, die weiße Brust, die aus dem Kleid hervorsteht, und der Tankstellenbesitzer, der sie zwischen Batterien und Reifen, einen schmutzigen Lappen in der Hand, mit offenem Mund durch die Glasscheibe anstarrt. Ich habe die Erinnerung nicht, doch ich weiß, dass ich mir die Subiabre-Schwestern nicht ausgedacht habe, die gerade dabei sind, den Gehsteig vor ihrem Haus zu kehren und mit dem Besen in der Hand innehalten, um sich zu bekreuzigen. Noch habe ich mir den Notar und Immobilienmakler Martínez ausgedacht, der, den schwarzen Hut auf der ovalen Glatze, um die Ecke biegt, die Frau sieht und sofort wieder umkehrt. Und auch den Apotheker Barrales nicht, der den Stab in der Hand hält, mit dem er den Metallrollladen seiner Apotheke hochziehen will, und sie, den Stab wie ein Patriarch als Gehstock benutzend, ein Stück begleitet, ihr irgendetwas Aufmunterndes zulispelt, was die Frau ignoriert, während sie schwankend mitten auf der Hauptstraße geht, Richtung Stadtmitte. Nein, ich erinnere mich nicht an sie, doch ich weiß, dass ich mir auch nicht die Gesichter dieser Gespenster auf den Gehsteigen ausgedacht habe, diese Gerechten, viel mehr als zehn, alle, und die so taten, als sähen sie mich nicht in der Sonne laufen, die langsam zum Zenit emporstieg, weiß wurde vor Wut, während sie ihre stumpfen Gesichter abwandten, um mich nicht anschauen zu müssen.

Es ist möglich, dass mir eine kleine Menschenmenge folgte, als ich das Haus in der Rosales-Straße erreichte - oder dass da niemand war, nicht einmal jene Gespenster. Wie auch immer, ich blieb nicht stehen; stieß die Tür auf und ging direkt bis zum Innenhof. Dort lehnte ich mich an einen der Verandapfosten vor dem verdorrten Garten, den ich zwei Monate zuvor aufgehört hatte zu gießen.

Und dort fand mich Mario, als der Jeep der Carabineros ihn vor dem Haus absetzte - man hatte ihn per Funk über meine Rückkehr informiert. Ich kniete zwischen den vertrockneten Pflanzen im Garten und grub mit den Händen wie im Wahn ein Loch in die harte Erde. Ich weiß nichts mehr davon. Ich erzähle dir, was Mario mir berichtete, was er sah, als er sich mir näherte: die Erde, blutig rot von meinen kratzenden Fingern, mein Keuchen eines grabenden Tiers, ein wütendes Keuchen (denn es war eine Wut, die da grub). Und der Schrei, den ich ausstieß, als er mich berührte, als seien seine Finger glühendes Metall - Stahl, Lineal, Messstab - auf meinem Rücken.

Ich floh ins Haus und schloss mich im Bad ein. Mario folgte mir und stand lange hinter der Tür, bettelte, versuchte mich dazu zu überreden, die Tür zu öffnen, hörte mein Schweigen und wie Wasser in die Wanne lief. Was machte diese Frau dort drinnen? Niemand weiß es; ich kann nicht sagen, dass ich mich daran erinnere, Claudia, doch ich weiß, dass ich sie mir nicht ausgedacht habe, diese Unbekannte, die sich vor dem großen Spiegel auszog, dass sie auf die Striemen starrte, die blauen Flecken, diese fleischfressenden Blumen, die dort gewachsen waren, die violetten Schlingpflanzen, die sie umarmten, und die Frau lächelte und umarmte sich oder umarmte sie, streichelte sich oder streichelte diese Blumen ... Bis Mario das Schweigen nicht mehr aushielt, die Tür aufbrach und mich nackt im kalten Wasser liegen sah, schlafend oder im Schockzustand, zurückgezogen in jenes Hinterzimmer meines Hirns, wo mich niemand finden konnte und aus dem ich erst vierundvierzig Tage später wieder herauskam.

So webte ich, nähte ich, flickte ich mit Marios Hilfe nach und nach das alte Laken meiner Erinnerung, besserte den Körper meiner Vergangenheit aus, außer den sechsunddreißig in dem weißen Nebel verlorenen Stunden, die ich nicht wiederherstellen konnte, so sehr ich es auch versuchte. Bis ich eines Morgens, ähnlich dem, als ich zum ersten Mal die Augen geöffnet hatte, Iván wieder scheu neben meinem Bett knien sah. Jetzt erkannte ich ihn, ich vermute, er fürchtete, ich könnte ihn wieder so anschreien und machte sich bereit zum Weglaufen. Doch diesmal lächelte ich ihn an und ermunterte ihn, mir zu zeigen, was er in seinen unförmigen Händen hielt, offensichtlich ein Geschenk, damit ich bald gesund werde. Iván streckte schüchtern die Hand aus und legte, ohne es zu wagen, mich zu berühren, diesen Klumpen aus weißlichem, geschmolzenem Metall, der schillerte und glänzte, neben mich aufs Bett. Ich nahm ihn einen Moment in die Hand und habe das nie vergessen können: seine seltsame eisige Wärme, seine unregelmäßige Form, die sich meiner Handfläche anzupassen schien, diese winzigen blauen und rötlichen Augen, die mich aus den Poren des Metalls musterten, und gleichzeitig das Zittern, das dieser Glanz auf der Netzhaut hinterließ. Der Glanz der Schönheit einer anderen Welt, wie von einem Meteoriten. Oder wie die Schönheit der Venus, des Morgensterns. Und plötzlich erschien vor meinen Augen der weiße Blitz der Salzebene, und ich sah mich neben dem sterbenden Pferd liegen, dem Vollblut, das jetzt wirklich blutig war, kurz vor Tagesanbruch, als „der, der das Licht bringt" mir erschien. Da wusste ich wieder, was ich in den sechsunddreißig verlorenen Stunden erlebt hatte. Und obwohl es von einer beinahe unerträglichen Obszönität war, schrie ich diesmal nicht.

29

Leutnant Acuña saß allein in der Polizeistation und tippte mit zwei Fingern auf der schweren mechanischen Schreibmaschine. Vom Vorgärtchen mit den gekalkten Steinen, der geflickten Flagge und dem Wächterhäuschen aus, in dem niemand Wache stand, sah ihn Laura durch das Gitterfenster. Acuña hatte die Uniformjacke aufgeknöpft, und von Zeit zu Zeit beugte er sich über ein Buch, kämpfte mit den Wörtern. Dabei beleuchtete das kalte Bürolicht den ausrasierten Nacken des Offiziers. Laura kannte dieses Vorgehen des jungen Beamten, der noch an seine Mission glaubt (wie sie selbst es zwanzig Jahre zuvor getan hatte): Bevor er eine Untersuchung zu den Akten legte, bemühte sich der Polizist, eine genaue Beschreibung des Delikts zu liefern und konsultierte dazu sein Handbuch forensischer Techniken. An der Garderobe baumelte seine Dienstwaffe in ihrem Halfter wie die uralte Frucht am Baum der Erkenntnis.

Laura klopfte an die Fensterscheibe, und der Leutnant schrak zusammen, schaute auf und beeilte sich, zur Tür zu kommen. Er nahm Haltung an und verkündete eifrig: „Alle Ihre Anweisungen sind ausgeführt, Frau Richterin. Ich schreibe gerade den Bericht."

Dann trat er zur Seite, um sie einzulassen, rückte ihr den Stuhl zurecht, zeigte stolz auf die grauen Blätter, die schon geschrieben waren, und setzte sich mit erhobenen Zeigefingern wieder an die Schreibmaschine.

„Wenn Sie mir eine Minute Zeit lassen, bin ich fertig."

„Ist nicht nötig, Leutnant, Sie können ihn mir auch mündlich geben."

Acuña schaute enttäuscht auf das Blatt Papier, das in der Maschine steckte, dann aus dem Fenster, wo die Kapelle einer Bruderschaft auf dem Weg zur Plaza zu hören war und dachte vielleicht an seine unermesslich große, kaum zu erfüllende Verantwortung als neuer Polizeichef in der von Pilgern überschwemmten Stadt. Während er sich um die Bürokratie kümmerte, war sein knappes Personal schon längst überrannt worden, und ein Betrunkener kam laut singend hier am Kontrollposten vorbei. Die Ordnung war für ihn ein immer fernerer Traum.

Schließlich gab er nach und fasste zusammen: „Rechtsanwalt Martínez und Ihre Tochter sind festgenomen und im Schlafraum des Dienstpersonals eingesperrt, so, wie Sie es angeordnet haben. Iván ist in seiner Zelle und hat sich seit heute Morgen, als Sie ihn besucht haben, nicht von da wegbewegt. Und das Gefängnis ist voll belegt."

Laura konnte ein Lächeln nicht unterdrücken. Das Gefängnis war voll belegt und ein Stapel fertiger Berichte, sorgfältig mit Korrekturweiß korrigiert, lag im Ausgangskörbchen auf seinem Schreibtisch. Laura nahm den obersten in die Hand, er war voller Berichtigungen und kaum eine halbe Seite lang, der Bericht über den Einbruch ins Gericht.

Acuña schaute sie an und zog dabei leicht den Kopf ein. Er besaß schon den Reflex eines guten Polizisten: Jedes unaufgeklärte Verbrechen lastete auf seinen Schultern, als habe er es selbst verübt.

„Frau Richterin, ich habe zwei Verdächtige verhört, doch alle Welt ist maskiert und die Stadt voller Fremder. Da könnte es jeder gewesen sein."

Er hatte seinen Auftrag so ernst genommen, dass er seine Gefangenen höchstpersönlich bewachte, während er den Fall überdachte und nach den modernsten Prinzipien der Kriminologie Hypothesen aufstellte, die er in der kleinen Bibliothek im Regal an der Wand nachschlagen konnte. Jemand hatte Laura erzählt, der Leutnant mache ein Fernstudium in Kriminalistik; und der Präsident der Republik habe ihm einen Verdienstorden verliehen, weil er eine ganze Familie vor dem Ertrinken gerettet hatte. Auf dem untersten Regalbrett lag die Medaille wie ein Talisman in einem Futteral aus blauem Samt.

„Ich habe gehört, Sie sind ein Held, Acuña. Woraus haben Sie diese Familie denn gerettet?"

„Aus einer Überschwemmung, Frau Richterin. Sie waren mit ihrem Pick-up von einer Brücke gefallen und ..."

„... Sie sind hinterhergesprungen."

„Dreimal, Frau Richterin."

„Und da hat man Ihnen die Medaille verliehen."

„Unverdientermaßen, Frau Richterin". Auf Acuñas ehrlichem Heldengesicht lag nicht einmal ein Hauch von Ironie. „Ich konnte die Erwachsenen retten, aber das Kind ist mir ertrunken."

Wie alt mochte er sein?, fragte sich Laura. Fünfundzwanzig, sechsundzwanzig? Jedenfalls zu jung, um schon zu wissen, dass man die wirklich Unschuldigen nicht retten kann. Laura stellte sich vor, wie viele Dienstjahre er noch vor sich hatte, die Versetzungen, das Erklimmen der Karriereleiter, aber auch den Abstieg in die immer größere Langeweile der Bürokratie.

Vom Gang her, der zum Schlafraum der Beamten führte, kam Stimmengewirr, dann ein empörter Schrei. Laura erkannte die selbstbewusste Stimme ihrer Tochter: „Hat sie viel Ärger gemacht?", fragte sie.

Der Leutnant setzte ein betretenes Gesicht auf.

„Ich musste ihr kurz Handschellen anlegen."

Natürlich konnte der Leutnant nicht zulassen, dass es jemand von seinen Untergebenen tat. Er selbst hatte die Ketten durchtrennt, mit denen das Mädchen an das Lagertor gekettet war. Doch um sie in den Streifenwagen zu bugsieren und zur Polizeistation zu bringen, musste er ihr Handschellen anlegen, nachdem ihn Claudia angeschrien hatte, sie akzeptiere keine Privilegien! Nur, weil sie die Tochter der Richterin sei, solle er sie nicht besser behandeln als jeden anderen Festgenommenen auch!

„Sie weinte vor Wut, Frau Richterin. Was sie mir an den Kopf warf, habe ich nicht in den Bericht geschrieben, weil es den Tatbestand der Beamtenbeleidigung erfüllt. Dann hat sie sich aber beruhigt. Wenigstens, bis wir den Anwalt vom Bordell geholt und bei ihr eingesperrt haben. Sie haben bald angefangen zu streiten und bis jetzt nicht damit aufgehört."

Laura schaute auf die Uhr und musste wieder lächeln: Der Anwalt und die junge Frau waren weniger als eine Stunde zusammen eingesperrt und schon in einen heftigen Streit verstrickt.

„Also gut, Acuña", sagte sie. „Es ist Zeit, den Anwalt freizulassen. Bevor ihm etwas zustößt und Sie noch einen Bericht schreiben müssen."

Der Leutnant nahm den Schlüsselbund vom Haken neben dem Regal und ging den Gang hinunter. Laura folgte ihm. „Feigling, beschissener Verräter!", hörte man jetzt die Stimme mit dem leichten Akzent ihrer Tochter. Der Leutnant wandte sich zu Laura um und lächelte peinlich berührt, dann steckte er den Schlüssel ins Schloss und öffnete. Tomás Martínez Roth lag auf dem unteren Bett eines der Stockbetten, mit dem verbundenen Fuß auf einem Stapel Kissen und dem Gesichtsausdruck eines Märtyrers kurz vor seiner Hinrichtung. Claudia stand vor ihm und zeigte mit anklagendem Finger auf ihn. Beide schauten überrascht auf, als Laura und der Leutnant in der Tür erschienen.

„Dr. Martínez, Sie sind frei", verkündete Acuña so offiziell, wie er konnte.

Der Anwalt richtete sich ein wenig auf und versuchte dabei, dem anklagenden Zeigefinger auszuweichen.

„Sie wissen doch, dass ich hier nicht raus kann", klagte er. „Mamanis Leute verfolgen mich."

„Mir scheint, hier drinnen ist Ihr Leben in größerer Gefahr", erwiderte Laura mit unverhohlener Belustigung.

„Ja, vielleicht", stimmte Martínez mit einem ängstlichen Blick auf Claudia zu, widersprach sich aber sofort darauf selbst: „Das heißt, nein; jedenfalls muss ich hierbleiben, bis das Fest vorbei ist."

„Keine Angst, Herr Anwalt", gab Laura zurück. „Sie sind draußen nicht mehr in Gefahr, darum habe ich mich schon gekümmert. Und außerdem, wer würde sich schon trauen, einem zukünftigen Abgeordneten etwas anzutun?"

Der Anwalt erhob sich umständlich und so weit außerhalb von Claudias Reichweite wie möglich, um dann humpelnd zur Tür zu kommen. „Sind Sie sicher, Frau Richterin?", fragte er.

„Verlieren Sie keine Zeit, Herr Anwalt, Ihre glänzende Zukunft wartet nicht."

Tomás wandte sich zu Lauras Tochter um: „Claudia", flehte er, „verstehst du denn nicht ..." Doch sie unterbrach ihn spöttisch: „Abgeordneter?"

Martínez Roth senkte den Kopf, das unrasierte Kinn bedeckte gütig die Akne an seinem Hals. Dann entfernte er sich humpelnd, auf die Schulter des Leutnants gestützt, dem Ausgang zu, seiner Freiheit, seiner glänzenden Zukunft entgegen.

Laura schloss die Tür hinter sich. Claudia hatte sich auf das Bett gesetzt, von dem Martínez Roth aufgestanden war, und saß jetzt da, den Kopf in die Hände gestützt. Ein Schauer lief über ihren Rücken und das Rückgrat, das sich unter dem T-Shirt abzeichnete; vielleicht war das die Kälte, die aus den Betonwänden drang, oder es schüttelte sie ein Schluchzen. Laura dachte, dass ihre Tochter viel zu mager war, dass sie Claudia, wenn sie noch einmal beginnen könnte, kräftiges Essen kochen würde, um Fleisch auf diese spitzen Knochen zu bringen und den Zusammenprall mit der Welt etwas abzufedern. Dann richtete Claudia sich auf, erinnerte sich vielleicht, dass ihre Mutter sie beobachtete. Sie wischte sich die tränenfeuchten Wangen ab, holte eine Zigarette hervor und entzündete sie mit zitternden Händen, beinahe genau unter dem Rauchverbotsschild.

„Das bist du gewesen, stimmt's?", sagte sie. „Du hast mich hierherbringen lassen."

„Damit du siehst, dass deine Aktion schon ein Ergebnis hatte: Der Anwalt ist wieder da."

„Ja, den habe ich soeben gesehen und gehört. Deshalb hast du uns zusammen einschließen lassen, vermute ich."

Es war nutzlos, das zu verneinen, so war es immer schon mit ihr gewesen; seit sie klein war, hatte sie die Tricks der Erwachsenen durchschaut. Laura setzte sich neben ihre Tochter, doch ohne sie zu berühren. Sie war sicher, dass ihre Kleider, wenn sie sich streiften, Funken sprühen würden wie zwei Stromkabel.

„Er hat Angst bekommen", fuhr Claudia verbittert fort. „Ein Gespräch mit Velasco hat ausgereicht, um ihn das Licht sehen zu lassen, wie er es nannte, und sich für die Vorsicht zu entscheiden. Obwohl er es schon zu sehen begonnen hatte, als er dir die Klage einreichte."

„Das hat er gesagt?"

„Er hat mir erzählt, du hättest dich von Anfang an lustig über ihn gemacht und ihm die juristischen Gründe vorgehalten, nach denen unser Plan absurd wäre. Dass er dir nur die Zusage habe abhandeln können, die Klage genau zu prüfen, anstatt sie gleich zu verwerfen."

„Die Idee war an sich gar nicht so schlecht. Die Mittel allerdings ..."

„Naiv, vielleicht, absurd. Doch mit ein bisschen Glück wäre es uns gelungen. Wenn du dich nicht eingemischt hättest, dann wären die Geheimnisse dieser Scheißstadt ans Tageslicht gekommen."

„Ich war ja nicht dagegen. Ich habe gesagt, ich würde die Klage prüfen. Dass wir warten sollten, wie sich die Dinge entwickeln."

„Na, da kannst du ja jetzt zufrieden sein: Die Dinge haben sich so entwickelt, wie du es mir schon in Berlin vorausgesagt hast, als du meintest, ich solle nichts von diesem Land erwarten, aber vor allem nichts von meiner Generation."

Die Erinnerung der Jugend verzeiht nichts: Ihre Tochter sprach von ihrem Streit am Abend vor Claudias Abreise nach Chile, dem fernen Heimatland, in dem sie nie gelebt hatte. Laura riet ihr, nichts von einem Land zu erwarten, das sie nicht kannte, war aber in der Hitze des Gefechts noch weiter gegangen, hatte gesagt, Claudia solle nichts von der Zeit erwarten, in der sie lebten. Ihr Heimatland sei da keine Ausnahme, im Gegenteil: Als ein Land der Extreme war es wahrscheinlich auch das Extrem dieser Zeit. Einer Zeit reiner Effekthascherei, ohne Ziele, für die es sich zu kämpfen lohnte ... All dies, so erinnerte sich Laura mit gewisser Scham, hatte sie ihr vorausgesagt und dabei den Finger gehoben, fast so wie Claudia eben dem jungen Anwalt gegenüber;

hatte ihre Tochter vor der Naivität gewarnt, in einem fernen, armen Land mehr Idealismus zu erwarten als im reichen Europa. Im Gegenteil, hatte Laura hitzig gesagt – und bereute es jetzt –, die Armen dort würden sich schlicht und einfach billiger verkaufen als die Armen ganz allgemein, die Armen dieser armen Ära. Sie solle nicht auf ihre Zeit vertrauen, und auch nicht auf ihre Generation, genauso wenig, wie man auf die Generationen davor vertrauen konnte; so hatte sie ihr gepredigt: Der Idealismus währe in jeder Generation genau gleich lange, nämlich so lange, wie man brauche, um an die Macht zu kommen. Und fast prophetisch hatte sie hinzugefügt, wie eine Kassandra auf den Ruinen der Mauer, die sie beide in Berlin hatten fallen sehen: Es käme eine Zeit immer ärmerer Idealismen, so arm, dass das kleinste Angebot der Macht schon reichen würde, um sie zu kaufen ...

„Ich wollte nur eine einzige Sache, für die es sich zu kämpfen lohnt", sagte Claudia und stützte wieder den Kopf in die Hände, der Rauch ihrer Zigarette kräuselte sich über ihrem Kopf. „War das etwa zu viel verlangt?"

Nein, musste Laura zugeben, das war es nicht. Jede Generation hatte das Recht auf ihre eigene Sache, ihre eigenen Ziele, darauf, ihren Traum zu leben. Und sie konnte nicht anders, als ihre Tochter zu bedauern. Wenn das Schicksal ihrer, Lauras, Zeit tragisch gewesen war, wenn sie der letzten Generation angehörten, die mit Idealen aufgewachsen war, dann erwies sich das Schicksal ihrer Tochter, ihrer Altersgenossen und derer, die danach kamen, schlimmer noch als tragisch, es war eine Farce (denn wenn sich die Tragödien wiederholen, dann tun sie das als Farce, wie Mario zu zitieren pflegte). Es war lächerlich, die eigenen Ziele in der Vergangenheit der Älteren zu suchen, in dem Schrank, wo sie ihre von Motten zerfressenen Kostüme versteckten, die Engel und die Dämonen einer anderen Generation, nur um herauszufinden, dass die Fahnen und die Vorbilder, die die Älteren entweiht hatten, jetzt von so geringem Wert waren, dass sich kaum jemand dafür interessierte, sie zu retten, viel weniger noch, sie zu reparieren. Die Symbole, die wir entweiht haben, dachte Laura, sind jetzt von so wenig Wert, dass sie nicht einmal ausreichen, um unseren Kindern etwas zu kaufen, für das es sich zu kämpfen lohnt. Wie diese Mützen und Uniformen, die Fahnen und Orden der DDR und der Sowjetunion, die sonntags auf dem Flohmarkt im Berliner Tiergarten haufenweise verhökert wurden. Ihre entweihten Symbole hatten kaum noch einen Tauschwert im Kampf um die neue Macht ohne Ideale; niemand nahm diese Devisen auf dem neuen Markt der Interessen in Zahlung. Und was noch trauriger war: Claudia war von so weit in das Land ihrer Herkunft gekommen, hatte die halbe Welt umrundet, nur um das herauszufinden.

Claudia seufzte, richtete sich auf, wandte den Kopf und schaute auf die Stelle, wo der verletzte Fuß des Anwalts gelegen hatte: Ein kleiner Blutfleck – wohl eher Jod aus dem Verbandskasten der Polizeistation – war auf dem gestreiften Kissen zu sehen. Dann lächelte sie, schnaubte spöttisch, und Laura wusste, dass sie dasselbe dachten: Dies war bereits alles Blut, das für diese Sache vergossen worden war, diese paar Tropfen Blut – die wohl eher Jod waren – als Beweis für das Loch, in das der junge Anwalt getreten war und sich den Fuß verstaucht hatte.

„Martínez Roth ist also gestolpert und glaubt nicht mehr an die kollektive Schuld", nahm Laura den Faden wieder auf.

Claudia antwortete mit kalter, scharfer Stimme, in der jetzt der Schmerz, die Enttäuschung verschwand und verhaltene Wut zum Vorschein kam: „Er vielleicht, aber mir kann niemand erzählen, dass es keine Schuld gäbe: die deine nämlich. Dieselbe, die dich hat zurückkehren lassen."

Claudia schaute sie wieder direkt an, forderte sie mit ihrem Blick heraus, dies abzustreiten. Und während Laura wie immer schwieg, füllte ihre Tochter die Stille mit ihren Hypothesen. Als sie erfuhr, dass ihre Mutter zurückkehren würde und auch noch in die Stadt in der Wüste, aus der sie geflohen war, konnte sie sich anfangs keinen Reim darauf machen. So oft hatte ihre Mutter, wenn Claudia ankündigte, sie ginge zum Studieren nach Chile, ihr das auszureden versucht, mit so unterschiedlichen Begründungen, dass Claudia der Verdacht beschlich, ihre Mutter habe Angst. Doch nicht die natürliche Angst um die Zukunft einer Tochter, die den Fehler beging, eine erstklassige Universität zu verlassen, um am Ende der Welt zu studieren, sondern Angst vor sich selbst, vor etwas, dass sie dort unerledigt gelassen hatte und das ihr trotz all der Jahre und der Distanz und der akademischen Erfolge auf der Seele lastete.

„Und ich war auch noch so naiv, Mama, zu denken, dass ich deine Speerspitze sein könnte, indem ich hierherkam und diese Angst für dich überwand, von der du dich nicht einmal zu reden trautest."

Erst nachdem sie nach Chile gekommen, in diese Stadt gereist war und Mario und Tomás Martínez Roth kennengelernt, die alten Geschichten gehört hatte, die in dieser Oase in der Wüste vergraben waren, hatte diese diffuse, stumme Angst nach und nach ihren Namen geändert. Und als sie dann erfuhr – und nicht durch ihre Mutter, sondern vom Professor Velasco, nach einer Vorlesung! –, dass Laura denselben Posten haben wollte, den sie zwanzig Jahre zuvor verlassen hatte, da wurde ihr vollends klar, dass es dafür nur einen einzigen Grund geben konnte: nicht Angst, sondern Schuld.

Schuld: wieder dieses Wort, man konnte nicht Vater oder Mutter sein, ohne schuldig zu werden, man konnte nicht richten, ohne das Verbrechen zu verstehen. Laura wollte widersprechen, doch Claudia ließ es nicht zu: Laura solle sie weitersprechen lassen, und sie würde es ihr beweisen, obwohl es so klar war wie die mondhelle Nacht über der Stadt: Laura hatte beschlossen, zurückzukehren, als ihr klar wurde, dass diese Klage wegen religiöser Schändung, von der ihr Claudia unvorsichtigerweise schrieb, die Stadt unter Druck setzen und dazu zwingen würde, noch etwas anderes aufzudecken: nicht nur die Verbrechen von Cáceres, sondern auch ihr Verbrechen, Lauras Verbrechen.

„Dein Verbrechen, Mama."

Laura schaute sie verblüfft an: Wie weit mochte diese junge, zornige Phantasie gegangen sein? Hatte sie vielleicht geahnt, dass es nicht möglich ist, eine Zeit und ihre Konflikte zu teilen, ohne auch für ihre Verbrechen Verantwortung zu übernehmen? Aber sie wollte ihre Tochter nicht unterbrechen, wollte ihren Wunsch respektieren. Außerdem war kaum noch Zeit. Die Trommeln auf der Plaza, Hunderte von Trommeln, dröhnten immer rasender, je näher die Stunde der Prozession rückte, der Offenbarung.

„Mein Verbrechen?"

„Oder wenigstens das, was du für dein Verbrechen hältst."

Die Klage wegen religiöser Schändung, die Tomás und Claudia ausgeheckt hatten, mochte absurd sein, doch sie besaß einen Vorteil: Sie würde die Stadt, wenn diese die Klage vermeiden wollte, dazu zwingen, Beweise für die Verbrechen von Cáceres offen zu legen. Und es war klar, wenn Claudia und der Anwalt dies folgern konnten, dann konnte Laura das auch. Mehr noch: Die für ihre Hermeneutik berühmte Philosophin würde noch weiter gehen und schließen, dass außer dem Verbrechen der Stadt auch ihr eigenes Verbrechen ans Licht kommen würde: der schlimmste Verstoß, den ein Richter begehen konnte, nämlich tatenlos zuzuschauen, wie ein anderer Richter seinen Platz besetzt und das Recht bricht. Das war ihr Vergehen, so Claudia: Widerstandslos hatte Laura zugesehen, wie jenes fliegende Standgericht ihr vor zwanzig Jahren das Richteramt streitig gemacht und vor ihren Augen ein Dutzend unschuldiger Gefangener zum Tode verurteilt hatte. Was sie also jetzt zurückbrachte, war die Sorge, dass diese Schuld öffentlich wurde.

Das war Claudias Hypothese, die sie sich mit dem unsichtbaren Faden des jahrelangen Schweigens ihrer Mutter hatte selbst knüpfen müssen: Laura war gekommen, um zu verhindern, dass ans Licht käme, was ihr internationales Ansehen als Juristin beschädigen könnte: die traurige Geschichte, wie die berühmte Autorin von *Moira* elend versagt hatte, als es in ihrem Land darum ging, die elementarsten Rechte zu schützen. Wie sie gegenüber der nackten Gewalt geschwiegen hatte, sich in Angst und Schrecken versetzen ließ und dadurch selbst zu Angst und Schrecken wurde. Die Geschichte schließlich, wie sie geflohen, von ihrem Posten desertiert war – ja, man hatte sie entlassen, aber erst, nachdem sie einen Monat lang unter dem Vorwand, krank zu sein, nicht im Gericht erschien, auch das hatte Claudia herausgefunden –, und wie sie dann im Exil Karriere machen konnte, ohne es wirklich verdient zu haben. Und durch diese erbärmliche Schuld war ihr Mund für immer verschlossen worden.

„Sag mir, dass das nicht stimmt, sag mir, dass ich mich irre, dass es nicht dies ist, was du mit deinem Schweigen vor mir verborgen hast, als ich dich tausend Mal gefragt habe, weshalb du damals aus Chile weggingst, und du mir immer ausweichend geantwortet hast. Sag mir, dass du mir auch deshalb nicht auf meinen Brief geantwortet und lieber gleich beantragt hast, auf deinen alten Posten zurückzukehren und dich zwischen uns und die Wahrheit zu stellen. Sag mir, dass dies nicht die Antwort auf meine Frage ist, wo du warst, als alle diese schrecklichen Dinge hier geschahen: Du hast dich verkrochen, deine Pflicht versäumt", schloss Claudia und erhob sich, stand vor ihr wie ein Staatsanwalt, der sein Plädoyer beendet.

Laura schwieg, betroffen vom Zornesausbruch ihrer Tochter und gleichzeitig beeindruckt von ihrem juristischen Talent: Sicher würde sie eine fabelhafte Anklägerin werden. Sie fragte sich, ob es nicht besser wäre, ihren Antwortbrief jetzt gleich zu zerreißen und ihre Tochter in ihrem Irrglauben zu lassen, jene Schuld auf sich zu nehmen, die ihre Tochter sich hatte erfinden müssen, um das Vakuum des Schweigens ihrer Mutter zu füllen. Doch es war schon zu spät dazu.

„Willst du mir immer noch nicht antworten, Laura?", herrschte ihre Tochter sie an.

„Ich habe ja schon damit begonnen."

„Ja, das hast du, indem du Tomás entmutigt hast. Im Desillusionieren warst du ja immer schon gut", erwiderte Claudia zornig, ging zur Tür und riss sie auf.

„Denk an unsere Verabredung, Claudia. Ich habe noch bis Mitternacht Zeit. Wenn ich es bis dahin nicht anders tun kann, gebe ich dir die Antwort, die ich dir geschrieben habe."

Claudia nickte gereizt und biss sich dabei auf die Lippen; und fügte, bevor sie hinausging, leise, doch entschlossen hinzu: „Wenn du es nicht tust, wird es jemand anders tun. Dir muss klar sein, dass ich mich jetzt gleich wieder mit meinen Freunden am Lagertor anketten werde, und wir werden dort so lange protestieren, bis uns jemand die Wahrheit sagt. Und wenn der Himmel einstürzt."

Laura blieb allein im Schlafraum sitzen, während sich Claudias Schritte in ihren Wanderstiefeln über den Gang entfernten. Dann hörte sie ihre laute Stimme vorne im Büro: „Und Sie, kommen Sie ja nicht auf die Idee, mich noch einmal zu verhaften!"

Laura seufzte ergeben und gleichzeitig stolz: Nein, niemand, nicht einmal sie selbst, würde ihre Tochter aufhalten. Und wenn der Himmel einstürzte.

30

Nur einen Moment lang hielt ich jenen Klumpen aus geschmolzenem, bläulich und rötlich schillerndem Metall in der Hand, den mir Iván als Geschenk an mein Krankenbett brachte, und ich habe ihn nie vergessen können. Venus, der Morgenstern, dachte ich, „der, der das Licht bringt". Und auf einmal war da wieder dieser weiße Nebel der Salzwüste, und ich sah mich neben dem sterbenden Pferd liegen. Und wusste plötzlich wieder, was ich in den sechsunddreißig verlorenen Stunden erlebt hatte (und wo ich verschollen gewesen war).

Ich sah mich in jenem Sonnenuntergang vor anderthalb Monaten, als ich dem galoppierenden Cáceres in die Salzwüste hinterhergefahren war und er mir von den Skrupeln des Himmels erzählte. Die untergehende Sonne färbte das schweißnasse Fell des Hengstes blutrot. Dann kam die Nacht, und die Salzwüste leuchtete im Licht der Sterne wie die Pupille eines Wolfes, auf der Cáceres und ich nebeneinander lagen. Bis ich ihm mit seiner Reitpeitsche auf die Augen schlug, zum Pferd lief und aufsaß; es wollte nichts als losgaloppieren, mit mir über die Ebene fliehen. Ich klammerte mich an Sattel und Mähne, steckte meine nackten Füße durch die Steigbügelgurte, um nicht herunterzufallen, schlug es auf den Kopf und die Ohren, wenn ich spürte, dass es müde werden wollte. Obwohl ich denke, dass eher ich selbst es war, die aufgeben wollte, wenn ich die Stimme des Mannes hinter mir zu hören glaubte, der auf dem

Salz kniete, sich mit der Hand ein Auge bedeckte und mir nachrief: „Laura! Lass mich nicht tun, was ich tun werde!" Und der Hengst ließ seine Hufe noch schneller fliegen – vielleicht, weil ihn dieselbe Stimme antrieb (antrieb und zurückhielt) –, als wolle er in einen Abgrund springen, den nur er in der Dunkelheit sah.

Irgendwann während dieses Ritts, Claudia, begriff ich, dass der Vollblüter mich umzubringen versuchte. Doch nicht aus Bosheit, sondern um mir instinktiv die Schönheit seiner Kraft zu beweisen; nur aus dem instinktiven Wunsch, diesen neuen Reiter zu prüfen, dessen geringes Gewicht für ihn so sein musste, als trüge er niemanden. Und ich begriff, dass ich den Freiheitstraum dieses Hengstes verkörperte, der in jenem Anhänger eingesperrt gewesen war, und dass seine äußerste Freiheit darin bestand, mich umzubringen.

Und auch ich, Claudia, spürte die Schönheit, auf der ich ritt, spürte diese Freiheit zwischen meinen Beinen, als ritte ich auf dem Wind, oder dem Nichts, oder dem bläulichen Licht der Salzwüste. Und ich beschloss auch, ihn zu jagen, bis ich ihn umbrachte. Von dem Moment an hörte ich auf, *gegen* das Vollblut zu kämpfen und begann, *mit* ihm zu kämpfen; so, wie ich es vorher mit Cáceres getan hatte. Und ich jagte ihn vorwärts, bis er und ich krepieren würden. Doch vorher gab es diesen Moment perfekter Schönheit, als der Hengst und ich in perfekter Harmonie dahinflogen.

So galoppierten wir über Stunden, so kam es mir wenigstens vor, bis ich das Pferd in seinem Galopp wiehern hörte, doch war es eher ein Geheul. Dann knickte der Hengst auf den Vorderhufen ein, als sei er in den Abgrund gestürzt, den er gesucht hatte, und wir rollten beide über die Oberfläche der Salzwüste.

Das Nächste, was ich erinnere, Claudia, war ein unendlicher Friede. Irgendwann am Ende dieser Nacht öffnete ich die Augen und fand mich auf dem Rücken liegen und zum Firmament hinaufschauen, ohne zu wissen, ob es über mir war oder ich über ihm. Das Leuchten hatte aufgehört, die Sterne waren vom Himmel verschwunden, und sogar der sterbende Betelgeuze, „die Hand der Riesin", war nicht mehr zu sehen. Vielleicht hatte mich ein Wiehern geweckt oder ein Röcheln, denn als ich den Kopf zur Seite drehte, sah ich ein paar Meter entfernt von mir die dunkle Gestalt des Hengstes liegen, der dabei war, an seinem eigenen schaumigen Blut zu ersticken, das im Rhythmus der Schläge seines geborstenen Herzens aus seinem Maul quoll. Ich spürte so etwas wie Mitleid für das sterbende Tier, Claudia, ich wünschte ihm, dass es nicht so sehr leiden möge, und dachte, wenn ich aufstehen könnte, würde ich von dort, wo ich so friedlich und bequem lag, zum ihm hingehen und ihm sterben helfen. Dann zerfiel dieser unerhörte Friede nach und nach, so wie von Osten her nach und nach der schwarze Himmel zerfiel. Ich begriff, dass es kein Mitleid war, was ich für den Hengst empfand, sondern eine Art abscheuliches Bedürfnis, ihm die heraushängende Zunge mit meinen eigenen Händen auszureißen und ihm den Arm tief in den Hals zu schieben, das geborstene Herz herauszuholen, es aufzuessen und mich in seinem Blut zu wälzen.

Da erschien im Osten, Claudia, über der gezackten Bergkette der Anden, der Morgenstern, fast unerträglich schön, Venus, in ihrem anderen Gewand, ihrer Morgenmaske, und ich glaubte den Major zu hören, der mir sagte (doch es war vielleicht das gurgelnde Blut in der Kehle des Pferdes): „Seinen anderen Namen darf man nicht aussprechen …"

Denn er bedeutet, Claudia, „der, der das Licht bringt." Plötzlich sah ich alles sehr deutlich, denn es war diese Art von Licht. Während ich da im kalten Marmorbett der Salzwüste lag, genau zur Stunde des Sonnenaufgangs, erinnerte ich mich an die Frage, die Cáceres mir ein paar Stunden zuvor gestellt hatte und die ich mir selbst nicht hatte stellen wollen: Wenn ich wusste - oder wissen musste -, dass Cáceres die Befehle eines Kriegsgerichts nicht missachten konnte, dass er jene Gefangenen nicht wirklich entkommen lassen durfte, dass er also seinen Teil des Paktes, den wir geschlossen hatten, gar nicht einhalten konnte: Warum hielt ich dann den meinen ein? Warum gehorchte ich ihm und ging sieben Nächte lang immer wieder zu ihm und gab mich ihm hin, oder wie er es ausdrückte, weigerte mich, ihm zu gehorchen? Weshalb „ehrte" ich diesen Pakt?

* * *

Wenn du in den Abgrund geblickt hast und der Abgrund auch in dich hinein (die leuchtende Pupille, in die in jener Nacht der Hengst sprang), dann gibt es keinen anderen Ausweg, als die Antworten am Grund dieses inneren Blicks zu suchen. Du hast mich oft gefragt, Claudia, warum ich dich manchmal sonntags nach Ostberlin mitnahm, um das Pergamonmuseum zu besuchen. Warum ich dich durch das Ischtar-Tor gehen ließ. Und aus welcher Obsession heraus ich neben meinem Schreibtisch ein Plakat mit dem Bild dieses 2700 Jahre alten babylonischen Bauwerks aufgehängt hatte. Ich schaue jetzt darauf, während ich, den Bleistift in der Hand, darüber nachdenke, wie ich dir weiter schreibe, und wie es wäre, wieder einmal durch dieses riesige Tor aus gebrannten blauen Ziegeln zu schreiten, mit seinen Stier- und Drachenbildern, Sternbildern über dem Wüstenhimmel des Irak. Und ich frage mich, wie ich durch dieses Tor schreiten könnte, wenn ich jetzt bis ins Innere des Palastes vordringen muss, wo die schreckliche Gottheit wohnt. Ischtar oder Innana, die Allererste, die Muttergöttin, die Mutter der Götter, der die Griechen verschiedene Namen gaben, darunter Aphrodite, doch davor Rhea und Kybele und Gaia (die Mutter Erde, die in den Andenländern Pachamama genannt wird), und die im Heiligtum von Eleusis als Demeter verehrt wurde, die sie aber vor allem „Moira" nannten, oder „Ananke". Schicksal oder Bestimmung oder Notwendigkeit. Die Gattin der Zeit, „starke Parze", die Mutter der beiden anderen, diejenige, die jener Mann (der, wahnsinnig geworden, in den Straßen von Turin weinend ein Pferd umarmte) Moira nennt und von der er sagt, sie sei „die ewige Gerechtigkeit, die gleichzeitig über den Menschen und den Göttern thront". Das wusste mein Lehrer und der deine nicht, Don Benigno Velasco, diese Zeile hatte er nicht gelesen, Claudia. „Seid wie ich bin! Unter dem unaufhörlichen Wechsel der Erscheinungen die ewig schöpferische, ewig zum Dasein zwingende, an diesem Erscheinungswechsel sich ewig befriedigende Urmutter!" Wie könnte Velascos Gesetz diesen „unaufhörlichen Wechsel der Erscheinungen" verstanden haben? Er, der uns Kontinuität lehrte, einen dialektischen Fortschritt (der natürlich zu ihm führte), der uns am Ende des Semesters lachend verkündete, wir seien dionysisch gekommen und gingen jetzt unweigerlich apollinisch. Nein, Claudia, wenn diese Urgöttin so viele andere Namen hat, dann dafür, dass die Minister dieser Welt nicht wissen, wie sie sie nennen sollen. Und sie nicht einmal wiedererkennen, wenn sie sie bei Tagesanbruch am Himmel sehen und sie bei dem Namen nennen, den ihr, viele Mutationen später, die Römer gaben: Venus.

Was war genau die Natur des „Pakts", den ich mit Cáceres schloss – und die, wie bei jedem Pakt dieser Art, nicht offensichtlich, sondern geheim war? Und warum erfüllte ich ihn, wenn ich wusste oder wissen musste, dass Cáceres es nicht tun würde?

Als ich dort in der Salzwüste lag und vom Licht dessen berührt wurde, der das Licht bringt, ahnte ich plötzlich eine Antwort. Eine Antwort, die ich natürlich erst viel später auszudrücken vermochte. Die ich zwanzig Jahre lang und tausende von Seiten über zu formulieren versucht habe, obwohl ich seit langem weiß, dass mein ganzes Leben nicht reichen wird, um die ganze Tiefe dieses Abgrunds zu erfassen. Ich ahnte, dass ich nicht nur mit Cáceres paktiert hatte, weil ich „dankbar" dafür war, dass er mich nicht noch mehr leiden ließ, und dann dafür, dass er mir den Gefangenen übergab, den ich unter seiner - leichten - Folter verraten hatte; ich ahnte, dass ich nicht nur wegen der Komplizenschaft mit ihm paktiert hatte, von der Cáceres sprach, die durch meinen Verrat zwischen uns entstanden war; ich ahnte, dass ich diesen Pakt nicht nur aus Altruismus erfüllt hatte oder dem Wunsch, Gerechtigkeit zu schaffen oder dem Schuldgefühl heraus, sie nicht auf andere Weise geschaffen zu haben; ich ahnte, dass ich den Pakt auch nicht nur einfach aus Dummheit oder Naivität eingehalten hatte, denn die Dummheit und die Naivität meiner Jugend waren von Beginn an von jenen fleischfressenden Blüten verschlungen worden. Ich ahnte, wenn ich den Pakt eingehalten hatte, den Cáceres mir vorschlug, obwohl ich wissen musste, dass er es nicht tun würde, dann nur aus einem Grund: Ich hatte jenen Schmerzenspakt aus Liebe erfüllt.

Doch verstehe mich nicht falsch, Claudia! Gerade hier ist es besonders wichtig, dass du mich nicht falsch verstehst. Ich spreche nicht von einer idiotischen sentimentalen Liebe zu einem Mann. Ich spreche von einer anderen Liebe. Ich spreche von jener Liebe, die von einem Pakt geschaffen wird, dessen Intimität - zwischen Henker und Opfer, zwischen Entführer und Geisel, zwischen ihm und mir - mächtiger war als ich jemals hätte ahnen können, mächtiger als Komplizenschaft oder Dankbarkeit. Jene Liebe, die ein Pakt zwischen Zweien hervorbringt, die schon seit viel früher paktiert haben, zwischen Venus (dieser unergründlichen Liebe) und ihrem anderen Namen (diesem schrecklichen Schmerz). Ich hatte diesen Schmerzenspakt im Namen der unergründlichen, maskierten Liebe erfüllt, der dunklen Liebe der Muttergöttin, die zeugt und tötet. Die überschwängliche Liebe der Bacchantinnen zu Dionysos, die mit der Hirtenidylle beginnt und im Delirium der Orgie endet, der heiligen Gewalt, im Vierteilen des Menschen, um das des Gottes selbst zu wiederholen. Eine Passion, deren Ekstase auf dem Gipfel von Golgatha liegt.

Ich hatte leiden wollen, hatte Opfer sein wollen, hatte die Norm meiner Zeit verkörpern wollen, hatte danach gestrebt, rituell die erste Nacht zu wiederholen, als ich gemessen wurde und mein Maß der Verrat war. Ein Verrat nicht nur an dem Geflohenen, den ich beschützen wollte; ein Verrat nicht nur an den hehren Prinzipien einer dummen, jungen Richterin, sondern der Verrat meines eigenen Körpers an mir selbst, als er mich verleugnete und mich am Hals meines Henkers in jenen schwarzen Orgasmus stürzte.

Vielleicht war es die Abscheulichkeit dieser Antwort, die ich wortlos spürte oder ahnte, die mich paradoxerweise rettete, Claudia. Denn ihre Obszönität war so groß, ihr Schrecken so perfekt, dass ich sie nicht ertragen konnte. Und als die weiße, zornige Wüstensonne auf mich niederzubrennen begann, verbündete sich ihr Zorn mit dem meinigen, und gemeinsam erreichten sie es, dass ich aufstand und losging - mein Zorn und der des Universums trugen mich -, und so gelang es mir, mich von dem toten Pferd zu entfernen, das schon nach Verwesung zu riechen begann, und von jenen Furien geleitet (jenen Bacchantinnen, jenen Mänaden, jenen Parzen) irrte ich den ganzen Tag und die ganze Nacht durch die Wüste, bis ich bei Anbruch des folgenden Tages auf meinen eigenen Füßen in die Oase zurückkehrte.

Diese Antwort, die - schon bevor ich sie formulieren konnte - furchtbar war, die mich aber dennoch rettete, gehört zu den Gründen, Claudia, warum ich dir die Geschichte meiner Folter und meiner Vergewaltigung in allen Einzelheiten erzählen musste. Und es sind noch nicht einmal alle Einzelheiten, nie werde ich sie alle niederschreiben können, das Papier würde faulen, wenn es mit dieser Tinte in Berührung käme. Ich habe es getan, weil du richtig gespürt hast - und wie sehr liebt dich, bewundert dich deine Mutter dafür! -, dass meine Bücher, meine Schriften, aber vor allem meine Distanz und meine Angst zu lieben die Rationalisierung dieses Abgrunds waren, in dem ich gewesen bin. Sogar noch dieser Brief - ich weiß es wohl, aber ich kann es nicht verhindern - ist ein zum Scheitern verurteiltes Bemühen, das Unsägliche verständlich zu machen. Ein von vornherein zum Scheitern verurteiltes Bemühen, dass ich aber dennoch unternehmen muss, damit uns nicht das Schweigen besiegt.

Ich schreibe dir auch, weil ich eine Verantwortung gegenüber den anderen fühle, die diesen Ort in Flammen, diesen Scheiterhaufen, kennengelernt haben. Das, was ich dir erzählt habe (und das nicht alles ist, Claudia, nicht alles ist), und das, was ich in den vergangenen zwanzig Jahren gedacht und studiert habe, habe ich dem Schweigen entrissen, weil ich nicht die Einzige an diesem Ort war. Weil ich nicht allein auf diesem Scheiterhaufen war. Weil den Namen, den ich nicht aussprechen kann, vielleicht andere geheult haben, die vielleicht auch dieses grausame Licht hinter dem Schmerz sahen, wenn uns nur die Maske die Wahrheit sagt und es das Gesicht ist, das uns betrügt. Denn die Folter war das zerbissene, angetriebene und zurückgehaltene Herz meiner Zeit; und diese Zeit, das habe ich nach und nach begriffen, ist so alt und ewig wie die Gottheit, die über ihr thront.

Wenn wir in den Abgrund geblickt haben, Claudia, und der Abgrund hat zurückgeblickt, ist der einzige Ausweg nach unten, zum Grund hin. Ich habe die letzten zwanzig Jahre darauf verwandt, dieses Geheimnis zu ergründen, diese andere, die ich in mir entdeckt habe, in meiner Gefangenen. Weil ich nicht gerecht zu sein vermochte, als ich es hätte sein müssen, habe ich versucht, eine Gerechtigkeit zu entwerfen, die diese Dunkelheit ergründet, die sich die Augenbinde abnimmt und der Gottheit ins Gesicht schaut.

Natürlich taucht nichts von alledem in den trockenen Schriften auf, Claudia, die du dich, so klug wie du bist, zu lesen weigertest. Nichts von Muttergöttinnen oder starken Parzen oder dem unaufhörlichen Wechsel der Erscheinungen über dem Lauf des unausweichlichen Schicksals. Nichts, außer dem Namen von Moira und den einen oder anderen kryptischen - und eigentlich spöttischen - Hinweis auf den Geist des Dionysos, der, ohne dass sie es zugeben, dem ernsten Irrenhaus akademischen Denkens vorsteht. Nein, ich bin strikt postmodern vorgegangen: habe kühne Hypothesen aufgestellt - so haben es manche Exegeten genannt -, auf der Grundlage wohlbekannter Daten der gegenwärtigen Sozialanthropologie, wie das Stockholmsyndrom, dem Überfall auf eine schwedische Bank, bei dem die Geiseln sich irgendwann in ihre Geiselnehmer verliebten, die sie mit dem Tod bedrohten, und der einen Sturm der Offenbarungen in klugen, von Abstraktionen gelähmten Hirnen auslöste (ich denke an den Minister).

Erinnerst du dich, Claudia, an die Nacht, als wir loszogen, um dem Fall der Berliner Mauer zuzusehen? Die Nacht, als du auf den Trümmern des größten Scheiterns der apollinischen Vernunft tanztest, den Trümmern des radikalsten und weitgehendsten Versuchs, eine verständliche, vom Verlangen unberührte Gerechtigkeit zu schaffen? Und während du feiertest, beobachtete ich dich mit besorgtem Herzen. Ich sah dich auf diese Mauer klettern, von Graffiti übersät auf der einen Seite und so sauber auf der anderen (wie die turbulente Zeit, die jetzt kam, und die trügerische Klarheit, die wir hinter uns ließen), sah dich tanzen auf dieser Schwelle zur Zukunft, die du für die deine hieltest - und hältst -, ohne die grenzenlose Einsamkeit zu ahnen, die dich erwartete. Und auch nicht den Abgrund, in den du in dieser Oase am anderen Ende der Welt blicken würdest, wohin du so beharrlich hast gehen wollen, und der dich zurück anschauen wird.

Doch genug davon, lassen wir das jetzt. Außer dich großzuziehen (und eine Enttäuschung in dir großzuziehen), habe ich die letzten zwanzig Jahre damit verbracht, diese Mysterien rational, mit meinem Verstand zu erforschen. Aber jetzt wird mir klar, dass das falsch war. Deine rebellische Art, deine Reise zu deinen Wurzeln, dein Brief voller unbeantworteter Fragen klagen mich an. Statt dieser anderen, die ich in mir entdeckte, meiner Gefangenen, die Augenbinde abzunehmen, habe ich ihr eine Maske aus Papier erfunden, aus Tausenden Seiten und Argumenten. Die Maske über dem Gesicht der Gottheit, die deine rebellische Art sich zu akzeptieren weigerte. Du hast beschlossen, den Weg zu gehen, den ich verlassen habe; du hast versucht, Gerechtigkeit zu *schaffen*, statt sie zu *denken*. Du hast dich geweigert, meine Artikel und Bücher zu lesen, Claudia, und hast Recht damit gehabt. Von all meinen Exegesen, auf die ich, zugegebenermaßen, einmal stolz gewesen bin, würde ich schließlich und endlich nur dieser beipflichten: „Habe nun, ach! Philosophie, Juristerei ... durchaus studiert, mit heißem Bemühn. Da steh' ich nun, ich armer Tor! Und bin so klug als wie zuvor ..." Erinnerst du dich, Claudia, an den armen Faust, bevor er seinen Pakt eingeht?

Und all das hierfür, Claudia. Welchen Scherz hat sich der Herr des Gelächters mit mir erlaubt! So viele Studien, nur um zu vergessen, was ich wusste! Zu vergessen, dass, wenn wir in den Abgrund geblickt haben, Claudia, und der Abgrund zurückgeblickt hat, der einzige Ausweg zum Grund hin ist, sich das einzige Licht, das nicht das Licht dessen ist, der das Licht bringt, am Grund befindet (wenn es ihn gibt).

So viele Studien, nur um zu vergessen, was du richtig geahnt hast: dass ich so viel gedacht habe, weil ich mich nicht zu begehren traue. Meine Worte, unsere Worte tanzen maskiert, verkleidet, von ihren Kostümen „legalisiert", Trommeln schlagend und Rasseln schwenkend und Panflöten blasend um das Mysterium herum, das sie nicht formulieren können. Das Muster unserer tanzenden Füße, die Spuren im Sand oder im Salz ziehen einen unregelmäßigen Kreis (das Polyeder mit tausend Seiten, das sich niemand vorstellen kann) um die leere und abgrundtiefe Mitte des Festes, die wir nicht benennen können. Das Fest, das sogar unser Begehren sich zu begehren weigert. „Wovon man nicht sprechen kann, darüber muss man schweigen." Das einzige Denken, das mich jetzt interessiert, geht von da aus.

Bald beginnt die Zeit des Festes in der Pilgerstadt, dann muss ich dort sein. Denn genauso, wie du es von meinen philosophischen Schriften vermutet hast, ist auch dieser Brief, den ich dir persönlich geben will, nicht mehr als ein Tanz um den Abgrund meiner Vergangenheit. Und ich muss dort sein, an deiner Seite, wenn dir dieser Abgrund ins Gesicht schaut.

31

Die Pilger, die auf der Suche nach ihrer jährlichen Erlösung nach Pampa Hundida gekommen waren, bildeten inzwischen zwei Reihen in der Stadt. Die erste verlief in Schlangenlinie über die Plaza, wo die Büßer zwischen den Tänzen darauf warteten, zum Heiligtum in der Basilika eingelassen zu werden; die zweite hatte Laura gerade in der Armenia-Straße vor der Radiostation „Mariana F. M." durchquert. Sie las das staubige, blaue Neonschild, das ein wenig hysterisch unter dem Sendemast blinkte. Der leicht schiefe Turm aus Eisenstangen war vor zwanzig Jahren nicht mehr als ein Projekt heiß ersehnter „Modernität" gewesen. Jetzt war der Traum Wirklichkeit geworden, und aus irgendeinem unerfindlichen Grund, vielleicht, damit er nicht von wagemutigen Kindern bestiegen werden konnte oder wegen der nationalen Manie, einzuzäunen und zu verbieten, hatte man den Mast mit einer Rolle Stacheldraht umwickelt. Laura sah ihn wie ein prophetisches Zeichen: der technologische Fortschritt, vom Salpeter zerfressen und eingesperrt.

Die Schlange vor dem Sendegebäude erstreckte sich über einen halben Block. Laura sah die gleiche Art von Menschen wie bei den Festen vor zwei Jahrzehnten: die Tanzgruppenkinder mit ihren Umhängen und aufgemalten Schnurrbärten, die Pilger mit den Grußbotschaften an ihre weit entfernten Freunde und Verwandten, den Scharlatan mit seinem Holzkoffer, der die heilenden Eigenschaften einer Pyramide aus Quarz anpries. Sie alle warteten auf ein Interview im Festprogramm. Ein auf dem Boden stehender Lautsprecher übertrug die Sendung auf die Straße hinaus. Nicht Marios Stimme war zu hören, sondern eine andere, völlig unmusikalische, die a capella sang oder betete, Laura konnte es nicht genau erkennen. Doch die Schlange der Menschen genoss und feierte das Mysterium des Radios: Die vom Körper getrennte Stimme, diese Sekunden im Äther, bekräftigten die unabhängige Existenz der Seele und gaben Hoffnung auf die Ewigkeit.

Laura bahnte sich den Weg zur Tür, wo der Pförtner im blauen Mantel Einlassnummern verteilte, mit der überheblichen Miene eines Türstehers, der sich niemals auf das Niveau seiner Mitmenschen herabbegeben würde. Laura hatte Iván aus seiner Zelle geholt, und jetzt folgte er ihr wie ein riesiger treuer Hund und setzte sich dabei von Zeit zu Zeit die grellbunte Teufelsmaske aus Plastik auf, die sie ihm an einem chinesischen Stand zwischen den Lichterketten und Menschenmassen auf der Avenida Santos gekauft hatte.

Mit der herrischen Stimme, die in Chile das Dienstpersonal dazu bringt, Ausnahmen zu machen, stellte Laura sich vor.

„Willkommen, Frau Richterin, treten Sie ein", antwortete der Pförtner und trat zur Seite. „Wollen Sie Mario ein Interview geben?"

„So ungefähr", antwortete Laura knapp und nahm Iván mit herein, bevor der Pförtner es verhindern konnte.

Die Radiostation roch nach Mario, nach Feuchtigkeit und dem Raumdeodorant billiger Stundenhotels. Die Sprecherkabine lag am Ende eines langen und so schmalen Gangs, dass die Wandfarbe auf Höhe der Ellenbogen schon ganz abgewetzt war. Hinter der doppelten Glasscheibe der Kabine konnte Laura ihren Ex-Mann ausmachen. Er trug sein Tweedjackett, hatte die Kopfhörer aufgesetzt, die Augen geschlossen und die Füße übereinander auf den filzbedeckten Studiotisch gelegt. Ihm gegenüber saß ein alter Mann mit gelblichem Toupet und Fliege und deklamierte wild gestikulierend vor dem Mikrophon. Das musste der Besitzer der schrillen Stimme sein, die sie schon draußen auf der Straße gehört hatte. Dem entspannten Ausdruck auf Marios dicken Lippen nach zu urteilen, schien er gerade mit seinen Kopfhörern irgendeinen anderen Radiosender mit romantischen Balladen zu hören.

Plötzlich öffnete Mario die Augen, sah Laura auf dem Gang stehen, richtete sich auf und machte dem Tontechniker im Raum nebenan ein Zeichen, dass er die Übertragung abbrechen solle. Dann stand er auf und kam zu ihr, ein wenig gebeugt von der Höflichkeit und seiner Angewohnheit, sich kleiner zu machen.

„Hast du Claudia rausgeholt?", fragte er eifrig, spielte die Rolle des besorgten Vaters, der er nie gewesen war, und die er selbst wohl nicht so recht glaubte. „Vor einer Stunde habe ich erfahren, dass sie festgenommen wurde."

„Sie ist wahrscheinlich gerade dabei, sich wieder anzuketten", antwortete Laura, und vielleicht war ihr die Erleichterung anzumerken: Genau zu wissen, wo ihre Tochter sich befand und was sie in den nächsten paar Stunden machen würde, war etwas, das sie in den vergangenen Jahren nicht oft erlebt hatte. „Hast du eine Minute Zeit?"

„Für dich alle Zeit der Welt", antwortete er mit einer seiner Moderatorenphrasen, so ausgeleiert wie eine alte Sprungfedermatratze, und ließ sie in die Kabine treten, wobei er ihr die Hand auf den Rücken legte. Laura fragte sich, ob sie vielleicht aufpassen müsse, dass er ihr nicht in den Hintern kniffe, doch konnte sich nicht wirklich darüber aufregen. Marios Verführerinstinkt erinnerte an jene traurigen automatischen Türen, die sich auch für diejenigen öffnen, die nur zufällig vorbeigehen.

Der Alte mit der Fliege und dem Toupet salbaderte weiter vor dem ausgeschalteten Mikrophon, obwohl aus den Kopfhörern auf dem Tisch jetzt die frommen Klänge eines Kirchenliedes zu hören waren.

„Don Humberto rezitiert ein episches Gedicht zu Ehren der Schutzpatronin", erklärte Mario wie entschuldigend. „Jedes Jahr fügt er eine weitere Strophe hinzu und trägt es dann hier komplett auswendig vor. Inzwischen müssen es an die fünfhundert Verse sein."

Mario fasste den alten Mann freundlich bei den Schultern und führte ihn zur Tür. Laura sah den alten Mann den schummrigen Gang entlanggehen und weiter sein Gedicht rezitieren, als müsse er es, einmal begonnen, bei Strafe seines Lebens zu Ende bringen.

Sie setzten sich an den Tisch, über dem in einem Drahtkäfig das große verchromte Mikrophon hing: „Na, wie ist die Einschaltquote?"

„Phantastisch", antwortete Mario fröhlich, zu sehr daran gewöhnt, sich selbst zu belügen. „Die Leute lieben es, sich selbst zu hören." Doch dann beugte er sich plötzlich zu ihr herüber und sagte leise: „Ich halte das nicht mehr aus, den Schweißgeruch, die Tristesse, den Ekel, die Gelübde, die doch nie erfüllt werden ..." Er brach ab, lehnte sich zurück und zog aus seiner Brusttasche eine Flasche mit dem Allheilmittel gegen seine chronische Heiserkeit hervor.

„Pisco-Schnaps mit Honig, mein Zaubertrank", sagte er und nahm einen großen Schluck.

„Wie lange hast du schon keine gute Story mehr gemeldet, eine richtig große, Mario?", fragte Laura unvermittelt.

Die Frage traf ins Schwarze und erwischte den ironischen Radiosprecher unvorbereitet. Seine zynische Maske zerbrach, und aus dem Riss drang Nostalgie hervor, als habe man ihn an einen Sommertag seiner Kindheit erinnert. Er wiederholte die Wörter, ließ sie sich sentimental auf der Zunge zergehen: „Die große Story ..."

Das war das Spiel gewesen, mit dem sie sich oft die Zeit vertrieben hatten, als ihre Beziehung begann: sich eine Zukunft vorzustellen, in der sie beide gemeinsam sehr weit vorankommen würden. Sie wollte die Unschuldigen beschützen, die Rechtsprechung des Landes verändern, bis zum Obersten Gerichtshof gelangen; er wollte eine Zeitung gründen, mit der „großen Story" bekannt werden, für die er jetzt schon in dicken, grauen Ordnern Ausschnitte sammelte. Und dann wollte er sich unabhängig machen und den Roman schreiben, den er schon „komplett im Kopf" hatte. Doch „dann" geschah der Militärputsch, es begann die lange Diktatur, und die gesammelten Zeitungsausschnitte blieben in der Schreibtischschublade.

Plötzlich kam Mario in seiner mit Eierkartons ausgekleideten Sprecherkabine wieder zu sich und schüttelte den Kopf, als wolle er die Vergangenheit abschütteln, die verratenen Illusionen und Hoffnungen:

„Was weißt du schon, Laura? Du bist weggegangen. Und ich habe die Zeit der großen Storys nie erlebt. Soll ich dir die Tonbänder zeigen, die fertig aufgenommen daliegen? Ich habe sie noch alle im Archiv, die großen Nachrichten. Wie oft hatte ich die Sensationsstory in der Hand und bin zensiert worden!"

Laura bereute ihre Worte schon. Sie sah den Lokalreporter mit seinem uralten Tonbandgerät und seinem zerbeulten Mikrophon vor sich, wie er zwanzig Jahre lang in diesem Land des Schweigens, in dieser einsamen Oase seine Worte hatte abwägen, sich selbst zensieren und Dinge beschönigen müssen. Sie sah seine rot geäderten Wangen, die er sich in diesen zwei Jahrzehnten grünlicher Aperitifs zugelegt hatte, während er darauf wartete, dass die Zeit käme, wenn er die Bänder mit den alten Nachrichten abspielen konnte, die er in seinen Archivkästen aufbewahrte.

„Jetzt könnten sich die Dinge ändern", entgegnete sie.

Mario schaute sie an, hin- und hergerissen zwischen der Gewissheit, dass sich nie irgendetwas ändern würde – wenigstens nichts, über das er berichten konnte – und der Hoffnung darauf. Dann nahm er wieder einen Schluck von seinem Zaubertrank. Er war betrunkener und gleichzeitig klarer, als sie gedacht hatte.

„Du bist kurz davor, dein Urteil zu fällen, nicht wahr, Laura?"
„Ich weiß nicht, wovon du redest."
„Doch, das weißt du, du hast denselben abwesenden Gesichtsausdruck wie vor zwanzig Jahren, wenn du einen deiner schwierigen Fälle entscheiden musstest ..."

Er hatte es nicht vergessen. Damals sah er in ihr mit einer Mischung aus Ironie und Bewunderung so etwas wie eine „Schicksalsgöttin", unerreichbar für jedes menschliche Wesen, mit dem Hang zu einer Zerstreutheit, in der sie regelmäßig an jenen Tagen versank, wenn sie das Urteil in einem komplizierten Fall fällen musste. Dann ging sie unruhig im Haus umher, aß schweigend und reagierte nicht auf die einfachsten Fragen. Wie eine Schicksalsgöttin, spottete er dann, von dieser Zerstreutheit genervt, dieser Unnahbarkeit ihrer Worte und ihrer Hände, diesen Abenden, an denen sie todmüde nach Hause kam, nachdem sie einen Fall genau studiert und ein Urteil gefällt und geschrieben hatte, das sie am nächsten Tag verlesen musste. Dann zog sie sich im dunklen Schlafzimmer aus und legte sich neben ihn, ohne auf seine Annäherungsversuche einzugehen, wenn er sie, genau durch diese Unnahbarkeit erregt, durch diese Konzentration, die sie gefangen hielt, in die Arme nehmen und besitzen wollte.

„Und soll ich dir noch was sagen, Laura? So hast du schon gewirkt, als du vorgestern ankamst, als wir zusammen gegessen haben."

Vorgestern! Erst zweieinhalb Tage waren vergangen, doch Laura kam es vor, als habe sie Pampa Hundida nie verlassen. Nicht nur er, fuhr Mario fort, hatte das bemerkt, sondern alle anderen, die sie von früher kannten, ebenfalls. Laura wirkte wie jemand, die einen schwierigen Fall zu lösen hatte, der nicht einfach mit Ja oder Nein entschieden werden konnte. Während sie mit ihr sprachen, schien sie mit diesem bevorstehenden Urteil im Hinterkopf zuzuhören, von einer anderen Dimension aus, wo die Wörter ein Gewicht erhielten, das nicht alltäglich war und ihnen alles Zufällige nahm.

„Nur mir hast du sie noch nicht gestellt", sagte Mario unvermittelt.

„Was meinst du?"

„Die Frage, die du alle sich stellen lässt, ohne dass du sie stellst."

Einen Augenblick lang hatte Laura das Gefühl, als rühre sich in ihr ein Gefühl längst erloschener Liebe, als flackere eine ganz schwache Flamme alter Bewunderung am Ende eines einsamen Tunnels.

„Mich hast du noch nicht dazu gebracht, mir die Frage zu stellen, Laura, wo ich gewesen bin. Wie ich meine Existenz in den schrecklichen Jahren rechtfertige, die ich erleben musste. Und weshalb ich meinen Roman nicht geschrieben habe. Frag es mich doch jetzt, Laura!"

Laura nickte lächelnd:

„Okay, weshalb hast du deinen Roman nicht geschrieben, Mario?"

Mario beugte sich wieder vor und flüsterte ihr fast ins Ohr: „Ich glaube, ich habe mich einfach geschämt, Laura. Über den Luxus, über die absolute Belanglosigkeit der Kunst, verglichen mit dem wirklichen Schmerz meiner Zeit."

Er lehnte sich wieder ein Stück zurück und biss sich auf die Lippen, vielleicht verwundert über seine eigene Ratlosigkeit oder seine Scham. Dann legte er den Kopf zur Seite und fragte: „Welcher Philosoph hat noch mal geschrieben, dass nach Auschwitz keine Poesie mehr möglich ist?"

„Anscheinend hast du in den Büchern gelesen, die ich dagelassen habe."

Offensichtlich war er es also gewesen, der ihre Bibliothek ordentlich und sauber gehalten, den Staub von all den Büchern gewischt hatte, die sie nie abholen ließ.

„Ab und zu mal", räumte er ein.

Dann richtete er sich mit einem Ruck auf, nahm einen Schluck von seinem Zaubertrank aus Honig und billigem Schnaps und griff nach den Kopfhörern. Von der anderen Kabine aus machte ihm der Tontechniker hektische Zeichen, zählte mit den Fingern in der Luft. Ein Lied war zu Ende und ein rotes Licht ging an. Mario beugte sich zum Mikrophon, spitzte die Lippen. Seine tiefe, heisere Stimme sprach in den Apparat wie in das Ohr einer Geliebten, der Radioverführer las beinahe auswendig die Werbespots und Grußnachrichten: „Nehmen Sie Milagrol, den Hustensaft gegen alle Arten von Atemwegsbeschwerden! Milagrol, der Hustensaft, der im Handumdrehen hilft ...!"

In einem instinktiven Reflex von Mitleid schloss Laura die Augen. Wenn sie ihn nicht ansah und vergaß, was er da gerade redete, konnte sie sich vielleicht vormachen, den jungen, streitbaren Reporter vor sich zu haben, der einmal ein großer Schriftsteller werden wollte, den sie einst geliebt hatte, und den diese von seinem Zaubertrank polierte Stimme noch erahnen ließ. Doch in der schalldichten Kabine prallten die Wörter der Werbespots von den Kabinenwänden ab und fielen tot und echolos zu Boden.

„Nach einer musikalischen Pause geht es gleich weiter mit unserer Serie: *Zeugnisse des Glaubens*", sprach Mario ins Mikrophon, nahm sich die Kopfhörer ab und seufzte erleichtert. Der elektrischen Uhr über der Kabinentür nach war es jetzt zehn Uhr fünfundzwanzig. Mario wandte sich ihr zu und wiederholte kopfschüttelnd: „Die große Story."

Laura nahm sanft die Hand mit den weichen Gesten, die auf seinem Knie ruhte, und sagte: „Jetzt könntest du eine große Nachricht melden, Mario. Stell dir mal vor, ich käme jetzt, um dir von etwas wirklich Großem zu erzählen, das gerade in dieser Stadt geschieht ..."

„Ein UFO?", fragte er belustigt und biss sich auf die Haut an einem seiner abgekauten Fingernägel. „Das könnte vielleicht einschlagen. Es müsste aber anders als sonst aufgemacht sein. Die UFOs, die aussehen wie Untertassen oder Zigarren, habe ich alle schon gehabt."

„Es geht um etwas anderes."

„Wenn es mit dem verschwundenen Rechtsanwalt zu tun hat, verschwendest du nur deine Zeit."

„Darum geht es nicht."

„An deinem Blick sehe ich, dass es eine schlechte Nachricht sein könnte. Und während des Festes kann man keine schlechten Nachrichten verbreiten. Das ist schlecht für die Einschaltquote."

Mario lehnte sich in seinen abgeschabten Sprechersessel zurück, der so tief und bequem war wie sein Zynismus. „Das würde meinen Anzeigenkunden gar nicht gefallen. Früher zensierte mich die Diktatur, heute sind es die Senderbesitzer und die Anzeigenkunden. Das ist der Zeitgeist!"

„Ich dachte, der Zeitgeist wäre es, zu verkaufen."

„Du warst zu lange im Ausland. Schlechte Nachrichten verkaufen nicht gut."

„Ich könnte mir von woanders einen Reporter holen, einen von den großen Sendern."

Mario lächelte geduldig.

„Die großen Sender schicken niemand hierher in die Provinz, Laurita. Hier passiert doch nie etwas. Außerdem bist du bei einem großen Sender. Wir haben während des Festes das Monopol der Sendungen, und unsere Eigentümer wollen uns an einen landesweiten Sender verkaufen."

„Mamani verkauft? Gute Nachricht für dich."

„Aber die Interessenten wollen einen gesunden Sender und ein gutes Portfolio lokaler Kunden."

„Sonst wirst du nicht mitverkauft, nehme ich an."

Mario nickte und beugte sich wieder zu ihr hinüber: „Und wenn sie mich nicht kaufen, Laurita, wer sollte das sonst tun?"

Laura konnte nur zustimmen. Wer sollte tatsächlich einen Provinzreporter von über fünfzig Jahren kaufen, einen Moderator, der kaum noch eine Stimme hatte? Doch ein bisschen berufliche Neugier war in Mario erwacht und schnupperte wie eine Ratte, die die Schnauze aus dem Loch steckt: „Eine große Nachricht, hast du gesagt?"

„Eine sehr große Nachricht. Und du bekommst sie exklusiv."

Vielleicht sorgte das alte Zauberwort „exklusiv" dafür, dass

Marios gerötete Augen für einen Moment ein wenig klarer wurden: „Was ist es denn?"

„Was ist das Wichtigste, das je in dieser Stadt geschehen ist?"

„Keine Ahnung ... Ist hier jemals irgendetwas geschehen?"

„Na, überleg doch mal. Ein Wunder."

„Ein Wunder? Aber das war vor vierhundert Jahren, Laura! Diese Nachricht wäre tatsächlich schon ein bisschen alt."

„Aber wenn es einmal passiert ist: Warum kann es dann nicht noch einmal passieren?"

Im Fenster zum Gang tauchte eine Frau auf, die ein kleines Mädchen mit Schleifchen im Haar auf dem Arm hielt, das angezogen war wie für seine erste Kommunion. Es war eigentlich zu groß, um getragen zu werden, doch seine dünnen Beinchen hingen in Eisenschienen unter dem weißen Kleidchen hervor und man konnte sehen, dass seine Mutter es bis ans Ende der Welt tragen würde. Die Frau hielt eine Nummer in die Höhe, sie waren die Nächsten im Programm *Zeugnisse des Glaubens*. Laura fragte sich, wofür sie wohl Dank sagen konnten. Mario bedeutete der Frau mit dem Zeigefinger, dass er noch eine Minute brauchte. Dann wandte er sich wieder Laura zu, lehnte sich in seinem Sessel zurück, schwankte hin und her zwischen der Hoffnung und seinem gewohnten Scheitern.

„Das wäre wirklich eine Bombe", dachte er laut vor sich hin. „Wunder haben die höchste Einschaltquote. Aber was sollen wir uns Illusionen machen, die passieren ja nicht mehr heutzutage, oder?"

„Deshalb wäre es ja eine große Nachricht. Sagen wir mal, jemand hätte etwas am Himmel gesehen ..."

Mario kniff die Augen zusammen und überlegte einen Moment.

„Ein Licht!", sagte er plötzlich und hob die ergrauten Augenbrauen „So etwas wie einen Lichtstrahl, oder noch besser, einen Lichtschleier ..."

„Du bist der Experte. Ich gebe dir nur die Idee, und du setzt sie um."

Mario war plötzlich ganz begeistert, offensichtlich fühlte er sich wieder wie damals, als er noch an die große Story glaubte. Er sprang auf und begann, um den Tisch herumzuwandern, wobei er vor sich hin redete und gestikulierte, als schriebe er die Nachrichtenzeile in die Luft: „Die Jungfrau ist erschienen!", rief er aus und hörte dem Klang der Worte nach. Dann blieb er stehen und schaute fragend Laura an: „Aber wo denn genau?"

„Vor der Stadt, über dem alten Lager", antwortete Laura.

Mario ließ sich in seinen Sessel fallen, legte den Kopf schief und musterte sie: „Laura, Laurita ... Willst du mir nicht endlich sagen, was du planst?"

„Eine große Nachricht."

„Du meinst es also ernst. Ist dir klar, dass wir eine Massenpanik auslösen könnten?"

„Vielleicht ist ein bisschen Panik das Einzige, was uns von einer großen Angst heilen kann."

Mario überlegte und knüpfte sich abwesend sein schmuddeliges Seidentuch neu. „Natürlich. Und wenn der Mob zurückkehrt, ohne ein Wunder gesehen zu haben, kommen sie vielleicht hierher und schlagen den Sender kurz und klein. Sagst du mir, weshalb du das riskieren willst?"

„Nein, tue ich nicht."

Mario lächelte und schüttelte den Kopf, erkannte eine alte Angewohnheit. Er war immer ein paar Schritte langsamer als sie, konnte ihrem Tempo nicht folgen, und eines Tages lag er so weit zurück, dass er sie aus den Augen verlor. Mit dem Fuß stieß er sich auf seinem Sessel mit den Rollen vom Tisch ab, bis er an der Wand landete und den Kopf gegen die Eierkartons legen konnte. Von dort aus schaute er Laura mit einer Bewunderung an, in der diesmal nicht ein Hauch von Zynismus lag.

„Ich habe keine Ahnung, was du vorhast. Aber ich werde es trotzdem tun. Und weißt du auch, warum?"

„Du wirst es mir sicher gleich sagen."

„Wegen einer Nacht vor zwanzig Jahren, als ich kein Wunder vollbringen konnte, als ich nicht eingegriffen habe ..."

Noch einmal gebrauchte er dieses Wort. Er wolle es tun, sagte er, weil er begriff, dass dies die Gerechtigkeit war, die sie ihm anbot, die Buße, die es ihm ermöglichen würde, sich mit seiner Vergangenheit zu versöhnen, mit der Geschichte, die sie getrennt hatte, doch vor allem mit sich selbst: ein falsches Wunder zu verkünden, um das ausgebliebene Wunder seines Mutes wettzumachen. Ja, ihm wurde klar, dass dies seine Rolle bei der Ausführung des Urteils war, das sie gefällt hatte, die Rolle, die ihm zufiel, und er nahm sie an.

Laura stellte erleichtert fest, dass weder Scham noch Selbstmitleid oder Groll in seiner Stimme lagen. Seine tadellose Erziehung auf einer englischen Schule hatte ihn die Kunst gelehrt, ein guter Verlierer zu sein. Sie stand auf und verspürte eine Sekunde lang den Drang, ihn zu umarmen. Doch schließlich legte sie ihm nur die Hand auf die Schulter.

„Sagen wir einfach, du tust es, um eine große Nachricht zu verbreiten, Mario", sagte sie zum Abschied und verließ die Kabine.

Er murmelte noch etwas, das sie nicht mehr richtig hörte, vielleicht: „ ... oder um die Farce zu beenden ..." Dann legte er los, machte dem Tontechniker mit erhobenem Daumen ein Zeichen, setzte die Kopfhörer auf und zog die typischen Grimassen des Moderators, der sich vor dem Mikrophon auf seinen Einsatz vorbereitet. Bevor die rote Lampe in der Kabine aufleuchtete, schaute er sie noch einmal an und warf ihr einen Kuss zu.

32

Ich brauchte mehrere Tage, um aus dem Schockzustand herauszukommen, indem ich fast eineinhalb Monate versunken war. Und vielleicht, Claudia, habe ich es immer noch nicht ganz geschafft.

Jeden Abend, wenn er vom Radiosender nach Hause kam, setzte sich Mario ans Fußende meines Bettes und erzählte mir von seinem Tag. Er tat das, um mich zu unterhalten oder mich wieder an die menschliche Stimme zu gewöhnen, und vermied dabei sorgfältig die Themen, die wir trotzdem immer wieder ansprachen, gerade weil wir sie zu vermeiden versuchten. Ob es irgendwelche Nachrichten aus der Stadt oder aus dem Lager gäbe, fragte ich ihn. Nein, überhaupt keine, antwortete mir der zum Schweigen gebrachte Reporter. Oder er scherzte: „Keine Nachricht, über die ich berichten könnte", und spielte damit auf die Worte an, mit denen Mamani ihn über das Feuer informierte, das die Statue der Schutzpatronin zerstört hatte. Dann machte er eine wegwerfende Geste, versuchte die Vorstellung zu verscheuchen, die er unfreiwillig heraufbeschworen hatte: Das Bild der brennenden Jungfrau, die in Cáceres Haus in Flammen aufgeht. Die Schmerzensreiche, die sich auf dem Schreibtisch in einen brennenden Dornbusch verwandelte, dessen Flammen plötzlich auf irgendein Dokument übergriffen, ein Lineal mit Stahlkante verschlangen, am Ölgemälde des Vorfahren emporzüngelten, über die gebohnerten Dielen liefen und schließlich den

Mann einhüllten, der jetzt tatsächlich einen Kranz aus Flammen trug. Ein Flammenkranz oder ein brennender Dornbusch, der schrie oder sang, wenn der Stahl singen könnte, und eine neue Gesetzestafel diktierte.

Alle diese Dinge, die ich nicht gesehen hatte, sah ich, während Mario die Vorstellungen mit einer seiner großen Hände vertrieb, es vermied, mich anzuschauen, genauso wie auch ich ihn, sein schon ein wenig aufgedunsenes Gesicht, das einen gealterten Lebemann, einen Trinker prophezeite - denn er hatte die ganze Zeit nicht aufgehört, hinter meinem Rücken zu trinken. Und obwohl ich vermied, dies alles zu erfahren, sah ich genau vor mir, was ich nicht gesehen hatte, während ich den Metallklumpen in der Hand hielt, den Iván mir geschenkt hatte - der nicht von dieser Welt zu sein schien, wie ein Meteorit; ich umklammerte ihn so fest, dass meine Knöchel weiß hervortraten, bis Mario es nicht länger aushielt und mir schließlich doch erzählte, was keiner von uns beiden in Wirklichkeit wissen wollte: Nein, der Major Cáceres war noch nicht zurückgekehrt, war anscheinend immer noch im Hospital in der Hauptstadt, seit der Nacht von fast zwei Monaten, als er bei jenem Unfall - oder Attentat - schwere Verletzungen erlitten hatte.

So kamen wir, Claudia, immer unvermeidlich zu dem zurück, was wir vermeiden wollten, bis ich eines morgens vom Lärm erwachte, den die Zugehfrau machte, die zum Saubermachen kam und sich um mich kümmerte, während Mario im Sender arbeitete. Da wurde mir klar, dass ich „draußen" war, dass ich nicht mehr in das Hinterzimmer meines Hirns zurückkehren konnte (auch wenn ich mich später oft danach gesehnt habe). Frag mich nicht, weshalb. Vielleicht, weil mir klar wurde, dass es in meiner Erinnerung Regionen gab, die ich nicht noch einmal sehen konnte oder weil ich müde wurde, das zu vermeiden, was unvermeidlich war, oder es war einfach nur eine Vorahnung. Auf jeden Fall stand ich vom Bett auf, ging ins Bad und nahm eine lange Dusche. Als ich dabei war, im Schrank nach den Kleidern zu suchen, die ich anziehen wollte, erschien Mario in der Tür. Ich vermute, die Zugehfrau hatte im Bescheid gesagt. Er stand auf der Schwelle, versuchte, meine Nacktheit nicht wahrzunehmen und fragte mich, während ich mich anzog, ob ich mich wirklich besser fühlte, ob ich sicher genug wäre, um allein zu gehen … Worauf ich irgendetwas antwortete, ich weiß nicht mehr was, vielleicht, dass das Wort „sicher" mir nichts sagte. Und da trafen sich unsere Blicke wie zufällig im Schrankspiegel. Ich sah, wie er sich auf die Lippen biss, nach Worten suchte: „Anscheinend kommt der Mann zurück", sagte er. „Die Gefangenen sind dabei, sein Haus wieder aufzubauen." Und weil ich nichts antwortete, rieb er sich die großen, weichen Hände, räusperte sich und sagte zu meinem Spiegelbild: „Diesmal werde ich dich nicht enttäuschen, Laura. Diesmal greife ich ein …"

„Ich werde eingreifen", sagte er, Claudia. Und die tiefe Stimme, die Radiosprecherstimme, in die ich mich einst verliebt hatte, kippte dabei, als sei ein Stimmband gerissen, während die weichen, femininen Lippen zitterten.

„Warum hast du denn nicht vorher eingegriffen?", fragte ich so sachlich wie möglich (wenn eine Furie oder eine Bacchantin sachlich sein kann). Doch diesmal wich Mario nicht aus, senkte nicht den Blick. Wahrscheinlich hatte er während der vierundvierzig Tage, die er bei mir gewacht und heimlich getrunken hatte, darüber nachgedacht. „Ich hatte Angst", sagte er. „Ich wollte lieber nichts wissen. Doch jetzt werde ich eingreifen", wiederholte er noch einmal.

Ich spürte, wie mir ein Lachanfall die Kehle emporstieg, Claudia, ein perverses, böses Lachen; ich musste mir die Hand vor den Mund halten, um nicht seinem Spiegelbild laut ins Gesicht zu lachen. Jetzt würde er „eingreifen". Und er sagte es ganz ehrlich und treuherzig, völlig immun der Absurdität, seiner offenkundigen Feigheit, seiner Lächerlichkeit gegenüber. Und sogar immun etwas Schlimmerem gegenüber, seiner offenkundigen Faszination.

Irgendwie spürte ich intuitiv, dass er mit aller Kraft versuchte, sich selbst zu belügen, und hielt mich zurück, Claudia, lachte ihm nicht ins Gesicht. Und bis zum heutigen Tag, zwanzig Jahre später, danke ich für das Mitleid, das mir diese Zurückhaltung auferlegte. Denn er konnte nicht wissen, was er sagte, als er dieses zufällig gewählte Verb benutzte: „eingreifen". Er konnte es nicht wissen, und ich sagte es ihm nicht, und das freut mich für ihn und für mich, denn es gibt eine Art zu lieben, die darin besteht, die Ahnungslosigkeit derjenigen zu bewahren, die wir lieben, gerade dann, wenn wir sie nicht mehr lieben. Ich beherrschte mich, lachte nicht und ließ ihn nicht wissen, was ich begriffen hatte, als ich kurz vor Sonnenaufgang neben einem sterbenden Pferd in der Salzwüste lag. Ließ ihn weiter im Unwissen über das, was ihn so fasziniert hatte, als er sich dem Major näherte und glaubte, er täte es, um zu recherchieren und stattdessen das hörte, „was zu hören er nicht geboren war". Und das, was zu hören er nicht geboren war, nahm ihn gefangen (so wie die Sinnlichkeit, die immer schon auf seinen dicken, geschwungenen Lippen zu lesen war, schließlich sein männliches Kinn gefangen nehmen und sein ganzes Gesicht beherrschen würde, in einer Zukunft, die nicht mehr nur eine Ahnung, sondern inzwischen eine Gewissheit war). Ich ließ ihn im Ungewissen über die Art der Intimität, der er sich ausgesetzt hatte, der gegenüber er dann die Angst vor dem Eingreifen verspürt hatte und die ich kannte, denn „so groß war unsere Intimität gewesen". Nein, Claudia, ich ließ ihn im Unwissen über sich selbst, unterdrückte mein Lachen und ging stattdessen auf die Veranda hinaus.

Dort drang mir das gleißende Licht in die Augen und ich musste mich an einem Pfosten festhalten. Mario kam mir zur Hilfe, hielt sich aber auf Abstand, diese Armlänge, die stillschweigend zwischen uns entstanden war, seil er mich im Garten beim Graben gefunden hatte. Ohne mich zu berühren, reichte Mario mir eine Sonnenbrille.

Ich setzte sie auf, öffnete vorsichtig die Augen, versuchte mich zu bewegen. Mario fragte mich stotternd, wohin ich wolle. „Zum Gericht", antwortete ich.

Er erwiderte, das sei nicht nötig, ich sei doch unbegrenzt krankgeschrieben. Worauf ich sagte, ich würde das noch unbegrenzter machen, ich würde meine Kündigung schreiben und abschicken, eine Kopie an die Tür des Gerichts hängen und meine Sachen mitnehmen. Ich wollte schon losgehen, doch Mario stellte sich mir in den Weg, wollte mir offensichtlich etwas sagen, traute sich aber nicht. Doch ich starrte ihn herausfordernd durch die Sonnenbrille an, bis ihm klar wurde, dass es besser war, wenn er es mich wissen ließ: „Du kannst nicht mehr kündigen, Laura. Da ist ein Brief gekommen, während du krank warst. Du bist deines Amtes enthoben worden. Eine neue Richterin ist schon gekommen. Sie hat dir deine Sachen hierher nach Hause geschickt. Sie sind dort im Arbeitszimmer …" Und ich, Claudia, lach jetzt nicht, konnte nur stammeln, während ich mechanisch Mario zum Arbeitszimmer folgte: „Sie können mich nicht rausschmeißen. Ich habe ein Recht, selbst zu kündigen." Und während Mario die Schultern zuckte und auf den Karton auf dem Schreibtisch wies, aus dem der Kopf der Justitia mit ihren verbundenen Augen hervorlugte, wiederholte ich noch einmal: „Das können sie nicht machen. Ich war krank. Kranke sind dem Gesetz nach vor Kündigung geschützt." Und mit einer Wut, die der Wut der weißen Sonne glich, Wut auf mich selbst, Wut auf das, was ich gesagt hatte, und auf das, was ich noch sagen würde, fügte ich hinzu: „Das ist illegal."

Das ist illegal, sagte ich, Claudia, und stand dort, mit offenem Mund, die Hände in die Hüften gestemmt. Und ich dachte, ich hörte nicht recht, als

Mario mir leise aber deutlich antwortete: „Ja, und?" Eine genauso sinnlose Frage wie mein voriger Satz, und die ich, als die gute Anwältin, die ich immer noch war, für ganz leicht zu beantworten hielt, wenn mich die Wut die Antwort hätte formulieren lassen.

Ich war mir noch sicher, dass ich die Antwort finden würde, als ich mich umdrehte, zur Haustür und auf die Straße hinausging, entschlossen zu zeigen, dass es illegal war, mich daran zu hindern, selbst zu kündigen. Und vorsichtig, langsam, aber entschlossen ging ich über die Gehsteige, die ein wenig Schatten boten, hielt an den Straßenecken inne, gab mir Mühe, niemandem das Vergnügen zu bereiten, mich zögern oder stolpern zu sehen - für den Fall, dass mich jemand vorbeikommen sähe. So lief ich tapfer die zehn Querstraßen bis zum Gericht, war mir sicher, dass ich die komplette Antwort auf die simple Frage von Mario hatte, und dass ich sie in alle Richtungen hinausschreien würde, der neuen Richterin ins Gesicht schreien würde, sie in meine Kündigung hineinschreiben würde, denn nichts und niemand konnte mir das Recht nehmen, selbst zu kündigen. Und so kam ich bis zur Ramos-Straße, lief unter dem Vordach des Gerichts vor den vergitterten Fenstern vorbei und sah aus dem Augenwinkel den platinblond gefärbten Kopf einer Frau, die in meinem Richtersessel saß, auf meinem Podest, hinter meiner Schranke, und etwas für mich nicht zu Verstehendes zu den Parteien sagte, die vor ihr standen, vielleicht einen Richterspruch. Und ich war mir auch noch sicher, dass ich die passenden Worte finden würde, als ich auf die Schwelle der Gerichtstür trat, die weit offen stand, und auf der harten Bank des Vorraums, wo die Kläger auf meine Rechtsprechung warteten, jene drei Frauen sitzen sah.

Es waren drei ältere Frauen, Claudia, die sehr nah beieinandersaßen und schwiegen. Aber nicht deshalb glichen sie sich, sondern wegen etwas, das nichts mit ihrer Kleidung oder ihrem Aussehen zu tun hatte, sondern mit etwas, dass ich nicht anders benennen kann: einer hartnäckigen, wütenden Geduld. Eine der drei war die Mutter, die von mir Hilfe erbeten oder gefordert hatte, um ihren Sohn zu finden, von dessen Verbleib man im Lager nichts zu wissen vorgab, Enrico Mario Santini, als sie sich dort hinsetzte, um zu warten, dass ich sie anhörte, „bis in alle Ewigkeit, wenn es sein musste". Ich versuchte mir einzureden, dass sie nicht dieselbe war, dass ich mich irrte. Doch die staubigen Männerschuhe an ihren Füßen waren ebenso unübersehbar wie die braunen Stützstrümpfe, die nicht zu ihrem schwarzen Trauerkleid passten. Und unübersehbar war auch der feste, graue Haarknoten, in dem ihr ganzer Wille eingeschnürt zu sein schien, bis in alle Ewigkeit zu warten.

Nur für ein paar Sekunden sah ich die Frau, gerade so lange, um sie meiner Erinnerung zu entreißen. Und weder sie noch ihre Begleiterinnen sahen mich, so konzentriert, wie sie waren in ihrer hartnäckigen Geduld, mit der sie auf die neue Richterin warteten, gleichgültig dem Schatten gegenüber, den ich im Gegenlicht der Mittagssonne darstellte. Doch in jenen

Sekunden drang das schwache Echo einer weit entfernten Stimme von jemandem an mein Ohr, der noch immer irgendwo in der Salzwüste schrie: „Lass mich nicht tun, was ich tun werde!" Und die drei, die dort saßen und warteten, schienen plötzlich nur ein kleines Beispiel für das zu sein, was er „tun" würde.

Erst da begriff ich, Claudia, dass dies nicht mehr mein Gericht war. Mehr noch, erst da ahnte ich - oder schwor mir -, dass ich nie mehr Recht sprechen würde. Und gleichzeitig wurde mir klar, dass meine beabsichtigte Kündigung der letzte hochmütige Ausdruck einer rebellischen Jugend war, in der ich mich für fähig gehalten hatte, zu richten. Mein lächerlicher Plan, „öffentlich" zu kündigen, war völlig absurd, denn man kündigt seine Unschuld nicht auf; man verliert sie ganz einfach.

Und so trat ich, bevor mich die Frauen bemerkten oder die Mutter mich erkannte, ein paar Schritte zurück und ging, als ich aus ihrem Blickfeld war, so schnell ich konnte davon.

* * *

Wie es in Kleinstädten üblich ist, wo einem sogar der Zufall bekannt vorkommt, traf ich an der nächsten Straßenecke auf Dr. Ordóñez. Félix breitete sofort die Arme aus, ich wich ihm so gut wie möglich aus. Dennoch schaffte er es, mir einen Kuss auf die Hand zu drücken. Ich blickte auf den blonden Kranz der Haare, die schütter zu werden begannen, den weißen Anzug, die straffe, glatte Nackenhaut; es schien, als träfe ich einen Engel. Und der Engel sagte zu mir: „Welch eine Freude, Laurita, welche eine Freude! Endlich bist du aufgestanden! Mir war ja längst klar, dass du schon wieder gesund warst. Du musstest es dir nur noch selbst klar machen."

Dann zog er mich zu sich nach Hause, redete dabei über irgendetwas, ohne dass ich mich wehrte; ich hatte ja nichts zu tun, sondern mit einem Schlag diese zweifelhafte Freiheit der Arbeitslosen entdeckt. Er führte mich in sein Sprechzimmer, bot mir einen Stuhl vor seinem Schreibtisch an, setzte sich auf den Stuhl daneben, schlug die Beine übereinander und schaute mich zufrieden an. Ich sah das Stück rosa Wade, das seine Hose freilegte, die himmelblaue Socke, den wippenden Fuß: Nie habe ich ein glücklicheres Bein gesehen. „Ich weiß nicht, wie du das gemacht hast, Laurita, aber du hast uns den Frieden zurückgebracht", sagte er. Ich wollte wohl widersprechen, eine ablehnende Geste machen, denn er beeilte sich hinzuzufügen: „Ich will gar nichts wissen. Ich wollte mich nur noch einmal bei dir bedanken. Man hat mich nie mehr gerufen, du weißt ja, wohin ..."

Ich wusste es. Und er wollte es nicht wissen. Und um sicher zu gehen, dass ich es ihm nicht sagen würde, stand er schnell auf und ging zu dem Regal, wo er neben den medizinischen Fachbüchern seine politischen Schriften stehen hatte, die Fotos seiner sechs Kinder und das des früheren Präsidenten mit der Widmung. Er kramte in der Kiste, wo er die Unterlagen seiner

Patienten aufbewahrte, bis er die Mappe fand, die er suchte, und kam darin blätternd zu mir zurück. Ich glaube, er pfiff sogar leise dabei. Und der Nachmittag vor zwei Monaten, als er mich gefragt hatte, ob die verschriebenen Gnadenschüsse legal waren, schien so weit entfernt oder unmöglich wie das lachende menschliche Skelett auf dem Schaubild an der Wand.

Schließlich setzte Félix sich wieder, wedelte mit der Mappe vor meinen Augen und sagte: „Du bist wieder vollständig hergestellt, Laura. Tatsächlich wollte ich heute mit dem Ergebnis dieser Blutuntersuchung bei dir zu Hause vorbeikommen, um dir das zu sagen." Ich konnte mir nicht verkneifen, seine Fröhlichkeit ein wenig zu dämpfen: „Ich bin also nicht verrückt." Félix tat empört: „Aber du warst doch nie verrückt, Laura. Du warst im Schock, als Folge deines …" - er suchte nach dem passenden Wort - „… deines Unfalls, deiner Gehirnerschütterung und dem Sonnenstich aus der Wüste … Aber das ist alles wieder in Ordnung." Ich schaute auf das Skelett an der Wand und sagte: „Dann bin ich also gesund." Er beugte sich zu mir herüber, um mir das Knie zu tätscheln (was ich vermeiden konnte): „Mehr als gesund, Laura. Du solltest dich nur ein bisschen schonen, nicht zu viel arbeiten." Darauf ich: „Ich mache jetzt erst mal lange Urlaub, Félix." Seine blauen Äuglein blitzten vor Vergnügen wie die eines lausbübischen Engels: „Das freut mich, da kannst du es mit Mario richtig feiern." Und ich wieder: „Ich glaube, diesen Urlaub verbringe ich allein." Er strich sich über die glattrasierten Wangen.

„Das wäre schade. Solche Sachen muss man gemeinsam feiern." Etwas verständnislos sagte ich: „Wir reden anscheinend nicht von derselben Sache." Darauf nickte er fröhlich und sagte: „Nein, anscheinend nicht."

Dann lehnte er sich zurück, schlug wieder die Beine übereinander und wippte mit neuem Elan mit seinem Fuß. Er liebte es, Rätsel aufzugeben und wartete noch ein paar Sekunden. Plötzlich hielt er inne, blätterte wieder in meinen Unterlagen, zog ein Dokument heraus und hielt es in die Höhe: „Liebe Laurita, herzlichen Glückwunsch", sagte er. „Herzlichen Glückwunsch wofür?", fragte ich verdutzt. Félix wurde ein bisschen ungeduldig, wie ein Kind, wenn ein Erwachsener ein Spiel nicht versteht: „Hast du denn gar nichts gemerkt, Laura?" Und ich: „Nein, ich habe ja anderthalb Monate lang gar nichts gemerkt." „Das ist ziemlich genau der Zeitraum", erwiderte er. „Was für ein Zeitraum?", fragte ich verblüfft. Darauf er: „Ich habe noch einmal eine Blutuntersuchung gemacht. Um sicher zu gehen. Gestern kam das Ergebnis. Du bist schwanger."

Auch wenn du es kaum glauben magst, Claudia, gelang es mir, das Wort „schwanger" noch einen Moment auf Abstand zu halten. „Aber du hast mir doch die Pille verschrieben ...", widersprach ich. „Manchmal funktionieren sie nicht, Laura", zwinkerte er. „Oder die Frauen, die sich sehr ein Kind wünschen, vergessen, sie zu nehmen. Mutter Natur lässt sich immer noch nicht ganz von der Wissenschaft kontrollieren."

So sehr ich mich bemühte, ließ sich auch eine Träne nicht von mir kontrollieren und rollte unter der Sonnenbrille hervor über meine Wange. Und dann eine zweite. „Liebe Freundin", sagte Ordóñez gerührt, „weine nur, das ist ganz normal, wenn man so glücklich ist."

Die Sonnenbrille reichte mir jetzt nicht mehr, um mich vor diesem „Glück" zu verstecken, ich musste mein Gesicht mit beiden Händen bedecken. Ich beugte meinen Oberkörper, bis meine Stirn die Knie berührte, als stieße ich damit an die Tür jenes Hinterzimmers meines Hirns, wo ich vierundvierzig Tage gewesen war, wo man mich nicht finden konnte und wohin ich am liebsten für immer zurückgekehrt wäre. Doch niemand öffnete mir dort. Der Arzt tätschelte mir den Rücken und sagte: „Erlaube mir, dass ich es umgehend Lucrecia erzähle, Laura. Sie wird dir sicher sehr gern mit Rat und Tat zur Seite stehen, bei all unserer Erfahrung …"

„Niemandem sollst du es sagen!", befahl ich ihm von unten herauf, aus der Dunkelheit. Dann trocknete ich mir mit dem Rock mein Gesicht, achtete darauf, dass nicht eine einzige Träne übrigblieb, setzte mir wieder die Sonnenbrille auf und setzte mich gerade hin. „Weiß Mario es schon?", fragte ich. „Natürlich nicht. Ich sage es immer zuerst den Frauen, das ist ethisch korrekt so, aber …", begann Ordóñez. Ich unterbrach ihn: „Kein Wort zu ihm und zu niemand! Ich will nicht, dass es irgendjemand erfährt!" „Laurita, so etwas kann man nicht verheimlichen. Das wird schon bald zu sehen sein …", versuchte er, väterlich zu scherzen, beschrieb dabei mit der Hand einen runden Bauch, der noch größer war als seiner. „So weit wird es bei mir nicht kommen", antwortete ich.

Zum ersten Mal erstarb das Engelslächeln auf Félix Gesicht: „Laura, du bist nicht bei Sinnen." Darauf ich: „Doch, das bin ich. Hilfst du mir?" Órdoñez starrte mich an, dann stand er auf und wich zurück, nahm Abstand von mir und wedelte mit den kurzen Armen: „Heilige Mutter Gottes!", stieß er nur hervor. Und ich: „Soll die etwa die Abtreibung vornehmen?" Er drehte sich einmal um sich selbst, hob verzweifelt den Finger an die Lippen, als fürchte er, da wäre noch jemand in seinem Sprechzimmer, ein Unschuldiger, der sich hinter dem Wandschirm versteckte, den man vor diesem Wort beschützen musste. „Wenn du es nicht tust, suche ich mir jemand anders", herrschte ich ihn an. Félix zögerte, suchte Hilfe bei den Fotos seiner Kinder, des alten Präsidenten im Regal. Vielleicht erinnerte der ihn an etwas oder einer der Buchrücken seiner philosophischen Schriften, denn schließlich hob er an: „Ich als christlicher Humanist …"

Doch ich ließ ihn seine Lehre nicht erläutern, sondern stand auf: „Na gut, dann suche ich mir jemand, der sich traut. Schwöre du mir nur, dass du deine ärztliche Schweigepflicht einhalten wirst." Der Arzt schluckte trocken und strich sich über den blonden Haarkranz, als wolle er sich eine Strähne ausreißen. „Schwöre es mir!", herrschte ich ihn noch einmal an. Und verstellte ihm die Tür, bis ich sah, wie er die linke Hand hob und irgendetwas murmelte. Erst dachte ich, es wäre sein hippokratischer Eid, doch dann verstand ich. So leise, dass es nicht einmal sein Gewissen hörte, sagte er: „Ich kenne da eine Hebamme …"

33

Vor allem anderen, die Menschenmenge (wir, die Menge). Der Staubschleier, der über der Plaza schwebte, im Licht der Fackeln und Feuer. Der Schleier, durch den der erste Stern zu sehen war, Venus, die ungerührt dem Tanz der Teufel in der Oase von Pampa Hundida zuschaute. Und die schmale Sichel des Mondes, der spöttisch über dem Horizont aufging.

Laura bahnte sich einen Weg durch die lange Schlange der Pilger, die sich quer über den Platz zog, durch die Gruppen der Betenden und die tanzenden Bruderschaften, den Schweiß und die von vierundzwanzig Stunden Tanzen heiser klingenden Gesänge. Langsam rückten die Büßer unter der Last ihrer Leiden voran; der sichtbaren: den Lähmungen, den Geschwüren, den unaussprechlichen Missbildungen; und der verborgenen: der Angst vor dem Tod, der unerwiderten Liebe, den Schicksalsschlägen. Auf Knien rutschend, sich vorwärts schleppend oder einfach mit einer Kerze in der Hand, die heißes Wachs über ihre Hände rinnen ließ, standen sie seit Stunden Schlange, um in die Basilika zu gelangen und sich der Jungfrau nähern zu können. Und neben den Bruderschaften und den Büßern: Gaukler und Akrobaten, Seiltänzer auf imaginären Seilen, ein Clown mit vom Krebs zerfressenem Gesicht, der grässliche Grimassen schnitt, um ein paar Münzen zu verdienen, und der sich vor Lachen ausschüttete über die anderen, mit den anderen, über den Schmerz selbst. Als sie an ihm vorbeiging, hatte Laura das Gefühl, dass das groteske Lachen vor allem ihr galt, besser als irgendetwas ihre eigene Machtlosigkeit gegenüber dem undurchdringlichen Bösen zeigte, dem unerklärlichen, unheilbaren Schmerz.

Aus den brechend vollen Restaurants und Bars um den Platz drang in voller Lautstärke das Echo der Radios, die mit der Musik der Kapellen wetteiferten. Laura musste lächeln angesichts dieses Ausdrucks grundlegenden Zweifels: Wie in den großen Stadien, so mussten auch hier die Leute die Beschreibung dessen hören, was sie vor Augen hatten, um seinen Sinn zu verstehen, sich in ihrer kollektiven Dimension zu sehen. Und in diesem Tumult nahm Laura auf einmal Marios von den Trommeln zerhackte Stimme wahr, die von einem Wunder berichtete.

Mit Iván an der Hand versuchte sie, die dicht stehende Schlange der Büßer zu durchqueren, um den Weg zur Tür der Basilika abzukürzen. Dabei fand sie sich unversehens eingezwängt zwischen einer blinden Frau, die, begleitet von einem Knaben, auf Knien rutschte, und einem alten Mann, der, die Knie und Handgelenke mit Reifenstücken gepolstert, auf allen Vieren vorwärts kroch. Von Zeit zu Zeit trocknete der Knabe der Blinden mit einem schmutzigen Taschentuch die Tränen, und der Alte richtete den Oberkörper auf und schlug sich an die Brust. Laura dachte an ihre angstvolle Wut Jahrzehnte zuvor, als sie diese Feste kennengelernt hatte; ihren Zorn über den Schmerz, der sie erschütterte, als seien alle diese Geschwüre und Schwären, diese Leiden und Ängste bis zu einem gewissen Grad auf unerträgliche Weise ihre Verantwortung. „Steht auf!", hätte sie ihnen damals am liebsten zugerufen. „Protestiert! Bittet nicht, sondern fordert eure Beine und Augen zurück, eure toten Kinder, eure unmöglichen Lieben ... Hört auf, dem Himmel zu verzeihen, und fordert Gerechtigkeit!" Natürlich stieß sie nie diesen Schrei im Namen des menschlichen Glücks aus. Etwas schnürte ihr die Kehle zu. Heute glaubte sie zu wissen, was ihr damals die Kehle zugeschnürt hatte: Es war nicht so sehr ihre absurde, jugendliche

Sentimentalität, sondern eine frühe Erkenntnis ihrer eigenen Grenzen. Eine Skepsis, die schon damals, bevor ihre Welt zusammenbrach, bevor sie von Angesicht zu Angesicht „dem, der das Licht bringt" gegenüberstand, in ihr zu wirken begonnen hatte. Wenn sie den Pilgern ihre Illusionen nahm, wen würden sie dann um Hilfe bitten? Sie, Laura? Und was konnte sie ihnen stattdessen bieten? Ihre irdische Gerechtigkeit etwa? Diese Parodie, diese Farce, bei der sich die Macht als unparteiisch ausgab, die alte, erbärmliche Puppe in ihrer Toga, mit der Augenbinde und den kurzen Beinen, die den Unschuldigen ihre Unschuld nahm. „Sie sind es, Laura, die Verehrer des Dionysos, die die Nacht der Welt kennen", hatte ihr ein paar Stunden zuvor der Minister gesagt, auf dem Balkon des Hotels, vor dem sie jetzt vorbeilief, und dabei hatte er auf die Menge gezeigt und erkannt, was er nie kennengelernt hatte und nicht kennenlernen wollte, diese „Nacht der Welt".

Laura schob Iván vor sich her, damit er ihr den Weg vor der Kirche freimachte. In seinem Schlepptau und begleitet von Flüchen und Beleidigungen gelangte sie in die Basilika, die fast aus den Nähten platzte. Rechts vom Hauptschiff, über den Köpfen einer Bruderschaft, die zu Ehren der Jungfrau tanzte, erleuchteten Tausende von Kerzen die Kapelle der Wunder, ihr Schein spiegelte sich in den Messingschildchen an den Wänden. Über den Köpfen der knienden Menge hingen an Drähten die Weihgeschenke. Laura erschauerte wie am Tag zuvor, als sie die Hunderte von Krücken, Gehstöcken, Gipsverbände und Prothesen sah, ein Wald erfüllter Wunder, der seine Hoffnungen auf die Köpfe der Knienden niederregnen ließ.

Halb verborgen von einer der hölzernen, Marmor simulierenden Säulen schaute Laura auf die Uhr: noch eine knappe Stunde bis zur Mitternachtsprozession. Die Stadt war jetzt fest in den Händen der Büßer, der Maskierten, der Verkleideten. Einen Moment lang konnte sie Pater Penna sehen. Dort oben neben ihrem Thron stehend bewachte er, umhüllt vom Rauch der Kandelaber, die Schutzpatronin, erwartete die Büßer, die umständlich die Treppe zum Altar erklommen und segnete sie bei ihrem Vorbeigehen unter dem braunen Mantel der Jungfrau. In seinem langen, goldverzierten Messgewand, in dem sich das Licht der Kerzen spiegelte, sah er selbst wie eine Kerze aus, und auf seiner Stirn glänzten dicke Schweißtropfen. Zu seinen Füßen, links vom Altar, neben der Trage für die Jungfrau, stand der Oberhauptmann der Diablada, Boris Mamani, die Teufelsmaske aus Respekt vor der Heiligen unter den Arm geklemmt. Laura sah sie wie zwei durch das Ritual, die Wache vor dem Unerklärlichen vereinte Feinde. Die Teufel, die Satyre, die archaischen Curacas, die eigentlichen Besitzer dieses Landes, die den Priester am Tag zuvor mit ihren Schlägen an die Kirchentür erschreckt hatten, waren endlich in die Kirche eingedrungen. Er selbst hatte ihnen das Tor geöffnet, und jetzt warteten sie gemeinsam auf das Wunder, das dieses Meer von knienden Büßern mit den Kerzen in ihren Händen so heiß ersehnte. Als er Laura an der Säule stehen sah, neigte Mamani den großen, runden Kopf in einer Geste des Grußes und zeigte mit seinem Stab auf die Heiligenstatue über ihm, vielleicht, um sie als Zeugin für die „Schuld" anzurufen, deren Begleichung er kurz zuvor der Richterin versprochen hatte.

Laura schaute auf die Statue der Jungfrau in ihrer Nische, inmitten von Weihrauch, Kerzen und Anbetungen. Genau um Mitternacht würde die Schutzpatronin die Basilika in triumphaler Prozession verlassen, unter einem Blumenregen auf der Erde und Feuerwerk am Himmel. Unter einem Baldachin würde sie durch die Stadt getragen werden, die Huldigung der Teufel entgegennehmen, die sie belagert hatten, und die Liebe derjenigen, von denen sie verteidigt worden war. Dabei würde die Menge selbst zum Altar der Jungfrau werden, um ihre erste Erscheinung zu symbolisieren, als das Wunder ihrer Gegenwart das zerrissene Band zwischen den Menschen und dem Schöpfer wieder hergestellt hatte, von dem als Zeugnis und Symbol am Grunde des Tals von Pampa Hundida die Quelle sprudelte und es zum Heiligtum in der riesigen Wüste werden ließ. Auf den Schultern ihrer Träger würde die wundertätige Schutzpatronin unter dem vom Feuerwerk erleuchteten Himmel von den Teufeln Mamanis den Weg durch die Menge gebahnt bekommen.

Von ihrem Platz aus konnte Laura das ganze Kirchenschiff und einen Teil der Plaza überschauen. Und plötzlich wurde sie gewahr, dass sich etwas änderte. Anfangs wusste sie nicht genau, was es war. Der Widerschein der glänzenden Kostüme, der dumpfe Klang der Trommeln, das wirbelnde Tanzen der Bruderschaften? Alles schien zu sein wie immer. Und dennoch ... Als sie ihre Ohren spitzte, konnte Laura etwas hören, das sich näherte. Etwas Massives und dennoch Unsichtbares kam vom Horizont der Menge her auf sie zu. Es dauerte noch einige Sekunden, bis sie verstand, was es war. Die Kapellen der Bruderschaften verstummten nach und nach, vom Rand der Plaza hierher zur Kirche hin, zum Epizentrum des Festes. Unterdessen hallte undeutlich die Radiostimme von den Lautsprechern der Restaurants herüber und verstärkte die plötzlich aufkommende Stille eher noch ...

Schließlich erreichte die Woge der Stille die Basilika und drang durch das Kirchenschiff vor, wo die Reihen der Knienden eine nach der anderen die Köpfe hoben, untereinander zu flüstern begannen und verwirrt zur Plaza hinausschauten. Dann wandten sie sich mit offenen Mündern und fragendem Blick dem Altar zu und schlossen sich dem wuchtigen Schweigen an, das schließlich die Altäre erreichte und auf die Menge zurückprallte. Unmerklich wurden auch die gemurmelten Gebete leiser und verstummten schließlich ganz. Nur das laute Gebet von Pater Penna ging weiter vom Altar her ohne Echo, ohne Amen auf die Menge nieder, fand kein Ohr, in das es dringen konnte, wie die Taube, die nach der Sintflut kein Land mehr fand. Und schließlich hielt auch der Pfarrer inne, hob den Kopf, rieb sich die Augen, breitete die Arme aus und flüsterte etwas, das trotz der Stille kaum zu hören war, etwas wie das Wort Glaube.

Und dann hörte man in der perfekten Akustik unter der Kuppel klar und hell die Stimme eines Kindes, vielleicht eins der tanzenden Kinder, die als Maskottchen die Bruderschaften begleiteten. In aller Unschuld, der Unschuld der Menge, rief sie: „Mamá, im Radio sagen sie, eine Frau sei irgendwo erschienen."

„Was haben sie gesagt?"

„Im alten Lager, im alten Lager, im Radio sagen sie, im alten Lager", flüsterten jetzt tausend Zungen in die tausend Ohren der Menge.

Laura stellte sich schmunzelnd Mario vor, wie er voller Enthusiasmus die „große Nachricht" verkündete, die er endlich gefunden hatte.

Die ersten, die aus der Basilika strömten, war die Bruderschaft der „Braunen", die entfernten Nachfahren der schwarzen Sklaven, die im Mittelschiff getanzt hatten. Ihre Mitglieder besprachen sich kurz, wandten dann dem Altar den Rücken zu und begannen einer nach dem anderen, so unauffällig wie möglich hinauszugehen.

Als er dies bemerkte, reagierte Pater Penna endlich, nahm die Heiligenstatue aus ihrer Nische, trat mit ihr an den Altarrand, hob den freien Arm und rief: „Diese Gerüchte sind des Teufels, hört nicht auf sie! Die Erscheinung ist eine einzige gewesen und findet jetzt nur noch in den Herzen der Gläubigen statt! Im Schoß der Kirche!"

So wetterte und flehte er, dann schaute er hilfesuchend Mamani an, der seinen Arm auf das Geländer der Treppe zum Altar gelegt hatte, damit niemand mehr hinaufgelangen konnte. Sie gaben ein seltsames Bild ab, der Pfarrer oben vor dem Altar und der Oberhauptmann der Diablada zu seinen Füßen, der neue Gott und der ursprüngliche Gott, wie sie sich fragend anstarrten. Schließlich hob der Oberhauptmann seinen Stab, den Thyrsus des Dionysos, breitete ergeben die Arme unter dem Umhang aus und zeigte auf die hinausströmende Menge, als sei dieser Wille stärker als die ihre, als sei alle Macht, die ihnen gegeben war, jetzt wirkungslos und durch eine neue Erzählung, älter als sie beide, den einfachen, wirklichen Gläubigen zurückgegeben worden, den eigentlichen Besitzern des Festes.

Auch diejenigen, die betend vor der Kapelle der Wunder knieten, erhoben sich umständlich und verließen die Kirche. Sogar die Schlange der Büßer, die sich der Schutzpatronin hatten nähern wollen, löste sich auf. Die Menge strömte auf die Plaza hinaus, die meisten durch den südlichen Ausgang, zur Paciencia-Ebene hin.

Als Laura den Blick wieder zum Altar der Kapelle der Wunder wandte, hatte Mamani seinen Platz schon verlassen und durchquerte, gefolgt von seiner Bruderschaft, das Querschiff in Richtung auf den südlichen Ausgang, um sich, ihre Masken jetzt auf den Köpfen, an die Spitze der Menge zu setzen. Pater Penna war mit der Heiligenfigur, dem Abbild des Abbilds, ebenfalls verschwunden.

Laura nahm Iván an der Hand und führte ihn am Altar vorbei zur Tür der Sakristei. Iván musste sich nur kurz mit der Schulter dagegenstemmen, damit die alte Tür aus ihren rostigen Angeln sprang.

„Jesus Maria!", rief eine der Subiabre-Schwestern und bekreuzigte sich.

Die beiden „Dienerinnen der Jungfrau" waren immer noch dabei, auf dem alten Klostertisch Geld zu zählen. Eine der beiden hielt ihnen ein elektrisches Bügeleisen entgegen wie einen Schutzschild. Auf ihrer Seite des Tisches türmten sich die frisch gebügelten Scheine. In einem kleinen, eisenbeschlagenen Aluminiumkoffer lagen die schon gezählten und mit Banderolen versehenen Notenbündel. Am anderen Ende des Tisches saß Estévez, der Direktor der örtlichen Filiale der Banco Hispanoamericano und arbeitete, die Lesebrille auf der Nasenspitze, an einer Rechenmaschine, deren Papierstreifen sich schon am Boden kringelte. Die drei schauten verblüfft Laura und Iván an. Schließlich stammelte Estévez: „Frau Richterin, Sie haben uns einen ordentlichen Schrecken eingejagt! Wir dachten schon, es wäre ein Überfall."

„Wer sagt denn, dass es keiner ist?", gab Laura zurück.

Estévez lächelte verständnislos und warf einen liebevollen Blick auf die aufgetürmten Geldscheine und Münzen. „Wir müssen vorsichtig sein, es sind nicht ausreichend Polizisten da, und bei den vielen Fremden in der Stadt ..."

„Die kommen ja, um ihr Geld hierzulassen", erinnerte ihn Laura. „Es sind eher die von hier, die ein Auge darauf werfen könnten."

„Frau Richterin, was unterstellen Sie da?", gab der Bankdirektor leicht beleidigt zurück. „Hier wird jeder Centavo ordentlich verbucht. Und alles wird genau zwischen Kirche und Gemeinde aufgeteilt. Wir machen unsere Arbeit ehrenamtlich, die Bank bekommt nur eine kleine Kommission ..."

„Wie läuft denn die Kollekte?", unterbrach ihn Laura ungeduldig.

„Wenn nicht dieser Wirbel um das neue Wunder dazwischengekommen wäre, hätten wir das Ergebnis vom letzten Jahr schon erreicht", klagte Estévez, klang jedoch sofort zufriedener, als er, die Augenbrauen über der Lesebrille hochgezogen, auf den Papierstreifen seiner Rechenmaschine schaute. „Mit diesem Koffer, den wir gerade füllen, haben wir mehr als zweihundert Millionen. Großzügigkeit und Wohlstand ..."

„... gehen gerne Hand in Hand", vollendete Laura den Satz und erinnerte sich daran, dass der Filialleiter immer schon eine Vorliebe für kluge Sinnsprüche gehabt hatte. „Was machen Sie eigentlich mit den vielen Briefen."

„Welchen Briefen?", fragte Estévez erstaunt.

Laura zeigte auf den offen am Boden liegenden Briefkasten, aus dem die Dienerinnen der Jungfrau das Geld geholt hatten; einen von zwölf neuen Kästen, die neben dem Kirchenportal aufgestellt worden waren und geleert wurden, sobald sie überquollen. Die Apostel dieser blühenden Verehrung, die ihre hungrigen Metallzungen ausstreckten und die zerknitterten Geldscheine schluckten, die verschwitzten Münzen, die mageren Ersparnisse. Um den Briefkasten herum waren die Fliesen von Papieren übersät, kleine Umschläge, die den Preis für einen Gefallen enthalten hatten, handgeschriebene Bittbriefe mit der beigefügten Spende, sowie die zittrigen „Schuldscheine" derer, die in diesem Jahr nicht hatten zahlen können.

„Der Herr Pfarrer", antwortete Estévez schließlich gegen jeden Augenschein, „sammelt sie nachher auf und schließt sie in sein Gebet ein."

Laura versuchte sich den Pfarrer vorzustellen, wie er die Briefe zusammenkehrte und aufhob, um sie an den langen, trostlosen Abenden zu lesen und in seine Gebete einzuschließen, diese riesige Summe Leiden auf seinen gebeugten Schultern. Dann machte sie Iván ein Zeichen: „Pack den Rest des Geldes in den Koffer."

„Frau Richterin, in fünfzehn Minuten kommt der nächste Transport, um das Geld zu holen", entgegnete Estévez verwirrt.

„Diesen Koffer nehmen wir mit", schnitt ihm Laura das Wort ab und senkte sanft den Arm der Subiabre-Schwester, Domitila oder Leontina, die immer noch das heiße Bügeleisen erhoben hielt.

Dann trat sie, da Iván sich nicht rührte, selbst an den Tisch, nahm den Koffer, hielt ihn unter die Tischkante und schob die aufgetürmten Münzen und die frisch gebügelten Scheine hinein. Schließlich klappte sie den Deckel zu und ließ die Schlösser zuschnappen.

„Trag du ihn", sagte sie zu Iván und gab ihm den Koffer.

Iván nahm den Koffer und umarmte ihn wie ein Spielzeug, mit seinem zahnlosen Lächeln, das jetzt tatsächlich glücklich aussah.

„Frau Richterin, Sie können doch nicht, Sie werden doch nicht ...", protestierte Estévez mit zitternder Stimme und erhob sich ein wenig von seinem Stuhl.

Laura ging zu dem riesigen Schrank mit den Messgewändern und Altartüchern und öffnete eine der beiden Türen. Ein starker Geruch nach Sandelholz drang aus dem halbleeren Inneren. Indem sie sich zu den Subiabre-Schwestern und Estévez umwandte, die ihr wie gelähmt zuschauten, sagte sie: „Wenn Sie jetzt so freundlich wären und hier hineinsteigen würden!"

Die beiden Frauen umarmten sich und begannen zu schluchzen. Estévez trat zu ihnen, einen Moment schien es, als wollten sie Widerstand leisten. Da ging Iván auf die drei zu, und seine Nähe, seine wunden Beine und die blutverkrustete Stirn reichten aus, um sie zurückweichen zu lassen, bis sie im Schrank verschwunden waren. Laura schloss die Tür und drehte den Schlüssel um. Das Murmeln der Betschwestern wurde leiser und dumpfer, als wären sie begraben worden.

* * *

Laura betrat das dunkle Treppenhaus des alten Kirchturms neben der Sakristei. Oben im Turm ließ eine Windböe die morschen Balken des bejahrten Glockenstuhls knacken. Ihr fiel ein, was ihr irgendjemand bei ihrer Rückkehr erzählt hatte, nämlich dass nach Fertigstellung des neuen Glockenturms mit dem modernen Glockenspiel niemand wusste, wie man die Glocke aus dem alten Turm holen sollte, sodass man sich darauf beschränkt hatte, den Klöppel zu entfernen, damit sie in windigen Nächten nicht von selbst läutete.

„Sind Sie da oben, Herr Pfarrer?", rief Laura in den Turm hinein.

Ein Knacken antwortete ihr, dann waren schleppende Schritte zu hören. Schließlich erklang eine müde Stimme von oben herab: „Ich bin hier, meine Tochter."

Vorsichtig stieg Laura sieben oder acht Absätze hinauf. Pater Penna saß fast ganz oben auf einer Treppenstufe unterhalb des

Glockenstuhls und schaute aus einer der Turmluken. Auf seinem Schoß hielt er wie eine Puppe die Statue der Jungfrau. Er schien nicht überrascht zu sein, dass Laura ihn gefunden hatte, und zeigte zur Luke hinaus. Von hier oben konnte man die Ströme der Menschen sehen, die sich über die Hauptstraßen zum südlichen Stadtausgang bewegten. Der Strom der Pilger ergoss sich über die letzten beleuchteten Straßen hinaus in die stockdunkle Wüstennacht, hier und da von einer Fackel oder Laterne geleitet, sie wirkten wie die Lichter von Fischerbooten auf dem Ozean.

„Sie ziehen alle zur Paciencia-Ebene", sagte der Pfarrer. „Die ganze Stadt ..."

„Und Sie?"

„Ich kann die Jungfrau nicht allein lassen. Man hat sie ja schon einmal entführt."

Ohne sein Messgewand, in seiner einfachen, schwarzen Soutane und mit der schlaffen Locke auf der Glatze wirkte der Pfarrer jetzt wie eine erloschene Kerze. Er hatte fast zwölf Stunden zwischen den Leuchtern in der stickigen Luft der Kapelle gestanden.

„Sie werden schon wiederkommen. Es ist ja nur ein Gerücht", sagte Laura mitleidsvoll. Schließlich war der Pfarrer nicht der Schlimmste von allen gewesen.

„Und wenn sie nicht zurückkehren?", fragte Penna niedergeschlagen. „Und wenn sie dort etwas sehen?"

„Was für ein Glück wäre das für Ihre Kirche! Dann hätten Sie zwei Wunder und zwei Feste", versuchte Laura ihn aufzumuntern.

Der Pfarrer ließ einen Stoßseufzer hören.

„Was war das noch mal, das Sie immer zitierten, Herr Pfarrer, das, was man Sie auf dem Priesterseminar lehrte? Dass man Gott nicht zu sehen braucht ..."

„... wenn man weiß, dass er existiert", vollendete der Pfarrer seine alte Maxime und entkräftete sie sofort selbst: „Aber es ist eine Sache, von einem alten Wunder zu predigen, und eine ganz andere, Zeuge eines neuen zu sein. Kein Priesterseminar bereitet uns darauf vor."

„Na, dann gehen Sie doch und überzeugen Sie sich selbst."

„Ihr Atheisten macht es euch so einfach, Laura. Es geht nicht um das, was wir sehen, sondern um das, was wir zu sehen glauben. Und außerdem ..."

Wenn die Menge etwas im Himmel sähe, wäre dies außerdem nicht *sein* Wunder, sondern das der *anderen*, derjenigen, die an die geschlossene Kirchentür pochten, die auch heute noch Altäre auf den Gipfeln der Anden anbeteten, die Götzen verehrten, die älter waren als sein christlicher Glaube. Es wäre das Wunder der Tänzer, die mit Fackeln aus der Oase in die Dunkelheit zogen. Wie konnte er zwischen diesen Flammen gehen, ohne selbst zu brennen, ohne von den Totemtieren verschlungen zu werden, von den Pumas und den Kondoren aus den Bergen, den Anhängern eines Mysteriums, das nicht das seine war? Jedes Jahr hatte er befürchtet, gestand er ihr, dass so etwas passierte, jedes Jahr hielt, wenn das Fest näher rückte, ein namenloser Schrecken in seinen Träumen Einzug, dessen Gesicht er erst jetzt zu erahnen begann: das maskenlose Gesicht der Menge in der Wüste, das unendliche Gesicht der Nacht vor ihm, wenn unter der schmalen Sichel des Mondes die alten Götter wiederkämen ...

„Wenn ich dort hingehe, werde ich sie dann auch sehen?"

Einen Moment lang konnte Laura das Leid des Priesters nachempfinden, den blutigen Druck des Büßergürtels an seinem Bein unter der Soutane. Besaß er den Glauben, der Berge versetzt, der Wasser in der Wüste findet, der fähig ist, sich das Wunder zuzuschreiben und nicht die anderen Götter zu sehen, die es taten, die der Dunkelheit, wenn sie zurückkämen? Den Glauben der einfachen Menschen? So viele Fragen und keine Stimme, die sie beantwortete, außer dem Echo der Radiogeräte auf dem leeren Platz. Und er saß allein hier in seinem Versteck auf der morschen Treppe, mit dem kalten Wind und der gefälschten Puppe auf dem Schoß, und schaute zu, wie seine Gemeinde, die ihm nicht vertraute, in die Wüste lief. Es fiel Laura nicht schwer, sich den Priester vorzustellen, wie er später in dieser Nacht allein in der Kapelle knien und seinen nackten Rücken geißeln würde.

Laura wandte sich zum Gehen, doch er hielt sie am Arm fest und fragte:

„Haben Sie diesen Gerechten gefunden, Frau Richterin, der uns retten könnte? Sie haben ja schon mit denen von uns gesprochen, die Sie damals besucht haben und noch am Leben sind. Wird einer von uns unsere Stadt retten? Oder sind wir verdammt?"

„Wie Sie schon sagten, Herr Pfarrer: Es ist nicht so einfach."

„Ich habe gehört, was vorhin da unten los war. Sie wollen einen Teil der Kollekte mitnehmen. Ich weiß nicht, warum Sie das tun, Laura, aber ich werde Ihnen helfen. Es wird wie ein Beichtgeheimnis sein."

Laura schaute auf die Hand, mit der sie der Pfarrer zurückhielt, fühlte die vom Rauch geschwärzten Finger. Mit einem Ruck machte sie sich los.

„Und das bringt die Gefangenen zurück, die wir an die Grenze geschickt haben?"

Der Pfarrer antwortete nicht, stammelte nur etwas Unverständliches, während er wieder aus der Turmluke schaute. Doch diesmal schien er nicht die Menge zu beobachten, die dabei war, die Stadt zu verlassen. Vielleicht sah er jetzt in seiner quälenden Erinnerung die Staubwolke, die der Gefangene aufwirbelte, während er der Grenze entgegenlief, in Richtung auf eine andere, größere Staubwolke, die ihm entgegenkam, vielleicht die Staubwolke einer Herde wilder Lamas.

Laura war schon unten an der Tür angelangt, als sie den Pfarrer in einer letzten Anstrengung, sie zurückzuhalten, von oben rufen hörte:

„Laura, Sie wissen ja gar nicht, wie viel Blut ich aus mir schon herausgepeitscht habe!"

34

Wie wohl ich mich fühlte, Claudia! Wie überraschend bequem es war, auf diesem großen Küchentisch zu liegen, die Beine gespreizt und an Knien und Knöcheln an den Seilen aufgehängt, die vom Dachgebälk baumelten. Mir schien, als hätte ich nie zuvor erfahren, was es bedeutete, mich einfach fallen zu lassen, bis ich meinen Körper auf diesen nach Gewürzen und Zitrone duftenden Tisch legte, mit gespreizten und an der Decke hängenden Beinen. Es war, als schwebte ich, als stiege ich zum staubigen, rußgeschwärzten Dachgebälk voller geisterhafter Spinnweben auf, über dem ein verrutschter Dachziegel den Himmel erahnen ließ und darin etwas Leuchtendes, einen Stern, doch nicht die Venus (denn den Metallklumpen hielt ich fest in meiner linken Hand).

Zwei Tage zuvor hatte ich die Praxis von Dr. Ordóñez mit dem Untersuchungsergebnis und der Information verlassen, die er mir ganz leise gegeben hatte, damit nicht einmal sein Gewissen sie hörte: „Ich kenne da eine Hebamme ..." Und jetzt lag ich auf dem Küchentisch dieser von Erdstößen arg mitgenommenen Hütte aus Lehmziegeln. Sie stand, an ihren Holzpfahl gelehnt, an der Ecke einer ungepflasterten Straße hinter dem kleinen Sarmiento-Platz mit seinen knorrigen Olivenbäumen, weit außerhalb des Stadtzentrums. Als ich ankam, hatte ich ein Weilchen zögernd davorgestanden, auf das windschiefe Ziegeldach geschaut, die krumme Pergola mit den Weinreben im Garten daneben, das vergitterte Fenster mit dem Schild „PRAKTIZIERENDE HEBAMME. ES WERDEN SCHPRITZEN VERABREICHT", genau so per Hand auf ein Stück Papier geschrieben, das die sengende Sonne des Armenviertels längst hatte vergilben lassen.

Bis schließlich mein Zögern für mich entschied und mich Hundegebell und Kindergeschrei verrieten, die Hebamme auftauchte und mir die Gartenpforte öffnete, während sie sich, umgeben von einem Schwarm von Kindern und Hühnern, die Hände an der Schürze unter dem mächtigen Busen abtrocknete. „Ich komme zu Ihnen, weil …", begann ich, doch die große, dicke Frau mit indigenen Zügen im runden, kupferfarbenen Gesicht unterbrach mich gleich und führte sich, ohne ihr Lächeln zu unterbrechen, einen Finger an die Lippen: „Ich weiß schon, weshalb Sie kommen, Töchterchen." Dann führte sie mich um das Haus herum zum Hinterhof. Ich sah den von Sumpfgras umgebenen Brunnen, die dicken, dunklen Trauben an den Weinreben, den zweirädrigen, auf der Deichsel lehnenden Karren und spürte den Geruch von Pferdemist, der sich mit dem Aroma der Trauben mischte. Die Frau blieb auf der Steinstufe zur Küche stehen und verteilte Kopfnüsse an die rotznäsigen, zerlumpten Kinder unterschiedlichen Alters, die hinter ihr hereinschlüpfen wollten. Und nachdem sie so für Recht und Ordnung gesorgt hatte, faltete sie, immer noch lächelnd mit ihrem alterslosen Vollmondgesicht, das jede Falte glattzog, die Hände vor dem Bauch, atmete tief ein und schaute mich an, prüfte meine Unentschlossenheit. „Sind das alles Ihre Kinder?", fragte ich nutzlos. „Nein, nicht alle", antwortete sie. „Einige sind adoptiert, wenn man so viele hat, kommt's auf eins mehr nicht an." Und ich erinnere mich, dass ich immer noch zögerte, Claudia, nach einer weiteren, harmlosen Frage suchte, vielleicht, wie lange es dauern würde, oder ich nannte sie „Señora", denn sie sagte: „Einfach Comadre, Töchterchen, nennen Sie mich einfach Comadre."

Zusammen betraten wir die Küche, und die Hebamme schloss die Tür und schaltete eine Lampe ein, deren Schirm vielleicht früher einmal die Hülle einer Korbflasche gewesen war. Dann machte sie sich daran, den großen Küchentisch abzuräumen, einen rustikalen Tisch aus rohen Bohlen, blank gescheuert vom Fett der Mahlzeiten und dem Mehl des Brotteigs, stellte einen Mörser zur Seite, in dem noch Knoblauch lag, eine Zwiebel, ein Büschel Petersilie. Auf der Anrichte zerschnitt sie eine große Zitrone, nahm eine Hälfte und begann, damit den Tisch zu scheuern. „Zitrone ist das beste Desinfektionsmittel, wussten Sie das, Töchterchen? Ein Geheimnis der Natur, probieren Sie's mal aus bei sich zu Hause", sagte sie und stand dabei so tief über den Tisch gebeugt, dass ihre kräftigen Hinterbacken im Takt ihrer breiten Hüften hin und her schwangen, die das Dutzend Kinder geboren hatten, das im Hof krakeelte.

Während sie so schrubbte, schaute ich mich um, vielleicht, um nicht darüber nachzudenken, weshalb sie den Tisch desinfizierte, und betrachtete die Bündel roher Wolle, die von einigen der Balken hingen, dicke, struppige Zöpfe, die noch angenehm nach Tier rochen. Ohne innezuhalten, vielleicht, damit kein peinliches Schweigen entstand, sagte sie: „Wundern Sie sich nicht, ich habe viele Berufe, nur so kann man überleben, allein und mit den vielen Kindern. Ich bin Geburtshelferin und Amme, gebe aber auch Injektionen, habe meinen Garten und backe Brot, das ich mit dem Karren ausfahre. Und außerdem spinne und webe ich die Wolle meiner Lamas, mit zwei *Comadres*. Wir verkaufen alles bei den Festen; das habe ich von meinem Mütterchen gelernt, und die von ihrem ..." Ich stellte mir die drei Frauen vor, wie sie auf dem Karren saßen, die Wolle kämmten, spannen und webten und den Pilgern ihre Websachen feilboten, dachte an die drei Hubschrauber, die vom Horizont der Wüste herbeikamen, mit ihren Sensen, die die flüssige Luft zersichelten. Und ich dachte an die drei Mütter, die ich ein paar Tage zuvor im Vorraum des Gerichts gesehen hatte. Als ich aus meinen Gedanken zurückkehrte, redete die Hebamme immer noch, auf ihren blitzsauberen, duftenden Küchentisch gestützt, und sagte leise und verschmitzt: „Und das ist noch nicht alles, was ich gemacht habe, um zu überleben, Töchterchen. Als ich noch jung war, habe ich auch bei Rosita ausgeholfen, wenn ihr Mädchen fehlten. Was das angeht, bin ich sogar heute noch nicht ganz im Ruhestand, wenn es nicht zu hell ist und die Männer es dringend brauchen ... Welches junge Mädchen kennt sich denn so gut aus wie dieses alte Weibsbild?!" Und dabei lachte sie über das ganze, runde, kupferfarbene Gesicht.

Sie lachte so lange, bis ihr die Lust verging oder die Hoffnung, mich auch zum Lachen zu bringen. Oder bis sie meine zur Faust geballte Hand sah, in der ich den Metallklumpen so fest hielt, dass meine Knöchel weiß hervortraten, denn sie sagte: „Haben Sie keine Angst, Töchterchen, das hier kann ich am allerbesten. Ich bin seit vielen Jahren Hebamme, fast der ganzen Stadt habe ich geholfen, auf die Welt zu kommen, Armen und Reichen, Gerechten und Sündern. Deshalb weiß ich auch, wie man es vermeidet, dass sie auf die Welt kommen. Und ich sage Ihnen noch etwas, wenn ich ein paar von ihnen wieder hineinschieben könnte, wenn sie herauskommen … Denn ich sehe ihre kleinen Halunkengesichter und weiß schon, was sie mal tun werden. Aber zum Glück gibt mir niemand diese Macht, es ist ja nicht meine Entscheidung, ob sie leben sollen oder nicht, stimmt's?"

Ich begriff, dass sie mich nach meiner Entscheidung fragte. „Ja, es ist meine Entscheidung", antwortete ich so klar und deutlich, wie ich konnte. Ich kramte in meiner Handtasche nach dem Umschlag mit dem Geld und gab ihn ihr: „Das ist alles, was ich habe", sagte ich dabei, „ich habe zurzeit keine Arbeit. Ich verspreche Ihnen aber, dass ich den Rest später bezahle." Die Hebamme schaute mich einen Moment lang an, bevor sie den Umschlag nahm. Dann verstaute sie ihn in einer Trockenmilchdose auf dem Fensterbrett und sagte: „Sie bezahlen mir das irgendwann mal, Töchterchen, kein Problem. Aber vergessen Sie's auch nicht, ich spare nämlich, um mir ein neues Pferdchen zu kaufen. Mein altes ist mir erst kürzlich gestorben, wissen Sie?" Dabei schaute sie in den Innenhof hinaus, wo die Kinder spielten, und seufzte, vielleicht wegen des Pferdes oder weil sie an das dachte, was sie vorher gesagt hatte: „Aber man weiß nie, Töchterchen, deshalb ist es nicht an mir, das zu entscheiden. Schauen Sie zu Beispiel nur das arme Dummchen da, wenn die Eltern gewusst hätten, dass der Junge behindert sein würde, hätten sie ihn vielleicht abgetrieben, aber sehen Sie ihn nur jetzt, dieses Engelchen, spielt mit den Kindern, als wäre er selbst noch ein Kind."

Ich schaute aus dem Fenster, Claudia, und sah Iván, der mir wie immer dorthin gefolgt war. Er spielte mit den Kindern und lief hinter einem Huhn her, unter den dunklen Trauben der Pergola.

„Trinken Sie dies, Töchterchen!", hörte ich die Hebamme sagen. Ich wandte den Blick zu ihr und sah, dass sie mir ein Glas mit einer trüben Flüssigkeit hinhielt, in der Traubenreste schwammen; sie roch schon von weitem stark nach Alkohol. „Damit Sie sich beruhigen. Wein von meinen eigenen Reben, von meinen Kindern mit den Füßen gekeltert. Lebendiger Wein, ich habe ihn gerade erst angesetzt. Probieren Sie mal, wie gut der schmeckt", lud sie mich ein. Ich nahm das Glas und trank den süßlichen, kräftigen Wein, während sie den karierten Vorhang vor dem Küchenfenster zuzog. „Ganz bis zur Neige, Töchterchen. Sie werden sehen, wie gut das tut." Während ich trank, holte die Frau von einem Haken an der Tür eine Gummischürze (eine Bäcker- oder Metzgerschürze), streifte sie sich über den Kopf und zog aus der Brusttasche ein rotes Tuch mit grauen Punkten, das sie sich über die Haare stülpte und im Nacken verknotete. Ich stellte keuchend das Glas auf die Anrichte. Sie nahm es, sah tadelnd auf den Rest, den ich gelassen hatte, und schüttete ihn auf den Boden. „Für die Pachama", sagte sie dabei, füllte das Glas noch einmal und hielt es mir hin. Ich begriff, dass sie es mir verschrieb, und trank es diesmal ganz aus, während sie mir mit ihrem runden, von dem Häubchen gekrönten Gesicht immer näher kam und mich aufmunternd anschaute. „Das macht ein schönes, warmes Gefühl hier, nicht wahr, Töchterchen?", sagte sie, und plötzlich spürte ich, wie mir ihre Hand, mit der sie den Teig für ihr Brot knetete, über den Bauch strich, dem Wein half, den Knoten in meinem Magen aufzulösen und mir von dort in den Kopf zu steigen.

Es war das erste Mal, dass mich - außer Dr. Ordóñez - jemand berührte, seit ich das Hinterzimmer meines Hirns verlassen hatte, und als ich aus meinem Staunen herauskam, war sie schon dabei, von einem Pfosten einen Beutel aus Lama- oder Ziegenleder zu nehmen, aus dem sie einige Instrumente holte, die sie in einen großen Kessel voll Wasser warf: eine Schere, ein schon ganz dünn geschliffenes Messer, einen Metallstab wie ein Lineal, eine Zange, mit der sie die Spitze eines Drahts bog, den sie ebenfalls in den Kessel fallen ließ. Sie stellte den Kessel auf den Gasherd und entzündete den Herd mit einem Stück Zeitungspapier. Anschließend platzierte sie neben dem Tisch eine Art grünlicher Amphore aus Kupfer, obwohl das Wort „Amphore" zu aufgeblasen klingt, denn es war nichts weiter als ein einfacher Spucknapf aus einer Bar oder einem heruntergekommenen Hotel; der war für das, was weggeworfen werden musste. Und als ahne er, dass etwas für ihn herunterfallen könnte, kam schnüffelnd ein kleiner, gelblicher Hund hinter dem Herd hervor. Trotz des lebendigen Weins, der mir schon zu Kopf gestiegen war, konnte ich ein Erschauern vor Angst oder Ekel nicht unterdrücken, das die Hebamme aber nicht sah, weil sie damit beschäftigt war, dem Hund einen Tritt zu verpassen. „Die Wärme mag er immer, der kleine Bastard." Der Hund verkroch sich schnell wieder in seinem Versteck hinter dem Herd, während sie sich vor mir aufbaute und sagte: „Ich beherrsche dieses Handwerk, als hätte ich es selbst erfunden, Töchterchen. Sonst hätte man mich Ihnen sicher nicht empfohlen. Aber wenn Sie wollen, können wir es auch für ein andermal lassen."

Darauf schüttelte ich den Kopf, oder mein Kopf schüttelte sich wie von selbst. Und die Hebamme nickte: „Nein, Sie brauchen es ganz dringend, stimmt's? Sie können nicht länger warten, es loszuwerden, nicht einen Tag, nicht eine Minute länger, nicht wahr? Ich weiß, ganz ruhig. Sie kennen ja die Gesetze, aber diese Notwendigkeit ist älter. Dann ziehen Sie jetzt bitte mal den Rock und den Schlüpfer aus und legen sich hier hin, Töchterchen." Dazu klopfte sie mit der Hand – dieser breiten, starken Hand der Teigkneterin – auf ihren Küchentisch, als wolle sie mir zeigen, wie stabil er war; so stabil, dass er sogar sie ausgehalten hätte, und umso mehr mich, und vielleicht sogar uns beide.

Also stellte ich das leere Glas auf die Anrichte und zog mir Rock und Schlüpfer aus. Und so, nackt von der Taille abwärts, ging ich zum Tisch und lehnte mich mit dem Po gegen die Tischkante, fühlte, wie meine Haut bei der Berührung mit der Kante erschauerte. Die Hebamme trat auf mich zu und stieß mich sanft an den Schultern nach hinten, stieß mich und hielt mich gleichzeitig, bis ich mit dem Gesicht nach oben auf dem Tisch lag. Sie nahm meine Beine, die über den Rand baumelten, und legte sie sich auf die Schultern, als wären sie federleicht. Mit meinen Beinen auf ihren Schultern streckte sie die Arme aus, fasste zwei der dicken Wollzöpfe, die von den Balken herabhingen, und führte meine Beine durch die Schlingen an ihren Enden, bis sie an Knien und Knöcheln an den Wollzöpfen hingen. „Ist es bequem so, Töchterchen?", fragte sie. Ich nickte und meinte es ehrlich. In keinem Gynäkologenstuhl hätte ich besser liegen können als auf diesem einfachen, harten Tisch, der nicht falsche Bequemlichkeit vorspiegelte, die Beine an den Zöpfen roher Wolle hängend, in der Luft schwebend, die nach Tier roch, nach Zitronen.

Die Hebamme trat an den Herd, hob den Kesselrand leicht an und ließ sich heißes Wasser erst über die eine, dann über die andere Hand laufen, wusch sich ihre großen Hände, die sicher heißes Chlorwasser gewöhnt waren. „Ich ziehe keine Handschuhe an, weil ich alles nach Gefühl mache, Töchterchen. Aber ich habe heilige Hände, habe noch nie jemand mit irgendetwas infiziert", sagte sie.

Dann kam sie zu mir, bückte sich und senkte ihren Kopf zwischen meine Beine, als ginge ein Vollmond über meinem Geschlecht unter. Bis sie schließlich aus meinem Blickfeld verschwand und ich sie nur noch leise singen hörte, vielleicht ein Wiegenlied; oder es war das Wasser, das auf dem Herd kochte oder der Wein, der mir zu Kopf gestiegen war. Oder ihre Stimme, die mir sagte: „Wie hübsch ihr Muschelchen ist, so zart", und dann, vielleicht immer noch singend, aber leise, gedankenverloren: „Wie dumm die Männer doch sind."

Dann spürte ich, wie sie etwas in mich einführte, weich und dick, ein bisschen kalt, aber nicht tot, pflanzlich. Und obwohl es überhaupt nicht weh tat, stieß ich einen Schrei aus. Der Kopf der Hebamme tauchte zwischen meinen Beinen auf, sie wischte sich lächelnd die Hände an den Brüsten ab. „Jetzt brauchen Sie noch nicht zu schreien. Wir lassen das ein Weilchen da drinnen, damit es sich weitet und unempfindlicher wird."

In diesem Moment wurde das Geschrei der Kinder im Hof lauter, und eins von ihnen klopfte an die Küchentür, der Stimme nach eins von den kleinsten, und schrie: „Mamita, Mamita, Mariano und Julio prügeln sich." Worauf die Hebamme, die dabei war, das Feuer unter dem Kessel hochzudrehen, sich fest auf den Schenkel schlug, dass es klang wie ein Schuss oder ein Peitschenhieb, und ausrief: „Verdammte Gören! Dafür zieht man sie groß, dass sie sich gegenseitig umbringen!" Gleich darauf stürzte sie wie eine Furie hinaus und schlug die Tür laut hinter sich zu. Unterdessen blieb ich auf dem Tisch liegen und spürte, wie der Metallklumpen in meiner Hand pulsierte, sich dehnte und zusammenzog, während etwas in mir „unempfindlicher" wurde. Etwas, das sich von mir entfernte, wie die Kinder, die draußen erschrocken kreischend auseinanderliefen, um den Ohrfeigen zu entkommen, die ich nicht hören, mir aber vorstellen konnte.

* * *

„Wo warst du, Mamá, als all diese schrecklichen Dinge in deiner Stadt passierten?", hast du mich gefragt, Claudia. Ich war auf jenem Küchentisch, Claudia, bin immer dort gewesen. Lag auf dem Tisch, nur begleitet von dem lebendigen Wein in meinem Kopf, und gab mir Mühe, nicht an den fröstelnden Hund zu denken, der sich hinter dem Herd versteckte; versuchte, an etwas anderes zu denken, während mich der Wein in die Arme von Gedanken stieß, die ich nicht hätte denken sollen: an den Geflohenen, der unter dem Feigenbaum im Mondlicht schrie: „Sie wird mich verraten, diese Frau wird mich verraten"; an Pater Penna, der mir erzählte, wie er die Gefangenen in einer Staubwolke über die Grenze verschwinden sah; an Cáceres in der Basilika, als er mich mit der Schutzpatronin verglich, im Ton jener Melancholie, die beschmutzte, was sie bemitleidete: „Ihr gleicht euch, Laura: beide so jung und so schön, mit einer so großen Verantwortung. Und so bereit zu leiden ..."; an Mario, der sich um diese Zeit wahrscheinlich heimlich betrank, lieber vergessen wollte, warum er nicht „eingegriffen" hatte; an Rosita, die ich am Nachmittag besuchte, bevor ich Cáceres in die Wüste folgte, und die mir ohne weitere Erklärung riet, keinen Widerstand zu leisten; und an die Subiabre-Witwe - die ältere oder die jüngere - , die mich, als die zehn Gerechten mich im Gericht besuchten und um Hilfe baten, aufforderte: „Gehen Sie hin, wir bitten Sie darum, auf Sie wird der Kommandant hören ... Alle sehen doch, wie er Sie anschaut."

Um etwas anderes vor mir zu haben, als dieses Bild, wie ich durch diese Gedanken stolperte, versuchte ich mich an die Frau zu erinnern, die ich gewesen war, bevor ich die wurde, die jetzt hier auf dem Tisch lag. Und mein alter Professor, Don Benigno Velasco, tauchte vor meinen Augen auf - welch ironischen Rausch der Wein mir verschaffte -, rieb sich die Puppenhändchen und entschuldigte sich dafür, dass er sich geirrt hatte: Ja, man kann doch aufhören, apollinisch zu sein. Wenn es einen Beweis brauchte, war ich selbst das, die ich wieder dionysisch geworden war. Und ich trug sogar einen kleinen Dionysos im Leib, der in seinem Ziegenfell seinen Fruchtwasserrausch ausschlief. Ein kleiner Dionysos, der sich nicht beklagte, gevierteilt zu werden. Der wusste, dass seine Glieder die hungrige Erde nähren würden - Mutter und Grab -, dass seine Teile, wie die, die eine Sprengung hinterlässt, sich über die unendlich weite Wüste verstreuen würden, „für die Pachamama".

Mir schien, als hätte ich diese Worte ganz klar gehört, doch musste es das Brodeln des Kessels gewesen sein. Obwohl ich mir sicher war, dass sich etwas bewegt hatte. Ich schaute auf die Gasflamme unter dem Kessel, und ihr bläuliches Licht erhellte ein Regal über dem Herd voller vom Rauch und Dampf des Kochens verschmutzter Gegenstände. Und verteilt zwischen den Dosen und Salzfässchen und Basilikumsträußchen, als hätten sie keine größere oder kleinere Bedeutung als die Gewürze, als der Pfeffer und die Chilischoten, sah ich: Heiligenbildchen, Skapuliere, Figuren, die menschliche Züge trugen; vielleicht Heiligenfiguren, Schutzpatrone, die ich nicht kannte, Fürsprecher mir unbekannter himmlischer Dinge. Und ein bisschen darüber sah ich, wie sich etwas bewegte, das meine Aufmerksamkeit auf sich zog, als rufe es mich: ein Kalenderbild von der Schutzpatronin, dunkel geworden vom Fett so vieler Speisen, das im Dampf hin und her flatterte.

Vielleicht war es der von Mal zu Mal lebendigere Wein, Claudia, doch plötzlich hatte ich den Eindruck, als verstünde ich den Scherz, den sich der Herr des Gelächters mit mir gemacht hatte: Ich war an einem heiligen Ort. Da waren die brennenden Kerzen, die betenden Frauen in den Schatten, die Weihgeschenke und Votivbilder, die von den Balken hingen (ich selbst war ein solches Weihgeschenk). Auch das Licht des Sterns, der durch das löchrige Dach schien, bestätigte die Heiligkeit dieser heimlichen Kapelle der Wunder, sie war abgeteilt von der riesigen, kalten Kirche voller

Schatten und Dämonen, die die Welt war. Die Flammen, die unter dem Kessel flackerten, waren auch Kerzen vor dem Bild der Schutzpatronin. Als ich sie sah, wurde mir schwindlig, oder es war ein kleiner Erdstoß. Als öffne sich der Boden unter dem Tisch oder der barmherzige, süßliche Wein öffne noch einmal die Tür zum Hinterzimmer meines Hirns. Und fast mit einem Fuß auf der anderen Seite fragte ich - aber nicht ernsthaft, sondern nur um laut mit jemandem zu reden, Claudia, wie wenn man allein in einer dunklen Straße oder am Rand eines Abgrunds pfeift oder redet -, ich fragte das Kalenderbild der Schutzpatronin, wo mein Glaube sei. Denn in meiner Kindheit hatte ich ihn gehabt, und auch noch bis ein paar Monate zuvor, und dann, in irgendeinem Moment, unerwartet, aber unvermeidlich wie der Tod, hatte ich ihn verloren; es war nichts davon übrig geblieben. Man konnte mich durchsuchen, mir die Beine spreizen, wenn man wollte, und dort nachschauen, wo sich etwas weitete und unempfindlicher wurde, und würde nichts finden. Oder vielleicht doch etwas, und ich lachte laut los, da war noch dieses Echo der Sensen: „fe, fe, fe …"

Nein, sagte ich mir, rief ich mich zur Ordnung: Hör auf, Laura, mit Heiligenfiguren zu reden! Doch ich konnte nicht auf mich hören und fragte sie - fragte, vom Wein erhitzt und aufgebracht sie, an die ich nicht mehr glaubte, wo sie gewesen war. Denn sie konnte nicht dort gewesen sein, auf jenem Schreibtisch, mit ihrem Mäuselächeln, das ihren Tränen widersprach, nicht wahr? Oder wollte sie mir etwa sagen, dass sie immer genau hier gewesen war, hier auf mich gewartet hatte, in der Küche der Hebamme und Bäckerin und gelegentlichen Hure und ewigen Mutter und heimlichen Engelmacherin?

Natürlich antwortete die Schutzpatronin mir nicht, Claudia. Nicht einmal mit Hilfe des Weins. Vielmehr zog sie sich zurück, im Flattern dieses schmierigen Kalenderbilds, das im Dampf des Kessels hin und herschwang. Dem unschuldigen Flattern, mit dem sie zurückwich, floh, sich versteckte. Und wieder fühlte ich den Schwindel, als ob sich etwas unter dem Tisch öffnete und das Heiligenbild aufnahm. Als wenn das Abbild zu dem zurückkehrte, bei dem Schutz suchte, was es abbildete. Wie die Muttergöttin, die sich entkleidete, eine nach der anderen die Verkleidungen abstreifte, ihre lange Kette von Namen ablegte, bis sie bei etwas anlangte, das ich, weil ich kein anderes Wort dafür hatte, so nannte, wie die Hebamme es genannt hatte: Notwendigkeit. Die Notwendigkeit der Frau (und „wie dumm die Männer doch sind"), die hier auf dem Küchentisch lag und über einem Abgrund zitterte, mit gespreizten Beinen an ein paar Wollzöpfen hing, sich weitete und dabei war, „die Empfindsamkeit" zu verlieren (die ich einmal Glauben genannt hatte).

***

„Mit wem haben Sie da geredet, Töchterchen? Der Wein hat Ihnen anscheinend gutgetan", sagte die Hebamme, als sie zurückkehrte, die Tür wieder verriegelte, zum Herd ging und sich noch einmal heißes Wasser über die Hände goss. Dabei erzählte sie mir, dass sie die Kinder auf die Straße geschickt hatte, „außer Iván, das Döfchen, der rührt sich nicht vom Hof weg." Immer noch redend, nahm sie den Kessel vom Herd und trug ihn zur Spüle, ich hörte, wie das Wasser ausgeschüttet wurde und sah den Dampf über ihrem Kopf mit dem gepunkteten Tuch. Dann kam sie zu mir herüber, die Hände hinter dem Rücken, beugte sich zwischen meine Beine und sagte: „Atmen Sie jetzt tief durch, Töchterchen, dann ist es gleich vorbei." Anstatt an irgendetwas zu denken, dachte ich genau das, was ich nicht denken sollte: dass ich nicht gebären würde. Dass ich diesen Unaussprechlichen daran hindern würde, mir sein Licht zu bringen; dass ich den lebendigen Wein töten würde; dass ich das Vollblut an den Karren schirren würde, der draußen wartete, wo die Kinder spielten, und ihr begeistertes Geschrei hörte sich wie Wiehern an. In diesem Moment spürte ich im Uterus einen stechenden Schmerz. Und dann schien mir etwas zwischen den Beinen herauszulaufen; aber ich wollte nicht zur Schutzpatronin hinschauen (denn es war nicht das erste Mal, dass sie mich bluten sah und lächelte). Und der Schmerz wurde noch stärker, und es war, als wende sich mein Hass gegen mich selbst, Claudia.

Und in diesem Moment hörte ich die Hebamme zwischen meinen Beinen sagen: „Das, was Sie da haben, ist so groß, dass es älter sein muss, als Sie denken, Töchterchen; oder vielleicht sind es ja zwei."

Da geschah etwas Seltsames auf diesem Tisch, Claudia. Ich fühlte, dass „das, was ich da hatte", das älter war als ich glaubte, aus dem Abgrund kam, in dem die Schutzpatronin versank (unter dem Tisch) und gleichzeitig unbekannt in der Zukunft lag. Über mir, dort, wohin meine Beine wiesen, sah ich durch das Loch im Dach eine unendliche Zahl von Jahren, und weil ich sie mir nicht vorstellen konnte, stellte ich mir vor, dass es, sagen wir, zwanzig waren, und ich sah mich neben einem Sohn oder einer Tochter von zwanzig Jahren.

Und dieses ganze, unergründliche Leben, das nicht geschehen würde, aber das, wenn es geschehen würde, voller Glück und Unglück, voller Fehler und Erfolge sein würde, sah mich von der anderen Seite des Abgrunds an, seines Nicht-Seins. Ich will nicht sagen, dass du mich angeschaut hast, denn du existiertest ja noch nicht, und in diesem Moment solltest du auch nicht existieren. Es warst nicht du, die mich da anschaute, doch in diesem Moment fühlte ich, dass sich diese ganze vergangene und zukünftige Zeit sich zurückzog, auf mich niederstürzte, von oben und von unten, sich im Embryo der Gegenwart einnistete, in der schlichten Möglichkeit des Seins. Und mit allem Hass und Schmerz, deren ich fähig war, schrie ich: „Nein!"

Die Hebamme richtete sich langsam auf, tauchte zwischen meinen Beinen auf, als hätte ich sie gerade geboren, in der Hand den gebogenen, tropfenden Draht, der wie ein Fragezeichen aussah, und fragte mich, ob ich sicher wäre. Ich schüttelte nur den Kopf. Aber sie verstand sofort, machte meine Beine los und ließ sie sanft niedersinken. Sie half mir vom Tisch herunter, half mir, mich anzuziehen. Dann fragte sie mich noch einmal: „Sind Sie sich sicher, Frau Richterin?" (Es war das erste und einzige Mal, dass sie mich Richterin nannte, ohne Ironie oder besonderen Respekt.) Noch einmal antwortete ich mit Nein. Und die Hebamme band sich die Schürze auf, streifte sich das Kopftuch ab und sagte: „Nein, Sie werden sich niemals sicher sein. Vor allem, wenn man bedenkt, wo es herkommt, Laura." (Es war das erste und einzige Mal, dass sie mich bei meinem Namen nannte.) „Sie werden niemals sicher sein. Und man wird es Ihnen anmerken. Und eines Tages werden Sie das dem Kind erklären müssen." Dabei zeigte sie auf meinen Bauch, auf das, was älter war, als ich glaubte. Und ich verstand, weshalb ich es nicht mehr „das da" nennen wollte. Denn von jetzt an würden sein Name und sein Leben so notwendig, so unvermeidlich sein, als existierten sie schon.

Dann ging ich zur Tür, trat auf die Steinstufe hinaus, und als wüsste ich instinktiv, was ich zu tun hatte, näherte ich mich dem Karren, unter dem Iván schlief, zusammengerollt wie ein Hund. Ohne ihn aufzuwecken, bückte ich mich und drückte ihm den Metallklumpen in seine schmutzige Hand , den er mir geschenkt hatte.

Ich ging schon über den dunklen Hof der Pforte zu, als die Hebamme hinter mir herkam, mich einen Moment zurückhielt und mir mit ihrer großen, starken Hand den Rücken tätschelte: „Grämen Sie sich nicht so sehr, Töchterchen. Wenn Sie später bereuen, dass Sie es zur Welt gebracht haben, kommen Sie einfach wieder und geben es mir. Ich habe immer Platz für eins mehr oder zwei. Ich muss ja stillen, denn sonst tun mir die Brüste so wahnsinnig weh." Dabei lachte sie über ihr ganzes, kupferfarbenes Mondgesicht und strich sich über die riesigen Brüste, feierte ihre Notwendigkeit oder den fröhlichen Lärm ihrer Kinder, die auf der Straße immer noch Fußball spielten.

35

Der Nachtwind wehte sanft in den stacheligen Zweigen des Tamarugo-Wäldchens, durch das Laura lief, hinter sich Iván, der den kleinen Geldkoffer trug. Durch die staubigen Baumkronen konnte sie die Venus sehen, die ihr vorausging, ihr den Weg wies. Der Stern, der keiner war, doch stärker als ein solcher strahlte (und dessen anderen Namen wir nicht nennen wollen), stand genau unter dem Horn des Neumonds, sodass sie zusammen aussahen wie eine glänzende Faust, die eine Sichel oder Sense schwang. Das Licht dieser perfekten planetarischen Konstellation war so stark, dass es deutlich die Schatten von Laura und Iván auf den mit salzigem Sand und Ziegenmist bedeckten Boden warf. Geleitet von diesem Licht suchte Laura ihren Weg zwischen den im Wäldchen verstreuten Zelten der Pilger. Die aus Decken und Lastwagenplanen improvisierten Behausungen lagen jetzt, nach dem Bekanntwerden des Wunders, verwaist da, ihre Bewohner waren wie alle anderen zum alten Gefangenenlager hinausgeströmt. Auf einer Lichtung erkannte Laura im Schutz eines Pferdekarrens die drei alten Frauen, die am Tag ihrer Ankunft am Straßenrand Lamawolle gesponnen und ihre Webwaren feilgeboten hatten. Auch jetzt saßen die Frauen, die Haare mit Kopftüchern bedeckt, gleichgültig oder unempfindlich gegenüber dem Aufruhr, im Licht eines kleinen Lagerfeuers bei ihrer Arbeit. Eine von ihnen schien sie herbeizurufen, und Laura trat näher: Die Äuglein der drei Alten glänzten im Feuerschein; die eine drehte das Spinnrad, die andere wickelte den Faden und die dritte führte ihn an den Mund, durchtrennte ihn mit ihren Mäusezähnen. Schließlich schaute die Dickste von ihnen Laura an, lächelte über das ganze, kupferfarbene Mondgesicht, stand überraschend behände auf und trat zu ihr.

Aus der Nähe sah die Hebamme noch jünger aus als drei Tage zuvor, vielleicht sogar jünger als vor zwanzig Jahren, als Laura auf ihrem Küchentisch gelegen hatte, die Beine an Wollzöpfen hochgezogen. Es schien, als würde sie jeden Monat mit dem neuen Mond wieder geboren. Laura war überrascht, wie sehr sie den Duft von roher Wolle und Zitrone genoss, die die andere verströmte, und musste an ihre vielen Kinder denken, die eigenen und die adoptierten – denn da war immer noch Platz für eins mehr. Die Frau erriet ihre Gedanken und sagte lachend: „Diese verdammten Gören sind alle weggelaufen, um das Wunder zu sehen, und haben uns hier mit dem Karren sitzen lassen, und jetzt können wir nicht mehr weg von hier, stellen Sie sich nur vor!"

Laura gab Iván ein Zeichen, das Metallköfferchen hinten auf den Karren zu stellen, zwischen die fertigen Websachen und die Wollknäuel. „Das ist für die Schulden, die ich noch bei Ihnen habe", sagte sie. „Samt Zinsen. Damit können Sie sich endlich ein neues Pferd kaufen."

Die Hebamme warf einen Blick auf das Köfferchen und sagte: „Das reicht sicher für mehr als einen einfachen Gaul. Dafür könnte ich vielleicht sogar einen Vollblüter kriegen."

Und dann lächelte sie ohne eine Spur von Ironie dieses offene und trotzdem unergründliche Lächeln, in dem Jahrhunderte lagen.

„Ich möchte Sie ja noch um etwas bitten", erklärte ihr Laura.

„Nur zu, Töchterchen."

„Ich möchte, dass Sie Iván adoptieren, und dass Sie ihn mit diesem Geld versorgen. Sein Leben lang."

Die andere wiederholte murmelnd: „ ... sein Leben lang", und zog die Schultern hoch, als sei das für sie eine unbedeutende Zeitspanne. Dann hob sie den Arm, legte ihn Laura um den Hals und zog sie unwiderstehlich in ihre Umarmung, zum tiefen Ausschnitt, der nach Zitrone und Wolle roch, und nach noch etwas, nach frischer Erde. Lange schaute sie sie aus nächster Nähe an, die Lippen leicht geöffnet, als wollte sie Laura küssen, und sagte schließlich: „Seien Sie ganz beruhigt, Töchterchen. Ich passe schon gut auf ihn auf."

* * *

Laura gelangte an den Saum des Wäldchens, wo die Oase endete und die Wüste begann. Ein Meer von Menschen, von Fackeln und Laternen, von Büßern auf ihren Knien mit brennenden Kerzen in den Händen, von Masken und Kostümen, von Bruderschaften, die zum Rhythmus ihrer Kapellen tanzten, umzingelte den Zaun des Lagers wie eine mittelalterliche Armee, die eine Burg belagert. Mamani hatte seinen Teil der Vereinbarung erfüllt, seine Teufel hatten die Menge dem von Mario angekündigten Wunder zugetrieben. Dumpfer Lärm drang durch die Dunkelheit zum Rand des Wäldchens herüber, wo Laura stand und aus dem immer noch in Scharen Menschen strömten, als kämen sie direkt aus dem Herzen der Nacht, aus der Tiefe der Wüste: das Volk, das vierzig Jahre durch die Wüste geirrt war und jetzt endlich ankam, aufrecht oder sich auf Knien vorwärts schleppend; Bruderschaften und Neugierige, Büßer, die ihre Gelübde einlösten, und Leidende, die um Linderung baten. Gewöhnt zu glauben, waren die Büßer den Bruderschaften gefolgt, um die Rückkehr ihrer Schutzpatronin zu sehen.

Von dieser riesigen Menge wehte, vermischt mit den Fetzen der Musik, der Klang der Gebete herüber, schwoll auf und ab, ein dumpfer, hohler Gesang wie ein zermahlener Knochen im Schlund der Nacht, der aber auch – und Laura spürte es genau – noch etwas anderes mit sich brachte.

Es war der flüssige Horizont, die Fata Morgana. Es war das Rauschen der Welle, die vom Horizont herüberkam, sich nach ihrer Millionen Jahre währenden Abwesenheit näherte, um ihr Bett wieder in Besitz zu nehmen. Es war die Spiegelung, die Laura durchquert hatte, als sie vor zwanzig Jahren in die rote Salzwüste der Apokalypse fuhr; und jetzt wieder, am Mittag vor zweiundsiebzig Stunden, als sie das Gefühl hatte, sie von der anderen Seite her zu durchqueren. Es war der Schwall flüssiger Luft, hinter dem die unförmigen Umrisse bebten, die lautlos heulten oder deren Stille das brausende Gebet dieses verschwundenen Meers war, das zurückkehrte.

Laura schaute auf die Uhr: fast Mitternacht. Die Zeit war gekommen, doch sie fühlte, dass ihr genau in diesem Moment die Kraft ausging. Das Gewicht der letzten drei Tage fiel auf ihre Schultern, drückte sie nieder. Ihre Beine zitterten, als sei sie eine ungeheuer lange Strecke Wegs gelaufen. Ihre Kehle war ausgedörrt, voller Staub und Salz der Wüste. Eine endlos lange Minute musste sie sich gegen den Stamm eines Baumes lehnen, bevor sie sich in Bewegung setzen konnte.

Schließlich löste sie sich aus dem Schutz des Tamarugo-Wäldchens und trat in die dunkle Nacht der Wüste hinaus. Und hinein in die Menge, in die zerlumpten Kohorten und Legionen, die immer dichter wurden, dichter auch ihre Gerüche trotz des frischen Nachtwinds. Während sie sich einen Weg durch die Menge bahnte, drangen Laura Schwaden dieses Geruchs in die Nase, nach den Körpern der Büßer, dem Staub, dem Patschuli und Weihrauch ihrer Kostüme; dem trockenen Schweiß von drei Tagen des Tanzens; der süßliche Duft des Bluts und des Jods auf den Blutkrusten und Verbänden der Kranken. Laura tauchte ein in diese Gerüche, so verschieden und vermischt wie der Lärm: die Musik der Kapellen, der raue Klang der Rasseln, die schrillen Flöten, die spöttischen Tuben, die fröhlichen Posaunen und das gleichmäßige Dröhnen der Trommeln. Alle waren sie hier versammelt, zweifelnd und hoffnungsvoll zugleich in der Erwartung des Wunders, die sie selbst mit dieser Musik und ihren Gebeten geschaffen hatten, dem Knistern ihrer Kerzen und Fackeln, dem leisen Gemurmel der Transistorradios, die hier und da die klare, endlich einmal klare, deutliche Stimme des Sprechers übertrugen, der die „große Nachricht" der neuen Erscheinung der Jungfrau verkündete, die niemand sehen konnte und die dennoch jemand irgendwo sehen musste. Denn aus diesem Grund – dem fundamentalen Bedürfnis zu glauben – waren sie alle hier versammelt.

Mit Ellenbogenstößen drängte sich Laura zwischen den knienden Pilgern und den Kapellen der tanzenden Bruderschaften hindurch, den einäugigen Teufeln, den Zigeunern, den Chinesinnen und schmutzigen Harlekinen, die alle in Erwartung des Wunders angestrengt in den Himmel starrten, bis Laura endlich das Lagertor erreichte, wo sich am vergangenen Morgen Claudia mit ihren Freunden angekettet hatte. Ganz vorn versperrte die Bruderschaft von Mamanis Teufeln der Menge den Weg. In mehreren Reihen knieten die Dämonen im unwirklichen Schein ihrer Fackeln, wiegten sich im Rhythmus ihrer Kapelle und beteten, als knieten sie vor den Ruinen eines Tempels oder als sei die ganze Wüste – ihre Mosaike aus Salz und Quarz, ihre Buntglasfenster aus Spiegelungen, ihre Gewölbe aus reinem, schwarzem

Licht – ein zerfallener Palast, den seine Götter vor langer Zeit verlassen hatten. Ein Wald aus krummen, gewundenen Hörnern wehte vor dem Gittertor, wo der mächtige Oberhauptmann, sein Umhang vom Nachtwind gebläht, seiner gewundenen Hörner im Sternenlicht blitzend, seinen Tanz vollzog, vorwärts und zurück, sich um sich selbst drehte, mit seinem Stab der Bruderschaft den Rhythmus vorgab.

Als er sie sah, gab Mamani seinen Teufeln ein Zeichen, und sie öffneten Laura eine Gasse, damit sie sich dem Tor nähern konnte. Der riesige, gehörnte Kopf schwankte vor Lauras Gesicht, hieß sie willkommen. Die Fänge der mythologischen Bestie zeigten in Richtung der Stelle, wo Claudia und ihre Freunde heiser ihre Parolen schrien, die im dumpfen Klang der Trommeln völlig untergingen.

Laura näherte sich ihrer Tochter. „Wenn du mir sagen willst, dass ich weiter auf deine Antwort warten soll, verschwendest du nur deine Zeit", schrie ihr Claudia entgegen. „Du siehst ja, wir haben die Leute mobilisiert, sie sind gekommen, um uns zuzuhören."

Laura fühlte wieder, wie sich etwas in ihr vor Liebe zusammenzog, der Wunsch, ihre Tochter zu beschützen, schmerzte geradezu körperlich.

„Mach deine Ketten los", bat sie Claudia.

„Wozu?"

„Damit wir gemeinsam ins Lager gehen können. Ich will deine Frage beantworten und dir zeigen, wo ich gewesen bin."

Claudia schaute sie einen Moment unschlüssig an. Dann löste sie ihre Ketten, und beide schlüpften durch den Spalt zwischen den schiefen, vom Salpeter zerfressenen Torflügeln, in die Dunkelheit und die Stille der Ruinen hinein.

***

Laura nahm die Hand ihrer Tochter, und gemeinsam überquerten sie die Schwelle. Sie fühlte, wie Claudia zögerte, als sie diese Stille wie die einer anderen Welt betrat und den Schutz der Menschenmenge hinter sich ließ. Doch sie ermunterte ihre Tochter, machte ihr Mut, indem sie einfach loslief, wie damals, als Claudia noch ein kleines Mädchen war, wenn sie in Berlin eine dunkle Straße entlanggingen und Laura ihre Tochter glauben machen wollte, dass die Mutter keine Angst hatte. Jetzt überquerten sie im Laufschritt den Appellhof, bis sie ganz hinten auf dem Gelände den Wohnwagen mit der Plane davor erreichten, unter der die erloschene Lampe hing.

Sie mussten um den Wohnwagen herumgehen und sich an den Schatten gewöhnen, den er im Mondlicht warf, um, neben einem der platten Reifen kauernd, den Oberst zu entdecken. Er wimmerte leise, wie ein verwundetes Tier, vielleicht ein verirrter Husky; die hellen Augen waren das Einzige, was in der Dunkelheit gut zu erkennen war. Laura dachte an das Kind, das sie einmal in ihm erahnt hatte und sie begriff, dass es eigentlich kein Wimmern war, sondern eine Geschichte (die zu hören sie nicht geboren war), die der Oberst sich selbst erzählte, wie zwanzig Jahre zuvor, um nicht allein zu sein in seinem selbst zugefügten Schrecken.

„Mariano ...!", sprach Laura ihn an wie in jener letzten Nacht vor zwanzig Jahren.

Der Mann wimmerte weiter, krümmte sich noch mehr, doch schließlich fragte er: „Alle diese Pilger ... Was wollen sie, Patroncita? Wozu sind sie gekommen?" Dabei hielt er sich mit der gesunden Hand die Ohrenklappen seiner Mütze, versteckte sein

Gesicht vor der Sternenschar, die die Fackeln um das Lager herum spiegelten. „Wollen sie ein Wunder von mir?"

„Vielleicht wollen sie es von uns", antwortete Laura und befahl ihm: „Komm her."

Die Augen unter dem Mützenschirm leuchteten hoffnungsvoll auf. Dann bewegte sich der Schatten im noch dunkleren Schatten des Wohnwagens und erhob sich ächzend, stand unsicher schwankend im Licht von Venus und Mond und warf einen Blick voller Angst oder Verehrung zu ihnen hinauf. Über den Armstumpf gebeugt, die Füße nach sich ziehend, näherte er sich Laura und Claudia, bis er vor ihnen stand, und streckte die gesunde Hand nach dem Mädchen aus, als wolle er es streicheln. Dabei murmelte er so etwas wie: „Junge Patroncita".

Als Laura ihn unvermittelt anschrie: „Fass sie nicht an! Und nimm die Mütze ab!", zuckte er erschrocken zurück, riss sich mit einem Ruck die Kopfbedeckung herunter, wie ein Rekrut vor seinem Vorgesetzten, und ließ den kahlen Schädel sehen, auf dem die transplantierten Hautstücke im Mondlicht glänzten.

„Knie nieder und gib mir deine Waffe!", herrschte ihn Laura an.

Cáceres legte den Kopf zur Seite wie ein Hund oder ein Pferd, das einen Befehl nicht versteht, und keuchte dabei ein wenig.

„Knie nieder und gib mir die Waffe!", schrie Laura noch einmal.

Endlich schien Cáceres zu verstehen und fiel auf die Knie: „Ist das jetzt mein letztes Gericht, Patroncita?", flüsterte er kaum hörbar.

In der Stille hinter dem Wohnwagen, vor dem Hintergrund der Gebete und Trommelrhythmen, die vom Horizont herkamen, hörten Laura und Claudia ihn keuchen, wie ein Pferd, vielleicht ein Vollblüter, nach einem langen, verlorenen Rennen, so schnaufte er vor Erschöpfung oder Erregung durch die Nase, das, was ihm von seiner Nase übrig geblieben war. Dabei zog er den Revolver mit der gesunden Hand unter der Jacke aus Ziegenfell hervor und hielt ihn, den Kolben voran, Laura hin.

Laura nahm die Waffe, zwang ihn, den Kopf zu senken, und setzte den Lauf auf den gebeugten Nacken, als wolle sie ihm den Gnadenschuss geben. Wie schon zwei Nächte zuvor spürte sie dabei fasziniert, wie ihre Hand die eingepflanzte Haut auf Cáceres' Schädel berührte. Während sie die Augen schloss, fragte sie sich, weshalb sie sich diese Berührung erlaubte, wenn sie doch wusste, dass sie viel mehr war als ein einfacher Kontakt: Er war ein Streicheln, eine Taufe und sogar eine Segnung.

„Patroncita", wimmerte Cáceres noch einmal, leidend oder lustvoll oder vielleicht ahnend, was Laura spürte. „Patroncita, wirst du mich jetzt endlich richten?"

Laura sah fragend ihre Tochter an, wollte ihren Rat bei diesem endgültigen Urteil, dem „Jüngsten Gericht", um das der Oberst bat. Claudia schaute entsetzt zurück, wandte dann den Blick wie hilfesuchend zur Menschenmenge, die gegen die Umzäunung des Lagers drängte und ihr eigenes Wunder erwartete. Laura packte die Waffe fester, drückte sie auf den Nacken des knienden Mannes nieder, der jetzt ihre Beine umklammerte, vor Schrecken oder Lust wimmerte und sein zerstörtes Gesicht gegen ihre Schenkel drückte. Unterdessen streichelte sie, jetzt nicht mehr unfreiwillig, sondern willentlich, die Stücke eingepflanzter Haut, als halte sie den Kopf eines erschrockenen, reumütigen Kindes gegen den Bauch gepresst, das von zu Hause weggelaufen und zurückgekehrt ist, um seine Strafe zu erhalten.

Dann sagte sie zu ihrer Tochter: „Hier bin ich gewesen, Claudia. Hier war ich, als all diese schrecklichen Dinge geschahen ..."

Und sie brauchte nicht hinzuzufügen, dass hier, an diesem Ort, einmal das Haus gestanden hatte, wo der Mann sie Nacht für Nacht empfing, unkalkulierbar, unvorhersehbar, doch ebenso unvermeidlich wie der Tod. Sie musste ihr nichts weiter sagen oder erklären, ihr auch nicht mehr den langen Brief geben, denn Claudia hatte schon längst zu ahnen begonnen, was ihre Mutter begriffen hatte, als sie ihn schrieb: Wer die ganze Wahrheit seiner Vergangenheit wissen will, riskiert, von dieser Wahrheit erdrückt zu werden. Claudia begriff es jetzt ganz, als sie mit unterdrückter Stimme sagte: „Er hat dich vergewaltigt."

„Ja."

Cáceres keuchte heftiger, klammerte sich noch stärker an Lauras Beine und wimmerte etwas Unverständliches wie „Verehrung".

„Und du konntest ihn nicht anzeigen. Du bist einfach geflohen, hast mit diesem Geheimnis gelebt, hast dich schuldig gefühlt, als sei es deine Schuld gewesen, hast dich deswegen geschämt."

Claudia hatte die Symptome der Krankheit ihrer Mutter gut erkannt, das schwerste davon klar identifiziert: ihr Schuldgefühl. Denn es stimmte ja: Obwohl es verrückt schien, pervers, fühlte Laura sich schuldig. Das Schuldgefühl der Opfer, das ist die unheilvollste Art und Weise, wie die Macht die Verletzungen, die sie zufügt, weiter wirken lässt. Und Laura wusste auch, dass das wirklich Tragische die Tatsache war, dass auch das Schuldgefühl nur eine Abstraktion, eine Theorie darstellte, nicht ausreichte. Denn das, was zwischen beiden bestand, zwischen Henker und Opfer, verdiente ein anderes Wort, unsäglich und dennoch unausweichlich. Was vorherrschte, war nicht ein „Schuldgefühl", sondern „Intimität". So groß war ihre Intimität mit Cáceres gewesen, dass Laura darin die Norm angenommen hatte, den Stahlgesang des anderen. Mit dieser Norm, diesem Maßstab, war sie gemessen worden, und ihr Maß war der Verrat gewesen. Und durch diesen Verrat wiederum war ihre Intimität entstanden. Das war das unaussprechliche, unerklärliche Geheimnis. Das, was sie nur ausdrücken konnte, indem sie die Nacht und das Gebet der Menge und die Konstellation der Venus mit dem Mond für sie sprechen ließ. So war es, als spräche die Nacht selbst, als Laura sagte: „Ja, ich fühlte mich schuldig, vergewaltigt worden zu sein; ich schämte mich. Doch das war noch nicht alles …"

Cáceres senkte das Gesicht noch tiefer zwischen Lauras Beine und wimmerte: „Nein, nein, nein", und noch etwas, das wie „Liebe" klang. Und Laura wurde weich, streichelte noch einmal seinen Kopf, beruhigte ihn wie einen verängstigten Hund.

Als Claudia das sah, stampfte sie mit dem Fuß auf, stieß einen Wutschrei aus und schlug Cáceres mit beiden Händen auf den Schädel, sodass er zu Boden ging. Dann baute sie sich vor Laura auf, packte sie an den Schultern und rief: „Was denn noch, Mamá? Welche Scheiße kann es denn sonst noch zwischen euch gegeben haben?"

Und sie schüttelte ihre Mutter, als wolle sie diese ganze „Scheiße" aus ihr herausschütteln, die noch in ihr steckte; die Scheiße des schweigsamen Lebens, das sie geführt und hinter dem sie sich verschanzt, versteckt hatte; die Scheiße ihrer Theorien und Thesen, sogar noch des Briefes, den sie geschrieben und ihr nicht ausgehändigt hatte, die verbissene Vernunft ihrer Existenz, die sie wie eine Maske benutzt hatte.

Doch bevor Laura reagieren konnte, fasste sich Claudia und fügte hinzu: „Aber was es auch sei, jetzt musst du das nicht mehr tun, du musst ihn nicht töten. Jetzt kann er vor Gericht gestellt werden. Ich werde dafür sorgen, wenn du dich nicht traust. Ich werde ihn anklagen. Wenn nicht hierfür, dann wegen etwas anderem, wegen irgendeinem anderen seiner Verbrechen. Ich werde ihn ins Gefängnis bringen. Ich verfolge ihn bis ans Ende der Welt, mein ganzes Leben lang, wenn es sein muss ..."

„Dein ganzes Leben ... Aber wer verfolgt dann am Ende wen?", fragte Laura.

Claudia fuhr fort, ohne sie hören: „Und wenn ich das nicht erreiche, dann komme ich hierher zurück und bringe ihn um, das verspreche ich dir. Ich selbst werde ihn töten, egal wie. Du wirst schon sehen."

Laura sah ihrer Tochter in die Augen.

„Du kannst ihn nicht töten. Und du darfst das auch nicht."

„Weshalb denn nicht?", protestierte Claudia empört.

Dies war der Augenblick. Genau hier endeten alle ihre Albträume, bis hier kam der blutrote Hengst, der Vollblüter in seinem wilden Galopp, und dahinter lag nur noch das verschwundene Meer, die Wüste, wo nichts überlebte, nicht einmal mehr die weiße Sonne des Zorns. Es war die absolute Tragödie, der irreparable Schaden, der Richtspruch der Moira. Laura antwortete: „Es gibt ein uraltes Gesetz, das es dir verbietet."

Sie brauchte nichts weiter zu sagen. Claudia starrte sie mit weit aufgerissenen Augen an, trat einen Schritt zurück, kauerte sich nieder, hielt sich eine Hand vor den Mund, als wolle sie sich übergeben. So hatte Laura ihre Tochter gesehen, als sie klein war und ihr der Magen wehtat. Und vielleicht ging es jetzt darum, ihr zu helfen wie damals, wenn sie dann eine Medizin nehmen musste. Dieses Mal war das Einzige, was sie heilen konnte, die Wahrheit, den unbewussten Hass auszuspeien, herauszuwürgen. Damit sie nicht zwanzig Jahre oder ein ganzes Leben lang mit dieser Bitterkeit im Herzen leben musste wie ihre Mutter.

Laura kniete sich vor ihre Tochter, zog die Hand vor ihrem Mund weg, nahm sie zwischen die ihren und küsste sie. Mit dieser stummen Geste machte sie ihr Mut, das Alter der Unschuld zu verlassen, sich der zwiespältigen, unversöhnlichen Welt der Erwachsenen zu stellen und zu sprechen. Und als Claudia dies tat, sprach sie mit einer neuen Stimme, gealtert durch den ersten dieser Tode, die notwendig sind, um zu wachsen, einer Stimme, die viel älter war als sie selbst: „Es wäre besser gewesen, wenn du mich abgetrieben hättest", flüsterte sie.

„Nein", antwortete Laura fest.

„Warum nicht?", flüsterte Claudia wieder.

„Weil ich dem Tod nicht noch einen Sieg gönnen wollte", antwortete Laura und schaute auf Cáceres, der wie ein verwundetes Tier wimmerte und auf allen Vieren nach seiner Mütze suchte, die ihm aus der Hand gefallen war. „Und weil ich dich schon so sehr liebte."

„Du liebtest mich, obwohl du wusstest, woher ich kam?"

„Wir sind nicht Kinder unserer Gewissheiten ...", begann Laura, um dann innezuhalten. Es war nicht nötig, es ihrer Tochter noch einmal zu wiederholen. Und ihre Tochter würde es für immer behalten.

Langsam richtete sich Claudia auf und half auch ihrer Mutter, aufzustehen. Und dann nahm sie Laura so fest in den Arm, dass diese für einen Augenblick glaubte, ihre Tochter verschmelze wieder mit ihr, kehre in ihren Leib zurück.

„Was wollen wir denn jetzt tun?", fragte Claudia und löste sich von ihrer Mutter.

Laura seufzte und nahm die Hand ihrer Tochter wieder in die ihre, und wie zuvor, wehrte Claudia sich nicht dagegen, erwiderte vielmehr den Händedruck.

„Wir werden das hier jetzt zu Ende bringen!", sagte Laura. Dann hob sie den Revolver, zielte vage in die Richtung der Konstellation von Venus mit dem Neumond und gab einen Schuss in die Luft ab.

Einen Augenblick lang trat absolute Stille, Grabesstille, über der Wüste ein. Die Gebete, die Gesänge, die Musik der Kapellen und das Schlagen der Trommeln hielten inne, als habe sich die Salzkruste der Wüste aufgetan und die Menschenmenge um das Lager sei in einen Abgrund gestürzt, bis auf dem Grund des verschwundenen Meers. Eine Stille wie ein leerer Planet, ein zerbrochenes Schwert, eine Waage in der Schwebe ... Nur eine Radiostimme war klar und deutlich in der Ferne zu hören: Marios Stimme, die das Wunder in der Wüste verkündete.

Und dann brach ein Brausen los. Hinter dem Zaun stimmten die Teufel der ersten Reihe ein Freuden- oder Schmerzensgeheul an, erhoben sich wie auf Kommando, wie eine Woge im Fackelschein glänzender Hörner und setzten sich in Bewegung, als brande der flüssige Horizont gegen die Umzäunung des Lagers. Und hinter ihnen erhob sich das Volk, das auf Knien gebetet hatte, wie ein einziger Mensch, es erhoben sich die Fackeln, die Petroleumlampen, es erhoben sich die Schatten selbst, begleitet von einem Tosen, das stärker war als die Tausenden von Kehlen, aus denen es drang, eine Klage, ein Gebrüll, ein Triumphschrei.

Und dann gaben die Gitter nach, die Umzäunung wurde auf breiter Front niedergewalzt, die Menge der Büßer strömte in das Lager, als gehöre es ihr, an ihrer Spitze der Oberhauptmann der Diablada. Mit wehendem Umhang, leuchtender Maske und erhobenem Stab führte er die Woge heulender, johlender Menschen, wehender Umhänge und erhobener Fackeln an, der Laura und Claudia, Mutter und Tochter, gegen den Strom zu entkommen versuchten.

Schließlich blieb Laura heftig atmend stehen, nahm Claudia in den Arm und wandte sich mit ihr nach dem Wohnwagen um: Unter der zerfetzten Markise kniete, umringt von Teufelshörnern und Teufelskrallen, Oberst Mariano Cáceres Latorre, die Arme zum Nachthimmel gestreckt. Als wolle er sich seinen Belagerern erklären, zeigte er auf das, was er nie mehr verstehen würde: die Konstellation der venerischen Faust und der Sense.

Und dann verschlang ihn die Menge.

Epilog

Das Unbeschreibliche, hier ist's getan

J. W. v. Goethe, Faust II

Sagen wir, ich heiße Mario. Und es sind zwei Jahrzehnte vergangen, vielleicht ein Vierteljahrhundert, um irgendeine Zahl zu nennen, eine astronomische Minute, einen Skrupel im Himmelsbogen. Das Salz hat die Plaza wie mit einem Laken bedeckt, das der Wind an einem Tag auf die eine und am nächsten auf die andere Seite zieht. Dabei erfindet er Gesichter, Bilder, so wie meine Hand auf dem weißen Blatt Papier das Gesicht ihres Besitzers erfindet. Manchmal steige ich auf den Rathausbalkon, dessen schmiedeeisernes Gitter wieder ganz verrostet ist, und schaue auf den menschenleeren Platz hinunter. Und ich stelle mir in diesen zufälligen Mustern, die das Salz macht – oder meine Erinnerung –, die Gesichter meiner Geschichte oder die Masken vor, die ich ihnen aufgesetzt habe.

Ich stelle mir dann gern vor, dass ich Lauras Gesicht sehe, auch wenn ihre Züge verschwommen sind und denen der Patrona, der Schutzpatronin, ähneln – der „Patroncita", wie der Mann sie in ihren Momenten der „Intimität" nannte. Ein paar Augenblicke später ist es nicht mehr da. Das Gesicht ist verschwunden, vom Wind fortgerissen – meine Erinnerung weicht zurück und weigert sich, ihren Schmerz zu sehen (nehmen wir mal an, ich wusste immer, was ich nicht zu wissen vorgab).

Manchmal entdecke ich auch ein Stück von einem Blatt Papier, das der Wind über den einsamen Platz tanzen lässt. Ich laufe hinterher, so schnell ich kann – ein alter Mann von über siebzig, der ein Blatt Papier verfolgt, das der Wind ihm immer wieder entreißen will –, bis ich es schließlich erwische. Und dann stecke ich es ein, um es der Geschichte hinzuzufügen, an der ich schreibe.

Nachdem die Menschenmenge, an ihrer Spitze Mamanis Teufel, das Lager überrannt hatte, wurde im Durcheinander Lauras Brief an Claudia in die Luft gewirbelt, vielleicht bewusst von ihr selbst geworfen, vielleicht, weil ein Pilger Laura im Gedränge aus Versehen anrempelte. Die einzelnen Blätter verstreuten sich über den Köpfen der Menge; einige der Büßer versuchten sie zu fangen, wie die Zeugnisse eines rätselhaften Wunders. In den Tagen danach fand ich hier und da, in der Pampa verstreut, Papierfetzen mit der deutlich erkennbaren Handschrift von Laura. Ich ordnete sie, klebte sie wieder zusammen, füllte die Lücken mit meiner eigenen Phantasie, versuchte, aus meiner Erinnerung und meinen Vermutungen das schwierige Mosaik einer Erzählung zusammenzufügen. Ab und zu bringt auch nach so vielen Jahren der Wind, der die Plaza mit Salz bedeckt, aus der Wüste noch ein Stück von dem Brief, vergilbt von der Witterung. Das füge ich dann den anderen hinzu, ein weiterer Beweis, dass ich dies alles nicht geträumt habe.

Zum Beispiel nicht geträumt habe – oder vielleicht doch? –, dass mein Buch das folgende Ende haben könnte: „Das Letzte, was Laura und Claudia sahen, als sie am nächsten Tag Pampa Hundida verließen, war die Silhouette von Iván, der ihnen, im Gegenlicht vor der Wand aus flüssiger Luft am Horizont, zum Abschied zuwinkte..."

Einige hier bestätigen mir, dass es so war; an den endlos langen Abenden dieser Geisterstadt gibt es, zwei Jahrzehnte nach der Rückkehr und dem endgültigen Weggang der Richterin, genügend Zeit für solche Hypothesen. Andere verneinen es und sagen, Laura habe nicht ein einziges Mal zurückgeschaut, und Claudia genauso wenig, als sie die Stadt am Tag nach der Diablada, dem zweiten Wunder und dem Verschwinden des Obersten verließen (oder müsste ich sagen: dem Ende seiner „Faszination"?).

Worin die meisten von uns übereinstimmen – wir, die wir so eitel sind, uns für die Stimme unserer Stadt, ihren Chor zu halten –, ist, dass wir von jenem Fest, jener Diablada an uns aufzulösen begannen. Lange bevor das Schild, dass die Abzweigung vom Panamerican Highway nach Pampa Hundida anzeigt, von einer Windböe umgeworfen und unsere Stadt vom grenzenlosen Vergessen der Wüste verschluckt wurde, hatten wir begonnen, zu verschwinden, als der Oberst, Wärter und Gefangener seiner selbst, verschwand und sie, die Richterin, fortging.

Kann sein, dass es so war. Ich selbst habe schon vor langer Zeit begonnen, zu verschwinden. Das Alter ist ja nichts anderes als das: ein langes Davongehen. Mit dem unerbittlichen Rhythmus, langsam, aber sicher, in dem sich, jeden Tag ein bisschen mehr, der Horizont aus flüssiger Luft der Stadt genähert hat, der uns einschließt und von der Welt trennt.

Wenn Sie einmal vom Weg abkommen, jenen Horizont durchqueren und den einsamen Weg zur Oase hinunter nehmen, finden Sie mich dort vielleicht: den schläfrigen Alten, der an der Tür der Radiostation sitzt, deren krächzende, flackernde Frequenz sich kaum finden lässt. Ich bin jener alte Mann unter der unbarmherzigen, weißen Wüstensonne, den ein paar versprengte Touristen von ihrem Jeep aus fragen, wann die Wallfahrtskirche wieder geöffnet sein wird. Und um nicht zu sagen, dass er es nicht weiß, oder dass sie niemals mehr öffnen wird, antwortet er mit einer Handbewegung, die auf irgendeinen unbestimmten Punkt in der Zukunft zeigt.

Vielleicht ist es so besser, antwortet mir jemand aus dem schrägstehenden Spiegel hinter der Bar im Círculo Español, in dem ich mich einen grünlichen Aperitif trinken sehe. So werden wir endlich unser Schicksal als stillstehende Pilger erfüllt haben, als unerlöste Büßer, in diesem ewigen Patt mit unserem Vergessen. Der durch die Wüste irrende Stamm wird endlich angekommen sein. Und wir sind nur eine weitere Geisterstadt in der Weite der Atacama-Wüste, am Ende einer Abzweigung, die niemand nimmt. Die Welt wird auf der Panamericana an uns vorbeifahren, ohne eine Geschichte zu erfahren, die ihre Zeugen nicht erzählt und ihre Erben zu vergessen beschlossen haben. Und es wird nur diese Legende von unserer Existenz bleiben. Statt der wirklichen Geschichte wird diese Legende von einer Geschichte bleiben, eine hohle Maske, die unablässig in der Wüste vor sich hinredet.

Zum Beispiel von dem, was nach so vielen Ankündigungen und so vielen Befürchtungen jetzt tatsächlich geschehen ist: In diesem Jahr ist niemand zur Diablada gekommen, nur ein paar Händler aus weit entlegenen Orten, die sehr früh mit ihren Pickups ankamen und hofften, wie jedes Jahr ihre Geschäfte zu machen. Verzweifelt boten sie laut rufend im kargen Schatten der Pfefferbäume auf der großen, menschenleeren Plaza ihre Waren an und schauten dabei manchmal zum Glockenturm der Basilika hinauf, wo die Kirchenfahne der Gemeinde gehisst werden sollte, sobald der erste Pilgerkonvoy gesichtet würde. Doch die Fahne wurde nicht hochgezogen, und als die letzten Stunden des Tages fielen wie die Felsen, die von den Bergen in der Ferne rollen, wanderten wir, die vorletzten Einwohner von Pampa Hundida, die wir immer noch nicht fortgegangen sind, zur Panamericana hinauf, um am Horizont aus flüssiger Luft nach der Karawane der Busse Ausschau zu halten, die unser Fest retten würde. Dabei winkten wir mit weißen Taschentüchern, in einer letzten, verzweifelten Anstrengung, uns bei den Pilgern in Erinnerung zu rufen, vielleicht auch bei Ihnen, die Sie vorbeifuhren, ohne anzuhalten – denn wir sollten nicht vergessen oder verneinen, dass jeder, der eine endlose, gerade Straße entlangfährt, irgendwann weiß, dass er ein Pilger ist.

Wer uns gesehen hat, mag an eine Luftspiegelung gedacht haben, vielleicht an jene Gespenster, die von der Müdigkeit und der Dämmerung auf der Netzhaut der Fahrer hervorgerufen werden. Figuren aus einer anderen Zeit, einer längst vergangenen Geschichte; riesige Silhouetten, unförmige, unhörbar heulende Münder hinter der Wand aus kochender Luft, die vor einem rötlichen, unerbittlichen Sonnenuntergang vibriert.

Bei Einbruch der Nacht kehrten wir in kleinen Grüppchen zurück, schweigend und mit leeren Händen, und trafen am Ortseingang auf einen Schatten, eine Erinnerung: die drei alten Frauen, die spinnen und weben, während sie unter der Deichsel des Karrens ohne Pferd sitzen, und wir sagten ihnen, dass sie unseren Faden jetzt durchschneiden können, dass wir nicht mehr fortgehen werden.

Ich für mein Teil bin in die Sprecherkabine des Radiosenders zurückgekehrt, es ist bald Zeit für die Lokalnachrichten. Die Zeit, wenn wir uns für ein Weilchen vom landesweiten Programm abkoppeln – den schnulzigen Musiksendungen, banalen Nachrichten und schrillen Comedy-Shows –, damit ich der Bevölkerung unserer Stadt die Nachrichten aus der Gegend geben kann. Was werde ich ihnen heute verkünden? Welches Stück dieser Geschichte werde ich erfinden oder hinzufügen, um uns eine

Rechtfertigung oder eine Hoffnung zu geben, die uns bis zum kommenden Jahr reicht, bis zum Misserfolg der nächsten Diablada? Oder ist es vielleicht Zeit, einzusehen, dass das heutige Ende, das Ende unseres Glaubens, schon lange angekündigt war?

Zum Beispiel schon angekündigt wurde, als vor fast einem halben Jahrhundert der Major Mariano Cáceres Latorre (glauben wir weiter, dass er so hieß) in unsere Stadt kam und die alte Geisterstadt der Salpetermine in ein Gefangenenlager verwandelte und so zu neuem Leben erweckte. Oder zwei Jahrzehnte später, in der Nacht des zweiten Wunders, des ironischen Wunders, das ich selbst über den Sender verbreitete. Ironisch deshalb, weil, als nichts geschah, auch etwas geschah, das wir nicht nennen können (so wie der andere Name dessen nicht genannt werden kann, der das Licht bringt). Als die Bruderschaft von Mamanis Teufeln gegen die morsche Umzäunung des Lagers anrannte und hinter ihnen mit dem Geheul wie aus einer einzigen Kehle die Zehntausenden von Pilgern eindrangen und, erleuchtet von der Konstellation der Venus mit dem jungen Mond, etwas verübten, das nicht erinnert werden kann, das jedoch vielleicht die Erinnerung an etwas war, das schon davor viele Male, unendlich oft verübt wurde, in einer so lang zurückliegenden Vergangenheit wie die Abwesenheit des Ozeans in dieser Salzwüste.

Von da an kamen von Jahr zu Jahr weniger Pilger. Und als ob der Tanz der Bruderschaften die eigentliche Kraft gewesen wäre, die das Wasser aus dem unterirdischen Meer nach oben saugte, begann uns eine große Dürre heimzusuchen. Das grausame Austrocknen der Quellen in der Wüste. Jahr für Jahr wird der feuchte Fleck unserer Pampa Hundida (glauben wir weiter, dass es so heißt) kleiner, die Weinreben vertrocknen und die Brunnen müssen tiefer gebohrt werden, um überhaupt noch Wasser zu finden, ein salziges, spärliches Wasser, dass Tag für Tag jemanden dazu zwingt, fortzugehen, zu allererst die Jüngeren, auf der Suche nach irgendetwas Besserem hinter jener flüssigen Luft unseres Horizonts.

Die Stadt, die vor ein paar Jahrzehnten so vielversprechend aussah, hat ihr Versprechen vergessen. Ihr Niedergang begann genau in dem Moment, als es schien, als würde sie ihre alte Herrlichkeit wiedererlangen, den Wohlstand, den sie ein Jahrhundert zuvor erlebt hatte, als der Salpeter das Salz der Erde war. Das „größte religiöse Bauwerk des Kontinents", von dem Mamani geträumt hat, ist nie Wirklichkeit geworden. Alle diese Träume fielen in sich zusammen, unser Streben nach Größe stürzte ohne Echo in jenen bodenlosen Abgrund, wo die Trugbilder lautlos zerbrechen. Unter dem Gewicht ihrer eigenen Illusion werden unsere Träume zur ureigensten Metapher der Wüste, die uns umgibt – der Leere –, der grenzenlosen Salzebene, die unter der weißen, wütenden Sonne glänzt und auf der unsere Gedanken immer um dasselbe kreisen.

Wie diese fixe Idee in der brüchigen Stimme von Mario – nehmen wir an, ich heiße Mario –, der in ein nicht eingeschaltetes, „trockenes" Mikrophon spricht, wie wir unter Kollegen sagen. Die Stimme von niemand, die zur stummen Stimme meiner Stadt passt. Sie interpretiert den stummen Chor unserer Gewissen und fragt, wenn niemand uns hört, wenn nicht einmal wir selbst uns hören, was damals genau geschah, als der Oberst Cáceres verschwand.

Denn es mag viele Theorien über die Zeit und die Stunde geben, in der wir zu verschwinden begannen, doch für mich war es ein Ereignis, das all das ankündigte und entschied: das Verschwinden des „Mannes", des Oberst i. R. Mariano Cáceres Latorre.

Oder sein Tod, der Tod oder das Verschwinden eines Unbekannten. Da gibt es die offizielle Version: In der Todesbescheinigung, die Doktor Ordóñez zwei Tage nach jener Diablada hastig ausstellte, spricht er von einem überfahrenen und dann von Tieren angefressenen Körper. Er stellt die Frage, ob es eine andere Ursache geben könnte, und antwortet sich selbst, dass nichts anderes den unkenntlichen Zustand des Leichnams zu erklären vermag. Das ist der Grund für die unterschiedlichen Meinungen: „So verstümmelt und von den Schakalen oder Ratten angefressen, wie der Leichnam ist, kann er nicht mit letzter Sicherheit identifiziert werden." Es ist nur ein halb von den wilden Tieren aufgefressener Leichnam, die ihn vom Rand der Autobahn wegzerrten, nachdem er von mehreren Autos überrollt wurde, die Fahrerflucht begingen – es ist nicht das erste Mal, dass so etwas beim Pilgerfest passiert.

Das war, ist und bleibt die offizielle Version. So erschien sie in den Regionalnachrichten, und so lassen wir sie stehen, wenn wir uns mit unserem Vergessen, mit unserer Dürre versöhnen wollen. In jenem Zustand konnte es der Leichnam von niemandem, von irgendjemandem sein, eines überfahrenen Landstreichers, eines verrückten Einsiedlers, von denen es in der Wüste einige gibt, einer, den man vielleicht – warum nicht? – mit Spitznamen „der Oberst" nannte; der in jener Nacht, sicher betrunken, überfahren und verstümmelt und schließlich an den Straßenrand geschleudert wurde, von wo ihn die Schakale oder Wüstenfüchse in das Wäldchen zerrten, um ihn dort in Ruhe zu verspeisen, diesen Unbekannten, den niemand wirklich identifizieren konnte: nicht die Stadt, nicht die Regierung und viel weniger noch die Armee. So war es, hinterfragen wir es nicht weiter, belassen wir es dabei: die Geschichte eines namenlosen Vagabunden, den die

Schakale oder Wüstenfüchse halb aufgefressen hatten, bevor ihn die Patrouille der Carabineros unter Führung von Leutnant Acuña fand, zufällig oder weil sie jemand anonym informiert hatte.

(Alles andere waren, sind die Schreie in der Ferne, in der Nacht unserer Erinnerung. Das verzückte Lächeln auf den Lippen des Mannes, als die Teufel ihn anhoben und ihn im Schein ihrer Fackeln aus dem Lager und in die Dunkelheit der Wüste trugen. Ein Lächeln, könnte man sagen, das eher freudig als erleichtert wirkte; und vielleicht noch mehr, wie ein Siegeslächeln. Das Lächeln eines Mannes, der sich endlich mit seinen Toten messen würde. Und in der Tiefe der Nacht das dumpfe Dröhnen der Trommeln, das Geräusch brechender Stöcke (wie brechende Knochen), reißenden Stoffs (wie reißende Haut), die entsetzten Augen einer davonlaufenden Frau, eines Jungen, der an einem Pfosten am Lagereingang lehnte und sich erbrach. Ein Mann lief vorbei in einer Ziegenfelljacke und hielt etwas in seiner Hand, manche sagten, es sei ein Finger gewesen, doch andere schalten, wie wir auf so etwas kommen könnten, dies sei schließlich eine heilige Stadt, wo solche Dinge nicht passierten.)

Natürlich hört man auch eine andere Version – die gibt es immer an unseren endlos langen, stillen Abenden, während wir die Wüste näher kommen sehen: Der Oberst sei nicht umgekommen, sei nicht zerstückelt und aufgefressen worden. Vielmehr hätten ihn Mamanis Teufel aus dem Lager gebracht, hätten ihm ein Kostüm übergezogen und ihn unter die ausgelassene Menschenmenge gemischt, hätten ihn der Menge übergeben, sodass er im feiernden Volk aufging, das er gefürchtet und gehasst hatte, und mit dem er untrennbar verbunden blieb. Er war frei und dennoch Gefangener der Menge, musste ihr auf allen Wallfahrten folgen, wie ein ganz gewöhnlicher Büßer, musste sich, auf

Knien rutschend, zum Altar jedes Heiligen schleppen, dem Kalender religiöser Feste folgend das Land von Norden bis Süden durchwandern. Das ist seine Strafe: der Limbus der Vorhölle, wo es weder Vergebung noch Verdammnis gibt.

Und das ist auch unsere Strafe. Denn seither gibt es keine Unschuld mehr bei unseren Festen, seither wissen wir, dass die Legende, die Mamani Laura bei jener Ratssitzung erzählte oder prophezeite, Wirklichkeit geworden ist. Das Unaussprechliche ist hier Wirklichkeit geworden: Jetzt wissen wir, dass das Böse unter uns ist, bei unseren Prozessionen mittanzt, bei unseren Festen mitfeiert und mit uns singt, sich hinkniet und klagt und sich geißelt und darbietet („… aus der höchsten Freude tönt der Schrei des Entsetzens"). Der, der das Licht bringt, pilgert mit uns, in uns, bei dieser langen Suche nach Gerechtigkeit in der Wüste.

* * *

Nach und nach verwandeln wir uns in eine Geisterstadt; wir ahnen es, sehnen uns schon danach. Wenn es so weit ist, wird es nur eine Wiederholung sein, eine Verdoppelung: eine Stille wie die unserer Stimmen, die in der Wüste predigen. Meine Stimme, die mit abgeschaltetem Mikrophon das verbreitet, was wir nicht hören wollen. Oder das, was wir nur unter der Bedingung hören wollen, dass wir sagen können, dass die Wirklichkeit nicht weniger hypothetisch ist, nur eine Annäherung ist wie ein Traum. Und wie in einem Traum ist der einzige Unterschied zwischen dem Wirklichen und dem Möglichen die größere Naivität, mit der wir das Wirkliche hinnehmen …

Zu träumen – oder zu wissen? –, dass der Anwalt Tomás Martínez Roth zum Abgeordneten dieser Provinz gewählt wurde;

dass der Minister sein damaliges Versprechen also eingehalten hat, dass der junge Anwalt inzwischen schon ein Mann in den Vierzigern ist, immer noch streitbar, der auch jetzt noch eine „vielversprechende Zukunft" vor sich hat, obwohl er nur selten in seinen Wahlkreis kommt: als echter Sohn seiner Zeit gehört er mehr in die Welt da draußen als in die Stadt, in der er geboren wurde.

Zu träumen – oder zu wissen? –, dass der Minister Don Benigno Velasco unter zwei Präsidenten diente und nach seinem Ausscheiden mit einem unbefristeten Botschafterposten im Vatikan oder in Portugal belohnt wurde, einer dieser diplomatischen Vertretungen, wo man Zeit genug hat, seine Memoiren zu schreiben, die alles Geschehene rechtfertigen sollen. Uns vorzustellen, dass Doktor Ordóñez als Bürgermeister große Initiative zeigte; doch weder er noch seine Redlichkeit konnten etwas gegen das Austrocknen der Brunnen und der Seelen unternehmen, und er wurde nicht wiedergewählt. Anzunehmen, dass Mamani uns jetzt wieder regiert, diesmal demokratisch gewählt; doch seine Firmen haben Bankrott gemacht und er selbst ist sichtbar abgemagert, als Folge eines Leidens, über das nur getuschelt wird, vielleicht eines, das die kranken, auf Heilung hoffenden Pilger mitgebracht hatten. Den Tag zu erträumen oder zu erinnern, an dem wir Pater Penna zu Grabe trugen – in jenem Sarg, der einen unbestimmten, ranzigen Geruch von Kerzenwachs verströmte. Und jenen anderen Morgen, als Rosita und ihre Mädchen mit all ihren Kisten und Kasten in einem klapprigen Bus nach einer vielversprechenderen Stadt abreisten. Zu träumen – oder zu wissen? –, dass wir keinen Richter mehr haben. Der Letzte, ein junger Mann, zeigte in der kurzen Zeit, die er bei uns war, mehr als alle vorigen, wie schnell man seine Illusionen und seine Rechtschaffenheit verlieren kann, und den Instinkt, das Gute vom Bösen zu trennen, so wie man die Fähigkeit verliert, eine Fremdsprache zu sprechen, wenn man sie nicht praktiziert. Dann wurde das Gericht geschlossen. Und jetzt gehören wir zu einem anderen Gerichtsbezirk; wir sind hier ja nur noch sehr wenige Menschen, und in einem gewissen Sinn ist uns inzwischen ja auch Gerechtigkeit geschehen.

Von Laura und Claudia zu träumen. Doch was? Dass ich ab und zu von ihnen Nachrichten bekomme, Briefe, Ankündigungen von Besuchen, die dann doch nie stattfinden? Nachrichten aus der Abwesenheit. Sagen wir, dass Laura nie mehr als Richterin arbeitete, dass sie ihr Amt in Pampa Hundida niederlegte – was man ihr zwanzig Jahre vorher nicht zugestanden hatte – und eine Professur an einer ausländischen Universität antrat. Dort hat sie wieder brillante Arbeiten veröffentlicht, allerdings keine, die so berühmt wurde wie ihr Buch über Moira, das ihr immer noch internationale Ehrungen einbringt. Als vielgefragte Professorin ist sie in der ganzen Welt unterwegs, allerdings wird sie wohl, fürchte ich, für immer allein bleiben.

Stellen wir uns vor, dass Claudia ihr Studium beendet hat, nach Berlin zurückgekehrt ist und dort für eine Menschenrechtsorganisation arbeitet; dass sie mit einem Deutschen zusammenlebt, von dem sie ihr erstes Kind erwartet; und dass sie nicht mehr in das Land zurückkehren möchte, das sie einmal zu dem ihren machen wollte.

Nehmen wir an, dass eigentlich ich es bin, der den Kontakt mit ihnen nicht hält, der ihre Briefe nicht beantwortet hat, dass ich es vorgezogen habe, sie nicht zu der Vorstellung zu zwingen, dass sie mir etwas schulden. Tun wir so, als hätte ich immer gewusst, was ich besser nicht wissen sollte.

Und machen wir aus diesem Traum für eine einzige Stimme das einzig Gewisse: Auf dem mit Filz bezogenen Tisch der Sprecherkabine steht, angelehnt an den Metallklumpen, der geschmolzenen Krone der Schutzpatronin – dem Klumpen, der wie die Venus strahlt und den Laura mir geschenkt hat, bevor sie Pampa Hundida für immer verließ: „Damit du eine Geschichte zu erzählen hast, Schriftsteller", sagte sie dabei und küsste mich auf die Wange –, ein Foto von den beiden, wie sie sich umarmen. Ich habe es gemacht, bevor sie losfuhren, und manchmal, immer öfter, denke ich, wenn ich es anschaue, dass ich vielleicht eine Familie habe.

Wenn ich den Sender verlasse, gehe ich ab und zu durch die staubigen Straßen. Die Türen der meisten Häuser sind jetzt zugenagelt, die gleichen Türen, aus denen an jenem Abend vor fast vierzig Jahren die zehn „Gerechten" der Stadt kamen und Laura baten, sie zu beschützen. Dann steige ich die Stufen zum Hotel Nacional hoch, es ist leer. Aus dem alten Radiogerät hinter der Rezeption dringt meine eigene Stimme, die wie eine gesprungene Schallplatte vom Sender aus allein weiter erinnert. Für niemanden, für uns, die wir nicht da sind. Niemand sagt jemals etwas zu der Serie von Monologen, mit denen ich mir meine Zeit als heiserer Radiomoderator vertreibe. Es ist, als hörte sie eigentlich niemand. Im Círculo Español, im Spiegel hinter der Bar, an der ich einsam Solitaire spiele, hält ein Gesicht inne, schaut mich an. Vielleicht will mich jemand etwas fragen, etwas berichten, was ich gesagt habe. Doch dann geht es einfach weiter, als sei ich nicht da, als könne ich gar nicht dort sein und gleichzeitig in meiner Sprecherkabine. Dieser jemand – der ich vielleicht selbst bin – weicht meinem Blick aus, wendet das Gesicht ab. Das, was die Pilger für unser Gesicht hielten und dabei nicht wussten, dass die einzigen wirklichen Gesichter diejenigen waren, die wir uns während der Diablada aufsetzten; und dass dies die einzigen Tage waren, an denen wir wirklich existierten.

Ich muss jetzt Schluss machen, es ist Zeit für das Abendprogramm. Ich setze mir die Kopfhörer auf, schalte das Mikrophon ein, räuspere mich, um meine staubige Kehle freizubekommen. Und gehe auf Sendung.

Und dann spricht, beschwört meine Stimme etwas, den nicht geschriebenen Teil dieser Geschichte – den unermesslichen, unaussprechlichen Teil –, ruft hinter der Wand aus flüssiger Luft, die am Horizont vibriert: „Das Erste, was Laura wiedererkannte, als sie die riesige Wüstenebene um die Oase von Pampa Hundida erreichte ..."

Danksagungen für die deutsche Ausgabe

Einen wichtigen Teil dieses Buches schrieb ich in den Jahren 2000 und 2001 in Berlin als Stipendiat im Künstlerprogramm des Deutschen Akademischen Austauschdienstes. Meine deutsche Literaturagentin, die unvergessene Ray-Güde Mertin, hatte mich zu einer Bewerbung ermuntert.

Während meiner Zeit in Berlin zählte ich auf die Freundschaft von Antonio Skármeta, seinerzeit chilenischer Botschafter in Deutschland, und seiner Frau Nora. Der Schriftsteller Hans Christoph Buch stand mir mit Rat zur Seite, wenn mir die Schwierigkeiten dieses literarischen Projekts unüberwindlich schienen. Mein Berliner Freund Michael Zander half mir, mich von diesen Schwierigkeiten abzulenken, indem er mit mir anregende Tennismatche spielte.

Ich stehe in der Schuld von Carlos Medina, dem in Berlin lebenden chilenischen Dramaturgen, der sich immer gewünscht hat, dass dieses Werk in deutscher Übersetzung erschiene. Sein Enthusiasmus und seine unermüdliche Arbeit erreichten es schließlich, dass der Roman im Programm des Mitteldeutschen Verlags publiziert werden konnte.

Die Übersetzung dieses Buches ins Deutsche wurde zum Teil möglich durch das Übersetzungsförderungsprogramm der Kulturabteilung des chilenischen Außenministeriums. Ich danke für die effiziente Arbeit der Koordinatorin des Programms, Alejandra Chacoff. Außerdem wurde die Veröffentlichung unterstützt durch das Übersetzungsprogramm von Litprom e. V. – Literaturen der Welt.

Im Mai 2017, als wir am Ufer des Großen Sees von Nicaragua gemeinsam zu Mittag aßen, bot mir Lutz Kliche an, einige Seiten aus meinem Werk zu übersetzen. Ich glaube, keiner von uns beiden stellte sich damals vor, dass dieses Angebot der Beginn einer so herzlichen Freundschaft sein würde. Lutz Kliche ist mehr gewesen als der Übersetzer dieses Buches. Seine aufmerksame, intelligente und einfühlsame Art, es zu lesen, zu interpretieren, hat es besser gemacht.

Carlos Franz
Mai 2023

CARLOS FRANZ, geboren 1959 in Ginebra/Chile, studierte Jura und Soziologie. Er arbeitete als Literaturkritiker für wichtige Zeitungen in Chile, Argentinien, Uruguay, Mexiko sowie als Professor für Literatur in Washington und Santiago de Chile. 1989 erschien sein erster Roman „Santiago cero". Für seinen politischen Roman „Das verschwundene Meer" („El desierto", 2005) erhielt er im Erscheinungsjahr den Literaturpreis „Premio Internacional de Novela de la Nación/Sudamericana". Carlos Franz lebt in Santiago de Chile.

LUTZ KLICHE, geboren 1953 in Niedersachsen, lebte und arbeitete fast zwanzig Jahre als Kulturschaffender in Lateinamerika und arbeitet seit vielen Jahren als Literaturvermittler und literarischer Übersetzer. Besonderes gekümmert hat er sich um die Werke von Ernesto Cardenal, Eduardo Galeano, Sergio Ramírez und Gioconda Belli.

Der Übersetzer widmet seine Arbeit an diesem Roman in großer Dankbarkeit Carmen Cecilia Sánchez Barrera (de Kliche) (1956–2022).